KB058192

거의 완벽에 가까운 결혼

시공사

케빈에게

1장

정신을 차리고 보니 나는 마구 뒤흔들리는 세스나기를 타고 비행하는 중이었다. 머리가 지끈지끈 아팠고 셔츠에는 피가 묻어 있는 상태였다. 시간이 얼마나 흘렀는지도 알 수가 없었다. 혹시 묶여 있나 싶어 양손을 내려다보았지만 아무 장치도 없었다. 허리에 평범한 안전벨트가 둘러져 있을 뿐이었다. 누가 벨트를 채운 걸까? 도대체 내가 어떻게 비행기에 탔는지도 기억이 나지 않았다.

트여 있는 조종석 문을 통해 파일럿의 뒤통수가 보였다. 비행기 안에는 우리 둘뿐이었다. 산에는 눈이 쌓여 있었고 바람이 불어 비행기가 마구 흔들렸다. 파일럿은 오로지 조종에만 집중하고 있는 듯, 어깨에 힘이 잔뜩 들어가 있었다.

나는 기지개를 켠 뒤 머리를 만져보았다. 끈끈하게 말라붙은 핏덩이가 만져졌다. 배 속에서 꾸르륵거리는 소리가 났다. 마지막으로 먹은 음식은 프렌치토스트였다. 그 뒤로 시간이 얼마나 지났을까? 옆자리에는 물과 기름종이로 싼 샌드위치가 놓여 있었다. 나는 병을 따고 물을 마셨다.

그리고 샌드위치의 포장을 뜯고 한입 물어뜯었다. 햄과 스위스 치즈가 끼워져 있는 샌드위치였다. 제길, 턱이 너무 아파서 씹을 수가 없다. 누군가가 얼굴을 한 방 갈긴 모양이었다.

"지금 집에 가는 건가요?"

나는 파일럿에게 물었다.

"당신이 어디를 집이라고 생각하느냐에 따라 다르죠. 하프문베이를 향해 가는 중입니다."

"나에 대해 뭐 들은 것 없어요?"

"이름, 목적지. 그게 전부입니다. 난 그냥 택시 운전수예요, 제이크."

"하지만 당신도 회원이잖아요?"

"그렇죠."

파일럿의 목소리에서는 감정을 읽을 수가 없었다.

"배우자에게 충실하라, '협정'에 충성하라. 죽음이 우리를 갈라놓을 때까지."

파일럿은 더 이상 아무런 질문도 하지 말라고 경고라도 하는 듯 나를 한동안 물끄러미 쳐다보고는 다시 몸을 돌렸다.

비행기가 에어포켓에 부딪히는 바람에 먹던 샌드위치가 날아가고 말았다. 긴급사태가 일어난 모양이었다. 파일럿이 욕설을 내뱉으며 미친 듯 버튼을 눌러댔다. 그리고 관제탑을 향해 무어라 고함을 질렀다. 비행기가 빠른 속도로 하강하고 있었고 나는 의자 팔걸이를 꼭 붙잡은 채 앨리스를 생각했다. 우리의 마지막 대화 속에서 내가 최대한 많은 말을 했기를 빌면서.

갑자기 비행기가 수평으로 돌아와 다시 고도를 높이자 상황이 정상으로 바뀌었다. 나는 바닥에 흩어진 샌드위치 파편들을 긁어모아 기름종이 상자 속에 집어넣고 옆자리에 올려놓았다.

“난기류에 휘말렸습니다. 죄송합니다.”

“당신 잘못이 아니잖아요. 아무튼 살았네요.”

햇볕이 환하게 내리쬐는 새크라멘토를 지나면서 파일럿은 겨우 평정심을 되찾았고, 우리는 이번 시즌에 골든 스테이트 워리어스(캘리포니아 오클랜드를 거점으로 하는 NBA 농구 팀)가 펼치고 있는 맹활약에 대한 이야기를 나누었다.

“오늘이 무슨 요일이죠?”

내가 물었다.

“화요일입니다.”

창 너머로 익숙한 해안가가 보이자 마음이 놓였다. 자그마한 하프문베이 공항이 고맙게 느껴질 정도였다. 착륙은 매끄러웠다. 비행기가 완전히 멈추자 파일럿이 뒤를 돌아보며 말했다.

“또 그러면 안 됩니다. 알겠죠?”

“절대 안 그럴 겁니다.”

가방을 움켜쥐고 밖으로 나갔다. 엔진을 끄지 않았던 파일럿은 내가 나가자마자 문을 닫고 비행기를 돌려 다시 날아갔다.

나는 공항 카페로 들어가 핫 초콜릿을 주문하고는 앨리스에게 문자 메시지를 보냈다. 평일 낮 2시였으므로 앨리스는 지금쯤 수천 개의 미팅에 휘말려 정신이 없을 터였다. 방해하고 싶진 않았지만, 그래도 나는 정말로 앨리스가 보고 싶었다.

답장이 왔다.

'지금 어디야?'

'하프문베이로 돌아왔어.'

'5분 후에 출발할게.'

하프문베이에서 앨리스의 직장까지는 30킬로미터 이상 떨어져 있다. 앨리스에게서 교통 체증에 갇혀 있다는 메시지를 받은 나는 음식을 주문하기로 하고, 메뉴판 왼쪽 페이지에 있는 음식을 거의 다 시켰다. 카페는 비어 있었다. 완벽하게 몸에 딱 맞는 유니폼을 입은 활기찬 웨이트리스가 주위를 서성거렸다. 내가 음식값을 치르자 웨이트리스가 말했다.

"좋은 하루 보내요, 친구."

나는 밖으로 나가 벤치에 앉아 기다렸다. 추웠고 파도 쪽에서 안개가 몰려왔다. 앨리스의 낡은 재규어가 도착했을 무렵 나는 거의 꽁꽁 얼어붙어 있었다. 자리에서 일어난 나는 몸이 멀쩡하다는 사실을 확인했다. 앨리스가 벤치 쪽으로 걸어왔다. 앨리스는 말끔한 정장 차림이었지만 운전을 하느라 힐이 아닌 스니커즈를 신고 있었다. 검은 머리카락이 안개 때문에 촉촉하게 젖어 있었다. 입술은 어두운 붉은색이었는데 혹시 나를 위해서 그 색을 고른 게 아닐까 싶었다. 그랬으면 좋겠다고 생각했다.

앨리스는 까치발을 들고 내게 키스했다. 그제야 비로소 내가 얼마나 죽을 만큼 앨리스를 그리워했는지 깨달았다. 앨리스는 뒤로 물러나 나를 올려다보았다.

"최소한 사지는 멀쩡하네."

앨리스는 팔을 뻗어 내 턱을 조심스럽게 어루만졌다.

"무슨 일이 있었어?"

"나도 잘 모르겠어."

나는 팔을 벌려 앨리스를 끌어안았다.

"도대체 왜 소환을 당한 거야?"

하고 싶은 말은 많았지만 무서워서 말할 수가 없었다. 많이 알면 알수록 앨리스는 더욱 위험해질 터였다. 진실을 마주하게 되면 앨리스도 기가 막힐 것이다.

내 이야기는 처음으로 돌아간다. 결혼식 전, 피니건을 만나기 전, '협정'이 우리의 삶을 완전히 뒤흔들어놓기 전으로.

2장

결혼식을 올리자는 건 내 생각이었다. 물론 위치, 장소, 음식, 음악 등 앨리스가 더 잘 아는 분야에 대해서는 앨리스에게 맡겼지만 결혼하자는 제안 자체는 내가 했다. 우리는 3년 반 동안 알고 지냈고, 앨리스를 잃지 않고 내 옆에 확실하게 붙잡아두기 위한 가장 좋은 방법은 결혼이었다.

앨리스는 본디 한곳에 오래 눌러앉아 있는 성격이 아니었다. 앨리스는 거칠고 충동적이었으며 순간의 반짝임을 향해 재빨리 달려가버리곤 했다. 나는 너무 오래 기다리다가 앨리스가 사라져버릴까 봐 불안했다. 솔직히 말하자면 결혼식은 단지 지속성을 위한 수단일 뿐이었다.

나는 1월의 어느 온화한 화요일에 프러포즈를 했다. 앨리스의 아버지가 돌아가시는 바람에 함께 앨라배마로 돌아왔을 때였다. 아버지는 앨리스의 유일하게 살아 있는 피붙이였기 때문에, 예상치 못한 그의 죽음은 내가 한 번도 본 적 없는 식으로 그녀를 동요케 했다. 우리는 장례식이 끝난 후 앨리스가 어린 시절을 보냈던 버밍햄의 교외에 있는 집을 청소하며 며칠을 보냈다. 아침에 일어나면 우리는 다락방, 작업 공간, 차고에 있던 상자들을 치우곤 했다. 그 집은 앨리스의 가족사와 관련된 유물들로 가득했다. 아버지의 군인 시절 추억, 죽은 오빠가 열심히 야구를 하던 흔적, 돌아가신 어머니의 요리책, 조부모님의 빛바랜 사진들. 마치 사람들의 기억 속에서 오랫동안 잊혔던 사라진 문명 속의 작은 부족의 고고학적 보물 창고 같았다.

"나는 최후의 생존자야."

앨리스는 그렇게 말했다. 자기 연민에서 우러난 말이 아니라 그냥 사실을 말하는 투였다. 앨리스의 어머니는 암으로 돌아가셨고, 오빠는 자살했다. 앨리스는 살아남았으나 마음속에 커다란 상처가 남았다. 돌이켜보면 앨리스가 가족 중 유일한 생존자였기 때문에 그렇게 애정이 넘치면서도 저돌적인 성품이 되었던 게 아닐까 하는 생각도 든다. 만일 앨리스가 그토록 외로운 처지가 아니었다면 내 프러포즈를 받아들여주지 않았을지도 모른다.

나는 몇 주 전에 약혼반지를 주문한 참이었다. 반지는 앨리스가 아버지의 부고를 받은 지 얼마 되지 않아 UPS를 통해 도착했다. 왜 그랬는지는 모르겠지만, 공항을 향해 출발하면서 반지 상자를 모직 가방 속에 집어넣었다.

앨라배마에서 지내는 동안 우리는 부동산 중개업자를 불러 집값을 감정받았다. 우리가 방을 배회하는 동안 중개업자는 마치 시험공부라도 하듯 열심히 메모를 하고 엄청난 기세로 무어라고 갈겨 적었다. 다 끝나자 우리는 현관에 서서 그의 평가를 기다렸다.

"정말 집을 팔 건가요?"

중개업자가 물었다.

"네."

앨리스가 대답했다.

"그게, 그……."

남자는 클립보드를 든 채 우리를 바라보며 손짓 발짓을 했다.

"그냥 여기 사는 게 더 낫지 않겠어요? 결혼해서 자식을 낳고 가정을 꾸리는 데 참 좋을 텐데요. 이 동네에는 젊은 가족이 필요해요. 우리 애들도 심심해하고요. 내 아들은 동네에 야구팀을 꾸릴 만큼의 아이들이 없어서 할 수 없이 축구를 하고 있어요."

앨리스는 거리를 바라보며 말했다.

"그냥요."

그게 전부였다. 그냥. 남자는 다시 부동산업자의 얼굴로 돌아가 집값을 제시했다. 앨리스는 그보다 조금 낮은 액수를 불렀다.

"이 동네 시세보다 훨씬 낮은데요."

남자가 놀라며 말했다.

"괜찮아요. 빨리 정리하고 싶어서 그래요."

앨리스가 대답하자 남자는 클립보드에 다급히 무어라 적었다.

"그럼 제 일은 훨씬 편해지죠."

몇 시간 후 트럭을 타고 온 남자들이 집 안에 있던 낡은 가구와 가전제품들을 전부 가져가버렸다. 집에 남은 물건이라고는 1974년에 바닥을 파고 회칠을 해서 만든 후 지금까지 아무런 변함이 없는 수영장 옆에 있는 라운지체어 두 개뿐이었다.

다음 날 아침에는 다른 트럭을 탄 다른 남자들이 도착했다. 부동산 중개업자에게 고용된 사람들이었다. 그들은 집 안에 새로운 가구들을 설치하고, 자신감 넘치는 동작으로 재빠르게 돌아다니며 벽에는 커다란 추상화를 걸고, 선반에는 반짝반짝 빛나는 작은 장식품들을 늘어놓았다. 그들이 일을 다 마치자 집은 전과 크게 다를 바가 없었지만 더 깨끗해지고, 썰렁해지고, 생활감이 느껴지는 자질구레한 잡동사니들은 싹 사라졌다.

그다음 날에는 예비 구매자들을 줄줄이 데리고 온 부동산 중개업자들이 집 안을 돌아다니며 곳곳에서 수군거리고, 찬장과 벽장을 열어보고, 세부 사항이 적힌 서류들을 체크했다. 그날 오후 부동산 측에서 네 가지 액수를 제시했고 앨리스는 그중 가장 높은 가격을 선택했다. 우리는 짐을 꾸렸고, 나는 샌프란시스코로 돌아가는 비행기 편을 예약했다.

저녁이 되어 하늘에 별이 돋기 시작하자 앨리스는 밖으로 나가 밤하늘을 올려다보며 앨라배마에 영원한 작별 인사를 했다. 따스한 저녁이었고, 뒷마당 울타리 쪽에서 바비큐 냄새가 풍겨왔다. 외등이 수영장을 밝게 비추었고 라운지체어 두 개는 편안하게 놓여 있었다. 마치 앨리스의 아버지가 처음으로 그것을 테라스로 끌고 나온 그날 그대로 같았다. 햇볕에 그을린 아름다운 어머니가 있고, 아직 어린 두 아이들이 떠들썩하게 뛰어놀던 그날. 이것이 앨라배마가 조성해줄 수 있는 가장 완벽한 순간이라는 사실을 느꼈고, 경고 없이 갑작스레 다가오는 이런 식의 아름다움에는 충분히 익숙할 텐데도 앨리스는 아직 슬퍼 보였다.

나는 나중에 친구들에게 이 순간을 놓치지 않고 프러포즈를 했던 것은 지극히 충동적인 행동이었다고 고백했다. 앨리스의 기분을 조금이나마 낫게 해주고 싶었고 아직 미래가 있다는 사실을 알려주고 싶었다. 슬픔으로 가득한 나날에서 그녀를 끌어내서 행복하게 해주고 싶었다.

나는 수영장 쪽으로 걸어가 무릎을 꿇고, 땀이 흠뻑 밴 손바닥에 반지를 얹어서 앨리스에게 내밀었다. 나는 아무 말도 하지 않았다. 앨리스는 나를 보고, 다시 반지를 보더니 미소를 지었다.

"좋아."

앨리스가 대답했다.

3장

결혼식은 샌프란시스코에서 북쪽으로 두 시간 정도 가면 나오는 러시안강의 기슭을 따라 나 있는 초원에서 치러졌다. 결혼식 몇 달 전, 우리는 사전 답사 삼아 미리 그곳에 가보았다. 도로에서는 위치를 통 파악할 수가 없었기 때문에 근처를 차로 몇 번이나 왔다 갔다 해야 했다. 이윽고 입구를 찾아, 강을 바라보며 초원으로 내려가던 중 앨리스는 나를 껴안으며 말했다.

"너무 좋은데?"

처음에 앨리스가 농담을 하는 줄 알았다. 곳곳에 난 풀들이 족히 150센티미터는 되어 보였으니.

그곳은 구불구불한 강을 따라 나 있는 거대한 젖소 목장이었다. 소들이 초원 이곳저곳을 어슬렁거리고 있었다. 이 목장은 앨리스가 처음 들어갔던 밴드의 리듬 기타 연주자가 소유한 곳이었다. 그렇다, 앨리스는 한때 밴드를 했었다. 어쩌면 앨리스의 음악을 들어본 사람이 있을지도 모른다. 그 이야기는 나중에 또 할 수 있을 것이다.

결혼식 전날 나는 차를 몰고 그 장소를 다시 한번 지나쳤다. 그런데 이번에는 풍경이 완전히 달라져 있었다. 기타 연주자 제인이 몇 주를 들여 풀을 깎고 다듬고 잔디를 새로 심었기 때문이었다. 놀라웠다. 마치 세상에서 가장 완벽한 골프장으로 향하는 페어웨이 같았다. 잔디는 언덕을 타고 올라갔다가 강을 향해 미끄러져 내려오는 듯했다. 제인과 그녀의 아내는 쭉 할 일을 찾고 있었다고 했다.

커다란 텐트, 테라스, 그리고 수영장이 딸린 세련된 집도 하나 있었다. 강기슭 위로 솟아오른 무대에 그 모든 것을 다 내려다볼 수 있는 정자도 세워져 있었다. 소들은 여전히 느릿느릿한 태도로 주위를 어슬렁거렸다.

의자, 테이블, 기타 장비, 스피커, 게다가 우산까지도 다 갖춰져 있었다. 앨리스는 결혼식 자체를 간절히 바랐던 건 아니었지만 파티는 좋아했다. 우리가 서로 알고 지낸 뒤로 몇 년 동안 파티를 연 적은 없었지만 이야기는 많이 들었다. 무도회장에서, 해변에서, 앨리스가 예전에 살던 아파트에서 열리던 커다란 파티. 그것은 앨리스가 가진 일종의 재능이었다. 그래서 나는 한 걸음 뒤로 물러서서 앨리스가 모든 준비를 혼자 하도록 내버려두었다. 몇 달에 걸친 준비 과정은 모든 것이 완벽했고, 시간도 정확하게 안배되었다.

초대 인원은 2백 명이었다. 백 명은 내 손님, 백 명은 앨리스의 손님이 될 예정이었으나 결과적으로는 약간 한쪽으로 기울었다. 우리는 손님 리스트를 여느 결혼식처럼 유쾌하게 구성했다. 우리 부모님과 할머니, 앨리스의 회사 대표들, 내가 전에 일했던 클리닉의 동료들, 예전 고객들, 대학교와 대학원 친구들, 앨리스의 예전 음악 동료들, 기타 등등.

그리고 리엄 피니건과 그의 아내가 있었다.

그 둘은 손님 리스트의 가장 마지막, 201번과 202번으로 들어갔다. 앨리스는 결혼식 3일 전, 지난해 밤낮없이 열심히 일했던 로펌에서 피니건을 만났다. 나도 안다. 좀 의아하게 느껴지겠지만, 내 아내는 변호사다. 앨리스를 아는 사람이라면 누구나 다 놀랄 것이다. 이 점에 대해서는 또 이야기할 기회가 있겠지만 일단은 뒤로 미루자. 여기서 중요한 건 피니건 부부, 리엄과 피오나였다. 손님 번호 201번과 202번으로 들어가 있는 두 사람 말이다.

그 로펌에서 앨리스는 일반 직원으로 피니건 사건에 관여했다. 지식재산권에 관한 사건이었다. 피니건은 지금은 사업가지만 몇 년 전에는 어느 아이리시 포크 록 그룹의 유명한 프런트맨이었다. 노래를 들어본 적은 없더라도 아마 어딘가에서 그의 이름을 들어본 적은 있을 것이다. 〈Q〉, 〈언컷〉, 〈모조〉를 비롯한 온갖 음악 잡지에서 떠들썩하게 다루었으니 말이다. 게다가 그에게서 커다란 영향을 받았다고 주장하는 수많은 뮤지션들도 있다.

앨리스가 그 사건을 맡고 나서 며칠 후 우리는 피니건의 음반을 사서 수없이 되풀이하여 들었다. 사건은 아주 전형적인 저작권 문제였다. 어느 유명 밴드가 피니건이 이끄는 젊은 밴드의 노래 속에서 멜로디의 일부를 훔쳐서, 엄청난 히트곡에 삽입했다는 이야기였다. 나처럼 음악의 기술적인 부분을 잘 모르는 사람이라면 어디가 비슷한지도 찾아내지 못하겠지만 앨리스에 의하면, 뮤지션이라면 누구나 절도 행위가 벌어졌다는 사실을 바로 알 수 있다고 했다.

사건은 몇 년 전 피니건이 했던 말에서부터 시작되었다. 피니건은 인터뷰를 하면서 어느 밴드의 히트곡이 자신의 2집 앨범에 들어 있는 노래와 비슷하게 들리는 것이 영 의심스럽다고 말했다. 당시 피니건은 딱히 일을 키울 생각이 없었지만 얼마 후 그 밴드의 매니저가 피니건에게 사과를 요구하며, 표절이 아니라는 사실을 공공연하게 밝히라는 편지를 보냈다. 거기서부터 상황이 점점 커졌고, 결국 내 아내는 처음으로 맡은 큰 사건 때문에 수백만 시간을 일하면서 보내게 되었다.

앞에서 말했다시피 앨리스는 단순히 하급 직원이었기 때문에 피니건이 재판에서 승리하자 모든 공은 로펌의 대표들에게로 돌아갔다. 한 달 후, 우리 결혼식이 벌어지기 전주에 피니건은 로펌을 방문했다. 피니건은 자신이 원했던 것보다, 또 실제로 필요로 하던 액수보다도 훨씬 큰돈을 손에 넣었기 때문에 자신을 위해 일해준 모든 사람들에게 감사를 표하고 싶어 했다. 피니건이 도착하자 대표들은 그를 회의실로 데려가, 자신들이 짰던 놀라운 전략에 대한 이야기를 늘어놓으며 지극정성으로 대접했다. 이야기가 끝난 뒤 피니건은 물론 그들에게도 고맙게 생각하지만, 혹시 사건을 맡은 사람들을 전부 다 만날 수 있을지에 대해 물었다. 피니건은 몇 가지 변론서와 발의서를 인용하면서, 사건의 아주 세부적인 사항까지 거론하여 대표들을 깜짝 놀라게 했다.

그중에서도 특히 피니건이 마음에 들어 했던 것은 앨리스의 변론이었다. 그것은 유쾌하면서도 창의적이었다. 물론 법적 변론서가 최대한 유쾌하고 창의적일 수 있는 한계 내에서 말이다. 그리하여 대표들은 앨리스를 회의실로 불렀다. 그리고 이야기를 나누던 중 문득 누군가가 앨리스가 이번 주말에 결혼한다는 이야기를 꺼냈다. 앨리스는 농담 삼아 "제 결혼식에 와주시겠어요?" 하고 물었다. 그러나 피니건은 "영광입니다. 물론 가겠습니다"라고 대답함으로써 그 자리에 있던 모든 사람들을 깜짝 놀라게 했다. 피니건은 로펌을 떠나기 전 앨리스의 자리에 들러 결혼식 초대장을 받아 갔다.

이틀 후 우리 아파트에 상자가 하나 배달되었다. 그 주 내내 수많은 결혼 선물들이 날아들었기 때문에 별로 놀라운 일은 아니었다. 보낸 이는 '피니건 부부'로 되어 있었다. 봉투를 열어보니 앞면에 케이크 그림이 그려진 하얀 카드 하나가 접힌 채 들어 있었다. 우아한 분위기였다.

앨리스와 제이크에게.

곧 다가올 두 사람의 결혼식을 대단히 축하합니다. 서로 존중하며 살다 보면 언젠가는 좋은 결과를 얻게 될 겁니다.

리엄으로부터.

우리가 그때까지 받았던 선물은 전부 예상할 수 있는 범위 내의 물건들이었다. 상자를 열지 않아도 그 안에 무엇이 들어 있는지 맞출 수 있었다. 선물의 가격은 대체로 주는 사람의 순수 소득에 우리가 그 사람을 알고 지낸 시간을 곱하면 나왔다. 크게 빗나가는 물건은 없었다. 할머니는 도자기 접시 여섯 세트를 보냈고 사촌은 토스터를 하나 사주었다.

하지만 피니건의 경우는 쉽게 계산할 수가 없었다. 그는 성공한 사업가였고 큰 재판에서 막 승소한 참이었으며, 저작권으로 용돈벌이가 될 만한 자잘한 노래들을 많이 가지고 있었다. 하지만 문제는 우리가 그를 알고 지낸 지 얼마 되지 않았다는 점이었다. 아니, 솔직히 말해 우리는 그에 대해 전혀 몰랐다.

호기심을 느낀 나는 우선 포장을 뜯었다. 안에는 재생 목재로 만든 크고 묵직한 상자가 들어 있었는데 위쪽에 라벨이 각인되어 있었다. 처음에는 작은 양조장에서 만든 엄청나게 좋은 아일랜드산 위스키인 줄 알았다. 그 정도면 이해도 되고, 예상할 수 있는 선물 공식에도 딱 들어맞는다.

하지만 약간 당황스럽기도 했다. 앨리스와 나는 독한 술은 절대 마시지 않는다. 이 점을 미리 설명할 걸 그랬다. 앨리스와 나는 소노마 북부에 있는 알코올중독 재활 시설에서 처음 만났다. 나는 그전까지 몇 년 동안 계속 실습을 하고 있었고, 더 많이 배울 기회를 결코 놓치지 않았다. 친구를 대신해 일하며 경험을 쌓고 있는 중에 앨리스가 포함되어 있는 치료 그룹을 이끌게 되었다.

앨리스의 말에 의하면 지금까지 술을 너무 많이 마셨고, 누군가 자신을 막아주길 바란다고 했다. 영원히 금주하겠다는 건 아니고 인생을 안정시키는 데 필요한 변화를 충분히 완성시킬 때까지만이라도 족하다는 이야기였다. 앨리스는 자신이 원래 주당은 아니지만, 연속적으로 일어난 가족의 비극 때문에 도저히 술을 마시지 않고는 견딜 수 없게 되었으며 정도를 스스로 조절하고 싶다고 했다. 나는 앨리스의 절실함과 그 명료한 의지에 큰 감동을 받았다.

몇 주 후 도시로 돌아간 나는 앨리스에게 전화를 걸기로 결심했다. 비슷한 문제를 지닌 어린 학생들 그룹을 지도하고 있었는데, 그녀가 아이들과 대화를 나눠줬으면 했다. 앨리스는 매사에 핵심을 찌르는 말투로 자기 자신과의 싸움에 대해 이야기했다. 직설적이지만 매력적인 말투였다. 나는 앨리스와 아이들을 만나게 해주고 싶었다. 아이들은 틀림없이 앨리스의 말을 귀담아 들을 터였다. 앨리스가 뮤지션이라는 사실은 아무런 문제도 되지 않았다. 낡은 가죽점퍼, 짧고 검은 머리, 길 위에서 보낸 다양한 인생 경험 덕분에 앨리스는 충분히 멋져 보였고 이야깃거리도 많았다.

간단히 줄이면 앨리스는 상담 그룹에 들어오기로 동의했다. 일이 잘 풀려서 나는 앨리스와 점심을 먹을 수 있었고, 우리는 친구가 되었다. 몇 달이 흐른 뒤에는 데이트를 시작했고, 함께 살 집을 구입했으며 그다음에는 알다시피 프러포즈를 했다.

그래서 피니건의 선물이 도착했을 때 나는 그것이 엄청나게 귀한 술인 줄 알고 몹시 긴장했다. 앨리스를 알고 난 후 몇 개월 동안 그녀는 술을 한 방울도 마시지 않았다. 하지만 시간이 지난 후 저녁 식사와 함께 맥주 한 병이나 와인 한 잔을 가끔 곁들이곤 했다. 알코올중독 문제를 겪었던 사람들이 늘 밟게 되는 과정과는 달랐다. 앨리스에게는 여전히 치료 효과가 남아 있었다. 비록 맥주와 와인은 마시지만 독주를 보면 앨리스는 항상 이런 농담을 하곤 했다.

"아마 누구 하나를 작살내고 나서 감옥에 들어가는 걸로 끝을 맺게 될 거야."

앨리스는 누구보다 자제력이 강한 사람이었기에 그 모습을 상상하기는 쉽지 않았다.

나는 테이블 위에 선물을 올려놓았다. 크고 튼튼하며 우아한 나무 상자.

그때 앞면에 적혀 있던 라벨이 눈에 들어왔다.

협정.

아일랜드산 위스키 중에 '협정'이라는 이름을 가진 술이 있었던가?

상자를 열어보니 안에는 파란 벨벳으로 감싸인 또 다른 나무 상자가 들어 있었다. 그리고 그 양쪽에는 각각 천 받침 속에 곱게 놓여 있는, 어마어마하게 비싸 보이는 펜이 들어 있었다. 은일까? 화이트골드? 어쩌면 백금인지도 모른다. 펜 하나를 집어 들었다가 묵직함과 그 단단한 만듦새에 깜짝 놀랐다. 그것은 이미 모든 것을 다 가지고 있기 때문에 딱히 선물로 받을 만한 게 없는 사람에게나 줄 법한, 아주 정교하고 아름다운 선물이었다. 그러니 우리에게 그런 선물이 날아왔다는 건 정말이지 이상한 일이었다. 우리는 열심히 일하면서 잘 살고 있긴 했지만 그렇다고 모든 것을 다 가진 사람들은 아니었다. 사실 나는 앨리스가 법대를 졸업할 때 선물로 펜을 사준 적이 있었다. 고급 필기구의 복잡한 세계 속에서 몇 달 동안 열심히 헤엄치며 조사하다가 발견한, 스위스의 개인 판매자에게서 구입한 아름다운 펜이었다. 그 세계는 마치 작은 옷장 문을 열었더니 느닷없이 펼쳐진 새로운 우주 같았다. 나는 그 어마어마한 가격을 앨리스에게 숨기고 돈을 지불하느라 고생을 했다. 만일 펜을 잃어버렸을 때 앨리스가 너무 큰 부담을 느끼고 괴로워하길 원치 않았기 때문이었다.

나는 피니건이 보낸 펜을 집어 들었다. 그리고 포장지 위쪽에 동그라미를 몇 번 휘갈기다가 '고마워요, 리엄 피니건!'이라고 적었다. 잉크는 부드럽게 흘러나왔고, 펜은 매끈매끈한 포장지 위로도 잘 써졌다.

펜의 몸통에는 무슨 글자가 각인되어 있었다.

글씨가 너무 작아서 맨눈으로는 읽기가 힘들었다. 나는 앨리스가 크리스마스 선물로 사줬던 보드게임에 돋보기가 딸려 왔던 것을 떠올리고, 복도 벽장을 뒤졌다. 문제의 게임은 리스크, 모노폴리, 보글 사이에 쑤셔 박혀 있었고 돋보기는 셀로판 포장지 속에 잘 들어 있었다. 나는 불빛 밑에 펜을 들이대고 돋보기로 비춰보았다.

우리 이름, 결혼식 날짜, 그리고 '캘리포니아 던컨 밀스'라는 지명이 적혀 있었다. 솔직히 말하자면 나는 약간 실망했다. 그래도 딴은 세상에서 가장 위대한 포크 가수에게서 선물을 받았으니 조금 더 그럴듯한 말이 적혀 있을 줄 알았는데. 각인된 글씨에 세상의 이치 같은 게 적혀 있더라도 전혀 놀라지 않았을 것이다.

다른 펜도 꺼내서 테이블 위에 올려놓았다. 그리고 큰 상자 속에서 작은 상자를 꺼냈다. 작은 상자 역시 재생 목재로 만들어져 있었고, 단단하고 깔끔하게 생겼으며 앞면에는 '협정'이라는 같은 로고가 적혀 있었다. 깜짝 놀랄 정도로 무거웠다.

작은 상자를 열어보려 했지만 잠겨 있었다. 나는 작은 상자를 테이블 뒤에 놓고 혹시 열쇠가 있는지 겉 상자 속을 뒤적거려 보았다. 그러나 겉 상자 바닥에는 열쇠는 없고 대신 손으로 쓴 메모 한 장이 들어 있을 뿐이었다.

잘 알아둬요. 협정은 결코 당신들을 놓아주지 않을 거예요.

앨리스와 제이크에게.

나는 메모지를 빤히 쳐다보았다. 이게 도대체 무슨 뜻이지?

앨리스는 결혼식과 신혼여행을 앞두고 자잘하게 잔뜩 쌓여 있던 사건과 프로젝트를 정리하느라 늦게까지 일해야만 했다. 이윽고 앨리스가 집에 돌아왔을 때는 산더미처럼 쌓인 다른 문제들이 앞서, 피니건이 보낸 선물은 완전히 잊히고 말았다.

4장

결혼식은 맨 처음 5분만 보면 어떻게 진행될지 금세 알 수 있다. 사람들이 조금 늦게 나타나거나 느리게 움직인다면 그 결혼식은 지루하게 이어질 게 뻔하다. 하지만 우리 결혼식에는 거의 모든 사람들이 일찌감치 도착했다. 시내에서 출발한 신랑 들러리인 앤절로 포티와 그의 아내 타미는 생각보다 훨씬 빨리 차를 몰고 오는 바람에 게르네빌에 있는 카페에 들러 시간을 죽이게 되었다. 그러던 중 그들은 결혼식에 참석하는 차림새의 커플 네 쌍이 카페에 있는 모습을 보았다. 사람들은 각자 자기소개를 했고, 파티는 거기서부터 시작되었다.

친구와 친지 들이 모여들고 내가 긴장하는 가운데에서도, 피니건이 등장하고 나서야 결혼식이 비로소 시작되었다. 수많은 사람들 앞에서 앨리스가 아름다운 드레스를 입고 혼자 통로를 걸어 나를 향해 다가오는 동안, 나는 앨리스의 어깨 너머로 뒷줄에 서 있는 피니건을 문득 발견했다. 피니건은 흠 잡을 데 없는 정장 차림에 핑크색 타이를 매고 있었다. 함께 있는 녹색 드레스 차림의 여성은 피니건보다 다섯 살 정도 어려 보였다. 두 사람은 이 결혼식에 참석해서 진심으로 행복하다는 듯 웃고 있었기에 나는 다소 놀랐다. 나는 피니건 부부가 당연히 사무적인 태도로 늦게 도착해서 빨리 떠날 줄로만 알았다. 자기 변호사의 결혼식에 참석한다는 건 보통 그런 일 아닌가? 사회적인 의무를 다했다는 표시만 남기면 되는 일. 하지만 그들은 전혀 그렇지 않았다.

그때는 의미를 몰랐지만 지금은 알 수 있다. 결혼식에 참석했을 때, 주의를 기울여 잘 살펴보면 결혼해서 행복하게 잘 살고 있는 커플이 누구인지는 금세 눈에 띈다. 그것은 어쩌면 자신들의 선택에 대한 확신일 수도 있고, 결혼식이라는 관습에 대한 신뢰일 수도 있다. 여하튼 알아보기는 쉬워도 정의를 내리기는 어려운 그런 분위기가 있다. 피니건 부부에게는 그 분위기가 있었다.

내가 하얀 민소매 웨딩드레스를 입고 고풍스러운 필박스 웨딩 모자를 쓴 앨리스와 마주 본 순간, 나와 눈이 마주친 피니건은 싱긋 웃더니 쓰지도 않은 안경을 추켜올리는 시늉을 했다.

신랑 신부 맞절은 빠르게 끝났다. 이어 반지를 교환하고, 우리는 키스를 나누었다. 앨리스가 다시 통로로 내려가 걷기 시작한 순간 우리는 남편과 아내가 되었고 기다렸다는 듯 피로연 분위기가 끓어올랐다. 친구, 친지, 동료, 얼마 안 되는 고등학교 동창 들은 하나같이 나를 붙잡고 자기들 눈으로 본 내 인생 이야기를 열렬하게 늘어놓았다. 순서는 좀 틀리기도 했지만 모두가 나를 긍정적인 시각으로 지켜본 모양이었다. 어둠이 깔리기 시작할 무렵에서야 겨우 피니건을 다시 만날 수 있었다. 피니건은 밴드 무대 근처에 서서 앨리스의 뮤지션 친구들이 다양한 노래를 일렉트릭 버전으로 연주하는 모습을 지켜보고 있었다. 아내 뒤에 서서, 아내의 허리에 팔을 두른 자세로 말이다. 피니건의 아내는 차가운 밤바람 속에서 남편의 정장 재킷을 걸치고 있었고, 두 사람의 얼굴에는 여전히 만족스러운 빛이 가득했다.

앨리스를 잃어버린 나는 수많은 사람들 속에서 아내의 모습을 찾았다. 놀랍게도 앨리스는 무대에 서 있었다. 앨리스를 알고 지내는 동안 그녀가 공연하는 모습을 단 한 번도 본 적이 없었다. 앨리스는 마치 그 부분을 뚝 떼어서 뒤에 남겨놓고 온 듯했다. 불이 꺼졌지만 어둠 속에서도 앨리스가 친구들을 가리키며 무대로 부르는 모습을 볼 수 있었다. 오랜 친구인 드러머 제인, 베이스를 가지고 온 로펌 친구, 그리고 내가 잘 모르는 한 무리의 사람들이 있었다. 그중에는 오늘 처음 보는 사람들도 있었다. 그들의 존재는 나를 만나기 전 앨리스의 인생에서 가장 중요한 부분, 그러나 내게는 완전히 닫혀 있는 부분을 상징하는 듯했다. 나는 빛 속에 선 앨리스를 슬픔과 흥분이 교차하는 기분으로 지켜보았다. 슬픈 이유는 내가 마치 소외되고 별로 중요하지 않은 존재처럼 여겨졌기 때문이고, 그럼에도 불구하고 행복한 이유는…… 아마도 앨리스가 여전히 내게 가장 긍정적인 방식으로 수수께끼를 남겼기 때문일 것이다. 앨리스는 피니건 쪽으로 손을 뻗었다. 그곳은 푸르스름한 빛으로 빛나기 시작했고 피니건이 무대 쪽으로 다가가자 사람들은 조용히 휴대전화를 꺼내 영상을 찍기 시작했다.

내 아내는 그곳에 가장 오랫동안 서 있었다. 사람들의 목소리는 점점 작아지고 대신 기대로 가득한 분위기가 자리를 채웠다. 이윽고 앨리스는 마이크 쪽으로 다가가 말했다.

"여러분, 와주셔서 정말 고마워요."

그러고는 앨리스가 나를 가리키자 그녀의 뒤에서 오르간 소리가 울려 퍼지기 시작했다. 피니건이 키보드를 연주하기 시작한 것이다. 아름다우면서도 무어라 형언하기 힘든 오르간 소리가 다른 악기들을 천천히 이끌고 음악 속으로 들어갔다. 앨리스는 무대에 서서 나를 바라보며 음악에 맞춰 부드럽게 몸을 흔들었다. 조명이 켜지자 피니건은 이제 내가 확실히 알 수 있는 멜로디를 연주하기 시작했다. 그것은 오래된 노래였다. 레드 제펠린의 베스트앨범에 실린, 교묘하게 무심코 따라 부르게 만드는 아름다운 결혼 노래 '나의 모든 사랑'이었다. 나직한 목소리로 흐릿하게 시작된 앨리스의 노랫소리에는 금세 자신감이 실렸다. 도대체 어떻게 한 건지는 모르겠지만 앨리스와 피니건은 같은 파장 위에 존재하는 듯 보였다.

노래가 절정으로 치닫자 앨리스는 빛의 원 안으로 걸어 나와 눈을 감고 아름다운 후렴구를 반복했다. 그것은 아무런 수식 없는, 있는 그대로의 의사표시였다. 나는 처음으로 느낄 수 있었다. 그랬다, 앨리스는 진심으로 나를 사랑했다. 텐트 주위를 둘러보니 다른 사람들이 모두 희미한 빛 속에서 멜로디에 맞춰 몸을 흔드는 모습이 보였다.

곡조가 조심스럽게 바뀌더니 앨리스는 내가 오랫동안 잊고 있던 아주 단순한 의문이 담긴, 가장 중요한 소절을 노래했다. 노래의 나머지 부분을 뒤덮고 있던, 중의성과 의심으로 이루어진 얇은 막이 그 한 소절만으로도 깨끗이 지워져버렸다. 나는 아주 잠깐 균형을 잃고 의자 등받이에 손을 짚었다. 그리고 몸을 가눈 채 주위를 둘러보았다. 사람들도, 초원도, 들판을 어슬렁거리는 소들도, 심지어 강까지도 모든 것들이 달빛을 받아 반사하고 있었다. 무대 옆에서는 녹색 드레스를 입은 피니건의 아내가 음악에 심취한 채 눈을 감고 춤을 추고 있었다.

파티는 그 뒤로도 몇 시간은 더 이어졌다. 새벽이 밝을 무렵 일행들 중 몇 명은 수영장 근처에 앉아 강 위로 해가 떠오르는 모습을 바라보고 있었다. 앨리스와 나는 라운지체어 하나에 같이 앉아 있었고, 피니건 부부는 그 옆에 있는 라운지체어를 차지했다.

이윽고 피니건 부부는 코트와 신발을 주섬주섬 챙기며 떠날 준비를 했다.

"바래다드릴게요."

앨리스가 말했다. 그들과 함께 차도로 걸어가던 도중 나는 왠지

이 부부를 벌써 몇 년 동안이나 알고 지낸 듯한 기분을 맛보았다. 부부가 타고 온 람보르기니 쪽으로 걸어가던 도중—피니건은 차를 친구에게 빌렸다고 말하고는 윙크를 했다—나는 문득 선물을 떠올렸다.

“아, 그러고 보니 감사하다는 말씀을 드리는 걸 깜박 잊었군요. 두 분이 보내주신 흥미로운 선물에 대해서도 이야기를 나눴어야 하는데 말이죠.”

“그러게 말입니다.”

피니건이 대답했다.

“때가 되면 얘기하게 될 거예요.”

피니건의 아내가 미소를 지었다.

“우리는 내일 아일랜드로 돌아갑니다. 신혼여행을 마치면 내가 이메일을 보낼게요.”

그게 전부였다. 아드리아해에 있는, 한때는 웅장한 호텔이었으나 지금은 거의 폐허나 다름없는 숙소에서 2주를 보내고 나서 귀가한 우리는 문득, 시작했던 바로 그 지점으로 돌아왔다는 사실을 깨달았다. 갓 결혼한 부부라는 변함없는 사실 말이다. 이게 끝일까, 아니면 단순히 시작일 뿐일까?

5장

신혼여행에서 돌아온 뒤 우리는 시끌벅적 즐거운 파티가 끝나고, 평화롭고 햇볕 내리쬐는 해변에서 2주를 보낸 후 찾아오게 되는 실망과 권태를 가능한 한 피하기 위해 최선을 다했다. 대륙의 끄트머리, 찬란한 해변에서 족히 열 블록은 떨어져 있는 샌프란시스코의 작은 집으로 돌아온 첫날 밤, 나는 할머니가 선물해 주신 도자기 세트를 꺼내 네 코스 식사를 준비했고 테이블에는 냅킨과 초까지 준비했다. 우리는 이미 2년이 넘도록 동거하고 있었기 때문에 결혼한 뒤에는 뭔가 변화가 있었으면 했다.

나는 인터넷에서 감자를 곁들인 고기찜 레시피를 찾아서 그대로 요리했다. 결과는 끔찍했다. 고기로 만들어진 두꺼운 갈색의 재앙 덩어리가 완성되었을 뿐이었다. 다행히도 앨리스는 접시를 깨끗이 비웠고, 맛있었다고 단호하게 말했다. 몸집은 작지만(앨리스는 가지고 있는 제일 높은 하이힐을 신어도 키가 165센티미터밖에 되지 않는다) 남이 차려준 음식 앞에서는 엄청난 식성을 발휘하곤 했다. 나는 항상 앨리스의 그런 점이 좋았다. 그나마 초콜릿을 씌운 옐로 레이어 케이크가 식탁을 살렸다. 다음 날 밤 나는 또 다른 가정식을 요리했다. 이번에는 좀 나았다.

"내가 너무 열심히 하나?"

"나를 살찌우는 데 너무 열심인 것 같긴 해."

앨리스는 드럼 스틱으로 매시트포테이토를 휘저으며 말했다.

결국 우리는 오랫동안 지켜온 습관으로 돌아갔다. 소시지 피자를 주문하거나 포장한 음식을 텔레비전 앞에서 먹는 식사 말이다. 어느 날 〈유치원 이후의 삶〉의 모든 시즌을 한꺼번에 몰아서 보던 중, 앨리스의 휴대전화가 땡 소리를 내며 이메일이 왔음을 알렸다. 앨리스는 휴대전화를 집어 들더니 말했다.

"피니건한테 이메일이 왔네."

"뭐래?"

앨리스가 내용을 큰 소리로 읽었다.

"피오나와 내가 두 사람의 결혼식을 축하할 수 있게 해줘서 정말로 고맙습니다. 우리 부부는 아름다운 결혼식과 시끌벅적한 파티를 더없이 사랑한답니다. 두 사람의 특별한 날에 함께할 수 있어서 진심으로 영광스럽게 생각합니다."

"좋네."

"피오나는 당신과 제이크를 보니 20년 전의 우리가 생각난다더군요. 그래서 다음 여름에는 두 사람이 북부에 있는 우리 집에서 함께 휴가를 보냈으면 좋겠다고 합니다."

"와, 이 사람들 진짜로 우리랑 친구가 되고 싶나 봐."

앨리스가 계속 읽었다.

"마지막으로 선물 말인데요. '협정'은 피오나와 내가 결혼할 때 받았던 겁니다. 어느 비 내리는 월요일에 집 문간 앞에 놓여 있었죠. 2주도 채 지나지 않아 우리는 그 물건이 어린 시절 내게 기타를 가르쳐주었던, 벨파스트에서 온 나이 지긋한 선생님이 보낸 선물이라는 사실을 알게 되었습니다."

"선물 돌려막기?"

당황한 내가 중얼거렸다.

"아니, 그건 아닌 것 같아."

앨리스는 다시 휴대전화를 내려다보며 내용을 읽었다.

"그것은 피오나와 내가 받은 최고의 선물이었고, 솔직히 말하면 결혼 선물 중에서 유일하게 기억에 남는 것이었습니다. 시간이 흐르면서 우리는 다른 젊은 부부들에게 '협정'을 선물했죠. 물론 우리가 아는 모든 커플들에게 다 선물한 건 아니지만 난 짧은 시간 내에 당신과 제이크에 대해 알게 되었고, 이 선물이 두 사람에게 딱 맞으리라는 사실을 느꼈습니다. 그러니 몇 가지 질문을 드려도 될까요?"

앨리스는 재빨리 '네'라는 답장을 보냈다.

그리고 휴대전화를 빤히 쳐다보았다.

땡.

앨리스는 다시 큰 소리로 읽었다.

"무례한 질문 죄송합니다. 당신은 결혼 생활이 영원히 지속되기를 바랍니까? 예, 아니요로 대답해주십시오. 반드시 진심에서 우러난 대답이어야 합니다."

앨리스는 다소 당황한 눈빛으로 나를 쳐다보더니 잠시 망설였다. 기껏해야 1초 정도였겠지만 묘하게 길게 느껴지는 순간이었다. 이윽고 앨리스는 '예'라는 답장을 보냈다.

땡.

앨리스는 마치 피니건이 자신을 어두운 뒷골목으로 끌고 들어가기라도 하는 듯, 지극히 흥미로운 표정을 지었다.

"행복할 때나 슬플 때나, 밝을 때나 어두울 때나 항상 변함없이 긴 결혼 생활을 지속시킬 수 있으리라 믿습니까?"

당연하죠.

땡.

"두 사람은 결혼 생활을 영원히 이끌어가기 위한 노력을 아끼지 않을 의향이 있습니까?"

"뭐 말할 필요도 없네."

내가 말했다. 앨리스는 답장을 보냈다.

땡.

"두 사람은 쉽게 포기하는 성격입니까?"

땡.

"두 사람은 새로운 일에 열려 있는 성격입니까? 두 사람 모두 당신들의 성공과 행복을 기원하는 친구들의 도움을 받아들일 의향이 있습니까?"

당황스러웠다. 앨리스는 나를 쳐다보았다.

"어떻게 생각해?"

"최소한 나는 '예'야."

내가 말했다.

"좋아, 나도야."

앨리스는 대꾸한 뒤 답장을 보냈다.

땡.

"아주 좋습니다. 토요일 아침에 시간 있나요?"

앨리스는 나를 올려다보았다.

"우리, 시간 되던가?"

"응."

내가 대답했다. 앨리스는 답장을 보냈다.

'네, 시내에 계시나요?'

"안타깝게도 지금 더블린 외곽의 어느 스튜디오에 와 있습니다. 하지만 내 친구 비비언이 두 분을 찾아가서 '협정'에 대해 설명해드릴 겁니다. 만일 두 분이 이야기를 듣고 마음이 끌린다면 우리의 아주 특별한 모임에 초대하는 영광을 누리고 싶군요. 오전 열 시 괜찮으신가요?"

앨리스는 답장을 보내기 전에 휴대전화로 스케줄을 확인하고는 다시 '예'라는 답을 보냈다.

땡.

"아주 좋습니다. 아마 두 분도 비비언을 만나면 금세 친해지실 겁니다."

우리는 그 후로 잠시 기다렸으나 더 이상 이메일은 오지 않았다. 앨리스와 나는 땡 소리가 다시 나기를 기대하며 휴대전화만 물끄러미 바라보았다. 이윽고 내가 물었다.

"괜히 일이 복잡해지는 거 아닌가?"

앨리스는 미소를 지었다.

"그래 봤자 얼마나 나빠지겠어?"

6장

나에 대한 이야기를 잠깐 해보자. 나는 심리 치료사 겸 상담사로 일하고 있다. 비록 겉보기에는 애정 넘치는 부모님 밑에서 목가적인 어린 시절을 보내긴 했지만, 성장 과정은 그리 녹록치 않았다. 지금 생각해보면 내가 직업을 고른 게 아니라 직업이 나를 선택한 셈이었다.

UCLA에서 생물학을 전공하려 했지만 그리 오래 이어지지 않았다. 대신 2학년 초반에 교양학부의 또래 상담자 일자리를 얻었다. 직업교육은 재미있었고, 일도 즐거웠다. 사람들과 대화를 나누고 고민을 듣고 해결책을 제시함으로써 그들을 돕는 일이 좋았다. 졸업한 뒤 상담사로서의 커리어를 여기서 끝내고 싶지 않다는 생각에 UC 산타바버라에 있는 응용심리학 대학원 과정에 들어갔다. 그리고 박사 학위 취득 후 인턴십을 하면서 샌프란시스코의 집을 샀고, 그곳에서 위기에 처한 청소년들을 도우며 일했다.

지금은 그 인턴십에서 만난 친구 두 명과 함께 작은 심리 상담실을 운영하고 있다. 1년 반 전 리치먼드 지역에 있는 오래된 청소기 수리 가게의 한 귀퉁이에서 처음 상담을 시작했을 때만 해도 우리는 입에 풀칠도 못할까 봐 걱정했다. 한때는 집세를 내기 위해 부업으로 커피와, 내가 남몰래 좋아하는 초콜릿 칩 쿠키를 만들어 팔아야 하나 생각했을 정도였다.

하지만 결국 상담실은 큰 고난 없이 살아남았다. 내 두 파트너인 이블린(38세, 미혼, 엄청나게 똑똑함, 오리건 출신의 외동딸)과 이언(영국인, 41세, 마찬가지로 미혼, 게이, 삼형제 중 장남)은 모두 매력적이고 호감형이며 늘 행복한 사람들이었고, 나는 이들 덕분에 우리 사업이 살아남았다고 생각한다.

우리는 각각 다른 분야를 맡았다. 이블린은 주로 중독 담당이었고 이언은 성인들의 분노 조절 문제와 강박증, 그리고 나는 아이와 청소년이 주요 분야였다. 이 세 범주로 정확히 분류할 수 있는 내담자들은 적절한 담당자에게 배정되고, 그 외의 내담자들은 전부 똑같이 나누어 맡았다. 하지만 최근 들어 우리는 새로운 분야를 개척해보기로 했다. 아니, 적어도 이블린은 그랬다. 신혼여행에서 돌아온 나는 이블린이 확장된 영역 중 결혼 상담 분야에 나를 배치해놓은 것을 발견했다.

"내가 결혼과 관련된 경험이 많아서 그런 거야?"

"맞아."

마케팅의 천재인 이블린은 벌써부터 내가 맡을 새 피상담자를 세 명씩이나 준비해놓았다. 내가 저항하자 이블린은 자신이 내담자들에게 보낸 이메일을 보여주었다. 그 이메일에는 내가 상담 분야에서 상당한 경험이 있으며, 특히 정확히 2주 동안 결혼과 관련된 개인적인 경험을 했다고 적혀 있었다.

나는 아무런 준비가 되어 있지 않았기에 겁을 먹었다. 그래서 이블린이 그 소식을 전해주었을 때, 일찌감치 패닉에 빠져 냅다 공부를 시작했다. 그리고 결혼의 혁명에 대해 조사하다가 서구 사회에서 일부일처제가 정립된 것이 고작 8백 년밖에 안 되었다는 사실을 알고 깜짝 놀랐다.

또한 기혼자들은 미혼자들보다 오래 산다는 사실도 배웠다. 그런 이야기를 지나가듯 들은 기억은 있지만 실제 연구 사례를 본 것은 처음이었다. 아주 설득력 있는 근거도 있었다.

그 시점의 반대 스펙트럼에서 영화배우 그루초 막스는 이렇게 말했다. "결혼은 아주 훌륭한 보호시설이지만 누가 보호시설 안에서 평생을 살고 싶겠어?"

나는 인터넷과 사무실 근처 서점에서 사 온 결혼에 관련된 책들을 보며 다양한 인용구들을 열심히 긁어모았다.

"성공적인 결혼 생활의 비결은 항상 같은 사람에게 여러 번 사랑에 빠지는 일이다", "서로를 너무 구속하면 안 된다. 그늘에서는 아무것도 자라지 못한다"와 같은 말들이었다. 인용구는 너무 지나치게 축약된 말일 수도 있고, 호사가의 마지막 피난처일 수도 있겠지만 나는 상담을 할 때 그런 말들을 미리 준비해놓기를 선호했다. 때로 무슨 말을 해야 좋을지 알 수 없을 때 누군가의 말을 인용하는 건 편리한 방편이었다. 그루초 막스의 한마디는 서먹서먹한 분위기를 깨주기도 하고, 생각지도 못했던 방향으로 대화를 이끌어줄 수도 있고, 최소한 내게 생각을 정리할 시간을 벌어주었다.

7장

토요일 아침, 우리는 비비언의 방문을 대비하여 일찍 일어났다. 아침 9시 45분, 앨리스는 청소기로 청소를 끝냈고 나는 오븐에서 시나몬 롤을 꺼냈다. 서로 아무 말도 하지 않았는데도 우리는 둘 다 지나치게 잘 차려입은 상황이었다. 내가 몇 달 동안 한 번도 입은 적 없는 버튼다운셔츠와 카키색 바지를 입고 침실에서 나오는 모습을 보고 앨리스는 웃음을 터뜨렸다.

"꼭 마트에서 평면 TV 파는 사람 같네."

물론 우리는 태평양이 아주 살짝 내다보이는 작은 집과 거기에 사는 우리의 모습을 아주 조금이나마 괜찮아 보이게 하고 싶었을 뿐이었다. 나는 우리가 왜 비비언에게 좋은 인상을 주려 애쓰는지 알 수 없었지만 굳이 확실한 이유를 찾을 필요는 없었다. 그냥 그러고 싶을 뿐이었다.

9시 52분, 앨리스는 세 번째로 옷을 갈아입었다. 그리고 거실로 들어와 파란 꽃무늬 원피스 차림으로 한 바퀴 빙글 돌았다.
"너무 과한가?"
"완벽해."
"신발은 어때?"
앨리스는 일하러 갈 때나 신는 진중한 펌프스를 신고 있었다.
"너무 딱딱해."
"알았어."
앨리스는 복도로 사라졌다가 잠시 후 빨간 플루보그 샌들을 신고 돌아왔다.
"딱 좋아."
나는 정면의 창문을 내다보았지만 아직 아무도 없었다. 마치 지원하지도 않은 취업 면접을 기다리기라도 하듯 약간 초조한 기분이 들었다. 하지만 뭔지는 몰라도 우리는 붙고 싶었다. 선물 상자와 펜, 그리고 수수께끼 같은 이메일을 통해 피니건은 그 무엇인가를 대단히 매력적으로 보이게끔 만들었다. 그리고 인정컨대, 우리가 굉장히 선택받은 사람들 같은 느낌이 들게 했다. 앨리스는 사실 진정한 완벽주의자였다. 무언가 하나를 시작하면 끝장을 내야만 직성이 풀렸다. 그리고 끝장을 낸 것에서는 반드시 성공을 거두어야만 했다. 그 결과가 자신에게 좋든 나쁘든 상관없었다.
9시 59분, 나는 다시 한번 창밖을 내다보았다. 짙은 안개 때문에 어느 방향에서도 차가 오는지 보이지 않았다.
그때 계단 쪽에서 신발 소리가 들렸다. 그것도 아주 높은 굽 소리였다. 앨리스는 투박한 플루보그 샌들을 내려다보고는 내 쪽을 쳐다보더니 속삭였다.

"신발 잘못 고른 것 같아!"

나는 민망한 기분으로 문을 열었다.

"당신이 비비언인가요?"

목소리는 의도했던 것보다 훨씬 딱딱하게 흘러나왔다.

비비언은 깔끔한 맞춤 드레스를 입고 있었다. 옷 색깔이 너무 샛노래서 마치 투르 드 프랑스 참가자들이 입는 유니폼 같았다. 그리고 내가 생각했던 것보다 젊어 보였다.

"당신이 제이크로군요. 그리고 당신이 앨리스겠네요. 사진보다 실물이 훨씬 예뻐요."

앨리스는 얼굴을 붉히지 않았다. 원래 얼굴을 붉히는 일이 별로 없었다. 대신 앨리스는 고개를 흔들며, 값어치라도 매기는 듯한 시선으로 비비언을 바라보았다. 앨리스는 아마도 비비언이 무슨 꿍꿍이가 있는 게 아닌지 의심하는 듯했지만, 나는 비비언이 진심으로 그렇게 말했다는 사실을 알 수 있었다. 사람들은 누구나 앨리스를 보면 외모를 칭찬하곤 했으니까. 그리고 나는 앨리스가 평범한 가족, 모든 구성원들이 다 살아 있으며 서로를 지극히 사랑하고 간암으로 죽지 않은 어머니, 폐암으로 죽지 않은 아버지, 사람들이 '쉬운 도피'라 부르는 방법을 선택하지 않은 오빠로 이루어진 가족을 얻을 수만 있다면 자신의 높은 광대뼈, 커다란 초록색 눈, 결이 굵은 검은 머리카락 따위는 얼마든지 버릴 수 있다는 사실도 알고 있었다.

비비언 역시 좋은 교육을 받고 자라 훌륭한 취향을 갖게 된 사람 특유의 자신감에서 우러나는 매력이 있었다. 비비언은 80퍼센트 정도는 일 때문에, 나머지 20퍼센트는 '친구와 토요일 아침에 브런치를 먹으러' 이곳에 온 분위기를 풍겼다. 비비언은 튼튼한 가죽 가방을 짊어지고, 반짝반짝 빛나는 진주 목걸이를 하고 있었다. 얼굴에 환한 빛이 비치자 나는 비비언이 40대 후반은 된다는 사실을 알 수 있었다. 머리카락은 반짝반짝 빛나고 피부는 윤기가 났다. 그것은 아마도 유기농 식단과 규칙적인 운동, 그리고 다양한 절제의 산물이라는 것을 추측할 수 있었다. 나는 비비언이 직업적으로 괜찮은 지위를 가지고 있고 어느 정도의 스톡옵션을 가지고 있으며, 상당한 액수의 상여금을 받는 사람일 거라고 생각했다.

상담실에서 첫 내담자를 대면할 때면 보통 상대를 슬쩍 보기만 해도 문제가 얼마나 심각한지 알 수 있다. 수년간의 경험을 통해 불안, 스트레스, 두려움이 얼굴에 쉽게 드러난다는 사실을 배운 덕분이었다. 스트레스와 불안은 오랜 세월에 걸쳐 크게 굽은 강줄기처럼 사람의 얼굴에 꾸준히 작은 흔적을 남기고, 차츰 패턴을 형성하여 결국 육안으로도 충분히 알아볼 수 있을 정도의 그림자를 드리운다.

안개를 가르고 빛이 비쳐들어 우리 집 거실에 갑자기 햇살이 넘쳐흐른 순간, 햇빛이 문자 그대로 비비언의 얼굴을 비췄을 때 나는 확신할 수 있었다. 이 여성에게는 아무런 스트레스도, 불안도, 두려움도 없었다.

"커피 드릴까요?"

내가 물었다.

"네, 주세요."

비비언은 앨리스가 로펌에서 받은 첫 월급의 반을 털어서 구입했던 커다란 파란색 의자에 앉아, 가죽 가방을 열고 노트북과 작은 프로젝터를 꺼냈다.

할 수 없이 나는 부엌으로 향했다. 그리고 문득 내가 앨리스와 비비언을 단둘이 두는 것에 불안을 느낀다는 사실을 깨달았다. 커피를 가지고 돌아가니 두 사람은 우리의 신혼여행과 아드리아 해의 아름다움에 대해 이야기를 나누고 있었다. 비비언은 우리가 묵은 호텔 이름을 거론하며 지내기에 어땠는지 물어보았다. 우리가 어디에 묵었는지 어떻게 알았을까?

나는 앨리스 옆에 앉아 시나몬 롤 세 개를 디저트 접시 세 개에 각각 나누어 담았다.

비비언이 말했다.

"고마워요. 나도 시나몬 롤 정말 좋아해요."

비비언은 프로젝터를 노트북에 연결한 뒤 자리에서 일어섰다.

"이 사진 좀 내려도 될까요?"

하지만 우리가 대답을 하기도 전에 비비언은 이미 벽에 걸려 있던 액자를 내리고 있었다. 그것은 앨리스가 지난 생일에 선물로 사주었던 마틴 파의 사진이었다. 나는 항상 그 사진을 보며 감탄했지만, 금전적으로 살 여유가 없었다. 사진에는 어느 폭풍우 치는 스코틀랜드의 쇠락한 마을, 녹색 바다 옆 다 낡아빠진 공공 수영장의 왕복 코스 근처에 서 있는 외로운 남자의 모습이 찍혀 있었다. 앨리스에게 이 사진을 도대체 어디서 샀느냐고 묻자, 아내는 웃음을 터뜨렸다.

"샀느냐고? 일이 그렇게 쉽게 풀렸으면 얼마나 좋아."

비비언이 몸을 돌리며 말했다.

"그래서 리엄이 어디까지 얘기했나요?"

앨리스가 대답했다.

"사실 저희는 아무 말도 못 들었어요."

비비언이 다시 물었다.

"상자 열어볼까요? 작은 것만 가져오면 돼요. 그리고 같이 들어 있던 펜도 필요해요."

나는 복도로 나가서 아직 답장도 보내지 못한 결혼 선물들이 쌓여 있는 뒷방으로 향했다. 매너스 양(칼럼니스트 주디스 마틴이 예절에 대한 전 세계 독자들의 질문을 받고 답해주었을 때 사용한 필명)이 감사 편지는 1년 안에만 부치면 된다고 했지만, 바로 바로 보낼 수 있는 이메일과 메시지의 세계에서 1년은 거의 영원이나 마찬가지다. 나는 그 선물들을 볼 때마다 아직 부치지 못한 카드들 때문에 양심의 가책을 느끼곤 했다.

나는 상자와 펜 두 자루를 가지고 와서, 비비언 앞의 커피 테이블에 내려놓았다. 비비언은 미소를 띤 채 말했다.

"아직 안 뜯었군요. 첫 번째 시험을 통과했네요."

앨리스는 불안한 듯 커피만 홀짝홀짝 마셨다. 사실 앨리스는 신혼여행에서 돌아온 후에야 그 상자를 처음으로 보았고, 핀셋을 가져와서 상자를 뜯어보려 온갖 애를 썼지만 결국 실패한 전적이 있었다.

비비언은 가방으로 손을 뻗어 황금 열쇠 한 세트를 꺼냈다. 그리고 맞는 열쇠를 찾아 상자의 자물쇠에 꽂았지만 아직 돌리지는 않았다.

"계속 진행하기 위해서는 두 사람의 구두 동의가 필요해요."

비비언은 그렇게 말한 뒤 앨리스를 바라보며 기다렸다.

나중에 생각해보니 바로 그때 뭔가가 잘못되었다는 사실을 알아차렸어야 했다. 비비언을 집에서 내보내고, 피니건의 전화를 받지 말았어야 했다. 그리고 일이 시작되기 전에 다 끝내버렸어야 했다. 하지만 우리는 젊고 호기심이 많았으며 이제 막 결혼한 사이였다. 피니건의 선물은 너무나 뜻밖이었고 그가 보낸 심부름꾼이 지나치게 열정적이었던 탓에, 그걸 거부하는 일은 무례한 것처럼 느껴졌다.

앨리스는 고개를 끄덕였다.

"저희는 준비됐어요."

8장

비비언은 프로젝터를 켰다. 바로 몇 분 전까지 마틴 파의 사진이 걸려 있었던 벽에 슬라이드가 비쳤다.

화면에는 '협정'이라고 적혀 있었다.

그보다 더 길지도 않았고, 더 짧지도 않았다. 쿠리어 폰트로 적힌 커다란 검은색 글씨가 텅 빈 배경에 덜렁 쓰여 있을 뿐이었다.

비비언은 우리 결혼식 때 쓰고 남은 냅킨으로 손가락을 닦았다. 아직도 냅킨에 우리 이름이 나란히 프린트되어 있는 모습을 보면 나는 행복한 충격을 느끼곤 했다. 앨리스와 제이크.

"두 사람에게 몇 가지 질문을 할게요."

비비언은 가방에서 검은 가죽 서류철을 꺼내 그 안에 끼워져 있는 노란 리갈패드를 펼쳤다. 프로젝터는 여전히 우리 집 벽에 '협정'이라는 글자를 비추고 있었다. 나는 새로 시작된 연약한 결혼 생활 위로 우리를 짓누르는 그 글자의 압박을 애써 못 본 척하려 했다.

"두 분 다 전에 결혼하신 적 없죠?"

"없어요."

우리는 합창하듯 말했다.

"전에 사귀던 사람 중 제일 길게 갔던 기간은 어느 정도인가요?"

"2년이요."

앨리스가 말했다.

"7년입니다."

내가 말했다.

"7개월 아니고 7년요?"

비비언이 물었다. 나는 고개를 끄덕였다.

"재밌네요."

비비언은 노트에 무어라 적어 넣었다.

"부모님의 결혼은 얼마나 지속되었죠?"

"19년이요."

앨리스가 말했다.

"사십몇 년쯤 됐을 겁니다. 아직도 진행 중이시죠."

나는 부모님의 성공적인 결혼 생활에 당사자도 아니면서 뿌듯함을 느끼며 대답했다. 비비언이 고개를 끄덕였다.

"좋아요. 그럼 앨리스, 당신 부모님의 결혼 생활은 이혼으로 끝났나요?"

"아뇨."

앨리스 아버지의 죽음은 너무나 최근에 벌어진 일이었다. 나는 앨리스가 그 화제에 대해 말하기 싫어한다는 사실을 알고 있었다. 앨리스가 자신을 드러내지 않으려 할 때마다 남편은 물론이고 심리학자로서도 가끔 그 사실을 받아들이기 힘들었다.

비비언은 몸을 앞으로 기울이며 노란 노트 위로 팔꿈치를 괴었다.

"사람들이 이혼하는 가장 흔한 이유가 뭐라고 생각하세요?"

"당신이 먼저 말해."

앨리스가 내 무릎을 치며 말했다. 깊이 생각할 필요도 없었다.

"불륜이죠."

비비언과 나는 앨리스를 쳐다보았다.

"폐소공포증?"

앨리스가 말했다. 내가 원하던 대답은 아니었다. 비비언은 노트에 우리의 대답을 적었다.

"사람들이 자기 행동에 책임을 져야 한다고 생각해요?"

"네."

"네."

"결혼 상담이 도움이 될 거라고 생각하나요?"

"그랬으면 좋겠네요."

나는 웃음을 터뜨렸다.

비비언은 계속해서 무어라 갈겨 적었다. 나는 비비언이 뭐라고 쓰는지 궁금해서 허리를 숙였지만 글씨가 너무 작아서 보이지 않았다. 탁 소리를 내며 서류철을 덮은 비비언은 최근에 이혼한 두 유명 배우의 이름을 거론했다. 지난 몇 개월 동안 그들의 이혼에 관한 저속하고도 자세한 소문들이 온 사방에 가득 퍼져 있었다.

"자, 이혼의 책임은 누구에게 있었을까요?"

앨리스는 얼굴을 찌푸리며 비비언이 듣고 싶은 답변이 무엇인지에 대해 고민했다. 아까도 말했듯이 앨리스는 완벽주의자였기 때문에, 단순히 시험을 통과하기만 하는 게 아니라 만점을 받고 싶어 했다.

"책임은 양쪽 모두에게 있겠죠. 그녀가 타일러 도일에게 했던 행동이 어른스럽고 이성적이지 않은 건 사실이지만, 남편 역시 다르게 행동할 수 있었어요. 적어도 트위터에 그런 글을 쓰지는 말았어야죠."

비비언은 고개를 끄덕였고 앨리스는 누가 봐도 만족한 표정을 지으며 자세를 살짝 반듯하게 고쳐 앉았다. 아마도 앨리스는 어린 시절 학교에서도 늘 이렇게 행동했을 것이다. 언제나 열정적이고 준비된 자세로 손을 번쩍 치켜들고 질문에 대답하는 학생. 그 자세는 앨리스를 좋은 의미에서 연약해 보이게 만들었다. 훌륭한 직업과 어마어마한 액수의 재산, 그리고 어른으로서의 체면이라는 갑옷 때문에 오히려 올바른 정답을 찾아내기를 더 어려워하는 모습은 내 아내에게 전혀 어울리지 않았다.

"늘 그렇듯 나는 내 아내의 말에 전적으로 동의합니다."

비비언은 윙크하며 대답했다.

"아주 좋은 대답이에요. 이제 얼마 안 남았어요. 당신이 제일 좋아하는 음료는 뭐죠?"

나는 대꾸했다.

"초콜릿 우유요. 차게 식은 핫 초콜릿 말입니다."

앨리스는 잠시 생각에 잠겼다.

"예전에는 크랜베리 주스를 섞은 보드카에 얼음을 띄워 마시길 좋아했어요. 지금은 캘리스토가 베리 와인이네요. 당신은요?"

비비언은 살짝 놀란 듯 테이블을 약간 흔들었다.

"그린 스폿 12년산이요. 깔끔하거든요."

그러고는 노트 페이지를 휙휙 넘겼다.

"자, 제일 중요한 질문이에요. 두 사람 다 결혼 생활을 영원히 지속하기를 원하나요?"

"네, 물론이죠."

나는 기계적으로 대답했다.

"네."

앨리스가 대답했다. 진심에서 우러난 대답 같기도 했지만, 만약 아내가 그저 시험을 통과하고 싶어서 내놓은 대답이면 어떡하지?

"끝났어요. 그럼 이제 슬라이드를 볼까요?"

비비언이 가죽 가방 속에 서류철을 집어넣으며 말했다.

9장

비비언이 이야기를 시작했다.

"'협정'은 같은 의도를 지닌 개인들이 목적을 성취하기 위해 한 마음으로 모인 집단이에요. 1992년 올라 스콧에 의해 북아일랜드의 어느 작은 섬에서 시작되었죠. 그 후 '협정'의 규모와 형태는 기하급수적으로 커져나갔어요. 규칙과 규약이 바뀌고, 가입 회원 수가 늘어나고, 회원층이 더욱 넓고 다양하게 퍼져나갔지만 '협정'의 목표와 정신은 올라가 맨 처음 세웠던 개념을 아직도 충실하게 따르고 있죠."

비비언이 의자 끄트머리에 걸터앉아 몸을 기울이는 바람에 우리 무릎은 거의 스칠 듯 말 듯한 거리까지 근접했다. 노트북이 여전히 벽에 '협정'이라는 글자를 비추고 있었다.

"그러니까 무슨 클럽 같은 건가요?"

앨리스가 물었다.

"뭐, 그렇다고 할 수도 있고 아니라고 할 수도 있죠."

슬라이드의 첫 장에는 넓은 바다를 배경으로 하얀 시골집 앞에서 있는 키가 크고 늘씬한 여성의 사진이 비춰졌다. 비비언이 설명했다.

"올라 스콧은 형사사건을 다루던 변호사이자 검사였어요. 극도의 일벌레였고, 자기 말에 의하면 출세 지향 주의자였다고 해요. 결혼은 했지만 자식은 없었어요. 올라는 모든 시간을 일에 바쳤죠. 법무부에서 아주 높은 위치까지 올라가고 싶었기 때문이에요. 그 무엇도 올라를 방해할 수는 없었어요. 하지만 30대 후반에 올라는 부모님을 잃고, 남편과도 이혼하고, 직장에서도 정리 해고를 당했어요. 이 모든 일들이 한 해 안에 일어났어요."

앨리스는 벽에 비친 사진을 뚫어져라 바라보았다. 아마 올라에게서 동질감을 느낀 모양이었다. 앨리스 역시 상실에 대해서라면 일가견이 있는 사람이었다.

비비언이 말을 이었다.

"올라는 3천 건 이상의 사건을 다루었어요. 모든 사건을 승리로 이끌었다는 소문도 있었죠. 올라는 대처 수상이 굴리는 기계 속의 톱니바퀴 중 하나였고, 대처가 힘을 잃은 순간 올라도 바로 직장을 잃었습니다.

올라는 고향인 래슬린 섬으로 후퇴했어요. 상황을 정리하고 이사 갈 곳을 궁리하기 위해 일이 주 정도 머무를 요량으로 작은 시골집을 하나 빌렸죠. 하지만 며칠이 흐르면서 점점 자신이 섬 생활 속으로 편안하게 가라앉고 있다는 사실을 알게 되었어요. 어린 시절에 느꼈던 조용한 삶 말이에요. 올라는 자신이 지금까지 가장 소중하게 여겼던 모든 것들이 종잇장처럼 얄팍하다고 느꼈어요. 올라는 실업으로 인한 스트레스와 불안을 해소하기 위해 섬으로 갔는데, 막상 가서 살아보니 실업자 노릇도 그렇게까지 절망적이지는 않다는 깨달음을 얻었죠. 오히려 올라를 혼란에 빠뜨린 건 결혼 생활이 끝났다는 사실이었어요.

올라는 첫 남편을 대학 때 만났고 정열적으로 사랑했어요. 두 사람은 젊은 나이에 결혼했고, 그 후로 조금씩 사이가 멀어졌죠. 남편이 먼저 이혼을 제안했을 때 올라는 안심했을 정도였어요. 생각하기 싫을 정도로 수많은 문제들이 복합적으로 얽혀 있었거든요. 결국 아주 솔직하게 자기 자신을 마주한 올라는 결혼을 성가신 골칫거리라고 여기고 있었다는 사실을 알게 되었습니다. 밤늦게까지 일할 때마다 괜한 죄책감을 느끼게 된 이유도 그것이었어요.

올라는 피해자들을 돕고 싶은 마음과 일종의 이상주의적 자세를 가지고 범죄를 고발하는 직업에 뛰어들었어요. 하지만 이혼 후 몇 달이 흐르고 올라는 자기 직업을 더욱 객관적으로 볼 수 있게 됐죠. 지금까지 이 사건 저 사건 정신없이 옮겨 다니며 아드레날린에 의존해서 살았고, 매사를 더 넓은 견지에서 볼 시간이 없었어요. 점점 시간이 흐르면서 올라는 자신의 일에 대해 깊이 생각해보지도 못하면서 격변하는 정치적 풍경의 일부가 되어갔죠. 올라는 타성에 젖은 채 매일 똑같은 일과를 바쁘게 반복하며 살았던 거예요.

이 모든 사실들이 명확해지자, 올라는 결혼 생활에 대해서도 분석했어요. 전남편과의 관계를 다시 회복하려 노력했지만 이미 마음이 떠난 후였어요."

비비언의 말이 점점 더 빨라졌다. 같은 이야기를 수십 번은 더 해본 것 같았다.

"1년 후 올라는 평소 일과대로 섬 주위를 산책하다가 누군가를 만났어요. 미국에서 온 여행자 리처드였어요. 리처드는 혼자 북아일랜드의 섬들을 여행하면서 조상의 머나먼 뿌리를 찾고 있었죠. 리처드는 귀국 편 비행기를 취소하고, 미국의 직장도 그만두고 섬에 있는 딱 한 곳의 여관에서 계속 날짜를 연장하며 머무르다가 드디어 올라에게 프러포즈를 했답니다."

이때 나는 앨리스가 계속 무언가를 거슬려한다는 사실을 알아차렸다.

"이 이야기 속에서는 모든 사람들이 다 일을 그만두네요. 혹시 그게 무슨 필요조건이라도 되나요? 제이크와 저는 둘 다 각자의 일을 사랑하는데요."

비비언은 대답했다.

"당연히 '협정'에는 두 분처럼 사업적으로 큰 성공을 거둔 분들이 많답니다. '협정'이 원하는 건 여러분의 행복뿐이에요."

여름 캠프에서 많이 들어본 슬로건이었다.

"올라는 리처드의 프러포즈를 받고 망설였죠. 이제는 자신이 했던 모든 행동들이 첫 결혼을 파국으로 이끈 원인이라는 사실을 알고 있었거든요. 올라는 실수를 반복하고 싶지 않았어요. 인간은 결국 습관의 동물이니까요. 한 번 몸에 밴 것은 고치기 힘들죠."

내가 항의했다.

"하지만 인간은 언제나 변화할 수 있습니다. 제 상담실, 아니 제 직업 전체가 그 사실을 전제로 성립되어 있는데요."

"물론이죠. 올라도 아마 당신 말에 동의할 거예요. 올라는 두 번째 결혼을 성공으로 이끌기 위해서는 명확한 전략이 필요하다고 생각했어요. 며칠 동안 해안을 거닐면서 올라는 결혼이란 무엇인가에 대해 생각했죠. 결혼을 실패하게 만드는 이유는 무엇인가, 또 결혼 생활을 잘 해낼 수 있게 만들어주는 원인은 무엇인가. 올라는 집에 앉아서 소설가 지망생이었던 어머니가 몇십 년 전에 썼던 바로 그 타자기로 생각을 정리했어요. 열이레가 지난 후 타자기 옆에는 산더미 같은 종이들이 쌓였고, 매뉴얼이 점점 늘어나면서 완벽한 결혼에 관한 시스템이 탄생했어요. 결코 실패하지 않는 시스템이 말이에요. 아주 효율적이면서 과학에 기반을 둔 시스템이고, 그것의 이점은 여러 번 증명되었죠. 왜냐하면 올라는 결혼 생활을 오로지 우연에만 맡길 수 없다고 생각했거든요. 결국 올라가 해안을 걸으며 생각했던 그 모든 것들이 '협정'의 기초가 된 셈이에요."

"그래서 올라와 리처드는 결혼했나요?"

내가 물었다.

"네."

앨리스가 몸을 앞으로 기울였다.

"지금도 아직 같이 살아요?"

비비언은 힘차게 고개를 끄덕였다.

"당연하죠. 우리 모두가 다 그래요. '협정'의 힘이죠. '협정'은 올라를 도왔고, 저를 도왔고, 또 당신들을 도울 거예요. 간단히 말해 '협정'은 딱 두 가지로 구성되어 있어요. 하나는 배우자와의 합의, 그리고 또 하나는 그룹에 소속되는 데 대한 동의죠."

비비언은 마우스를 클릭하여 슬라이드를 넘겼다. 녹색 잔디밭에서 행복하게 웃고 있는 사람들의 사진이 나왔다.

"같은 생각을 가진 사람들과 교류를 나누며 각자가 배우자와 나눈 약속을 지킬 수 있도록 지원해주고, 강화시켜주는 그룹이랍니다. 이해가 되셨나요?"

"아직 완전히 이해하진 못했지만, 재미있을 것 같네요."

앨리스가 웃으며 말했다. 비비언은 마우스를 클릭하여 슬라이드를 몇 장 더 넘겼다. 대부분의 슬라이드에는 아름다운 잔디밭 또는 잘 꾸며진 방에서 함께 즐거운 시간을 보내는 행복한 사람들의 사진이 담겨 있었다. 비비언은 광대한 사막을 등진 채 밝은 햇빛을 받으며 발코니에 서서 완전히 자신에게 푹 빠진 청중들에게 연설을 하는 올라의 사진에서 잠시 멈추었다.

"올라는 맨 처음 법적 문제부터 접근했어요. 올라는 법적 규칙이 결코 변치 않는다는 사실, 또 그렇지 않은 곳에서도 법적 우선권이 먼저 작용한다는 사실을 매우 좋아했죠. 자신이 원하는 답이 어디 있는지 알고 난 올라는 마음이 편해졌고 그제야 결혼 역시 사회처럼 다양한 법규를 필요로 한다는 사실을 알게 되었거든요.

올라는 영국 사회가 수백 년 동안 그러한 법들 덕분에 아주 매끄럽게 잘 굴러갔다고 생각했어요. 모든 사람들이 규칙을 잘 숙지하고 있고, 설령 누군가는 사기를 치거나 절도를 하거나 심지어 신이 금지한 살인을 저지른다 하더라도 대부분의 시민들은 법을 어긴 후의 결과를 알고 있기 때문에 결코 범죄를 저지르지 않는 모습 말이죠. 올라는 첫 결혼에 실패한 뒤, 결혼 생활이 성공적이지 못했을 경우 단순히 안타까운 결과만 맞게 되는 게 아니라 그에 따르는 제재도 필요하다고 생각했어요."

내가 물었다.

"그러니까 '협정'은 결혼 제도에 영국식 법률을 적용하려는 노력의 일환이라는 말인가요?"

"단순히 일환 정도가 아니죠. 실제로 벌어지고 있는 일이니까요."

비비언은 프로젝터를 껐다.

"지금 난 결코 '협정'의 진정한 가치에 대해 과장해서 말하는 게 아니에요. '협정'은 정말로 여럿이 모여 결혼 제도를 지원하고, 격려하고, 제도의 체계를 잡아주는 시스템이에요."

앨리스가 물었다.

"제재라는 건 무슨 말인가요? 전 그게 이해가 안 되는데요."

"자, 들어봐요. 나는 한 번 결혼한 적이 있어요. 그때 나는 스물둘, 남편은 스물 셋이었죠. 우리는 고등학교에서 처음 만났고 데이트도 수도 없이 했어요. 결혼하고 나서 처음에는 잔뜩 흥분한 상태였죠. 둘이 함께 세상과 맞서 싸우겠다는 생각이었으니까요. 하지만…… 나도 갑자기 무슨 일이 벌어졌는지 잘 모르겠는데, 어느 순간 외로움을 느끼기 시작했어요. 우리에게는 여러 가지 문제가 있었고, 나는 의지할 사람이 한 명도 없었죠. 게다가 남편은 바람까지 폈어요. 난 그 이유를 몰랐고요. 혹시 내가 무슨 잘못이라도 한 게 아닐까 걱정했지만 어떻게 반응해야 할지도 모르겠더라고요. 결국 유일한 해결책이라도 되는 양 이혼이 너무나도 빨리 닥쳐왔고, 난 그냥 도망치고만 싶었어요."

비비언의 한쪽 눈꼬리에 눈물이 고였다. 비비언은 자세를 반듯하게 고쳐 앉고, 손가락 끝으로 재빨리 눈물을 털어버렸다.

"제러미를 처음 만났을 때 나는 극도로 겁을 집어먹은 상태였어요. 올라처럼요. 제러미는 내게 프러포즈를 했고, 나는 승낙했지만 결혼 날짜를 계속 차일피일 미뤘어요. 똑같은 실수를 반복하기 싫었거든요. 결혼이란 자꾸 그렇게 부정적인 생각만 떠오르게 하는 건가 봐요."

"'협정'에는 어떻게 들어가게 되었나요?"

앨리스가 물었다.

"결국 변명거리가 똑 떨어졌어요. 제러미는 결혼식 날짜를 잡기로 결심했고, 내가 말리지 않았더니 모든 일들이 급속도로 진전되었어요. 결혼식을 2주 남기고 나는 출장 때문에 자리를 비우게 되었죠. 글래스고 공항의 버진 항공사 라운지에 앉아서 고든스 진을 마시고 있을 때였어요. 아마 좀 취했었나 봐요. 혼자 앉아 있는데 갑자기 눈물이 나는 거예요. 아니, 솔직히 말하면 흐느껴 울었어요. 주위 사람들이 다 동요해서 일어날 정도로 큰 소리를 내서 울었죠. 그때 옷을 잘 차려입은 어느 노신사가 다가와서 내 옆에 앉았어요. 팔로알토에서 대학을 다니는 아들을 보러 가는 길이었대요. 나는 그 노신사와 한참이나 대화를 나누었어요. 결혼식에 대해 모든 이야기를 다 털어놓고 나니, 내 문제와는 하등 관련도 없는 낯선 사람에게 공포와 정신적 짐을 덜어놓는다는 게 얼마나 홀가분한 일인지 알겠더라고요. 그때 마침 아이슬란드에서 화산이 분화하는 바람에 원래 2시간이었던 환승 시간이 8시간으로 늘어난 상황이었어요. 하지만 그 노신사는 굉장히 친절했고 이야기도 재미있어서 기다리는 시간이 그렇게 지루하지 않았어요. 며칠 후 우리 집에 결혼 선물이 배달됐고, 그 후로는 별일 없이 잘 지내고 있어요. 결혼해서 행복하게 산 지 어느덧 6년이 되었네요."

비비언은 나무 상자 쪽으로 손을 뻗어, 자물쇠에 황금 열쇠를 꽂고 돌려 상자를 열었다. 그 안에는 짙은 파란색 잉크로 무어라 적혀 있는 누런 유산지로 포장된 서류가 한 묶음 들어 있었다. 비비언은 서류 포장을 벗기고 내용물을 테이블 위에 올려놓았다. 유산지 속에는 금빛 가죽으로 장정된, 똑같이 생긴 작은 책 두 권이 들어 있었다.

앨리스는 흥미롭다는 표정으로 책 표면을 어루만졌다.

비비언은 금색 책을 각각 한 권씩 우리에게 나눠 주었다. 나는 책 위에 양각으로 우리의 이름, 결혼 날짜, 그리고 크고 굵은 글씨로 '협정'이라고 새겨져 있는 것을 보고 움찔 놀랐다.

"이게 바로 매뉴얼이에요. 다 외워야 해요."

비비언이 말했다. 나는 책을 펼치고 팔랑팔랑 넘겨보기 시작했다. 글자가 아주 작았다.

비비언의 휴대전화가 진동했다. 그녀는 전화를 집어 들고는 손가락으로 화면을 밀면서 말했다.

"43쪽. 배우자에게서 전화가 오면 반드시 받을 것."

내가 의아한 표정을 짓자 비비언은 매뉴얼을 가리켰다.

비비언은 우리 집 현관으로 나간 뒤 문을 닫았다. 앨리스는 책을 집어 들고 눈을 커다랗게 뜨더니 입 모양으로 '미안'이라고 말했다. 하지만 앨리스의 얼굴에는 웃음이 떠올라 있었다.

나 역시 입 모양으로 '괜찮아'라고 대답했다. 앨리스는 허리를 숙이고 내게 입을 맞췄다.

전에 말했듯이 나는 앨리스를 지켜주고 싶어서 프러포즈를 했다. 신혼여행에서 돌아온 이후로 앨리스가 결혼 후 우울증에 걸릴까 봐 무척 걱정이 되었다. 모든 것들이 결혼 전의 모습 그대로 너무나 빨리 돌아왔고 나는 초조해졌다. 앨리스는 일정 수준 이상의 흥분을 늘 필요로 했다. 무엇이든 쉽게 질리곤 하는 성격이었다.

지금까지 나는 물리적으로 볼 때 결혼이 동거와 크게 다르지 않을 거라고 생각했다. 하지만 정신적인 면에서 결혼은 커다란 도약이었다. 잘 설명하기는 힘들지만 "이제 두 사람은 남편과 아내가 되었습니다"라는 말을 들었을 때 비로소 내가 드디어 결혼을 했다는 느낌이 들었다. 앨리스도 같은 기분이었으면 좋겠지만 확신은 없었다. 앨리스는 전보다 더 행복해 보였다. 하지만 그 행복은 가끔 사라지곤 했다.

이러한 이유 때문에 나는 솔직히 피니건에게 끌려 들어오게 된 이 이상한 사건을 반갑게 받아들일 수밖에 없었다. 어쩌면 우리 관계에 새로운 흥분을 가져다줄지도 모른다. 아니면 우리 사이의 유대감이 전보다 더 튼튼해질 계기가 될 수도 있다.

"시간이 참 빠르네요. 난 이제 가봐야겠어요. 사인 좀 해줄래요?"

비비언은 우리에게 유산지 뭉치를 내밀었다. 글씨는 아주 작았고, 양식의 맨 아래쪽에 서명 할 공간이 비어 있었다. 비비언은 왼쪽 부분, '주최자'라고 적혀 있는 곳에 자신의 이름으로 서명을 했다. 아래에는 올라 스콧이 파란 잉크로 서명해놓았는데 그 밑에는 '설립자'라는 글씨가 있었고 오른쪽에는 피니건이 '후원자'란에 서명을 해놓았다. 내 이름은 '남편'이라는 글씨 위에 적혀 있었다. 비비언은 나무 상자 속에 들어 있던 이름이 각인된 펜을 우리에게 건넸다.

"이 계약서를 며칠 동안 저희가 가지고 있으면 안 될까요?"

앨리스가 물었다.

"물론 원한다면 그래도 되죠. 하지만 난 오후에 바로 이 지역을 떠나서 당신들 두 사람의 서류 작업을 가능한 한 빨리 시작해야 해요. 두 사람이 다음 파티를 놓치게 된다면 내가 다 섭섭할 것 같으니까요."

"파티요?"

앨리스가 귀를 쫑긋 세우며 물었다. 앨리스가 파티를 좋아한다는 이야기를 내가 이미 했던가? 비비언은 과장된 제스처를 취하며 무심한 태도로 말했다.

"아주 재미있을 거예요. 하지만 너무 재촉할 생각은 없어요. 충분히 넉넉하게 시간을 드릴 수 있으니 걱정 말아요."

"알겠어요."

앨리스는 첫 번째 페이지를 넘겨보았다. 아마 지금의 앨리스는 뮤지션보다 변호사에 가까울 터였다. 나는 페이지를 훑어보며 빽빽하게 들어차 있는 모호하고 중의적인 말들과 복잡하기 짝이 없는 법률 용어들 사이에서 핵심을 꿰뚫으려 집중했지만 그것은 쉬운 일이 아니었다. 서류를 읽고 있는 앨리스의 얼굴을 보니 가끔 웃기도 하고 찌푸리기도 했다. 나는 아내가 무슨 생각을 하고 있는지 통 알 수가 없었다. 이윽고 마지막 페이지를 덮은 앨리스는 자기 펜을 집어 들고 서명했다. 그리고 내 얼굴에 떠오른 놀란 표정을 보더니 나를 포옹한 뒤 말했다.

"제이크, 이건 우리 둘에게 모두 좋은 일이야. 게다가 설마 내가 파티를 놓칠 거라고 생각하진 않겠지?"

비비언은 프로젝터를 정리하고 짐을 싸기 시작했다. 나는 서류를 제대로 꼼꼼하게 봐야 한다고 생각했지만 이건 앨리스가 원하는 일이었다. 나는 앨리스를 기쁘게 해주고 싶었다. 그래서 펜을 집어 들고 손가락으로 그 무게를 느끼며 서류에 서명했다.

10장

인간이라면 누구나 실제 자신의 모습과 자신이 생각하는 모습 사이에 괴리감을 느끼기 마련이다. 내 경우에는 그 간격이 작다고 생각하고 싶지만, 어쨌든 존재하는 건 사실이니 인정할 건 인정하자. 예를 들자면 나는 대단히 인기가 많고 호감이 가는 사람이며, 평균을 훌쩍 뛰어넘는 수의 친구들을 가지고 있다고 생각했다. 그러나 나는 그리 많은 결혼식에 초대받지 못했다. 도대체 왜 그런지는 나도 모르겠다. 앨리스 같은 사람들은 툭하면 결혼식에 초대받아 가는데 말이다.

이 사실의 좋은 점은 내가 참석했던 모든 결혼식을 다 기억할 수 있다는 점이다. 특히 첫 번째 결혼식은 더더욱.

나는 당시 열세 살이었고, 제일 좋아하던 고모가 샌프란시스코에서 결혼식을 올리게 되었다. 두 사람의 관계는 아주 빠르게 진전되었고 결혼식도 느닷없이 찾아온 듯한 느낌이었다. 식은 7월의 어느 토요일, 휑뎅그렁한 연합 아일랜드 컬처 센터에서 이루어졌다. 식장 바닥은 끈적끈적했고 모든 틈새에서 오래전의 수많은 결혼식들에 사용되었던 싸구려 맥주 냄새가 피어올랐다. 마리아치(멕시코의 전통 악단) 밴드가 무대 위에 모습을 드러냈고, 엔칠라다와 토르티야 요리가 주방에서 등장했다. 뒷벽 전체를 이용하여 긴 바 카운터 자리를 만들었고 아일랜드인 바텐더들이 술병을 들고 분주히 뛰어다녔다. 결혼식장은 사람으로 빽빽했다. 어떤 남자가 내게 맥주를 건넸지만 아무도 신경 쓰지 않았다. 사실 나는 그것을 거부했더라면 상대가 심한 모욕감을 느끼리라는 것을 본능적으로 알고 있었다.

고모는 노동조합의 수장이자 중요 간사였다. 그리고 고모의 예비 신랑 역시 비슷한 정도의 지명도를 지닌, 다른 지역에서 온 노동자 그룹의 리더였다. 식장은 몹시 붐볐고 마치 잔칫날 같았다. 열세 살밖에 안 된 아이라도 뭔가 중요한 일이 벌어지고 있다는 사실은 충분히 알 수 있었다. 잠깐 들르기로 결심한 듯한 사람들이 코트와 가방, 자동차 열쇠를 챙기며 시끌벅적하고 즐거워 보이는 분위기로 문간을 통해 파도처럼 쏟아져 들어왔다. 온 사방에 음악이 흘러넘치는 가운데 모든 사람들이 술을 마시고, 춤을 추고, 떠들어댔다. 계속 술을 마시고 춤을 추니 하객들에게는 아마 결혼식이 더 짧게 느껴졌을 것이다. 그것은 내가 이제껏 참석한 것 중 가장 거칠고 긴 파티였다. 언제 결혼식이 끝났는지, 또 어떻게 집에 갔는지도 모르겠다. 내 머릿속에 남아 있는 이날의 흐릿한 기억은 마치 어린이와 어른 사이의 시기에 벼랑 끝에 걸터앉아 꾼 시끄럽고 이상한 꿈처럼 느껴지곤 했다.

고모의 결혼 생활이 어떻게 끝났는지에 대해서는 기억이 나지 않는다. 그냥 천천히 흐릿해지며 사라져버린 것만 같았다. 어느 날 정신을 차리고 보니 고모부가 있었고, 또 어느 날 정신을 차리고 보니 고모부가 없었다. 세월이 흘러 두 사람 모두 각자의 분야에서 성공을 거뒀고, 악명을 떨치기도 했다. 그리고 어느 날 아침 〈로스앤젤레스 타임스〉를 읽다가 고모부가 돌아가셨다는 소식을 발견했다.

나는 얼마 전에 또 그 결혼식 꿈을 꾸었다. 사람으로 가득 들어찬 냄새 나는 공간에 흘러넘치던 음악, 음식, 술, 광기 어린 행복.

그리고 그게 정말로 일어난 일이었는지 의심스러워졌다. 그것은 내가 최초로 겪은 진짜 결혼식이었다. 적어도 결혼이란 행복과 기쁨으로 가득한 일이라는 사실을 가르쳐준, 최초의 결혼식이었다.

11장

비비언이 방문한 그날 밤, 함께 침대에 누워 있을 때 앨리스가 내게 매뉴얼을 건네주었다.

"공부해두는 게 좋을 것 같아. 당신이 결혼 감옥에 끌려가는 걸 원치 않거든."

"불공평해. 당신은 법대를 나왔잖아. 훨씬 이득인걸."

매뉴얼에는 다섯 가지 분야가 실려 있었다. '우리의 사명', '순서의 규칙', '협정의 법규', '제재', '중재'. 그중에서도 '협정의 법규'가 독보적으로 두툼한 양을 차지하고 있었다. 각 부는 장으로, 장은 절로, 절은 단락으로, 단락은 문장과 중요 항목으로 구성되어 있었고 하나같이 깨알처럼 자디잔 글씨로 쓰여 있었다. 그야말로 도어스토퍼로나 써야 할 책이었다. 눈이 빠지게 들여다보아도 시선은 글자 위를 스쳐 지나갈 뿐이었다. 반면에 앨리스는 평생 자잘한 글씨와 복잡한 법률 용어를 끼고 살아온 사람이었다.

"으음, 아마 나한테 문제가 생길 수도 있겠네."

"왜?"

"3.6, 질투와 의심."

앨리스가 질투심이 강하다는 건 잘 알고 있었다. 그것은 우리가 교제를 시작한 이후로 계속 해결하려고 노력하는, 불안으로 이루어진 복잡한 실타래 같았다.

"그러게, 당신이 고생 좀 하겠는걸."

내가 말했다.

"글쎄, 그건 또 모르지. 이건 어때? 3.12, 건강과 운동."

나는 매뉴얼을 앨리스에게서 빼앗으려 했으나 앨리스는 손에 꽉 쥔 채 웃음을 터뜨렸다.

"하룻밤만 읽으면 충분하겠어."

내가 말했다. 앨리스는 매뉴얼을 침대 옆 테이블에 집어던지고 내게 몸을 꼭 붙였다.

12장

내 사무실은 결혼에 관한 책과 기사 들로 가득했다. 러트거스 대학의 연구 결과에 따르면 아내가 결혼에 만족할 경우 남편은 더욱 행복해진다고 한다. 하지만 결혼에 관한 남편의 만족도와 아내의 행복은 큰 관련이 없다.

키가 작은 남자들은 키가 큰 남자들보다 더 오래 결혼 생활을 지속한다.

결혼 생활의 성공을 예측할 수 있는 가장 좋은 잣대는 무엇일까? 신용 평점이다.

바빌로니아법에서는 아내가 남편을 속였을 경우 아내를 물에 빠뜨렸다고 한다.

학문에서 괜찮은 결론을 낸 좋은 연구는 대부분 어마어마한 양의 데이터에서 나온 산물이다. 데이터가 많으면 많을수록 예외적인 부분이 줄어들고 진실에만 초점을 맞출 수 있다. 비록 정보가 너무 많아서 진실이 엉뚱한 방향으로 흘러가는 경우도 있긴 하지만. 결혼의 경우에는 어떨까? 어쩌면 과거 수많은 결혼 사례의 성공과 실패에서 배울 점이 있을지도 모른다. 설마 모든 결혼들이 전부 다 제각각 다르지는 않겠지.

리자와 존은 내 첫 내담자들이었다. 나는 두 사람이 사무실에 오기 전에 온갖 것들을 죽어라 공부했다. 왜냐하면 그게 내 방식이고, 내가 해야 할 일이기 때문이었다. 밖에는 비가 내렸고, 평소의 아우터 리치먼드보다 훨씬 더 음울한 날씨였다. 남편은 하청업자였고 아내는 마케팅 일을 했다. 두 사람은 5년 전 밀브레이의 어느 골프 코스에서 아주 꼼꼼히 준비한 결혼식을 올렸다.

나는 금세 이 부부가 좋아졌다. 리자는 손수 뜨개질해 만든 알록달록한 모자를 쓰고 있었는데 아주 검소하고 소박해 보였고, 존은 고등학교 시절의 어느 좋은 친구를 떠올리게 했지만 그 친구보다는 더 똑똑했다. 어쩌면 이런 종류의 상담은 내가 평소 하는 아이들 대상 상담과 좋은 대조를 이루어, 정신적 균형을 가져다줄지도 모른다. 어쩌면 나는 니체나 패신저나 과학적으로 증명된 마리화나의 효능에 대해 굳이 이야기할 필요가 없는 어른들 대상의 상담을 가끔 더 즐겁게 느낄지도 모른다. 아니, 이러지 말자. 나는 아이들을 좋아한다. 하지만 아이들을 약하게 만드는 절망으로 뒤섞인 탐구심, 자기 생각이 독창적이라는 순진한 믿음 때문에 아이들 상담은 대단히 반복적이고 지루해질 때가 있다. 가끔 나는 '그래, 알아. 나도 《프래니와 주이》를 읽었어. 그리고 아나키즘은 결코 정부가 구성할 수 있는 형태가 아니야'라는 문패를 걸어놓고 싶은 유혹에 시달리곤 한다. 그러니 리자와 존은 내 입장에서 비옥한 새 토지나 다름없는 셈이었다. 나 자신에게 아주 친근한 문제를 갖고 있는 사람들을 돕는 일은 생각보다 괜찮게 느껴졌다. 아마 상황이 달랐다면 나는 그들과 친구가 될 수 있었을지도 모른다.

존은 스타트업 회사에서 어마어마한 야근을 하며 자기도 제대로 설명하기 힘들지만 아무튼 엄청나게 획기적인 어플리케이션을 개발하는 일을 하고 있었다. 리자는 마치 환자들을 위한 공장 시스템 같아 보이는 병원의 신비를 화려하게 광고하는 자기 직업을 지긋지긋하게 여기고 있었다.

"내가 꼭 사기꾼 같은 거예요."

리자는 니트 모자를 만지작거리며 고백했다.

"친구들이 그리워요. 워싱턴으로 돌아가고 싶은데……."

존이 끼어들었다.

"당신이 그리워하는 건 한 명이잖아. 그 점은 확실히 하자고."

그러고는 나를 보며 되풀이해서 말했다.

"이 사람이 보고 싶어 하는 사람은 딱 한 명이에요."

리자는 존의 말을 무시했다.

"난 한 나라의 수도에서 맛볼 수 있었던 삶의 즐거움을 되찾고 싶어요."

"무슨 즐거움?"

존이 콧방귀를 뀌었다.

"워싱턴 사람들은 아무도 밖에 나가질 않아. 아무리 날씨가 좋아도. 레스토랑 열 개 중 아홉 개는 맥줏집이고 제대로 된 샐러드를 파는 곳도 없어. 빌어먹을 양파튀김과 빙산으로 가득한 삶으로 돌아가겠다니 난 딱 질색이야."

어쩌면 존의 부정적인 에너지가 리자의 신경을 자극하고 있는지도 모르겠다는 생각이 들었다.

리자는 6개월 전에 고등학교 때 사귀던 남자 친구가 페이스북에서 자신을 발견하고 연락을 했다는 이야기를 했다.

"그 친구는 지금 정계에 있어요. 대단한 일을 하고 있죠."

존이 말했다.

"난 도대체 뭐가 더 나쁜 일인지 모르겠습니다. 내 아내가 바람이 난 건지, 아니면 아내랑 바람이 난 놈팡이가 제 잘난 멋에 사는 쓰레기 정치가라는 건지."

내가 입을 열었다.

"리자, 존은 당신이 외도하고 있다고 생각하네요. 왜 전 남자친구와의 관계를 불륜으로 오해받게 되었는지 설명해줄 수 있나요?"

어떤 때는 직설적인 화법이 나을 때도 있지만, 그렇지 않은 경우에는 주제를 핵심 말고 변두리에서부터 접근하는 경우가 낫다. 지금은 어떤 상황인 걸까.

리자는 더럽다는 눈빛으로 남편을 쳐다보고는 내 질문에 대답하지 않고 말을 이었다.

"그 친구가 이쪽으로 일하러 올 때면 커피를 한잔하곤 했어요.

그다음에는 저녁 식사를 함께했죠."

리자는 터무니없이 비싼 레스토랑의 이름을 거론하면서 마치 아주 놀랍고 경이로운 사건처럼 이야기했지만, 상황이 너무나 평범했기 때문에 도통 와 닿질 않았다. 나는 현재의 배우자에게서 마음이 떠나고, 페이스북에서 당신을 낚은 옛 남자 친구와의 불꽃을 갈구하는 일은 전혀 특별한 일이 아니라고 말해주고 싶었다. 둘이서 새로운 길을 개척하는 것이 아니라, 그저 닳고 닳은 전철을 그대로 밟고 있을 뿐이며, 그 앞에는 어떤 좋은 일도 기다리고 있지 않을 거라고. 하지만 나는 그러지 않았다. 그 부분은 내 영역이 아니었다. 나는 차라리 리자가 떠나는 게 존에게 더 나을 거라는 사실을 알아차렸다. 리자가 떠나고 나면 존은 몇 달 후 다른 프로그래머 여성을 만나 함께 자전거를 타고 석양을 보러 갈 수 있을 테니 말이다.

리자는 마치 어디서 무슨 매뉴얼이라도 읽은 듯 '정신적 사랑과 육체적 사랑의 양립 가능성'에 대해 거론했다. 그리고 '성적 자기실현'이라는 단어도 언급했다. 말은 그럴듯하게 들리지만 결국 '나는 내가 하고 싶은 대로 할 것이고, 누가 상처를 입든 말든 나는 상관없다'는 뜻이었다. 시간이 지날수록 리자는 더욱 짜증을 냈고, 존은 더욱 침울해졌다. 결국 이 두 사람이 이혼으로 향하는 여정에서 나라는 존재는 아주 잠깐 쉬어 가는 휴게소에 불과하다는 사실을 깨달을 수밖에 없었다. 목요일이 두 번 지난 후 존이 내게 전화를 걸어 예약을 취소하겠다고 말했을 때, 나는 그의 신세가 안타깝고 나 자신이 실망스럽긴 했지만 딱히 놀랍진 않았다.

13장

비비언이 방문하고 사흘이 지난 후 우리는 앨리스의 로펌에서 연례행사로 열리는 파티에 초대받았다. 아니, '초대받았다'는 말은 적절치 않다. 하급 직원들에게는 파티에 참석할 의무가 있었기 때문이다. 파티는 노브 힐 꼭대기에 있는 마크 홉킨스 호텔에서 열렸다. 나는 처음으로 손님 리스트에 올랐다. 로펌은 아주 고지식하고 보수적이고 전통적인 회사여서 단순한 남자 친구나 여자 친구는 환영받지 못하지만, 반대로 배우자는 반드시 파티에 참여하도록 강요당했다.

나는 내가 가진 옷 중 제일 좋은 테드 베이커 정장을 입었다. 결혼식 때 입었던 옷이었다. 그리고 녹색 셔츠와 빨강 넥타이로 치장하고 나가려 했지만, 앨리스는 나를 흘끔 쳐다보더니 얼굴을 찌푸렸다. 앨리스는 침대 위에 노스트롬 백화점의 상자 하나를 내려놓았다.

"이걸로 해. 내가 어제 사 왔어."

깔끔한 파란색 셔츠였다.

"그러고 나서 이거."

앨리스는 노스트롬 백화점에서 사 온 또 다른 상자를 내밀었다. 넥타이였다. 실크 재질에 셔츠보다 조금 더 짙은 파란색이었고, 희미한 보라색 줄무늬가 들어가 있었다. 셔츠 깃이 까칠까칠해서 목이 따가웠고, 넥타이를 매는 데에도 꽤 애를 먹었다. 나는 서른한 살이 될 때까지 넥타이 매는 방법을 몰랐다. 그게 자랑할 일인지 부끄러워할 일인지는 아직 잘 모르겠다.

텔레비전에 나오는 아내들이 대부분 그렇듯 앨리스가 내 넥타이를 매주었으면 했지만, 앨리스는 그런 아내들과는 달랐다. 다림질을 잘하고, 남편의 넥타이를 매줄 줄 알고, 거울 너머로 유혹적인 시선을 던지며 남편의 목에 팔을 감는 아내들 말이다. 앨리스는 섹시했지만 가정적인 느낌의 섹시함은 아니었고, 나는 아무래도 상관없었다. 아니, 사실 그래서 더 좋았다.

앨리스는 검은색 맞춤 드레스를 쫙 빼입고 검은 뱀 가죽 펌프스를 신었다. 진주 귀걸이를 하고 금팔찌를 찼으며 목걸이나 반지는 하지 않았다. 나는 앨리스가 팔찌 위에 팔찌를 겹겹이 차고 귀에 귀걸이를 주렁주렁 단 옛날 사진을 많이 보았으나, 최근의 귀금속류에 대한 경험적 지론은 재클린 케네디 오나시스 스타일을 따르고 있었다. 즉 딱 두 가지만 하는 게 가장 이상적이고 세 가지를 했을 경우 꽤 힘준 날이며, 그 이상은 안 하는 게 낫다. 앨리스의 패션이 90년대풍 록 스팀펑크 스타일에서 시크한 로펌 직원 느낌으로 바뀐 게 언제였더라? 어쨌거나 앨리스는 정말 아름다웠다.

우리는 마크 홉킨스 호텔의 루프톱 바 근처에서 주차를 맡겼다. 앨리스가 지각을 싫어해서 몇 분 일찍 도착한 덕분에 시간이 남았기에 우리는 근처를 가볍게 산책하기로 했다. 앨리스는 과하게 짙은 화장을 하지는 않았으나 가벼운 운동 덕분에 혈색이 좋아진 피부 위로 살짝 칠한 붉은 립스틱 빛깔이 좋은 대조를 이루었고, 파티에 도착했을 즈음에는 뺨이 발그레하고 사랑스러워 보였다.

"준비됐어?"

내가 이런 걸 얼마나 싫어하는지 아는 앨리스는 내 손을 잡으며 물었다.

"불법행위에 관한 대화에 날 끌어들이지만 마."

"약속은 못 해. 난 지금 일하러 온 거니까."

파티장으로 들어가자 케이터링 담당자가 우리에게 샴페인을 내밀며 인사를 건넸다.

"지금 베일리스에 얼음 띄워서 한 잔 달라고 하면 안 되겠지?"

귓속말로 묻자 앨리스는 내 손을 비틀었다.

"당신 나이 남자가 베일리스에 얼음 띄워서 마시는 건 지금이 아니라도 안 돼."

앨리스는 사람들에게 나를 소개해주었고, 나는 미소를 짓고 고개를 끄덕이며 열심히 악수를 나누고 '만나서 반갑습니다' 대신 안전하게 '이렇게 만나 뵙게 되어 영광입니다'라는 인사로 일관했다. 몇 명은 내가 상담사라는 사실을 알고 상투적인 농담을 던지기도 했다. "프로이트는 이 칵테일을 보고 뭐라고 할까요?"라거나 "얼굴만 보고도 내 가장 어두운 비밀이 무엇인지 맞힐 수 있겠어요?"라는 등.

"사실은 맞힐 수 있습니다."

나는 음침한 분위기를 자아내며 제이슨이라는 이름의 남자에게 큰 소리로 대꾸했다. 그는 대화의 첫 1분 동안 '하버드 로스쿨'이라는 단어를 세 번이나 언급한 거만한 인물이었다.

비슷한 만남을 수없이 되풀이하는 사이 나는 마치 항공모함에서 분리된 우주왕복선처럼 앨리스를 놓치고, 정신을 차리고 보니 디저트 테이블로 향하고 있었다. 테이블에는 수백 가지의 정교한 프티푸르와 작은 파르페, 산더미처럼 쌓인 트러플 초콜릿이 준비되어 있었다. 나는 디저트를 좋아했지만 사실 이 구석의 진짜 매력은 사람이 별로 없다는 데 있었다. 나는 사람들이 서로를 알려 애쓰며 거짓만 주고받다가 결국 대화가 끝날 무렵이 되면 처음 대화를 시작했을 때보다 더 아리송해지기만 하는 잡담이나 쓸데없는 대화를 싫어했다.

중요한 손님들이 도착하자 나는 멀찍이 서서 변호사들이 일을 시작하는 모습을 지켜보았다. 이런 상황에서는 파티라기보다 업무의 일환일 뿐이다. 앨리스는 수많은 사람들 사이를 오갔고, 내 눈으로도 아내가 일을 아주 잘하고 있다는 사실을 알 수 있었다. 누가 봐도 로펌 대표들과 동료들은 앨리스를 무척 좋아했고, 앨리스는 고객들에게서도 충분히 인기를 끌었다. 그것은 일종의 공식이었다. 로펌은 노회하고 경험이 많으며 공명정대한 대표들과 에너지가 넘치고 야심만만한 젊은 부하 직원들로 이루어진 매끄러운 팀이라는 사실을 어필해야 했다. 앨리스는 자신의 역할을 아주 잘 수행했고, 고객들은 앨리스가 대화에 매끄럽게 끼어들 때마다 활짝 웃으며 반가워했다.

나는 앨리스를 바라보다가 문득 그녀의 손에 들려 있는 샴페인잔에서 묘한 기분을 느꼈다. 앨리스의 상사가 툭하면 말하듯 그녀는 지금 '자신의 게임을 조종'하고 있었지만, 그것은 어째서인지 나를, 뭐랄까…… 슬프게 했다. 물론 돈은 좋은 것이고, 돈이 없었다면 우리는 집도 사지 못했을 것이다. 나는 선수 생활 중간에 농구를 포기하고 프로야구계로 들어갔을 때의 마이클 조던을 떠올렸다. 그리고 영화를 찍느라 시간을 낭비했던 데이비드 보위에 대해서도 생각했다. 좋은 영화들이긴 했지만, 이제는 그의 흘러간 노래 목록에 뚫려 있는 펀치 구멍보다도 못한 가치를 가진 것들.

바딤이라는 이름의 어느 젊은 남자가 나와 함께 디저트 테이블에 앉았다. 그는 나에게는 별 관심이 없고, 방 곳곳에서 벌어지고 있는 다양한 게임들을 피하고 싶었던 듯했다. 녹색 셔츠를 입고 빨간 넥타이를 맨 걸 보니 제발 안목 좀 키우라며 들들 볶는 아내가 없는 게 분명했다. 바딤은 불편한 표정으로 자기소개를 했다. 그는 로펌의 조사관이었다. 컴퓨터과학 박사 학위와 구글 벤처기업에서 4년 동안 일한 경력을 갖고 있다는 말에 나는 왜 바딤이 고용되었는지 이해할 수 있었다. 또한 그가 이런 장소에 결코 완벽하게 녹아들지 못할 인간이라는 사실도 충분히 알았다. 둘이서밖에 대화를 나눌 수 없는 상황이다 보니 이야기는 엉뚱한 방향으로 흘러갔고, 우리는 바딤이 거미를 엄청나게 무서워한다는 이야기와 어느 중국 공영회사와 경솔하게 관계를 맺었는데 알고 보니 간접적으로 기업 스파이 행위와 연관되어 있었다는 이야기까지 나눴다.

바딤은 그야말로 실리콘밸리의 미래였다. 실리콘밸리의 바딤 같은 사람들은 다른 여성 프로그래머들과 결혼을 하여 어마어마하게 똑똑하지만 다소 특수한 사회성을 지닌 자식들을 낳을 것이고, 그것은 미래의 골칫거리가 아니라 혁명의 다른 가지로서 뻗어나갈 것이며 인류가 멋진 신세계에서 살아남기 위해서 꼭 필요한 존재들이 될 것이다. 이 이론을 내가 믿는다 해도, 기술과 과학에 대한 기초적인 지식밖에 없는 사람이 바딤 같은 인간들과 관계를 맺기란 쉽지 않다.

하지만 어쨌든 자기소개와 거미 공포증과 기업 스파이 행위에 관한 길고 복잡한 이야기 끝에 우리는 드디어 서로 관계를 맺을 수 있게 되었다. 왜냐하면 바딤이 정말로 이야기하고 싶어 하는 화제는 앨리스였기 때문이었다. 내가 앨리스의 남편이라는 걸 전혀 몰랐는지(물론 알았다고 딱히 달라질 것도 없었겠지만) 바딤은 이렇게 말했다.

"앨리스는 아주 매력적이에요. 육체적으로나 내면적으로나."

그러고는 자신의 경쟁자들을 분석하기 시작했다.

"남편도 있지만 데릭 스노도 만만치 않아요."

바딤은 곱슬머리에 랜스 암스트롱 손목밴드를 하고 있는 어느 키 크고 잘생긴 남자를 가리켰다. 데릭은 앨리스의 어깨에 손을 짚고, 그녀에게 너무 가까이 몸을 들이댄 채 서 있었다. 데릭을 보고 있자니 나는 바딤의 말이 옳다는 사실을 알게 되었다. 이 로펌 안에서 내 아내를 노리는 경쟁자는 한두 명이 아니었다. 과거의 유명세와 음악적 재능을 생각하면 아마 아이비리그 졸업생으로 가득한 회사 안에서 앨리스는 상당히 눈에 띄는 존재일 터였다.

"앨리스가 그 심리상담사와 결혼을 할지 말지를 두고 내기가 벌어진 적도 있어요."

바딤이 말했다.

"그래요?"

"물론 난 참가하지 않았죠. 누군가의 관계를 놓고 도박을 하는 건 아주 비논리적인 짓이니까요. 계산하기 힘든 변수가 너무 많아요."

"그 내기에 참가한 사람이 몇 명이나 됩니까?"

"일곱 명요. 데릭은 천 달러를 잃었어요."

나는 '오렌지 껍질을 곁들인 글루텐 프리 유기농 무화과 뉴턴 쿠키'라는 팻말이 붙어 있는 디저트를 하나 집어 들고 한입에 먹어치운 뒤 고백했다.

"외람되지만 이제는 사실을 밝혀야겠군요. 제가 바로 그 상담사입니다."

"이런, 깜박 속았잖아요!"

바딤이 고함을 질렀다. 하지만 진실을 감췄다는 사실에 별로 화가 나지는 않은 표정으로 내게 몸을 돌리고 친근한 말투로 나를 평가했다.

"어디 봅시다. 매력이라는 것이 키, 몸매, 전체적인 신체 균형의 총합이라고 할 때 여자들은 보통 아주 약간 덜 매력적인 남자를 선택하는 경향이 있다고 하던데, 신체적 조건으로 붙었을 때는 꽤 괜찮은 승부가 되겠군요. 완벽하다고까지 하긴 힘들어도 평균 신장보다 키가 크고 달리기 선수 같은 몸매에, 체격이 아주 늘씬하게 잘 잡혀 있어요. 그리고 뺨에 있는 보조개 덕분에 이마가 그나마 좀 중화되는군요."

나는 이마를 어루만졌다. 도대체 내 이마에 무슨 문제가 있단 말인가?

"앨리스는 내 이마에 대해 딱히 별 신경 안 쓰던데요."

"전략적으로 말하자면 남자의 뺨에 있는 보조개는 수많은 자잘한 문제들을 눈감을 수 있게 해주죠. 진실이 그래요. 보통 보조개가 있는 여자들은 매력 분야에서 가산점을 얻을 수 있지만, 그 보조개가 너무 남자 같을 경우에는 감점을 당하기도 합니다. 아무튼 조화라는 매력 면에서 볼 때 당신들 두 사람은 서로 조화를 아주 잘 이루고 있어요."

"고맙군요. 나도 그렇게 생각합니다."

"물론 당신이 지적 수준에서 앨리스와 잘 어울릴지에 대해 확인할 방법은 없지만요."

"믿을지 안 믿을지 모르지만 난 똑똑합니다. 아무튼 그 내기에 참가해주지 않아서 고맙네요."

"천만에요."

바딤은 결혼식과 신혼여행, 호텔, 항공편에 대해 물었다. 아주 자세히 알고 싶은 눈치였다. 나는 그가 이러한 데이터들을 모아 우리의 결혼 생활이 얼마나 성공적일지를 예측할 수 있는 프로그램을 짜서 내게서 앨리스를 강탈해 갈 수 있는 확률을 계산하려는 건 아닌가 하는 생각이 들었다. 갑자기 왜 그랬는지는 잘 모르겠지만 나는 '협정'에 대한 이야기를 꺼냈다.

"앨리스와 내 사이는 아주 굳건합니다. 심지어 '협정'까지 가입했거든요."

"그게 뭐죠?"

내가 설명했다.

"기혼자들의 결혼 생활을 튼튼하게 유지시켜주는 클럽이죠."

바딤은 이미 휴대전화를 집어 들고 화면을 열심히 두들기기 시작했다.

"그 클럽의 홈페이지가 있나요?"

다행히 내가 '협정'에 대해 자세히 털어놓기 전에 앨리스가 나를 구해주러 왔다.

"안녕, 앨리스. 오늘따라 더 예뻐 보이네."

바딤이 신경질적으로 말했다.

"고마워, 바딤."

앨리스는 부드럽게 웃고는 나를 향해 말했다.

"더 오래 있고 싶지만 당신도 할 일이 있을 테니 그만 가자. 밖에 차를 불러놨어."

나는 앨리스의 이런 점을 정말 사랑했다. 그리고 데릭 스노와 바딤, 상사, 모든 사람들이 다 보는 앞에서 내 입술에 남긴 긴 키스는 아무런 중의적 뜻 없이 오로지 딱 한 가지만을 의미했다.

'난 이미 임자가 있어.'

14장

다음 날 아침 부엌에 앉아 아침 식사를 하고 있는데 휴대전화가 울렸다. 처음에 번호만 보고 누군지 몰랐다.

"안녕하세요, 제이크. 잘 지냈어요?"

"덕분에요. 당신은요?"

"지금 시간이 별로 없어요. 빵집에서 제러미 줄 케이크를 사고 있거든요."

"그래요? 생일 축하한다고 전해주세요."

"생일이라 사는 게 아니에요. 그냥 남편이 케이크를 좋아하기 때문에 사는 거죠."

"남편을 정말 사랑하시는군요."

"알았어요, 당신 매뉴얼 안 읽었죠?"

"시작은 했는데 진도가 그렇게 많이 나가진 않았어요. 케이크랑 매뉴얼이 대체 무슨 상관입니까?"

"읽어보면 알 거예요. 하지만 그것 때문에 전화한 건 아니에요. 짧게 용건만 두 가지 말할게요. 하나, 당신과 앨리스는 첫 번째 '협정' 파티에 초대받았어요. 지금 펜 있어요?"

나는 부엌 조리대에서 펜과 메모지를 가지고 왔다.

"준비됐어요."

"12월 14일, 저녁 7시예요."

"나는 괜찮은데 앨리스의 스케줄이 좀 복잡합니다. 확인해보고 다시 알려드릴게요."

비비언의 목소리가 아무런 전조도 없이 바뀌었다.

"그건 올바른 대답이 아니네요. 당신들 둘 다 그날 시간이 있어요. 자, 주소 받아 적을 준비 됐나요?"

"말씀하세요."

"힐스보로의 포 그린 힐 코트예요. 적은 거 불러봐요."

"힐스보로의 포 그린 힐 코트, 12월 14일 저녁 7시. 맞나요?"

"좋아요. 둘, '협정'에 대해 언급하지 마세요."

"당연하죠."

나는 파티에서 바딤과 나누었던 대화를 떠올리며 재빨리 대답했다.

"누구한테도 말해선 안 돼요. 실수로라도 얘기하면 안 된다고요."

비비언은 힘주어 말했다. 실수로라도 말하면 안 된다고? 바딤한테 그 얘기를 한 걸 비비언이 어떻게 알았지?

"'협정'에 대한 비밀 수호 규칙은 매뉴얼에 포함되어 있어요. 내가 그걸 꼭 읽어보라는 소리를 너무 대수롭지 않게 했나 보네요. 반드시 꼭 다 읽어야 해요. 머릿속으로 외우고 다녀요, 제이크. 올라는 의사소통의 명료성과 목적의 명료성을 아주 중요시하는 사람인데, 내가 아마 당신에게 명료한 의사소통을 실패했나 보군요."

나는 비비언이 위반 사항 때문에 벌을 받는 모습을 상상해보았다. 명료성의 결여. 이상한 일이었다. 도대체 비비언이 그걸 어떻게 알았지? 어쩌면 앨리스가 무심코 말했을지도 모른다.

"비비언, 당신은 실패하지……."

하지만 비비언은 내 말을 끊었다.

"12월 14일에 봐요. 앨리스한테 내가 늘 사랑하고 응원하고 있다고 전해줘요."

15장

앨리스는 어마어마한 양의 업무에 깔려 버둥거리고 있었다. 최근에는 새벽 다섯 시만 돼도 옆자리가 비어 있는 걸 알아차릴 수 있을 정도였다. 몇 분 후에는 샤워 소리가 들리지만 나는 보통 다시 잠이 들곤 한다. 일곱 시쯤 일어나 복도를 허우적거리고 돌아다닐 때 앨리스는 이미 출근하고 없다. 부엌에 가보면 지저분한 유리컵과 텅 빈 식기들이 아무렇게나 널려 있고, 리갈패드 낱장이 마구 구겨져 있다. 마치 법학 학위를 갖고 있고 과하게 비싼 아이슬란드식 요거트를 좋아하는 너구리가 매일 밤 우리 집에 침입했다가 이른 아침 동이 트면 슬그머니 빠져나가는 것 같았다. 가끔 다른 게 발견되기도 했다. 소파 위의 기타, 프로 툴스(음악 편집 프로그램)가 열려 있는 맥북, 가사가 아무렇게나 휘갈겨 적혀 있는 노트.

어느 날 아침 나는 앨리스의 매뉴얼이 파란 의자의 팔걸이 위에 놓여 있는 것을 발견했다. 비비언의 채근 때문에 나도 매뉴얼을 읽긴 했지만 일하다가 짬이 날 때뿐이었다. 아니, 솔직히 말하면 그냥 대충 훑어보기만 했다. 장이 넘어가면 넘어갈수록 문장은 더욱 구체적이고 전문적인 말들로 바뀌었으며, 마지막에서는 완전히 정점을 찍었다. 하나하나 숫자가 매겨진 단락에 법규와 규칙 들이 빼곡하게 적혀 있어서 제대로 이해하기 위해서는 엄청나게 집중해서 읽어야만 했다.

나는 매뉴얼의 각 파트들을 보며 매혹과 혐오감을 절반씩 느꼈다. 어떤 의미에서 그것은 내 학부생 시절 생물학 강의를 떠올리게 했다. 학기 첫날 했던 양의 심장 해부처럼 매뉴얼은 마치 살아 있는 무언가—이 경우에는 결혼이 되겠다—를 가져다가 가장 작은 단위까지 갈가리 찢어, 그것이 어떻게 작용하는지를 관찰하기 위한 도구 같았다.

큰 그림을 그릴 줄 아는 사람이 되기 위해 나는 통계학 수업을 떠올리며 그나마 좀 쉬워 보이는 항목부터 펼쳤다. 1부가 제일 짧았다. 제목은 '우리의 사명'이었다.

쉽게 풀어 설명하자면 '협정'은 세 가지 목적을 가지고 설립되었다. 첫째로 그들은 결혼의 계약에 관해 사람들에게 이해시킬 수 있고 또 토론을 유발할 수 있는 정의를 정립하고자 했다. 둘째로 결혼 당사자들이 반드시 지켜야만 하는 규칙과 규정을 정립시킴으로써 결혼이라는 계약을 더욱 강화하고, 성공적인 결혼 생활을 도모하고자 했다('규칙과 규정은 행복으로 가는 길에 대한 지도가 되어주고, 그 길에 빛을 밝혀줄 것이다'). 세 번째로는 공통의 목표를 가진 개인들이 모여 각자의 개인적인 목표—당연히 결혼 이야기다—를 성취하는 일을 서로 돕는 공동체를 만들고, 때로는 그 개인들이 공동체에 힘을 보탤 수 있게 만들고자 했다. 이러한 규칙에 따라 다른 모든 것들은 아주 논리적으로 전개되었다.

매뉴얼에 따르면 '협정'은 사명 파트에 적혀 있지 않은 그 어떤 안건도 인정하지 않는다고 했다. '협정'에는 정치적인 메시지도 들어 있지 않다. 또한 민족, 국적, 성별, 개인의 성적 지향에 따라 차별하는 일도 결코 없다.

1부에는 새로운 멤버를 어떻게 찾아내고, 선발하고, 심사하는지에 대해 간단하게 적혀 있었다. 새로운 커플은 '독창적이고 개성이 있으며 공동체 전체에 도움이 될 것 같은' 능력을 지녔는지를 기준으로 선발된다. 모든 '협정' 멤버들은 2년에 한 번 이루어지는 신규 회원 심사에 한 커플을 추천할 수 있고, 추천 기회는 최소 5년에 한 번이다. 그러고 나면 '공정조사관'이 임명되어 후보자들을 샅샅이 조사한 뒤 보고서를 제출한다. 심사 위원회는 그 서류를 기반으로 후보자를 탈락시킬 것인지 승인할 것인지를 판단한다. 후보자들에게는 회원이 되기에 합당한 자격이 있다고 판단되기 전까지는 자신들이 후보자라는 사실을 결코 말해주지 않는다. 승인을 거부당한 커플들은 '협정'에 대해서도, 후보에서 떨어졌다는 사실도 모른다.

별로 놀랍지 않은 일이었지만 앨리스의 매뉴얼을 보니 규칙과 규정에 관한 부분을 가장 열심히 읽고 있는 듯했다. 앨리스는 규칙 3.5 '선물' 항목에 책을 펼쳐놓은 채 나갔다.

> 모든 회원들은 배우자에게 달력 기준으로 매달 한 가지 선물을 해야 한다. 선물은 특별하고 전혀 예상치 못한 물건이거나, 세심하게 선택한 행동 또는 최대한의 재능을 발휘한 행위여야 한다. 선물을 주는 행동은 근본적으로 부부의 삶 속에서 배우자가 취하는 가장 중심적이고 귀중하며 소중한 역할을 나타낸다고 할 수 있다. 또한 선물은 배우자의 취향 및 배우자가 현재 원하는 것이 무엇인지를 자신이 어떻게 이해하고 있는지 보여주는 증거이기도 하다. 선물은 굳이 비싸거나 희귀한 물건일 필요는 없다. 선물의 유일한 조건은 그것이 의미 있어야 한다는 사실뿐이다.

각각의 규칙 밑에는 그에 상응하는 처벌이 딸려 있었다. '선물'에 대해서는 3.5b 조항에 이렇게 적혀 있었다.

> 달력 기준으로 한 달 동안 선물을 주지 않았을 경우 3급 경범죄로 간주한다. 연이어 두 달 동안 선물을 주지 않았을 경우 2급 경범죄로 간주한다. 한 해 안에 석 달 또는 그 이상의 기간 동안 선물을 주

지 않았을 경우 5급 중범죄로 간주한다.

그날 저녁 퇴근한 앨리스는 늘 그렇듯 신발과 스타킹과 스커트를 벗어던지고 복도에 옷으로 길을 내면서 들어와, 트레이닝 바지로 갈아입고는 책 한 권을 집어 들고 방으로 쏙 들어가 읽기 시작했다. 앨리스는 퇴근 후에 자주 책을 읽곤 했다. 그것은 앨리스가 휴식 시간을 보내는 일종의 의식이었다. 30분 후 마치 시곗바늘처럼 부엌에 들어간 앨리스는 우리가 함께 먹을 저녁을 준비하기 시작했다. 나는 앨리스가 지금 어떤 책을 읽고 있는지 알려주기를 기다렸지만 앨리스는 결코 이야기하지 않았다. 아마 우리 둘 다 '협정', 비비언과의 기묘한 만남, 그 외 기타 등등의 문제에 대해 이야기하기를 망설이는 듯했다. 우리가 거기에서 심적으로 거리를 두려 하고 있기 때문이었다. 처음에는 그냥 모든 일들을 이상하고 우스꽝스러운 일이라고 일축하며 비웃어버리면 될 거라고 생각했지만 나는 금세 생각을 바꿨다. 우리 둘 다 그것은 옳지 않은 일이라고 생각하고 있었다. '협정'의 목표, 즉 비슷한 생각을 가진 다른 사람들의 지지를 받으며 행복하고 굳건한 결혼생활을 해나가는 일은 아주 훌륭하고 바람직한 일이니까.

다음 날 아침 앨리스가 이미 나가고 없는 부엌으로 어슬렁어슬렁 들어온 나는 여전히 난장판이 된 종이 더미와 빈 커피 잔을 보았다. 반쯤 먹다 만 라이스 첵스 그릇 위에는 앨리스가 늘 한 숟가락 퍼서 넣는 오벌틴(초콜릿 맛 우유 음료) 가루가 녹지도 않은 채 덩어리져서 둥둥 떠다니고 있었다. 테이블 한가운데에는 춤추는 펭귄 그림이 그려져 있는 포장지에 싼 작은 선물 상자 하나가 놓여 있었다. 앨리스는 하얀 카드에 금색 잉크로 내 이름을 써서 상자에 붙여놓았다. 열어보니 안에는 세상에서 제일 멋진 주걱이 들어 있었다. 주걱 부분은 내가 제일 좋아하는 색인 오렌지색이고, 손잡이는 노란색이었다. 라벨에는 '메이드 인 핀란드'라는 말이 영어와 핀란드어로 쓰여 있었다. 굳이 비쌀 필요는 없지만 완벽하고, 찾기 힘든 물건. 나는 카드를 뒤집어 보았다.

'세상에서 제일 맛있는 초콜릿 칩 쿠키를 만들어줘. 사랑해.'

나는 바로 내 모습을 사진으로 찍었다. 옷은 입는 둥 마는 둥 하고, 주걱을 든 채 웃고 있는 사진이었다. 그 사진을 앨리스에게 보내며 '나도 사랑해'라는 짧은 말을 덧붙였다. 나는 그날 밤 주걱을 사용하여 쿠키를 한아름 만들었지만 우리 둘 다 '협정'이나 규칙에 관한 이야기는 꺼내지 않았다.

비록 우리가 어떤 곳에 발을 들였는지 확신할 수는 없었지만 앨리스가 '협정'을 받아들인 모습을 보니 그저 기뻤다. '협정'을 받아들였다는 것은 우리의 결혼 역시 받아들였다는 증거라고 생각했기 때문이었다.

그로부터 며칠 후 나는 앨리스에게 나 역시 '협정'을 진심으로 받아들이고 싶다는 마음, 그리고 그보다 더 중요한 우리의 결혼 생활을 동등하게 책임지고 유지해나가고 싶다는 의지를 보여주고 싶어졌다. 그래서 나는 매뉴얼을 꼼꼼하게 살폈다. 3.8은 '여행'이라는 제목이 붙어 있었다.

결혼 생활이 이루어지는 성역은 물론 집이지만 여행 역시 결혼 생활에 빠뜨릴 수 없는 요소이다. 여행은 태양과 우주가 함께 힘을 합쳐 더 나은 환경을 키워나갈 수 있는 관계를 선사한다. 여행은 파트너가 경험을 공유할 수 있는 수단이다. 여행은 일상생활 밖의 맥락에서 다른 모습을 배우자에게 보여줄 수 있는 기회이다. 여행은 개개인이 활력을 되찾을 수 있는 방법이지만, 함께하는 여행은 결혼에도 새로운 활력소를 부여한다.

3.8a: 모든 회원들은 4분기에 한 번씩 여행을 계획해야 한다. 여행은 반드시 집 밖에서 이루어져야 하며, 36시간 이상 지속되어야 한다. 회원들은 혼자 여행을 떠나거나, 가족이나 친구 및 다른 지인들과 함께해서는 안 된다. 대부분의 경우에는 오로지 배우자와 함께 다녀야 하지만, '협정' 내의 다른 회원들과 함께 여행을 떠나는 것은 가능하며 오히려 권장되는 사항이다. 여행은 돈을 많이 들일 필요도, 멀리 떠날 필요도, 또 장기로 다닐 필요도 없다.

3.8b(1): 9개월 동안 단 한 번도 여행을 가지 않은 회원은 2급 경범죄로 간주한다. 12개월 동안 한 번도 여행을 가지 않은 회원은 5급 중범죄로 간주한다.

나는 이 항목을 보고 혀를 차지 않을 수가 없었다. 경범죄? '협정'에는 까딱 잘못하면 처벌을 받을 구실이 엄청나게 많아 보였다. 하지만 매뉴얼에 실린 여행의 규칙을 잘 지키면 결혼 생활에 활력소를 얻을 수 있을 것 같다는 생각도 들었기에, 나는 '협정'의 정의하에서 첫 번째 여행을 계획하기로 했다.

주걱을 선물 받은 지 나흘이 지난 후, 앨리스가 잠든 사이 나는 몰래 부엌으로 숨어들어 테이블 위에 앨리스의 이름이 적힌 봉투를 올려놓았다. 봉투에는 내가 계획한 여행의 세부 사항이 적힌 편지가 들어 있었다. 시에라네바다의 트웨인 하트에서 주말을 보내고 오자는 내용이었다. 내가 임대한 방갈로는 주소도 없었고 그냥 '마운틴 루비'라는 이름뿐이었다. 임대 동의서에는 마운틴 루비의 정면이 유리창으로 내다보이는 사진 한 장이 스테이플러로 찍혀서 함께 들어 있었다. 수 킬로미터가 이어지는 푸른 호수와 그 너머에 있는 새하얀 산봉우리의 모습이었다.

16장

앨리스와 나는 둘 다 일과 크리스마스 쇼핑 때문에 몹시 바빴다. 12월 14일은 생각보다 빠르게 다가왔다.

앨리스는 또 다른 사건을 맡게 되었다. 어느 은둔 작가가 앨리스의 로펌을 고용해서 방송국을 상대로 소송을 냈다고 했다. 소송 내용은 그 방송국이 새 시리즈를 만들면서 작가의 단편 세 개를 도용했다는 이야기였다. 이 남자의 예산이 얼마 되지 않았기 때문에 앨리스가 사건을 이끌게 되었다. 앨리스는 일에 더욱 힘을 쏟았고 늦은 밤과 이른 아침을 가리지 않고 일했다. 사건이 어떻게 끝나든 간에 온 사방에 그녀의 이름이 잔뜩 남아 있게 될 터였다.

나는 일찍 일어나 어느 미술대학으로 향했다. 고등학교 1, 2학년 동안 계속 상담해주었고 이제는 만 18세가 된 예전 내담자가 〈크리스마스캐럴〉의 마티네 공연을 담당하게 되었다면서 초대해주었기 때문이었다. 약간의 사회적 문제가 있긴 했지만 착한 아이였다. 그 아이는 공연 준비에 최선을 다했고, 나는 관람을 무척 기대하고 있었다.

앨리스와 나는 오늘 밤 참석하기로 예정되어 있는 힐스보로의 파티에 대해 한 마디도 나누지 않았다. 비비언의 전화를 받은 뒤 바로 우리가 공유하고 있는 아이클라우드 달력에 스케줄을 적었지만 그 뒤로 앨리스에게 말을 꺼내는 것을 잊고 있었다. 우리는 언제든 몇 시간 동안 대화를 나누곤 했지만 앨리스가 너무 바빠진 이후로 대화도 줄어들 수밖에 없었다. 나는 아침 아홉 시에 일을 시작하는 사람이기 때문에 다섯 시에 일어나서 앨리스의 출근을 배웅해주는 일이 힘에 부쳤다. 앨리스는 매일 밤 열한 시가 넘어서야 길모퉁이의 싸구려 중국 식당에서 포장한 음식을 들고 퇴근하곤 했다. 텔레비전 앞에서 늦은 저녁을 함께 먹던 습관이 되돌아온 것을 인정해야만 한다는 사실에 나는 몹시 당황스러웠다.

우리는 앨리스가 맡고 있는 작가, 지리 카자녜의 이야기를 바탕으로 만들었다는 텔레비전 프로그램을 쭉 보았다. 논란이 되고 있는 부분은 그의 저서 중 《어느 행복한 백일몽》의 일부를 도용했다고 했다. 그 프로그램은 어느 이름 없는 나라의 작은 마을에 살고 있는 늙은 남자와 젊은 남자에 관한 시리즈였다. 프로그램 제목은 〈슬로건 만들기〉였는데 이 또한 지리 카자녜의 단편 제목 중 하나로 밝혀졌다. 지상파 방송국에서 송출하기에는 너무 파격적이지만 유료 케이블 방송국용으로는 딱 좋았기 때문에 그 프로그램은 어마어마한 열성 팬을 보유한 채 시즌 5까지 방송되었다. 법적 문제를 알아보는 과정의 일환으로 앨리스는 로펌에서 그 프로그램의 전체 시즌이 담긴 DVD를 받아 왔다. 그래서 우리는 매일 밤 그 프로그램을 한두 편씩 보곤 했다.

우리가 늘 판에 박힌 삶을 살고 있는 듯 보이겠지만 사실은 딱히 그렇지도 않다. 프로그램은 재미있었고, 온종일 정신적으로 세금을 뜯기고 난 뒤 하루의 스트레스를 풀며 휴식을 취하기에는 너무나 완벽한 방법이었다. 게다가 굉장히 안온하고 가정적인 느낌도 들었다. 결혼의 출발이 마치 아직 형태가 잡히지 않았지만 최종적으로는 그 어떤 형태라도 지닐 수 있는 무한한 가능성을 지닌 축축한 시멘트 한 무더기를 담은 손수레 같다면, 밤마다 음식을 사 와서 〈슬로건 만들기〉를 보며 식사하는 일과는 결혼을 단단하고 안정적인 분위기로 만들어 주는 데 큰 역할을 했다.

연극 중간의 휴식 시간에 앨리스에게 문자를 보내 아이클라우드에 적혀 있는 파티 스케줄을 보았는지 물었다.

'방금 전에 봤어. 도대체 뭐야?'

'우리 거기 가야 해. 아마 재미있을 거야. 시간 돼?'

'응. 그런데 그런 사이비 종교 모임에 가려면 뭘 입고 가야 하지?'

'머리까지 푹 눌러쓰는 모자 달린 가운?'

'내 건 세탁기 속에 들어 있는데.'

'그만 들어가야겠다. 연극은 5시에 끝나.'

'6시 15분에 출발하자.'

'알았어. 사랑해.'

최근에 하루 종일 문자를 주고받는 커플은 훨씬 적극적인 성생활을 즐기며 각자의 배우자에게서 더욱 높은 만족을 얻는다는 조사를 인용한 논문을 본 적이 있다. 나는 그 조사를 마음속 깊이 새기고, 아무리 사소한 일일지라도 아내에게 하루도 빠짐없이 꾸준히 문자를 보내곤 한다.

17장

힐스보로는 1890년대에 철도 및 은행 부호들이 샌프란시스코로 계속 유입되는 하층민들로부터 도망치기 위해 지은 도시다. 아주 복잡하고 뒤엉킨 길들로 이루어져 있어 마치 종이접기로 지어 놓은 협곡들로 가득한 모양새를 지녔다. 힐스보로에는 인도도 별로 없고 사무실도 없으며, 담쟁이덩굴로 뒤덮인 벽을 지닌 커다란 집들만 들어서 있다. 시내로 나가는 길에서 침입자가 나타나기를 이제나저제나 기다리고 있다는 소문으로 유명한, 늘 경계심을 늦추지 않고 곳곳을 지키고 있는 경찰들이 없다면 누군가는 그 미로에서 길을 잃고 헤매다가 차에 기름이 다 떨어져서 결국 웅장한 벽 밖에 설치되어 있는 쓰레기통 속 캐비어 찌꺼기와 유기농 송로 양다리 고기로 연명해야 할지도 모른다.

우리는 7시 15분에 고속도로 출구에 도착했다. 늦게 퇴근한 앨리스는 문밖을 나서기 전 서둘러 일곱 가지의 다른 차림새를 선보였다. 고속도로를 빠져나오자마자 GPS에서 경로를 찾을 수 없다는 표시가 뜨는 바람에 나는 조급하고 불안한 기분으로 화면 버튼만 눌러댔다. 앨리스가 말했다.

"침착해. 세상에 제시간에 시작하는 파티는 없어."

1971년산 재규어 XKE 한 대가 우리를 스쳐 지나갔다. 브리티시 레이싱 그린 컬러에 하드톱 장착, 그리고 뒷부분이 둥그렇게 생긴 멋진 차였다. 이언이 언젠가 저 차가 자신의 드림카라고 말한 적이 있었다. 나는 차를 따라잡기 위해 속력을 냈다.

"사진 찍어서 이언한테 보내주자."

내가 앨리스에게 말했다. 하지만 앨리스가 휴대전화에서 카메라 아이콘을 찾기도 전에 재규어는 모퉁이를 꺾더니 긴 도로 너머로 사라져버렸다.

"포 그린 힐 코트래."

앨리스는 방금 재규어가 꺾은 모퉁이 근처에 있는 우편함을 가리키며 말했다.

나는 자동차의 속도를 늦추고 잠시 앨리스 쪽을 쳐다보았다.

"그런데 우리 정말 가도 되는 것 맞아?"

포 그린 힐 코트에 있는 집의 이름은 빌라 카리나였다. 그 이름은 철제 정문에 붙어 있는 돌로 된 명판에 새겨져 있었다. 아홉 개의 구역으로 이루어져 있는 힐스보로는(물론 손님용 공간과 마구간, 하인들 구역도 이 안에 포함되어 있다) 수백 에이커는 되는 정원과 숲 한복판에 세워져 있다. 대충 보아하니 이곳이 정문인 듯했다.

벽돌로 이루어져 있는 긴 도로 양옆으로 깔끔하게 정돈된 나무들이 쭉 늘어서 있었다. 우리는 드디어 돌로 포장된 넓은 공간으로 나왔고, 그 너머에는 4층짜리 건물이 떡 버티고 서 있어서 앞에 주차된 한 줄의 자동차들이 초라해 보일 정도였다. 앨리스가 세어본 결과 자동차는 총 열네 대였고 대부분이 테슬라 차량이었다. 그 외에 낡은 마세라티, 깨끗하게 수리한 2CV, 파란색 벤틀리, 오렌지색 아반티, 그리고 아까 본 재규어가 있었다.

"저기 봐."

앨리스는 비비언의 것으로 보이는 검은색 아우디를 보고 다소 안도한 표정을 지었다. 그리고 진회색 렉서스 세단을 가리키며 말했다.

"저게 대부분 사람들이 끌고 온 차야. 우리만 이 자리에 안 어울리는 게 아니야."

"지금 돌아가도 늦지 않을 것 같은데."

내 말은 완전히 농담도 아니었다.

"그만 잊어버려. 여기 전체에 카메라가 설치되어 있을 거야. 어딘가에서 우리도 찍히고 있을걸."

나는 주차장 맨 끄트머리의 미니 컨트리맨 옆에 내 지프 체로키를 세웠다.

앨리스는 조수석 거울에 얼굴을 이리저리 비춰 보며 립스틱을 체크하고 몇 가지 파우더를 톡톡 발랐다. 나는 백미러로 넥타이를 확인했다.

그리고 차에서 내려, 조수석으로 돌아가서 얼른 문을 열어주었다. 앨리스는 차에서 내려 내 팔을 잡고 섰다. 머리 위로는 위층의 불빛이 환하게 비추고 있었다. 나는 우리 둘의 모습이 재규어 차창에 비치는 모습을 흘끔 쳐다보았다. 테드 베이커 정장을 입고 새 넥타이를 맨 나와 신혼여행 갈 때 입으려고 샀던 짙은 빨간색 드레스를 입은 앨리스의 모습. 앨리스는 그 드레스를 '어른의 섹시'라고 부르곤 했다. 머리는 꽉 묶어서 바짝 올렸는데 그 모습 또한 아름다웠다.

"언제 우리가 이렇게 어른이 됐지?"

내가 속삭이듯 물었다.

"이제부터는 내리막길밖에 안 남았으니 사진이라도 찍어둬야겠어."

내가 최근 나이를 먹었다고 느낄 때면—요즘 들어 그런 날들이 점점 더 많아졌다—앨리스는 내게 사진을 찍고 20년 후의 내가 그 사진을 보는 상상을 해보라고 말하곤 했다. 그러면 지금의 내가 얼마나 젊고 또 그 시간을 즐기고 있었는지를 알 수 있을 테고, 그렇지 않더라도 최소한 당시에는 젊었다는 사실을 깨닫게 될 것이라면서. 그런 눈속임도 가끔은 유용할 때가 있다.

집 가까이로 다가가자 사람 목소리가 들렸다. 울타리를 돌자 계단 위에서 비비언이 우리를 기다리고 있었다.

비비언은 내게 어떤 옷을 입고 무슨 물건을 가져올지에 대해 아무런 말도 해주지 않았다. 내 생각에는 그것 또한 하나의 시험이 아닐까 싶었다. 이 저택 주인에게 선물하기 위해 오후에 잠깐 나가서 괜찮은 와인 한 병을 사 오기를 잘했다는 생각이 들었다. 비비언은 환한 자홍색 드레스를 입고 있었다. 한 손에는 음료가 든 잔을 들고 있었는데 그 잔에 든 투명한 액체에는 얼음이 띄워져 있었고, 다른 한 손에는 노란 튤립 꽃다발을 들고 있었다.

"어서 와요, 친구들."

비비언은 음료 한 방울 흘리지 않고 우리와 포옹을 나누었다. 그리고 앨리스에게 꽃다발을 건네준 뒤 한 걸음 물러서서 앨리스를 바라보았다.

"신참들에게는 노란 튤립을 주는 전통이 있어요. 언제 어떻게 시작되었는지는 나도 잘 모르지만요. 어서 와요. 얼른 두 사람을 다른 사람들에게 소개시켜야겠네요."

돌계단을 오르며 앨리스는 나를 향해 '이제 되돌아가기엔 너무 늦었어'라고 말하는 듯한 눈짓을 보냈다.

거대한 문은 마찬가지로 어마어마한 규모의 복도로 이어졌다. 하지만 그곳은 내가 상상했던 것처럼 대리석으로 되어 있지도 않았고, 신경질적인 프랑스 가구로 장식되어 있지도 않았으며, 벽난로 위에 오래 전에 죽은 부호의 초상화가 걸려 있는 것도 아니었다. 바닥은 자연스러운 목재였고 일부러 스크래치를 잔뜩 낸 세련된 철제 테이블 위에는 콘크리트 화분에 심어져 있는 다육식물들이 놓여 있었으며 넓은 공간도 많았다. 복도 너머에는 한쪽 전체가 통유리로 되어 있는 거대한 방이 있었다. 유리창 밖 테라스에 앉아 있는 한 무리의 사람들은 마치 액자 속 그림 같았다.

"다들 두 사람을 만나고 싶어서 안달이 났어요."

비비언은 거실로 우리를 이끌었다. 나는 문득 벽난로 위의 거울에 비친 앨리스의 얼굴을 흘끔 쳐다보았다. 앨리스의 표정을 읽기는 어려웠다. 하지만 노란 튤립 꽃다발을 든 그녀의 모습은 굉장히 부드러운 분위기를 자아냈기에 마음에 들었다. 로펌에 직장을 잡은 이후로 앨리스는 하루하루 더욱 날카로워져갔다. 물론 잦은 야근과 빡빡한 일 때문에 성격이 조급해지는 건 이해할 수 있었다.

50대쯤 되어 보이는 아름다운 여성이 빈 쟁반을 든 채 문을 향해 걸어가다가 우리 옆을 지나쳤다. 그녀는 부유하고 영향력 있는 여성 노릇을 하느라 신경을 바짝 곤두세워야 했기에 잔뜩 지친 듯한 표정을 짓고 있었다.

"아, 타이밍이 정말 완벽하네요. 여기, 집주인을 소개할게요. 케이트예요. 케이트, 이쪽은 앨리스와 제이크예요."

비비언이 말했다.

"네, 그럴 것 같았어요."

케이트가 어깨로 문을 밀어 열며 말했다. 그 너머로 거대한 부엌이 들여다보였다. 케이트는 조리대에 쟁반을 올려놓고 우리를 돌아보았다. 악수를 하기 위해 손을 내밀었지만 케이트는 나를 한참이나 포옹했다.

"친구들, 정말 잘 왔어요."

가까이 다가가니 케이트에게서는 희미하게 아몬드 향기가 났다. 그리고 왼쪽 뺨에는 흉터가 있었다. 화장으로 가리긴 했지만 누가 봐도 날카로운 무언가로 베인 흉터였다. 어쩌다 그런 상처가 났는지 궁금했다. 케이트는 앨리스를 포옹하며 말했다.

"만나서 반가워요. 비비언이 말한 그대로네요."

그러고는 비비언을 돌아보았다.

"두 사람을 밖으로 데리고 가서 사람들한테 소개해주지 않겠어요? 난 할 일이 있거든요. 누군가의 도움을 받지 않고 혼자 힘으로 파티를 주최하는 건 서른여섯 이후로 처음이에요."

케이트의 등 뒤로 주방 문이 닫히자 비비언이 설명해주었다.

"분기별로 주최되는 파티에는 '협정' 회원들 외에 그 누구도 들어올 수 없다는 게 규칙이에요. 케이터링 업자도, 서빙하는 사람들도, 요리사도, 청소부도 다 안 돼요. 물론 보안 때문이에요. 두 사람도 잘 알아둬요. 언젠가는 하게 될 거예요."

앨리스는 신났는지 내 쪽을 향해 눈썹을 추켜올렸다. 마음속으로 벌써 파티 계획을 짜기 시작한 모양이었다.

뒷마당은 거대했다. 네모난 파란색 수영장, 화덕, 느릅나무로 빙 둘러싼 싱그러운 잔디밭. 마치 잡지에 실린 호화로운 집과 정원의 사진 같았다. 우아한 횃불이 주위를 부드럽게 비추고 있었고, 그 희미한 불빛 속에서 손님들이 드문드문 무리 지어 있는 모습이 보였다. 비비언은 우리에게 샴페인 두 잔을 건네준 뒤 테라스의 중심으로 데리고 갔다.

"친구들!"

비비언은 소리 높여 외치며 손뼉을 두 번 쳤다. 모든 사람들이 대화를 멈추고 이쪽을 돌아보았다. 나는 그렇게 수줍음이 많은 편은 아니었지만 그렇다고 무대 체질도 아니었기 때문에 얼굴이 빨개졌다.

"친구들, 앨리스와 제이크를 소개할게요."

파란 정장 재킷과 검은 청바지를 입은 남자가 한 걸음 다가왔다. 나는 문득 주위의 모든 남자들이 비슷한 차림을 하고 있다는 사실을 알아차렸다. 실리콘밸리의 사업가보다는 격식을 차리고, 월스트리트의 금융업자들보다는 편안한 차림새였다. 나는 정장을 입고 오지 말 걸 그랬다고 후회했다.

"새 친구들을 위하여."

"새 친구들을 위하여!"

남자가 선창을 하자 주위의 모든 사람들이 그에 화답했고, 우리는 모두 함께 잔을 기울였다. 사람들이 나와 앨리스를 향해 고개를 끄덕이고 미소를 지어 보인 뒤 각자의 대화로 돌아가자 처음에 우리에게로 다가왔던 남자가 자기소개를 했다.

"난 로저라고 합니다. 두 사람을 초대할 수 있어서 정말 기뻐요."

"초대해주셔서 감사해요."

앨리스가 말했다. 그 모습을 지켜보던 비비언이 내 팔을 잡았다.

"두 사람이 이야기하게 자리를 피해줘요. 당신이 만날 사람은 더 많으니까요."

모임은 사람으로 북적거렸지만 생각했던 것보다 훨씬 편안하고 즐거웠다. 노골적으로 오만하게 굴거나 허세를 부리는 사람도 없었다. 벤처 캐피털리스트 두 명, 여성 신경학자와 그녀의 아내인 치과 의사, 전직 프로 테니스 선수, 기술직 몇 명, 지방 뉴스 앵커, 의류 디자이너, 광고계에 종사하는 커플, 그리고 잡지 편집자인 비비언의 남편 제러미도 있었다.

우리는 마지막 무리로 다가갔다. 비비언이 소개하는 가운데 나는 그들 중 한 여성이 예전에 내가 알던 사람이라는 사실을 알아차렸다. 조앤 웹, 비비언에 따르면 지금은 조앤 찰스인 모양이었다. 우리는 대학을 함께 다녔다. 그뿐만 아니라 같은 강의를 들었고, 2학년 때는 기숙사 옆방에 살았으며 같은 층의 기숙사생 상담자 일도 했다. 그래서 나는 그해 내내 매주 화요일마다 조앤과 '난롯가 라운지'에서 이루어지는 기숙사생 상담자 모임에서 마주쳤다.

몇 년 동안 만나지 못했지만 조앤에 대해 꽤 여러 번 생각했다.

내가 상담자가 되는 데 가장 큰 영향을 준 사람이었다. 우리가 2학년이던 그해의 어느 따스한 밤, 카페테리아에서 저녁을 먹고 있는데 어떤 학생 하나가 창백해진 얼굴로 겁을 잔뜩 집어먹은 채 뛰어 올라오는 모습을 보았다.

"누가 뛰어내리려고 해. 좀 와줘."

나는 카페테리아에서 뛰쳐나가 거리를 가로질러 옆 기숙사 지붕을 올려다보았다. 지붕 끄트머리에 남학생 하나가 앉아 있는 모습이 손톱만 하게 보였다. 그는 7층 높이 위에서 다리를 흔들며 앉아 있었다. 그때 그 자리에 나 말고 다른 사람은 조앤 웹이 유일했다. 나는 조앤이 부드럽고 느린 말투로 말을 걸며 천천히 다가가는 모습을 보았다. 남학생은 짜증을 냈고, 언제 뛰어내릴지 모르는 상태였다. 나는 계단 안쪽에 있는 전화기를 이용해서 교내 경찰을 불렀다.

조앤은 이미 남학생의 옆자리에 앉아 있었고 나도 그쪽으로 다가갔다. 조앤은 지붕에 앉아 다리를 흔들고 있었다. 그러고는 손을 작게 움직여 단둘이서 이야기를 나눌 시간을 달라는 몸짓을 취했다. 남학생의 목소리에는 점점 더 불안이 섞이고, 조앤의 목소리는 더욱 부드럽고 차분해졌다. 학생은 자신을 짜증나게 만드는 것들을 하나하나 늘어놓았다. 성적, 돈, 부모, 일상, 그리고 이렇게 이야기하면 별것 아닌 것 같지만 아무튼 실패한 인간관계까지. 수많은 것들이 이 남학생을 지금 이 순간 지붕 끝으로 내몰고 있었다. 그 학기에 이미 두 명이 이 학생보다 먼저 지붕에서 뛰어내렸다. 남학생의 목소리를 들으며 나는 그 애가 곧 세 번째가 되리라는 사실을 직감했다.

수많은 학생들과 교내 경찰, 그리고 소방차까지 건물 아래에 모여든 가운데 조앤은 거의 두 시간 가까이 남학생 곁에 앉아 있었다. 누군가가 지붕으로 올라와 자기들에게 다가오려 할 때마다 조앤은 마치 시간을 좀 달라는 듯 손을 들었다. 딱 한 번 조앤은 나를 불렀다.

"제이크, 목이 아픈데 자판기에서 닥터 페퍼 좀 뽑아다 줄래?"

그러고는 그를 향해 물었다.

"존, 너도 닥터 페퍼 마실래?"

남학생은 허를 찔린 표정을 지었다. 그리고 잠시 굳은 채 조앤을 바라보더니 이윽고 입을 열었다.

"응, 그거 괜찮겠네."

나는 이 10초 동안 닥터 페퍼 한 캔으로 조앤이 남학생을 자살에서 구해냈다는 사실을 본능적으로 알 수 있었다. 나는 사람 다루는 일을 오랫동안 했고 일도 꽤 잘하는 편이었지만 아마 조앤이 그 남학생을 이해한 방식으로 사람을 이해하기 위해서는 몇 년이 있어도 모자랄 것이라는 사실을 깨달았다. 몇 달 후 나는 전공을 행동심리학으로 바꿨다. 그 이후로 자판기에서 파는 닥터 페퍼를 볼 때면 항상 "너도 닥터 페퍼 마실래?" 하고 묻는 조앤의 목소리가 들리곤 한다.

조앤은 수수한 학생이었고 그녀의 긴 머리는 금발이나 갈색의 다른 여학생들 머리에 가려 눈에 띄지 않았다. 하지만 지금 횃불 불빛에 비춰진 조앤의 모습은 맞은편에 서 있는 내 눈에 완전히 다르게 보였다. 머리에 난 모든 머리카락 한 올 한 올이 엄격한 순서에 따라 배열되어 있어, 마치 유니언 스퀘어에 있는 세련된 미용실의 카리스마 있는 미용사의 손길을 받은 듯 보였다. 조앤의 외모가 이상하다는 말이 아니라, 그냥 내가 깜짝 놀랐다는 뜻이다. 언제 화장하는 법을 배웠을까?

"만나서 반가워, 제이크."

조앤이 말했다.

"두 사람 서로 아는 사이였군요? 정말 완벽한 우연인데요. 나도 몰랐어요. 깜짝 놀랐네요."

비비언이 억지로 명랑한 말투를 자아내며 말했다.

"대학교 때 같이 일했어요. 거의 백 년은 된 이야기 같네요."

"아, '배경 방침' 밖에서 벌어진 일이군요."

조앤은 나를 한참이나 포옹하며 내 귓가에 속삭였다.

"오랜만이야. 만나서 정말 기뻐."

가무스름한 피부에 마르고 강단 있는 체격, 평균 키, 그리고 아주 비싼 정장을 입은 남자가 나를 향해 걸어왔다.

"닐입니다. 조앤의 남편이죠."

그는 내 손을 유독 세게 잡았다.

"이런 말을 하면 조앤이 싫어할지 모르겠지만, 난 조앤이 한 사람의 생명을 구하는 모습을 본 적이 있습니다."

내가 말하자 닐은 무게중심을 발뒤꿈치로 기울이며 몸을 젖히고, 조앤에게로 시선을 돌렸다. 이 눈빛을 전에도 본 적이 있다. 나의 값어치를 매기고, 나에 대한 자기 아내의 반응을 보며 값어치를 매긴 뒤 내가 위협이 될 거라고 판단한 눈빛이었다.

"내 아내에게는 많은 재능이 있죠."

조앤이 부드럽게 대꾸했다.

"별로 그렇지도 않아."

대화를 나눌 시간도 주지 않고 비비언이 나를 다른 사람들에게로 끌고 갔다.

"당신이 만날 사람들이 더 있어요."

비비언은 그렇게 우기며 나를 데리고 집주인 케이트가 서 있는 곳으로 향했다. 케이트의 옆 잔디밭에는 방수 시트가 말뚝으로 고정되어 있었다. 케이트는 발로 시트를 밟고 있었는데 자꾸 날아가려고 하는 통에 붙잡아두느라 꽤 애를 먹는 듯했다.

"좀 도와드릴까요?"

내가 물었다.

"아뇨, 괜찮아요. 정말이지 버섯 때문에 난감하네요. 내가 마당을 봤을 때는 분명 아무 문제 없었는데 갑자기 돋아났지 뭐예요. 너무 눈에 거슬려요."

케이트가 대꾸하자 비비언이 말했다.

"그럴 리가요. 어딜 봐도 완벽하게 멋진데요."

케이트는 얼굴을 찌푸렸다.

"오늘 낮에 다 뽑아서 쓰레기통에 던져버리려고 했는데 로저가 갑자기 뛰쳐나와서 말리는 거예요. 아주 희귀하고 독이 있는 버섯이에요. 난 하마터면 죽을 뻔했다고요. 로저도 알 거예요. 은행에 다니기 전에는 식물학자였거든요. 아무튼 그래서 우린 그냥 그 위에 시트를 덮었어요. 처리할 사람이 목요일에나 올 거예요."

그러자 비비언이 말했다.

"난 어렸을 때 위스콘신의 농장에서 살았는데 버섯을 거의 4백 킬로그램쯤 먹었어요. 버섯은 우리 눈에 보이지 않지만 땅속에서 거의 트럭만큼 자라나곤 하죠."

비비언이 위스콘신에서 자란 농장 소녀였다는 사실은 별로 놀랍지 않았다. 실리콘밸리란 원래 그런 동네다. 누구든 실리콘밸리에서 몇십 년쯤 살다 보면 자신이 자란 고향 특유의 뾰족한 모서리와 특이한 성격은 몽땅 마모되고 북부 캘리포니아의 분위기가 그 자리를 대신한다. 앨리스는 그것을 보고 '스톡옵션 제도의 건강한 측면'이라고 평했다.

케이트는 음식을 준비해야 한다며 양해를 구한 뒤 사라졌고, 비비언은 나를 다른 그룹에게로 인도했다. 로저가 와인병과 새 잔을 들고 다가왔다.

"목 말라요?"

"네, 감사합니다."

나는 고개를 끄덕였다. 로저가 내 잔을 반쯤 채우자 병 안의 내용물은 바닥이 났다.

"잠깐만 기다려요."

로저는 테라스 테이블을 모아서 임시로 만든 바에서 똑같이 생긴 와인병을 가지고 왔다. 그리고 뒷주머니에서 타원형으로 생긴 스테인리스제 물건을 꺼내 손목 스냅을 이용하여 한 번 탁 흔들자, 그것은 희한하게 생긴 현대미술품에서 평범한 코르크 병따개로 바뀌었다.

"거의 20년쯤 전에 손에 넣은 물건입니다. 케이트와 헝가리에 신혼여행을 갔을 때 샀죠."

"용감하시네요. 제러미랑 난 고작 하와이에 갔는데."

비비언이 대꾸했다.

"우리도 여행이라고 해봤자 집 주위로만 돌아다니는 게 전부였어요. 그래서 신혼여행을 위해 한 달 동안 휴가를 냈고, 차를 렌트해서 아내와 함께 그 나라를 구경하고 다녔죠. 뉴욕에 살고 있었는데 뉴욕과 가장 거리가 먼 곳이 어디일까 생각해보니 헝가리가 떠오르더라고요. 에게르라는 도시 외곽에서 드라이브를 하고 있는데 갑자기 피스톤이 나가서 여행이 완전히 꼬여버렸어요. 우리는 차를 밀어서 갓길에 세워놓은 다음 걷기 시작했죠. 그런데 어느 작은 집에 불빛이 켜진 게 보이더라고요. 그래서 문을 두드렸어요. 집주인은 흔쾌히 우리를 맞아줬고 그 뒤 이야기가 길긴 한데 짧게 줄여 말하자면, 우리 부부는 며칠 동안 그 집에서 묵었어요. 집주인은 부업으로 코르크 병따개 만드는 일을 하고 있었고 헤어질 때 우리한테 기념 선물로 이걸 줬어요. 아주 단순한 물건이지만 난 마음에 듭니다. 내 인생에서 최고의 시절을 떠올리게 해주거든요."

나는 신혼여행을 그토록 그리워하는 남자를 처음 보았다. '협정'이 점점 더 특별해 보였다.

그날 밤의 기억은 흐릿하다. 음식은 훌륭했고 특히 디저트로 나온, 산더미처럼 쌓인 프로피테롤(프랑스식 슈크림의 일종)이 대단했다. 혼자서 어떻게 그걸 다 만들 수 있었을까. 안타깝게도 나는 너무 긴장해서 음식을 제대로 즐기지 못했다. 마치 밤새 실리콘밸리 취업 면접에서 예상치 못한 질문들을 연달아 받는 기분이었다. 단순한 잡담처럼 보이지만 끝없이 쏟아지는 기묘한 질문들은 그야말로 면접자의 본심을 이끌어내기 위해 정교하게 짜인 대화라는 사실을, 면접자는 모를 수가 없다.

돌아오는 길에 앨리스와 나는 그날의 감상을 서로 비교했다. 나는 말을 너무 안 해서 사람들을 지루하게 만들었을 거라고 걱정했다. 앨리스는 자신이 말을 너무 많이 했다고 걱정했다. 불안할 때 나오는 아내의 버릇이었다. 그 위험한 습관 때문에 앨리스는 사교 모임에서 곤란에 처한 적이 많았다. 빙빙 꼬인 길을 따라 도로를 내려와 고속도로에 진입하면서 우리는 불안한 흥분을 느끼며 수다를 떨었다. 앨리스는 낙천적이었고 심지어 들뜨기까지 했다.

"다음 파티가 너무 기대돼."

그 순간 나는 앨리스에게 조앤과의 두 번째 만남에 대해 이야기하지 않기로 결심했다. 늦은 저녁 모든 사람들이 다 화덕 근처에 모여 있을 때의 일이었다. 지난 분기 파티 이후로 커플들끼리 어떤 관계를 맺었고, 서로가 어떤 선물을 주고받았고, 여행을 가서 뭘 했는지에 대해 이야기를 나누도록 계획된 시간인 모양이었다. 자리가 불편하고 조금 지루했던 나는 슬그머니 화장실로 도망갔다. 손을 씻고 잠시 정신을 차릴 시간을 얻은 나는 하룻밤 내내 이어지던 잡담에서 풀려나 고요를 만끽할 수 있었다. 그리고 문을 여니 바깥에 조앤이 서 있었다. 처음에는 조앤도 화장실을 사용하러 위층으로 올라온 줄 알았지만, 금세 그녀가 나를 따라왔다는 사실을 알아차렸다.

"안녕."

내가 말하자 조앤은 복도 양옆을 불안한 표정으로 둘러보더니 내게 귓속말을 했다.

"미안."

"뭐가?"

나는 놀라서 물었다.

"넌 여기 오면 안 됐어. 네 이름이 목록에 있는 줄 몰랐지 뭐야. 우리가 휴가 간 사이에 이메일이 발송되었나 봐. 난 막지 못했어, 제이크. 널 구해주지 못했어. 이젠 너무 늦었어. 정말 미안해."

조앤은 내 기억 속 그대로 흙빛 나는 갈색 눈동자를 들고 나를 올려다보았다.

"정말이야, 정말 미안해."

당황한 내가 말했다.

"다 좋은 사람들인데 왜? 사과할 게 대체 뭐 있어?"

조앤은 내 어깨에 손을 짚고 뭐라고 말하고 싶은 표정을 지었지만 결국 그냥 한숨만 내쉴 뿐이었다.

"그냥 사람들 있는 데로 빨리 돌아가는 편이 좋겠다."

파티 다음 날, 퇴근하던 나는 집 앞에 무거운 상자 하나가 도착한 것을 보았다. 그 안에는 헝가리 와인 한 병과 하얀 카드가 들어 있었다. 카드에는 금빛 필기체로 짧은 메모가 적혀 있었다.

'다시 만나기를 손꼽아 기다리고 있을게요, 친구들.'

18장

우리는 크리스마스 시즌을 무척이나 기대하고 있었지만 앨리스는 여전히 너무 바빴다. 새로 들어온 지식재산권 사건을 처리하는 앨리스의 방식을 보고 감동을 받은 로펌 대표들이 앨리스에게 또 다른 일을 맡긴 탓이었다.

나 역시 일하느라 정신이 없었다. 이언은 교회 사람들에게까지 상담소를 선전하고 퍼뜨려, 내게 결혼에 대해 상담할 사람들을 더 많이 데리고 왔다. 대부분은 아이의 탄생, 불륜, 재정적 문제 등의 흔한 문제 때문에 고민하는 사람들이었다.

이혼하는 비율은 대략 70 대 30 정도였지만 나는 비율을 무시하기로 결심했다. 어차피 어느 커플이 이혼할지 말지는 그들을 만나고 10분 안에 충분히 파악할 수 있다. 자랑은 아니지만 나는 사람들의 생각을 읽는 데 능하다. 그것은 내가 선천적으로 가지고 태어나 몇 년의 상담 동안 갈고닦은 재능이었다. 가끔은 사무실에서 의뢰인들을 직접 마주하기도 전에 미래를 예측할 수 있다. 소파에 나란히 앉아서 기다리는 사람들은 아직 잘해볼 의지가 있는 편이고, 무의식적으로 이미 상담용 의자에 앉아 있는 사람들은 궁극적으로 이혼이나 별거를 생각하고 있는 사람들이다. 물론 그 외에도 다른 비언어적 표현들이 존재한다. 앉아 있는 방식 말이다. 발이 서로를 향해 있는지 아니면 반대쪽을 향해 있는지, 팔을 펴고 있는지 아니면 팔짱을 끼고 있는지, 코트를 입고 있는지 아니면 벗고 있는지. 모든 커플들은 자신의 결혼 생활이 어디로 향할지에 대한 사인을 이미 수백 가지는 보내고 있는 셈이다.

아시아인 30대 부부 윈스턴과 벨라는 내가 제일 좋아하는 커플이었다. 남편은 생물 약제학자였고 아내는 IT 전문가였다. 그들은 유머 감각을 갖고 자신들의 문제를 대했다. 가끔 사무실 안을 왔다 갔다 하는 바람에 내 신경을 거슬리게 하는 사람들도 있었지만 그들은 점잖고 어른스러웠기에 그런 행동을 하지 않았다. 두 사람은 벨라가 전 남자 친구인 앤더스와 헤어진 일이 윈스턴과의 관계에 생각보다 큰 영향을 미쳤다고 말했다. 거의 10년 전에 벌어진 일이었지만 두 사람의 관계가 진전됨에 따라 꾸준히 방해물이 되었다. 벨라의 주장에 따르면 윈스턴이 그렇게 강한 질투심을 보이며 불안해하지 않았더라면 자신 역시 그 오랜 시간 동안 앤더스에 대해 한 번도 생각해본 적이 없었을 거라고 했다. 불행하게도 윈스턴은 아직도 자신들의 관계가 너무나 엉망진창인 상태에서 시작되었다는 사실을 극복하지 못한 모양이었다.

어느 목요일, 벨라가 화장실에 간 사이 윈스턴은 내게 불안정하게 시작된 관계도 충분히 극복할 수 있는 일이냐고 물었다.

"당연하죠."

하지만 윈스턴은 다시 물었다.

"선생님이랑 저희가 처음 만났을 때, 관계의 끝이라는 씨앗은 이미 그 시작에서 찾을 수 있다고 말씀하지 않으셨어요?"

"그랬죠."

"제가 두려운 건 그 씨앗이 저희가 만났던 첫 한 달 동안에 이미 뿌려진 게 아닌가 하는 거예요. 벨라는 아직 저 몰래 앤더스를 만나고 있었거든요. 그리고 그 나무를 뿌리 뽑기에는 이제 너무 거대하게 자라버렸어요."

"당신이 여기에 왔다는 것 자체가 문제를 극복할 수 있는 강력한 기회가 될 수 있어요."

내 말이 진실이었으면 좋겠지만, 스스로가 아는지 모르는지는 몰라도 씨앗을 심고 보살피고 물을 주고 이파리가 무성하게 자라도록 키우고 있는 사람은 바로 윈스턴 본인이었다. 자신의 선한 의도와는 아무 상관 없이 말이다. 나는 그에게도 이 이야기를 했다.

"내가 그걸 도대체 어떻게 못 본 체할 수 있겠어요? 벨라는 지금도 앤더스를 만나서 함께 점심을 먹는다고요. 그리고 그 사실을 내게 절대 이야기하지 않죠. 난 그 이야기를 다른 사람한테서 전해 들어요. 그리고 벨라에게 사실을 확인해보려 하면 항상 방어적인 태도만 취해요. 그렇게 매번 앤더스를 몰래 만나고, 그와 함께했던 과거를 우리의 미래를 위협할 수 있을 정도로 소중하게 생각한다는 게 눈에 뻔히 보이는데 내가 도대체 어떻게 벨라를 믿을 수 있겠어요?"

윈스턴은 애원하듯 말했다. 그의 마음은 이미 찢어지고 있었다. 벨라가 방으로 돌아오자 나는 이미 나무로 성장해버린 그 씨앗을 정면으로 대치하기로 결심했다.

"벨라, 아직도 앤더스와 친구로 지내는 이유는 뭐죠?"

"그렇다고 친구를 포기할 순 없잖아요."

"좋아요, 당신이 무슨 생각을 하는지는 알았어요. 하지만 이 꾸준한 관계가 결혼 생활에 부정적인 영향을 미치고 있는데, 윈스턴의 걱정에 대해서도 조금은 생각해보는 게 어때요? 예를 들어 앤더스와 점심을 먹으러 나갈 때 윈스턴에게 미리 말해준다든가. 아니면 윈스턴과 함께 앤더스를 만나러 갈 수도 있잖아요."

"그렇게 간단한 문제가 아니에요. 윈스턴에게 말하면 싸움이 난다고요."

"하지만 비밀을 지켜도 결국은 싸움이 나지 않나요?"
"그건 그래요."
"배우자에게 결코 들키기 싫은 비밀이 있는 경우, 배우자가 사실을 알았을 때 어떻게 반응할지를 알면서도 그 비밀을 꼭 지켜야 하는 근본적인 원인이 있게 마련이죠. 당신에게도 그런 원인이 있나요?"
벨라는 수긍했다.
"엄청 긴 역사가 있어요. 마음속에 쌓인 응어리도 많고요. 그래서 윈스턴에게는 말 못하는 거예요."
윈스턴은 어깨를 축 늘어뜨렸고, 남편에게서 다소 떨어진 곳에서 벨라는 두 팔로 자신의 몸을 감싸며 벽을 향해 몸을 돌렸다. 그 모습을 보니 생각보다 훨씬 해결이 어려울 수도 있겠다는 걱정이 들었다.

19장

"혹시 비비언이 당신한테 전화했었어?"
앨리스가 전화 너머로 물었다. 크리스마스 전날 아침의 일이었다.
"아니."
나는 꽤 애를 먹을 것으로 예상되는 어느 내담자의 폴더를 훑어보며 정신 없는 상태로 대답했다. 딜런은 명랑하고 유쾌한 14세 소년으로 우울증에 시달리는 상태였다. 소년의 슬픔과 그 슬픔을 치유해줄 수 없다는 무력감은 나를 무겁게 짓눌렀다. 앨리스는 불안한 목소리로 말했다.

"나보고 점심 같이 먹자는데? 너무 바빠서 시간을 낼 수 없다고 했는데도 중요한 일이라면서 계속 우기는 거야. 그날 파티에서 우리한테 잘해주기도 했고, 제대로 감사 편지도 못 보냈던 터라 도저히 안 된다는 말을 할 수가 없었어."

나는 보던 페이지에 검지를 끼우고 폴더를 덮었다.

"왜 보자는 거야?"

"나도 몰라. 12시에 포그 시티에 예약해놨어."

"집에 일찍 올 수 있겠어?"

"노력해볼게."

오후 2시에 집에 돌아왔을 때 집 안은 썰렁했다. 나는 불을 피우고 앨리스의 크리스마스 선물을 포장하기 시작했다. 대부분이 지난 몇 개월 동안 앨리스가 언급했던 책과 앨범들이었고, 앨리스가 제일 좋아하는 가게에서 사 온 셔츠 몇 벌도 있었다. 나는 내 선물들이 볼품없게 보이지 않길 바랐다. 그중에서도 가장 중요한 물건은 아름다운 흑진주 한 알이 달려 있는 은 목걸이였다.

많은 커플들이 그렇듯 앨리스와 내게 크리스마스는 골치 아픈 이벤트였다. 어린 시절 우리 가족은 크리스마스를 희한한 방식으로 즐겼다. 크리스마스이브에 아버지가 퇴근하시면 부모님은 자식들을 우선 차에 싣고, 아버지는 지갑을 잃어버렸다고 소리를 지르며 집 안으로 잠시 사라진다. 그리고 아버지가 다시 나타나면 어머니는 라디오 채널을 크리스마스캐럴이 나오는 주파수에 맞추고 우리는 모두 함께 노래하기 시작한다. 마침내 아버지가 운전대에 앉으면 피자 찾기가 시작된다. 한밤중이라 대부분의 피자 가게가 문을 닫았을 시간인데 말이다. 집에 돌아오면 산타는 이미 다녀가고 없다. 포장도 되지 않은 선물들이 크리스마스트리 밑에 정신 사납게 널려 있고, 이제 난장판이 벌어진다.

앨리스의 집에서는 전통적인 방식으로 크리스마스를 축하했다. 이브 날 밤에는 산타가 먹을 쿠키를 준비해놓고 일찍 잠에 들고, 크리스마스 날 아침에 일어나면 트리 밑에 포장된 선물들이 쌓여 있으며 그러고 나서는 침례교회에 가서 긴 예배를 치르는 식이었다.

첫 번째 크리스마스를 함께 보내며 우리는 달력을 분리하는 게 공평하겠다고 합의를 보았다. 홀수 해에는 내 방식대로 크리스마스를 보내고, 짝수 해에는 앨리스 가족 스타일의 전통적 방식을 존중하자는 이야기였다. 하지만 그나마 다행인 점은 앨리스가 크리스마스이브의 저녁 식사에 대해서 나와 뜻을 같이한 일이었다. 앨리스도 나 못지않게 피자를 좋아했기 때문에 짝수 해 저녁 식사 역시 피자가 될 수 있었다.

나는 오후 내내 집 안을 둘러보며 앨리스를 기다렸다. 그리고 청소를 한 뒤 영화 〈크리스마스 이야기〉를 보았다. 7시가 되었지만 앨리스는 여전히 돌아오지 않았다.

슬슬 이러다 피자도 못 먹게 되는 게 아닌가 생각하며 짜증이 느껴질 때쯤 차고 문이 열리고 앨리스의 차가 들어오는 소리가 들렸다. 뒤이어 앨리스의 구두 소리가 들리고, 앨리스의 모습이 나타나기 전 피자 냄새부터 먼저 풍겨왔다. 앨리스는 커다란 페퍼로니 피자를 들고 있었다. 심지어 피자 상자 위에는 내게 줄 포장된 선물 몇 개가 올라앉아 있었다.

"멋진데!"

나는 반짝반짝 빛나는 체크무늬 포장지의 존재를 알아차렸다. 거기에 달린 복잡한 녹색 리본에는 누가 봐도 알 수 있는 샌프란시스코 현대 미술관의 금빛 스티커가 붙어 있었다. 나는 앨리스가 오늘이 크리스마스이브라는 사실을 아침까지 완전히 잊어버리고 있다가 겨우 생각이 나서 점심 먹으러 가는 길에 미술관 기념품 가게에 들렀다는 사실을 알 수 있었다.

앨리스가 피자 상자를 열고 한 조각을 접시에 덜어주는 사이, 앨리스의 손목에 못 보던 커프 팔찌가 채워져 있는 것을 발견했다. 세련된 은빛 팔찌였는데 재질은 아마 플라스틱이나 알루미늄이 아니면 유리섬유인 듯했다. 폭은 5센티미터 정도 되고 앨리스의 손목에 딱 맞았다. 잠금쇠가 보이지 않아 도대체 어떻게 저 팔찌를 찼는지, 게다가 어떻게 벗는지 알 수 없었다. 아름다운 액세서리였지만 나는 앨리스가 그 바쁜 와중에 자기가 쓸 액세서리 쇼핑을 했다는 사실이 더 놀라웠다.

"팔찌 예쁘네. 미술관에서 샀어?"

내가 물었다.

"아니, 선물 받았어."

앨리스는 피자를 세로로 길게 접으며 말했다.

"누구한테?"

내 머릿속에는 바로 로펌 파티에서 만났던 곱슬머리 데릭 스노가 떠올랐다.

"우리 친구 비비언."

“그렇구나. 좋은 사람이네.”
나는 안도하며 말했다.
“아니, 그렇지도 않아.”
“왜?”
앨리스는 피자를 먹다 말고 잠시 머뭇거렸다.
“정말 이상한 점심이었어. 아니, 단순히 이상한 수준이 아니었어. 하지만 난 거기에 대해 얘기하면 안 된대. 그럼 당신이 곤란해질 거라고.”
나는 웃음을 터뜨렸다.
“비비언이 무슨 게슈타포도 아니고, 뭐 어때. 도대체 뭐라고 했는데?”
앨리스는 새 팔찌를 만지작거리며 얼굴을 찌푸렸다.
“내가 그 파티에서 말을 너무 많이 하긴 했어.”
“무슨 소리야?”
“비비언이 그러는데 그 파티에서 누군가가 나를 주목했대. 내가 원래 그래야 하는 것보다 결혼 생활에 덜 신경을 쓰고 있어서 걱정이 되었다는 거야. 그래서 ‘협정’에 투서를 보냈대.”
나는 음식 씹기를 멈췄다.
“투서를 보내? 그게 무슨 말이야?”
앨리스는 팔찌를 뒤틀며 말했다.
“법정 의견서 같은 거라나 봐. 쉽게 말해 누가 나를 밀고했고, 나에 대한 불만을 써서 보냈다는 거야.”
“어디에?”
나는 황당한 기분이었다.

"'본부'에. 무슨 말인지 나도 잘 모르겠지만."

"뭐? 그냥 농담이겠지."

앨리스는 고개를 가로저었다.

"나도 처음엔 그런 줄 알았어. 비비언이 계속 웃고 있었거든. 하지만 농담이 아니더라고. '협정'에는 회원들의 다양한 문제들을 다루는 법정이 있고, 심지어 벌금형을 내리거나 처벌을 하기도 한대."

"처벌? 진짜? 난 매뉴얼이라는 게 그냥 상징적인 존재인 줄 알았는데."

"그건 아니야. 진짜 법정에서 사용하는 용어랑 방법까지 다 들어가 있는걸."

"도대체 누가 당신을 고자질했다는 거야?"

"몰라. 익명으로 보냈대. 비비언은 내가 매뉴얼을 다 읽었다면 이해할 수 있을 거라고 했어. '협정'의 회원은 다른 회원의 결혼생활에 부정적인 영향이 발생했다고 여겨질 경우 보고할 책임이 있대. 비비언은 계속 '그 사람은 우리의 친구이기 때문에 투서를 보냈다'고 했어."

"당신 생각엔 누군 것 같아?"

"나도 몰라."

앨리스는 같은 말을 되풀이했다.

"내가 누구랑 그런 대화를 나눴는지 계속 생각해봤어. 프랑스어 억양이 있는 남자."

"누군지 알 것 같은데."

"이상하게 이름이 생각이 안 나."

"아, 생각났다. 가이야, 가이. 아내 이름은 엘로디. 가이는 변호사야. 국제법 변호사. 엘로디는 프랑스 영사관의 부영사인가 뭔가였는데."

"맞아. 그 사람이 우리 로펌이랑 내가 다루는 사건이랑 업무량에 대해 계속 물어봤어. 나는 하루 온종일 일만 하느라 잠도 제대로 못 잔다고 얘기했고. 아주 늦은 시간이 되어서야 겨우 마주 보고 앉아서 저녁을 좀 먹을 수 있다고 했더니 굉장히 못마땅한 눈빛으로 나를 쳐다봤어. 하지만 난 방심했지. 그 사람도 변호사잖아. 자기도 그렇게 일에 치여 살 때가 있지 않겠어?"

앨리스는 얼굴이 파래졌다. 아마 수면 부족과 과한 업무 때문에 너무 지친 모양이었다. 나는 피자 한 조각을 더 집어서 앨리스의 접시에 담아 내밀었다.

"진짜 이상한 일이네."

"그 법정 의견서에는 자기들이 우리를 좋아하고, 결혼 생활에 충실한 삶을 보내고 있다고 생각하지만 내가 기력과 시간을 너무 일에만 쏟는 것도 문제라고 쓰여 있었대. 비비언 말로는 흔하게 일어나는 문제래."

"당신이 아무리 일을 많이 하더라도 남이 참견할 문제는 아니라고 말해주지 그랬어?"

하지만 앨리스의 표정으로 미루어볼 때 비비언에게 감히 그런 소리는 못 한 모양이었다.

"비비언은 자기 매뉴얼을 가지고 와서 보여줬어. 그 페이지에 책갈피를 끼워놓았더라고. 아마 나는 3.7.65 집중 우선도 항목을 위반한 모양이야. 밀고자의 말에 의하면 문제는 내가 규칙을 어졌다는 사실이 아니라, 중간에서 누가 조정해주지 않으면 미래에 또 같은 일을 저지를 것 같다는 사실이래."

"밀고자? 맙소사! 게슈타포가 아니라는 말은 취소해야겠다."

하지만 그보다 나를 더 거슬리게 만드는 건 앨리스의 차분한 표정이었다. 이 이야기를 전달하는 내내 앨리스는 모든 것을 수긍하고 받아들인 듯, 태연한 태도로 일관했다.

"화 안 났어? 어떻게 이렇게 태연할 수가 있어?"

앨리스는 다시 한번 팔찌를 어루만졌다.

"솔직히 말하면 생각보다 흥미로워. 그 사람들은 매뉴얼에 적혀 있는 일들을 아주 심각하게 받아들이고 있어. 제대로 읽어봐야 할 것 같아."

"처벌은 뭔데? 비비언이랑 점심 한 끼 먹는 거? 그보다 더 나쁜 일이 있나?"

앨리스는 손을 들어 팔찌로 내 시선을 끌었다.

"이게 벌이래."

"알아듣게 말해봐."

내가 화를 냈다.

"비비언 말로는 본부에서 나를 좀 더 집중적으로 관찰하기로 했대."

이제야 앨리스의 말뜻을 확실히 알아들을 수 있었다. 나는 앨리스의 손을 잡고 팔찌를 가까운 곳에서 들여다보았다. 만져보니 따뜻하고 부드러운 촉감이 느껴졌다. 플라스틱 팔찌 안쪽에 작은 녹색 불빛들이 빙 둘러 박혀 있어서 앨리스의 손목에 원 모양의 자국을 남기고 있었다. 보통 시계판이 있는 앞면에는 알파벳

P 모양으로 작은 구멍들이 뚫려 있었다.

"아프진 않아?"

내가 물었다.

"괜찮아."

앨리스는 차분하게 대답했다. 심지어 만족스러운 표정마저 짓고 있었다. 그러고 보니 앨리스는 집에 돌아와서 지금까지 '협정'이 그녀가 일을 너무 많이 한다고 지적했다는 이야기 빼고는 일 이야기를 한 마디도 하지 않았다.

"어떻게 벗어?"

"벗으면 안 돼. 비비언이 2주 후에 다시 만나자고 했어. 그때 벗겨주려나 봐."

"어디다 쓰는 물건이야, 그건?"

"나도 모르겠어. 아마 어떤 방식으로든 나를 감시하고 있는 것 같아. 비비언은 내가 우리 결혼 생활에 얼마나 집중하고 있는지를 증명할 좋은 기회라고 했어."

"GPS? 도청 모니터링? 영상 촬영? 원 세상에! 뭐야, 그게? 진짜 감시하는 거야?"

"영상은 아니야. 그건 아니라고 비비언이 확실히 말했어. 하지만 GPS는 맞는 것 같아. 소리도 들리는 모양이야. 비비언이 그러는데 자기는 이걸 한 번도 차본 적이 없어서 억지로 뺐을 때 무슨 일이 일어날지 모른다고 했어. 자기가 받은 지시는 그냥 이 팔찌를 나한테 채워주고, 왜 팔찌를 차야 하는지 설명하고, 14일 후에 다시 팔찌를 빼서 본부로 가져오라는 얘기뿐이었대."

나는 팔찌를 빼보려고 용을 썼지만 꿈쩍도 하지 않았다.

“내버려둬. 따로 열쇠가 있어. 그건 비비언이 가지고 있고.”

나는 화를 냈다.

“당장 전화해. 지금 당장. 크리스마스이브고 나발이고 상관없어. 빨리 전화해서 이거 빼라고 해. 정말 말도 안 되는 짓이야.”

하지만 앨리스가 보인 태도에 나는 깜짝 놀랐다. 앨리스는 손가락으로 팔찌를 가볍게 문지르며 말했다.

“당신도 내가 가정보다 일을 지나치게 우선시한다고 생각해?”

“누구나 자기 일에 충실해야 해. 안 그러면 당신도 좋은 변호사가 될 수 없을 거야. 내가 내 일을 열심히 하지 않으면 좋은 상담사가 될 수 없듯이.”

하지만 그 말을 하는 동안 마음속으로 이번 주에 앨리스가 일한 시간과 내가 일한 시간을 비교해서 계산해보았다. 우리가 결혼한 이후로 내가 집에서 저녁을 안 먹은 적이 몇 번이나 되는지—감히 0번이라고 자신 있게 말할 수 있다—또 앨리스가 집에서 저녁을 안 먹은 게 몇 번이나 되는지도 세어보았다. 하지만 너무 많아서 다 셀 수가 없었다. 내가 아직 자는 동안 앨리스가 이른 아침에 부엌에서 사건을 조사하며 동부에서 온 전화를 받는 모습이 떠올랐다. 우리가 함께 있을 수 있는 극히 얼마 안 되는 시간 동안에도 어떻게 앨리스가 자기 휴대전화만, 내가 아닌 다른 곳만 쳐다볼 수 있는지 원망하는 마음도 들었다. 파티의 밀고자가 뭘 어떻게 관찰했는지 모르지만 그 사람들이 아주 잘못된 건 아닌 것 같았다.

“이해가 안 될 수도 있겠지만, 사실 이 말을 하고 싶었어. 난 우리 결혼 생활이 원만하게 잘 풀리길 바라. 그래서 ‘협정’이 거기에 도움이 될 수 있는지 시험해보고 싶어. 정말로 도움이 된다면 기꺼이 본부에도 갈 생각이야. 당신은 어때?"

앨리스는 내 손을 꽉 잡았다. 나는 앨리스의 눈을 똑바로 바라보며 혹시 팔찌를 뺏기기 싫어서 그러는 게 아닌가 눈치를 살폈지만 전혀 그런 기색은 없었다. 내가 아내에 대해 알고 있는 사실 중 하나는 앨리스가 항상 새로운 무언가, 특히 건강이나 과학이나 사회공학에 관련된 새로운 실험 종류를 몹시 좋아한다는 점이었다. 엉망진창인 가족사에서 겨우 살아남은 앨리스는 항상 생존에 대해서라면 매우 민감하게 굴었다. 앨리스는 심지어 엘론 머스크가 처음으로 유인 우주선을 화성에 보내겠다며 비전문가 탑승자를 모집했을 때 지원한 적도 있었다. 앨리스가 뽑히지 않아 천만다행이긴 하지만 어쨌든 중요한 점은 앨리스가 직접 오디션 영상을 찍고, 서류도 다 작성하고, 지구에서 탈출하여 우주로 나가는 중에 이미 죽을지도 모르는 그 과정에 지원했다는 사실이다. 앨리스는 그런 사람이었다. 내가 앨리스를 지극히 사랑하는 이유 중 하나는 새로운 경험에 대한 열린 태도였다. 앨리스는 위험을 두려워하지 않았다. 오히려 더 흥분했다. '협정'은 미친 짓 같았지만 화성으로 가는 편도 티켓에 비하면 딱히 두려워할 만한 일도 아니었다.

그날 밤 우리는 작은 창문으로 아름다운 태평양 풍경이 바라다보이는 침실에서 사랑을 나누었다. 앨리스는 열정과 욕망에 온전히 몸을 맡기고 움직였다. 내가 한참이나 본 적 없는 모습이었다. 비록 우리 둘 다 예전에도, 또 그 후에도 따로 언급한 적은 없었지만 나는 그 모습이 정말로 좋았다.

앨리스는 잠이 들었지만 나는 머릿속이 자꾸만 맑아져서 잠을 이룰 수가 없었다. 팔찌가 아까워서 그랬던 걸까, 아니면 정말로 나를 위해서 그랬던 걸까? 어쨌든 나는 고마움을 느꼈다. 우리의 결혼 생활도 감사하게 여겨졌고, 앨리스도 고마웠고, 심지어 우리가 얽히게 된 이 기묘하고 새로운 일까지도 그랬다. '협정'은 본래 목적에 충실하게 기능하고 있었다. 그 덕분에 우리는 더욱 가까워졌다.

20장

크리스마스가 지난 후 며칠 동안은 이상할 정도로 행복했다. 동업자들과 나는 그 주 내내 상담실 문을 닫았다. 한 해 동안 힘들긴 했지만 큰 성공을 거두었다는 사실을 모두가 암묵적으로 동의한다는 표시였다.

우리는 시야도 넓힐 수 있었고, 최종적으로 소득도 많이 늘어났다. 8월에는 건물 융자금을 다 갚아서 아름다운 침실 두 개가 딸린 빅토리아조 건물을 사무실로 사용할 수 있게 되었다. 상담소 사업은 이제 어느 정도 어려운 고비를 넘기고 안정기에 접어들었다.

그러나 크리스마스가 지나고 닷새 후 내 행운은 끝을 맞이했다. 새벽 다섯 시 반, 나는 앨리스가 침대 옆에 서서 내 휴대전화를 움켜쥐고 있는 모습을 발견했다. 앨리스는 커다란 수건을 가슴께에 묶고 머리에는 작은 수건을 터번처럼 두르고 있었다. 내가 환장하게 좋아하는, 그녀가 늘 사용하는 레몬과 바닐라 향이 섞인 로션 냄새가 풍겼다. 나는 죽도록 앨리스를 침대로 끌어들이고 싶었지만 앨리스의 얼굴에 떠오른 심각한 표정을 보니 그럴 상황이 아니라는 게 확실했다.

"벨이 네 번 울려서 그냥 내가 받았어. 문제가 생겼대."

나는 마음속으로 내담자 목록을 쭉 훑으며 소식에 대비한 뒤 휴대전화에 손을 뻗었다.

"선생님?"

전화를 건 사람은 내가 화요일마다 상담을 하는 그룹에 속한 한 소녀의 어머니였다. 그 그룹은 최근에 이혼했거나 이혼 절차를 밟고 있는 부모를 가진 십 대들로 구성되어 있다. 소녀의 어머니는 말이 너무 빨라서 나는 상대방의 이름도, 그 딸의 이름도 제대로 듣지 못했다. 딸이 집을 나갔다는 이야기였다. 나는 이름을 다시 묻는 대신 누구일지 마음속으로 추론해보았다. 지난주에 그 그룹에는 여섯 명의 아이들이 있었다. 여자애 셋, 남자애 셋이었다. 나는 머릿속에서 재빨리 에밀리부터 지웠다. 에밀리는 1년 동안 상담에 나왔던 16세 소녀로, 이제 슬슬 부모의 이혼을 받아들여야 할 때가 되었다는 사실을 느꼈기 때문에 상담을 그만두려는 차였다. 맨디도 아닐 것 같았다. 맨디는 아버지의 자선단체 사람들과 함께 파크 시티로 떠나는 스키 여행을 손꼽아 기다리고 있었다. 그러고 나니 최근 들어 막 부모의 이혼에 충격을 받은 이소벨이 남았다. 나는 우리의 크리스마스 휴가가 딜런 다음으로 이소벨에게 큰 영향을 미치지 않을까 염려하고 있었다.

"남편분과 상의하셨나요?"

내가 물었다. 여성은 극도로 흥분한 채 대답했다.

"네. 아이가 전철을 타고 어제 남편이 있는 곳으로 갈 예정이었는데 도착하지 않았대요. 둘 다 오늘 아침까지 그 사실을 몰랐어요. 남편은 이소벨이 저랑 같이 있는 줄 알았대요. 혹시 이소벨한테 연락 못 받으셨어요?"

여성의 목소리는 실낱같은 희망으로 떨렸다.

"죄송합니다. 아무 연락도 못 받았습니다."

"그 애한테 문자랑 음성 메시지를 백 개도 넘게 남겼어요."

"제가 이소벨에게 전화해봐도 될까요?"

"제발 해주세요."

나는 이소벨의 전화번호, 이메일 주소, 트위터 계정, 스냅챗 닉네임까지 다 전해 들었다. 엄마가 자기 딸의 SNS 상황에 대해 그렇게 잘 알고 있다는 사실에 약간 감명받았다. 요즘 아이들이 대부분 가장 큰 문제를 직면하는 곳이 SNS임에도 불구하고 그것에 대해 잘 아는 부모들은 별로 없다. 이소벨의 어머니는 이미 경찰에 전화해봤지만 이소벨의 나이 때문에 24시간이 지나지 않으면 수사를 시작할 수 없다는 소식만 들었다고 했다. 앨리스는 내가 통화를 하는 내내 몸에 큰 수건을 대충 감고 머리에 터번을 두른 채 침대 옆에 서 있었다. 전화를 끊자 앨리스는 무슨 상황인지 궁금해했다.

"정말 무슨 일이 생긴 걸까?"

앨리스는 옷장에서 짙푸른 빛깔의 정장을 꺼내며 물었다.

"이소벨도 생각이 있는 애야. 아마 밤새 친구들이랑 놀았을 거야. 갠 지금 자기 부모한테 굉장히 화가 많이 나 있거든. 자기 부모의 성숙하지 못한 행동에 실망해서 잠시 떨어져 있을 시간이 필요하다던걸."

앨리스는 스커트를 입었다.

"걔가 정말 그렇게 말했어?"

나는 고개를 끄덕였다.

"맙소사. 당신은 그 얘길 애 부모한테 했어?"

"아니. 나한텐 비밀을 지킬 의무가 있으니까. 하지만 이소벨한테 어리석은 짓일랑 할 생각은 말라고 했어. 만약 부모님이 갑자기 어린애처럼 느껴지는 거라면 지금까지는 굉장히 좋은 부모였다는 뜻이니까 어디에 있는지 정도는 항상 알려줘야 한다고 말이야."

앨리스는 머리 위로 캐미솔을 걸쳤다.

"그 애가 제대로 이해할 만한 말은 아닌 것 같네."

"고마워."

"너무 기분 나빠하지 마."

앨리스는 남색 스타킹을 다리에 끼우고 열심히 흔들어서 스커트 밑까지 끌어올렸다.

"전화 말고 문자로 해."

나는 이소벨의 번호를 찾아서 문자를 보냈다.

'이소벨, 상담소의 제이크 캐시디 선생님이야. 사무실 바로 밑에 커피숍이 있어. 38번가와 발보아 거리 교차점이야. 이따 낮 12시에 만날 수 있을까? 내가 핫 초콜릿 한 잔 사줄게. 나 혼자만 나갈 거야. 약속해. 다들 널 걱정하고 있어.'

나는 의도적으로 '부모'라는 말을 사용하지 않았다. 이혼 절차를 밟고 있는 부모를 가진 아이들은 하나같이 부모에 대해 분노, 죄책감, 사랑, 연민이 뒤섞인 아주 복잡한 감정을 품고 있는데 그것은 좀처럼 풀기 어렵다.

답장은 없었다.

21장

정오가 되기 전에 나는 카페로 가 구석에 자리를 잡았다. 커피는 맛이 없고 빵 종류는 너무 비쌌기 때문에 가게는 항상 텅텅 비어 있었다. 나는 테이블 위에 노트북을 올려놓고 그 옆에는 신문을 같이 두었다. 이소벨이 나타났을 때 나를 보고 겁먹는 건 원치 않았다. 편안한 인상을 주고 싶었다.

직업상 어른들을 다룰 때는 억지로라도 문제의 핵심을 직접 찌르는 게 좋은 경우가 많다. 하지만 아이들의 경우에는 가장자리에서부터 접근하는 편이 낫다. 십 대 아이들은 항상 누군가와 대립할 준비가 되어 있기 때문이다. 내가 만난 대부분의 아이들은 난공불락의 벽을 아주 빠르게 쌓는 법을 이미 알고 있었다.

정오가 되자 문이 열리는 소리가 들렸다. 나는 이소벨이기를 바라며 고개를 들었지만 이소벨이 아니라 어느 힙스터 커플이었다. 그들은 머리부터 발끝까지 비싼 옷으로 치장함으로서 오히려 싸구려로 보이게 만들고, 자신들의 몸에 낸 문신이 예술적으로 보일 수 있도록 옷을 군데군데 찢어놓았다. 둘 다 최신 맥북 에어를 끼고 있었다.

12시 반이 되자 슬슬 걱정되기 시작했다. 정말로 이소벨에게 나쁜 일이 생겼으면 어떡하지? 단순히 끔찍하게 유치하고 자기중심적인 부모에게서 떨어져 잠시 혼자만의 시간을 갖고 있는 게 아니라면? 내가 막 포기하고 사무실로 올라가 아이 어머니에게 전화를 걸려는 찰나 갑자기 이소벨이 미끄러지듯 들어와 의자에 앉았다. 갈색 머리는 다 헝클어지고 청바지는 지저분했으며 눈 밑에는 다크서클이 짙었다.

"내가 안 올 줄 알았죠?"

나는 이미 혼자서 첫 인사의 예행연습을 끝내놓았다.

"사실은 그랬어. 하지만 넌 친구가 한없이 기다리도록 내버려 두는 아이는 아니잖니?"

"그건 그래요."

이소벨은 동의했다. 그리고 내가 일어서자 물었다.

"잠깐, 어디 가요?"

"내가 핫 초콜릿 큰 걸로 사준다고 했잖아. 휘핑크림도 얹어줄까?"

"커피로 주세요."

나는 카운터에 선 채 아이 어머니에게 문자 메시지를 보냈다.

'이소벨은 무사해요. 지금 저랑 같이 있어요.'

바로 답장이 왔다.

'하느님, 감사합니다. 지금 어디예요?'

'사무실 근처입니다. 시간을 조금만 주세요. 아이가 겁먹고 도망갈지도 모르니까요.'

나는 더 자세하게 알려달라는 메시지가 미친 듯한 기세로 올 거라는 생각에 잠시 기다렸지만 이소벨의 어머니도 상황을 파악했는지 진정된 답장을 보냈다.

'정말 고맙습니다. 그럼 소식 기다리고 있을게요.'

나는 커피를 들고 테이블로 돌아갔다.

"잘 먹겠습니다."

이소벨은 커피에 설탕 한 봉지를 쏟아 넣었다. 제대로 잠을 못 잔 눈치였다.

나는 우리 앞에 놓여 있던 종이를 접으며 말했다.

"그래, 집에서 지금 막장 드라마를 한창 찍고 있는 중이지?"

"네."

"너희 엄마한테 넌 별문제 없고, 나랑 같이 있다고 말씀드렸어."

이소벨은 얼굴을 붉히며 내 시선을 피했다. 분노와 안도 사이에서 갈팡질팡하는 표정이었다.

"좋아요, 그 정도는 예상했어요."

"뭐 좀 먹어야 하지 않겠니? 부리토라도 먹을래? 한 블록 위에 있는 치노스 알지? 내가 사줄게."

"됐어요. 배 안 고파요."

나는 노트북을 덮고 가방 속에 집어넣었다.

"난 진지해. 솔직히 너한테 뭘 안 먹이면 내가 불편해. 누가 봐도 몇 끼 굶은 애잖아."

자리에서 일어나 문 쪽으로 걸어가자 이소벨이 따라왔다. 나는 이소벨을 카페에서 데리고 나오며 소리 없이 혼자 하이파이브를 했다. 보통 비슷한 또래 그룹을 실내에 빙 둘러앉히고 인공적인 제약을 가하는 것보다, 잠시 동안이라도 산책을 하는 편이 훨씬 효과적이다. 나란히 걷는 동안 이소벨은 긴장이 좀 풀린 듯했다. 아이는 열여섯 살이었지만 어떻게 보면 그보다 더 어려 보이기도 했다. 같은 그룹의 다른 아이들과 달리 이소벨은 부모의 이혼에 몹시 놀랐다. 대부분의 경우 아이들은 얼마 지나지 않아 그런 상황이 벌어지리라는 사실을 어느 정도 예감하고 있고, 부모가 그 소식을 가져왔을 때 안도하기까지 한다. 하지만 이소벨은 아니었다. 이소벨에게 이 일은 너무나도 큰일이고, 그 전까지 그들은 단란하게 잘 지냈다고 했다. 이소벨은 부모가 행복한 결혼 생활을 하고 있다고 생각했지만, 이소벨의 어머니는 어느 날 갑자기 '자기 자신에게 솔직해지고 싶다'면서 집을 나가겠다고 선언했다.

"엄마가 어느 날 갑자기 여자랑 눈이 맞아서 집을 나가겠다고 했을 때 정말 뭘 어떻게 해야 좋을지 알 수가 없었어요."

이소벨은 컵을 쓰레기통에 던졌다.

"하지만 난 정말로 화가 많이 났다고요. 아빠도 불쌍하고요. 차라리 엄마가 다른 남자하고 바람이 났다고 하면 그나마, 잘은 모르겠지만 그래도 엄마랑 아빠가 다시 화해할 수 있는 실낱같은 희망이라도 있었을 텐데 말이에요."

나는 부드럽게 물었다.

"엄마가 다른 남자랑 동거하게 된다 해도 어차피 아빠가 불쌍한 건 똑같지 않아?"

"몰라요."

이소벨은 더욱 분노한 표정으로 대답했다. 하지만 그건 내가 아니라 세상을 향해, 그리고 그간 행복했던 가정을 느닷없이 망가

뜨린 어머니를 향해 내뿜는 분노였다.

"그러니까 말이에요, 엄마가 여태까지 그걸 몰랐겠어요? 그럼 왜 처음에 아빠랑 결혼을 한 건데요? 나도 동성애자 친구가 있어요. 걔들은 이제 갓 고등학생이 됐지만 자기가 그쪽이라는 사실을 알고 있어요. 난 어떤 사람이 43년 동안 완벽하게 이성애자의 삶을 살아왔는데 어느 날 아침에 눈을 떠보니 동성애자가 되어 있었고, 그래서 인생을 바꿔야겠다고 생각했다는 사실 자체가 이해가 안 된다고요."

"너희 어머니 세대에는 그렇지 않았으니까."

우리는 말없이 함께 한 블록을 걸었다. 무언가가 이소벨을 짓누르고 있는 듯했다. 이윽고 이소벨이 입을 열었다.

"엄마가 자기 정체성을 조금만 더 일찍 알았더라면 얼마나 좋았을까 싶어요. 특히 아빠한테요. 난 자꾸 이런 생각이 들어요. 어딘가에서는 엄마와 함께 나이를 먹는다는 아빠의 꿈이 이루어지는 세계가 있지 않을까 하고요. 믿어지세요? 아빤 결혼한 후부터 매주 은퇴 후에 살 집을 사기 위해 조금씩 저금을 하고 있었다고요. 엄마는 해변을 좋아했고, 아빠는 엄마를 위해서 큰 선물을 하고 싶었어요. 아빤 20년 동안 엄마에게 해변의 집을 선물해서 깜짝 놀라게 만든다는 바보 같은 꿈을 꾸준히 키워왔던 거예요. 하지만 그 꿈은 처음부터 이뤄질 턱이 없었어요. 아빤 그걸 전혀 몰랐고요."

"슬픈 일이네."

이소벨은 나를 흘끔 쳐다보았다.

"내 존재 자체가 결국 언젠가는 닥쳐왔을 아빠의 불행에 근거를 두고 있다는 생각이 자꾸만 들어요. 하지만 난 아직도 아빠의 행복보다 내 삶을 선택하고 싶어요. 내가 나쁜 사람인가요?"

"넌 부모님이 결혼해서 너를 낳았기 때문에 지금 이 자리에 있을 수 있는 거야. 네가 어떻게 생각하고 또 어떻게 느끼든 간에 그 사실은 변하지 않아. 내가 확신할 수 있는 단 하나는 부모님이 널 사랑하신다는 거지. 내가 보장하는데 두 분 중 누구도 다른 삶과 너를 바꾸지는 않을 거야."

우리는 발보아 극장 앞을 지나쳤다. 극장에서는 현재 매트릭스 3부작을 특별 상영하는 중이었기 때문에 우리는 몇 분 동안 그 영화에 대해 이야기를 나누었다. 이소벨은 가정 수업에서 과제로 네오가 입었던 것과 비슷한 검은 롱 코트를 디자인한 적이 있다고 말했다. 나는 이소벨의 모순에서 매력을 느꼈다. 아이는 자기 나이의 두 배는 되는 사람 수준의 지식과 어휘 수준, 능력을 가지고 있었지만 인간의 행동 원리와 실제 세계의 삶, 그리고 기본적인 상호작용 능력은 자기 나이 평균보다 살짝 낮은 수준이었다. 이 사실을 알게 된 것은 극히 최근의 일이었다. 요즘 아이들은 내가 어렸을 때보다 훨씬 더 빠른 속도로 많은 것들을 배우지만, 자신을 둘러싼 환경에 대한 이해는 훨씬 느리다. 내 또래 사람들은 스마트폰과 비디오 게임을 탓하지만 그게 진짜 이유라고는 생각하지 않는다.

"치노스에 다 왔네. 리치먼드에서 제일 맛있는 부리토를 파는 곳이야. 뭐 먹을래?"

"내가 주문할래요."

이소벨은 카운터 앞으로 다가가서 자신만만하게 구운 고기, 밥,

콩 빼고, 파슬리 소스가 들어간 부리토를 주문했다. 진짜배기 샌프란시스코 아이답게 전부 스페인어로 말이다. 나는 똑같은 메뉴를 시키고 나초와 과카몰리를 추가한 뒤 냉장고에서 환타 캔을 몇 개 꺼냈다.

"유튜브에서 선생님 부인을 봤어요. 10년 전에 했던 콘서트 네 개가 통째로 올라와 있더라고요. 장난 아니게 멋지던데요."

이소벨이 환타 캔을 따면서 말했다.

"그래, 멋지지."

나는 이런 식으로 앨리스의 예전 시절을 회상하는 걸 좋아했다. 10년 전의 앨리스에 대해서는 잘 모르지만 당시 앨리스는 음악계에서 자기 길을 개척하고 있었고, 거의 매일 밤마다 라이브 연주를 하며 서해안 지역 투어를 했다. 일반적인 견지에서 볼 때 앨리스는 거물도 유명 인사도 아니었지만 고정 팬이 있었고, 다음 앨범을 기다리는 사람들이 있었고, 작은 클럽인 바텀 오브 더 힐에서부터 필모어의 큰 공연장까지 밴드 스케줄을 따라다니는 열성 팬도 있었다. 심지어 함께 이동하며 공연이 끝나고 난 뒤 앨리스와 대화 한 마디 나눌 기회를 노리지만 결국 앨리스 앞에서는 땀만 삘삘 흘리며 말을 더듬는 팬들—대부분이 남자들이었다—도 있었다. 앨리스는 그런 팬들은 조금 무서웠기 때문에 별로 그립지 않다고 했지만, 다른 모든 것들을 그리워했다. 특히 음악을. 요즘 들어 나는 앨리스의 일부가 법률 사무와 업무 미팅으로 꽉 찬 하루하루 밑에 천천히 무덤을 파고 묻혀가는 게 아닌가 걱정이 되었다.

"가사가 정말 대단해요. 아니, 전부 다 굉장해요. 메이크업도 정말 끝내주더라고요. 가만히 보고 있으면 왜 난 이렇게 멍청이 같을까? 왜 난 저렇게 메이크업을 못 하지? 하는 생각밖에 안 들어요."

이소벨이 말했다.

"하나, 넌 확실히 멍청이가 아니야. 둘, 난 네가 마음만 먹으면 충분히 할 수 있을 거라고 생각해."

이소벨은 나를 물끄러미 바라보았다.

"혹시 이번 주말에 선생님 댁에 가서 아침 식사 같이 하면서 선생님 부인한테 메이크업하는 법 배워도 돼요?"

"당연하지."

나는 의외의 제안에 놀란 채 말했다. 직원이 우리 번호를 불렀고 나는 주문한 부리토를 가지러 갔다. 우리는 창가 자리에 앉았다. 이소벨은 부리토에 감긴 은박지를 풀면서 말했다.

"저 요리 진짜 잘해요. 프렌치토스트 엄청 맛있게 만들 줄 알아요."

나는 나초로 과카몰리를 푹 떴다.

"앨리스가 프렌치토스트를 정말 좋아해."

이소벨은 부리토를 먹으며 어젯밤 오션 비치에서 구피라는 이름의 서퍼, 그리고 베이커스필드에서 온 여러 사람들과 함께 있었다는 이야기를 털어놓았다.

"진짜 얼어죽을 만큼 추웠어요. 전 DK라는 이름의 냄새 나는 어떤 남자랑 같이 웅크리고 앉아 있었죠. 웃기게 생긴 조개껍데기 목걸이를 하긴 했지만 너무 추워서 어쩔 수가 없었어요."

"별로 유쾌한 이야기는 아닌 것 같네. 썩 안전한 것 같지도 않고."

"처음에는 재미있었는데 갈수록 별로였어요. 나 빼고 딴 사람들은 전부 술이랑 약에 취했거든요. 휴대전화는 먹통이 됐고요. 게다가 엄마가 최근에 식구들 휴대전화 요금제를 바꾸는 바람에 번호도 다 바뀌었어요. 번호를 아직 다 외우지 못해서 집에 전화를 걸 수도 없었어요. 슈퍼마켓으로 걸어갈까 생각도 했지만 그건 진짜 위험하겠더라고요. 밤이 되면 오션 비치 근처에 위험한 사람들이 우글우글하잖아요. 그래서 오늘 아침에 커피숍을 찾아내서 전화기를 충전했더니 메시지가 산더미처럼 우르르 쏟아지더라고요. 너무 당황해서 뭐부터 어떻게 해야 좋을지 알 수가 없었어요."

이소벨이 자신을 데리러 와달라고 그 누구에게도 연락하지 못한 채 해변에 웅크리고 앉아 있는 모습을 떠올리고 마음이 아팠다. 이래서 요즘 애들은 내 어린 시절보다 능력이 떨어진다고 했던 거다. 내가 어렸을 때는 유치원에 들어가자마자 바로 집 전화번호와 주소를 외워야 했으니까.

"이소벨, 이제 그만하고 집에 가자. 너를 위해서가 아니라 네 부모님을 위해서야. 물론 지금 두 분이 서로 대화도 제대로 안 나누고 계실지 모르지만 그래도 그분들은 널 사랑해. 듣기 싫겠지만 두 분 모두 굉장히 힘든 시간을 보내고 계셔. 너도 부모님이 평범한 어른들이고, 평범한 어른들은 자기 문제에 아이들을 끌어들이기 싫어한다는 사실을 알 정도로는 나이를 먹었잖아."

이소벨은 은박지를 네모나게 접고 또 접어 아주 작게 만들기만 했다. 나는 대담하게 말을 꺼냈다.

"내가 인생에서 배웠던 첫 교훈이 뭔지 알아?"

대부분의 십 대들이 기성세대를 무시하고 비웃는 것 같아도 사실은 인생 경험과 지혜에 많은 부분을 의지한다. 그래서 어른들이 똑바로 행동하지 않고, 예컨대 더러운 빨래를 그대로 내버려 두는 흠과 실수를 보일 경우 아이들의 세계는 산산조각으로 무너져 내린다.

"인생의 교훈이요?"

"진짜로 뼈저리게 느꼈던 교훈 말이야. 한 번 크게 심금을 울리고 나면 평생 마음속에서 안 떨어지는 거."

"아, 네."

이소벨은 흥미가 생긴 듯 말했다.

"굳이 자세하게 얘기할 필요까진 없겠지만 아무튼 나는 열다섯 살 때 이런저런 다양한 이유로 문제를 겪었어. 모든 걸 다 망쳤고 그냥 사라져버리고 싶었지. 그래서 동네를 배회하면서 뭘 어떻게 해야 하나 고민하다가 영어 선생님과 우연히 딱 마주쳤어. 뜬금없이 그런 데서 선생님을 보니까 되게 이상한 거야. 선생님은 혼자 있었어. 평소에 늘 입고 다니는 코트 정장이 아니라 청바지에 티셔츠를 입고. 누가 봐도 펑크족 그 이상도 이하도 아니었지. 내가 지금까지 쭉 봐왔고 앞으로도 그럴 거라고 생각했던 선생님의 모습은 아니었어.

아무튼 아침에 너한테 문자를 보내면서 그때 일이 갑자기 떠오르더라. 그날 자기한테 뛰어온 나를 보고 선생님은 무슨 문제가 있다는 사실을 바로 알아차렸을 거야. 선생님은 나한테 '핫 초콜릿 한 잔 사줄까?' 하고 물어봤어."

"비슷하네요."

이소벨이 웃으며 말했다.

"짧게 줄여 말하면 선생님한테 내 문제를 털어놓았지만 선생님은 아무런 충고나 설교도 하지 않았어. 그렇다고 내가 저지른 실수로 나를 질책하지도 않았지. 그냥 나를 쳐다보면서 '인생을 살다 보면 불타는 다리를 건너야 할 때도 있는 법이야'라고 말했을 뿐이야. 그다음 주 월요일에 다시 마주쳤을 때 선생님은 별다른 말을 하지 않았어. 그냥 '불타는 다리 잘 건넜냐?' 하고 물었어. 내가 그렇다고 대답했더니 선생님은 고개를 끄덕이고 '나도'라고만 말했어. 그게 전부였지만 내가 고등학교에서 배운 걸 다 합친 것보다 훨씬 더 큰 교훈이라고 생각해."

사무실 쪽으로 걸어가던 도중 내 전화기가 울렸다.

"우리 엄마죠?"

나는 고개를 끄덕였다.

"좋아요. 거래해요. 선생님 부인이 이번 주말에 나한테 메이크업 기술을 가르쳐준다고 약속하면 나도 집에 갈게요."

"거래 성립. 하지만 부모님한테 꼭 기회를 드려야 해."

"노력해볼게요."

나는 전화를 받았다.

"다 잘됐습니다, 어머님. 사무실 밖에서 기다리겠습니다."

이소벨의 어머니가 차를 끌고 오기를 기다리는 동안 나는 앨리스에게 문자를 보냈다.

'잠깐 시간 돼?'

'빨리 말해.'

'이소벨한테 옛날에 했던 메이크업 기술을 가르쳐줄 수 있어?'
'당연하지.'
파란색 사브 스테이션왜건이 멈춰 서자 나는 차 문을 열며 이소벨에게 말했다.
"토요일 아침 아홉 시야."
그리고 집 주소를 알려주고는 열린 창을 통해 이소벨의 어머니에게도 허락을 받았다. 어머니는 아이를 오랫동안 꼭 끌어안았다. 이소벨이 자기 어머니를 마주 껴안는 모습을 보자 나는 행복해졌다.

22장

앨리스는 그 주 내내 팔찌에 대해 아무 말도 하지 않았다. 하지만 나는 앨리스가 가끔 손가락으로 팔찌의 매끄러운 표면을 어루만지는 모습을 보았다. 평일에 앨리스는 보통 겨울치고는 좀 얇은 긴팔 옷을 입지만 집에 돌아오면—최근 들어 평소보다 귀가 시간이 빨라졌다—재빨리 긴팔 블라우스를 벗어던지고 티셔츠를 입거나 가끔은 레이스 달린 나이트가운으로 바로 갈아입기도 하고, 또 어떤 때는 캐미솔과 넉넉한 파자마 바지만 입기도 한다.
이렇게 말하긴 싫지만 앨리스는 비비언과 점심 식사를 한 후로 내게 더 신경을 쓰는 눈치였다. 팔찌의 목적이 앨리스로 하여금 우리의 결혼 생활에 더 집중하게 만드는 거라면 그 목적은 성공했다. 하지만 더욱 범죄에 가깝고 비도덕적인 목적이 존재할 수도 있었다. 그래서 나는 우리가 함께 침대에 누워 있을 때 웅얼거리듯이 말해서 목소리가 잘 들리지 않게 하고, 늘 마음속에 경계심을 품었다. 어쨌든 난 우리가 함께하는 시간을 사랑했다. 함께 요리하고 식사하는 일을 즐기고, 멋진 섹스를 나누고, 소파에 앉아 아이스크림을 먹으며 〈슬로건 만들기〉를 보는 일 또한 만끽했다.

이소벨이 토요일 아침에 우리 집에 와서 앨리스를 보고 제일 먼저 한 말은 이거였다.

"그 팔찌 진짜 완전, 엄청 예뻐요. 어디서 사셨어요?"

앨리스는 나를 흘끗 쳐다보고는 미소를 지었다.

"친구한테 선물 받았어."

약속했던 대로 이소벨은 프렌치토스트를 만들 모든 준비물을 가져와서 우리에게 아침을 만들어주었다. 그러는 동안 앨리스는 음악을 틀어놓고 소파에 누워 신문을 읽었다. 낡은 버즈콕스 티셔츠와 찢어진 청바지 차림으로 말이다. 마치 변호사 아내인 앨리스가 아니라 내 오래된 여자 친구 앨리스 같았다.

그러고 나서 셋이 함께 아침을 먹으며 나는 마치 타임머신을 탄 듯한 기분을 맛보았다. 우리에게 아이가 있다면 이런 느낌이 아닐까 싶었다. 아주 먼 미래…… 기저귀를 차던 시절이 지나가고, 엄마와 음악을 듣고 아빠와 체조하는 시기를 거쳐, 아이를 유치원에 보내면서 마음이 놓이기도 하고 가슴이 찢어질 듯 아프기도 한 시간이 지나 아이를 처음으로 디즈니랜드에 데려갔을 때의 흥분을 맛보고, 수백 번의 병원 내원과 수백만 번의 포옹과 키스, 수천 번의 짜증을 다 겪은 후에나 벌어질 수 있는 일이지만. 아이의 탄생에서 십 대가 되기까지의 사이에 이 모든 일들이 일어날 것이다. 너무나도 멋진 일이었다. 미래의 어느 날 앨리스와 내가 우리 아이와 함께 지금 같은 풍경을 연출할 것이 눈앞에 그려졌다. 물론 우리 아이와는 조금 더 복잡한 관계겠지만 말이다. 이소벨이 지금 이토록 편하게 있을 수 있는 건 우리 사이에 아무런 역사도, 앙금도 없기 때문이다. 우리는 이소벨을 실망시키지 않았고, 이소벨은 우리가 죽을까 봐 걱정할 필요도 없다. 그럼에도 불구하고 토요일 오전 시간을 함께 보내는 단란한 가족의 모습을 나는 자꾸만 눈앞에 그렸다.

아침을 먹은 뒤 이소벨과 앨리스는 뒷방으로 가서 메이크업 연구에 돌입했다. 이소벨은 노트북을 가져와 앨리스의 옛 공연 영상을 보여주었다.

"이게 바로 제가 따라 하고 싶은 메이크업이에요."

앨리스가 웃으면서 말했다.

"이거? 진심이야? 세상에, 2003년에 내가 아이라인을 이렇게 진하게 그렸었구나."

나는 둘이서만 있을 수 있도록 거실에 남아서 책을 읽었다. 두 사람의 웃음소리는 계속해서 들렸고 나는 행복했다. 이 불완전한 가족이 마치 아주 완벽한 가족 같았다. 이것이야말로 이소벨이 원하던 가족이었을 테고, 또한 앨리스가 원하던 가족의 모습이기도 할 것이다. 불운한 가족사 때문에 앨리스는 좀처럼 이런 이야기를 하려 하지 않지만 앨리스에게도 항상 구름처럼 자기 자신을 둘러싸고 있는 흐릿한 가족상이 있다. 이소벨과 함께 있는 모습을 보니 앨리스가 훌륭한 어머니가 될 수 있을 거라는 생각이 들었다.

23장

그다음 목요일, 나는 스탠포드의 어느 학회에 연사로 초청받아 돌아오는 길에 산 마테오의 드래거스 마켓에 들렀다. 냉동식품 코너 앞에서 내가 좋아하는 바닐라 아이스크림 브랜드를 찾고 있는데 모퉁이에서 '협정' 파티에서 만났던 조앤, 같은 대학 동기였던 조앤, 옛 친구 조앤이 갑자기 모습을 나타냈다. 조앤도 나를 보고 놀란 눈치였다. 조앤은 두 귀와 어깨 위로 머리를 깔끔하게 빗어 내리고, 목에는 금빛 스카프를 두르고 있었다.

"안녕, 친구."

조앤은 악당 같은 미소를 띠며 말했다. 그러더니 마치 누군가에게 감시당하기라도 하는 양 어깨 너머로 슬쩍 뒤를 돌아보았다.

"정말 신기한 우연이네. 사실 지난번에 만난 이후로 계속 전화를 하고 싶었거든. 인터넷에서 네 사무실 홈페이지도 찾아봤어. 열두 번은 전화기를 들었다 놨다 했지."

"전화하지, 왜?"

"문제가 좀 복잡해, 제이크. 난 너랑 앨리스가 너무 걱정돼."

"걱정?"

조앤은 내게 한 걸음 다가서서 불안한 표정으로 속삭였다.

"널이 바로 근처에 있어. 지금부터 내가 하는 말을 전부 비밀로 하겠다고 약속할 수 있어?"

"당연하지."

솔직히 말하자면 조앤은 좀 이상해 보였다. 평소에는 그렇게나 차분하고 침착한 사람이었는데.

"진심이야. 특히 앨리스한테는 절대 말하지 마."
나는 조앤의 눈을 똑바로 바라보며 진지하게 말했다.
"난 너를 만난 적 없고 우리는 대화를 나눈 적 없어."
조앤은 한 손에 커피콩 봉지를, 다른 한 손에는 종이에 싼 바게트를 들고 있었다.
"강박증 환자처럼 굴어서 미안해, 제이크. 하지만 너도 언젠가는 알게 될 거야."
"뭘?"
"'협정' 말이야. 그건 겉보기랑 굉장히 달라. 아니, 겉보기랑 똑같기 때문에 더 나쁠 수도 있고……."
"뭐라고?"
조앤은 다시 한번 어깨 뒤를 돌아보았다. 그 바람에 스카프가 살짝 흘러내렸고 조앤의 목에 난 새빨간 반점 하나를 발견했다. 스카프에 부분적으로 가려져서 잘 보이지 않았지만 생긴 지 얼마 안 된 상처였고 무척 아파 보였다.
"조앤, 너 정말 괜찮아?"
조앤은 스카프를 끌어올렸다.
"닐은 '협정' 내부와 아주 긴밀한 관계를 맺고 있어. 지난번에 전화하는 소리를 들었는데 화제에 앨리스가 올라오더라고."
당황한 내가 말했다.
"맞아. 앨리스가 웬 팔찌를 받아 왔는데……."
조앤이 내 말을 끊었다.
"상황이 안 좋아. '협정'이 앨리스를 너무 주시하지 않도록 해야 해, 제이크. 그 사람들의 관심사를 다른 곳으로 돌려야 한다고. 앨리스를 거기서 끌어내야 해. 장담컨대 상황은 계속 나빠지기만 할 거야. 시키는 대로 해. 그 빌어먹을 매뉴얼도 다 읽어. 실수하는 방법은 다양하고, 처벌은 운이 좋다면 가볍게 끝날 수도 있지만 아주 가혹한 일을 당할 수도 있어."

조앤은 목을 어루만지다가 아픈 듯 얼굴을 움찔 찌푸렸다.

"'협정'에서 볼 때 모든 게 다 잘 돌아가고 있다고 생각하게끔 행동해. 뭐든 상관없어. 그게 먹혀들지 않고 그들이 앨리스를 계속 지켜보고 있는 것 같다면 앨리스가 너를 비난하도록 만들어. 아주 중요한 부분이야, 제이크. 비난과 주시의 대상을 너희 둘로 늘려."

조앤의 뺨이 붉게 물들었다. 조앤이 이렇게까지 어쩔 줄 몰라 하고 당황하는 모습에 깜짝 놀랐다. 나는 조앤이 지붕 위에서 닥터 페퍼를 마시며 자살하려는 소년을 잘 타일러 대화를 나누던 모습, 매주 기숙사 상담자 모임에서 한 손에 펜을 들고 앉아 주위를 둘러보던 모습을 떠올렸다. 조앤은 그렇게 크게 동요하는 법이 없는 사람이었다.

"그만 가야겠어. 난 너를 만난 적도 없고 우린 이런 대화를 나눈 적도 없는 거야."

조앤이 어깨 너머로 뒤를 슬쩍 돌아보며 말했다. 그러고는 돌아서서 걸어가려다 말고 다시 나를 돌아보았다.

"난 드래거스 마켓에서 일주일에 두세 번 장을 봐."

그 말을 남기고 조앤은 걸어갔다. 남겨진 나는 놀라고 당황하고 솔직히 말하자면 약간 겁도 먹었다. 처벌? 가혹한 일? 그게 다 무슨 소리지? 조앤이 미쳤나? 그게 아니라면 정신은 멀쩡하지만 변태 같은 클럽에 발을 잘못 들였을 뿐인가? 그리고 그 클럽에 지금 나랑 앨리스도 회원으로 들어가 있는 건가?

나는 비틀거리는 걸음으로 과자 진열장 앞을 서성거리며 시간을 죽였다. 계산대에 있을 조앤과 닐에게로 뛰어가고 싶은 마음이 굴뚝같았지만 꾹 참았다. 그 두 사람이 자동 유리문으로 걸어가는 모습이 보였다. 닐이 앞서 걷고 조앤이 뒤를 따르고 있었다. 문이 열리고 닐이 먼저 나갔지만 조앤은 아주 잠깐 머뭇거리며 가게 안을 살폈다. 아마 나를 찾는 모양이었다. 이게 다 무슨 일이란 말인가?

24장

101번 도로를 달리고 380번 도로를 가로지르고 280번 도로를 타고 북쪽으로 향하며 집으로 오는 길 내내 나는 조앤의 구체적인 말들을 다시 떠올려보려 애썼다. 집으로 향하는 진입로에 접어들었을 즈음, 방금 전에 샀던 스텔라도로 쿠키 한 봉지가 통째로 사라지고 과자 부스러기만 온 사방에 흩어져 있다는 사실을 깨달았지만 하나도 제대로 입에 넣은 기억이 없었다.

앨리스는 아직 퇴근하지 않았기에 나는 저녁 준비를 시작했다. 병에 든 드레싱을 뿌리고 로메인 상추를 곁들인 닭고기 요리였다. 그보다 더 복잡한 요리를 할 만한 집중력은 없었다.

앨리스는 일곱 시가 넘은 후에야 빈티지한 샤넬 정장 차림으로 잔뜩 지친 채 나타났다. 나는 앨리스를 품에 안고 키스를 한 뒤 더욱 힘주어 꼭 끌어안았다. 앨리스 손목의 팔찌가 목에 닿아 매끄럽고 따스한 감촉이 느껴졌지만, 조앤과의 대화를 나눈 지금은 등골이 오싹하게 느껴질 뿐이었다.

"당신이 집에 일찍 와서 정말 좋아."

나는 우리 둘보다는 팔찌를 의식하며 말했다. 앨리스는 내 뒷목을 꾹꾹 마사지해주었다.

"나도 집에 일찍 와서 좋네."

나는 앨리스의 손목을 끌어당겨 내 입 쪽으로 들이대고 팔찌를 향해 말했다.

"내가 제일 좋아하는 아이스크림까지 사 오다니, 당신은 정말 배려심이 깊어!"

집에 아이스크림을 사 온 사람은 나였지만, 내 말을 들을 사람이 그것까지 어떻게 알겠는가?

앨리스는 미소를 지으며 팔찌에 대고 말했다.

"당연히 당신을 사랑하니까 사 왔지. 난 당신과 결혼해서 정말 행복해."

조앤과 만난 이야기를 앨리스에게도 해주고 싶었다. 나는 부엌 테이블에 놓여 있던 메모지에 내용을 대충 적어 앨리스에게 보여 줌으로써 이 문제에 대해 소리 없이 상의를 나누고 앞으로 어떻게 할지에 대해 이야기하고 싶었다. 하지만 조앤의 경고가 뇌리를 스쳤다. 그 누구에게도 말하지 말 것, 특히 앨리스에게는 더더욱. 뇌의 가장 이성적인 부분은 조앤이 자제심을 잃을 정도로 심한 일을 겪었을 뿐이라고 날 타일렀다. 예전에도 이런 상황을 본 적이 있었다. 나무랄 데 없이 정상적이고 안정된 정신을 가진 사람에게 늦게 조현병과 편집증이 발병한 경우였다. 특정 마약에 반응을 보이는 사람도 있었다. 어린 시절의 트라우마가 한 사람의 성격을 단 하룻밤 만에 바꿔놓기도 한다. 대학 시절에 환각제를 많이 했지만 그 후로는 멀쩡하게 살아가던 전문직 종사자가 중년의 나이에 갑자기 자기 뇌 안에 잠재되어 있던 비정상의 문을 열어버리는 일도 있다. 나는 조앤이 갑자기 패닉에 빠지고 끔찍한 처벌을 두려워하던 그 모습은 단순히 강제로 겪어야 했던 끔찍한 개인적 경험 때문이라고 생각하고 싶었다. 파티에서 남편과 조금만 더 이야기를 나누었더라면 그가 어떤 사람인지 힌트를 얻었을지도 모르는데. 하지만 앨리스에게 주어질 협박, 그리고 닐과 '협정' 사람들이 앨리스가 저지른 '죄'와 처벌에 대한 이야기를 나누었다는 사실은 나를 섬뜩하게 만들었다. 그게 진짜로 일어난 일인지, 아니면 한껏 흥분한 조앤의 상상 속 산물인지 도대체 내가 어떻게 구분할 수 있단 말인가?

테이블에 앉자 앨리스는 내일 비비언과 만나 점심을 먹을 거라고 말했다.

"벌써 14일이 지났어. 내일이면 팔찌를 벗을 수 있을 거야."

앨리스는 그날 저녁 30분의 독서 시간을 갖지 않았다. 우리는 TV도 보지 않고 오랫동안 저녁 식사를 한 뒤 근처를 산책하고, 애정 어린 대화를 하고, 침대에서는 우리답지 않게 시끄러운 소리를 지르며 사랑을 나누었다. 행복한 커플 연기는 너무나 완벽한 나머지 마치 마이크 브래디와 캐럴 브래디, 또는 서맨사 스티븐스와 대린 스티븐스 같은 스크린 속 행복한 커플을 탄생시킬 정도였다. 심지어 그들이 지저분한 이혼소송에 휘말려 있다 해도 말이다. 이상한 부분은 우리가 이 모든 것이 팔찌를 위한 연기라는 걸, 아니 그것이 연기라는 것 자체를 인정하지 않았다는 점이었고 그래서 나는 밤이 느리게 흘러갈수록 이 행동들이 순수한 애정 행각이라고 느껴지기 시작했다. 다음 날 아침이 되니 전날 밤의 내 완벽한 아내는 이미 사라지고 없었다. 복도에는 앨리스의 구두가 아무렇게나 나동그라져 있었고 나는 하마터면 거기에 걸려 자빠질 뻔했다. 로션, 마스카라, 립스틱이 욕실에 흩어져 있고 립스틱 자국이 남아 있는 빈 요거트 용기와 머그잔도 테이블에 방치되어 있었다. 나는 '어젯밤 정말 즐거웠어. 말로 다 표현할 수 없을 정도로 당신을 사랑해' 정도의 쪽지가 남아 있지 않을까 반쯤 기대했지만 아무것도 없었다. 시계가 아침 다섯 시를 알리자 내 헌신적인 아내 앨리스는 금세 오로지 일에만 집중하며 살아가는 변호사로 변신했다. 적어도 앨리스에게 어젯밤은 말 그대로 팔찌를 위한 연기였다는 이야기였다.

나는 출근 준비를 하면서 우리가 함께 보냈던 첫날밤의 추억을 떠올렸다. 장소는 헤이트 애시버리가에 있었던 앨리스의 아파트였다. 우리는 전날 밤 늦게까지 잠들지 않고 함께 저녁을 먹고, 영화를 보고, 새벽이 올 때까지 함께 침대에 누워 있었지만 사랑을 나누는 행위는 하지 않았다. 앨리스는 모든 절차를 천천히 밟고 싶어 했고 나 역시 마찬가지 생각이었다. 나는 앨리스 옆에 누워서 그녀를 안고 집 아래 거리에서 들려오는 소리를 가만히 듣고 있는 게 좋았다. 다음 날 아침 우리는 침대에 앉아 신문을 읽었다. 레슬리 스펜서의 피아노 명곡이 흘렀다. 창문을 통해 햇살이 비치자 아파트는 아름다운 노란빛으로 가득했다. 모든 것이 그 순간을 위해 존재하는 듯 느껴졌다. 그 장면은 내 마음속에 오래도록 뚜렷하게 남아 있다.

때로 가장 인상적인 추억이 알고 보면 굉장히 일상적이고 시시한 일이라는 사실을 깨닫고 놀라기도 한다. 내 어머니의 나이가 몇인지, 어머니가 우리들을 낳은 뒤 몇 년 동안 간호사 일을 계속했는지, 또 내 열 번째 생일날 어머니가 뭘 해주었는지에 대해서는 다 기억나지 않는다. 하지만 1970년대 어느 여름의 더운 금요일, 어머니가 밀브레이에 있는 식료품점에 나를 데리고 가서 원하는 음식을 다 사주겠다고 했던 풍경은 선명하게 떠오른다.

내 인생 속에서 첫 의사소통, 견진성사, 대학 졸업, 첫 직장의 출근 첫날 등 일종의 표지판이 되어주는 사건들은 아주 중요한 의미를 가지지만 그게 정확히 어떻게 이루어졌는지에 대해서는 잘 기억이 나지 않는다. 심지어 첫 데이트조차 생각이 나지 않는다. 하지만 밀브레이의 여름날 밤 어머니와 함께 보낸 시간은 놀랄 만큼 또렷하게 기억할 수 있다. 어머니가 입었던 노란 옷, 꽃장식 끈이 달린 코르크 웨지 구두, 냉장고의 선명한 금속 냄새와 뒤섞여 어머니의 손에서 풍기던 저겐스 로션 냄새, 커다란 은색 쇼핑 카트, 식료품점의 환한 빛, 카트 정면 매대에 가득 쌓여 있던 과자 더미, 나에게 넌 정말 운이 좋은 아이라고 말해주었던 십대 종업원, 그리고 그 순간 내가 느꼈던 따스하고 행복한 감정과 어머니에 대한 강렬한 사랑. 추억은 마치 기쁨처럼 항상 내가 굳이 찾지 않을 때 곁으로 슬그머니 다가오곤 한다.

25장

그날 저녁 나는 다섯 시에 집에 들어갔다. 앨리스가 돌아오면 같이 저녁을 먹을 생각이었다. 비비언과 함께한 점심시간이 어땠는지 알고 싶어 불안하고 초조했다. 팔찌에서 해방된 축하 파티가 될지 아니면 차분하게 식사를 해야 할 시간이 될지 알 수 없었기에 나는 간단한 파에야를 만들고 와인 한 병을 딴 뒤 테이블을 촛불로 장식했다.

6시 15분에 차고 문이 열리고 앨리스의 차가 들어오는 소리가 났다. 앨리스가 계단 위로 올라오기까지가 유난히 길게 느껴져 초조해졌다. 하지만 비비언이 정말로 악역처럼 굴었을지도 모르기 때문에 내 불안을 앨리스에게 보여줄 수는 없었다. 이윽고 앨리스가 계단으로 올라오는 소리가 들리고 문이 열렸다. 앨리스는 노트북 가방, 코트, 파일 박스를 들고 있었다. 평소와 마찬가지로 일에 대비하여 완벽하게 장전된 모습이었다. 나는 순간적으로 앨리스의 손목을 쳐다보았지만 트렌치코트 소맷자락으로 가려 보이지 않았다.

"와, 파에야네!"

앨리스는 가스레인지 위의 프라이팬을 보고 말했다.

"맞아. 미슐랭 스타 고급 레스토랑 음식이야."

나는 앨리스의 손에서 짐을 받아들고 거실에 가져다 놓았다. 부엌으로 돌아오자 온 마룻바닥에 구두와 스타킹이 널려 있고 엘리스는 머리도 다 풀어헤친 상태였다. 앨리스는 블라우스와 트렌치코트, 속옷만 입은 몰골로 겨우 숨통이 좀 트였다는 표정을 짓고 있었다. 앨리스의 왼쪽 허벅지 안쪽에는 작은 문제가 하나 있었다. 몇 달 전 갑자기 혈관이 튀어나오기 시작한 것이다. 앨리스는 그것이 생긴 첫날 내게 보여주었다. 증상의 이유 말고 다른 문제 때문에 화가 난 표정이었다.

"이게 도대체 뭐야? 내가 지금 늙어가고 있다는 거야? 이제 조만간 치마도 못 입겠네."

"사랑스러운데 왜, 자기."

나는 앨리스의 다리를 내 무릎 위에 올려놓고 튀어나온 혈관에 키스를 한 뒤, 차례차례 위로 올라갔다. 그 후로 그것은 일종의 암호가 되었다. 앨리스는 특별한 부탁을 하고 싶을 때면 그 혈관을 가리키며 말했다.

"여보, 나 이것 때문에 너무 짜증 나."

효과는 대단했다. 나는 그 작은 결함을 볼 때마다 묘하게 에로틱한 스릴을 느끼곤 했다.

"비비언이랑은 어땠어?"

나는 걸려 자빠지지 않도록 앨리스의 신발을 발로 차서 식탁 밑으로 밀어 넣으며 물었다. 가끔은 도둑이 우리 집 정문으로 들어왔다가 뭐 하나 훔치기도 전에 앨리스의 신발에 걸려 치명적인 실수를 저지를지도 모른다는 생각이 들곤 한다.

앨리스는 느린 템포로 섹시한 춤을 추며 트렌치코트를 벗고 실크 블라우스의 단추를 풀어 어깨를 드러냈다. 그리고 이윽고 마지막으로 소매를 벗었을 때, 손목의 팔찌는 사라지고 없었다.

나는 앨리스의 손을 잡고 손목에 부드럽게 키스했다. 맨손목이 신선하게 느껴졌다.

"자기, 너무 보고 싶었어."

마치 어깨에서 물리적인 짐이 정말로 내려가기라도 한 기분이었다. 나는 무척이나 안도했다.

"나도야."

앨리스는 부엌에서 춤을 추며 브래지어와 팬티까지 벗고 양손을 번쩍 들었다.

"그럼 우리가 시험을 통과했다는 뜻이야?"

"완전한 통과는 아니야. 비비언이 자꾸 팔찌를 벗기려고 하지 말라고 당신한테 말하래. 그건 결혼 생활에 대한 당신의 체제 전복적인 태도를 암시하고 있다는 거야."

"체제 전복? 지금 농담해?"

앨리스가 대답했다.

"가끔 팔찌를 뺀 후에 계속해서 상황을 지켜보는 일도 있대."

나는 앨리스를 위해 의자를 끌어당겨 주었고, 앨리스는 앉아서 창백한 다리를 쭉 뻗었다.

"처음부터 설명해줘."

"우선 포그 시티에 도착해서 가게에 자리를 잡았어."

"잘했어."

"비비언은 또 참치 샐러드를 주문했고 나는 버거를 시켰지. 비비언은 우리가 전채 요리를 다 먹을 때까지 팔찌에 대한 이야기를 꺼내지 않았어. 그러더니 갑자기 좋은 소식이 있다면서 팔찌 열쇠를 가지고 왔다는 거야. 나보고 손목을 내놓으래서 테이블 위로 손목을 내밀었더니 가방에서 금속 상자를 하나 꺼냈어. 그 상자 표면에는 작고 파란 불빛이 잔뜩 박혀 있었어. 비비언은 상자를 열고 줄에 매달려 있던 열쇠 하나를 꺼내서 내 손목을 잡고 팔찌의 열쇠 구멍에 열쇠를 끼웠어. 상자 속에서 버튼을 하나 누르니까 팔찌가 덜컥 열리더라고. 그리고 비비언이 '이제 자유예요'라고 말했어."

"황당하네."

나는 부엌에서 파에야를 가져와 앨리스 옆에 앉았다.

"비비언은 팔찌랑 열쇠를 다시 상자 속에 집어넣고 닫은 다음 가방에 넣었어. 나는 팔찌가 드디어 사라져서 기뻤지만 사실 별로 좋은 일은 아니었어. 그 사람들은 내가 팔찌에서 풀려난 후의 반응까지 다 지켜보고 있었던 거야."

"세상에!"

나는 드래거스 마켓에서 나눴던 대화를 떠올렸다. 처벌. 조앤의 말에 어느 정도 진실성이 있었음을 깨닫자 불편한 기분이 들었다.

앨리스는 파에야를 한입 먹고는 무척이나 맛있다고 말했다.

"당신도 기억나지? 비비언이 '협정'이 만들어진 계기를 설명하면서 영국 재판소 시스템에 근거를 두고 있다고 했던 거. 우리는 그냥 상징적인 의미일 뿐 말 그대로의 의미라고 생각하지는 않았잖아? 하지만 우리가 틀렸어."

앨리스는 비비언에게서 풀려났을 때의 일을 설명했다. 그것은 정말로 범죄에 선고를 내리는 법정 같았다. 앨리스는 몇 가지 서류에 사인을 하고 50달러 벌금을 물었으며 앞으로 4주 동안 매주 한 번씩 꼬박꼬박 조언자를 만나야만 했다.

"근신 처분을 받은 셈이야."

앨리스는 말했다.

"사실 나 당신한테 말 안 한 게 있어."

나는 드래거스 마켓에서 조앤을 만난 일, 그리고 그 일이 지난 며칠 동안 내 마음을 얼마나 무겁게 짓눌렀는지에 대해 모두 털어놓았다.

"왜 지금까지 나한테 말 안 했어?"

앨리스는 상처받은 얼굴로 물었다.

"나도 모르겠어. '협정' 때문에 정신이 잠깐 나갔었나 봐. 당신이 그 팔찌를 차고 있는 동안에는 아무 말도 하면 안 될 것 같더라고. 조앤에게서 그런 얘기를 들으니까 당신을 더 난처하게 만들면 안 될 것 같았어. 조앤도 괜히 곤란하게 만들고 싶지 않았고. 굉장히 불안해 보였거든."

앨리스의 얼굴에 먹구름이 드리워졌다. 그것을 알아차린 순간 앨리스가 입을 열기도 전에 무슨 말을 할지 눈치챌 수 있었다.

"대학에서 같이 일한 사이라고 했지? 하지만 조앤이랑 잤는지 안 잤는지에 대해서는 말 안 했잖아. 그 여자랑 잤어, 제이크?"

나는 단호하게 말했다.

"아니. 그런데 우리 지금 꼭 그 얘기를 해야겠어? 난 지금 더 중요한 할 말이 있는데."

"말해봐."

나는 앨리스의 대답 속에 아직 의심이 남아 있다는 사실을 알 수 있었다.

"당신이 오늘 비비언을 만나러 가고 나서 나는 조앤의 경고에 대해 재고해봐야겠다고 생각했어. 조앤이 했던 말들을 전부 새로운 견지에서 봐야 할 것 같아."

앨리스는 자기 접시를 멀리 치웠다.

"이젠 내가 정신이 이상해질 것 같네."

식탁을 다 치우고 설거지를 하던 도중 앨리스는 그날 있었던 또 다른 소식을 전해주었다. 앨리스의 로펌이 그해 상여금에 대해 발표했는데, 받을 액수가 굉장히 넉넉해서 학자금 대출의 절반을 한 번에 해결할 수 있을 것 같다는 소식이었다.

"그럼 샴페인으로 축배를 들어야겠네."

우리는 와인 잔을 꺼내 와서 건배를 했다. 상여금에 대해서, 그리고 '협정'에 대해—또는 그 테두리 안에서—우리가 거둔 승리에 대해서. 우리는 행복한 삶에 대한 축배를 들었다. 그리고 침대에 누워 아주 은밀하고 조용한 방식으로 사랑을 나누었다.

"그 팔찌 덕분에 내가 더 나은 아내가 된 것 같아?"

앨리스는 나를 끌어안고 속삭였다.

"당신은 항상 완벽한 아내야. 팔찌하고는 상관없어. 나는 어때? '협정' 덕분에 내가 더 나은 남편이 된 것 같아?"

"그건 지금부터 알아가야지."

그날 밤의 일을 돌아보면 우리는 둘 다 다소 겁을 집어먹긴 했지만 그리 신중하지는 못했던 것 같다. '협정'은 우리의 마음속에 혐오스러우면서도 동시에 매력적으로 느껴지는 어떤 감정을 이끌어냈다. 한밤중에 차고에서 들리는 소리처럼, 거리를 두어야 하는 사람으로부터의 로맨틱한 접근처럼, 숲 속 깊은 곳에서 이상한 빛이 비치는 걸 보고 나도 모르게 그 안으로 들어가보고 싶을 때처럼. 그 너머에 무엇이 있을지, 또 어떤 위험이 기다리고 있을지 전혀 모르는 무언가처럼 말이다. 우리는 둘 다 이성적인 사람임에도 불구하고 그것에 이끌렸다. 그것은 강력하면서도 불가해한 자기장처럼 우리를 끌어당겼고 우리는 거부할 수도, 거부하고 싶지도 않았다.

26장

좋은 결혼 생활이 무엇인가에 대해서 연구한 수많은 데이터가 있다. 해석하기 힘든 통계들도 많지만 대부분의 조사자들은 최소한 이 결론에 전반적으로 동의할 것이다. 수입이 많은 사람일수록 결혼하기 쉬워진다는 명제 말이다. 더 중요한 건 수입이 많은 사람일수록 결혼 생활을 오래 유지한다는 사실이다. 여담이지만 한 커플이 결혼 생활을 지속하면서 쓰는 돈의 양이 결혼 생활의 만족도로 직결된다는 말은 그 반대도 성립될 수 있다. 즉 5천 달러를 쓰는 커플은 5만 달러를 쓰는 커플보다 결혼 생활을 유지하기 힘들다는 말이다.

파트너들에게 이 사실을 말해주자 이블린은 그것이 예상의 문제가 아닐까 추측했다. 결혼식에 망설임 없이 5만 달러를 퍼부으려는 사람이라면 모든 것이 완벽하기를 원할 테고, 따라서 결혼 생활이 불만족스러울 경우 실망도 더 클 거라는 말이었다.

"그건 한순간의 만족과 다른 사람들을 압도하면서 느끼는 우월감을 장기적 안정감보다 우선시한다는 뜻도 돼."

그러자 이언도 동의했다.

"만약 나머지 4만5천 달러를 결혼식 대신 집 장만에 쓴다고 생각해봐. 그건 자기 스스로의 미래를 떠받쳐주는 일이야. 미래에 투자하는 셈이지. 나는 성차별주의자는 아니지만 보통 결혼식을 할 때 식 자체에 더 신경을 쓰는 건 여자들이라고 생각해. 그리고 미용사와 웨딩 플래너와 다섯 가지 코스가 나오는 식사와 기타 등등을 전부 이루기 위해 5만 달러짜리 결혼식을 하는 신부를 데리고 살려면 그 뒤로도 어마어마하게 돈이 많이 들걸."

나는 우리의 저비용 결혼식에 대해 떠올렸다. 음식에 대해서는 딱히 할 말이 없지만 모든 사람들이 술을 마시고 즐거운 시간을 보내다 갔다. 앨리스는 한 번 입을 옷에 4백 달러 이상을 들이기 싫다며 어느 작은 빈티지 숍에서 드레스를 구해 왔지만 그것을 입은 아내의 모습은 너무나도 아름다웠다. 앨리스는 심지어 구두조차도 메이시스 백화점에서 반값 할인으로 장만했다.

"앞으로 하얀 새틴 구두를 신을 일이 몇 번이나 있겠어?"

내 정장은 비쌌지만 그 옷을 결혼 이후 몇 년 동안이나 입었고, 앨리스도 정장은 한번 살 때 비싸고 좋은 걸로 사야 한다고 우겼다.

또 다른 재미있는 통계가 있다. 결혼 전에 1, 2년 이상 사귀었던 커플은 이혼 확률이 더 낮다는 연구였다. 결혼 당시 나이가 많을수록 더욱 성공적으로 결혼 생활을 이끌어간다는 이야기도 있었다. 그리고 직관적인 느낌과 반대로 가는 연구도 있다. 배우자와 사귈 당시 복잡한 이성 관계를 가지고 있었던 사람일수록 이혼율이 낮다는 연구이며 그 반대도 성립한다.

"왜냐하면 그 사람들은 적극적인 선택을 했으니까."

이블린은 그렇게 추측했다.

"원래 하나를 갖고 있었는데 더 나은 걸 만났어. 그러면 그 사람들은 제때 나타나서 자기를 잘못된 선택에서 구해준 지금의 배우자를 고맙게 생각하겠지. 또 배우자 입장에서도 선택받은 기분이 들 테고. 배우자 역시 자기 남편이나 아내가 자신과 결혼하기 위해 다른 누군가를 포기했다는 사실을 알 거 아냐?"

나는 이 논리가 마음에 들어서 다음에 벨라와 윈스턴을 만날 때 가져갈 메모지에 비슷한 내용을 적어놓았다.

"벨라는 당신을 선택한 거예요."

윈스턴에게 이렇게 말해주면 어느 정도 도움이 되지 않을까?

지금까지 한 모든 조사 결과는 내 결혼 생활에도 꽤 큰 도움을 주었다. 우리의 결혼이 얼마나 가치 있는지 알게 해주고, 앨리스와 내가 결혼 전에 동거했으며 우리 둘 다 결혼 당시에 나이가 꽤 많았다는 사실—앨리스는 34세, 나는 거의 40에 가까운 나이였다—에 더해 우리가 처음 만났을 때 앨리스가 밴드 동료들과 아주 복잡한 관계를 맺고 있었다는 점까지 생각하면 통계는 그야말로 우리의 관계가 매우 안정적이고 돈독하다고 말해주고 있었다. 하지만 모든 결혼 생활을 몇 가지 이론에 끼워 맞출 수는 없다. 모든 결혼 생활에는 각자의 우주가 있고, 서로 다른 복잡한 규칙에 의해 작동하고 있다.

27장

그다음 몇 주 동안 우리가 '협정'에 대해 이야기한 건 오직 앨리스가 자신의 근신 처분 담당자 데이브를 만나고 오는 매주 목요일뿐이었다. 데이브는 미션 스트리트에 사무실을 갖고 있는 40대 중반의 구조공학자였다. 앨리스는 그가 적당한 지성이 있고 그럭저럭 매력적인 사람이라고 했다. 앨리스의 주장에 따르면 우리는 데이브와 그의 아내를 힐스보로의 파티에서 만난 적이 있다고 했다. 데이브의 아내는 예술가인 척하지만 사실은 무슨 신탁기금 같은 걸 운영하는 사람이라고 했다. 마린에 스튜디오를 하나 갖고 있고 지역 합동 공연 같은 데에 가끔 참가하지만 딱히 자기 사업을 팔고 싶어 하거나 그럴 필요성을 느끼지는 않는다는 모양이었다.

앨리스는 목요일마다 일을 일찍 끝내고 나와 바트(샌프란시스코의 고속 통근 철도)를 타고 가서, 24번 스트리트와 미션 스트리트의 교차점에서 내려 약속 장소인 데이브의 사무실까지 한참을 걸어가곤 했다. 앨리스는 없는 시간을 짜내어 최대한의 시간을 투자했고 절대 늦지도 않았다. 앨리스는 내가 조앤과 대화를 나눈 일 때문에 더욱 경계심이 강해진 모양인지, 타코를 파는 멕시칸 식당 옆에 콕 처박혀 있는 데이브의 세련된 사무실에 항상 일찌감치 도착하곤 했다.

앨리스가 데이브의 사무실을 방문해서 보내는 시간은 고작 30분 정도밖에 되지 않았다. 하지만 그곳에서 무슨 일이 일어났는지에 대해서는 결코 자세하게 말해주지 않았다. 데이브가 '규칙을 심각하게 위반하는 일'이라고 말했기 때문이다. 앨리스가 말해준 내용은 두 사람이 보통 데이브의 사무실 디자인 테이블에 앉아 데이브의 비서가 사다 준 필즈 커피를 마시며 한 주를 어떻게 지냈는지에 대한 이야기를 나눈다는 게 전부였다. 데이브는 그 대화 속에서 마치 후추를 뿌리듯 남편인 나와 우리의 결혼 생활에 대한 몇 가지 직설적인 질문을 던진다고 했다. 때로는 평범한 대화 속에서라면 결코 등장할 일이 없는, 매뉴얼의 말들을 인용하기도 한다는데, 그 때문에 앨리스는 항상 자신이 미지의 영역에 들어와 있다는 사실을 날카롭게 깨닫곤 했다. 앨리스는 대화 시간이 늘 유쾌하다고는 하지만 질문이 너무 직설적이어서 대화를 편안하게 즐길 수 없고, 우리에게 불리한 사소한 일들을 무심코라도 내뱉을 수 없을 만큼 경계심이 느껴질 터였다.

가장 최근에 만났을 때 데이브는 여행에 대해 물었다고 했다. 이제는 매뉴얼에 대해 완전히 정통하게 꿰뚫고 있는 앨리스는 내가 계획했던 트웨인 하트 여행과 그로부터 3개월이 지나 자신이 계획한 빅 서의 나흘짜리 여행에 대해 이야기했다. 우리는 빅 서 여행을 아직 떠나지 않았지만 다음 분기의 여행 할당량을 채우기 위해 그 여행을 달력에 확실히 표시해놓았다. 앨리스는 데이브와의 이 대화를 이용하여 최대한 많은 요구 사항을 메워나갔다. '협정' 당국이 어딘가에서 지켜보며 체크하고 있을지 모를 일들 말이다. 조앤이 그렇게 혼이 나간 얼굴로 우리에게 충고해준 바를 헛되이 할 수는 없었다.

데이브 역시 최근에 다녀온 여행 이야기를 했고, 심지어 괜찮은 호텔을 추천해주기까지 했다. 데이브가 비록 둘이서 나눈 대화를 상부에 아주 자세히 보고할 거라는 사실을 알고 있었지만 그래도 앨리스는 그가 순수한 마음으로 우리의 행복을 비는 좋은 사람이라고 생각했다. 데이브가 그 어떤 사소한 방식으로도 자신에게 이성으로서의 관심을 보이지 않았다는 사실도 앨리스에게는 큰 가산점이 되었다. 첫 주가 지난 후 앨리스는 방문을 그렇게 부담스럽게 여기지 않기 시작했다. 오후에 직장을 슬그머니 빠져나와 사무실을 방문하는 일은 쉽지 않았지만, 앨리스는 그것이 머리를 식히기에 딱 좋은 방법이라고 말했다.

"꼭 심리 상담 같아."

앨리스는 그렇게 말했다. 실제로 심리 상담을 받아본 적도 없는데 말이다. 물론 우리가 처음 만났던 알코올중독 재활 시설은 제외하고.

그리고 네 번째 주, 즉 마지막 대화를 앞둔 앨리스에게서 갑자기 전화가 걸려왔다. 통화 버튼을 누르자 내 귀에 들려온 소리는 온통 "어떡해!", "망했어!", "큰일 났어!"뿐이었다.

"앨리스?"

"그 빌어먹을 판사가 붙잡고 안 놔주는 바람에 늦을 것 같아."

앨리스는 뛰는 중인지 숨을 헐떡거렸다. 주변 길가에서 나는 소리까지 다 들렸다.

"데이브의 사무실에 가기까지 9분밖에 안 남았어. 어떻게 해야 좋을지 모르겠어. 우버 택시를 타야 해, 바트를 타야 해?"

"어……."

"우버야, 바트야?"

"바트를 타. 그리고 그냥 내 탓으로 돌려."

나는 조앤의 경고를 떠올리며 말했다.

"데이브한테 나 때문에 늦었다고 해. 내가……."

앨리스는 소리를 질렀다.

"싫어! 나보고 그렇게 치사한 방법을 쓰라고?"

"내 말 들어 앨리스!"

그러나 이미 전화는 끊어진 상태였다. 나는 다시 전화를 걸었으나 앨리스는 전화를 받지 않았다.

28장

빨리 운전하면 지난번 드래거스 마켓에서 조앤을 만났던 그 시간에 딱 맞춰 갈 수 있었다. 나는 앨리스가 지각하는 바람에 '협정'의 레이더망에 다시 걸릴까 두려웠고, 그래서 조앤을 찾아가서 정확히 그게 무엇을 의미하는지 묻고 싶었다.

드래거스 마켓에 일찍 도착해 차를 주차하고, 카트를 하나 밀며 통로 주위를 배회하기 시작했다. 조앤은 보이지 않았다. 나는 제발 울려달라고 기도하며 휴대전화를 움켜쥐었다. 아무 문제 없이 끝난다면 앨리스가 전화를 걸어 결과를 알려줄 테니 말이다. 모든 것들이 다 괴상하기 짝이 없었다. 게다가 북부 캘리포니아에서 고작 10분 지각하는 일은 다른 지역에서 약속 시간보다 10분 일찍 나타나는 일이나 마찬가지였다.

나는 30분 정도 가게 안을 어슬렁거리며 시리얼 몇 가지, 오벌틴, 쿠키를 만들 흑설탕, 앨리스를 위한 꽃을 샀다. 하지만 아무리 버텨도 소용이 없었고, 나는 괜히 돈만 많이 쓴 채 이것저것 잔뜩 든 봉투를 들고 가게를 떠날 수밖에 없었다.

시내로 돌아온 후에도 앨리스에게서는 아무런 연락이 없었다. 집에 가보았지만 앨리스의 차는 없었기 때문에 나는 차고에 차를 주차하고 사무실로 걸어갔다. 다음 날 맞을 내담자가 여러 명 있었지만 아무것도 준비되어 있지 않았고, 읽지 않은 이메일들이 메일함에 잔뜩 쌓여 있었다. 서류, 신문, 각종 사무실용 청구서들이 책상 위를 온통 뒤덮은 상태였다. 잠시 후 나는 앨리스에게서 메시지를 받았다.

'상황이 별로 안 좋아. 다시 일하러 돌아가야 해. 오늘 늦을 거야. 집에 가서 얘기하자.'

'알았어. 퇴근할 때 말해. 저녁거리 사다 놓을게. 사랑해.'

앨리스는 답장으로 '사랑해'라는 한 마디만 보냈다. 그 뒤에는 슬픈 얼굴을 표시하는 이모티콘이 붙어 있었다.

결국 우리가 부엌 식탁에 마주 앉은 것은 밤 열 시가 넘어서였다. 앨리스는 문간에서 신발을 걷어차듯 벗어던지고 코트, 정장, 팬티스타킹으로 길을 만들며 침실로 향했다. 그리고 옷장에서 플란넬 잠옷을 꺼냈다. 내가 크리스마스 때 사준, 원숭이 얼굴 그림이 가득 그려져 있는 우스꽝스럽고 사이즈도 큰 잠옷이었다. 앨리스는 지금 그 잠옷을 입고 나와 함께 앉아 있다. 눈 밑으로는 마스카라가 다 번지고, 왼쪽 뺨의 보조개 왼쪽에는 작은 뾰루지 하나가 쏘옥 나와 있었다. 앨리스가 유별나게 스트레스를 받을 때마다 뾰루지가 나는 바로 그 부위였다. 그러다 갑자기 내가 이 여자를 정말로 잘 알고 있다는 생각이 들었다. 이 세상의 그 누구보다도 더, 심지어 나 자신보다도 더. 앨리스는 자기 주위에 벽을 잘 치는 사람이었지만 '앨리스 관찰'은 내가 가장 장기로 하는 분야였다. 앨리스가 아무리 내게 무언가를 숨기려 해도 결코 그럴 수 없을 것이다. 나는 그녀를 정말로 사랑하니까.

"그래서, 어땠어?"

앨리스는 자리에서 일어나 냉장고에서 맥주 몇 캔을 꺼내 온 뒤 데이브와의 만남에 대해 이야기하기 시작했다.

"힐을 신고 거의 1, 2킬로미터를 뛰었지만 14분이나 지각했어. 데일리 시티 역에서 전철을 놓치지만 않았어도 시간 맞춰 갈 수 있었을 텐데. 아무튼 뒷골목을 따라 24번 스트리트를 전력 질주했고, 죽어라 헐떡거리면서 계단을 올라가서 데이브의 사무실에 도착했어. 블라우스는 땀범벅이 되었고 구두는 완전히 작살이 났지."

앨리스는 다리를 꼬고 앉아 있었는데 위에 올려놓은 다리는 음식을 먹는 내내 정신없이 앞뒤로 흔들렸다. 한참이나 지켜봤는데도 계속 다리를 떠는 것을 보니 퍽이나 초조했던 모양이었다.

"데이브도 내가 헉헉거리는 꼴을 보고 죽어라 뛰어왔다는 사실을 알았는지, 물 한 잔을 건네주고 자기 사무실로 들여보내줬어."

"다행이네. 그럼 데이브도 이해해줬나 보다."

"나도 그렇게 생각했어. 그래서 내가 늦어서 미안하다고 했을 때 괜찮다고, 문제없다고 말해줄 줄 알았지. 나는 내가 최선을 다해서 왔고, 죽어라 뛰어왔다는 사실에 데이브가 꽤 감동을 받을 줄 알았어. 내가 웬만하면 안 뛴다는 거 당신도 알잖아. 그래서 데이브가 내 등을 두드려주고, 약속을 지키기 위해 열심히 일하고 왔다는 사실이 얼마나 고마운지 모르겠다고 말할 줄 알았어. 하지만 데이브는 내가 아직도 선 채로 숨을 헐떡거리고 있는 동안 사무실 문을 닫고 커다란 책상의 커다란 의자에 앉아서는 이러는 거야. '앨리스, 솔직히 말해 난 당신이 이렇게 늦을 줄 정말 몰랐습니다. 14분이나 늦었어요'라고 말이야."

"맙소사."

내가 중얼거렸다.

"그래서 법원에서 있었던 일을 설명했어. 사건, 잔소리 많은 의뢰인, 까다로운 판사. 하지만 데이브는 한 마디도 하지 않았어. 제임스 본드 영화에 나오는 악당처럼 그냥 자기 책상에 가만히 앉아서 문진만 괜히 만지작거렸을 뿐이야. 내 말에는 전혀 공감해주지 않았어. 그냥 '앨리스' 하고 부르기만 했지. 내가 말했나? 그 사람은 내 이름을 유난히 자주 불러."

"난 그런 사람들 진짜 싫더라."

앨리스는 참깨를 뿌린 쇠고기조림을 한입 먹은 다음 내 쪽으로 요리 그릇을 밀어주었다.

"데이브는 이렇게 말했어. '앨리스, 사람이 살다 보면 어쩔 수 없이 매사에 우선순위를 매겨야만 하는 일이 벌어지는 법이죠. 큰일, 작은 일, 단기적인 일, 장기적인 일.' 나는 마치 교장실에 불려간 어린애가 된 기분이었어. 지금까지 쭉 만났을 때와는 너무 다르게 느껴지는 거야. 마치 내가 잘 알던 친근한 데이브에서 근엄한 상사 데이브로 바뀌는 스위치라도 눌린 것 같았어. 데이브는 우리가 우선적으로 챙겨야 할 것들—가족, 일, 식사, 물 마시기, 운동, 휴식—은 너무나 깊이 뿌리박혀 있는 습관이어서 인생이 우리에게 강요하는 다른 일상적인 일들보다 우선시해야 한다고 따로 생각하지도 않게 된다는 거야. 그러면서 무언가가 오랫동안 우선권을 선점하게 되면 그것은 아예 두 번째 천성이 되어서 생각과 행동을 고정화시킨다고 말이야."

앨리스는 맥주를 다 마시고 나서 잔을 가지러 찬장으로 갔다.

"아무튼 그래서 '협정'의 목적 중 하나는 사람들이 무엇을 우선시해야 하는지 확실하게 잡아주는 일이래."

"비비언은 '협정'이 궁극적으로 우리의 결혼 생활을 공고히 하는 거라고 했는데. 우선순위에 대한 얘기는 한 마디도 안 했잖아."

앨리스는 수도꼭지를 틀어 잔에 물을 채웠다.

"데이브의 말에 따르면 어디에 초점을 맞추느냐가 중요하대. 매일같이 삶은 우리를 수천 가지의 다양한 길로 끌고 가려 애쓰지. 가끔 반짝거리는 무언가가 눈길을 사로잡아서, 그걸 꼭 손에 넣어야만 하는 기분이 들 때가 있어. 그런 게 바로 결혼 생활보다 우선시해야 할 것처럼 느껴지는 거고, 그래서 문제가 발생한대."

앨리스는 의자에 몸을 깊이 기대어 앉았다.

"데이브는 특히 일이 제일 흉악한 적이라고 했어. 대부분의 시간을 동료와 함께 보내고, 많은 시간과 정신적 에너지를 일에 쏟을 수밖에 없지만 그래서 그게 우선순위의 맨 위에 올라앉아 있는 일이 아니라는 사실을 잊기 쉽다는 거야."

"그 점에 대해서는 딱히 반론의 여지가 없네."

나는 앨리스가 팔찌를 차기 전 밤마다 늦게 퇴근하던 때, 내 마음속의 기어가 제멋대로 미친 듯 변속되면서 밤새 내담자들과 그들의 문제에 대한 걱정으로 난리를 피우던 때를 떠올렸다. 앨리스는 데이브의 중후한 목소리를 흉내 내면서 말했다.

"'내 말 잘 들어요, 앨리스. 일은 우리 모두에게 다 중요해요. 주위를 둘러봐요. 내 회의실에 있는 모델과 복도에 있는 지나간 프로젝트 사진들 봤죠?' 그러더니 자기가 포인트 아레나에 있는 핀 서 메의 젠킨스 호텔 객실 구조를 어떻게 디자인했는지 자랑을 늘어놓기 시작하는데……."

"이젠 경력으로 공격하겠다는 건가?"

젠킨스 그룹은 캘리포니아 반도의 상업 빌딩 대부분을 소유하고 있으며, 핀 서 메는 〈아키텍쳐럴 다이제스트〉뿐만 아니라 다양한 신문에서도 여러 번 소개된 건물이다. 나는 데이브가 점점 더 짜증이 났다.

"그러게 말이야. 아무튼 그 일을 하는 데 엄청난 시간을 투자했대. 거의 3개월 동안 꼬박 매달렸다더라고."

"핀 서 메라니, 허세 부리기 딱 좋네."

앨리스는 망고 샐러드를 먹으면서 말했다.

"프로젝트에 완전히 몰두하는 바람에 정신이 없어서 자기 자신의 우선순위마저도 엉망진창이 되어버렸대. '이런 말까지 듣고 싶진 않겠지만 앨리스, 난 '협정'이 나한테 정말 중요한 게 무엇인지에 대해 다시 알 수 있게 해줘서 정말 고맙게 생각하고 있어요. 거짓말은 안 할게요. 아주 힘들었어요. 하지만 내게 그렇게 해줘서 기쁘고, 사실 좀 더 일찍 해줬으면 좋았을 거라고 생각해요.'"

앨리스는 또다시 데이브의 목소리를 흉내 내며 말했다.

"'그 어떤 프로젝트도, 그 어떤 건축양식도, 집 지을 때 쓰는 볼트 하나조차도 내 가족만큼 중요하지는 않아요. 하루 일과를 마치고 돌아온 나를 맞아주는 건 핀 서 메가 아니라 케리죠. 케리가 없었다면 난 오랫동안 방황했을 겁니다.'"

"우리가 정말 파티에서 케리를 만났던 게 확실해?"

나는 아직도 케리의 얼굴이 잘 떠오르지 않아 그렇게 물었다.

"응. 기억 안 나? 지미 추 구두를 신었던 조각가 겸 화가 겸 작가 말이야. 개인적으로는 나보고 케리랑 핀 서 메 둘 중 하나를 고르라고 하면 당연히 건물을 선택하겠지만. 아무튼 데이브는 이렇게 말했어. ''협정'은 아주 특별합니다. 당신은 아직 잘 이해가 안 될 테고, 그게 뭔지 알아가는 단계에 있겠죠. 하지만 딱 하나만 말할게요. '협정'의 의의는 아주 뚜렷하고 분명하다는 걸요.'"

"음."

"아마 20년쯤 후에는 분기별 파티 때 서로 옆자리에 앉아서 이번의 사소한 실수에 대해 웃으면서 이야기할 수 있을 거래."

"20년? 설마."

"'나한테 감사할 겁니다. 그리고 당신과 제이크에게 '협정'의 존재를 알려준 피니건에게도요. 지금 당장은 잘 느껴지지 않겠지만 그건 우리가 모두 함께 넘어야 할 장애물이에요. 내가 할 일은 당신이 우선순위를 적절하게 조절하도록 돕는 일이죠, 앨리스. 그리고 잘못된 생각에서 벗어나도록 돕는 일이고요.'"

나는 대학교 때 들었던 프로파간다에 관련된 강의 내용을 떠올렸다.

"마오쩌둥이 문화대혁명 때 '잘못된 생각'과 비슷한 단어를 쓰지 않았나?"

앨리스는 한숨을 내쉬었다.

"그러게나 말이야. 데이브의 말 전부가 굉장히 권위주의적이었어. '난 당신을 좋아해요, 앨리스. 그리고 제이크도 참 좋은 사람이죠. 일과 가정 사이에서 균형을 잡는 일은 쉽지 않습니다. 그렇기 때문에 우리는 마음을 새롭게 조정하고 무엇이 중요한지에 대해 다시 한번 초점을 맞춰봐야 해요'라고 말하더라고."

"마음을 새롭게 조정해? 그건 또 무슨 개떡 같은 소리야?"

"나도 모르겠어. 데이브는 회의실 밖에서 사람이 기다리고 있다고 했고, 대화 시간도 거의 끝나 갈 무렵이었어. 하지만 한 가지는 명심했으면 좋겠대. '협정'의 역사 속에서는 단 한 쌍의 커플도 이혼한 적이 없다는 것. 잠깐 동안의 시험적 별거도 없었고, 물론 진짜로 별거한 일도 없다는 걸 말이야. 데이브가 그랬어. ''협정'은 당신에게 힘겨운 시련이 될 수 있어요. 하지만 내 말을 믿어요. 그 대가로 얻을 것은 매우 큽니다. 마치 결혼처럼요'라고 말이야."

나는 맥주를 벌컥벌컥 들이켰다.

"이제 그만 '협정'을 탈퇴해야 할 것 같아. 심각한 문제네."

앨리스는 샐러드 속 망고에 붙어 있던 오이를 털어내다 말고 말했다.

"제이크…… 그건 쉬운 일이 아니야."

"그 사람들이 뭘 어쩌겠어? 감옥에 집어넣기라도 하겠어? 우리가 탈퇴하지 못하도록 강요할 방법이 없잖아."

앨리스는 입술을 깨물었다. 그러고는 접시를 옆으로 밀고 몸을 앞으로 기울여 내 손을 잡고 끌어당겼다.

"그게 제일 무서운 부분이야. 밖으로 나오면서 내가 데이브한테 단도직입적으로 말했거든. '난 이 모든 게 다 마음에 들지 않아요. 당신이 꼭 날 괴롭히고 있는 것 같네요'라고 말이야."

"잘했어. 그러니까 뭐래?"

"그냥 웃더니 이렇게 말하더라고. '앨리스, '협정' 안에서 평화를 찾아야 해요. 나도 '협정'을 받아들여 내 일부로 만들었고, 제이크도 그래야 할 거예요. 꼭 필요한 일이에요. 당신은 '협정'을 떠나선 안 되고 '협정'도 당신을 떠나지 않을 거예요.' 그러더니 아플 정도로 내 팔을 꽉 잡고 내 귀에다 속삭였어. '아무도 살아서 떠난 적 없어요.' 그래서 난 팔을 뿌리쳤어. 너무 놀라고 무서워서 어쩔 수가 없었어. 그리고 데이브는 다시 우리가 파티에서 만났던 유쾌한 남자로 돌아왔지. 마지막에 한 말은 그냥 농담이라면서 웃더라고. 하지만 제이크, 그건 분명히 농담이 아니었어."

나는 그 개자식이 내 아내의 팔을 움켜쥐고 협박하는 모습을 상상했다.

"내가 내일 그 인간을 좀 만나야겠어."

앨리스는 고개를 가로저었다.

"아냐, 그럼 상황만 더 악화될 뿐이야. 그래도 좋은 소식이 하나 있어. 난 이제 두 번 다시 데이브를 만나지 않아도 돼. 그 사람이 내게서 손을 뗐거든. 데이브는 사무실 앞에 나와서 이게 우리의 마지막 만남이라고 했어. 그리고 '한곳에 집중해요, 앨리스.

집중해야 할 곳에 제대로 집중해야 해요. 똑바로 행동해요. 내 친구 제이크에게도 안부 전해줘요'라고 말하고는 밖에 서 있는 나를 두고 안으로 들어가버렸어. 정말 끔찍한 시간이었어."

"탈출할 방법이 있을 거야."

앨리스는 내가 완전히 엉뚱한 소리를 했다는 듯 어리둥절한 표정으로 날 쳐다보았다.

"아냐, 제이크. 난 어디에도 방법 같은 게 있다는 생각이 안 들어."

앨리스는 내 손을 쥐어짜듯 꽉 움켜쥐었다. 갑자기 앨리스의 눈동자 속에 낯선 무언가가 떠올랐다. 처음 보는 눈빛이었다.

"제이크, 나 너무 무서워."

29장

한 가지 밝히고 넘어가자면 나는 앨리스에게 그 주 내내 드래거스 마켓에 매일 드나들었다는 사실을 알리지 않았다. 정확히 말하면 일부러 숨긴 게 아니라 앨리스의 불안을 부채질하고 싶지 않았을 뿐이었다. 함께 있을 때면 나는 일부러 태평하게 행동했고, 한숨도 자지 못했다는 사실을 들키지 않으려 애썼다. 앨리스가 비비언이나 데이브에게서 아무 연락도 없었다며 '협정'을 언급하고 걱정할 때도 나는 별다른 걱정이 없다는 양 행동했다.

"아무 일 없었던 것처럼 잘 넘어갈 수 있을 거야."

나는 그렇게 말했지만 스스로도 그 말을 믿지 않았다. 아마 앨리스도 내 말을 믿지 않았을 터였다. 하지만 그 주 동안 아무 일도 일어나지 않자 날카로웠던 우리의 신경도 점점 가라앉았다.

나는 점점 내담자들이 했던 말을 이해할 수 있게 되었다. 이혼을 앞둔 부모의 자식들이 차라리 부모에게서 빨리 이혼 소식을 듣고 싶어 안달하는 그 기분 말이다. 나는 매일같이 불안과 싸워야 했고, 드래거스 마켓에서 조앤을 찾아 헤맸으며, '협정'에서 나쁜 소식이 날아오기를 기다리고 있었다. 우리가 생각하기에 가장 그럴듯한 시나리오는 비비언이나 베일에 싸인 누군가에게서 점심 식사에 초대를 받는 일이었다. 그리고 그 자리에 나가면 상대는 느닷없이 우리가 어떤 규칙을 위반했는지에 대해 통보하고, 상부에서 어떤 명령이 하달되었는지를 알려줄 것이다.

그러나 아무런 연락 없이 며칠이 흐르자 나는 차츰 스스로에게 '협정'을 두려워하는 건 얼토당토않은 바보짓이라고 타이르게 되었다. 우리를 커다란 파티에 초대하고, 내 아내에게 일시적으로 팔찌를 채우고, 마지막 주를 제외한 4주 동안 공짜 상담을 해주는 것 말고는 아무 짓도 하지 않은 조직을 그토록 두려워하는 건 현명한 짓도, 이성적인 짓도 아닌 것 같았다. 하지만 나는 점점 편집증에 시달리게 되었다. 퇴근하는 길에 걸어오다가 발보아 거리의 모퉁이를 돌아 우리 집이 있는 블록으로 접어들 때면 수상한 무언가가 없는지 무심코 주위를 둘러보곤 했다. 어느 날 밤에는 우리 집 맞은편 거리에 어떤 남자가 검은 쉐보레 서버밴 차량에 앉아 있는 모습을 발견했다. 나는 우리 집 계단으로 올라가지 않고 블록을 빙 돌아 거리 반대편으로 가서 그 차의 번호판을 메모한 뒤 검게 선팅된 차창 안쪽을 훔쳐보려 애썼다. 하지만 어느 나이 든 중국인 여성이 걸어 나와 쉐보레에 올라타는 모습을 보고 나 스스로를 한심하게 느꼈다.

아무 소식 없이 며칠이 흐르자 앨리스도 차츰 마음을 놓기 시작했다. 하지만 예전의 모습 그대로 돌아가지는 않았다. 앨리스는 여전히 매일 밤 일찍 들어와 집에서 저녁을 먹었지만 주의가 영 산만해 보였고 섹스를 할 기분도 아닌 듯했다. 왼쪽 보조개 옆에 났던 스트레스성 뾰루지는 사라졌다가 다시 돋았다. 두 눈 밑에는 다크서클이 짙어졌고, 나는 앨리스가 밤마다 제대로 잠을 못 이루고 뒤척이기만 하다가 점점 더 일찍 일어나서 사무실에 남겨 둔 사건을 처리하러 출근한다는 사실을 알고 있었다.

"머리카락이 자꾸 빠져."

어느 날 아침 앨리스가 말했다. 깜짝 놀랐다기보다는 체념한 말투였다.

"그럴 리가 있나."

나는 그렇게 대꾸했지만 사실 샤워 칸과 화장실 하수구, 그리고 앨리스의 옷 위에서 그 증거를 충분히 보았다. 나는 여전히 드래거스 마켓에 드나들었지만 조앤을 마주치지는 못했다. 이젠 오만 가지 별생각이 다 들기 시작했다. 왜 조앤이 나타나지 않는 걸까? 혹시 조앤에게 무슨 문제가 생긴 게 아닐까? '협정'은 나를 너무 불편하고 초조하게 만들었고, 앨리스의 얼굴에도 자꾸만 시커먼 먹구름이 드리워지는 게 마음에 들지 않았다.

화요일, 나는 비비언에게 전화해서 커피 한잔할 수 있겠느냐고 물었다. 비비언은 즉시 선셋 지구에 있는 자바 비치에서 만나자고 제안했다.

"30분 후에 갈게요."

나는 비비언이 전화를 받을 거라고 생각지도 않았고, 또 비비언을 그렇게 빨리 만날 수 있을 거라고도 생각하지 못했다. 게다가 비비언에게 무슨 말을 해야 좋을지 아직 정확히 정리하지도 못했다.

내가 원하는 건 '협정'에서 탈퇴하는 일이긴 하지만 도대체 어떤 방식으로 그 화제를 꺼내야 좋단 말인가? 오랫동안 일을 하면서 나는 사람들이 말의 내용보다 말하는 방식에 더 크게 반응한다는 사실을 알게 되었다. 사람들은 누구나 좋은 소식과 나쁜 소식이 같이 온다는 사실을 알고 있다. 인생을 산다는 약정서에 동의한다는 건 그런 거다. 좋은 소식과 나쁜 소식은 삶에서 불가피하게 세트처럼 오기 마련이고, 어떤 의미에서는 양쪽 모두가 인간을 매료시킨다. 소식은 소식이니까. 하지만 소식을 전하는 방식, 동작, 어휘, 이입된 감정과 이해는 소식을 전하는 사람의 상황을 쉽게 만들 수도, 어렵게 만들 수도 있는 힘을 쥔 중간 지대에 있다.

차를 몰아 자바 비치로 가면서 나는 비비언에게 할 말을 마음속으로 계속 수정하고 정리했다. 나는 똑바로 행동하고 싶었다. 의도가 뚜렷하지만 너무 공격적이지는 않게, 편안하지만 배려를 담아서. 혹시 비비언이 분노할지도 모르니 일부는 질문 형태로, 하지만 대부분은 직설적인 의견 표명으로 가기로 했다. 앨리스와 나는 '협정'을 벗어나고 싶다. 그것 때문에 요즘 스트레스를 받고 정신적으로 불안정하며 결혼 생활에 부담이 느껴진다. '협정'은 결혼 생활을 보호하기 위해 만들어졌다는데 이래서야 주객전도가 아닌가. 그러니 우리와 훌륭한 '협정' 사람들 모두를 위해서 그냥 각자의 길을 가는 편이 좋겠다. 비비언의 친절에 감사하고, 마음을 바꿔서 미안하다고 사과한다. 나는 이 말을 가능한 한 짧게 할 예정이지만 의도가 잘못 전달되어서는 안 된다. 그러고 나면 모든 일이 다 끝날 것이다. 앨리스와 나를 뒤덮고 있는 괴상한 우울의 안개도 이제 사라지리라.

나는 자바 비치에서 한 블록 반 떨어진 곳에 차를 세웠다. 그리고 카페를 향해 가던 도중 비비언이 먼저 와서 바깥 테이블에 앉아 있는 모습을 발견했다. 앞에는 컵 두 개가 놓여 있었다. 어떻게 이렇게 빨리 도착했지? 비비언이 입은 보랏빛 드레스는 평상복이었지만 비싸 보였고, 핸드백은 그냥 척 보기에도 비싸 보였다. 비비언은 안개 낀 날씨임에도 불구하고 선글라스를 쓰고 커피를 마시며 멍하니 바다를 바라보고 있었다. 그야말로 앨리스가 묘사한 그대로였다. 첫눈에 얼핏 보기에는 평범하지만, 가까이 다가가 자세히 관찰해보면 완벽하게 계산된 모습.

주위의 모든 사람들은 한시도 가만히 있지 못하고 꼼지락거리고 있었지만 비비언은 혼자 느긋하게 앉아 있었다. 표정은 고요했고 휴대전화나 노트북을 쳐다보고 있지도 않았다. 나는 문득 비비언이 지금 있는 그대로의 모습으로 가장 편안하게 존재한다는 생각이 들었다.

"왔군요, 친구."

비비언이 일어나며 말했다. 그리고 나를 자기 쪽으로 끌어당기며 예상했던 것보다 조금 더 오랫동안 붙잡고 있었다. 비비언에게서는 너른 바다에 부는 산들바람 같은 좋은 냄새가 났다.

"핫 초콜릿 맞죠?"

비비언은 선글라스를 벗으며 앞에 놓인 채 나를 기다리고 있던 잔을 가리켰다.

"정확합니다."

나는 음료를 한 모금 마신 뒤 마음속으로 할 말을 미리 읊어보았다.

"제이크, 우리 서로 괜히 어색하게 굴 필요는 없어요. 당신이 여기 왜 왔는지 알고 있으니까."

"알고 있다고요?"

비비언은 내 손 위에 자신의 손을 얹었다. 비비언의 손가락은 따스했고 손톱은 완벽하게 정돈되어 있었다.

"'협정'이 무섭게 느껴지는 건 이해해요. 요즘 들어서는 나도 좀 무서운걸요. 하지만 고귀한 목적으로 이용되는 약간의 공포는 긍정적인 감정이기도 하고, 또 적절한 동기부여의 계기가 되기도 해요."

나는 조심스레 손을 빼고 대화의 주도권을 되찾으려 애쓰며 입을 열었다.

"사실 공포를 이용하는 전략은……."

하지만 그 말이 입에서 흘러나오자마자 바로 후회했다. 톤을 잘못 잡았다. 너무 공격적이다. 나는 다시 고쳐 말했다.

"제가 연락드린 이유는 두 가지입니다. 첫째로 앨리스에게 친절하게 대해주셔서 감사하다는 말씀을 드리기 위해서고요."

나는 최대한 가벼운 톤으로 말하려 노력했다.

"앨리스가 아직 감사 카드를 보내지 못해서 정말 죄송하게 생각하고 있어요."

"네? 전 카드 받았는데요!"

비비언이 소리쳤다.

"뭐라고요?"

"지난번에 점심 식사를 함께 했을 때 받았어요. 노란 튤립이 정말 예뻤다고 전해주세요."

이상하다. 꽃을 선물했다는 이야기는 한 마디도 안 했는데.

"알겠습니다."

나는 아무렇지도 않은 척하려 애쓰며 대답했다. 비비언은 테이블 너머로 손을 뻗어 다시 내 손을 잡았다.

"제이크, 제발 이러지 말아요. 당신이 여기 왜 왔는지 안다고 했잖아요. 두 사람, 탈퇴하고 싶은 거죠?"

나는 비비언이 그 말을 너무나 쉽게 꺼냈다는 사실에 놀라며 고개를 끄덕였다.

"파티에서 만났던 모든 분들은 정말 좋은 분들이었어요. 개인적인 감정 문제는 아닙니다. 그냥 저희에게 맞지 않았던 거죠."

비비언이 미소 짓는 모습을 보자 약간 마음이 놓였다.

"제이크, 무슨 말인지 나도 알아요. 하지만 누구나 자기가 원하는 것과 자기에게 가장 좋은 게 완전히 일치하지는 않을 때도 있는 법이에요."

"뭐, 가끔은 일치할 때도 있잖아요."

"솔직히 말할게요."

비비언은 내 손을 내려놓고 차가운 눈빛을 띠었다.

"두 사람이 '협정'에서 나가게 내버려둘 수는 없어요. '협정' 또한 당신들을 포기하지 않을 거예요. 행복할 때든 불행할 때든 상관없이. 우리 중 많은 사람들도 당신들 같은 상황을 겪었어요. 공포, 불안, 미래가 어떻게 될지 모른다는 두려움. 하지만 우리 모두는 결과적으로 더 나은 미래를 손에 넣었죠."

비비언은 미소를 지었다. 너무나도 차분한 미소였다. 나는 비비언이 과거에 지금과 완전히 똑같은 대화를 다른 누군가와 나누었으리라는 사실을 알 수 있었다.

"제이크, 내 말 잘 들어요. 당신은 '협정'을 있는 그대로 받아들이고 그 안에서 평안을 찾아야 해요. 그게 두 사람을 위해서 가장 좋은 방법이에요. '협정'은 강과도 같아요. 물길을 거스르면 거칠고 거세지만 물길을 따라 그대로 흘러가면 잔잔하고 차분하죠. 당신이 '협정'과 함께 움직이면 '협정'은 당신과 앨리스, 그리고 두 사람의 결혼 생활을 완벽하고 아름답게 바꿔줄 거예요."

나는 스스로에게 침착하라고 애써 타일렀다. 그리고 심리 치료 과정이 갑자기 격심해졌을 때처럼 나는 더욱 차분하게 입을 열었다.

"비비언, 앨리스와 난 그 아름다운 장소가 없어도 괜찮아요. 우린 우리만의 길을 찾을 거예요. 우리 스스로 방식을 찾아나갈 거란 말입니다. 앨리스는 '협정' 때문에 겁을 많이 먹었어요. 나도 무섭습니다. 솔직히 말해 사이비 종교 집단 같아요. 은근슬쩍 감춰진 협박 하며, 사기 계약서 하며."

비비언이 놀라서 눈썹을 추켜올렸다.

"사기라뇨? 제이크, 맹세코 사기 행위 같은 건 전혀 없어요."

나는 우리가 그냥 재미있는 장난일 뿐 '협정'에 진짜 구속력은 전혀 없을 거라고 생각하며 서류에 서명했던 첫날을 떠올렸다. 그 빌어먹을 펜. 슬라이드 쇼. 아일랜드에 있는 올라의 집.

"당신들은 사법부가 아니에요, 비비언. 당신도, 데이브도, 피니건도, 다른 모든 사람들도요. '협정'에는 아무런 권위도 없어요. 당신도 잘 알고 있는 사실 아닌가요?"

비비언은 꼼짝도 하지 않고 앉아 있다가 말했다.

"제이크, 당신들 두 사람을 누가 '협정'으로 초대했는지 잘 생각해봐요. 피니건은 당신 아내가 일하는 로펌의 가장 굵직한 고객 아닌가요? 세계적으로 지명도도 있고 영향력 있는 사람이잖아요. 로펌 입장에서도 놓치기 싫은 거물일 거고, 아마 앨리스가 지금 맡고 있는 큰 사건을 담당하게 된 계기도 피니건의 칭찬이었을 테죠. 제이크, 이제 알겠어요? '협정'은 나와 올라와 피니건만으로 이루어져 있는 게 아니에요. '협정' 안에는 수천, 수만 명의 피니건들이 있고 각자가 자기 분야에서 놀라운 성공을 거둔 사람들이며 자기만의 영향력을 행사하고 있어요. 변호사, 의사, 엔지니어, 판사, 장교, 영화배우, 정치가…… 하나같이 이름만 들어도 혀를 내두를 정도의 유명 인사들이죠. 제이크, 당신의 생각은 아주 근시안적이고 편협해요. 시간을 좀 갖고 큰 그림을 그리면서 찬찬히 살펴보고, 눈앞에 펼쳐진 길에 대해 이해하도록 노력해봐요."

살짝 현기증이 느껴졌다. 나는 핫 초콜릿 잔으로 손을 뻗었으나 거리를 잘못 계산하는 바람에 머그잔이 콘크리트 바닥 위로 깨지면서 비비언의 가방 전체에 갈색 얼룩이 점점이 튀었다. 주위 사람들이 모두 우리 쪽을 돌아보았지만 비비언은 딱히 놀라지도 않고 휴지로 가방을 닦았다. 나는 깨진 컵 조각들을 주웠다. 웨이트리스가 다가왔다.

"내버려두세요. 저희가 치울게요."

웨이트리스는 코와 입술에 주렁주렁 피어싱을 달고 팔과 목에는 문신을 했다. 희미하게 젖은 개 냄새를 풍겼는데 아마 많은 동물들과 함께 살고 있는 듯했다. 나는 불현듯 손을 뻗어 마치 구명보트처럼 그녀를 끌어안고 싶었다. 갑자기 그녀가 구가하는 평범한 삶이 지독하게 부럽고 질투가 났다. 웨이트리스가 가버리자 비비언이 차갑게 말했다.

"난 당신들이 가장 좋은 길을 선택했으면 해요. 그리고 내가 여기 있는 이유는 당신들 두 사람이 그 목적지에 도달하도록 도와주기 위해서예요."

"비비언, 당신은 우리한테 하등의 도움이 안 돼요."

"날 믿어요."

비비언은 마치 로봇처럼 기계적으로 고집을 부렸다. 마치 내가 하는 말 따위는 한 마디도 듣지 않겠다는 듯 완강한 거부였다.

"그리고 '협정'을 믿어요. 당신은 편협한 사고방식에서 벗어날 필요가 있어요. 그건 잘못된 생각이에요. 제발 큰 그림을 봐요. 당신과 앨리스는 데이브가 전한 메시지를 반드시 받아들여야 해요."

비비언이 커다란 선글라스를 꼈다.

"'협정'이 당신 두 사람의 결혼 생활과 일, 그리고 삶 그 자체에 가져다줄 거대한 힘을 이해해야만 해요. 지진이나 해일, 쓰나미처럼 '협정'은 당신들에게 갑자기 일어난 일이에요. 결코 피할 수 없어요. 유일한 해답은 당신이 거기에 어떻게 대답하느냐예요."

"내 말을 하나도 안 들었군요. 우리는 이미 '협정'에서 마음이 떴습니다."

비비언은 가방을 집어 들고 일어섰다.

"아뇨, 그렇지 않아요. 집에 가요, 제이크. 돌아가서 사랑스러운 아내와 함께 시간을 보내도록 해요. 당신은 영원히 내 친구예요."

그 말만 남기고 비비언은 몸을 홱 돌려 사라졌다.

30장

앨리스는 소파에 편안하게 누워 있었고 주변에는 책과 법률 서류들이 아무렇게나 어질러져 있었다. 테이블에는 노트북이 펼쳐져 있었지만 정작 앨리스는 기타를 안고 내가 좋아하는 졸리 홀란드의 노래를 연주하고 있었다. 우리 결혼식에서 앨리스가 불렀던 아름다운 어쿠스틱 곡이었다. 앨리스는 기타를 무척 잘 쳤고, 노랫소리는 부드럽고 달콤했다. 집 안이 온통 노랫소리에 푹 빠져 가만히 귀 기울여 듣고 있는 듯했다. 앨리스는 나를 올려다보고는 미소를 지으며 계속 노래했다.

"나는 아직도 어젯밤에 입은 옷을 그대로 입고 있지. 실크 스타킹에 낡은 파리지앵 코트. 길가의 버스 정류장에 서 있으니 마치 여왕이 된 기분이라네. 당신이 내게 무슨 짓을 했는지 과연 알고는 있을까?"

앨리스의 해맑은 목소리와 눈앞에 앉아 있는 모습을 보니 나는 가슴이 아팠다. 비비언과의 대화가 실패로 돌아갔다는 사실을 알려주고 싶지 않았다.

앨리스가 악기를 집어 든 건 퍽 오랜만의 일이었다. 노래는 무척이나 감미로웠고, 한순간 눈에 보이지 않지만 늘 존재하는 앨리스를 둘러싼 벽 한 겹이 벗겨져 나간 듯 보였다. 보수적인 감색 정장을 입은, 변호사라는 얇은 베니어판 같은 인격 밑에 과연 어떤 앨리스가 숨어 있을까. 앨리스는 어린 시절부터 뮤지션이 되고 싶어 했다. 앨리스의 어머니는 근처 아이들에게 피아노와 기타를 가르쳤기 때문에 집 안에는 항상 음악이 흘러넘쳤다. 나는 어른이 되어 변호사가 되겠다는 꿈을 가진 어린 앨리스의 모습을 도저히 상상할 수가 없지만 나와 처음 만났을 때 앨리스는 이미 로스쿨 2학년이었다. 앨리스는 아직도 노래를 녹음하고, 라이브 연주를 하고, 홈페이지를 업데이트하고, 이메일에 답장을 보내고, 다른 뮤지션들을 위해 가끔 음반을 만들기까지 하지만 나는 그녀가 이미 인생을 완전히 다른 방향으로 확 틀었다는 사실을 알고 있다. 앨리스는 서른 살이 되던 해 로스쿨에 들어갔다. 그에 대해 앨리스는 "젊은 날의 열정에서 완전히 탈선해버린 셈이야"라고 말했고, 결과적으로 수업에서 가장 나이가 많은 사람 중 하나가 되었다. 앨리스는 따라잡을 것이 너무 많은데 그것을 벌충하기에는 이미 너무 많은 시간을 잃어버렸다고 했다. 하지만 자신이 진정으로 하고 싶은 일을 하면서 보낸 시간을 두고 어떻게 잃어버린 시간이라고 할 수 있을까? 내 눈에는 완전히 반대로 보였다.

연애를 시작하고 나서 몇 달 후, 한번은 앨리스가 내게 이렇게 말한 적이 있었다.

"난 전혀 행복하지 않았어. 밴드를 도저히 감당할 수가 없었거든. 내—앨리스는 잠시 망설였다— 남자관계 때문에."

인터넷에서 앨리스와 베이스 연주자였던 에릭 윌슨의 관계가 밴드에 어떤 문제를 일으켰는지에 대한 글을 읽은 적이 있다. 앨리스는 자기들 두 사람이 지저분하게 헤어졌고 그 때문에 음악에도 영향을 미쳤다고 말했다. 그제서야 앨리스는 이제 자신도 그만 어른이 되어야겠다고 결심했고 그게 로스쿨에 들어간 이유였다.

멜로디는 너무나 아름다웠고 온 거실에 메아리치는 앨리스의 목소리를 듣고 있자니 정말로 행복해졌다. 노래를 마친 앨리스는 잘 다녀왔냐는 인사도, 하루를 어떻게 보냈는지에 대해 묻지도 않고 그냥 소파 끄트머리에 놓여 있던 키보드를 잡고 레너드 코헨의 '사랑이 끝날 때까지 나와 함께 춤을'을 연주하기 시작했다. 중년의 나이에 접어든 코헨이 자신의 작사 능력을 최대한으로 발휘하여 만든, 사랑과 상실에 대한 찬송가였다. 앨리스는 그 노래를 부르는 내내 씁쓸한 미소를 띤 채 나를 바라보았다.

나는 테이블 위로 가방을 집어던지고 코트를 벗은 뒤 몸을 웅크리고 소파 반대쪽 끝에 앉았다. 자기가 가장 좋아하고 잘하는 것을 하는 아내의 모습을 보면서, 나는 그녀가 포기한 것들에 대해 생각했다. 자기 자신을 위해 노래하고 연주하는 걸까? 아니면 나를 위해서? 이윽고 앨리스는 키보드를 옆으로 제쳐 놓고 쭉 미끄러져 내 옆으로 다가왔다.

"당신은 정말 따스한 사람이야."

내가 말했다. 비비언과의 대화에 대해서는 굳이 말하고 싶지 않았다. 지금 이 순간이 완벽하게 느껴졌다. 이 순간이 계속 이어지기만을 바랐다. '협정'이 나타나기 전으로 돌아가고 싶을 뿐이었다.

우리는 아무 말 없이 가만히 앉아 있었다. 문득 앨리스가 스웨터 주머니 속으로 손을 넣어 구겨진 종이 한 장을 꺼냈다.

"이게 뭐야?"

얼핏 보기에 전보 같았다. 앞면에는 앨리스의 이름만 적혀 있었다.

"오늘 인편으로 왔어."

친애하는 친구, 이번 주 금요일 오전 아홉 시에 하프문베이 공항으로 오라는 지시가 내려왔어요. 그곳으로 가면 대리인이 자세한 사항을 안내할 거예요. 옷이나 그 외 다른 준비물을 가져올 필요는 없어요. 값비싼 물건, 개인 소지품, 전자기기는 가져오지 말아요. 이건 명령이지 부탁이 아니에요. 명령에 따르지 않으면 매뉴얼의 8.9.12-14에 적혀 있는 대로 될 거예요. 기다리고 있을게요.

한 친구로부터.

내용을 읽자 발밑이 꺼지는 기분을 느꼈다. 공포가 미친 듯 치솟아 올랐다.

"혹시 내가 데이브한테 뭐 잘못했나? 정말 아무 일 아닐 거라고 생각했는데……. 평범하고 별문제 없는 대화라고 생각했던 것들이 자꾸 끔찍한 재앙처럼 다시 떠올라."

"아무 일 아닌 게 아니었어."

나는 앨리스에게 비비언과의 만남에 대해 이야기했다. 앨리스의 눈에 눈물이 차올랐다.

"정말 미안해, 여보. 이런 일에 발을 들여서는 안 됐는데."

나는 앨리스를 끌어안았다.

"아냐, 내가 미안해. 우리의 바보 같은 결혼식에 피니건을 초대한 건 나잖아."

"하프문베이에 가지 마. 그 사람들이 뭘 어떻게 할 수 있겠어?"

"할 수 있는 건 많아. 만약 그 사람들이 로펌에 압박을 넣어서 날 해고시킨다면……."

패닉에 빠진 앨리스가 비약적인 사고를 하는 것이 느껴졌다.

"우리 대출은 어떻게 하고, 앞으로 미래도 암담해질 테고, 새 직장을 구하기도 힘들 테고, 융자금도……. 비비언의 말이 맞아. 피니건의 영향력은 범위도 넓고 아주 강력해. 그리고 피니건뿐만 아니라 우리가 모르는 다른 '협정' 회원들도 그럴 거야."

"그게 뭐 그렇게 큰 문제야? 당신은 음악을 연주할 때 제일 행복해 보이는걸. 지금도 그렇고. 그냥 상여금만 받고 회사 나오면 안 돼?"

"아직 상여금이 안 나왔어. 돈을 못 받았단 말이야. 그 돈이 꼭 필요해."

"돈 없이도 살 수 있잖아."

나는 계속 우겼지만 내 사무실에 들인 투자금, 빅토리아조 건물에 들인 융자금, 이 집을 사느라 받은 대출, 세상에서 가장 물가가 비싼 도시 중 한 곳에 거주하느라 꾸준히 나가는 지출을 생각하면 내 말의 근거는 너무나 빈약했다.

"난 다시 가난해지기 싫어. 그건 너무 힘들어."

"그럼 하프문베이에 가겠다는 거야?"

"그래야 할 것 같아. 하지만 문제가 있어. 이번 주 금요일에 법정에 출석해야 해. 약식 판결이 있는데 내 발의를 놓고 공방전을 벌일 예정이거든. 그것 때문에 몇 달을 매달렸어. 여기서 이기면 전체 재판을 다 이길 수 있는 지점이야. 금요일에 지게 되면 모든 것들이 다 곤두박질치고 말 거야. 수천 시간 동안 일한 수고가 다 허사로 돌아갈 테고, 승소할 기회는 완전히 사라져버릴 거라고. 그래서는 안 돼. 그 빌어먹을 발의는 내가 쓴 거야. 아무도 나 대신 그걸 해주지 않았단 말이야."

"지시에 불복했을 경우 어떻게 된다고 했지? 거기 쓰여 있지 않았나?"

앨리스는 자리에서 일어나 책장에 있던 자기 매뉴얼을 가지고 와서 8.9.12-14를 펼치고 읽었다.

"처벌은 범죄의 정도 및 이하와 같은 기준—CCCP와 유사함—에 따라 계산되어 선고된다. 전술한 바와 같이 상습적인 위반은 2배로 계산된다. 협조성과 자발적 자백이 있을 경우 정상참작도 가능하다."

"그것 참 쓸 만한 정보네."

내가 중얼거렸다.

"도망치자. 부다페스트로 가서 이름을 바꾸고 사는 거야. 다리 옆에 있는 커다란 시장에서 일하면서 굴라시를 먹고 포동포동 살찌면서 살자고."

앨리스가 제안했다.

"나도 굴라시 엄청 좋아하는데."

아무렇지 않은 척 대화를 나누려 했으나 도저히 농담할 분위기가 아니었다. 우리는 아주 진정성 있는 방식으로 엿을 먹은 셈이었다.

"경찰에 신고할까?"

"뭐라고 하게? 아주 비싼 핸드백을 가지고 있던 여자가 저한테 팔찌를 줬어요? 그것 때문에 직장을 잃을까 봐 무서워요? 낄낄 웃으면서 우리를 경찰서에서 쫓아낼걸."

"데이브가 당신을 협박했잖아."

내가 말했다.

"이 얘기를 경찰에 가서 한다고 생각해봐. 도대체 누가 진지하게 받아들여주겠어? '아무도 협정을 떠날 수 없다'? 제발, 생각 좀 해봐. 그리고 뭐 실제로 그렇게 하지도 않겠지만 경찰이 데이브를 찾아가도 데이브는 그냥 농담이라고 할걸. 그러고 나서 핀서 메를 둘러보지 않겠느냐고 제안할 거야."

앨리스와 나는 해결책을 찾아내느라 끙끙 앓았고 그러는 동안 사방은 조용했다. 마치 우리 둘이 아직 탈출할 길이 있을 거라고 믿어 의심치 않는, 덫에 걸린 작은 쥐 두 마리가 된 것 같았다.

"피니건, 이 개새끼."

결국 앨리스는 그렇게 중얼거렸다. 그리고 다시 키보드를 들고 다른 노래를 부르기 시작했다. 앨리스네 밴드가 마지막으로 낸 앨범에 있는 우울한 노래였다. 앨리스와 당시 남자 친구가 이별 과정을 겪는 동안 함께 썼다는 그 노래.

"부다페스트행도 나쁘지 않을 것 같은데."

노래가 끝나자 내가 말했다. 앨리스는 내 제안을 진지하게 생각해보는 듯했다. 나는 그냥 농담으로 한 말이었지만 그냥 농담으로 끝나지 않을 수도 있었다. 앨리스가 결정한 일이라면 나는 뭐든 다 따를 준비가 되어 있었다. 나는 앨리스를 사랑하고, 무슨 짓을 해서라도 앨리스를 행복하게 해주고 싶고, 앨리스가 두려움에 떨며 살기를 원치 않으니까.

하지만 앨리스는 이렇게 속삭였다.

"결국 그 사람들이 우릴 찾아내겠지?"

심장이 차갑게 얼어붙는 기분이었다.

31장

평소와 다름없이 아침에 일어나 직장에 출근해서 파트너들을 만나는 정해진 일과를 따르고는 있었지만 내 마음은 완전히 다른 곳에 가 있었다. 앨리스가 금요일에 공항에 가기로 보고되어 있다면 우리도 계획을 짤 필요가 있었다.

어젯밤 앨리스가 일단 머리를 식히고 싶다고 해서 우리는 함께 〈슬로건 만들기〉를 보았다. 슬로건 장관이 이탈리아에서 냄새 지독한 차 한 대를 사느라 고군분투하는, 우스꽝스러운 에피소드였다. 소파에 웅크리고 앉아 딴생각을 하면서 보기에 딱 좋았다.

TV를 끄고 난 후 우리는 침대에 누워 푹 잤다. 오늘 아침에도 마찬가지로 부엌 식탁 위에는 신문, 인쇄물, 법률 서적들이 아무렇게나 널려 있었다. 매뉴얼은 큰 파란색 의자 팔걸이 위에 놓여 있었다. 앨리스는 9장의 절차, 지시, 권고 부분에 책갈피를 끼워 놓았다.

환자들을 맞으며 나는 머릿속을 정리하려 애썼다. 한 가지 문제를 너무 골똘히 생각하다 편집증 환자가 되어버릴 수도 있지만, 나는 보통 다른 방식을 취한다. 오후 3시, 나는 이 상황이 어제 생각했던 것처럼 심각하지는 않다는 사실을 거의 확신할 수 있었다. 이 문제를 생각하고 있는데 이블린이 사무실로 들어와 책상 위에 하얀 봉투 하나를 던져주었다. 우표는 붙어 있지 않았고 겉면에는 내 이름만 금색 잉크로 적혀 있을 뿐 주소도 없었다. 나는 식은땀이 나는 것을 느끼며 봉투를 뚫어져라 노려보았다.

"누가 자전거 타고 와서 놓고 갔어."

이블린이 말했다. 그 안에는 마찬가지로 금색 잉크로 쓴 메시지가 들어 있었다. 직접 손으로 쓴 글씨였다.

> 3월 10일 오후 6시, 정기 회합에 귀하를 초대하게 되어 대단히 영광입니다. 주소는 우드사이드의 베어 걸치 로드 980번지입니다. 정문 비밀번호는 665544입니다. 그 어떤 경우에도 주소와 비밀번호를 다른 사람에게 알려주어서는 안 됩니다.

서명이나 답장을 받을 주소도 적혀 있지 않았다.

32장

목요일 아침, 나는 티셔츠와 사각팬티만 입고 침대에 앉아 앨리스가 출근 준비를 하는 모습을 지켜보고 있었다.

"이제 어떡하지?"

내가 물었다.

"나는 내 일을 하러 갈 거고, 당신도 당신 일을 하면 돼. 결과가 어떻게 나올지 몰라도 우리는 결국 위험한 다리를 건너는 수밖에 없어. 비비언은 피니건이 로펌에 압박을 넣게 하겠다고 협박했지만 내가 법정에 나가지 않으면 어차피 로펌 안에서 살얼음판 걷는 기분으로 지내야 해."

"지금 당장은 그렇다 치고 '협정'이 장기적으로 영향력을 행사하면 어떡해?"

"나도 모르지."

앨리스는 지금의 내가 느끼는 공포 따위는 전혀 느껴지지 않는다는 듯 단호하게 말했다. 정말로 자신감이 넘치기 때문에 그러는 걸까, 아니면 나를 위해서 그런 척하는 걸까? 어찌 됐든 앨리스가 지금 코앞에서 하고 있는 행동, 즉 전투에 임할 준비를 하는 모습을 보니 마음이 좀 편안해졌다. 뮤지션 앨리스가 섬세하고 신비로운 생물이라면 변호사 앨리스는 굳건하고 영리하며 유능한 여성이다. 나는 뮤지션 앨리스의 모습을 조금 더 보고 싶었지만, 실질적으로 곁에 늘 두고 싶은 존재는 변호사 앨리스였다.

"하루 종일 당신만 생각할 거야."

나는 앨리스가 머리를 빗는 모습을 보며 약속했다. 앨리스는 점잖은 자줏빛 립스틱을 바르고 작은 금빛 링 귀걸이를 귀에 달았다.

"내가 항상 당신 뒤에 있어."

앨리스는 최대한 립스틱이 번지지 않도록 조심하며 내게 길고 부드러운 키스를 했다.

도로 공사 때문에 주차가 힘들어, 앨리스는 오늘 아침 동료의 차를 얻어 타고 가기로 했다. 회색 메르세데스 차량이 아침 6시에 길모퉁이에 멈춰 서자 앨리스는 그것을 타고 사라졌다.

8시 45분, 나는 출근해서 우리의 골치 아픈 문제를 계속 곱씹었다. 하루 종일 혼란에 빠진 채 내담자를 기계적으로 대하고, 엉망진창으로 일을 마무리하면서 내가 어떻게 해야 좋을지에 대해서만 생각했다.

"도대체 왜 그래, 제이크? 오늘 통 너답지 않네. 무슨 문제라도 있어?"

이블린이 물었다.

"잘 모르겠어."

나는 잠깐 이블린에게 사실을 털어놓을까 생각했지만 큰 도움이 될 것 같지도 않았다. 이블린은 어이가 없어서 웃음을 터뜨려야 할지 아니면 나를 불신해야 할지 갈피를 못 잡을 게 뻔했다. '협정'이 우리에게 가하는 공포가 얼마나 끔찍한지에 대해서도 공감하지 못할 터였다. 게다가 확실한 건 이블린이 개입함으로써 나와 앨리스는 더욱 큰 문제에 빠지게 될 뿐이다.

오후 2시쯤, 휴대전화가 땡 소리를 냈다. 앨리스에게서 온 메시지였고 아주 평범한 문장이었다.

'밤 12시나 되어야 집에 갈 수 있을 것 같아.'

나는 답장을 썼다.

'데리러 갈게. 11시 반에는 도착할 수 있어. 준비되면 내려와.'

어제 이후로 앨리스를 가능한 한 옆에 꼭 붙들어놓고 싶었고, 내 두 눈으로 그녀의 무사를 확인하고 싶어 안달이 난 상태였다.

앨리스의 사무실 주위는 온통 조용했고 밤공기는 썰렁했다. 나는 샌드위치 두 개와 앨리스에게 줄 크림소다 한 병, 미니 번트케이크 몇 개를 샀다. 그리고 차 안에 히터를 틀고 〈엔터테인먼트 위클리〉 최신호를 읽으려 애썼다. 〈슬로건 만들기〉가 입소문을 타고 점점 널리 퍼지고 있다는 내용이었는데도 좀처럼 집중할 수가 없었다. 환하게 불빛이 켜져 있는 로펌의 창 너머로 앨리스의 실루엣을 찾으며 그녀가 빨리 내려오기만을 바랐다.

자정이 되자 문이 열렸다. 파티에서 봤던 그 남자가 앨리스의 옆에 있었다. 키가 큰 곱슬머리의 데릭 스노. 차창을 아주 살짝 내리자 데릭이 앨리스에게 한잔하러 가자고 권하는 소리가 들렸다.

"아냐, 미안하지만 남편이 데리러 오기로 했거든."

나는 그 말을 듣고 미칠 듯 기뻤다. 내가 조수석 쪽으로 몸을 기울여 차 문을 열자 앨리스는 재빨리 차에 올라타서 서류 가방과 지갑을 뒷좌석으로 집어던졌다. 앨리스는 내게 열정적인 키스를 퍼부었고 나는 아주 잠깐이나마 어리석은 생각이 내 마음속을 스쳤다는 사실을 부끄럽게 여겼다. 아무리 봐도 데릭은 앨리스 취향이 아니었다. 앨리스의 취향은 나니까.

앨리스는 조수석 앞에 놓여 있던 봉투를 보고 소리쳤다.

"샌드위치네!"

"맞아."

"당신은 정말 세상에서 제일 훌륭한 남편이야."

앨리스가 오늘 하루 있었던 일을 이야기하며 저녁 식사 봉투를 뜯는 동안 나는 캘리포니아 스트리트에서 유턴했다. 앨리스의 팀은 강력한 증거를 네 가지 발견했고, 약식재판에서 승소할 확률도 더욱 커졌다. 이윽고 나는 발보아 극장 앞에서 자동차를 틀면서 우리가 피하던 화제를 꺼냈다.

"내일 어떻게 하면 좋겠어?"

앨리스가 대답했다.

"데이브한테 전화해봤어. 아무래도 힘들 것 같아. 지시는 지시니까 따라야 한대. 당신이 비비언을 찾아가서 멍청한 짓을 한 건 아무 도움도 안 된다고 했어. 그리고 또 똑같은 소리를 하더라고. '협정'을 받아들이고 그 안에서 평화를 찾아야 한다고."

"당신 생각에는 무슨 일이 벌어질 것 같아?"

앨리스는 말이 없었다.

"데이브한테 법정 출석 날짜를 말 안 했으면 차라리 나았을 텐데. 그럼 조앤이 말했던 대로 모든 책임을 그냥 나한테 떠넘기고 날 비난하면 되잖아."

차고로 들어가던 도중 앨리스가 내게 경고했다.

"비비언이랑 만나고 온 일 때문에 아마 당신도 책임을 물게 될걸."

33장

금요일, 나는 새벽에 눈을 떴고 말 한 마디 없이 슬그머니 부엌으로 들어가 아침 준비를 했다. 메뉴는 베이컨과 와플, 오렌지 주스, 커피였다. 나는 앨리스에게 기운을 주고 싶었고, 앨리스가 법정에서 맡은 바 할 일을 잘 해내길 바랐다. 하지만 사실 그 무엇보다 앨리스에게 내가 자기를 얼마나 사랑하는지 보여주고 싶었다. 오늘 무슨 일이 벌어지더라도 앨리스가 내가 항상 곁에 있다는 사실을 알아주길 원했다.

나는 아침 식사를 쟁반에 담아 앨리스에게 가져갔다. 앨리스는 파란 의자에 앉아 팬티스타킹과 속옷만 입고 일거리를 훑어보고 있다가 나를 올려다보고는 미소 지으며 말했다.

"사랑해."

여섯 시가 되자 앨리스는 문밖으로 뛰쳐나갔다. 나는 청소와 샤워를 한 뒤, 뭘 하려는지도 모르는 상태에서 사무실 접수 담당인 황에게 전화를 건 후에야 용건을 깨달았다. 나는 그에게 몸이 안 좋아서 어쩌면 오늘 출근 못 할 수도 있다고 말했다.

"식중독에 걸렸어요. 나한테 들어온 예약 다 취소해줄래요?"

나는 거짓말을 했다.

"괜찮긴 한데, 볼튼 부부가 화낼 거예요."

"그러게 말이에요. 미안해요. 내가 직접 전화할까요?"

"아뇨, 제가 할게요."

그러고 나서 내가 없는 사이 앨리스가 집에 왔을 때를 대비해서 메모를 남겼다.

'하프문베이 공항에 갔어. 이게 내가 할 수 있는 최소한의 행동이야. 사랑해. J.'

좀 신파조로 느껴질지도 모르지만 지금 내가 느끼는 생각을 있는 그대로 표현하는 추신을 달았다.

'나와 결혼해줘서 고마워.'

해안으로 운전해서 가는 도중 나는 내 결정에 편안함을 느꼈다. 하프문베이 공항은 공항이라고는 해도 사실 광대한 넓이의 아티초크 농장 사이로 달랑 하나 난 기나긴 활주로에 불과했다. 짙은 안개 속에서 겨우 포장으로 덮여 있는 세스나기 몇 대와 카페 하나를 찾아낼 수 있었다. 거의 텅텅 비어 있는 주차장에 차를 세우고 레스토랑 카페로 들어간 나는 활주로가 잘 보이는 위치에 자리를 잡았다. 보안 요원도, 티켓 카운터도, 수화물 수취소도 없고 활주로와 카페를 분리하는 것은 잠겨 있지도 않은 유리문 하나뿐이었다. 고풍스러운 유니폼을 입은 늘씬한 여성 하나가 내게로 다가왔다.

"커피 드릴까요?"

"핫 초콜릿 있으면 주세요."

"네."

나는 혹시 무슨 이상한 점이 없는지 공항을 둘러보았다. 주차장에는 차가 달랑 세 대뿐이었다. 내 차, 아무도 타고 있지 않은 포드 타우루스, 그리고 남자 하나가 운전석에 앉아 있는 쉐보레 트럭. 그는 누군가를 기다리고 있는 눈치였다. 나는 불안하면 나오는 습관대로 무심코 테이블을 두드렸다. 그 어떤 실질적인 위험보다도 미지가 가장 두려웠다. 혹시 누가 여기서 앨리스를 기다리고 있다가 거칠게 행동할 생각이었으면 어떡하지? 또 새 팔찌를 채우려는 건 아니겠지? 아니면 앨리스를 어디로 데려가려는 건 아닐까? 비비언도 데이브도 항공기 여행에 대해서는 언급하지 않았다. 어쩌면 비비언이 우리 집 거실 벽에 파워포인트를 쏘면서 마틴 파의 사진을 치운 행동을 조금 더 주시했어야 하는지도 모른다.

비행기 한 대가 언덕 위로 급강하했다. 그리고 크게 돌더니 소용돌이치는 안개 속에서 착륙 준비를 했다. 작은 개인용 비행기였지만 격납고 근처에 세워져 있는 세스나기보다는 크고 화려해 보였다. 나는 시계를 보았다. 8시 54분. 6분 남았다. 저 남자일까?

비행기는 연료 호스 근처 구역에 내렸다. 인부 한 사람이 달려 나와 파일럿과 잠시 대화를 나눈 뒤 비행기에 연료를 주입하기 시작했다. 파일럿은 레스토랑 쪽으로 다가오더니 부르르 떨며 주차장을 둘러보았다. 누군가, 또는 무언가를 찾고 있는 게 명백했다. 그는 가게 안으로 들어와 실내를 둘러보았지만 내 존재를 신경 쓰지 않았다. 그냥 휴대전화를 확인하고는 얼굴을 찌푸리더니 화장실로 향했을 뿐이었다.

시야 안에 다른 사람은 없었고 착륙하는 다른 비행기도 없었다. 나, 웨이트리스, 쉐보레에 탄 남자, 그리고 파일럿이 전부였다. 정확히 9시가 되었다. 나는 테이블에 5달러짜리 지폐를 내려놓고 일어섰다. 남자는 화장실에서 나와 주위를 다시 둘러보고는 주차장으로 향하는 앞문 쪽으로 걸어갔다. 그는 키가 매우 크고 40대 초반쯤 되었으며 빨강 머리에 잘생겼고, 데님 셔츠와 카키색 바지를 입고 있었다.

"안녕하세요."

나는 밖으로 걸어 나가 말을 걸었다.

"안녕하세요."

억양이 애매해서 제대로 알아듣기 힘든 목소리였다.

"혹시 앨리스를 찾습니까?"

남자는 나를 돌아보더니 고개를 갸웃거렸다. 나는 손을 뻗었다.

"제이크입니다."

남자는 의아한 표정을 지으며 내 손을 맞잡고 악수를 했다.

"키어런이라고 합니다."

아일랜드 억양이었다. 나는 비비언이 했던 이야기 중에서 올라와 아일랜드 이야기를 떠올렸다.

"앨리스를 알아요? 오늘 여기 오기로 했는데요."

남자는 다소 짜증이 난 듯했다.

"내가 앨리스 남편입니다."

"다행이군요. 앨리스는요?"

"앨리스는 못 옵니다."

남자는 마치 내가 무슨 농담이라도 한 양 히죽 웃었다.

"설마, 오겠죠."

"아뇨, 내 아내는 변호사라 오늘 법정에 가야 합니다. 아주 중요한 사건이 있거든요."

키어런이 웃음을 터뜨렸다.

"이런 일은 또 처음이네요. 당신 아내는 굉장히 용감하군요."

그리고 주머니에서 껌 하나를 꺼내더니 잽싸게 입안으로 던져 넣었다.

"머리가 그렇게 좋지는 않을지도 모르지만 용감한 건 확실해요."

"내가 아내 대신 왔습니다."

남자는 고개를 가로저었다.

"갈 거면 둘이 같이 가야 하는데요."

나는 마음속으로 뒤엉키는 복잡한 감정과 싸우면서도 안 그런 척하려 애썼으나 남자의 눈에는 어차피 다 보였을 터였다.

"앨리스는 못 옵니다. 하지만 누가 여기서 기다릴 게 뻔하기 때문에 내가 대신 온 거예요. 예의상 말이죠."

"예의상이라고요? 진심입니까? 이 상황을 피니건에게 어떻게 설명해야 할지 모르겠네요."

"피니건이 당신에게 이리로 가라고 했어요?"

키어런이 눈을 가늘게 떴다. 내가 너무 멍청해서 깜짝 놀란 모양이었다. 아니면 너무 순진해서.

"모든 게 다 내 잘못입니다."

그것은 사실이기도 했다. 내가 앨리스를 이 어처구니없는 상황으로 끌어들였으니 말이다. 물론 피니건을 처음 만난 건 앨리스가 먼저였고, 피니건 부부를 우리 결혼식에 초대한 것도 앨리스였다. 하지만 다시 한번 말하지만 결혼식을 올리자는 것 자체는 내 아이디어였다. 앨리스는 안정적인 관계를 영원히 유지하면서 함께 사는 것만으로도 충분히 행복했을 것이다. 전에 말했듯 난 앨리스를 사랑했지만, 그게 앨리스와 결혼한 이유는 아니었다.

"좋아요. 아무튼 여기 와줘서 고맙군요. 솔직히 감탄할 만한 일이네요. 배짱 있는 일이기도 하고요. 하지만 원래는 그러면 안 됩니다."

"앨리스도 올 수 있으면 왔을 거예요."

남자는 시계를 흘끗 보고는 휴대전화로 이메일을 대충 훑어보았다. 지금 이 상황 전체가 그를 혼란스럽게 만드는 듯했다.

"일단 사태 파악을 좀 정확하게 합시다. 앨리스 정말 안 와요?"

"안 옵니다."

"좋아요. 만나서 반가웠어요, 제이크. 당신 아내에게 행운이 깃들기를 빕니다. 아마 조만간 필요하게 될 테니까요."

파일럿은 몸을 휙 돌려 비행기로 돌아갔다. 그 작은 은빛 비행기가 안개 속으로 사라지는 모습을 보고 나는 속이 울렁거리는 것을 느꼈다.

34장

시내로 돌아오면서 황에게 전화를 걸었다.

"볼튼 부인은 진짜 무서워요."

황은 볼튼 부부와의 11시 예약을 취소하려 했지만 부인이 원치 않았다고 했다.

볼튼 부부, 즉 진과 밥은 40년 이상 결혼 생활을 유지했다. 그들은 이블린이 처음으로 결혼 상담을 열었을 때 제일 먼저 데려온 내담자이기도 했다. 나는 나중에 그 이유를 알 수 있었다. 볼튼 부부는 이미 이 도시 내의 모든 상담사들을 다 만난 후였던 것이다.

나는 매주 그들과 함께 보내야만 하는 시간이 두려웠다. 그 끔찍한 부부는 함께 있음으로 인해 점점 더 서로를 끔찍한 존재로 만들었다. 시간이 너무나도 안 가는 바람에 벽에 걸린 시계가 망가진 줄 착각할 정도였다. 아마 그들이 다니는 교회의 강압적인 목사가 두 사람에게 상담을 받고 오라는 말을 하지 않았더라면 이 부부는 몇십 년 전에 이미 이혼했을 것이다. 나는 보통 한 내담자에게 6개월을 들이고 나서 그다음에 어떻게 할지 판단하곤 한다. 그 시점에서 일이 잘 풀리지 않을 것 같다 싶으면 다른 상담사에게 보내기도 한다. 그다지 좋은 비즈니스 모델은 아니지만 그것이 내담자들에게 가장 좋은 방법이라고 생각했다.

볼튼 부부를 맡고 한 3주쯤 되었을 무렵 그들이 혹시 예전에 이혼을 고려했는지에 대해 물었다. 밥은 바로 대답했다.

"빌어먹을 지난 40년 내내 하루도 이혼을 생각하지 않은 적이 없었죠."

그의 아내가 웃는 모습을 나는 그때 딱 한 번 보았다.

"좋아요, 원래 정해진 시간에 상담 시작하겠습니다. 열 시 반까지 사무실로 갈게요."

나는 황에게 말했다.

"이제 안 아프세요?"

"'아프다'의 정의를 어떻게 하느냐에 따라 다르겠죠."

볼튼 부부는 시간을 딱 맞춰 열한 시에 모습을 드러냈다. 나는 솔직히 그 두 사람이 뭐라고 하는지 제대로 듣지 못했다. 정확히 말하면 보통 말하는 사람은 진이니까 진의 이야기를 못 들었다고 해야 맞겠다. 하지만 둘 다 내가 넋이 나가 있다는 사실을 전혀 알아차리지 못한 듯했다. 밥은 말처럼 눈을 뜨고 잠든 것 같았다. 거의 코까지 골 뻔했으니 말이다. 정오가 되자 나는 두 사람에게 상담 시간이 다 끝났다고 말했다. 둘은 느릿느릿 사무실을 나갔고, 밥은 안개가 너무 짙다고 투덜거렸다. 지난주에는 날씨가 아주 화창하고 좋았지만 역시 밥은 해가 너무 쨍쨍하다고 투덜거렸다. 볼튼 부부가 가고 나면 황은 온 사무실 안에 방향제 스프레이를 뿌려대고 나서 창문을 열어젖히곤 했다. 아마 진의 끔찍한 향수 냄새를 빨리 없애고 싶은 모양이었다.

오후 1시 47분, 앨리스에게서 전화가 왔다.

"이겼어!"

엄청나게 흥분한 목소리로 앨리스가 외쳤다.

"최고야! 당신 정말 대단해!"

"지금 팀원들이랑 같이 점심 먹으려고 하는데, 당신도 올래?"

"팀원들끼리 승리를 만끽하도록 해. 우리는 오늘 밤에 축하하면 되지. 어디서 밥 먹으려고?"

"다들 포그 시티에 가고 싶대."

"혹시 비비언이랑 우연히 마주치지 않게 조심해."

"만약 내가 사라지면 차는 배터리랑 엠바카데로 교차점에 있으니까 그렇게 알아. 다 당신이 가져."

앨리스의 목소리가 아주 명랑했기 때문에 평소와 전혀 다를 바 없다는 느낌이 들었지만, 지금 이 상황이 평소와 매우 다르다는 사실을 잘 알고 있었다. 나는 앨리스에게 일부러 하프문베이 공항에 갔다는 이야기를 하지 않았다. 어차피 나중에 알게 될 소식이니 지금은 일단 승리를 자축하도록 내버려두고 싶었다.

전화를 끊은 뒤 나는 책상에 앉아 이메일을 건성으로 체크하고 나서 오늘 아침 키어런과 나눈 대화를 다시 한번 생각해보았다. 만약 앨리스가 그곳에 갔다면 어떻게 되었을까? 키어런이 앨리스를 비행기에 싣고 데려갔을까? 그럼 어디로 갔을까? 앨리스는 언제쯤 돌아올 수 있었을까? 앨리스는 그 자리에서 키어런과 싸웠을까, 아니면 자신의 운명을 받아들이고 고분고분 비행기에 탔을까? 나는 몇 년 전 〈라이프〉지에서 본 으스스한 사진 한 장을 떠올렸다. 사우디아라비아의 울타리를 친 어느 구역 안에 있는 남자 한 무리의 사진이었다. 밑에 달린 설명에 의하면 그들은 절도죄 판결을 받고 손목이 잘리는 형벌을 받게 된 사람들이라고 했다. 그 사진에서 가장 충격적이었던 점은 모든 사람들이 하나같이 차분한 표정으로 얌전히 앉아 그 끔찍한 공포를 기다리고 있다는 사실이었다.

나는 집으로 돌아가 차를 몰고 반도 쪽으로 내려갔다. 목적지는 드래거스 마켓이었다. 점원들 중에서 키가 작고 통통한 엘리자라는 여자가 가게 안으로 들어오는 나를 보고는 손을 흔들어주었다. 최근 들어 그들은 나를 완전히 단골 취급하고 있었다.

"난 장 보는 남자가 참 좋더라."

엘리자는 내가 계산대에 설 때마다 그렇게 말하곤 했다. 그렇게 자주 드나들었음에도 불구하고 아직까지 조앤을 마주치지 못했고 오늘 또한 다르지 않았다. 나는 앨리스에게 줄 꽃과 승리를 축하하기 위한 뵈브 클리코 한 병을 샀다. 그리고 내가 먹을 쿠키도 좀 샀다.

이윽고 나는 조앤을 기다리기를 포기하고 계산대로 향했다.

"난 장 보는 남자가 참 좋더라."

엘리자는 또다시 그렇게 말했다. 그리고 쿠키를 쓱 쳐다보더니 내게 툭 내뱉었다.

"친구, 장바구니에 단백질 좀 챙겨요."

"네?"

내가 지나치게 당황하자 엘리자는 웃으면서 말했다.

"단백질 말이에요, 단백질. 쇠고기, 돼지고기, 뭐 아무튼 트랜스지방이 함유되어 있지 않은 음식 같은 거."

나는 엘리자의 웃음이 순수한 미소인지 아니면 경고의 의미를 띤 미소인지 판단할 수가 없었다. 나는 스스로를 타일렀다. 저 사람은 엘리자야. 친절하고 다정한 엘리자라고. 엘리자가 말한 '친구'는 그냥 친근한 호칭일 뿐이지 '협정'에서 말하는 '친구'가 아니란 말이야.

"그런 것만 먹다가는 죽을 거예요."

엘리자는 윙크를 덧붙이며 말했다. 나는 봉투를 움켜쥐고 문밖으로 뛰쳐나와 주차장에 별문제는 없었는지 둘러보았다. 하지만 무슨 문제가 생겼다 한들 내가 어떻게 알 수 있겠는가? 주차장에 세워진 자동차들은 평소와 다를 바 없이 테슬라, 랜드로버, 그리고 더러 섞인 BMW 3 시리즈와 프라이어스 차량이 전부였다. 나는 제발 편집증 환자처럼 굴지 말자고 스스로에게 야단을 쳤지만 그것도 생각처럼 잘 되지 않았다.

앨리스는 6시가 되기 조금 전에 집에 도착했다. 나는 오늘 아침 하프문베이에 가겠다고 앨리스에게 남겼던 메모지를 잽싸게 버렸다. 그 소식은 내일 말하는 게 나을 것 같았다. 앨리스는 아직도 승리감에 젖어 있었고, 한참이나 이어진 점심 식사의 여운에서 통 깨어나지 못하고 있었다. 앨리스의 기쁨은 내게도 금세 전염되었기에 나는 몇 달 동안 계속 나를 괴롭히던 불편함을 떨쳐버릴 수 있었다. 완전히 지워버린 건 아니었지만 그래도 앨리스 덕분에 잠깐 마음속 한구석으로 밀어낼 수는 있었다. 나는 접시에 치즈와 크래커를 담아서 내왔고 앨리스는 샴페인을 터뜨렸다. 우리는 침실 옆에 있는 작은 발코니에 자리를 잡았다. 해는 막 지려는 참이었고 안개도 점점 더 모여들고 있었지만 그래도 침실에서 보이는 아주 작은 바닷가 경치를 누릴 수 있었다. 우리가 감당도 안 되는 비싼 집을 사게 된 이유 중 하나가 바로 이 작지만 완벽한 오션 뷰였다. 그 경치를 더욱 특별하게 만들어주는 것은 바다뿐만이 아니라 땅딸막한 1950년대풍의 집들이 죽 늘어서 있는 풍경, 펑키한 뒷마당, 골든게이트 공원에 면하고 있는 풀턴 스트리트를 따라 늘어서 있는 아름다운 나무들도 있었다.

우리는 발코니에 앉아 샴페인 병을 비웠다. 앨리스는 법정에서 있었던 일을 계속해서 되풀이해 이야기했다. 신경질적인 판사는 물론 반대 측 변호사들의 말투까지 똑같이 흉내 내면서. 앨리스의 연기가 너무나 그럴듯한 나머지 나는 내가 그 법정에서 앨리스와 함께 있었던 듯한 착각마저 들었다. 앨리스가 이 일에 엄청나게 심혈을 기울였다는 사실을 잘 알고 있었기에 나는 아내가 자랑스러웠다.

파일럿과의 불쾌한 만남, 볼튼 부부와 보내야만 했던 끔찍한 시간, 그리고 강박적으로 드래거스 마켓을 찾아갔던 일들은 점점 머릿속에서 사라져갔다. 그 모든 시간 동안 나는 최대한, 소위 말해 '사려 깊게' 행동하려고 의도적으로 매우 노력했다. 하지만 앨리스와 함께하는 이 시간, 앨리스의 성공을 축하하고 우리가 함께 있다는 사실 자체를 즐길 수 있는 이 편안하고 사적인 시간은 그야말로 가장 완벽한 의미에서 결혼 생활의 정수라고 할 수 있었다. 할 수만 있다면 이 시간을 병에 담아 보관하고 싶었고, 매일같이 되풀이해서 맛보고 싶었다. 이 순간을 마음속에 잘 새겨두었다가 가장 필요할 때 꺼내고 싶었다. 앨리스에게도 똑같이 행동해달라고 요구하고 싶었지만, 그건 모순일 것이다. 만일 내가 앨리스에게 지금 이 순간을 소중하게 간직하고 기억해달라고 말한다면 결국 이 행복은 어차피 흘러갈 것이고, 상황이란 언제든 나빠질 수 있다는 사실을 괜히 상기시키기만 하는 짓일 테니까.

그때 앨리스의 휴대전화가 울리는 바람에 나는 순간적으로 몽상에서 깨어났다. 하마터면 전화를 받지 말라고 할 뻔했지만 앨리스는 이미 휴대전화를 건드리고 있었다.

앨리스가 미소를 짓는 모습을 본 나는 안도의 한숨을 내쉬었다. 상대는 알바니아의 해안가 시골 저택에 살고 있는 앨리스의 의뢰인 지리 카자네였다. 그는 지금 막 성공했다는 낭보를 들은 모양이었다. 앨리스는 웃으면서 휴대전화를 손으로 막고 그가 〈슬로건 만들기〉의 차기작에 등장하는 인물에 자신의 이름을 붙였다는 소식을 전해주었다.

"글쎄 나는 유렌 파일이라는 아주 중요한 문서의 사라진 페이지를 찾는 사건을 해결한 타자수 앨리스고, 카자네가 그러는데 당신은 다이티 호텔의 보체(구기 종목의 한 가지) 코트에서 일하는 직원이 될 수도 있대. 작은 부분이지만 중요한 역할이래."

앨리스는 내게 윙크를 하고 나서 카자네에게 물었다.

"최종적으로 타자수 앨리스랑 보체 코트 직원 제이크는 사랑에 빠져서 행복하게 살게 되나요?"

긴 침묵이 흘렀다. 아마 대답이 복잡한 모양이었다. 이윽고 앨리스가 나를 돌아보았다.

"진정한 사랑이 될지 어떨지는 모르겠지만 둘 다 노력은 할 거래."

35장

한밤중에 갑자기 누군가가 정문을 쾅쾅 두드리는 소리에 깜짝 놀라 잠에서 깼다. 집 안을 돌아다니며 모든 창밖을 확인해봤지만 아무것도 없었다. 집 주변은 밤늦은 시간이 되면 쥐죽은 듯 고요해지는 곳이다. 바다에서 부는 산들바람과 짙은 안개 때문에 모든 소리가 지워지기 때문이다. 손전등으로 마당에 불빛을 비춰봤지만 여전히 아무것도 없었다. 뒷마당 울타리 쪽을 둘러보니 손전등 불빛에 비친 너구리 네 마리의 새빨간 눈동자만이 음산하게 빛나고 있었다.

앨리스는 아침이 되어도 세상모르고 곤히 잠들어 있었다. 어젯밤 누운 자리에서 1센티미터도 움직이지 않은 모양이었다. 나는 커피를 끓이고 베이컨과 와플을 굽기 시작했다. 한 시간이 지나자 앨리스가 부엌으로 들어왔다.

"베이컨!"

앨리스는 내게 키스를 한 뒤 말끔히 정리된 옷가지를 보았다.

"나 혹시 몇 주일씩 잠들어 있었던 것 아니야? 오늘 며칠이야?"

"베이컨이나 먹어."

내가 말했다.

"내 생각인데 우리가 걱정할 필요는 하나도 없는 것 같아. 아무 일도 안 일어났잖아."

앨리스는 아침 식사를 하면서 말했다.

그제야 나는 앨리스에게 파일럿 만난 이야기를 털어놓았다. 굳이 어제 하지 않았던 이유는 법정에서 거둔 승리에 흠뻑 젖어 있던 앨리스의 기쁨을 망치고 싶지 않아서지만 앨리스도 알아야 했다. 혹시 비비언이나 데이브, 더 나쁠 경우 피니건이 전화를 걸기라도 했을 때 앨리스가 깜짝 놀라는 일은 원치 않았다. 나는 파일럿의 억양과 짜증스러운 언동, 그리고 앨리스가 나타나지 않을 거라는 사실을 좀처럼 믿지 않던 태도에 대해 이야기했다. 그리고 파일럿과 나눈 짧은 대화도 그대로 전달했다.

"피니건을 그냥 이름으로 불렀다고?"

앨리스가 얼굴을 찌푸리며 물었다. 나는 고개를 끄덕였다.

앨리스는 내 목을 끌어안고 내 머리카락을 손가락으로 감아 돌리며 말했다.

"나 대신 가줘서 정말 고마워."

"우리가 함께 극복해야 할 일이야."

"혹시 그 남자가 나한테 뭐 전하라던 말 없었어? 아니면 무슨 물건을 전해주라든가."

"물건 같은 건 안 갖고 있던데."

"나를 어딘가로 데려갈 기세였어?"

"응."

앨리스는 부드럽게 한숨을 내쉬었다. 두 눈썹 사이로 깊은 주름이 새겨졌다.

"그랬구나."

"나가서 산책이라도 하자."

내가 제안했다. 대화를 나누고 싶었지만 팔찌 사건 이후로, 그리고 어제 일 이후로 우리 집 안에서조차 안전하게 이야기를 할 수 있을지 의심스러운 상황이었다.

앨리스는 침실로 가서 청바지와 스웨터, 그리고 폭신한 코트로 갈아입고 나왔다. 밖으로 나가자 앨리스는 거리를 휙 둘러보았다. 나도 마찬가지였다. 우리는 왼쪽으로 꺾어 늘 가는 오션 비치 쪽으로 향했다. 앨리스는 목적의식을 갖고 빠르게 걷고 있었고 우리는 둘 다 아무 말이 없었다. 백사장에 발을 들이고 나서야 앨리스는 다소 경계심이 풀린 듯했다. 우리는 해안선을 따라 나란히 걸었다.

"제이크, 당신도 알겠지만 난 당신이랑 결혼해서 정말 행복해. 무엇과도 바꾸고 싶지 않아. 이런 말을 하면 이상하게 생각할지 모르겠지만 난 피니건 사건에서 이기고 난 뒤 우리 팀 모두가 회의실에 모였을 때가 자꾸 떠올라. 대표들이 나를 부르고, 회의실 안은 사람으로 가득 차고, 갑자기 난 피니건과 나란히 서 있어. 프랑켈이 내가 곧 결혼할 거라고 말하고, 피니건은 아주 정중하게 나를 포옹하면서 이렇게 말해. '난 결혼식을 아주 좋아합니다.' 그래서 난 대답하지. '그럼 제 결혼식에 와주시겠어요?'라고 말이야.

그 말이 내 입 밖으로 흘러나와 피니건을 결혼식에 초대하게 되었을 때까지만 해도 무슨 일이 벌어질지 전혀 몰랐어. 심각하게 생각하지도 않았고. 그 방에 있던 모든 사람들이 다 웃음을 터뜨렸어. 피니건이 '초대해주셔서 영광입니다. 꼭 참석하겠습니다'라고 말하니까 기묘한 침묵이 흘러. 모든 사람들이 그 유명한 피니건의 관심을 조금이라도 끌기 위해 엄청나게 열심히 일했어. 일반 사람들과 전혀 교류가 없을 것 같은 전설적인 인물이었으니까. 다들 방금 일어난 일에 완전히 굳어지고 만 것만 같아. 내게 베풀어준 그 자상한 한마디에. 하지만 물론 나 스스로도 피니건이 진심으로 그런 말을 했다고는 생각하지 않아. 피니건은 떠나기 전에 내 자리에 들러. 청첩장이 지금 막 배달돼서 상자는 아직 책상 위에 있어. 피니건은 나를 보고 물어. '그래서 결혼식은 어디서 치러지나요?' 나는 상자 맨 위에서 청첩장 하나를 뽑아서 피니건에게 건네줘. 너무나 자연스럽게 이루어진 일이었어. 마치 우리 모두가 농담이라고 인정하고 싶지 않은 농담의 연장선상에 있는 행동 같아. 아니면 그냥 내 생각에 불과했을지도 모르고. 하지만 그가 가고 난 후에야 난 피니건이 전혀 농담으로 그런 행동을 한 게 아니라는 사실을 깨달았어. 제이크, 여기가 제일 이상한 부분이야. 마치 피니건은 무슨 일이 벌어질지 미리 알고 있었던 것 같아. 일부러 그렇게 의도한 것 같단 말이야."

"그럴 리가 있나."

"확신할 수 있어?"

우리는 물가 가까운 곳에 서 있었다. 앨리스는 신발을 벗어서 뒤로 집어던진 뒤 맨발로 모래를 밟았고 나도 마찬가지로 행동했다. 나는 앨리스의 손을 잡고 파도 속으로 함께 걸어 들어갔다. 물은 얼어붙을 정도로 차가웠다.

"제이크, 우리 결혼식 날은 정말로 마법 같은 하루였고 난 아무런 후회도 하지 않아. 피니건을 만난 것도, 그리고 믿을지 모르겠지만 '협정'에 대해서도 후회는 안 해."

나는 이 말을 머릿속으로 처리하려 애를 썼고, 내가 앨리스의 말을 이해하고 있다고 생각했다. 마치 이소벨이 자신의 존재가 자기 아버지의 불행 위에 성립되어 있다는 말을 들었을 때의 기분 같았다. 가끔 어떤 두 가지는 서로 결코 분리될 수 없는 경우가 있다. 한번 뒤엉켜버리면 완전히 한 몸이 되어버린다. 시간을 되돌린다고 해도 나쁜 일은 물론 좋은 일도 돌이킬 수 없다.

"제이크, 당신은 나한테 정말 잘해줬어. 그리고 난 그럴 만한 가치 있는 사람이 되고 싶었어."

"당신은 이미 충분히 가치가 넘쳐."

몇 미터 떨어진 곳에서 서퍼 하나가 잠수복 지퍼를 올리고 발목의 끈을 묶고 있었다. 개 한 마리가 그 옆에 서서 헥헥거리고 있었다. 앨리스와 나는 서퍼가 개의 머리를 쓰다듬고 나서 파도를 헤치고 바다로 걸어들어가는 모습을 지켜보았다. 개는 서퍼를 따라 들어가려 했지만 주인이 "저리 가, 마리안" 하고 해변을 가리키자 금세 그 말을 따라 다시 헤엄쳐 나왔다. 개한테 마리안이라는 이름을 붙이다니 정말이지 우스꽝스러운 일이었다.

앨리스가 말을 이었다.

"어렸을 때 나는 아주 독립적이고 의지가 강한 아이였는데 엄마는 가끔 너랑 결혼할 남자가 불쌍하다고 했어. 내가 점점 나이를 먹어가면서 엄마는 내가 절대 결혼하지 않을 거라고 했지. 한 번은 엄마는 아빠랑 결혼해서 즐겁게 잘 살고 있지만 그렇다고 내게 결혼이 꼭 필요한 건 아니라고 한 적도 있어. 나는 내 방식대로 내 길을 찾으면 된다고 말이야. 난 행복을 스스로 만들어가고 싶었어. 하지만 가끔 엄마의 말 속에서 행간을 읽어보면 아마 엄만 내가 결혼할 상대방을 실망시킬 거라고 생각했나 봐. 당신이랑 만나고 나서 꽤 시간이 흐른 뒤까지도, 아마 당신 생각보다 더 오래 지난 후에도 난 여전히 내가 절대 결혼을 안 할 거라고 생각하고 있었어."

앨리스의 고백은 충격적이었다. 서퍼는 이제 힘센 두 팔로 파도에 맞서며 첨벙첨벙 노를 저어 나아가고 있었다. 해변에 남은 개는 마치 주인을 집어삼키는 안개에 대항하듯 짖어댔다.

"그리고 이게 제일 재미있는 부분인데, 당신이 내게 결혼하자고 했을 때 내 생각이 맞다는 사실을 깨달았어. 당신과 결혼하고 싶었지만 내가 당신을 실망시킬까 봐 두려웠던 거야."

"앨리스, 당신은 한 번도 그런 적 없어. 그리고 앞으로도……."

"내 말을 끝까지 들어봐."

앨리스는 나를 파도 속으로 깊이 끌어당기며 말했다. 싸늘한 바닷물이 발목까지 차올라 바지를 적셨다.

"첫날 비비언이 와서 우리한테 서명할 서류를 내밀었을 때 난 기뻤어. 비비언이 묘사하는 그 집단이 사이비 종교나 비밀 사회처럼 느껴졌고 솔직히 무서웠어. 그냥 반대 방향으로 도망치고 싶었지만 도망치지 않았어. '협정', 그 상자, 서류, 올라에 대해 이야기하는 비비언의 모든 말들이 나에게 '이건 기회야. 이렇게 되도록 예정되어 있었던 거야. 내가 성공적인 결혼 생활을 지속시킬 수 있게 해주는 수단이란 말이야. 내가 원했던 바로 그거지'라고 생각하게 만들었어. '협정' 속으로 더욱 깊이 들어가면 들어갈수록 나는 그 선물이 점점 더 고마워졌어. 팔찌도, 데이브와 함께 보낸 시간도 지켜보는 당신은 힘들었겠지만 난 그렇게까지 괴롭진 않았어. 오히려 거기서 일종의 목적마저 찾아낼 수 있었어. 팔찌를 끼고 보내던 2주 동안 난 즐거운 긴장감을 느꼈어. 이해가 안 될지도 모르겠지만 거기서 당신과의 아주 강력한 연결 고리를 느꼈어. 지금까지 만났던 그 누구에게서도 느낄 수 없었던 깊은 감정을. 그래서 지금까지 일어난 모든 일들에도 불구하고 '협정'을 만나기 전으로 돌아가고 싶다고는 생각하지 않아. 난 이게 우리가 넘어야 할 시련이라고 생각해. '협정'을 위해서나, 비비언이나 피니건을 위해서가 아니라 우리 스스로를 위해서."

이제 서퍼의 모습은 완전히 시야에서 사라졌다. 마리안은 짖기를 멈추고 불쌍하게 코만 킁킁거렸다. 유아기에 대해 내가 읽은 바에 따르면 연령이 너무 어릴 경우 자기 앞에 없는 누군가, 또는 무언가가 실제로 존재한다는 사실을 뇌가 처리하지 못한다고 한다. 어머니가 방을 나갔을 때 아이가 울음을 터뜨리는 이유는 어머니가 다시 방으로 돌아올 거라는 사실을 모르기 때문이다. 어머니가 항상 곁에 있어주고, 자신의 곁을 떠났다가 돌아오기를 수백, 수천 번 반복해도 당장 사라진 그 순간 아기에게는 그런 경험이 아무런 의미가 없다. 아기가 아는 것은 오로지 어머니가 없다는 사실뿐이다. 아기는 어머니가 다시 돌아오는 미래를 상상할 수 없기 때문에 문자 그대로 절망에 빠진다.

파도가 다가와 부서져 내리며 내 종아리와 앨리스의 허벅지를 적셨다. 우리는 몸을 돌려 파도에게서 달아나며 웃음을 터뜨렸다. 나는 앨리스를 꼭 끌어안고 그 크고 푹신한 코트 밑에 있는 그녀의 날씬한 몸의 감촉을 느꼈다. 지난 몇 분 동안 앨리스는 우리의 관계에 대해 자신이 생각하던 바를 솔직히 털어놓았다. 그것은 내가 지난 몇 년 동안 알고 있던 것보다 훨씬 많은 내용이었다. 덕분에 바로 이 순간, 우리를 위협하는 끔찍한 두려움과 불확실함, 그리고 미지라는 어둠 앞에서도 나는 지금까지 살아온 그 어떤 시간보다 가장 행복했다.

"제이크, 난 이 길을 당신과 함께 걷고 있어서 진심으로 행복해."

"나도야. 정말 사랑해."

집으로 돌아와, 앨리스는 계단 아래에서 내게 키스했다. 순간 넋이 나간 나는 너무 오래 눈을 감고 있었던 바람에 검은 렉서스 SUV 한 대가 우리 집을 향해 들어오는 모습을 미처 보지 못했다. 눈을 뜨자 차는 우리 코앞까지 다가와 있었다. 나는 앨리스의 귀에 입술을 바짝 들이대고 속삭였다.

"제발 부탁이니까 저 사람들한테 다 내 잘못이라고 말해."

36장

잠자는 시간을 제외하면 평균적인 미국인 부부가 하루에 단둘이 보내는 시간은 4분도 채 되지 않는다고 한다.

신부를 뜻하는 영어 단어 '브라이드'는 옛 독일어로 '요리하다'는 뜻에서 유래했다고 한다.

결혼한 부부의 거의 절반 가까이가 7년째에 이혼을 맞이한다.

평균적인 결혼 비용은 평균적인 이혼 비용과 비슷하다. 2만 달러 정도 된다.

자식의 탄생은 결혼의 행복을 65퍼센트가량 깎아버린다. 하지만 자식의 존재는 이혼 가능성 역시 비슷한 수준으로 깎는다.

현대 사회에서 결혼 생활의 성공 여부를 점칠 수 있는 가장 좋은 수단은 부부가 가사를 평등하게 분담하고 있는지에 대한 아내의 체감 수준이라고 한다.

결혼에 관한 흥미로운 기사들은 매년 수도 없이 쏟아진다. 하지만 대부분이 제대로 검토도 하지 않고 내보내는 기사들이며 이 사실은 그다지 놀랍지도 않다. 다양한 연구 분야에 종교와 종교 기관이 미치는 영향력 역시 잘못된 정보를 퍼뜨리는 데 커다란 책임이 있다. 대표적인 예로 사람들이 결혼에 관해 널리 알고 있는 대부분의 상식 중 혼전 동거, 다른 종교를 가진 사람과의 결혼, 혼전 성교가 아주 유해하다는 생각이 있다.

나는 어느 유명한 여성 잡지의 웹 사이트에서 결혼 전에 서로 동거한 부부는 57퍼센트 이상의 확률로 파국을 맞는다는 글을 읽었다. 그 밑에는 작은 각주로 '가족의 가치를 지키기 위한 미국인

연합'의 연구에서 통계를 인용했다고 쓰여 있었다. 하지만 실제 과학적으로 연구한 바에 따르면 동거에 관한 이 일반적인 상식은 명백히 틀렸다. 지금까지 내가 본 수많은 커플들 중 결혼 전에 함께 살았던 사람들의 대부분은 더욱 굳건한 유대감을 가지고 건강한 결혼 생활을 유지하고 있다.

하지만 다양한 연구 전반에 걸쳐, 근거에 구애받지 않고 공통되는 데이터가 딱 하나 있다. 바로 대부분의 부부가 결혼한 직후 3년 동안 가장 행복하게 산다는 사실이다. 앨리스와 나는 결혼한 지 아직 몇 달밖에 되지 않았고 이보다 더 행복한 삶을 상상도 할 수가 없다. 또 한편으로 3년이 지나면 이 행복이 줄어들 거라는 사실도 도저히 상상할 수 없다.

37장

SUV에서 남녀 한 쌍이 내렸다. 모두 정장 차림이었다. 남자는 30대 후반쯤 되어 보였으며 얼굴 생김새가 깔끔하고 여자보다 키가 작았다. 하지만 정장을 맞춘 후 열심히 웨이트트레이닝이라도 한 듯 가슴과 어깨 부분의 옷자락이 팽팽하게 당겨져 있었다. 여자는 운전석 문 옆에 서서 뒷짐을 진 채 서 있었다.

"안녕하세요, 데클런이라고 합니다."

남자는 계단 밑에 서 있는 우리에게로 다가오며 말했다. 키어런처럼 아일랜드 억양이 느껴졌다. 그가 손을 내밀자 나는 그 손을 맞잡았다.

"난 제이크입니다."
"당신은 앨리스겠군요."
"네."
앨리스가 양어깨에 힘을 주고 말했다.
"이쪽은 다이앤입니다."
데클런의 말에 다이앤은 고개를 끄덕였다.
"집 안으로 들어가도 될까요?"
앨리스의 미소에 반항심이 떠올랐다.
"저희한테는 어차피 선택권도 없는데요?"
다이앤은 렉서스 뒷좌석에서 커다란 검은색 더플백을 꺼냈다. 데클런은 앨리스와 나를 따라 거실로 들어왔고, 다이앤은 검은 가방을 발밑에 내려놓은 채 현관 밖에서 대기했다.
"마실 것 좀 드릴까요?"
내가 묻자 데클런이 대답했다.
"괜찮습니다. 그보다 잠깐 앉아서 얘기 좀 하죠."
앨리스는 푹신한 코트를 벗지 않은 채로 파란 의자에 앉았다. 나는 앨리스의 어깨에 손을 짚고 그 옆에 섰다.
데클런은 가방에서 폴더 하나를 꺼내, 그 속에 들어 있던 종이 몇 장을 커피 테이블 위에 늘어놓았다.
"당신은 하프문베이 공항에 오라는 지시를 받았습니다. 맞습니까?"
"네."
내가 끼어들었다.
"앨리스는 그날 아침 법원에 출석해야 했어요. 우리는 '협정'을 나가겠다는 의사를 분명히 밝혔고, 요청이 거절되자 앨리스는 갈 수 없다는 말을 확실히…….”

데클런이 내 말을 가로막았다.

“당연히 이유가 있으리라는 사실을 압니다. 하지만 그걸 판단하는 건 우리가 아니에요.”

그는 앨리스 앞에 종이 한 장을 슥 내밀었다.

“이 서류 맨 아래쪽에 서명하고 날짜를 적도록 하세요. 원한다면 읽어볼 시간도 드리겠습니다. 당신이 지시받은 시간과 장소를 분명히 알고 있었다는 사실을 증명하는 서류입니다.”

“읽겠어요.”

앨리스는 날카롭게 말하고 나서 얼마 안 되는 단락들을 훑어본 뒤 내가 말리기도 전에 서명을 하려 했다. 앨리스가 나를 올려다보며 말했다.

“괜찮아, 제이크. 내가 알아서 할게. 여기 적혀 있는 건 정말로 그 말이 전부야.”

그리고 앨리스는 서명을 했다. 데클런은 앨리스에게 두 번째 서류를 내밀었다.

“이 서류에도 서명해주시겠습니까?”

“이건 뭐죠?”

“당신이 내가 누구인지 알고 있고, 다이앤과 내가 아래 날짜에 당신이 서명한 계약서에 명시되어 있는 요건을 충족시킬 책임이 있다는 사실도 알고 있으며, 비비언 크랜들이 이에 입회하고 공증했다는 사실을 증명하는 서류입니다.”

“그 요건이 뭔데요?”

내가 물었다.

“한마디로 당신 아내가 오늘 오전에 우리와 함께 가야 한다는 말입니다.”

“나도 같이 가겠습니다.”

“아뇨, 앨리스 혼자 가야 합니다.”

“옷 갈아입을 시간 좀 주시겠어요?”

앨리스가 물었다.

“당신이 가긴 어딜 가?”

앨리스가 내 팔 위에 손을 얹었다.

“괜찮아, 제이크. 나는 이 지시를 따르고 싶어. 내 선택이야.”

그러고 나서 앨리스는 데클런을 바라보며 말했다.

“하지만 서명은 하지 않을 거예요.”

“해야 합니다.”

앨리스는 고개를 가로저었다.

“내가 동행하는 일에 서명이 반드시 필요하다면 가지 않겠어요.”

데클런은 밖에서 가만히 듣기만 할 뿐 아무 말도 하지 않는 다이앤 쪽을 쳐다보았다.

“그것도 다 절차예요.”

다이앤이 말하자 앨리스는 어깨를 으쓱했다.

“뭐, 필요하면 누구라도 부르세요. 나는 아무데나 서명할 수 없는 사람이에요. 변호사거든요. 몰랐어요?”

나는 우리가 맨 처음에 서명했던 서류를 떠올렸다. 그리고 오늘 아침에 앨리스가 했던 말에도 불구하고 그때 그녀가 지금만큼 신중했으면 얼마나 좋았을까 하는 생각을 했다. 다이앤은 표정을 읽을 수 없는 얼굴로 말했다.

"좋아요. 어차피 밟아야 할 절차는 아주 많아요. 옷 갈아입고 오면 계속 진행하죠."

데클런이 덧붙였다.

"가능하면 편하고 넉넉한 옷을 입고 오는 게 좋을 겁니다."

앨리스는 침실로 들어가 바닷물 때문에 다 젖은 옷을 갈아입었다. 나도 따라 들어가고 싶었지만 이 정체불명의 2인조를 우리 집 거실에 단둘이 있게 내버려둘 수는 없었다. 이들이 어디에 뭘 감출지 모르는 노릇이었다.

"앨리스는 얼마나 있다가 돌아올 수 있죠?"

데클런이 어깨를 으쓱했다.

"나도 정확히 말하긴 힘들군요."

"어디로 데려가려는 겁니까? 나중에 내가 찾아갈 수 있는 곳이에요?"

"아마 그건 힘들걸요."

다이앤이 말했다.

"최소한 앨리스가 나한테 전화 정도는 할 수 있겠죠?"

"물론이죠."

데클런은 마치 자신이 이 세상에서 가장 이성적인 사람이라는 사실을 증명하기라도 하겠다는 양 미소를 지으며 대꾸했다.

"전화는 하루에 두 통까지 가능합니다."

나는 계속 캐물었다.

"정말로 거기 갔다가 얼마 후에 돌아오는지 알 수 없어요? 앨리스를 데려가서 대체 무슨 짓을 하려는 겁니까?"

데클런은 너무 꽉 끼는 정장 재킷의 어깨 부분을 끌어당겼다. 아마 내가 한 질문에 대답할 수 없는 모양이었다.

"난 정말 모릅니다."

다이앤이 주머니에서 휴대전화를 꺼냈다.

"밖에 있을게요."

그러고 정문으로 나가서 문을 닫았다.

"우리끼리만 하는 얘긴데 이번이 처음이고 당신들이 신혼부부이며 프로그램에 들어온 지 얼마 안 됐다면 최대 72시간이라고 생각하면 됩니다. 보통 그보다 더 짧을 거예요. 뭘 하느냐면 재교육이라고 할 수 있겠죠."

데클런이 말했다.

"교육을 받으러 가는 거란 말인가요?"

"네, 일대일 교육이라고 생각하면 됩니다."

나는 데이브 같은 다른 상담사가 있겠거니 생각했다. 물론 그보다는 더 가혹한 교육이겠지만. 데클런은 말을 이었다.

"나도 정확히는 모릅니다. 말할 수도 없고요. 우린 이런 이야기 한 적 없는 겁니다."

잔뜩 흥분한 앨리스가 침실 서랍장을 마구 열어젖히는 소리가 들려왔다.

"거부하면 앨리스는 어떻게 됩니까?"

데클런이 차분하게 말했다.

"친구, 자꾸 그러지 말아요. 자, 이제부터 무슨 일이 일어날지 말해줄게요. 나는 앨리스와 함께 정해진 절차를 밟고, 앨리스의 여행 준비를 돕고, 앨리스, 다이앤, 나 세 사람은 이곳을 떠납니다. 그 뒤로 어떻게 될지는 전부 당신 아내에게 달린 일이에요. 차를 좀 오래 타야겠지만 그렇다고 괜히 불편하게 느낄 필요는 없어요. 이해했습니까?"

"아뇨, 이해가 안 됩니다."

내 말투 구석구석에서 분노가 뿜어져 나오는 게 느껴졌다. 데클런은 얼굴을 찌푸렸다.

"두 사람 다 소탈하고 현실적인 사람들인 줄 알았는데요. 나는 지금 이 상황에서 아주 약간의 융통성을 발휘할 수 있으니 최대한 편하게 일을 진행하도록 하죠."

마치 서로 신호라도 주고받은 듯 다이앤은 안으로 들어오고 앨리스가 침실 밖으로 나왔다. 앨리스는 레깅스 위로 커다란 스웨터를 입고 검은 스니커즈를 신었다. 그리고 주말여행용 가방과 자신의 이니셜이 앞면에 디자인되어 있는 수수한 캔버스 토트백을 들고 나왔다. 그 속에는 메이크업 가방과 함께 양말 및 청바지 몇 벌이 들어 있었다. 앨리스는 약간 불안해 보이긴 했지만 이상할 정도로 단호한 표정이었다.

"휴대전화랑 지갑 가져가도 돼요?"

데클런은 고개를 끄덕였다. 다이앤은 지퍼백, 라벨지, 형광펜을 들고 다가왔다. 그리고 앨리스 앞에서 지퍼백 주둥이를 열고 그 안에 앨리스의 휴대전화와 지갑을 집어넣은 뒤, 주둥이를 닫고 위에 라벨 스티커를 붙이고 이니셜을 써넣었다. 그리고 마찬가지로 이니셜을 쓰고 있는 데클런에게 지퍼백을 건넸다.

"귀금속은 안 됩니다."

다이앤이 말했다. 그러자 앨리스는 내가 크리스마스 선물로 주었던 흑진주 목걸이를 벗었다. 내게서 선물 받은 이후로 단 하루도 몸에서 떼어놓은 적 없었던 목걸이였다. 나는 보내기 싫은 마음에 앨리스의 손을 잡고 놓지 않았다. 아마 앨리스보다 내가 더 불안할 것이다. 앨리스는 내게 몸을 기울여 키스를 하고는 속삭였다.

"괜찮을 거야. 너무 걱정하지 마."

그러고는 도전적인 눈빛으로 데클런을 쳐다보았다.

"그럼 갈까요?"

데클런은 약간 괴로운 표정으로 앨리스를 바라보았다.

"처음부터 그렇게 협조적이었으면 얼마나 좋았어요."

다이앤이 더플백을 테이블 위에 올려놓았다.

"잠깐 검사를 해야겠어요. 당신 몸에 아무것도 없다는 걸 확인해야 해요."

"진심이에요?"

내가 물었다.

"부인, 잠시 여기 서서 손을 벽에 짚어보시겠어요?"

앨리스는 어이없다는 듯한 미소를 지었다. 딱히 크게 신경 쓸 필요 없는 단순한 게임이라고 생각하는 듯한 웃음이었다.

"좋아요."

앨리스는 다이앤에게 가볍게 대꾸했다.

"정말 꼭 해야 하는 일입니까?"

내가 계속 물었다.

"절차의 일환일 뿐입니다. 우리가 보는 앞에서 자해라도 하면 큰일이니까요."

데클런은 내 눈을 피하며 대답했다. 다이앤이 앨리스의 몸을 더듬어 확인하는 동안 데클런은 나를 돌아보고 말했다.

"솔직히 말해 항상 이렇게 일이 차분하게 이루어지지는 건 아닙니다. 지시를 무시한 사람들은 가끔 우리와 같이 갈 준비가 전혀 되어 있지 않을 때도 있거든요. 물론 절차는 그런 것까지 전부 고려해서 만들어져 있지만요."

앨리스는 내게 등을 돌리고 벽에 손을 짚고 있었다. 비현실적인 광경이었다. 다이앤이 더플백을 집어 들고 사슬 달린 구속 장치를 꺼내 앨리스의 양쪽 발목에 묶었다. 앨리스는 움직이지 않았다.

"아니, 그래도 이건 너무 심하잖아요."

내가 아내 쪽으로 다가가려 하자 데클런이 나를 끌어당겼다.

"이래서 절대로 지시를 무시하면 안 되는 겁니다. 이건 아주 효과적인 억제 방법이죠."

다이앤이 지시했다.

"부인, 몸을 이쪽으로 돌리고 팔을 앞으로 뻗으세요."

앨리스는 시키는 대로 했다. 다이앤은 캔버스천, 버클, 체인으로 이루어진 무언가를 가방에서 꺼냈다. 앨리스는 그게 무엇인지 나보다 먼저 알아보았다. 앨리스의 얼굴이 잿빛으로 변했다. 다이앤은 앨리스가 앞으로 뻗은 팔 위로 구속복을 뒤집어씌웠다.

"도대체 왜 이렇게까지 하는 거야!"

나는 데클런을 향해 달려들었다. 하지만 데클런은 팔뚝으로 내 목젖을 찍어 누르고 왼 다리로 나를 걷어찼다. 내가 바닥에 나자빠지자 데클런은 선 채로 나를 내려다보았다. 나는 꼼짝도 못 하고 숨을 고르느라 정신이 없었다. 너무나 순식간에 벌어진 일이었다.

"내 남편한테 손대지 마!"

앨리스가 속수무책으로 소리만 질렀다.

"제발 좀 쉽게 갑시다, 네?"

나는 뭐라 말하려 했지만 입 밖으로 목소리가 나오질 않아 그냥 고개만 끄덕였다. 데클런은 내 다리를 잡고 질질 끌어서 옆으로 치웠다. 나는 그가 나보다 몸무게가 20킬로그램은 더 나간다는 사실을 비로소 깨달았다. 다이앤이 데클런에게 말했다.

"헬멧 가져와."

"헬멧?"

앨리스가 저도 모르게 중얼거렸다. 목소리에 공포심이 어려 있는 것이 느껴지자 가슴이 터질 것 같았다.

"그럼 소리 지르지 않겠다고 약속해줄래요? 난 조용히 운전하고 싶습니다."

데클런이 물었다.

"네, 네, 당연하죠."

그는 잠시 생각에 잠겼다가 고개를 끄덕였다. 다이앤이 끈으로 앨리스의 다리를 감고 등 뒤에서 매듭을 지어 꽉 묶자 앨리스가 말했다.

"꼭 앞문을 통해서 나가야 하나요? 이웃 사람들에게 이런 모습을 보이고 싶진 않아요. 차고로 나가면 안 될까요?"

데클런이 다이앤을 흘끗 쳐다보더니 말했다.

"안 될 것 없죠."

나는 세 사람이 부엌을 통해 뒤쪽 계단으로 내려가는 모습을 지켜보았다. 버튼을 누르자 차고 문이 느릿느릿 올라가기 시작했다. 데클런은 차량의 잠금을 해제하고 뒷문을 열었다. 나는 계속 스스로에게 이것이 악몽이라고 되풀이 말하고 있었다. 눈앞에서 실제로 일어나고 있는 일이 아니라고.

다이앤은 앨리스를 쿡 찔러 내 쪽으로 밀었다. 앨리스는 잠시 망설이다가 나를 돌아보았다. 한순간 나는 앨리스가 혹시 도주하려는 건 아닐까 걱정했다.

"사랑해."

앨리스는 내게 키스를 하고 눈을 똑바로 바라보며 말했다.

"경찰에 신고하지 마, 제이크. 약속해."

나는 어쩔 줄 몰라 하며 앨리스를 꼭 끌어안았다.

"그만 갑시다."

데클런이 말했다. 내가 꼼짝도 하지 않자 그는 내 어깨를 우람한 손으로 움켜쥐었다. 순간적으로 어깨에 날카로운 통증이 느껴지는 바람에 나는 움찔 놀랐다.

다이앤은 앨리스가 어설프게 뒷좌석에 앉는 것을 도와주었다. 앨리스가 자리를 잡자 다이앤은 안전벨트를 끌어당겨 앨리스의 몸 위로 탁 소리를 내며 채웠다. 나는 가까스로 몸을 일으켰다. 심장이 정신없이 쿵쿵 뛰었다. 데클런이 내게 메모지 한 장을 주었다. 전화번호 하나 말고는 아무것도 적혀 있지 않았다.

"비상시에 연락해요."

데클런은 나와 눈을 똑바로 맞추고 말했다.

"반드시 비상시에만 해야 합니다. 알겠죠? 부인이 전화할 테니 휴대전화 항상 갖고 다니세요. 생각만큼 그렇게 나쁜 일은 아닐 겁니다.”

데클런과 다이앤은 SUV에 올라타고 도로 너머로 사라졌다. 앨리스가 나를 볼 수 있을지 없을지 모르지만 나는 깜깜한 뒷문을 향해 맥없이 손을 흔들었다.

38장

집 안은 너무나 괴괴하고 적막했다. 혼자 남겨진 나는 뭘 해야 좋을지 알 수가 없었다. 텔레비전을 보고, 복도를 어슬렁거리고, 뉴스를 읽고, 시리얼 한 사발을 담았지만 너무 심란해서 목구멍으로 넘어가질 않았다. 결국 전화가 오기만을 기다리며 내내 휴대전화만 쳐다보고 있어야 했다. 솔직히 경찰에 신고하고 싶었다. 앨리스는 왜 내게서 그러지 말라는 약속을 받아 간 걸까? 앨리스가 무슨 생각을 하고 있는지 짐작해보려 애쓰던 끝에 결국 그 의미를 알아차렸다. 납치 사건이 일어났다는 소식이 퍼지면 방송국 카메라가 쇄도할 테고 우리의 사생활에 대한 온갖 추문이 떠돌 것이다. 그럼 앨리스는 망가지고 말리라.

나는 늦게까지 잠을 이루지 못했다. 전화는 울리지 않았다. 앨리스가 어디 있는지, 그들이 앨리스를 얼마나 멀리 데리고 갔는지 궁금해죽을 것 같았다. SUV가 처음 길모퉁이에 나타났을 때 나는 그 차에 다른 주의 번호판이 달려 있는 모습을 보았다. 하지만 어느 주인지 이름은 확인하지 못했고, 색깔과 디자인만 겨우

스치듯 보았을 뿐이었다. 인터넷을 통해 50개 주 각각의 모든 번호판을 다 확인했고 그 번호판이 네바다주의 것이라는 사실을 알아낼 수 있었다.

한밤중이 되어도 여전히 전화는 오지 않았다. 나는 침실로 휴대전화를 가지고 가서 머리맡에 놓아두었다. 그리고 벨소리가 켜져 있는지 수없이 확인했다. 잠을 자려 애썼지만 잠도 오지 않았다. 나는 노트북을 켜고 인터넷을 찾아보기 시작했다. '협정'에 대해 검색해봐도 동일한 제목의 영화와 그 속편에 관한 언급뿐이었다. 전에도 비슷한 검색을 해본 적이 있었지만 결과는 비슷했다. 스크롤을 한참이나 내려보니 동명의 유명한 소설이 나왔다. '결혼 사이비 종교'도 검색했으나 아무것도 나오지 않았다. 그래서 비비언 크랜들을 검색해보고 링크드인에서 찾아내기도 했지만 그녀의 프로필은 비공개로 설정되어 있었다. 그것을 확인하려고 로그인하면 비비언도 바로 알게 될 것이다. 그 외에도 다른 웹사이트에서 비비언에 대한 언급을 몇 가지 발견하긴 했지만 경력이 괜찮다는 것 외에는 별다른 특이 사항이 없었다. 하물며 '협정'의 회원이라는 그 어떤 사소한 단서도 존재할 리가 없었다. 조앤을 검색해보니 더 이상했다. 클래스메이트 닷컴에 UCLA의 졸업 사진이 올라와 있었지만 그게 전부였다. 어떻게 이럴 수 있을까? 어떻게 한 개인이 이렇게까지 인터넷상에서 자취를 감출 수 있을까? 나는 지난번 파티가 열렸던 힐스보로 저택의 주소와 다음 파티 장소로 예정되어 있는 우드사이드 저택의 주소를 검색했다. 부동산 중개 사이트에 의하면 두 집 모두 몇백만 달러씩 하는 곳들이었다. 젠장.

다음으로 나는 비비언을 만난 후로 앨리스가 즐겨찾기에 추가해놓았던 올라에 관한 몇 가지 글들을 찾아서 읽었다. 올라의 업적에 관한 글은 수없이 많았고 사진도 몇십 장 있었다. 올라는 누가 봐도 아주 성공한 변호사였다. 〈가디언〉지에는 공직에 출마하는 일을 두고 갑론을박을 벌이는 기사도 몇 개 있었다. 하지만 그게 다였다. 나는 구글 지도를 확대해서 비비언이 언급했던 아일랜드의 래슬린 섬에 대해 찾아보았다. 지도는 흐릿하고 해상도가 낮았으며 구글은 그 섬을 전혀 중요한 곳으로 취급하지 않았다. 나는 섬의 해변을 훑어보며 집이나 마을이 있는지 살폈다. 하지만 대부분 안개와 구름으로 뒤덮여 있었다. 위키피디아의 설명에 따르면 그 섬은 1년에 300일은 비가 오는 곳이라고 했다.

혹시 앨리스가 내게 접촉 시도를 하지 않았나 싶어 이메일을 체크했지만 아무 메일도 오지 않았다. 앨리스의 소식을 들으려면 얼마나 기다려야 하지? 그리고 난 대체 뭘 할 수 있단 말인가? 데클런이 '꼭 위급 상황에만' 걸라고 줬던 전화번호로 연락하는 건 별로 좋은 생각이 아닌 것 같았다. "나는 이 지시를 철저히 따르고 싶어. 내 선택이야"라던 앨리스의 말이 자꾸 머릿속을 맴돌았다.

앨리스에게 문자 메시지를 남겼지만 메시지 앱을 아무리 들여다봐도 앨리스가 읽었다는 표시는 뜨지 않았다. 그러고 보니 앨리스의 휴대전화는 지퍼백에 담긴 채 작은 상자 속에 들어 있다는 사실이 떠올랐다. 아마 그 비슷한 작은 상자들로 가득 찬 거대한 창고가 따로 존재할 것이다. 모든 상자 속에는 휴대전화가 들어 있고, 그 휴대전화들은 전부 배터리가 다 닳을 때까지 계속 벨이 울리고 문자 메시지 수신음을 낼 것이다.

다음 날 아침 5시 45분, 휴대전화 벨소리가 울리자 놀라서 벌떡 일어났다. 그러나 잘못 걸린 전화였다.

나는 일어나서 샤워를 했다. 옷을 입고 있는데 휴대전화가 다시 울렸다. 모르는 번호였다. 떨리는 손으로 통화 버튼을 눌렀다.

"앨리스?"

그러자 녹음된 음성이 들려왔다.

"네바다주의 교정 시설 재소자에게서 전화가 와 있습니다. 삐 소리가 울리면 '받는다'고 말씀해주세요."

재소자? 그게 무슨 소리야?

"받는다."

삐 소리가 울리고 다른 녹음 음성이 들렸다.

"모든 대화 기록은 저장될 수 있습니다. 모든 통화는 3분으로 제한됩니다."

다시 삐 소리가 나고 전화가 연결되었다.

"제이크?"

"앨리스? 맙소사, 당신 목소리를 들으니 이제야 좀 안심이 되네! 당신 괜찮아?"

"다 괜찮아."

"지금 어디야?"

"네바다."

"그건 알아. 정확히 네바다의 어딘데?"

"그냥 아무것도 없는 한복판이야. 80번 도로를 타고 쭉 달리다가 사막으로 나와서 또 비포장도로를 한참 달려서 도착한 곳이야. 길거리 표지판을 유심히 봤는데 금방 시야에서 놓쳤어. 그야말로 아무것도 없는 곳으로 가는 길이더라고. 여기서 몇 킬로미터 떨어진 곳에 있는 주유소를 빼면 현대 문명 자체가 존재하질 않아. 온통 콘크리트랑 가시철조망 투성이야. 그리고 거대한 울타리 두 개. 데클런이 그러는데 여긴 '협정'이 주에서 빌린 감옥이래."

"맙소사, 도대체 그 인간들 정체가 뭐야?"

"자기, 난 정말 괜찮아. 너무 걱정하지 마."

앨리스가 겁에 질렸다면 목소리만 듣고도 알아챌 수 있었을 것이다. 하지만 앨리스는 전혀 그렇지 않았다. 좀 피곤하고 완전히 넋이 나간 상태일 뿐이었다. 평소처럼 엄청난 자신감을 내뿜지는 않았지만 그렇다고 두려움에 떨고 있지도 않았다. 어쩌면 겁이 났어도 아주 교묘하게 감추고 있는 건지도 모른다.

"일단 흥분을 가라앉혀, 제이크. 어쨌든 그 사람들이 날 감옥에 넣었다는 사실은 확실해. 여긴 어마어마하게 넓지만 사람은 별로 없어. 최소한 내가 본 바로는 그래. 들어오면서 세어보니 내 구역에는 감옥이 40칸 있는데 아마 그중에 사람이 들어 있는 건 내 방이 유일할 거야. 정말 조용하거든. 침대는 작지만 매트리스는 제법 괜찮아. 열 시간은 잔 것 같아. 오늘 아침에는 누가 문에 난 구멍을 통해서 금속으로 된 식판에 음식을 담아서 집어넣어 주는 소리에 잠을 깼어. 메뉴는 초리소 소시지랑 오믈렛이었는데 정말 맛있었어. 커피랑 크림도 아주 괜찮았고."

날카로운 삐 소리가 들리고 통화가 녹음될 수 있다는 안내 음성이 다시 흘러나왔다.

"당신 혹시 다른……."

나는 올바른 말을 찾으려다가 그 단어를 떠올리고 혼자서 깜짝 놀랐다.

"다른 죄수들은 못 만났어?"

"봤어. 오는 길에 리노에 들러서 남자 하나를 픽업했거든. 그런데 상태가 굉장히 안 좋아. 우리가 그때 그나마 협조적으로 행동해서 정말 다행이라는 생각이 들었지 뭐야. 헬멧 쓴 걸 보니 너무 끔찍한 거야. 게다가 여기 오는 내내 땀을 폭포수처럼 흘렸는데 입에 재갈을 물고 있어서 아무 말도 못 해."

"그게 무슨 가학적인 짓이야!"

"하지만 반대로 생각하면 그 사람도 여기에 오겠다고 동의한 거잖아? 데클런도 다이앤도 그 남자를 집에서 억지로 끌어내지는 않았어. 난 그 사람이 걸어와서 차를 타는 모습까지 봤는걸."

경고음이 또 들려왔다. 통화 시간이 앞으로 1분밖에 남지 않았다는 안내였다.

"언제쯤 거기서 나올 수 있을 것 같아?"

나는 절망적인 기분으로 물었다.

"아마 금방 나갈 수 있을 거야. 한 시간 후에 내 변호사랑 만날 예정이거든. 글쎄 원래 모든 사람들에게 국선 변호사를 붙여주는 게 규칙이래. 제정신이 아니야. 맛있는 음식이랑 주위에 사람이 없다는 사실만 제외하면 진짜 감옥에 갇힌 것 같아. 나 지금 심지어 죄수복을 입고 있다고. 새빨간 바탕에 앞뒤로 '재소자'라고 커다란 글씨로 적혀 있어. 옷감은 굉장히 부드럽고 질이 좋지만."

죄수복을 입은 앨리스의 모습을 상상해봤지만 영 어울리질 않았다.

"제이크, 당신 내 부탁 하나만 들어줄 수 있어?"

"뭐든지 말만 해."

나는 이 통화가 영원히 이어지길 바랐다. 빨리 아내를 품에 다시 안고 싶었다.

"출근해서 에릭한테 이메일 한 통만 보내줄래? 내일 밤에 몇 가지 서류 작업을 할 예정이라 늦게까지 깨어 있을 거라고 말해 놓고 깜박 잊고 있었거든. 아무 말이나 좀 지어내서 둘러대줘. 아이패드에 메일 주소가 있을 거야."

"알았어. 나중에 다시 전화할 거지?"

"노력해볼게."

또다시 삐 소리가 들렸다.

"사랑해."

"나도 사……."

앨리스도 말하려 했으나 이미 전화는 끊어진 후였다.

39장

나는 앨리스가 작은 감방 안에서 편안한 빨간색 죄수복을 입고 앉아 있는 모습을 도저히 지울 수가 없었다. 당연히 흥분했고 두렵기도 했다. 도대체 앨리스에게 무슨 일이 생겼으며 언제쯤 집에 돌아올 수 있을까? 정말로 괜찮은 걸까? 하지만 솔직히 말해 영혼 깊은 곳의 아주 작은 한구석에서 나는 한 줄기의 행복을 느꼈다. 복잡한 기분이었다. 앨리스가 나를 위해, 그리고 우리의 결혼 생활을 위해 이토록 고귀한 희생을 치르고 있는 모습을 지켜보면서 약간의 기쁨을 느끼는 게 정말로 그렇게 큰 잘못일까?

나는 휴대전화를 충전기에 꽂고 나서 앨리스의 아이패드를 찾아 집 안을 뒤지고 다녔다. 도무지 어디에서도 찾을 수가 없었다. 앨리스의 가방과 화장대 서랍도 모조리 열어보고 차고에도 가보았다. 앨리스의 차는 낡은 파란색 재규어 X 타입이었다. 앨리스는 어느 음반 회사와 첫 번째이자 유일하게 잘 팔린 음반을 계약하면서 받은 선금으로 그 자동차를 샀다. 음악 장비와 침실 서랍 뒤쪽 구석에 처박혀 있는 옷 몇 벌을 제외하면 앨리스의 음악 생활에서 남은 물건은 그것이 유일했다. 한번은 앨리스가 농담 삼아 이런 말을 한 적이 있었다. 만약 내가 처신을 똑바로 하지 않으면 뒤도 돌아보지 않고 저 재규어를 몰고 예전의 삶으로 돌아가버릴 거라고.

차 안에는 종이, 파일, 신발이 산더미처럼 쌓여 있어 엉망진창이었지만 그것은 앨리스 나름대로 완벽하게 정리해놓은 상황이었다. 앨리스는 항상 자신에게도 시스템이 있다고 주장했고, 자기가 찾는 물건이 어디 있는지 알고 있다고 했다. 뒷좌석에는 혹시 잠깐 해변을 산책하거나 퇴근길에 골든 게이트 공원에서 바람을 쐴 때 신을 용도로 여벌의 운동화 한 켤레를 챙겨두고 있었다. 검정 부츠도 있었는데 아마 나이키 신발을 신고 시내를 돌아다니는 모습을 남들에게 보여주기 싫었던 모양이었다. 그리고 검은색 플랫슈즈 한 켤레도 있었다. 출근해서 사무실 안을 돌아다닐 때 발도 아프고 불편한 힐을 벗고 대신 신을 용도였다. 메이커 청바지와 검은 캐시미어 스웨터, 하얀 티셔츠, '만일을 대비한' 여벌의 브래지어와 속옷, 해변에서 입을 패딩 조끼, 시내에서 입을 코트 등으로 꽉 찬 쇼핑백도 있었다. 사실 샌프란시스코에 사는 사람 입장에서는 어느 정도 선까지는 충분히 이해할 수 있는 준비물들이었다. 집에서 나올 때는 반팔 차림이었어도 10분 후에는 안개 때문에 바로 코트가 필요해질 수도 있으니까. 하지만 앨리스는 좀 도가 지나치다. 나는 엉망으로 쌓인 옷과 신발 더미를 보면서 어이가 없어 웃음만 나올 뿐이었다. 기가 막히긴 했지만 또 앨리스답다고 느껴지기도 했다.

나는 조수석 앞 글러브 박스 안에서 아이패드를 찾아냈다. 앨리스의 다른 모든 전자기기와 마찬가지로 전원이 나가 있었다. 늘 있는 일이었다. 앨리스는 전자기기를 충전한다는 개념을 갖고 있지 않은 터라 배터리가 꺼지면 불량 배터리라고 우겨댔다. 내가 지난 몇 년 동안 앨리스의 휴대전화와 컴퓨터와 충전기들을 찾아내서 주방에다 쭉 늘어놓고 서로 맞는 녀석들을 찾느라 날린 시간들을 되찾을 수만 있다면 아마 몇 살은 더 젊어질 수 있을지도 모른다.

찾은 물건을 가지고 집 안으로 올라간 나는 아이패드를 켜고 에릭의 이메일 주소를 찾아보았다. 그런데 성이 기억나지 않았다. 에릭은 앨리스의 직장 동료 중에서 다소 젊고 몸집도 작고 성격이 사근사근한 타입이었다. 나는 그런 사람이 어떻게 로펌에서 그렇게 오래 버틸 수 있는지 늘 신기하게 느껴졌다. 그곳은 상어들이 사는 수조였고, 젊은 직원들은 식사 시간에 먹이로 던져지는 곳이었다. 에릭과 앨리스는 다양한 사건과 업무를 도와주면서 아주 가까운 사이가 되었다.

"전쟁이 발발할 것 같은 분위기에는 동맹국이 필요하잖아."

밀 밸리의 어느 레스토랑에서 내가 에릭 부부를 처음으로 만난 날 밤 앨리스가 했던 말이었다. 나는 그 두 사람이 아주 마음에 들었고, 앨리스네 로펌 사람들 중 유일하게 함께 있어도 괜찮다고 느껴졌다.

그럼에도 불구하고 그의 성이 여전히 생각나지 않았다. 고모들 중 한 명이 이른 나이에 치매가 온 이후로 나는 뭔가 단순한 것을 잊어버릴 때마다 혹시 나도 지금 그 순간을 맞이했고 이제 모든 것이 내리막길로 곤두박질치는 게 아닌가 하고 생각하곤 했다.

이메일을 찾아보니 에릭은 두 명 있었다. 리바인과 윌슨. 나는 먼저 윌슨부터 클릭했다가 문득 그 이름이 내게 왜 이렇게 친숙하게 느껴지는지 깨달았다. 에릭 윌슨은 앨리스가 예전에 보컬을 맡아 했던 밴드 '래더'의 베이스 주자이자 서브 보컬이었다. 래더는 아무도 모를 정도로 무명 밴드는 아니었지만 그리 오래가지는 않았다. 한번은 우편으로 도착한 여러 권의 음악 잡지를 읽다가 우연히 래더에 대한 언급을 찾아냈다. 맨체스터의 어느 댄스 밴드 소속 기타리스트의 인터뷰였는데, 그는 자신이 초기에 영향을 받은 여러 장의 앨범 중 하나로 래더의 음반을 꼽았다. 앨리스에게 그 이야기를 하자 앨리스는 농담으로 받아들이고 아무렇지 않은 척했지만 며칠 후 침대 옆 테이블에서 인터뷰 페이지가 펼쳐져 있는 것을 발견했다.

'앨리스, 그 멍청이하고는 그만 헤어지고 나한테 돌아오면 안 될까?'

그것은 우리가 결혼하기 전주에 온 이메일이었다. 나는 메일함을 쭉 내려 몇 통의 친근한 이메일이 오갔음을 확인했다. 대부분 음악과 예전 시절에 관한 내용이었다. 목록에는 에릭 윌슨에게서 온 새 메일들이 몇 개 더 있었지만 많지는 않았다. 그 메일들을 열어보고 싶은 욕구에 시달렸지만 옳은 일이 아닌 것 같았다. 게다가 내가 똑바로 기억하고 있다면 매뉴얼에도 훔쳐보기에 대한 항목이 있을 터였다. 나는 거실에 있던 매뉴얼을 가져와서 색인 페이지에서 '이메일'을 찾았다. 4.2.15에 관련 항목이 있었다.

> 절대로 이메일을 몰래 훔쳐봐서는 안 된다. 견실한 관계는 서로 간의 신뢰 위에 성립될 수 있으며 훔쳐보기는 신뢰에 흠집을 내는 행위이다. 불신 또는 불안에서 비롯된 이메일 훔쳐보기는 2급 중범죄로 처벌된다. 지속적인 이메일 훔쳐보기에는 같은 등급의 처벌이 주어지지만 거기에 4점의 벌점이 부가된다.

나는 색인을 덮고 '벌점' 항목을 찾아보았다. 해당 페이지에 따르면 '벌점'은 '모든 위반 행위에 적용될 수 있는 적절한 처벌의 지수를 말한다. 벌점 지수는 양 또는 질, 혹은 양과 질로 판단된다'라고 적혀 있었다.

도대체 이딴 걸 누가 작성한 거야?

나는 에릭 리바인의 이메일을 찾아서 앨리스가 식중독에 걸려서 내일 계획된 대로 일을 할 수가 없을 거라는 메일을 보냈다. 그리고 아이패드를 내려놓은 뒤 침실로 컴퓨터를 가져가서 일을 좀 하려 했다. 몇 시간 동안 묵묵히 일을 하던 나는 문득 잠이 들었다. 눈을 뜨니 해는 이미 지고 전화벨이 울리고 있었다. 하루가 다 어디로 갔지? 나는 난장판이 된 부엌을 뒤져 충전기에 꽂혀 있던 휴대전화를 찾아냈다.

"여보세요?"

"와, 당신이 전화 안 받는 줄 알았어."

앨리스가 말했다. 순간적으로 앨리스의 목소리와 억양을 못 알아들을 뻔했다.

"지금 어디야?"

"변호사 사무실 바깥 복도에 계속 앉아 있어. 하루 종일 그 사무실만 들락날락하다가 어마어마하게 큰 카페테리아에서 잠깐 점심을 먹은 게 다야. 나 같은 수감자가 최소한 40명은 되는데 서로 대화를 나누지 못하게 해. 창밖으로는 선인장밖에 없는 사막이 몇 킬로미터씩 펼쳐져 있어. 울타리 두 개랑 엄청 큰 조명등도 보여. 방문자 주차장도 있는데 차는 한 대도 없어. 버스 한 대가 있고 마당이랑 비포장도로……."

"사람은 없어?"

"없어. 정원이 하나 있고 땡볕 밑에 웨이트트레이닝을 할 수 있는 세트가 잔뜩 있어. 감옥 안에 놓으려고 사서 그냥 내버려둔 것 같아."

"변호사는 어때?"

"아시아인이야. 신발이 멋져. 유머 감각도 있어. 왠지 우리랑 비슷한 느낌이 들어. 무슨 잘못을 해서 잡혀왔고, 지금 나를 변호해주는 게 그 사람이 받는 벌인 것 같아. 여기 하루 있었을지도 모르고, 일주일 있었을지도 모르고, 한 달 있었을지도 모르고…… 그건 잘 모르겠어. 자기 자신에 대해서 얘기하는 건 금지 당한 모양이야. 성도 모르고 그냥 빅터라고만 부르고 있어. 여기서는 대부분의 사람들이 서로 이름도 안 불러. 그냥 '친구'라고만 호칭할 뿐이야."

"다음에 무슨 일이 있을지 들었어?"

"내일 아침에 판사 앞에 출석해야 한대. 하지만 빅터는 내가 원하면 미리 끝내줄 수도 있다고 했어. 초범은 항상 쉽게 끝난대. 게다가 판결을 내릴 검사와도 친구 사이라는 거야."

"당신이 도대체 무슨 죄목으로 처벌을 받는대?"

"집중 부족. 1회, 6급 중범죄."

나는 신음했다.

"그게 대체 무슨 소리야?"

"그러니까 '협정'이 보기에 내가 우리 결혼 생활에 필요한 만큼 집중하지 않았다나 봐. 기소장에는 데이브 만나러 갈 때 지각한 것까지 포함해서 세 가지 행위가 문제로 제시되어 있었어. 하지만 제일 큰 문제는 내가 하프문베이에 소환되었을 때 안 간 거래."

나는 그 불합리한 말에 화가 났다.

"그건 결혼 생활에 대한 집중 부족하고 아무 상관도 없잖아!"

"당신이 지금 죄수복을 안 입고 있으니까 그런 소릴 할 수 있는 거야."

"집에는 언제쯤 올 수 있을 것 같아?"

"나도 몰라. 빅터가 지금 검사를 만나는 중이야."

앨리스는 재빨리 말을 덧붙였다.

"제이크, 나 이제 가야 해."

그리고 전화는 끊어졌다. 내일까지 읽어야 할 파일이 있었지만 도저히 일에 집중할 수가 없어서 집 안을 청소하고 빨래도 했다. 전구도 갈고, 식기세척기의 호스도 고치는 등 몇 주 동안 보고도 못 본 척했던 집안일까지 싹 다 해치웠다. 결벽증에 가까울 정도로 깔끔을 떨던 가족과 함께 어린 시절을 보낸 덕분에 나는 청소는 잘했지만 뭔가를 고치고 손질하는 일에는 큰 재능이 없었다. 부서진 문손잡이를 고치고 가구를 조립하는 일은 전부 앨리스의 몫이었지만 최근 들어 아내는 너무 바빴다. 나는 어딘가에서 전통적인 남자들의 일을 주로 맡아 하는 남자가 청소하는 남자보다 아내와 더 자주 섹스한다는 이야기를 읽은 적이 있다. 하지만 우리의 경우는 그렇지 않은 것 같다. 집 안이 깨끗해지면 앨리스가 기분이 좋아지고, 앨리스는 기분이 좋아지면 대단히 관대해진다. 말하기 부끄럽지만 앨리스가 끌려 나갈 때 입고 있던 그 끔찍한 복장을 떠올리고 묘하게 에로틱한 스릴을 느꼈다. 우리는 만난 지 얼마 되지 않아 소마 지역에 있는 어느 창고 같은 공간에서 벌어지는 SM 만남 장소에 방문한 적이 있다. 음악은 시끄럽고 조명은 어두웠으며 2층에는 긴 복도를 따라 죽 이어지는 많은 방들이 있었는데 그 모두가 각각 다른 테마로 꾸며져 있었다. 방에서 방을 따라 나아갈 때마다 점점 더 SM 플레이의 강도가 심해지는 시스템이었다.

마지막으로 나는 이번 달에 앨리스가 '협정' 선물로 사준 액자를 벽에 걸었다. 커다란 갈색곰이 캘리포니아를 끌어안고 있는 그림이 담긴 알록달록한 석판화였고 그림 밑에는 '사랑해, 캘리포니아!'라고 쓰여 있었다.

방 한가운데에 놓아두었던 아이패드에서 이메일이 도착했음을 알리는 소리가 몇 번 울렸다. 아마 에릭 윌슨이 앨리스에게 보낸 메일일 터였다. 나는 열어보지 않은 메일을 떠올리고 읽어볼까 생각하다가 그만두었다. 결국 나는 괜히 안절부절못하는 기분에 휴대전화를 손에 들고 해변으로 나갔다.

오션 비치는 바람이 불고 싸늘할 정도로 추웠으며 늘 그렇듯 모닥불이 꺼지지 않도록 애쓰는 노숙자들과 한가한 청소년들 말고는 사람도 없었다. 나는 갑자기 로렌 아이슬리의 유명한 저서 《별을 던지는 자》를 떠올렸다. 아주 광대하고 기나긴, 황폐한 해변을 걷던 교수의 이야기다. 교수는 아주 먼 거리에서 작고 흐릿한 존재가 계속해서 같은 동작을 반복하는 모습을 발견한다. 가까이 다가가니 그것은 한 소년이었다. 소년은 물살에 씻기며 떠밀려 온 수백만 마리의 죽어가는 불가사리들에 사방으로 둘러싸여 있었다.

소년은 불가사리를 주워 계속 물속으로 던져 넣고 있었다. 교수가 다가가서 "뭐 하니?"라고 묻자 소년은 물이 빠지면 불가사리들이 다 죽을 거라고 대답한다. 당황한 교수가 "이 많은 불가사리들을 다 던져 넣을 수도 없는데 한두 마리 집어넣는다고 무슨 차이가 있겠어?" 하고 묻자 소년은 허리를 굽혀 하나를 집어 들고 다시 바다를 향해 던졌다. 그리고 웃으면서 대답한다. "이 한 마리한테는 중요한 일이잖아요."

나는 레스토랑을 지나쳐 '랜즈엔드 룩아웃' 카페에 도달했다. 오늘은 지역 내에서 모금 행사가 있었기 때문에 카페도 늦게까지 열려 있었다. 나는 핫 초콜릿 한 잔을 사서 선물 가게 주위를 어슬렁거리며 샌프란시스코의 옛 사진이 가득한 책을 뽑아서 훑어보기도 했다. 그러던 가운데 이 근처 지역의 역사를 다룬 책을 한 권 발견했다. 몇 킬로미터씩 펼쳐져 있는 사구들 사이에 오도카니 세워져 있는 에드워드풍 저택의 으스스한 사진이 표지로 박혀 있는 책이었다. 저택 앞으로는 텅 빈 도로가 뻗어 있었고, 도로 끝에는 노면전차가 대기하고 있었다. 나는 그 책을 사서 선물용으로 포장해달라고 부탁했다. 앨리스가 돌아왔을 때 괜찮은 선물이라도 하나 하고 싶었기 때문이었다.

집으로 돌아온 나는 다시 노트북 앞에 앉아서 지난주 상담 때 뒤죽박죽 정신없이 기록했던 내용들을 정리하려 애썼다. 아이패드에서 이메일 알림음이 서너 번 땡땡 울려댔다. 나는 에릭 윌슨에게서 온 이메일을 떠올리고 그의 얼굴이 어떻게 생겼었는지 생각해보았지만 기억이 나질 않았다. 그래서 구글에서 사진을 검색했다. 제일 먼저 나온 사진은 그와 내 아내가 필모어 앞에 서 있는 모습이었고 그들의 머리 위로는 '워터보이즈와 래더 공연, 개장은 9시'라고 적힌 천막이 펄럭이고 있었다. 아마 10년은 된 사진 같았다. 에릭 윌슨은 잘생겼지만 나도 10년 전에는 그만큼 잘생겼을 터였다. 앨리스의 옛날 사진을 몇백 장쯤 보지 않았더라면 이 사진 속에서 그녀를 알아보지 못했을 것이다. 파란색으로 염색한 모히칸식 머리 스타일, 새까맣고 두꺼운 아이라인, 닥터 마틴 신발, 점스 티셔츠. 앨리스는 정말로 멋졌다. 선글라스를 쓰고 수염을 텁수룩하게 기르고 베이스를 들고 서 있는 윌슨도 밴드맨 느낌이 물씬 풍겼다. 내가 마지막으로 면도를 안 하고 일주일 이상을 보낸 게 언제였는지 기억이 나질 않았다.

아이패드에서 또다시 알림음이 울렸다. 나는 손을 뻗으면서도 이러면 안 된다고 생각했지만 스스로를 막을 수가 없었다. 이메일 알림음은 마치 고자질하는 심장처럼 나를 내면 깊숙한 곳에서 자꾸만 뒤흔들었다. 나는 비밀번호 3399를 입력했다. 앨리스가 맨 처음에 살았던 집 주소, 선샤인 드라이브 3399번지에서 따온 비밀번호였다.

하지만 쏟아진 이메일들은 예전 남자 친구에게서 온 것이 아니었다. 당연히 그럴 턱이 없다. 그것은 법률에 관련된 소식지, 동창회 모임 참석 요청서, 조시 라우스의 홈페이지에서 온 정기 메일, 그리고 출근한 에릭 리바인이 보낸 답장이었다.

'식중독이 빨리 나았으면 좋겠네요. 그리고 텐더로인 지역에서 외식하는 건 좀 그만두세요.'

이제 읽기를 멈추고 아이패드를 내려놓고 하던 일로 돌아가야 했지만 그러지 않았다. 끝없는 이메일 목록을 쭉쭉 내리던 나는 에릭 윌슨에게서 온 열일곱 통의 이메일을 발견했다. 그중 세 통에는 오디오 파일이 첨부되어 있었다. 새로 만든 노래와 톰 웨이츠의 '앨리스'를 그가 불러 녹음한 파일이었다. 나는 이 노래를 좋아했고 윌슨 버전도 나쁘진 않았다. 몸에 소름이 끼쳤다. 좋은 의미의 소름은 아니었다.

나는 다른 이메일들도 뒤졌다. 대부분이 그룹 전체에게 보내는 메일이었고 온통 예전 그룹에 대한 이야기들뿐이었다. 에릭은 앨리스를 만나고 싶어 했지만 앨리스는 큰 흥미를 보이지 않았다. 하지만 판단하기 힘들었다. 이메일을 열기가 괴로웠고, 그 노래를 들어봤다는 사실도 괴로웠다. 내가 왜 그런 짓을 했을까? 그래 봤자 아무 소용도 없는데. 의심과 불안 속에서는 아무런 좋은 일도 생기지 않는다. 나는 겁을 집어먹고 불현듯 뒤를 돌아보았다. 왠지 모르게 뒤에서 비비언이 떫은 표정으로 나를 쳐다보고 있는 듯한 기분이었다. 나는 아이패드를 껐다.

제대로 잠을 이루지 못하고 가끔 깨는 바람에 다음 날 아침 눈을 뜨자 잠들기 전보다 더 피곤한 기분이었다. 나는 황에게 전화해서 오늘 예약을 모조리 취소해달라고 했다. 오늘의 나는 누구에게도 도움이 되지 않을 것 같았다. 샤워를 한 뒤 쿠키를 굽기로 했다. 앨리스가 제일 좋아하는 초콜릿 칩 쿠키였다. 앨리스가 집에 돌아오면 그런 걸 원할지도 모른다.

쿠키 첫 판이 오븐 안으로 들어갔을 무렵 휴대전화가 울렸다. 모르는 번호였다.

"앨리스?"

"응, 여보."

목소리를 듣자마자 나는 또다시 죄책감을 느꼈다. 이메일을 보지 말걸. 앨리스는 우리의 결혼 생활을 위해 그렇게 먼 곳으로 잡혀가서 희생을 치르고 있는데, 나는 매뉴얼의 4장 2절에 적혀 있는 규정을 어기기나 하다니.

"아침 재판은 어떻게 됐어?"

"유죄판결을 받았어. 그래도 변호사가 6급 중범죄에서 1급 경범죄로 낮춰주긴 했어."

머릿속이 쿵쿵 울렸다.

"경범죄는 어떤 처벌을 받는데?"

나는 매뉴얼의 '벌점' 항목과 그것이 모든 사항에 적용될 수 있다는 사실을 떠올렸다.

"250달러 벌금. 그리고 데이브랑 보호관찰 8주 추가."

마음이 놓였다. 물론 집중 부족이라는 죄목으로 받은 처벌치고는 이상했지만, 더 심한 벌을 받을 줄 알았다.

"그 정도면 괜찮네. 그치?"

"판결이 난 다음 판사가 나를 붙잡고 결혼의 중요성과 목표를 설정하고 그것을 관철시키는 일에 대해서 긴 설교를 늘어놓았어. 정직, 단순 명쾌, 신뢰에 관한 문제 얘기도 하고. 하나같이 너무나도 조리에 잘 맞았고 내가 동의하지 못할 말은 하나도 없었지만 왠지 판사 말이 너무 불길하게 느껴졌어."

"미안해, 여보."

나는 사과했다. 앨리스는 지금 겁을 먹은 상태였고 나는 죄책감을 느끼고 있었다. 이 순간 죽을 만큼 그녀와 함께 있어주고 싶었다.

"아무튼 이제 내 남편한테 돌아가도 좋대."

"그건 내가 유일하게 동의할 수 있는 선고네."

"판사는 내가 좋은 사람 같아 보이고, 두 번 다시 여기서 만나고 싶지 않다고 했어. 꼭 마약 초범이나 좀도둑을 야단치는 진짜 법정 같았어. 거기서 야단맞는 사람이 나였던 게 문제지. 아무튼 그 자리에 서보고 나서야 내가 일을 하는 동안 의뢰인들이 어떤 기분을 느꼈을지 처음으로 알게 됐어."

"그래서 이해가 됐어?"

"그렇기도 하고 아니기도 해. 판사가 나한테 '집중 메커니즘'을 갖추라고 했거든."
"그건 또 뭐야?"
"나도 아직 잘 모르겠어."
앨리스의 목소리는 겁에 질려 있었다. 나는 가슴이 아팠다.
"제이크, 이제 그만 전화를 끊어야 해. 하지만 빅터가 나보고 오늘 오후에는 풀려날 수 있을 거랬어. 당신한테 밤 9시에 하프 문베이 공항으로 데리러 와달라고 말하래."
"세상에, 하느님 감사합니다. 당신이 너무 보고 싶어서……."
나는 겨우 숨을 내쉬었다.
"그만 끊을게."
앨리스는 내 말을 가로막더니 재빨리 덧붙였다.
"당신을 정말 사랑해."

40장

나는 차를 운전해서 데일리 시티 남쪽으로 내려가 음울한 패시피커를 통과하고, 언덕을 올라 새로 지은 아름다운 터널을 빠져나갔다. 터널 반대편으로 나와 깎아지른 산 절벽, 구불구불한 산길, 달빛에 비쳐 반짝이는 해변을 바라보며 달리고 있자니 왠지 완전히 다른 세계에 와버린 기분이었다. 나는 터널을 빠져나올 때마다 늘 우리는 왜 이곳에 살지 않는 걸까? 하고 생각했다. 이곳은 부정하기 힘들 정도로 평화롭고 풍경도 아름다웠으며 무엇보다 샌프란시스코에 비해 집값도 쌌다. 아티초크와 호박 농장의 냄새가 소금기 어린 태평양 바람에 섞여 부드럽게 불어 왔다.

몇 분 후 나는 하프문베이 공항의 텅텅 빈 주차장에 도착했다. 앨리스가 도착하기를 기다리며 카페에 앉아 시간을 보낼 예정이었지만 주위는 온통 어두웠고 카페도 문을 닫았으며 아무 데도 불빛이 켜져 있는 곳이 없어서 좀 실망스러웠다.

나는 활주로 끝에 가까운 울타리 옆에 차를 댔다. 30분은 일찍 도착한 셈이었다. 앨리스가 하프문베이 공항에 내려 어둠 속에서 나를 기다리며 우두커니 서 있게 만들고 싶지 않았다. 그래서 조명을 끄고 라디오를 켠 뒤 운전석 등받이를 젖혔다. 나는 산들바람이 안으로 불어오도록, 그리고 앨리스가 탄 비행기 소리를 들을 수 있도록 차창을 열었다. 이곳에는 관제탑도 없고 활주로에는 불빛도 켜져 있지 않았기에 도대체 파일럿이 바다 위에서 이 좁은 아스팔트 활주로를 어떻게 찾아낼 수 있을지 궁금했다. 나는 툭하면 흔들리고 갑자기 뚝 떨어지곤 하는 작은 비행기들이 무서웠다. 뉴스에서는 매주 개인용 비행기로 가족과 함께 함께 휴가를 가다가 사고를 당한 스포츠 스타, 뮤지션, 정치가, 어느 회사 CEO의 이야기가 끊임없이 보도되었다. 나는 조잡한 항공역학에 한 사람의 목숨을 완전히 맡긴다는 것 자체가 몹시 두려웠다.

라디오에서 진행자인 톰이 지금 막 〈슬로건 만들기〉 제작자와 인터뷰를 하고 있었다. 진행자는 다음 시즌이 어떤 방향으로 흘러갈 것인가에 대해 이야기를 유도하고 있었다. 제작자는 앨리스의 의뢰인이 제기한 법적 소송을 작은 오해로 치부하고, 방송국이 저작권법을 위반했다는 이야기는 한 마디도 꺼내지 않았다.

"그 책은 아주 훌륭한 작품이죠. 저희는 지금 원작자와 함께 작업하고 있습니다. 결국 프로그램을 더욱 재미있게 만들 수 있는 길이 될 테니까요."

인터뷰가 끝나고 뉴스가 시작되자 나는 라디오를 껐다. 아주 멀리 있는 바다의 파도 소리가 들리는 것 같았지만 아마 그건 아티초크 농장을 어루만지는 산들바람 소리일 터였다.

앨리스의 음악 잡지를 잠시 동안 읽었다. 그 호에서는 특집으로 노엘과 리엄 갤러거 형제에 관한 기사를 길게 다루고 있었다. 이윽고 나는 잡지를 내려놓고 어둠 속에 가만히 앉아 있었다. 괜히 계기판의 시계 쪽으로 자꾸 시선이 갔다. 8시 43분. 8시 48분. 8시 56분. 슬슬 비행기가 안 오는 게 아닌가 하는 생각이 들었다. 카페 뒷방에서 새어나오는 희미한 불빛을 제외하면 공항에 불빛이라고는 하나도 없었다. 혹시 내가 오해한 건가? 그 사람들이 마음을 바꿔서 앨리스를 풀어주지 않기로 한 건가? 뭐가 잘못된 게 아닐까?

8시 58분이 되었다. 어쩌면 처음부터 비행기 자체가 이륙하지 않았을지도 모른다. 앨리스는 아직 집에 못 오는 건지도 모른다. 아니면 산을 넘다가 악천후를 만났을 수도 있다.

시계가 정각 9시를 알리자 갑자기 세계가 되살아났다. 환한 노란색 조명이 활주로 양옆에서 번쩍 빛나고, 희미한 엔진 소리가 들렸다. 고개를 들었지만 아무것도 보이지 않았다. 마침내 아주 먼 곳에서 숲 위를 날아오는 작은 비행기의 모습이 보였다. 비행기는 낮고 느리게 날아서 부드럽게 착륙했다. 그리고 활주로 위로 매끄럽게 달려 끄트머리에 멈춰 섰다. 내가 주차한 곳에서 채

50미터도 되지 않는 위치였다. 엔진이 꺼지자 다시 밤이 돌아왔다. 나는 헤드라이트를 켜고 내가 이곳에 있다는 신호를 보냈다. 비행기는 꼼짝도 하지 않고 서 있었다.

앨리스는 어디 있지? 나는 다시 불을 끄고 차 밖으로 나왔다. 그러자 비행기 문이 펑 하고 열리고 네모나게 비치는 불빛 속으로 계단이 내려왔다. 앨리스의 발목이 비행기 밖으로 나타나 첫 계단을 밟는 모습이 보였다. 심장이 쿵쿵 뛰었다. 앨리스의 다리와 허리가 보이고, 가슴과 얼굴이 등장하고, 드디어 앨리스가 활주로 위에 내려섰다. 앨리스는 며칠 전 데클런에게 연행당하던 그날과 같은 옷을 입고 있었다. 그리고 기이할 정도로 몸을 꼿꼿하게 펴고 차분하게 걸었다. 뭔가 이상했다. 어디 아픈가? 혹시 그 사람들이 앨리스에게 무슨 짓을 한 건가? 앨리스 뒤로 계단이 접혀 다시 비행기 속으로 들어갔다. 앨리스가 가로등 밑으로 울타리를 따라 자동차를 향해 걸어오자 어디가 이상한지 알아볼 수 있었다. 앨리스의 목에 무언가가 둘러져 있었다.

앨리스는 몸을 돌려 파일럿에게 손을 흔들었다. 파일럿은 활주로 조명을 켜고 엔진 속도를 올리고 있었다. 얼굴을 마주하자 앨리스는 내 몸에 팔을 두르고 몸을 벌벌 떨었다. 나는 앨리스를 끌어안았고 비행기는 하늘로 떠올랐다. 앨리스의 머리카락 밑에 부드러우면서도 딱딱한 무언가가 만져졌다. 파일럿은 마지막으로 조명을 번쩍이고 나서 숲 위로 떠올라 바다를 향해 날아가 버렸다.

앨리스는 내게 몸을 더욱 바짝 붙였고 나는 앨리스의 온몸에 가득한 스트레스와 긴장감이 빠져나가는 것을 느낄 수 있었다. 하지만 앨리스는 여전히 너무나도 꼿꼿하고 뻣뻣하게 서 있었다. 몸을 기울여 얼굴을 들여다보던 나는 앨리스가 뺨 위로 눈물을 흘리면서도 웃고 있는 모습을 보았다.

"봐."

앨리스가 뒤로 물러서자 목에 커다란 초커가 둘러져 있는 게 보였다.

"이게 그 '집중 메커니즘'이야."

앨리스의 목에 둘러져 있는 초커는 턱 주위를 감싸고 뺨까지 덮어 얼굴을 바짝 고정시키고 있었다. 예전에 손목에 찼던 팔찌처럼 초커 역시 회색에, 표면이 매끄러우면서도 딱딱한 재질이었다. 초커 끝에는 길쭉하고 좁고 딱딱하며 솟은 스펀지 부분이 붙어 있었는데 그것이 앨리스의 뺨과 턱에 맞닿아 있었다. 그리고 초커의 반대편은 셔츠 속에 들어 있었는데 반은 어깨를 누르고, 나머지 반은 뒤통수를 누르고 있었다. 앨리스는 부드러운 눈빛으로 나를 물끄러미 바라보았다.

"당신, 괜찮아?"

내가 물었다.

"응. 우리끼리만 있으니까 하는 얘긴데 그 사람들이 내 목에 이 끔찍한 것을 채운 후 머릿속에는 딱 한 가지 생각밖에 없었어. 오로지 단 하나, 당신."

앨리스는 뒤로 물러나 자신의 모습을 다시 한번 내게 보여주었다. 그리고 명랑하게 물었다.

"나 어때?"

"평소보다 훨씬 더 예뻐."

나는 진심으로 말했다.
"이제 집으로 데려다줘."

41장

다음 날 이른 아침 나는 커피 향기를 맡고 복도로 나갔다. 그리고 내 아내가 늘 앉아 있는 자리에서 노트북 키보드를 열심히 두드리며 미친 듯이 일하고 있을 거라고 생각했다. 하지만 앨리스는 그곳에 없었다. 내가 마실 커피를 한 잔 따르고 주위를 둘러보며 화장실 쪽으로 향했다. 앨리스는 거기에도 없었다.

손님용 침실 쪽에서 금빛 한 줄기가 흘러나오는 것이 보였다. 문을 열자 앨리스가 알몸으로 전신거울 앞에 서 있는 모습이 보였다. 앨리스는 턱을 꼿꼿하게 들고 자신의 모습을 뚫어져라 바라보고 있었다. 목은 변함없이 고정되어 있었으나 앨리스의 눈이 거울 속에서 나와 정확히 마주쳤다. 눈빛이 너무나 올곧았던 나머지 나는 동요했다. 앨리스의 목을 고정하고 있는 초커는 너무나도 순수하고, 심지어 조각 같은 느낌마저 들었다. 그것은 앨리스의 어깨와 가슴 몇 센티미터 위에 위화감 없이 자리를 잡고 몸매의 굴곡을 완벽하게 돋보이도록 해주었다. 앨리스의 몸을 감추거나 구속하는 게 아니라 오히려 그 아름다움을 더욱 강조해주는 듯했다. 이 희미한 금색 불빛 속에서 나는 초커의 디자인을 확인했을 뿐만 아니라 '협정' 자체의 목적까지도 알 수 있었다. 눈앞에 서 있는 내 아내는 지금까지 보았던 그 어느 때보다도 더, 다른 곳에 전혀 신경을 빼앗기지 않고 완벽하며 단호하게 나 하나에게만 집중하고 신경 쓰고 있었다.

나는 뭐라고 말해야 좋을지 몰라서 앨리스와 거울 사이에 가만히 서 있었다. 본능적으로 초커에 손을 대고 손끝으로 그 표면을 따라 매만지다가 이윽고 앨리스의 뺨을 덮고 있는 스펀지를 건드렸다. 앨리스의 눈은 여전히 내게 고정되어 있었다. 어젯밤 흘린 눈물은 완전히 사라지고 다른 무언가가 그 자리를 대신했다. 매혹된 눈빛이라고 해야 하나? 비비언의 말이 머릿속을 스쳤다. '협정' 안에서 평화를 찾아야 해요.

"어떻게 보면 이것 덕분에 당신이 더 신비로워 보이기도 하네."

앨리스는 다가와 내게 키스를 하려 했다. 하지만 고개를 들 수 없었기 때문에 내가 무릎을 굽히고 그녀에게 입을 맞췄다.

나는 방구석으로 가서 창가 옆 의자에 앉았다. 앨리스는 거울 앞에 가만히 서 있었고, 자신의 알몸을 내게서 감추려 하지도 않았다. 앨리스가 평화를 찾았는지는 모르겠지만 마치 이곳이 아닌 다른 곳에 있는 사람 같았다. 어젯밤 차를 몰아 집에 돌아왔을 때 앨리스는 열정이 넘쳤다. 어쩌면 나를 다시 만나서 기쁜 게 전부였을지도 모르지만 말이다. 나는 앨리스에게 거기서 무슨 일이 있었는지 자세히 캐물으려 했으나 앨리스는 그냥 이렇게만 말했다.

"살아남았어."

앨리스는 나중에 말하길 자신이 그곳에서 버텨서 나온 게 기특하게 느껴진다고 했다.

"정말 무서웠던 것, 유일하게 나를 괴롭히는 건 내가 아무것도 모른다는 사실이었어. 그게 나를 너무나 두렵게 했어. 더 깊이 들어가면 들어갈수록 완전한 미지의 세계였어. 전혀 예상치 못한 무언가로 들어갔다가 그 반대편으로 나온 것 같은 이상한 성취감이 느껴지는 거야."

"나도 당신이 너무 자랑스러워. 당신은 우리 둘을 위해 그곳을 견뎌준 거잖아. 그건 내게 아주 큰 의미가 있어."

"맞아, 우리 둘을 위해 한 일이야."

저녁을 먹은 뒤 앨리스는 그저 〈슬로건 만들기〉를 보며 아이스크림을 먹고 침실로 들어가기를 원했다. 나는 앨리스가 더 편하게 잘 수 있도록 머리맡에 베개 세 개를 받쳐주었다. 앨리스가 금세 잠에 곯아떨어질 줄 알았는데 그렇지도 않았다. 앨리스는 나를 바짝 끌어당겨 마치 물에 빠진 사람이 튜브를 잡듯 나를 부둥켜안았다. 무슨 생각을 하느냐고 물었더니 앨리스는 "아무 생각도 안 해"라고 대답했다. 내가 무슨 생각을 하느냐고 물을 때마다 늘 앨리스가 하는 대답이었다. 가끔은 그 말을 그대로 믿고, 또 다른 때는 앨리스의 마음속 바퀴가 맹렬하게 돌아가고 있다는 사실을 알고는 있지만 나 역시 같은 기분이기 때문에 그냥 못 본 체 넘기기도 했다. 마치 내가 나 자신을 바깥에서 들여다보는 느낌이었다.

결국 우리는 섹스를 했다. 여기에 어떻게 묘사해야 할지는 잘 모르겠지만 여하간 평소와는 다르고 뭔가 이상한 느낌이었다. 앨리스는 큰 결심을 한 사람 같기도 했고 무언가에 완전히 홀린 사람 같은 느낌도 들었다. 나는 앨리스가 도대체 사막에서 무슨 일을 겪었는지 궁금해 미칠 지경이었다. 하지만 그 대신 앨리스의 맹렬한 열정과 고집, 그리고 반복적인 동작을 그냥 잠자코 받아들였다. 조금 달라졌을 뿐이지, 앨리스는 여전히 내 여자였다.

42장

앨리스는 다음 날 휴가를 냈다. 밸런타인데이이긴 하지만 나는 상당히 놀랐다. 그리고 이해가 되었다. 앨리스의 마음속에서 우선순위가 바뀐 것이다. '협정'이 효력을 발휘했기 때문에.

물론 실질적인 문제도 있었다. 앨리스에게는 그 초커를 가릴 만한 정장도 블라우스도 없었고, 게다가 사람들에게 어떻게 설명해야 좋을지도 알 수가 없었다. 앨리스는 로펌 사무원에게 메일을 보내 식중독이 악화되어 일을 이삼일 쉬어야겠다고 전했다. 그리고 내가 이틀 연속으로 예약을 취소해달라고 전화했더니 황이 이블린을 연결해주었다.

"정말 괜찮은 것 맞아?"

이블린이 캐물었다.

"괜찮아. 그런데 집안에 우환이 좀 있어."

그러자 이블린은 더 이상 묻지 않았다.

처음에는 앨리스도 뭘 어떻게 해야 좋을지 모르겠다는 듯 초조해하는 눈치였으나 아침 열 시쯤 되자 일을 나가지 않아도 되고, 하루가 온전히 우리 부부의 것이라는 사실을 꽤 기쁘게 받아들이는 듯했다.

우리는 해변을 산책했다. 앨리스는 넉넉한 코트를 입고 목에는 모직 스카프를 둘렀다. 나는 카메라를 가지고 나왔다. 내가 앨리스의 모습을 재빨리 카메라에 담으려 하자 앨리스는 소리를 질렀다.

"지금 이런 꼴로는 사진 찍기 싫어!"

"에이, 그러지 말고."

"절대 안 돼!"

"딱 한 장만."

앨리스는 스카프와 코트를 벗고 초커를 드러낸 채 나를 똑바로 바라보며 있는 힘껏 혀를 내밀었다.

집으로 돌아오는 길, 앨리스는 스카프도 코트도 신경 쓰지 않았다. 아마 사람들이 생각보다 초커의 존재를 알아차리거나 흘끔거리는 일이 없다는 데 놀란 모양이었다. 우리는 슈퍼마켓에 들렀고 계산대 직원이 물건을 봉지에 담다가 고개를 들고 물었다.

"세상에, 교통사고라도 났어요?"

"네."

그게 전부였다. 그 후로 한 달 동안 누가 초커에 대해 물으면 앨리스는 간단하게 "교통사고가 나서요"라고만 대답했다. 직장에서도, 친구들에게도, 점심을 먹자고 나를 부르러 사무실에 왔다가 마주친 이언과 이블린과 황에게도 앨리스는 그렇게 말했다. 전에는 한 번도 그런 이유로 찾아온 적이 없었는데 말이다. 가끔은 자동차가 급정거하는 소리와 극적인 손동작까지 곁들이기도 했다. 그러고 나면 아무도 더 질문하지 않았다. 황만 빼고.

"도요타 코롤라였어요, 아니면 혼다 미니밴이었어요? 난 코롤라에 걸게요. 보통 코롤라 운전자들이 더 별로더라고요."

솔직하게 말하자면 나는 그 초커를 볼 때마다, 또는 허리를 꼿꼿이 세우고 턱을 반듯하게 든 채 앉아 있는 아내를 문득 쳐다볼 때마다 그녀가 얼마나 헌신적이었는지를 생각하곤 했다. 매일 밤 나는 앨리스가 따뜻한 비눗물로 적신 수건을 초커 속으로 집어넣어 목을 닦는 일을 도왔다. 앨리스를 바라보고, 앨리스가 먹을 식사를 준비하고, 앨리스와 사랑을 나누고, 손을 꼭 잡고 함께 텔레비전을 보면서 나는 마음속으로 계속 한 가지 생각만 했지만 결코 털어놓지 않았다. 우리가 결혼식을 올린 건 내 생각 때문이었고, 내 나름대로 당신을 지킬 방법이라고 생각해서 실행에 옮겼지만, 결국 그 후로 몇 달이 흘러 진정으로 큰 희생을 치른 건 내가 아니라 당신이었노라고.

43장

대략 10퍼센트 이상의 부부가 밸런타인데이에 약혼을 했을 것으로 추측된다. 나는 항상 내담자들에게 왜, 언제 약혼을 했는지 묻곤 했다. 흥미롭게도 나는 밸런타인데이에 약혼한 커플들의 결혼 생활은 다른 때 약혼한 부부보다 훨씬 유대감이 낮고 문제가 생겼을 경우 해결할 의지도 적다는 글을 읽은 적이 있다. 충동적이고 지나치게 로맨틱하게 시작된 연애는 끝날 때도 성급하고 별 미련 없이 끝나는 경향이 있는 모양이다.

보통 2월에 약혼했을 경우 이혼은 1월에 이루어지는 경우가 많다. 연구에 따르면 1월에 이혼하는 일은 날씨가 추운 주에서 비교적 더 자주 발생하며, 로스앤젤레스나 피닉스처럼 따뜻한 주에서 1월에 결혼하는 일은 그리 많지 않다고 한다. 내게 이유를 묻는다면 아마 휴가 효과 때문이 아닐까 싶다. 충족되지 않은 기대, 또는 못마땅한 가족 구성원들의 사생활 침해 눈빛을 받으며 시간을 보내야 한다는 압박감 말이다. 가까운 친척이 이혼하면 그것은 부부에게 더 큰 영향을 미친다. 사실상 가족 내에서 이혼이 벌어지면 직계가족 내의 다른 이혼에 결정적인 요인으로 작용할 수 있다. 앨 고어와 티퍼 고어가 40년간의 결혼 생활 끝에 이혼하자 1년 후 그들의 딸인 크리스틴도 이혼했다. 그 후 이혼 도미노가 와르르 무너지기 시작했다. 그해에 세 딸들 중 다른 하나가 또 이혼했으며 그다음 해 말에는 마지막 남은 셋째 딸까지 결국 이혼해버린 것이다. 이것은 가까운 누군가가 이혼할 경우 자기 자신에게도 이혼이 현실적인 선택지로 급부상한다는 사실을 의미한다.

이혼이 이혼을 낳는다고 생각하면, 이혼이라는 말을 듣고 단순히 얼굴만 찌푸리는 게 아니라 이혼을 적극적으로 막기 위한 강력한 규칙과 규정이 있는 비공개 클럽에 가입함으로써 자기 부부의 이혼 가능성을 낮추는 것도 꽤 괜찮은 선택지라 할 수 있겠다. 그러니까 내 말은 방식이 좀 미심쩍고, 괴상한 매뉴얼과 법률 용어가 난무하고, 조직의 상당 부분이 비밀에 가려져 있긴 하지만 '협정'이 큰 몫을 해낼 수 있다는 말이다.

44장

3월 10일, 앨리스는 집에 일찍 와서 우드사이드에서 벌어질 '협정' 파티를 준비했다. 이번에 파티가 열릴 저택의 주인은 진이라는 이름의 남자로, 지난번 파티에서 만났을 때 피노 누아를 좋아한다는 이야기를 한 적이 있었기 때문에 와인 가게에 들러 러시안 양조장에서 만든 괜찮은 와인을 한 병 준비했다. 양조장이 워낙 소규모였고 그 제품은 구하기 힘든 물건이었기 때문에 가격이 제법 나갔다. 앨리스와 나는 둘 다 이 투자가 적절하면서도 꼭 필요한 일이라고 생각했다.

앨리스가 사막에서 돌아온 후 우리는 '협정'을 탈퇴하자는 이야기를 한 번도 꺼내지 않았다. 그곳에서 앨리스가 보낸 시간은 아주 강렬했고 우리 관계는 그 이후로 더욱 돈독해졌으며, '협정'에 동의할 수 없었던 요소들도 이제는 좀 덜 부담스럽게 느껴졌다. 데클런과 다이앤이 앨리스를 납치했던 날의 일도 새롭게 보였다. 다이앤이 앨리스의 발목을 꽉 묶고 있을 때 데클런은 그것이 꼭 필요한 일이라고 말했다. 나는 그 말을 전적으로 믿지는 않았지만 그 경험이 앨리스를, 또 우리를 얼마나 바꾸어놓았는지 이제는 알 수 있었다. 그 사건은 우리가 이미 결혼한 사이임에도 불구하고 한층 더 '진정한 부부'로 만들어주었다. 나는 우리가 더욱 가까워졌다는 사실을 부정할 수 없다. 우리는 이전보다 서로를 더욱 사랑하게 되었다. 우리가 '협정' 내에서 평화를 찾지 못한다 하더라도 최소한 그 순간만큼은 '협정'에 저항하기를 그만둔 셈이었다.

내가 집에 도착했을 때 앨리스는 이미 옷을 다 갈아입고 외출할 준비를 끝낸 상태였다. 앨리스가 목에 초커를 두른 지 거의 한 달이 지났다. 그 한 달 동안 앨리스는 초커를 터틀넥, 스카프, 큰 리본이 달린 블라우스, 넉넉한 트렌치코트 등으로 열심히 가렸다. 그 모습에 익숙해져 있던 나는 앨리스가 어깨끈이 없는 회색 미니 원피스를 입고 반짝반짝 빛나는 굽 높은 구두와 스타킹을 신은 모습을 보고 다소 충격을 받았다. 초커는 마치 드레스의 일부라도 된 양 잘 어울렸다. 앨리스는 머리도 거기에 잘 어울리게끔 깔끔하게 정돈했다. 머리 모양과 남색 매니큐어를 바른 긴 손톱은 2008년의 앨리스였고 입은 옷은 현재의 앨리스였는데 초커는 양쪽 모두와 잘 어울렸다.

"어때?"

앨리스는 어색하게 한 바퀴 빙 돌며 물었다.

"최고야."

"진짜?"

"진짜."

사실 앨리스가 진정 의도하는 바가 무엇인지 알 수 없었다. '협정' 사람들을 한 방 먹이려는 걸까? 당신들은 결코 나를 모욕할 수도, 또 감옥에 가둘 수도 없다고 외치는 앨리스 나름대로의 방식일까? 아니면 그 반대일까? 자신이 그들의 벌을 받아들이고 그 덕분에 강해졌다는 사실을 보여주려는 걸까? 아니, 어쩌면 내가 너무 깊이 생각한 건지도 모른다. 앨리스는 단순히 자신이 초커를 감출 필요도 없고 그것에 대한 질문에 대답할 필요도 없는 곳에 가게 되어 마음을 놓은 것일 뿐일 수도 있다.

나는 첫 파티 때에는 입지 않았던 회색 테드 베이커 재킷을 대충 걸쳤다. 그리고 넥타이는 생략하고 색이 짙은 청바지와 펑키해 보이는 신발을 골랐다. 신발을 신자 앨리스와 내가 마치 '협정' 안에서 우리의 역할에 더욱 편안하게 녹아든 기분이 들었다. 인간은 다른 모든 동물처럼 환경에 적응하는 능력이 매우 뛰어나다. 살아남으려면 어쩔 수 없는 일이다.

도로는 전혀 막히지 않았고 우리는 한참이나 이른 시간에 우드사이드 로드에 도착했다. 시내에 있을 때 나는 앨리스에게 잠깐 바에 들러 한잔하고 가겠느냐고 물었다. 앨리스는 잠깐 생각하다 고개를 가로저었다. 지각하기 싫다는 이유였다.

"한 모금 마시고 가도 될 것 같긴 하네."

앨리스가 그렇게 말했기에 나는 슈퍼마켓에 들러 6개들이 페로니 맥주를 사 왔다. 차를 몰아 허더트 공원으로 간 우리는 가지가 넓게 뻗은 느릅나무 밑에 차를 대고 각자 맥주를 한 병씩 땄다. 당연히 나도 한 모금 마시고 싶었다. 나는 결국 조앤을 보러 드래거스 마켓에 들르는 일을 그만두었다. 혹시 조앤이 오늘 파티에 오는 게 아닐까 하는 걱정도 들었고, 안 오면 어쩌나 하는 걱정도 들었다. 앨리스는 맥주병을 쨍 하고 부딪치고는 "건배!" 하고 외쳤다. 앨리스는 고개를 숙이고 맥주를 마시는 데 상당히 애를 먹었지만 결과적으로 목을 타고 흘러내려 초커 끝부분을 적신 양은 고작 몇 방울뿐이었다.

어쩌면 우리는 다소 긴장했는지도 모른다. 앨리스가 마지막 한 모금을 마실 때 나는 그녀의 눈빛 속에서 그런 기색을 읽었다. 앨리스는 지금 스스로를 고무시키려 애쓰고 있었다. 나는 혹시 경찰이 나타나지 않을까 싶은 마음에 백미러를 체크했다.

"시간이 있으면 더 마시고 가도 되지 않을까?"

"그러게."

나는 맥주 두 병을 더 꺼냈다. 앨리스가 내 손에서 병을 낚아채서 벌컥벌컥 들이켰다.

"가볍게만 마시자. 오늘 밤에 내가 술을 한 잔 더 마시려고 하면 못 마시게 막아줘. 혹시 나중에 후회할 만한 말을 내뱉을지도 몰라."

앨리스는 가끔 파티에서 말을 자제하지 못하는 바람에 문제를 일으키곤 했다. 앨리스는 내면에 남아 있는 중학생 같은 부분 때문에 대화 시작하기를 어려워했고, 또 말을 시작하면 항상 어디서 끊어야 할지를 몰랐다. 내가 새 사무실을 열고 개업 축하 파티를 벌였을 때 앨리스는 케이터링 담당자를 이언의 파트너로 착각한 적이 있었다. 그런 파티에서 늘 그렇듯 맥주를 너무 많이 마시고 튀어나온 실언 몇 마디는 고작해야 당황과 어색한 사과로 이어질 뿐이지만, 오늘 밤은 문장 하나라도 잘못 구사했다가는 정신을 차리고 보면 사막을 향해 정신없이 달리는 검은 SUV에 타고 있을 확률이 높았다.

"준비됐어?"

"아직."

앨리스는 심호흡을 하며 말했다. 자동차는 어느 거대하고 위엄 있는 문 앞에 멈춰 섰다. 카드에 적혀 있던 대로 비밀번호는 665544였다. 생기를 되찾은 문이 우르릉거리며 열렸다.

"그렇게 늦진 않았어. 여기서 차를 돌려서 그리스로 도망치는 게 어때?"

내가 말했다.

"안 돼. 그리스에는 범죄인인도 제도가 있어. 도망치려면 베네수엘라나 북한 정도는 돼야지."

앨리스가 대꾸했다. 우리는 계속해서 산길을 오르며 사유지와 목초지를 지나쳤다. 커브를 틀 때마다 숲 속에 감춰져 있던 거대한 저택들이 슬그머니 모습을 드러내곤 했다. 우드사이드는 힐스보로에 말 몇 마리가 더 있는 동네였다. 길은 계속해서 이어졌다. 앨리스는 내가 주소를 알아보고 긴 도로에서 차를 돌리는 동안에도 한 마디도 하지 않았다. 힐스보로의 저택만큼 웅장하지는 않았지만 이곳 역시 인상적이었다. 집주인인 진은 건축가라고 들었는데, 저택을 보니 그 사실을 충분히 짐작할 수 있었다. 둥그런 조명이 길을 비추고, 저택 건물의 크고 넓은 구조가 잘 드러나 보였다. '부동산 포르노'라는 단어는 아마 이 집을 위해 존재하는 게 아닐까 싶을 정도였다.

나는 끄트머리에 차를 세우고 시동을 껐다. 앨리스는 눈을 감고 잠시 앉아 있다가 말했다.

"맥주 한 병 더 마시고 들어가야겠어."

"안 돼."

앨리스가 얼굴을 찌푸렸다.

"나중에 나한테 고맙다고 할걸."

"나쁜 놈."

우리는 차에서 내려 잠시 멈춰 선 채 저택의 아름다움과 그리로 향하는 미로 같은 복잡한 길에 마음껏 홀렸다. 우리는 손을 잡고 아무 말도 하지 않으며 길 끝에 족히 1분은 서 있었다. 길을 잘못 든 건 분명했지만 안타깝게도 이제는 발걸음을 돌려 달아날 수도 없는 상황이었다.

45장

앨리스와 나는 함께 집을 사기로 결정했을 무렵 서로를 알고 지낸 지 고작 1년이 조금 넘은 상태였다. 물론 샌프란시스코에서 부동산을 구매한다는 건 엄청나게 어려운 일이다. 앨리스와 나는 집값으로 부동산 사례금 없이 20퍼센트 깎아서 백만 달러와 잔돈푼 얼마를 더 내기 전까지 고작 20분도 고민하지 않았다. 그게 벌써 몇 년 전 일이다. 그래도 그때는 아직 열심히 돈을 모으면 내 집을 마련할 수 있었던 시대였다.

이사 오고 나서 몇 달 후 나는 웬 전기선이 우리 집 차고 벽을 타고 오르락내리락하는 모양으로 붙어 있는 것을 발견했다. 나는 의아해하며 벽에 붙어 있던 베니어판을 하나씩 뜯어냈다. 벽 안쪽에 무슨 전선 장치라도 들어 있는 줄 알았지만 베니어판 안쪽에는 붙박이 책상과 의자 하나가 딸려 있는 작은 방이 숨어 있었다. 그리고 책상 위에는 사진이 잔뜩 놓여 있었다. 1980년대에 시애틀로 가족 여행을 갔다가 찍은 사진들이었다. 어떻게 처음 이사 왔을 때 이런 비밀 방이 있다는 사실을 알아차리지 못했던 걸까?

가끔 앨리스에 대해서도 비슷한 식으로 생각하곤 한다. 나는 계속 앨리스의 숨겨진 작은 미스터리에 대해 탐구해왔다. 평소 앨리스는 생각하는 그대로의 모습을 보여주지만 가끔 정말로 집중해서 가만히 지켜보면 비밀의 방이 튀어나올 때가 있다.

앨리스는 자기 가족에 대해서 이야기하는 것을 꺼린다. 그래서 최근에 앨리스가 아버지가 여행 갔던 이야기를 꺼내는 바람에 꽤 놀랐다. 텔레비전에서는 〈지구 여행자〉의 최신 에피소드가 방송되고 있었고 출연진은 네덜란드를 여행하는 중이었다.

"암스테르담은 참 멋진 도시야. 하지만 난 거기 있을 때 겪었던 일을 잊을 수가 없어."

"왜?"

앨리스는 어머니가 돌아가시고 나서 오빠가 바로 군에 입대했다는 이야기를 했다. 내가 앨리스의 오빠에 대해서 아는 거라고는 십 대 시절에 우울증을 겪고 마약중독자가 되었다는 것, 그리고 이십 대 초반에 자살할 때까지 그 끔찍한 악마가 계속 그를 괴롭혔다는 사실뿐이었다. 앨리스의 말에 따르면 아무도 그가 군에 자원할 거라고는 생각하지 않았고, 우울증 병력이 분명 서류상으로도 존재하는데도 군이 그를 받아준 것도 참 신기한 일이라고 했다. 앨리스의 아버지는 신병 모집 담당자를 찾아가서 아들이 왜 그런 끔찍한 생각을 했는지에 대해 털어놓고 아들을 빼내려 했다. 하지만 담당자에게도 할당량이 있었기 때문에 한 번 서명한 사람은 결코 보내주지 않았다.

앨리스의 오빠는 기초 훈련을 통과함으로써 온 가족을 깜짝 놀라게 만들었다. 가족들은 그를 자랑스러워했지만 그가 배를 타고 독일로 떠나게 되자 모두 걱정스러워했다.

"나는 아빠한테 차라리 좋은 일일 거라고 말했어. 어쩌면 오빠가 마음을 다잡을 수 있을지도 모른다고. 아빠는 나를 무슨 엄청난 멍청이처럼 쳐다보면서 세상에 그렇게 마법 같은 치료 방법은 없다고 했지만."

10주가 지난 후 앨리스의 오빠가 탈영했다는 소식을 들었을 때 앨리스의 아버지도, 앨리스도 사실 진심으로 놀라지는 않았다.

"항상 엄마의 죽음과 아주 가까운 곳에 있었던 거야. 오빠의 실종은 아빠와 나한테 몇 톤의 벽돌로 얻어맞은 듯한 충격을 줬어. 다음 날 아침에 일어나니 아빠도 사라지고 없더라고. 아빤 나한테 현금 얼마랑 비상식량으로 꽉 채운 부엌, 자동차 열쇠, 그리고 오빠를 찾으러 간다는 메모를 남겼어. 세상은 나한테 너무나 크고 거대했고 아빠가 오빠를 찾겠다면서 아무데나 가서 어슬렁거리고 있을 거라고 생각하니 미칠 것 같았어."

앨리스의 아버지는 그날 밤 딸에게 전화를 했다. 그리고 그 후 3주 동안 매일 밤 계속 전화가 이어졌다. 도대체 지금 어디 계시는 거냐고 묻자 아버지는 아들을 찾고 있다고만 대답했다. 그리고 어느 날 밤 아버지는 전화를 하지 않았다.

"그때 처음으로 울었어. 그 전에는 한 번도 울지 않았고 그 후로도 운 적이 없는데 말이야. 엄마도 잃고, 오빠도 잃고, 이젠 아빠까지 잃었어. 내 마음 이해하겠지? 난 고작 열일곱 살이었어. 너무 외로웠어."

다음 날 앨리스는 학교에 가지 않았다. 절망적인 기분으로 소파에 앉아 가만히 TV만 봤을 뿐이었다. 뭘 해야 좋을지, 누구에게 전화를 걸어야 할지도 알 수 없었다. 앨리스는 저녁으로 마카로니 앤드 치즈를 만들어 가스레인지 위에 올려놓은 채 부엌에 서서 먹고 있었다. 그때 밖에서 택시가 멈추는 소리가 났다. 앨리스는 창 쪽으로 뛰쳐나갔다.

"놀라운 광경이었어. 아빠가 택시 한쪽 문으로 내리고 오빠가 그 반대쪽 문으로 내렸어. 그리고 집 안으로 들어왔고, 우리 가족은 식탁에 앉아서 다함께 마카로니 앤드 치즈를 먹었어."

앨리스는 자신이 오랫동안 브라이언이 제 발로 군에 돌아갔고, 아버지가 그를 군에서 빼냈다고 생각했다고 했다. 그러나 몇 년 후 앨리스는 놀라운 진실을 알게 되었다. 아버지는 3주 이상 암스테르담 밖을 돌아다니며 브라이언이 마지막으로 목격되었다는 곳에서 몇백 킬로미터 떨어진 곳까지 밤마다 그를 찾아 헤맸다. 카페에도 가고, 호스텔에도 가고, 기차역에도 갔다. 그들은 내적으로 아주 강한 유대감을 갖고 있어서 아버지가 마치 아들의 마음을 읽을 수 있는 듯 보일 정도였다. 브라이언은 한 번도 암스테르담으로 돌아가지 않았지만 아버지는 마치 아들이 정확히 어디 있는지, 또 정확히 어딜 찾아다녀야 하는지 알고 있는 듯했다.

앨리스에게서 이 이야기를 들었을 때 나는 마치 우리 집 차고에 있던 비밀 방 같다고 생각했다. 여기에 깊은 감명을 받은 나는 앨리스를 또 다른 시선으로 바라볼 수 있게 되었다. 브라이언은 강박증에 사로잡혀 온통 엉뚱한 방향으로만 내달렸고, 그는 자신을 둘러싼 흐릿한 세계 속에서 오로지 자기 눈으로 볼 수 있는 것만을 추구했다. 아들이 실종되었다는 사실을 받아들일 수 없었던 앨리스의 아버지 역시 강박증에 시달리며, 불가능해 보이는 수색을 끈질기게 계속했다. 브라이언의 우울증은 유전적 근거를 두고 있었고 아마 아버지에게서 물려받은 듯 보인다. 아버지와 아들은 강박증에 걸린 사람이 보일 수 있는 최선의 행동과 최악의 행동을 한 가족 안에서 동시에 보여주었다. 그런 견지에서 보면 한 가지 계획을 세우면 결과가 어떻게 나오든 그것을 끝까지 관철시켜 성공으로 이끌어야만 직성이 풀리는 앨리스의 강박증도 어느 정도 이해가 되었다.

46장

나는 앨리스의 팔을 잡고 불빛이 비치는 길을 따라 걸었다. 걷다 보니 이슥고 향긋한 나무숲을 지나 웅장한 저택의 정문이 눈앞에 나타났다. 유리창, 나무 벽, 쇠기둥, 반짝반짝 빛나는 콘크리트 바닥, 혼재되어 있는 실내 공간과 실외 공간, 수영장, 그리고 뜻밖에도 실리콘밸리 풍경이 널리 내다보였다.

"집 좋네."

앨리스가 무표정하게 농담조로 말했다. 진이 거대하고 웅장한 정문으로 모습을 드러냈다.

"어서 와요, 친구들."

내가 와인병을 내밀자 진이 말했다.

"안 가져와도 되는데."

그러고는 병의 라벨을 흘끔 쳐다보았다.

"아니, 정말 이런 거 안 가져와도 되는데! 하지만 고맙게 잘 받을게요."

진은 내 아내 쪽으로 고개를 돌려 말했다.

"앨리스, 내 친구. 오늘 정말 눈이 부실 정도로 아름답군요."

진은 그런 낯간지러운 소리를 충분히 할 수 있을 정도로 나이가 있었고, 무엇보다 초커를 보고도 놀라지 않을 정도로 '협정'에 익숙해 보였다.

"고마워요, 진. 집이 정말 멋지네요."

테라스 너머에서 비비언이 나타났다.

"아니, 세상에! 내가 제일 좋아하는 부부잖아!"

비비언은 앨리스를 있는 힘껏 포옹했다. 진과 마찬가지로 비비언 역시 초커에 대해서는 신경 쓰지 않았다. 비비언은 마치 우리가 자바 비치에서 대화를 나눈 적이 없고 내가 '협정'을 나가고 싶다는 말은 한 적도 없다는 양 내 두 뺨에 키스를 했다. 그러고는 내 귀에 귓속말을 했다.

"친구, 오늘 이렇게 만나서 정말 반가워요."

어쩌면 내 오해일지도 모르지만, 이게 우리 사이에 있었던 불미스러운 일들은 전부 날아갔고 비비언이 내 죄를 사해줬다는 뜻을 밝히는 그녀 나름대로의 방법이 아닐까 생각했다.

진은 우리를 데리고 집 안으로 들어갔다. 잠시 멈춰 서니, 샴페인 두 잔이 우리를 기다리고 있었다. 크리스털 샴페인이 바 너머에 거의 열두 병은 줄지어 세워져 있었다. 진도 자기 잔을 높이 들고 우리와 함께 건배를 했다.

"친구들을 위하여."

"친구들을 위하여."

앨리스도 그 말을 따라 했다.

진은 내가 콘크리트 벽난로 위에 걸려 있던 그림을 물끄러미 바라보고 있다는 사실을 알아차렸다. 대학에 다닐 때 룸메이트가 책상 위에 걸어놓고 지냈던 포스터 속의 작품이었다. 룸메이트는 '더 어른스러워지고 싶어서' 그 포스터를 샀다고 했다.

나는 무언가에 홀린 듯 그 그림 속에서 서로가 서로를 보완하면서도 대조를 이루는 환한 빛깔의 줄무늬 세 개를 바라보았다. 함께 있으면서도 서로 분리되어 있는 모습이 내게 아주 구체적인 느낌을 선사해주었다. 나는 지금 그때 그 기숙사 방으로 돌아가 있으면서도 또한 더욱 '어른스러운' 존재였다. 앨리스가 고개를 돌려 위를 쳐다보았다.

"세상에, 저건 모조품이 아닌데?"

진의 아내 올리비아가 우리 쪽으로 다가왔다. 올리비아는 드레스 위에 앞치마를 두르고 너무나도 조심스럽고 우아한 동작으로 움직였다. 마치 평생 옷 위에 얼룩 한 방울 만든 적 없는 사람 같았다. 비비언과 마찬가지로 올리비아 역시 으스스할 정도로 차분한 분위기였다.

올리비아는 내 손목을 잡고 나를 그림 쪽으로 더욱 가까이 이끌었다.

"로스코는 자기 그림을 약 45센티미터 떨어진 곳에서 보라고 추천했죠. 그리고 가능하면 누군가와 함께 보는 게 더 좋다고 했어요."

올리비아가 내 손목을 너무 오랫동안 잡고 있어서 불편해졌지만 그렇다고 뿌리칠 수도 없는 노릇이어서 나는 그저 팔짱을 낀 채 최대한 가만히 서 있었다.

"이 그림은 아주 골칫덩이예요."

올리비아가 말했다.

"왜요?"

"진이 우리 결혼 10주년 기념 선물로 준 그림이었는데 글쎄 회계사가 우리한테 이 그림을 감정받으라는 거예요. 어떻게 해야 좋을지 모르겠어요."

올리비아는 내 손을 잡아당겼다.

"자, 이제 밖에 가서 다른 사람들을 만나도록 해요. 다들 두 사람을 무척 보고 싶어 하거든요."

보통 파티가 열리면 사람들은 대부분 거드름을 피우며 느지막이 나타나곤 하지만 이곳에서는 그렇지 않았다. 6시 10분인데 모든 손님들이 다 와서 차를 주차해놓고 이미 샴페인과 전채를 즐기고 있었다. 첫 번째 파티와 다르게 음식이 그렇게 대단하지는 않았다. 뭐, 모든 사람들이 다 자면서 카나페를 만들 수 있는 건 아니니까 말이다. 나는 기본적인 생야채와 베이컨으로 만 새우 속에서 단순한 치즈와 과일 접시를 발견하고 안심했다. 우리 차례가 되면 앨리스와 내가 내놓을 수 있는 요리라고는 저 정도에 불과할 것이다.

모든 사람들이 우리를 미소와 포옹으로 맞아주고 '친구'라 불렀다. 오싹한 기분도 들었지만 어떻게 생각하면 따스하게 맞이하는 방식이라고 볼 수도 있었다. 그들은 우리에 대해 모든 것을 기억하고 있었다. 나는 지난번에 만난 앨리스네 로펌 사람들이 나에 대해 하나도 몰랐던 일을 떠올렸다. 이 사람들은 서로를 매우 주의 깊게 지켜보고 있다. 너무 지나치게 지켜본다고 생각할 수도 있겠지만 그 점이 매력적이라고 생각했다. 내가 제대로 기억도 하지 못하는 사람들이 자꾸만 다가와, 3개월 전 파티에서 이야기 하던 화제를 그대로 꺼내서 말을 걸었다.

할런이라는 이름의 남자는 내게 상담소에 대해 물었고 그의 아내는 앨리스에게 법에 대해 질문했다. 그때 조앤이 수영장 옆에서 어느 부부와 이야기하고 있는 모습을 보았다. 나는 조앤과 눈을 마주치려 했으나 실패했다. 닐이 내게로 다가왔다.

"조앤이 오늘따라 더 예뻐 보이지 않아요?"

닐의 목소리는 너무 작아서 내게만 겨우 들릴 정도였다.

"그러게 말입니다."

하지만 닐은 내 어깨를 덥석 움켜쥐었다. 전혀 친근감이 담기지 않은 거칠고 힘센 동작이었기에 나는 내 대답이 틀렸다는 사실을 직감했다. 그는 앨리스를 쳐다보았다. 시선이 초커에 머물렀다.

"친구, 당신 정말 아름답군요."

앨리스는 초커를 건드렸다.

"액세서리 덕분이 아닌 건 확실해요."

나는 브라우니를 한입 물고 닐에게 뭐라고 말해야 좋을지 고민했지만 마침 지난번 파티 주최자가 나타났다.

"그건 웬만하면 안 먹는 게 좋을걸요."

케이트가 장난스럽게 말했다. 나는 먹던 브라우니를 애매하게 내려놓았다.

"안녕하세요, 친구. 다시 만나서 반가워요!"

"안녕하세요, 친구."

내가 따라하자 앨리스가 놀란 표정으로 쳐다보았다. 케이트는 몸을 내밀고 내 입술에 키스를 했다. 립스틱에서는 흙 맛이 났고 케이트가 뿌린 바닐라 향수 냄새가 풍겼다. 관능적인 키스는 아니었지만 아무래도 우리 사이는 내가 생각했던 것보다 훨씬 가까운 모양이었다. '협정'의 어느 회원을 만나도 그 느낌은 다 똑같았다.

"두 사람 다 체중 잴 준비는 됐어요?"

앨리스와 나는 놀라서 케이트를 쳐다보았다.

"아무래도 부속물과 부록까지 다 읽지는 않은 모양이네요."

케이트가 웃었다.

"부속물이라니 뭘 말씀하시는 건가요?"

"매년 안내 위원회에서 새롭게 바뀐 사항과 새로 생긴 규정에 대한 안내물을 발행하거든요. 아마 두 사람이 받은 매뉴얼에는 그게 포함되어 있을 거예요. 책 뒤쪽에 따로 끼워져 있는 종이가 있지 않던가요?"

"따로 끼워져 있는 종이는 없었는데요."

앨리스가 얼굴을 찌푸리며 말했다. 닐이 놀라서 입을 열었다.

"뭐라고요? 비비언한테 말해야겠네요."

나는 마음속으로 슬그머니 기뻐했다. 비비언이 실수했다는 사실이 명백하니 도대체 어떤 처벌이 내려질지 기대되었기 때문이었다.

"뭐, 실수가 그렇게 자주 일어나는 건 아니지만 그래도 사람이 하는 일이니까요. 두 사람이 가입하기 바로 직전에 바뀐 규정에 그런 내용이 있어요. 우리 그룹은 첫 4분기 모임 때 연간 체중 측정을 해요. 그리고 세 번째 4분기 모임에서 체력 측정이 있고요.

내 생각에도 두 가지를 쪼개는 편이 좋은 것 같아요."

케이트는 앨리스를 돌아보았다. 다른 사람과 다르게 케이트는 '집중' 초커에 주목했다.

"아, 드디어 이 깨달음을 얻었군요."

케이트는 초커의 부드러운 회색 표면을 손가락으로 문지르며 속마음을 털어놓았다.

"친구, 우리끼리만 하는 얘긴데 나도 몇 년 전에 이걸 찬 적이 있어요. 새 모델은 많이 바뀌었네요. 요즘은 3D 프린터를 이용해서 착용자 각각에게 잘 맞게 만들어준다면서요? 물론 무척 비싸겠지만 뭐 아시다시피 요즘 투자 팀에서 꽤 큰 수입을 올리고 있다고 하니까요."

"투자 팀이 있어요?"

앨리스가 물었다.

"당연하죠! 런던정치경제대학교 출신의 세 사람과 샌드 힐 로드에 사는 우리 친구들이 최근 들어 모두를 위해 아주 큰일을 해줬잖아요. 그 사람들은 '협정'에서 어렴풋하게라도 무언가의 필요성을 느낄 때 상당한 자금을 대주죠. 내가 했던 초커는 굉장히 무거웠고 마감이 거칠었어요. 이런 스펀지도 덧대주지 않았고요."

케이트는 자기 뺨에 난 흉터를 어루만졌다. 그러다 문득 갑자기 정신을 차린 듯 고개를 가로저었다.

"자, 그럼 이제 침실로 가서 어서 체중 측정을 해요. 두 사람이 마지막이에요."

케이트는 양팔로 우리를 끌어안고 집 안으로 걸어갔다. 앨리스는 당황해서 몸을 좌우로 흔들며 나를 흘끔 쳐다보았다. 별로 겁을 먹진 않은 것 같고, 재미있어하는 눈치였다.

케이트는 벽 한 면이 통째로 유리창으로 이루어져 있는 으리으리한 침실로 우리를 데리고 갔다. 벽에는 맷 그레이닝의 사인이 있는 커다란 캔버스 프린트 작품이 걸려 있었다. 그것은 〈심슨 가족〉풍으로 그린 진의 초상화였다. 그림 속 캐릭터는 오늘 밤 진이 입고 있는 바로 그 옷을 입고 있었다. 게다가 손에는 샴페인 잔까지 들고 있었다. 그림 밑에는 휘갈긴 글씨로 이렇게 적혀 있었다. '진, 집이 정말 멋지네요. 고마워요.'

"욕실은 저쪽이에요. 최대한 벗고 싶은 만큼 다 벗고 와요. 사양할 필요는 없어요. 나는 완전히 전라로 잿거든요. 거의 1그램 단위로 몸무게 기록이 남아요. 체중 측정의 목표는 당신들이 결혼식 당일 몸무게의 오차 범위 5퍼센트 안 무게를 계속 유지하는 거예요."

"내가 결혼식 날만 엄청나게 뚱뚱했다면 어떻게 됩니까? 그 상태에서 5퍼센트 이상의 살을 빼면 큰일이 나나요?"

실제로는 그렇지 않았지만 내 질문은 타당했다. 케이트는 웃으며 말했다.

"그럴 일은 없어요. 아시다시피 '협정' 회원들은 초대받기 전에 아주 면밀한 심사를 거치거든요. 아무튼 처음으로 이 규정을 위반하면 경범죄 6급의 처벌을 받게 돼요. 그러고 나면 일이 좀 번거로워질 거예요. 두 사람 정말 숙제를 제대로 할 필요가 있겠어요."

"그러게나 말입니다."

나는 최대한 상황을 즐기려 애쓰며 유쾌하게 대답했다.
"누가 먼저 내 희생자가 되어주겠어요?"
케이트가 물었다.
"제가 먼저 할게요."
앨리스는 욕실 쪽으로 가며 말했다.
"그나저나 최대한 몸무게를 줄이고 싶은데 이 초커 때문에 괜히 더 손해를 보겠네요."
케이트가 말했다.
"그 점은 걱정할 필요 없어요. 당신의 초커는 1.92킬로그램으로 기록되어 있거든요. 그 무게는 빼고 계산해요."
앨리스가 돌아오기를 기다리는 동안 케이트는 바닥에 놓여 있던 반짝반짝 빛나는 체중계를 조정한 뒤 화장대 위에 있던 노트북을 펼쳤다. 그리고 어느 웹 사이트에 접속하자 깜박거리는 파란색 P 로고와 로그인 창이 열렸다. 재빠르게 아이디와 패스워드를 입력하자 순간적으로 화면에 스프레드시트가 펼쳐졌다. 시트 왼쪽에는 사진이 한 줄 가득 띄워져 있었고 그중에는 앨리스와 나도 있었다. 사진 옆에는 숫자들이 쭉 적혀 있었다. 자세히 보려고 화장대 쪽으로 다가가자 케이트는 잽싸게 노트북을 덮었다.
욕실 문이 열리자 앨리스가 초커, 브래지어, 팬티만 입은 차림으로 나타났다. 앨리스가 체중계 위로 올라서자 케이트가 숫자를 읽고 노트북에 입력했다.
"당신 차례예요."
케이트의 말에 나는 앨리스를 따라 욕실로 들어갔다. 문이 닫히자 앨리스에게 귓속말을 했다.

"미친 짓 아냐?"
"이럴 줄 알았으면 맥주 마시지 말 걸 그랬어. 그래도 여기서 눌 수 있을 만큼 최대한 오줌을 누긴 했어."
"좋은 생각이네."
나는 따뜻한 비데가 달린 양변기 앞으로 가서 서며 말했다.
"그런데 정말 옷 다 벗어야 돼? 그리고 저 사람들이 나도 달아 보지 않은 결혼식 날 내 몸무게를 대체 어떻게 안 거야?"
내가 신발을 벗고 벨트를 풀고 바지를 내리는 동안 앨리스는 자기 옷을 주섬주섬 주워 모았다. 나는 속옷, 셔츠, 양말만 입은 상태였다.
"자기, 그때 몸무게에 가까워지려면 나머지도 다 벗어야 할 것 같아."
나는 잠시 생각한 뒤 셔츠와 양말도 벗었다.
"그래도 팬티는 입고 갈래."
내가 고집을 부리자 앨리스는 웃으면서 문을 열었고 케이트가 노트북에서 고개를 들고 우리를 쳐다보더니 앨리스에게 윙크를 했다. 마치 자기들끼리 무슨 사적인 농담이라도 나눈 듯한 태도였다.
나는 체중계에 올라서서, 어차피 별 소용이 없다는 걸 알면서도 배에 힘을 주었다. 케이트는 숫자를 읽고 그것을 노트북에 입력했다. 욕실로 돌아가 옷을 입고 있는데 밖에서 앨리스와 케이트가 이야기를 나누는 소리가 들렸다. 앨리스는 우리 몸무게가 합격권에 들어가는지 묻고 있었다.
"아, 거기까지는 내 의무가 아니라 잘 몰라요. 난 그냥 숫자만 입력할 뿐이죠."

"그럼 체중 측정을 어떻게 담당하게 된 거예요?"

"늘 그렇듯 지시가 내려왔거든요. 어느 날 갑자기 사람을 통해서 꾸러미 하나를 받았어요. 그 안에는 지시 사항이랑 아이디와 비밀번호가 적힌 종이, 저 유리 체중계, 그리고 노트북이 들어 있었죠. 어쨌든 '협정'이 맡긴 역할이니까 난 따랐고요."

"모든 사람들에게 그런 역할이 있나요? 그런 얘긴 한 번도 못 들었는데요."

"네. 곧 당신과 제이크도 보유한 기술과 능력을 참고해서 역할 위원회에서 의무를 지정해줄 거예요."

앨리스는 눈살을 찌푸렸다.

"내 원래 직업은 어쩌고요?"

"아마 '협정'이 지정해준 의무는 실제 직업 속에서 수행 가능한 일이 될 거예요. 역할 위원회는 당사자가 가진 능력 이상의 일을 맡기지 않거든요."

나는 욕실 밖으로 나왔다.

"만약 거절하면요?"

케이트는 못마땅한 표정으로 "친구……"라고 말할 뿐이었다.

우리는 파티장으로 돌아갔다. 저녁 메뉴는 샐러드와 참치 초밥이었다. 밋밋하지만 먹을 만했다. 나는 앨리스에게 집에 가는 길에 들러서 햄버거나 사 가자고 말하고 싶었다. 모든 사람들이 자기 접시를 깨끗이 비우고 나자 진과 올리비아가 주방에서 3단 생일 케이크를 가지고 나왔다. 촛불이 몇십 개는 꽂혀 있었다. 이번 달에 생일인 회원들이 모두 일어난 가운데 우리는 생일 축하 노래를 불렀다.

조앤이 케이크 쪽으로 다가왔다. 아마 최근에 39세가 되었을 터였다. 나는 밤새 조앤과 한 마디도 나누지 못했다. 의도적으로 그랬는지 모르겠지만 내가 조앤 쪽을 쳐다볼 때마다 조앤은 항상 내게 가장 먼 위치에 있었다. 저녁 식사 때 나는 과학자 베스와 그녀의 뉴스 앵커 남편인 스티브 사이에 자리를 배정받았다. 식탁에서도 조앤은 내게서 가장 먼 자리에 앉아 있었다. 그리고 지금 조앤은 내 존재를 알아차리지도 못하고 빠르게 걷고 있었다. 문득 이 자리에서 유별나게 요란한 포옹과 "안녕하세요, 친구"라는 인사로 나를 맞아주지 않은 유일한 사람이 조앤이라는 사실을 깨달았다.

조앤은 보수적인 느낌이 드는 파란 드레스를 입고 있었다. 창백하고 야윈 얼굴이었다. 종아리에 멍으로 보이는 무언가가 남아 있는 게 눈에 띄었다.

척과 이브 부부와 한참 대화를 나누던 중 나는 조앤이 집 안으로 들어가는 모습을 목격했다. 조앤의 남편 닐은 앨리스의 상담 담당이었던 데이브와 함께 마당 끄트머리에 서서 오늘 밤 워리어스의 경기 중계를 보고 있었다. 두 사람은 폭이 넓고 약 120센티미터 정도 되어 보이는 낮은 콘크리트 벽에 기대어 있었다. 벽은 실용적 용도보다는 장식용에 가까워 보였다. 나는 대화하는 두 사람 옆을 슬그머니 지나쳐 조앤을 따라 안으로 들어갔다. 조앤이 나를 못 봤다고 생각했지만 모퉁이를 돌아 욕실 쪽으로 가자 나를 기다리고 있었다.

"그러지 마, 제이크."

"뭘?"

"드래거스 마켓에 그만 가라고."

"뭐?"

나는 당황하고 놀라서 물었다. 나를 봤는데 아무 말도 안 했단 말인가?

"물어볼 게 너무 많아서……."

"애초에 내가 그런 말을 하면 안 되는 거였어. 내 실수야. 그냥 잊어줘. 아무 일 없었던 척해."

"그럴 수는 없어. 잠깐 얘기 좀 하면 안 될까?"

"안 돼."

"제발."

"지금 여기서는 안 돼."

"그럼 언제?"

조앤은 망설이다 말했다.

"다음 주 토요일 오전 11시, 힐스데일 푸드코트의 판다 익스프레스 맞은편 자리에서 만나. 혹시 미행이 붙지 않았는지 제대로 확인하고 와야 해. 제발, 제이크. 이러면 안 돼."

조앤은 뒤도 돌아보지 않고 가버렸다. 닐은 여전히 밖에서 농구를 보는 중이었다. 데이브는 어디로 갔는지 닐은 혼자 콘크리트 벽 위에 앉아서 다리를 흔들고 있었다. 갑자기 그가 무척 친근하게 느껴졌으나 무엇 때문인지는 꼭 집어 말하기 힘들었다. 앨리스는 아직도 척과 이브 부부와 대화를 나누고 있었다. 척은 진이 그들의 휴가용 별장을 어떻게 디자인하게 되었는가에 대한 이야기를 늘어놓았다. 척의 말투에는 희미한 오스트레일리아 억양이 남아 있었다.

"우리가 결혼하기 조금 전의 일이었어요. 진이 인테리어를 디자인해준다고 자청해서 우리는 허둥지둥 부동산을 살 자금을 모았죠. 내 친구 위긴스가 홉랜드 근처에 노는 땅이 많다고 말한 적이 있었거든요. 가격도 싸기에 재빨리 낚아채듯이 구입했죠. 그 집은 온통 유리와 콘크리트로 이루어져 있어서 사방이 다 잘 보여요. 진은 꼭 마법사 같은 사람이에요."

"당신들도 와서 같이 구경하면 참 좋을 것 같아요. 주말에 시간 나면 한번 올래요?"

이브의 초대를 거절할 적절할 핑계를 열심히 찾고 있는데 앨리스가 말하는 소리가 들렸다.

"좋아요, 재미있겠어요."

내가 항의하기 전 척이 날짜부터 잡았다.

"우린 모두 가족이니까, 올해의 여행 할당량 중 하나로 넣을 수 있을 거예요."

앨리스가 무심코 말했다.

"수영장도 있으니까 수영복 가지고 와요."

이브가 거들었다. 파티는 자정이 되기 직전 끝났다. 서서 돌아다니며 대화를 나누고 음료를 마시던 서른 명 가까이 되는 사람들이 순식간에 흩어지고 썰렁한 테라스에 남은 건 나, 앨리스, 진, 올리비아, 그리고 다른 한 커플뿐이었다. 앨리스가 파티장을 떠나기 싫은 눈치여서 나는 적잖이 놀랐다. 앨리스가 나보다 더욱 사교적으로 행동할 때, 그리고 매뉴얼에서 요구하는 만큼의 밤 데이트 시간 이외에는 최근 들어 함께 외출하는 일이 많이 줄어들었을 때, 나는 우리가 '협정'의 같은 페이지를 떠올리고 있다고 생각했다. 내 논리는 단순했다. 우리가 그곳에서 빠져나갈 길이 없어 보이고 실제로도 그럴 경우 가장 좋은 방법은 다른 회원들과 보내는 시간을 가급적 줄이는 길이었다. 우리가 그들을 덜 바라보면 그들도 우리를 덜 볼 테고, 그러면 문제를 일으킬 확률도 줄어들 테니까. 더 오래 함께 있을수록 위험부담도 더 커진다. 설마 앨리스가 그 사실을 잊었나?

우리는 작별 인사를 했고 진은 문까지 우리를 바래다주었다. 그 긴 길을 따라 내려와 주차장으로 가는 동안 둘 다 아무 말도 하지 않았다. 나는 차 문을 열고 앨리스가 초커와 옷매무새를 잘 가다듬은 다음 조수석에 타는 동안 가만히 기다렸다. 일단 차에 타고 나니 마음이 놓였다. 최소한 내가 볼 때는 우리가 '협정' 첫 번째 분기 파티를 무사히 넘긴 것 같았다.

"꽤 재미있었어."

앨리스는 딱히 비아냥거리는 기색 없이 그렇게 말했다.

차를 빼던 나는 진과 닐이 도로 꼭대기에 서서 우리를 내려다보고 있는 모습을 보았다.

47장

화요일, 비비언이 앨리스에게 전화를 해서 구식 이탈리안 레스토랑 '샘스'에서 점심을 같이 하자고 불렀다. 나는 하루 종일 두 사람이 무슨 이야기를 나눌지 불안해 견딜 수가 없었다. 설마 또

하늘 높은 곳에서 내려온 새로운 처벌 사항이나 지시를 전달하려는 건 아니겠지? 아니면 파티에서 처신을 잘했으니 좋은 소식을 가져다줄지도 모른다. 그런데 '협정'이 지금까지 좋은 소식을 전해준 적이 있던가? 이제 초커를 그만 풀어도 된다는 이야기일까?

나는 5시 15분에 집에 돌아와 창가에 앉아 책을 읽으며 앨리스를 기다렸다. 6시 15분이 되자 앨리스의 차가 집 쪽으로 들어오는 모습이 보였다. 차고 문이 열리고 앨리스가 옆 계단으로 올라오는 소리가 났다. 나는 앨리스가 문을 열었을 때 부엌에서 대기하고 있었고, 앨리스를 보자마자 제일 먼저 알아차린 것은 그녀의 자세였다. 더욱 편안하고 느긋하며 더욱 앨리스다운 모습. 아침에 목에 두르고 나갔던 스카프는 사라졌고 블라우스는 목 부분을 활짝 열어젖힌 상태였다. 앨리스는 내 앞에서 한 바퀴 빙글 돌고는 씩 웃었다.

"없어졌네. 기분이 어때?"

나는 앨리스를 품에 안고 물었다.

"시원해. 그런데 이상한 기분이야. 아마 한동안 목 근육을 안 써서 그런지 목이 아파. 좀 누워야겠어."

우리는 침실에 돌아갔고 앨리스는 시트 위에 누웠다. 나는 앨리스가 편하게 벨 수 있도록 베개를 받쳐주고 침대 옆에 앉았다.

"다 말해줘."

"내가 도착했을 때 비비언은 먼저 와 있었어. 칸막이 쳐진 자리를 잡고 있더라고. 안으로 들어갔더니 웨이터가 커튼을 쳐서 우리가 조용히 대화를 나눌 수 있도록 해줬어. 잡담은 안 했고, 비비언은 심지어 파티에 대한 이야기도 꺼내지 않았어. 그냥 내 초커를 벗겨주라는 지시만 받았대. 하지만 벗기라는 지시가 정확히 낮 1시로 설정되어 있어서 그걸 차고 점심을 먹어야 했어."

앨리스는 자리에서 일어나 베개 위치를 조금 바꿨다.

"비비언한테 초커를 가져가도 되냐고 물어봤어."

"뭐? 대체 왜?"

앨리스는 어깨를 으쓱하고는 다시 누웠다.

"나도 설명하긴 좀 힘든데 아마 기념품으로 갖고 싶었나 봐. 비비언은 그건 협약에 어긋나는 일이라고만 말했어."

다음 날 아침 앨리스가 출근한 뒤 부엌에서 커피를 끓이고 있는데 누군가가 문을 두드렸다. 자전거를 타고 온 '협정'의 심부름꾼이었다. 스무 살 정도 되어 보이는 어린애였는데 왼쪽 상단에 눈에 잘 띄는 P 자가 새겨져 있는 커다란 봉투를 들고 있었다. 그는 숨을 헐떡이고 있었기 때문에 나는 안으로 들여 물을 한 잔 주었다. 심부름꾼은 나를 따라 부엌으로 들어오며 불안한 분위기를 가득 풍겼고 묻지도 않은 질문에 대답을 해댔다.

"나는 제리라고 해요. 3년 전에 네바다의 엘코에서 샌프란시스코로 이사 왔어요. 스타트업 기업에 취직하고 싶었거든요. 그런데 그 기업이 내가 여기 오기 몇 주 전에 망했어요. 그래서 지금은 이 아르바이트를 하면서 살아요."

제리는 물을 단숨에 벌컥벌컥 마셨다.

"이런 시골구석에서 진짜 잘 사시네요. 난 새 직업을 갖고 싶어요. 이렇게까지 돈을 많이 주지 않았더라면 아마 진작 때려치웠을 거예요."

"다른 물건도 이런 식으로 배달하나?"

"네. 그럼 돈을 주거든요. 수요일에만. 가끔 두세 개를 배달할 때도 있고 하나도 없을 때도 있어요."

"물건을 어디서 받아 오지?"

"23번 부두에 작은 사무실이 있어요. 항상 같은 남자한테 받아요. 그 사람 말로는 내가 자기들이 유일하게 신뢰할 수 있는, 하나밖에 없는 아르바이트생이래요. 근데 지원 과정이 진짜 거지 같았어요. 신원 조사도 당하고, 지문도 채취당하고, 이래저래. 사실은 좋아서 지원한 것도 아니거든요. 내 예전 고용주한테서 이름을 들었다는데 그 고용주는 정작 지금 벤처 자금을 들고 코스타리카로 가 있어요. 아무튼 시험을 통과하고 나니 첫 번째 일을 주더라고요. 그 후로는 수요일마다 배달만 하면서 살아요."

"항상 샌프란시스코 안에서만 돌아다니는 건가?"

"아뇨, 이스트베이하고 산호세랑 마린까지 내려가는 반도 전체를 다 돌아요. 시내에서는 자전거를 타지만 밖으로 나갈 때는 운전을 하고요. 날 고용한 사람들이 누군진 모르겠지만 돈도 잘 주고, 수요일에 배달 일만 하면 한 주 내내 놀고먹어도 되거든요. 아, 사실 이런 얘기 하면 안 되는데. 내 말 무슨 뜻인지 알죠?"

"알고말고."

제리는 부엌 조리대 위에 물 잔을 내려놓고 활동 체크 기능이 있는 손목시계를 확인했다.

"가야겠어요. 마지막으로 산 마테오에 들러야 하거든요."

그리고 헬멧을 쓰던 제리는 문득 아주 친근하게 물었다.

"아저씬 그 사람들이 누군지 알아요?"

만일 이게 시험이라면—'협정'이라면 얼마든지 할 수 있을 만한 짓이다—옳은 대답은 하나밖에 없다.

"전혀 모르겠다."

몇 가지 질문을 더 하고 싶었지만 제리는 이미 문밖으로 나가 자전거를 타고 있었다.

봉투 앞면에 앨리스의 이름이 쓰여 있었기에 나는 앨리스에게 문자 메시지를 보냈다.

'여보, '협정'에서 당신한테 우편배달 왔어.'

앨리스는 딱 한 마디 답장을 보냈다.

'제기랄.'

나는 샤워를 한 뒤 출근하기 위해 옷을 갈아입었다. 그리고 뜯지 않은 봉투를 바라보았다. 커다란 P 자가 금빛 잉크로 인쇄되어 있었고, 앨리스의 이름은 우아한 필체로 적혀 있었다. 그것을 집어 들어 불빛에 비춰 보았으나 아무것도 보이지 않았다. 나는 봉투를 테이블 위에 도로 올려놓고 걸어서 출근하며 굳이 그것에 대해 생각하지 않으려 애썼다. 물론 그 봉투는 하루 종일 머릿속에서 떠나지 않았다.

저녁때 퇴근 후 집에 도착하자 앨리스는 테이블에 앉아 봉투를 멍하니 내려다보고 있었다.

"뜯을 거면 같이 있을 때 뜯으려고."

"잘했어."

앨리스는 봉투를 뜯고 안에 들어 있던 서류를 꺼냈다. 그것은 네 부분으로 나눠져 있는 한 장짜리 종이였다. 앨리스는 모든 문장들을 소리내어 읽었다. '규칙'이라고 적혀 있는 제목 밑에는 매년 이루어지는 체중 측정에 관한 이야기가 적혀 있었다. 각주에 따르면 그것은 '가장 최근에 수정된 내용에서 발췌'되었다고 했다. 그렇다면 비비언이 매뉴얼에 깜박 잊고 넣지 않은 수정 부록이 분명했다.

두 번째에는 '위반 사항: 당신은 규정된 몸무게에서 1.53킬로그램 초과되었습니다'라고 적혀 있었다. 앨리스가 끙끙거렸다.

"맥주 때문이야. 몸무게 달기 전에 마신 맥주가 문제였어. 그리고 생리가 시작되기 며칠 전이었어. 여자들은 남자들보다 몸무게 변동이 더 격심하단 말이야. 올라도 이 점을 감안해줘야 한다고 생각해."

세 번째에는 '처벌 경감 사유'라는 제목 밑에 이렇게 적혀 있었다. '회원님의 담당자가 매뉴얼에 이 부록을 누락시켰다는 사실이 밝혀졌습니다. 이 호는 단독으로 발간됩니다.'

앨리스가 고개를 들고 히죽 웃었다.

"비비언이 자기 발등을 찍고 한 방 먹은 모양이네."

"밑에 뭐라고 적혀 있어?"

앨리스는 계속 읽었다.

"규칙 적용하에 담당자가 실수로 적절한 서류를 제공하지 못한 점, 또한 이번이 체중 관련해서 첫 규칙 위반이라는 점을 참작하여 당신은 우회 프로그램을 제공받게 됩니다."

앨리스는 갑자기 입을 다물더니 눈으로 페이지를 재빨리 훑었다. 그리고 종이를 내려놓았을 때 앨리스의 눈에는 눈물이 고여 있었다.

"이 자식들이 이번에는 또 무슨 짓을 저지르려는 거야?"

앨리스의 얼굴은 몹시 창백했다.

"아냐, 처벌이 아니야. 이건…… 제이크, 이 모든 것들이 다 시험이었고, 난 통과를 못 한 것 같아."

나는 앨리스의 손을 꼭 잡았다.

"여보, 이 규칙 중에서 진짜 법적 효력이 있는 건 아무것도 없어. 당신도 알잖아?"

"나도 알아. 하지만 당신도 알잖아. 내가 이 규정을 다 지키면 훨씬 나은 아내가 될 거라는 사실을."

나는 고개를 가로저었다.

"그렇지 않아. 당신은 이미 완벽한 아내야. 예전부터 쭉 그랬어."

나는 서류를 집어 들고 마지막 부분의 '처벌'에 대해 읽었다.

> 당신은 매일 운동과 식이요법을 병행하게 됩니다. 주말도 포함하여 매일 아침 5시에 태러벌 스트리트와 그레이트 하이웨이가 만나는 삼거리에서 상황 보고를 해야 합니다. 트레이너가 당신을 기다리고 있을 것입니다.

48장

나는 깊은 잠에서 느닷없이 깨어났다. 자세한 내용은 생각이 안 나지만 아마 한창 악몽을 꾸던 도중이었던 것 같다. 앨리스는 아직 자고 있었다. 나는 잠시 가만히 앉아서 앨리스를 바라보았다.

앨리스의 머리카락은 온통 헝클어져 있었다. 섹스 피스톨즈 티셔츠와 플란넬 잠옷 바지를 입고 있는 앨리스는 마치 처음 보는 여자 같았다.

갑자기 악몽의 내용이 생각났다. 누군가가 발로 걷어차는 바람에 나는 몇 킬로미터씩 한없이 펼쳐진 바다에 빠졌다. 익사하는 꿈이었다. 나는 그 꿈을 몇 년 동안 꾸었다 말았다 했고, 이제는 꿈에서 깨어났을 때 어떻게 하면 되는지 잘 알고 있었다. 복도로 내려가 어슬렁어슬렁 욕실로 가면 되는 일이었다. 문득 부엌 시계를 본 나는 새벽 4시 43분이라는 사실을 알아차렸다. 이런 젠장.

"앨리스! 4시 43분이야!"

깜짝 놀란 앨리스가 벌떡 일어나 두 발로 바닥을 걷어차는 소리가 들렸다.

"아니, 미치겠네! 왜 알람이 안 울린 거야?"

"태워다 줄게. 빨리 운동복 입어. 얼른!"

패닉에 빠진 나는 주위를 마구 뛰어다니며 자동차 열쇠와 지갑을 챙겼다. 그리고 바지를 아무렇게나 입고 차고로 뛰어 내려가서 차에 시동을 건 뒤 차고 밖으로 끌고 나왔다. 앨리스는 신발과 스웨터를 손에 들고 밖으로 달려 나왔다. 앨리스가 차에 타자 나는 차를 운전하여 38번 스트리트까지 내려와서 그레이트 하이웨이 쪽으로 꺾었다. 그리고 태러벌 삼거리에 도착하자 차를 오른쪽 한구석에 댔다. 남자 한 명이 서 있었다. 나이는 35세쯤 되어 보이고 몸매는 그야말로 완벽했으며 유럽 스타일의 멋진 카키색과 살구색 운동복 차림이었다.

"4시 59분입니다. 딱 맞춰 왔군요. 당신이 안 오는 줄 알았어요."

남자가 시계를 보며 말했다.

"그럴 리가요. 이렇게 왔잖아요."

짧게 자기소개를 마친 뒤 남자는 앨리스로 하여금 다리를 높이 들어 공중을 걷어차게 했다. 나는 차를 돌려 집으로 돌아왔다. 도로 잠들기에는 너무 긴장한 상태였기에 그냥 노트북 앞에 앉았다.

6시 17분, 앨리스는 땀을 흠뻑 흘리고 숨을 헐떡거리며 집으로 걸어 돌아왔다. 나는 앨리스에게 스무디를 만들어주겠다고 말했지만 앨리스는 거부했다.

"시간 없어. 바로 출근해야 해."

"어땠어?"

"미안, 나 늦었어. 오늘 밤에 얘기하자."

하지만 그날 밤 우리는 둘 다 너무나 피곤했고 텔레비전 앞에서 〈슬로건 만들기〉를 보며 테이크아웃 음식을 먹었다. 제약회사 광고가 나오고 별 특징 없는 플로리스트가 별 특징 없는 남편을 웃으며 맞이하는 모습이 등장하자 나는 텔레비전 소리를 줄였다.

"트레이너 어땠어?"

"그 사람 이름은 론이고 카스트로 지역에 산대. 좋은 사람이고 굉장히 열정적인 사람이야. 점프 스쾃을 엄청나게 많이 했어."

앨리스는 몸을 뻗어 종아리를 주물렀다. 다시 〈슬로건 만들기〉가 시작되자 앨리스는 볼륨을 올리라며 나를 쿡 찔렀다.

다음 날 아침 알람은 4시 반에 울렸다. 나는 몸을 뒤척이며 앨리스를 깨우려 했으나 앨리스는 이미 일어나 있었다. 앨리스는 운동복으로 갈아입고 소파에 앉아 있다가 나를 보자 미소를 지었다. 눈이 부어 있고 표정이 안 좋은 걸 보니 아무래도 운 모양이었다. 나는 앨리스에게 재빨리 커피 한 잔을 건넸다.

"태워다 줄까?"

"응."

우리는 말없이 내려가서 차를 탔다. 6분 정도 달려 해변에 도착하는 사이 앨리스는 잠이 들었다. 론이 조깅을 하면서 태러벌 스트리트를 따라 이쪽으로 오는 모습이 보였다. 어쩌면 카스트로에서부터 계속 뛰어왔는지도 모른다.

다음 날 아침에도 알람은 4시 반에 울렸다. 앨리스가 제시간에 맞춰 차고 밖으로 나가는 소리가 들렸다.

다음 날 아침 알람을 듣고 일어났을 때 앨리스는 이미 나가고 없었다.

49장

콜 밸리에서 온 부부가 새롭게 상담실에 배정되었다. 두 사람은 미소를 지으며 문을 열고 들어와서 작은 소파에 나란히 앉았다. 둘 중 누구도 크고 편안한 의자 쪽에 앉으려 하지 않았다. 두 사람이 계속 결혼 생활을 이어나갈 것이라는 사실을 알 수 있었다. 어쨌든 우리는 대화를 나누었다. 이 부부가 어차피 같은 결론을 내리기 전까지 아마 사무실에 세 번 정도는 찾아오게 되리라.

지난번에 만났을 때 나는 두 사람이 만든 좋은 추억이 무엇이 있냐고 물었다. 아내인 재니스는 대답으로 결혼사진을 가지고 왔다.

"신부 들러리 복장을 보셔야 해요. 이때 들러리를 섰던 사람들이 아직도 저한테 그 얘길 한다니까요."

재니스의 하얀색 드레스 양옆으로 녹색 태피터 천을 뒤집어쓴 소녀들이 서 있는 사진을 보고 나는 웃음을 터뜨렸다.

"원래 들러리들도 전통적으로 하얀색 옷을 입는다는 사실을 알고 계셨어요?"

내가 물었다.

"그럼 신부랑 신부 들러리를 어떻게 구별해요?"

남편인 이선이 되물었다.

"구별 못 하죠. 사실 들러리란 게 원래 그런 이유에서 생겨났거든요. 고대에는 들러리들이 일부러 신부처럼 하얀 드레스를 입어서 미끼가 되어주었어요. 결혼식을 올리는 중에 옆 부족에게 침략을 당할 수 있는데, 그때 침략자들이 헷갈려서 진짜 신부 대신 신부 들러리를 우연히 납치해주기를 바라면서 하얀 드레스를 입혔거든요."

쉬운 상담이었다. 두 사람은 서로를 아직 사랑하지만 의도치 않게 멀어진 상태였다. 우리는 이 부부가 함께 더 많은 시간을 보내고, 활기 넘치는 대화를 나눌 수 있도록 하는 몇 가지 전략에 대해 이야기했다. 로켓 공학처럼 복잡한 문제가 아니라 그냥 일상적인 문제를 해결하는 방법이기 때문에 그리 어렵지 않았다. 나는 두 사람에게 분기마다 한 번씩 함께 여행을 떠나라는 제안을 하다 말고 하마터면 웃음을 터뜨릴 뻔했다.

가끔 어떤 부부는 도대체 왜 상담소를 찾아왔는지 이해가 안 되는 경우도 있다. 재니스와 이선이 그런 경우였다. 나는 이 두 사람에게 크게 도움이 되지 않을 것 같아 돈을 받는 데에 죄책감을 느꼈다. 하지만 이 부부가 잘해보겠다고 약속하는 것을 듣고 나 역시 힘을 얻었다. '협정'에서 멀리 떨어져 자신들의 결혼 생활에 다가온 밀물과 썰물을 자연스럽게 겪고 있는 두 사람에게 질투를 느낄 정도였다.

재니스와 이선이 간 뒤 나는 휴대전화를 밀봉된 봉투 속에 집어넣고 황의 사무실로 갔다.

"오늘 점심은 좀 오래 먹고 오면 어때요?"

"얼마나 오래요?"

"가고 싶은 데 가서 먹어요. 내가 사줄게요."

나는 황에게 20달러짜리 지폐 몇 장을 쥐여 주고 봉투를 그의 책상 위에 올려놓았다.

"밥 먹는 동안 이걸 계속 가지고 있어줘요. 그냥 주머니에 넣고 잊어버리면 돼요."

황은 봉투를 물끄러미 쳐다보았다.

"속에 뭐가 들어 있는지 말해주면 안 돼요?"

"얘기가 길어요."

"설마 뭐 폭발물은 아니겠죠?"

"그건 아니에요."

황은 봉투를 만져보고는 얼굴을 찌푸렸다.

"휴대전화가 들어 있는 것 같은데요."

"내 부탁을 들어주면 정말 고마울 거예요. 그냥 가지고만 있다가 점심 먹고 돌아와서 다시 내 책상 위에 올려놓으면 돼요. 그리고 괜찮다면 이블린과 이언한테는 말하지 말아요."

"뭘 말하지 말란 거예요?"

"고마워요. 이 빚은 꼭 갚을게요."

나는 차를 끌고 시내로 나가, 4번 스트리트의 주차장에 차를 세웠다. 그리고 캘트레인 역으로 걸어가서 산 마테오의 힐스데일 역에 다녀오는 왕복 티켓을 끊었다.

나는 조앤과의 밀회에 대해 앨리스에게 이야기하지 않았다. 아침에 이야기할까 생각했지만 결국 앨리스가 운동에서 돌아오기 전에 먼저 출근해버렸다. 이 문제 때문에 괜히 앨리스를 골치 아프게 하고 싶지 않았다. 앨리스는 매일 아침 론과 운동을 하고, 근신 처분의 일환으로서 또다시 일주일에 한 번 오후에 데이브를 만나야 했고, 일은 점점 더 힘들어졌다. 앨리스는 지금도 굉장히 많은 부담을 짊어지고 있는 상태인데 거기에 조앤과의 문제까지 하나 더 얹어줄 수는 없었다. 그리고 뭐, 솔직히 말하면 그냥 말하기가 싫었다. 앨리스는 여전히 조앤에 대해 많은 의문을 품고 있었고 거기에 일일이 대답하고 싶지 않았다. 앨리스는 내가 동료도 아닌 여자와 단둘이 만나 점심 먹는 일을 그리 달갑게 여기지 않을 터였다. 물론 사실을 감추는 식의 거짓말은 '협정'의 규칙에 위배된다. 그러나 차에서 내려 역으로 걸어가는 동안 이 행위가 고귀한 일이라는 확신을 느꼈다. 만일 누군가가 내 거짓말을 폭로하면 책임은 오로지 내게만 있을 테고, 그럼 앨리스가 또 다른 중범죄를 범하는 일은 막을 수 있을 테니 말이다. 바로 '협정'이 가장 심각하게 받아들이는 문제, 질투를 말하는 것이다.

그러니 생각하기에 따라서는 내가 지금 저지르는 죄와 앨리스가 미래에 저지를 죄를 맞바꾸고 있다고 볼 수도 있다. 조앤도 그날 드래거스 마켓에서 말하지 않았던가. 그들의 관심을 앨리스에게서 내게로 빼앗아 오라고.

나는 전철에 타서 모든 칸을 전부 다 둘러보았지만 딱히 이상한 점은 없었다. 요즘 이 전철은 어느 때 타더라도 샌프란시스코와 실리콘밸리를 오가는 IT 노동자들로 북적거린다. 대부분이 젊고, 비쩍 마르고, 직급이 있으며 이 지역에 처음 온 백인과 아시아인들이다. 그들의 출현으로 샌프란시스코의 집세는 하늘 높은 줄 모르고 뛰어올랐고 샌프란시스코에서 진정 멋지고 가치가 있는 것들은 하찮은 취급을 받게 되었다. 그들은 유명한 서점, 상징적인 레코드 가게, 웅장한 옛 극장에 대해서는 큰 관심을 보이지 않는다. 어쩌면 그들을 한데 뭉뚱그려 취급하는 건 불공평한 일일지도 모르지만 그래도 결국 그들이 원하는 건 단 하나, 돈뿐이었다. 그들은 여행도 해본 적 없고, 정말 재미만을 위한 독서를 해본 적도 없고, 빨래방에서 만난 여자와 하룻밤을 함께 해본 적도 없는 듯 지루한 분위기만 풍겼다. 그리고 지금 이 순간 그들은 노약자석을 차지하고 앉아 무릎 위에 노트북만 펼쳐놓고 있다.

힐스데일 역에 도착하자 약 스무 명 정도 되는 사람들이 함께 내렸다. IT 업계 종사자들은 아직까지는 이곳에 볼일이 없을 테니 대부분 동네 사람일 터였다. 나는 모든 사람이 다 역을 빠져나갈 때까지 안에서 기다렸다. 이 장소와는 어울리지 않는 검은색 정장을 입은 한 여성이 계속 내 주위를 맴도는 모습을 보고 나는 감시당하고 있다고 거의 확신했지만, 잠시 후 메르세데스 차량 한 대가 다가와 멈춰 서고 안에서 젊은 남자가 내렸다. 여성은 정장 밑에 가터벨트를 착용하고 있는 듯 스커트 자락을 잡아당기며 차 쪽으로 걸어가 그 안에 타고 사라졌다.

나는 엘 카미노 거리를 가로질러 슈퍼마켓을 향해 걸어갔다. 스스로가 좀 바보처럼 느껴지기도 했고, 마치 스파이 놀이를 하는 어린애가 된 듯한 기분도 들었다. 이 모든 일들이 전혀 중요하지 않다고 생각하려 했지만 팔찌, 초커, 그리고 앨리스가 사막에서 겪었던 무서운 일들을 떠올리니 다시금 꼭 필요한 일이라는 생각이 들었다.

슈퍼마켓에 들어가 시간을 죽이며 누군가 수상한 사람이 없는지 둘러보다 결국 물 한 병과 초콜릿 바 세 개만 사들고 나올 수밖에 없었다. 최근 단것을 먹을 때마다 본능적으로 다음 체중 측정에 대해 생각하곤 했다. 괜히 1그램이라도 쪘다가 몸무게 한도를 넘으면 어쩌지? 혹시 칼로리 때문에 사막으로 끌려가는 건 아닐까? 나는 그런 점에서도 '협정'이 싫었다.

어슬렁거리며 서점에 들어가 앨리스를 위해 〈Q〉 최신호를 구입했다. 표지에 폴 히턴과 브라이아나 코리건이 실려 있는 걸 보니 앨리스가 좋아할 것 같았다. 나는 거리를 가로질러 상점가로 들어갔다. 시간을 30분 정도는 때워야 했기에 가게들을 둘러보기로 했다. 나는 스스로도 이유를 모르지만 편안한 체크무늬 플란넬 셔츠를 늘 원했다. 프로이트가 들으면 아마 젊음에 대한 향수 때문이라고 설명하지 않을까 싶다. 아무튼 그래서 평범한 상점가를 재빠른 걸음으로 돌아보았다. 러키 진스의 할인 판매대에서 쓸 만한 물건을 찾아낸 나는 쇼핑백을 들고 주위를 걷는 다른 사람들 속에 섞여서 걸었다. 비록 그들보다 나이가 좀 많긴 했지만.

푸드코트에 도착했지만 여전히 7분이 남아 있었다. 나는 제일 끝자리에 앉아서 사람들이 오가는 모습을 지켜보았다.

주차장으로 이어지는 옆문을 통해 조앤이 푸드코트로 들어왔다. 마치 탁 트인 들판을 돌아다니는 사슴처럼 조심스럽게 주위 눈치를 보는 조앤을 보니 괜히 긴장이 되었다. 정말로 이렇게까지 해야 할까? 조앤은 판다 익스프레스 맞은편의 창가 자리에 앉았다. 조앤이 더 눈에 띄지 않는 장소를 잡기를 바랐는데. 조앤은 핸드백 속에서 휴대전화를 꺼내 만지작거리기 시작했다. 왜 휴대전화를 가지고 나온 거지? 조앤이 파티에서 내게 속삭였던 말이 머릿속을 맴돌았다. '제발 이러지 마.' 하지만 지금은 오히려 내가 조앤에게 제발 그러지 말라고 애원하고 싶은 형편이었다.

나는 계속 조앤을 지켜보며 혹시 그녀를 따라온 미행이 있는지 확인했다. 조앤은 몇 초 정도 통화를 했다. 나와 다르게 조앤은 푸드코트에 있는 수많은 사람들을 그리 의식하지 않는 듯했다. 조앤은 핸드백에서 또다시 무언가를 꺼냈다. 그래놀라 바였다. 조앤은 포장을 뜯고 고개를 숙인 채 바를 조금씩 베어 먹었다. 가끔 한 번씩 고개를 들어 주위를 두리번거리긴 했지만 내가 있는 방향을 알아차리진 못했다. 조앤은 얼핏 보기에 강박증 환자 같았지만 또 완전히 그런 것도 아니었다. 조앤은 초조해하는 미치광이처럼 굴었다. 내가 알던, 놀라울 정도로 침착하던 대학생 시절의 조앤과는 완전히 다른 사람이었다. 당시의 조앤은 가장 긴

박한 상황에서도 소름이 끼칠 정도로 침착했었는데 말이다. 얼굴이 아주 예쁘지도 않았고 눈에 띄는 존재도 아니었지만 차분한 자신감과 전혀 동요하지 않는 성격 덕분에 주변 사람들과 스스로를 차별화할 수 있었다.

푸드코트 맞은편에 있는 저 여성은 이제 내가 전혀 모르는 사람이 되어 있었다. 비록 환자들에게는 이 이야기를 절대 하지 않지만, 나는 마음속 깊은 곳에서 인간이란 결코 변하지 않는 존재라고 믿었다. 그저 성격 중 일부를 다른 사람들과 다르게 좀 더 도드라져 보이게 만들 수는 있겠지만 말이다. 어린 시절 양육을 잘 받은 사람이 타고난 천성을 좋은 방향으로 개발시킬 수 있다는 데에는 의심의 여지가 없다. 나는 사람들이 자신의 성격을 좋은 방향으로 이끌도록 돕는 데 유용한 도구를 찾기 위해 직업적 삶의 대부분을 투자했다. 하지만 대부분의 경우 아주 이른 시기에 받은 카드만을 가지고 평생을 살아갈 수밖에 없다. 극적으로 성격이 바뀐 사람을 보면 나는 항상 그런 일이 일어나게 된 근본적인 원인이 궁금했다. 도대체 한 사람의 천성을 압도하고 그 사람을 새로운 성격으로 뒤덮어버린 버튼은 어디에 있을까? 임의의 한 사람을 그간 친하게 지내던 사람의 눈에까지도 완전히 달라 보이게 만들 수 있는 힘은 어디에 있을까?

이미 말했듯이 스트레스, 불안, 심리적 문제는 항상 사람의 얼굴에 나타나곤 한다. 나는 조앤의 얼굴에서 문제가 발생했음을 읽었다. 왼쪽 관자놀이에 뚜렷하게 돋아 있는 혈관, 시무룩하게 축 처진 입꼬리, 미간 주름. 지금 조앤은 도움이 필요한 상황 같았지만 나는 그 도움을 줄 수가 없었다. 직감은 내게 그냥 이 자리를 피하라고 말했지만 그럴 수도 없었다.

왜냐하면 아직도 조앤이 무슨 말을 하고 싶어 하는지 궁금했기 때문이다. 나는 '협정'을 이해하고 싶었다. 앨리스와 내게 탈출할 방법이 있을 거라는 희망을 포기할 수가 없었다. 어쩌면 조앤의 불안, 얼굴과 신체 및 목소리에 나타난 변화야말로 '협정'에 대한 의문의 완벽하게 논리적인 대답일지도 모른다. 만약 그렇다면 나는 앨리스가 이렇게 되는 것을 원치 않았다.

나는 핫도그 두 개와 그린레모네이드 두 잔을 주문했다. 그리고 조앤이 앉은 테이블로 다가가 음식이 담긴 쟁반을 조앤 앞에 내려놓았다.

조앤은 휴대전화에서 고개를 들었다. 관자놀이의 혈관이 움찔 떨렸다.

"제이크."

조앤은 나를 '친구'가 아니라 '제이크'라고 불렀다. 목소리에서 피곤함과 부드러움이 느껴졌다. 조앤의 눈빛 깊은 곳에는 피로뿐만 아니라 온기도 느껴져서 마음이 놓였다.

"핫도그 어때?"

"원래는 이런 거 먹으면 안 돼."

조앤은 그러면서도 핫도그를 하나 집어 들고 크게 한입 베어 물었다. 그리고 레모네이드 뚜껑에 난 구멍에 빨대를 꽂아서 쭉 빨아 마셨다.

"네가 안 올 줄 알았어."

조앤이 말했다.

"내가 언제 약속을 어긴 적 있었어?"

“어떻게 하는 게 널 위한 길인지를 안다면 사실 여기 오면 안 돼. 하지만 네가 와줘서 난 기뻐.”

조앤은 테이블 위에 내려놓은 손으로 날 가리켰다. 나는 테이블 밑으로 시선을 내려 조앤의 발을 보고 싶은 유혹에 사로잡혔다. 손이 아니라 발이 향하는 방향이야말로 진정 그 사람이 흥미를 느끼는 곳을 가리킨다. 조앤의 손톱은 길었고, 반짝이는 핑크빛 매니큐어가 발라져 있었다. 대학교에 다닐 때는 손톱도 짧고 아무런 치장도 되어 있지 않았는데.

“우리가 어떤 곳에 들어와 있는지 알아, 제이크?”

“너한테서 그 얘기를 들으려고 온 건데.”

“빌라 카리나에서 널 보았을 때 사실 네 귀에 대고 당장 도망쳐서 다시는 돌아오지 말라고 말해주고 싶었어. 하지만 이미 늦었다는 사실을 알고 있었지. 그리고 동시에, 이렇게 말하긴 정말 미안하지만 널 보니 너무나도 반가웠어. 물론 그건 내 이기적인 감정이야. 난 정말 외로웠거든.”

“내가 여기 들어오면 안 된다고 했지? 이유가 뭐야?”

조앤은 휴대전화를 만지작거렸다. 나는 조앤이 할 말을 정리하고 있다는 사실을 알아차렸다. 머릿속으로 문장을 구성하는 모습이 보일 정도였다.

“‘협정’은 나를 신뢰하지 않아, 제이크. 우리 둘이 함께 있는 모습을 누가 보면 아주 곤란해질 거야. 나뿐만 아니라 너까지도.”

“뭐가 어떻게 곤란해진다는 건데?”

“앨리스가 펀리로 끌려갔었다고 들었어.”

“사막에 있는 감옥 같은 데 말이야?”

조앤은 어깨를 으쓱했다.

"나도 거기 간 적 있어. 처음에는 그렇게까지 끔찍하진 않았어. 당황스럽고 난감했지만 그래도 참을 만했어."

"그런데?"

"그런데 점점 갈수록 나빠졌어."

나는 조앤의 애매한 말이 너무 답답하게 느껴졌다.

"뭐가 어떻게 나빠졌다는 거야?"

조앤은 허리를 꼿꼿하게 세우고 앉았다. 이번에도 머릿속으로 할 말을 정리하는 모양이었다.

"제이크, 넌 앨리스가 그리로 다시 끌려가지 않도록 할 수 있는 한 모든 일을 다 해야 해."

"맙소사, 조앤. 넌 어쩌다가 그런 델 들어가게 된 거야?"

나는 조앤에게 그렇게 물으면서 황이나 이언, 이블린 같은 다른 사람들이 내게 정확히 똑같은 질문을 던지는 모습을 충분히 상상할 수 있었다.

"진실을 원해?"

조앤의 목소리는 날카로웠고 거기서 묻어나는 분노는 자기 자신을 겨냥하고 있었다.

"시작은 멍청한 교통사고 때문이었어. 잠깐 밖에 나왔다가 얼른 직장으로 돌아가야 해서 굉장히 서두르고 있었지. 그때 갑자기 비가 내려서 도로가 미끄러워졌어. 포르셰 한 대가 내 차선으로 들어오다가 범퍼를 스쳤고 결국 난 뒤로 쭉 미끄러졌지. 눈을 떠보니 병원이었어. 정신을 차리기 전까지 나는 굉장히 생생한 꿈을 꾸고 있었어. 마치 마약에 취해 꾸는 듯 다채로운 꿈은 아니었지만 다른 의미에서 생생한 꿈이었어. 갑자기 자기 인생을 완전히 다른 시점에서 보게 되는 일이 일어나면 어떨 것 같아? 그리고 지금 가지고 있던 문제에 대한 해결책 또는 나아갈 방향이 느닷없이 아주 선명하게 보인다면? 아무튼 나는 지난 몇 년 동안 내 삶이 너무나도 어리석었다는 사실을 깨닫게 됐어. 학교에 다녔던 일, 끝내지 못한 논문, 괜히 비싸게 주고 산 집…… 전부 다 틀렸던 거야. 그 모든 시간을 다 낭비하면서…….”

“그래서 어디 다친 데 있어?”

“뇌진탕, 얼굴 몇 바늘 꿰매고, 갈비뼈 골절, 골반 골절. 아마 핸들에 무슨 문제가 있었나 봐. 그래도 운이 좋았어. 그거 알아? 인간의 몸에는 부러지면 죽는 뼈가 딱 두 개 있대. 그중 하나가 골반.”

“뭐? 그럼 나머지 하나는?”

“대퇴골. 아무튼 나는 의사가 깨우러 올 때까지 계속 그 생생한 꿈에 대해 생각하고 있었어. 의사는 닐 찰스라고 자기 이름을 밝히고는 갑자기 아주 개인적인 질문을 하기 시작했어. 내가 뇌진탕 상태였기 때문에 제정신인지 아닌지 확인하려는 의도였을 거야. 나는 그때 약에 취해서 모든 것이 다 몽롱한 상태였어. 의사는 자기가 들고 있던 차트를 작성하면서 내 건강 상태에 대해 물었어. 담배는 피우는지, 술은 마시는지, 무슨 알레르기는 있는지, 운동은 얼마나 하는지, 성생활은 활발히 하는지. 그리고 간호사가 들어와서 내 가운을 벗겼어. 닐이 내 몸에 자동차 충돌로 인한 멍이나 타박상, 베인 상처가 없는지 확인하는 동안 간호사는 내 옆에 서서 손을 꼭 잡아주고 있었어. 그때 나는 꼭 닐이 그 크고 따스한 손으로 내 몸을 어루만지면서 그동안 입었던 인생의 크고 작은 상처들을 분석해주는 것 같다는 이상한 느낌을 받았어. 몸의 거의 모든 부분을 다 만졌거든. 내 몸의 모든 정맥이 다 긴장하는 바람에 나는 꼼짝도 할 수 없고 도망칠 수도 없을 것 같은 기분이었지만, 싫진 않았어. 오히려 안심했지. 나머지 이야기는 굳이 할 필요 없을 것 같으니까 생략할게. 아무튼 우리는 많은 하객들과 현악 사중주 연주자들의 축하를 받으며 결혼했어. 그 후 인생은 180도로 바뀌었어."

"멋지네."

"아냐, 전혀 멋진 일이 아니야, 제이크. 그 생생하기 짝이 없었던 꿈은 그냥 잘못된 통찰에 불과했어. 지금 생각해보면 난 이미 올바른 길을 걷고 있었고, 올바른 선택을 하고 있었고, 올바른 희생을 치렀어. 정신과학 박사 학위를 따려고 열심히 노력하고 있었거든. 생각보다 오래 걸렸고 집을 사느라 빚을 지긴 했지만 그냥 계속 거기서 분투했어야 했어. 발단은 닐의 한 마디였어. 닐은 내가 정신과 의사가 되기에는 '너무 똑똑하다'고 말했거든."

나는 히죽 웃었다.

"하찮은 심리상담사가 듣기에는 참 고마운 소리네."

"닐은 아무것도 몰라. 나는 그 말에 홀랑 넘어가서 MBA를 따고 찰스 슈와브에 들어가서 증권 일을 하는 게 더 낫겠다고 확신하게 됐지만, 나중에 알고 보니 닐은 정신과학에 아주 심한 편견을 가지고 있었던 사람이었어. 아무튼 짧게 말하면 우리가 만난 지 몇 달 되지 않아서 나는 박사과정을 그만두고 경제학부에 다니기 시작했어."

"시간 낭비했네. 전공에 진짜 재능이 있었는데 아깝다."

"네가 그때의 나한테 그 말을 해줬어야 했는데 말이야."

조앤이 말했다. 나는 테이블 아래쪽을 흘끔 쳐다보았다. 조앤의 두 발이 모두 나를 똑바로 가리키고 있었다.

"내가 아이 낳고 싶어 하던 거 기억나?"

"응, 툭하면 아이를 많이 낳아서 대가족을 만들고 싶다고 했었지."

"하지만 그런 일은 일어나지 않을 거야."

"안타깝네."

나는 조앤이 도대체 무슨 소리를 하려고 그러나 의아해하면서 말했다.

"나도 안타까워. 문제가 뭐냐면 말이야, 제이크. 난 임신 경험이 있어. 아이를 낳을 수 있는 몸이야. 아마 닐에게 발목을 잡히지 않았다면 지금도 충분히 가능할 거야. 하지만 닐은 그 문제에 대해서는 절대 이야기하지 않으려 해. 관계를 갖다가 실수로 임신이 되었는데, 닐은 그게 '협정' 안에서 우리가 평화로운 삶을 사는 데 걸림돌이 될 거라고 했어."

문득 처음으로 나는 '협정' 파티에서 그 누구도 자식에 대해 언급하지 않았다는 사실을 떠올렸다.

"그럼 '협정'에 가입한 부부들 중 아이를 낳은 사람은 아무도 없다는 소리야?"

"몇몇은 있어. 그런데 대부분은 없어."

"그게 뭐 규칙에 어긋나는 짓이야?"

"정확히 그런 건 아닌데, 올라가 자식이 있으면 결혼 생활에 지장이 생긴다고 했거든."

"자식을 낳아야 '협정'도 미래의 회원을 확보할 수 있는 거 아니야?"

"그런 식으로 일이 이루어지지는 않아. '협정' 회원의 자식으로 태어난다고 저절로 자격이 주어지는 건 아니거든. 게다가 '협정'은 오로지 두 사람의 결혼 생활에만 집중할 뿐이지 자식에 대해서는 큰 관심이 없어. 무슨 일이 있어도 남편만은 사랑해야 하지만, 자식에 대해서는 사랑하든 말든 상관없어."

"탈퇴하겠다는 생각은 해본 적 없어?"

내가 과감하게 묻자 조앤은 씁쓸하게 웃었다.

"안 했을 것 같아? 낙태를 하고 나서 난 용기를 쥐어짜서 이혼 전문 변호사를 찾아갔어. 그랬더니 닐이 '협정'에 나를 고발했지. '협정'은 나를 소환해서 내가 저지른 잘못들을 적은 긴 목록을 보여주면서, 만약 계속 이혼을 진행한다면 내 집과 직업을 빼앗고 사회적 평판까지 바닥에 떨어뜨리겠다고 협박했어. 나 하나 없애는 건 너무나도 쉬운 일이라면서. 정말 우스운 게 뭔지 알아? 닐은 원래 '협정'에 가입할 마음이 없었어. 먼저 가입하자고 설득한 건 닐이 아니고 나였어. 닐이 옛 룸메이트에게서 '협정'의 선물을 받았을 때 나는 이미 결혼을 후회하고 있었어. 그때 '협정'은 마치 내게 생명줄처럼 느껴졌어. 아무튼 짧게 말하면 나는 닐한테 일단 시도나 한번 해보자고 했고 그래서 결국 가입을 하긴 했는데 모든 일들이 나한테 불리하게만 돌아갔어. 반대로 어디에 가든 모든 사람에게 사랑받는 존재였던 닐은 '협정' 내에서도 자리를 잘 잡았고 어느 날 갑자기 올라에게서 닐에게 북미 지역 위원장을 맡아달라는 연락을 받았는데 별로 놀라운 일도 아니었지."
"지역 위원장?"
조앤은 반쯤 먹은 핫도그를 케첩 속에 풍덩 담그고 빙빙 돌렸고, 나는 조앤의 엄지손톱에 화려한 매니큐어가 칠해져 있었음에도 불구하고 손톱 주위가 온통 너덜너덜하고 피투성이라는 사실을 알아차렸다.
"'협정' 내에는 세 개의 지역 위원회가 있고 각각의 위원회는 일곱 명의 구성원으로 이루어져 있어. 모든 위원회는 3개월에 한 번씩 만나서 아일랜드에 있는 작은 모임에 보고할 의무가 있고."
"어디서 만나는데?"
"매번 달라. 아일랜드에는 최소한 1년에 한 번은 가고, 가끔은 홍콩에서 만날 때도 있어. 어떨 때는 펀리에서 만나기도 해."
"만나서 무슨 얘기를 하는데?"
"안 하는 얘기가 없어."
음울하게 말하던 조앤은 갑자기 내게 몸을 내밀었다.
"모든 사람에 대한 이야기를 다 해. 내가 지금 무슨 말을 하는지 알겠어?"
나는 팔찌와 초커를 떠올렸다. 비비언과 데이브는 항상 우리가 말했던 것보다 우리에 대해 더 많이 알고 있었다.
"그리고 새로운 규칙을 만들어. 매년 매뉴얼에 추가 사항을 만들고, 판사들의 판결과 항소심에 대해 토론해. 재정이나 투자 분야에 대해서도 관여하지. 그리고 문제가 많은 회원들에 대한 대책도 세우고."
"도대체 왜?"

"닐의 말에 따르면 위원회의 목적은 모든 사람들이 성공적인 결혼 생활을 할 수 있도록 든든하게 보장해주는 데에 있대. 그게 다야."

"결혼이 실패로 돌아가면?"

"그게 문제야. 절대 실패로 돌아가게 하질 않아."

"실패하는 커플도 분명 있을 텐데?"

나는 계속 물고 늘어졌다. 조앤은 지겹다는 듯 고개를 가로저었다.

"너도 '협정' 내에서는 아무도 이혼하지 않는다는 얘길 들었을 거 아니야?"

조앤은 내 귀에 얼굴을 바짝 들이대고 귓속말을 했다. 숨결에서 케첩 냄새가 났다.

"그건 사실이야, 제이크. 하지만 그 사람들은 네게 '협정' 내의 모든 결혼이 끝까지 유지되는 건 아니라는 이야기는 해주지 않았겠지."

"무슨 말인지 이해가 안 가."

"펀리는 정말 끔찍한 곳이야. 하지만 내가 올바른 사고방식을 갖고 있는 한 그 처분을 받아들일 수 있어. 사실 난 '협정'의 규칙도 마음에 들어. 의무적으로 데이트를 하고 선물을 주고받아야 한다는 규정도."

"그런데 뭐가 문제야?"

조앤은 슬픔과 절망의 구름으로 뒤덮인 표정으로 말했다.

"나도 물증은 없고, 만약 있다 하더라도 아무 말도 하면 안 돼. 한번은 위원회 모임이 샌프란시스코에서 열렸을 때 올라와 함께 저녁을 먹은 적이 있어. 다른 사람은 없었고 올라와 우리뿐이었어. 닐은 그때 내가 입을 옷을 자기가 정해야 한다고 우겼어. 그리고 올라한테 절대로 개인적인 질문은 하지 말라고 했어. 몇 년에 걸쳐서 '협정'은 내게 그렇게나 개인적인 질문을 많이 했는데 말이야. 서류를 작성하고, 상담사도 여럿 만났고, 편리에서는 면담을 하면서 녹음까지 했는데. 글쎄 그걸 '진실성 검사'라고 부르더라니까."

"네 말을 다 녹음했다고?"

조앤은 고개를 끄덕였다.

"닐에게 혹시 올라가 내 '진실성 검사' 면담 녹음을 들은 것 아니냐고 물었더니 닐도 그 사실을 부정하지 않았어. 그냥 나보고 최선을 다해 잘 처신하라고만 하더라고. 대화는 올라가 주도하게끔 내버려두고."

"그래서 만나니 어땠어?"

"굉장히 카리스마 있는 사람이었지만 기이할 정도로 변덕이 심했어. 방금 전까지는 내게 관심을 두고 있다가 다음 순간에는 그냥 나를 통과해서 다른 곳을 보고 있는 것 같은 느낌? 오싹하더라고."

조앤의 이야기를 들으면 들을수록 나는 갈피를 잡을 수가 없었다. 인터넷으로 찾아본 바에 따르면 올라는 조앤의 이야기와 전혀 다른 사람이었다. 사진 속에서 올라는 아주 친근하고 지적이며 무해해 보였다. 마치 누구나 잘 따르는 나이 많은 고모할머니나 고등학교 선생님 같은 인상이었다.

"'협정' 회원의 모든 결혼이 끝까지 유지되는 건 아니라는 말은 무슨 뜻이야?"

"'협정' 안에서 이혼은 없어. 하지만 과부와 홀아비는 존재할 수 있지."

"뭐라고?"

목구멍이 바싹 말랐다.

"그건 그러니까……."

조앤이 불안한 눈빛으로 주위를 둘러보았다. 이마에 식은땀이 배어나는 것 같더니 금세 말을 돌렸다.

"아냐, 아무것도 아니야."

조앤은 휴대전화만 만지작거리며 내 시선을 피했다.

"내가 너무 깊이 생각한 모양이야. 닐도 늘 그렇게 말하거든. 편리에서 지냈던 시간 때문에 자꾸 그런 착각이 드나 봐. 너도 알다시피 난 항상 똑바로 생각을 못 하잖아."

"내가 알던 조앤은 항상 똑바로 생각하는 사람이었어."

"그렇게 말해줘서 고맙긴 한데, 생각해보면 예전의 넌 항상 모든 여자들한테 입에 침도 안 바르고 칭찬하곤 했었어."

"내가?"

순간적으로 황당한 혐의가 걸리는 바람에 이야기가 옆길로 새고 말았다.

"여자 친구, 그냥 여자인 친구, 동료들까지 전부. 그게 무례했다는 말은 아니야. 아마 넌 지금도 네 아내가 세상에서 제일 아름답고 완벽한 최고의 여자라고 생각하고 있겠지."

조앤의 말투에서는 묘한 가시가 느껴졌다. 하지만 그게 날카로운 말이라는 느낌은 들지 않았다. 내가 앨리스를 존중하는 건 앨리스에게 존중할 만한 점이 많기 때문이다. 내가 앨리스를 사랑하는 건 앨리스를 사랑하는 일이 너무나도 쉽기 때문이다. 내가 앨리스가 아름답다고 생각하는 건, 당연히 실제로 아름답기 때문이다.

"조앤, 그 과부와 홀아비에 대한 이야기는 뭐야?"

나는 조앤을 원래 하던 이야기로 되돌리려 했다.

"거기엔 많은 이유가 있어. '협정' 사람들은 보통 사람들보다 훨씬 많은 여행을 하잖아. 그러니까 보통 사람들보다 훨씬 위험한 삶을 살고 있는 셈이야. 하지만 그렇지 않았다면 우리 모두 '협정'에 가입하진 않았을 거야. 그치? '협정'은 특정 타입의 인간을 유난히 매혹시키는 부분이 있어."

조앤이 갑자기 말을 우르르 쏟아냈다. 나는 낯선 사람들이 나타나 앨리스에게 구속복을 입히고 검은 SUV에 태워 편리로 끌고 갔던 일을 떠올렸다. 그리고 어설픈 세스나기를 타고 온 파일럿에 대해서도 생각했다.

"수백 가지 다양한 이유들이 있을 거야."

조앤은 마치 자기 스스로를 설득시키려는 듯 말했다.

"어떤 이유? 무슨 위험?"

"이상한 사고, 익사, 식중독. 어쩌면 우연일 수도 있지만, '협정' 사람들은 젊은 나이에 죽는 비율이 이상하게 높아. 그리고 배우자를 잃은 사람은 항상 '협정'의 강요로 인해 새로운 관계를 맺고, 거기서 결혼으로 이어지는 속도도 굉장히 빨라."

"누가 그런데?"

조앤의 말을 듣고 있자니 실제로 그런 사람이 있었다는 사실이 느껴졌다. 나는 그게 누군지 알고 싶어 죽을 지경이었다.

"데이브랑 케리 알지?"

"당연히 알지. 앨리스가 데이브를 일주일에 한 번씩 만나고 있는걸."

"나도 알아."

"어떻게?"

내가 물었으나 조앤은 그 문제는 큰 상관이 없다는 듯 허공에 손을 내저었다.

"데이브랑 케리는 전에 각자 결혼한 적이 있어."

"두 사람 다 배우자가 죽었단 말이야?"

"응, 몇 년 전에. 아마 나랑 닐이 '협정'에 가입했을 때쯤."

"둘 다 젊어 보이던데."

"맞아. 둘은 '협정'을 통해 만났어. 어쩌면 이것도 우연일지 모르지만 둘 다 가입 3개월 전에 배우자를 잃었어. 케리의 전남편 토니는 호수에서 보트 사고를 당했어."

조앤은 어깨를 으쓱했다.

"그리고 데이브의 전부인 메리는 사다리를 타고 2층 창을 닦다가 떨어져서 보도블록에 머리를 부딪쳤어."

"끔찍한 일이네. 하지만 얼마든지 일어날 수 있는 사고야."

"메리는 바로 죽지 않고 혼수상태에 빠졌어. 하지만 데이브는 메리의 연명장치를 2개월 후 뗐지."

조앤의 관자놀이에서 혈관이 꿈틀거렸다.

"근거 있어?"

"생각해봐, 데이브의 아내와 케리의 남편은 편리에 자주 끌려가곤 했어. 닐은 둘 다 '잘못된 생각'을 갖고 있던 사람들이었다고 말했어. 소문에 따르면 두 사람이 저지른 죄는 '협정'의 규칙에 대한 오독에서 온 혼란과 불륜 사이에 걸쳐 있었다고 해. 난 데이브와 케리의 결혼식에 갔었어. 두 사람의 배우자들이 각각 죽은 지 얼마 안 된 후에 열린 결혼식이었지. 두 사람을 보고 정말 기뻤어. 둘 다 무척이나 힘들어했거든. 그래서 난 그들이 살면서 더 나은 대접을 받을 만한 사람들이라고 생각했었어. 닐과 나는 신혼이었고, 그때까지는 결혼에 열정적인 태도를 갖고 있었어. 그래서 결혼식의 타이밍과 우연에 대해 두 번 생각하진 않았었지. 하지만 그 결혼식에서 이상한 점이 하나 있긴 했어."

"그게 뭔데?"

"보통 이런 행복한 상황에서도 결국 상실감은 남아 있기 때문에 어느 정도 슬픈 분위기가 있긴 해야 하잖아? 건배를 할 때나 사람들의 대화 속에서 죽은 배우자들의 이름이 거론되는 것도 부자연스러운 일은 아니고. 누군가는 죽은 배우자들에 대해 이야기를 꺼낼 수도 있잖아. 결혼식에 참석한 사람들은 모두 전 배우자들을 알고 있었거든. 그런데 그 결혼식에서 메리와 토니는 완전히 잊힌 존재 같았어. 아니, 잊힌 게 아니라…… 지워진 거야."

"설마 너 지금 '협정'이 협박이나 중상모략 이상의 범죄를 저지르고 있다고 생각하는 거야? 그건 살인이야."

조앤이 시선을 돌리고 부드럽게 말했다.

"빌라 카리나의 파티에서 널 만나기 직전에도 똑같은 일이 벌어졌었어. 너와 앨리스가 결혼하기 바로 몇 달 전에 한 커플이 결혼했지. 마린에서 온 엘리와 엘레인이라는 힙스터 커플이었어.

빌라 카리나에서 파티가 열리기 나흘 전, 두 사람이 탄 차가 스틴슨 해변에서 발견됐어. 난 닐과 그 이야기를 하고 싶었지만 닐은 계속 입을 다물었고, 아무리 신문을 뒤져도 전혀 기사가 나지 않았어. 두 사람은 그냥 사라진 거야. 제이크, 엘리와 엘레인이 '협정'에 가입했을 때 닐은 그 사람들에 대해 언급했었어. 이상하게도 '협정' 사람들은 그 둘을 별로 좋아하지 않았어. 나도 이유는 몰라. 좋은 사람들이었는데 말이야. 엘레인은 남편에게 좀 과한 애정을 갖고 있긴 했지만 그렇게 심각한 일은 아니었어. 옷차림이 특이하고 초월 명상에 푹 빠져 있긴 했지만 그게 뭐 큰일은 아니잖아? 아무튼 두 사람이 사라지고 나서 데이브와 케리의 배우자들에 대해 생각하게 됐어. 그리고 지난 몇 년 동안 '협정' 내에서 열린 결혼식들에 대해서도. 나는 '협정'이 회원 이외의 사람들을 조직의 위협으로 간주하고 결혼 생활에 악영향을 미치는 것을 막기 위해 일종의 조치를 취한 사건에 대해 몇 번이나 들었어."

조앤은 의자 등받이에 기대 앉아 그린레모네이드를 홀짝홀짝 마셨다. 조앤은 나를 똑바로 바라보고 있었으나 도통 무슨 생각을 하는지 알 수 없었다. 한 어머니와 두 아이가 우리 옆에 앉아서 판다 익스프레스에서 사 온 음식을 먹고 있었다. 아이들은 포춘 쿠키를 쪼개 보고는 까르르 웃었다. 나는 조앤의 휴대전화를 가만히 바라보았다. 그것은 우리가 대화를 나누는 내내 테이블 위에 계속 놓여 있었다.

조앤이 컵을 내려놓았다. 그리고 엄지손톱 안쪽 부분으로 각 손가락의 손톱 끝을 하나씩 하나씩 누르기를 반복했다. 미묘하긴 했지만 제정신이 아닌 사람 같았다.

"그 사람들은 전부 아무런 흔적도 없이 사라졌어, 제이크."

나는 항상 새 내담자들을 만날 때마다 반드시 그들이 평상시에 어떤 모습인지 알아내는 일부터 시작한다. 인간은 아주 폭넓은 감정 속에서 살고 있으며 누구나 기복이 있다. 십 대들은 그 기복이 훨씬 거칠고 넓다. 나는 항상 모든 사람들이 '정상적인' 모습일 때 어떤지를 알려 노력한다. 그래야 그 사람의 유난히 고조된 모습과 유난히 가라앉은 모습이 어느 정도인지를 알 수 있기 때문이다. 조앤의 경우 여전히 '정상적인' 모습이 어떤지 알 수가 없었다. 조앤은 온몸이 불안감으로 가득한 벌집 같았다. 나는 조앤이 이토록 공포에 질린 이유를 알고 싶었다. 그래야 조앤이 지금 하는 이야기의 맥락을 이해할 수 있을 터였다. 정신적으로 균형을 잃었기 때문일까? 조앤의 통찰력을 지금 믿어도 되는 걸까? 나는 조앤의 휴대전화를 쳐다보고 문득 걱정이 되었다. 우리가 이렇게 만나고 있는 상황을 닐이 알면 어떻게 될까? 조앤이 손바닥으로 손톱을 느릿느릿 문질렀다.

"옛날에는 짧게 깎고 다녔는데."

나는 손을 뻗어 그 길고 매끈매끈한 손톱을 건드렸다.

"닐이 긴 걸 좋아해서 이렇게 하고 있어."

조앤은 내 눈 앞에서 손을 펼쳐서 보여주었다. 모조 보석으로 가득 장식해서 반짝반짝 빛나는 손톱이었다. 나는 조앤의 넷째 손가락이 집게손가락보다 길다는 사실을 알아차렸다. 손가락 길이와 불륜 가능성 사이에는 실질적인 상관관계가 있다. 상당히 믿을 만한 연구에 따르면 넷째 손가락이 집게손가락보다 긴 그 사람은 바람을 피우기 쉽다고 한다. 그 이유는 테스토스테론의 분비와 관련이 있다. 조사 결과를 읽고 나서 나는 앨리스의 손을 바로 쳐다보았고, 넷째 손가락이 집게손가락보다 짧다는 사실을 알고 호들갑스럽게 안심했었다.

"그럼 나도 우리 부부의 안전에 대해 걱정해야 하는 거야?"

내가 묻자 조앤은 잠시 생각에 잠겼다.

"응. 그 사람들이 너희에게 무슨 짓을 할지 몰라. 너희 부부가 약간 신경을 건드리긴 했어. 앨리스는 특이해. 그들은 앨리스를 좋아하는 동시에 싫어해. 어쨌든 둘 다 너희에게는 안 좋은 일이야."

"그럼 내가 뭘 어떻게 해야 하는데?"

"조심해, 제이크. 그냥 '협정'이 시키는 대로 말을 잘 들어. 호기심을 갖지 말고 너무 따지고 들지도 마. '협정' 측에서 너희에게 관심을 잃게끔 만들어. 너희에 대한 화제가 너무 자주 오르지 않도록 해. 의심받을 여지가 있는 건 글로 남기지 말고, 말로 하지도 말고, 귓속말도 하지 마. 편리에 가면 안 돼. 절대로 편리에 가면 안 돼."

조앤이 지갑으로 손을 뻗었다.

"그만 가야겠어."

"잠깐만, 나 아직 질문을……."

"우린 이미 너무 오래 함께 있었어, 제이크. 같이 나가진 말자. 너는 여기 몇 분 더 있다가 다른 출구로 나가도록 해."

나는 여전히 우리 사이의 테이블 위에 놓여 있는 휴대전화를 가리켰다.

"사실 난 이것 때문에 계속 거슬렸어."

조앤이 휴대전화를 내려다보았다.
"어쩔 수 없어. 꺼놓거나 집에 남겨놓고 왔다가는 더 큰 문제가 생길 테니까."
"다시 만날 수 있을까?"
"그건 별로 좋은 생각이 아닌 것 같아."
"다시 안 만나는 게 더 큰 문제가 될 것 같은데. 마지막 주 금요일은 어때?"
"노력해볼게."
"다음에는 집에 휴대전화 놓고 와."
조앤은 휴대전화를 집어 들고는 내게 작별 인사 한 마디 없이 몸을 돌려 나갔다. 나는 조앤이 푸드코트 건너편으로 걸어가는 모습을 지켜보았다. 조앤은 굽이 높은 구두를 신고 있었다. 예전에 조앤을 알고 지냈을 때는 한 번도 신었던 적이 없는 구두였기 때문에 아마도 닐의 취향일 거라 짐작할 수 있었다. 결혼은 타협이라고, 매뉴얼에도 적혀 있다.
나는 테이블에 가만히 10분 정도 앉아서 뒤숭숭한 생각에 잠겼다. 뭘 어떻게 해야 좋을지 알 수 없었다. 조앤을 만나러 올 때만 해도 한두 가지 일이 벌어질 거라고 마음속으로 기대했었다. 아니면 최소한 우리가 '협정'의 기묘한 규칙과 처벌에 대해 서로 불평불만을 늘어놓거나, 하다못해 조앤이 어쩌다 저런 강박증 같은 증세를 보이게 되었는지에 대한 이유를 알아낼 수 있을지도 모른다고 말이다. 아니, 강박증 같은 증세가 아니라 강박증이 맞을지도 모른다. 그리고 나 역시 그럴지도. 조앤이 강박증이라는 사실은 대화 맥락으로 대충 확신할 수 있었다. 집단에 대한 강박증은 그 집단이 한 사람을 단체로 괴롭힐 때 발생하는 법이다.

나는 쇼핑몰로 돌아갔다. 이번 달에 앨리스에게 줄 선물을 사야 했기 때문이다. 나는 메이시스 백화점으로 들어가서 스카프 하나를 골랐다. 우리가 만나기 전에 앨리스는 스카프를 하고 다닌 적이 없었지만 나는 앨리스가 스카프를 두른 모습을 좋아했다. 밝은 파란색 스카프가 앨리스의 얼굴과 잘 어울릴 것 같아 그것으로 골랐다. 전철을 타고 시내로 돌아오는 동안 스카프를 꺼내 실크의 감각을 느끼던 나는 갑자기 부끄러워졌다. 처음 앨리스에게 스카프를 선물했을 때 앨리스는 마음에 든다고 했다. 하지만 앨리스가 스카프를 두른 것은 내가 둘러달라고 부탁했을 때뿐이었다. 두 번째도, 그리고 세 번째도 마찬가지였다. 취향과 성향에 맞춰 아내를 데리고 인형 놀이를 하고 있다면 내가 닐보다 나은 게 대체 무엇이란 말인가? 나는 선물을 쇼핑백에 도로 집어넣고 전철에 두고 내렸다. 앨리스는 나와 결혼하면서 무엇을 타협했을까? 결혼을 하면서 내가 아내에게 요구한 불공평한 점은 무엇이고, 아내가 내게 요구한 불공평한 점은 무엇일까?

50장

그다음 주, 우리는 내 40번째 생일을 축하하기 위해 내가 근방에서 제일 좋아하는 점잖은 레스토랑 '더 리치먼드'로 향했다. 앨리스는 내게 아마 한 달 월급을 다 털어서 산 것으로 보이는 아름다운 손목시계를 선물했다. 시계 뒷면에는 '제이크에게. 내 모든 사랑을 담아. 앨리스가'라는 글씨가 각인되어 있었다. 그다음 주는 늦게까지 일하고, 상담 보고서를 작성하고, 옛 동료가 공저자가 되어달라고 부탁했던 논문을 검토하느라 바빴다. 집에 오는 길에 나는 저녁으로 먹을 부리토를 몇 개 샀다. 집 계단에 들어서자 차고 쪽에서 노래를 흥얼거리는 소리가 들려왔다.

우리 부부가 이 집으로 이사 왔을 때 앨리스는 갓 로스쿨을 졸업한 상황이었다. 법률을 배워서 먹고살겠다는 장밋빛 미래도 빛바래고, 앨리스는 우울한 기분으로 지방법원의 서기 일을 묵묵히 해내고 있었다. 앨리스는 법을 배우겠다는 생각 자체가 실수가 아니었던가 하고 생각하기 시작한 참이었다. 음악, 자유, 창의성, 그리고 아마도 옛 삶 자체를 그리워하던 게 아닌가 싶다. 만약 공부하기 위해 그렇게 어마어마한 대출을 받지 않았더라면 진작 그만뒀을 것이다.

그렇게 우울해하던 기간 동안의 일이다. 앨리스가 2층에서 일요일 하루 내내 공부를 하는 동안 나는 아래층 차고를 뚝딱뚝딱 고쳐서 그녀를 위한 특별한 음악용 공간을 만들었다. 앨리스에게 옛 삶으로 돌아갈 수 있는 작은 문 하나를 만들어주는 것은 무척이나 중요한 일일 것 같았다. 나는 차고 뒤쪽의 한구석에 크게 칸막이를 치고 벽에 매트리스를 붙인 뒤 바닥에는 두툼한 깔개를 여러 겹 깔았다. 그리고 여러 가지 악기, 스탠드, 앰프, 마이크 등등 앨리스가 상자 속에 숨겨서 작은 비밀 방에 처박아놓았던 물건들을 전부 다 끄집어냈다. 저녁이 다 되었을 무렵 잠깐 쉬러 내려왔던 앨리스는 쾅쾅거리는 소리를 듣고 놀라서 무슨 일인가 보러 왔다. 작고 아늑한 스튜디오를 본 앨리스는 너무 행복한 나머지 울음을 터뜨릴 뻔했다. 앨리스는 나를 껴안은 뒤, 곧바로 음악을 연주해주었다.

그 후로 앨리스가 그곳에서 음악을 연주하는 모습을 수도 없이 보았다. 나는 보통 앨리스의 사생활을 존중하는 편이다. 그냥 앨리스가 음악을 하도록 내버려두고, 다 하고 난 뒤 알아서 올라올 때까지 기다리곤 했다. 나는 앨리스에게 그런 배출구가 있다는 사실이 기뻤고, 항상 연주를 끝내고 나면 2층으로 올라와 내게로 돌아온다는 점도 좋았다.

집으로 돌아오던 나는 차고에서 들리는 음악이 조금 다르다는 사실을 알아차렸다. 처음에는 앨리스가 녹음된 음악을 틀어놓은 줄 알았지만 곧 그것이 라이브라는 것이 느껴졌고, 심지어 연주하는 사람은 앨리스 혼자가 아니었다. 옷을 갈아입고 부리토를 접시에 차려놓은 다음, 음악이 끝나고 앨리스와 손님이 함께 올라오기를 기다리기로 했다. 부리토를 몇 개 더 사 올 걸 그랬다고 생각했지만 좀처럼 아무도 올라오지 않았다. 나는 소리가 더 잘 들리도록 부엌문을 열었다. 아래에 사람이 서너 명은 있는 것 같았다. 음악을 더 뚜렷하게 듣기 위해 상대편 쪽에서 내가 보이지 않을 만큼만 계단을 내려갔다.

래더의 첫 앨범에 실린 몇 곡이 더 흘러나왔다. 앨리스의 목소리에 섞여 남자 목소리가 들렸다. 솔직히 말하면 지난 몇 달 동안 나는 에릭 윌슨에 대해 인터넷으로 제법 많은 정보를 조사했다. 그래서 그가 새로운 밴드와 함께 이번 주에 콘서트를 한다는 사실을 알고 있었다.

몇 곡이 더 들렸다. 소음은 곧 어쿠스틱 기타 및 오르간과 함께 그레이트풀 데드의 '박스 오브 레인'으로 바뀌었다. 나는 계단에 앉아 기타 소리를 가만히 들었다. 앨리스의 목소리가 그 불협화음을 뚫고 들렸고 금세 멜로디와 리듬이 제자리를 찾았다. 나는 전율이 느껴졌다. 앨리스의 목소리와 에릭의 풍부한 바리톤이 뒤섞이자 너무나 섹시하게 들려 기분이 묘해졌다.

나는 음악을 사랑하지만 어머니가 늘 말했듯이 음치였다. 그 소리를 듣고 있자니 내가 마치 동네 사람들의 사적인 이야기를 슬그머니 엿듣는 외국인이 된 듯 소외된 기분이 들었다. 하지만 그 노래를 처음부터 끝까지 다 듣고 싶었다. 앨리스가 이렇게까지 즐겁게 음악을 하고 있는데 그것을 방해하고 싶지는 않았다. 그들의 목소리는 너무나 잘 어울렸고 앨리스의 목소리는 남자의 목소리 주위를 자전하다가 정확한 순간 함께 어우러져 완벽한 화음을 이루었다. 이유는 잘 모르겠지만 여기 이 자리, 계단에 앉아 노래가 마지막을 향해 달려가는 것을 듣고 있으니 눈물이 고였다.

나는 이 순간 결혼에 대해 최근 몇 달 동안 했던 생각보다 훨씬 더 깊이 생각했다. 도대체 결혼이라는 게 뭘까? 우리가 어렴풋이 생각하던 보편적인 결혼의 개념은 두 명이 모여서 함께 사는 것이다. 하지만 갑자기 이런 생각이 들었다. 그러기 위해서는 두 사람 다 그동안 쌓았던 삶을 포기해야 한다는 뜻이 아닐까? 자연스럽게 예전의 자기 자신을 버려야만 하는 걸까? 한때는 우리에게 몹시도 중요했던 무언가를 결혼의 신에게 제물로 바쳐야 하는 게 아닐까?

내 입장에서는 앨리스와의 결혼을 얻어내기 위해 딱히 제물로 바친 건 없었다. 집도, 결혼식도, 함께하는 삶도 내 예전 삶에서 아주 자연스럽게 흘러왔다. 내가 받은 교육, 내 직업, 그리고 내가 꾸린 상담소까지 전부 새로운 삶을 위한 비옥한 재료가 되어주었다. 하지만 앨리스는 달랐으리라. 고작 몇 년 사이에 앨리스는 독립적인 예술가이자 마음껏 자유를 즐기던 미혼 여성에서 책임감에 짓눌리고 수많은 한계를 새롭게 강요받는 변호사로 바뀌었다. 비록 앨리스에게 얼마든지 예전처럼 살아도 된다고 격려했어도, 솔직히 말하면 최선을 다해 있는 힘껏 권한 적은 없었다. 그랬다. 나는 작은 차고 스튜디오를 만드는 정도의 소극적인 방식으로 앨리스를 위로해주었을 뿐이었다. 하지만 더 큰 문제가 되면, 예를 들어 다른 뮤지션들이 앨리스에게 스튜디오에 와서 카메오로 함께 녹음해줄 수 있겠느냐고 제의한다면 나는 절대 안 된다고 하진 않겠지만 애매하게 말리는 신호를 보낼 것이다. "주말에 강에나 갈까?", "그런데 우리 그날 저녁에 이언이랑 같이 저녁 먹기로 하지 않았어?"라면서.

나는 큰마음을 먹고 계단 아래로 내려가보기로 했다. 그들을 방해하지 않기 위해 최대한 조용히 발걸음을 옮겼다. 밑에 도착해보니 그 휑뎅그렁한 차고는 한창 연주가 흘러나오는 구석 스튜디오를 제외하면 칠흑처럼 어두웠다. 앨리스는 내게 등을 돌리고 다른 사람들을 바라보고 있었으며 드러머와 키보드 연주자는 완전히 음악에 심취해 있었다. 하지만 에릭은 내 쪽을 보고 있었고, 내 존재를 인식했다. 그는 나를 보고 아는 체하는 대신 다른 멤버들에게 무어라 중얼거렸다. 그 순간 네 사람은 동시에 레드 핫 칠리 페퍼스의 '경찰서'를 연주하기 시작했다. 남자 화자와 그가 사랑하는 여자가 툭하면 헤어졌다 다시 만났다 하는 사랑에 대해 노래한 곡이었다. 에릭의 베이스 연주에 창문이 덜컹거렸다.

앨리스는 에릭 쪽으로 고개를 기울이고 한 마이크로 함께 노래를 부르고 있었다. 두 얼굴이 너무 가까운 나머지 키스라도 할 수 있을 정도였다. 앨리스는 아직 감색 정장과 팬티스타킹 차림이었지만 신발은 어디로 갔는지 보이지 않았고 폴짝폴짝 뛰고 있었으며, 땀으로 흠뻑 젖은 머리카락이 정신없이 휘날렸다. 에릭이 나와 앨리스를 위해 이 노래를 선곡했다는 사실을 알 수 있었다.

노래는 끝났지만 연주는 이어졌다. 에릭은 더 이상 나를 쳐다보지 않았다. 대신 앨리스를 가만히 응시했다. 더 잘 보이는 위치로 소리 없이 옮기자 앨리스 역시 에릭을 바라보고 있었다. 앨리스는 음악에 맞춰 몸을 까딱거리며 에릭의 손을 보고 있었다. 드러머는 눈을 감고 있었고, 키보드 연주자가 나를 보고는 가볍게 고개를 끄덕했다. 노래가 끝날 때마다 에릭은 바로 다른 노래의 후렴으로 음악을 이끌었다. 에릭이 나를 도발하려 한다는 사실을 충분히 알 수 있었지만 고작 그런 걸로 화를 내는 남자가 되고 싶지는 않았다. 앨리스는 나를 좋아하는 이유 중 하나가 내 자신감이라고 말한 적이 있다. 지금 나에게는 앨리스가 믿을 수 있는 남자로 존재하는 것이 가장 중요했다.

이윽고 노래가 끝났다. 앨리스는 고개를 들고 나를 보더니 깜짝 놀라서 기타를 내려놓고는 가까이 오라고 손짓했다. 앨리스는 내게 키스를 했고 피부 위로 앨리스의 땀방울이 느껴졌다.

"얘들아, 제이크 왔어."

앨리스는 행복한 얼굴로 말했다.

"제이크, 이쪽은 에릭, 라이언, 다리오야."

라이언과 다리오는 고개를 끄덕인 뒤 재빨리 짐을 싸기 시작했다.

"이 사람이 바로 그 친구로군."

에릭은 내가 아니라 앨리스를 바라보며 말했다. 악수를 나눌 때 에릭은 내 손을 아플 정도로 세게 잡았다. 나 역시 그에 못지않게 손을 꽉 잡았다. 아니, 더 세게 잡은 게 맞다.

에릭은 내 손을 놓고는 몸을 돌려 앨리스를 포옹했다.

"오늘 밤 라이브에 와."

그것은 질문이 아니라 완전히 명령조였다. 앨리스가 지금보다 젊었을 때 이들이 어떤 식으로 행동했을지 알 수 있었다. 에릭은 이들 사이에서 완벽하게 결정권을 쥔 자였다. 하지만 나의 앨리스는 그때의 앨리스가 아니었다.

"오늘은 안 돼. 이 남자랑 아주 뜨거운 데이트를 할 예정이거든."

앨리스는 나를 끌어안으며 말했다.

"맙소사."

에릭이 말했다.

"속보입니다. 앨리스가 결혼했습니다."

라이언이 사람 좋게 웃으며 말했다.

51장

다음 날은 앨리스가 론과 운동하는 마지막 날이었다. 두 사람은 그간 계속해서 해가 뜨는 것을 보며 스쾃과 팔굽혀펴기를 하고, 오션 비치의 사구를 뛰어서 오르내렸다. 앨리스는 항상 자신이 따뜻한 침대에서 빠져나갔다는 사실을 내가 알아차리기도 전에 일어나서 나가곤 했다. 놀랍게도 앨리스는 론과의 운동을 즐기는 듯했다. 고강도의 운동과 난잡한 파티 이야기뿐만 아니라 론의 옛 남자 친구들 이야기, 정신 사나운 멜로드라마 같은 인생 이야기까지도 즐겁게 듣는 모양이었다. 하지만 무엇보다 앨리스가 가장 좋아하는 건 론이 '협정' 사람이 아니라는 사실이었다. 그는 앨리스를 운동시키기 위해 비비언이 고용한 트레이너였고, 비비언은 개인적으로 그에게 매주 현금으로 직접 보수를 지불한다고 했다.

앨리스는 3킬로그램 정도가 빠졌고 눈에 띄게 새로운 근육이 생겼다. 복근은 단단해지고, 팔 근육도 도드라지고, 다리도 늘씬하고 탄탄해졌다. 전에 입던 옷도 다 맞지 않게 되었고 스커트도 헐렁해서 허리에 걸쳐지지 않았다. 어느 날 오후 앨리스는 내게 차에 실려 있던 정장들을 전부 밖으로 끄집어내는 일을 도와달라고 했다. 전부 세탁소에 가져가서 수선하려는 의도였다. 앨리스는 불필요할 정도로 야위고, 얼굴은 예전의 부드러움을 잃고, 있는 줄도 몰랐던 신체의 뾰족한 부분이 유난히 튀어나온 상태였다. '협정'이 원망스러웠지만 앨리스는 행복해 보였다.

앨리스는 데이브와 만나는 일도 상당히 극복한 듯했다. 요즘 들어서는 데이브가 꽤 마음에 드는 모양이었다. 앞으로 데이브를 두 번만 더 만나면 앨리스의 근신 처분도 끝나고, 이제 처벌에서 완전히 풀려날 수 있다. 나는 조앤의 정신 나간 이야기를 떠올렸다. 결코 이혼하지는 않지만 더 나은 파트너를 만나 새로 결혼하는 부부들. 나는 제자리에 머물러 있는데 앨리스만 더 나은 사람이 된다면 무슨 일이 벌어질까? 만일 이 모든 것들이 나를 제쳐두고 앨리스만 새로운 사람으로 거듭나게 만들어주는 계획의 일환이라면? 나는 높은 곳에 있는 누군가가 앨리스를 과부로 만들기로 이미 결정했을지도 모른다는 생각에 혼자 몸서리를 쳤다.

52장

그 달은 빠르게 지나갔다. 나는 미리 정한 날짜에 4번 스트리트 정거장으로 가서, 반도를 따라 내려가 힐스데일 쇼핑몰로 향하는 전철을 기다리고 있었다. 나름대로 꽤 시간을 투자해서 이런저런 조사를 해보았지만, 지난번에 만났을 때 조앤이 언급했던 사라진 부부 엘리와 엘레인에 대한 이야기는 하나도 찾아낼 수가 없었다. 빈 자동차 하나만 남겨두고 부부가 완전히 모습을 감췄는데 거기에 대해 언급하는 블로그 포스팅도, 뉴스 기사도, 음모론도, 두 사람을 찾는다는 페이스북 페이지조차 없다니 어떻게 그럴 수 있을까? 물론 뉴스가 어떤 일은 유난히 크게 부풀리고 어떤 일은 취급도 안 하는 것을 보면서 놀란 적이 많지만, 점점 그 모든 말들이 조앤의 상상이 아닌가 하는 생각을 하기 시작했다.

나는 앨리스에게 조앤을 만났다는 이야기는 입도 뻥긋하지 않았고, 이번에도 하지 않았다. 괜히 앨리스가 이 자리에 따라왔다가 문제가 생겨서 조앤이 자제심을 잃고 닐에게 엉뚱한 소리를 내뱉을까 두려웠다.

이렇게 말하면 좀 이상하지만, 나는 점점 조앤을 만나는 일이 마치 범죄를 저지르는 일처럼 불편하게 느껴지기 시작했다. 하지만 엘리와 엘레인에 관한 정보를 더 얻고 싶었고, 혹시 조앤이 실수로라도 닐과 '협정'에 대한 정보를 흘리지 않을까 기대했다. 지난번에 만났을 때 조앤이 내게 하지 않은 이야기가 더 있다는 사실을 확신했다. 그날 조앤은 그저 나에 대해서 더 잘 파악하고 싶고, 진짜 비밀을 알려줄 만큼 우리의 옛 우정이 아직 견고한지를 확인하고 싶었던 게 아닌가 싶기도 했다.

이번에는 황에게 내 휴대전화를 맡기지 않았다. 나는 우버를 타고 볼파크 근처에 있는 카페로 갔다. 그리고 핫 초콜릿을 주문하고 기다리는 사이 휴대전화의 배터리를 빼버린 뒤, 캘트레인 역으로 가서 힐스데일로 향하는 첫 전철을 탔다. 트레이더 조스에 도착한 나는 사무실에 놓아둘 스낵과 초코바를 잔뜩 샀으므로 자연스럽게 봉투 하나를 들고 쇼핑몰을 돌아다녔다. 주위를 잔뜩 경계한 결과, 최소한 내가 보기에 따라붙는 미행은 없었다. 나는 그 사실을 확신하기 위해 가게 몇 군데를 더 돌아다녔다.

약속 시간 10분 전이 되자 푸드코트 끄트머리 자리에 앉았다. 지난번에 조앤과 앉았던 자리에서 약 90미터 정도 떨어진 곳이었다. 나는 문만 쳐다보며 조앤이 걸어 들어오기를 기다렸다. 콘도그 몇 개와 그린레모네이드도 사놓았다.

나는 한없이 기다렸다. 10분이 지나고, 19분이 지나고, 33분이 지났다. 모든 입구들을 다 둘러보며 계속 시계만 쳐다보았으나 시간이 흐를수록 점점 더 불안해졌다. 문득 정신을 차린 나는 테이블을 내려다보고 콘도그를 두 개나 먹어치웠다는 사실을 알았지만 음식을 입에 넣었는지조차 기억 나지 않았다. 레모네이드 역시 바닥이 난 후였다.

조앤이 오지 않는다. 제길, 도대체 이게 무슨 뜻일까?

12시 45분이 되자 일어나서 테이블을 정리한 뒤 왔던 길을 되돌아갔다. 그리고 에스컬레이터를 타고 쇼핑몰 안으로 돌아가면서 생각했다. 이제 어떻게 해야 할까? 조앤이 오지 않는다는 가능성에 대해서는 생각도 하지 못했다. 나도 모르게 조앤 역시 나만큼이나 이 대화를 하고 싶어 안달을 내고 있다고 생각했던 모양이었다.

노스트롬 백화점 주위를 어슬렁거리다 유니클로를 통과해서 쇼핑몰 밖으로 나왔다. 나는 혼란스럽고 불안 초조한 상태였다. 조앤이 걱정되고, 나 스스로가 걱정되고, 물론 실망스럽기도 했다. 어쩌면 '협정'에 대해 알아내는 것 외에 다른 무언가를 기대했는지도 모른다. 마음속 한구석에서 내가 단순히 조앤을 만나고 싶어 했다는 사실을 깨닫고 죄책감을 느꼈다. 앨리스가 얼마든지 다른 인생을 사는 다른 사람이 될 수 있었듯이 나 또한 마찬가지였다. 물론 그렇게까지 극적인 변화는 아닐 테고, 그 기회는 이미 오래전에 지났지만 말이다. 앨리스를 처음 만났을 때 나는 어른으로서의 나를 이미 완벽하게 완성해놓았다. 하지만 그 전에는 미성숙한 내가 존재했다. 지금처럼 자신감이 흐르지는 않지만 세상 물정 모르고 희망에 넘치며 순진한 이상주의를 구가했던 나. 그 시간 속에서 조앤은 함께 존재했다. 조앤은 그때의 나를 알고 있다.

나는 강박증에 빠지지 않으려 발버둥을 치며, 다시 돌아가 푸드코트의 만남에 마지막 기회를 주기로 했다. 푸드코트로 내려가는 에스컬레이터 맨 위에 올라섰다. 이곳에서는 푸드코트 안의 모든 테이블을 다 둘러볼 수 있었다. 아무도 없었다. 내가 막 에스컬레이터에 한 발을 들여놓으려 할 때, 터틀넥을 입은 남자 하나가 튀김 가게 앞에 서 있는 모습이 보였다. 그는 혼자였고 음식도 먹고 있지 않았다. 나는 그가 휴대전화를 꺼내서 전화를 거는 모습을 몇 분 동안 지켜보았다. 처음 보는 사람이었지만 왠지 불길한 예감이 들었다. 예전에 앨리스를 편리로 데려갔던 데클런과 판박이처럼 똑같았다. 나는 쇼핑몰 쪽으로 후퇴해서 갭 매장을 통과하여 옆문으로 나갔다.

검은 캐딜락 에스컬레이드 차량 한 대가 도로변에 세워져 있었다. 운전석에는 여성 한 명이 타고 있었으나 어두운 차창 때문에 얼굴은 보이지 않았다. 조앤일까? 그 차 옆으로 다섯 칸 떨어진 곳에 아무도 없는 벤틀리가 한 대 세워져 있었다. 아주 비싸 보이는 파란색 차는 닐의 차와 똑같았다. 실리콘밸리가 부상하고 신규 상장되는 기업들이 늘어나며 페이스북과 구글의 연금 수령자가 슬슬 늘어남으로 인해 최근 돈이 많이 돌고 있었으므로 벤틀리 자체는 그리 놀랍지 않았다. 하지만 20만 달러짜리 차를 몰고 다니는 남자가 도대체 이런 쇼핑몰에 뭘 사러 온단 말인가?

조앤이 오늘 못 나올 이유는 수백만 가지가 존재했고, 나는 한

참이나 차를 몰고 집으로 돌아오면서 하나하나를 마음속으로 다 생각해보았다.

53장

"어제 만남은 어땠어?"

나는 앨리스에게 물었다. 3월의 마지막 날이었기에 나는 새달이 시작되기를 기다리고 있었다. 봄이 되면 항상 낙천적인 기분이 들었고, 올해도 변함없을 거라고 스스로를 타일렀다.

"좋았어."

앨리스는 구두 굽을 현관 바닥에 툭툭 내리치면서 말했다.

"데이브가 사무실 근처에 있는 멕시코 식당으로 데려가 줘서 저녁을 좀 일찍 먹었어. 끝이 안 좋을 뻔했지만 그래도 결과적으로는 좋은 의도를 가지고 있었던 것 같아."

"그 인간이 했던 짓을 생각하면 당신은 정말 너그럽다니까."

앨리스는 부엌으로 가서 오렌지 캘리스토가 스파클링 와인 한 병을 가지고 돌아왔다.

"사실 나도 그 부분에 대해 물어봤어."

내가 잔 두 개를 꺼내자 앨리스가 와인을 따랐다.

"데이브는 일에만 너무 푹 빠져 살다가 부인을 거의 잃을 뻔했대. 그래서 나도 똑같은 전철을 밟지 않길 원했다더라고."

"그래? 그러니까 날 위해서 해준 거란 말이지?"

나는 비아냥거리는 말투를 감출 수가 없었다.

"맞아. 그래서 덕분에 우린 지금 행복하잖아?"

"그래."

나는 냉장고에서 치즈를 꺼내고 프라이팬에 버터를 녹인 뒤, 사워도우 빵 두 조각 사이에 치즈를 끼웠다.

"그럼 데이브랑은 완전히 친해졌겠네."

"사실 데이브가 나한테 건축업자를 상대로 낸 소송을 맡겼어. 작지만 대표들이 괜찮다고 했거든."

"정말 그게 좋은 생각일까? 데이브가 단순히 당신을 고용한 게 아니라 우리의 삶을 계속 엿보려는 의도를 갖고 그런 거였으면 어쩌려고?"

버터가 지글지글 끓어오르자 나는 치즈 끼운 빵을 프라이팬 위에 올렸다.

"그런 게 아니야."

앨리스는 자기 잔을 물끄러미 바라보며 말했다. 여전히 나는 데이브를 신뢰할 수가 없었다.

"당신한테 줄 게 있어."

앨리스는 현관으로 가서 포장된 선물을 하나 들고 돌아왔다. 뜯어보지 않아도 책이라는 사실을 알 수 있었다.

"그럴 필요 없어. 바로 얼마 전에 생일 선물을 줬잖아."

앨리스는 평가하는 듯한 시선으로 나를 쳐다보았다.

"당신, 아직도 매뉴얼 다 안 읽었어?"

나는 주걱으로 치즈 샌드위치를 뒤집었다.

"너무 길어."

"생일, 크리스마스, 그리고 밸런타인데이 등을 비롯한 특별한 기념일 선물은 매달 줘야 하는 선물에 포함되지 않는다."

포장지를 뜯으면서 난감한 기분을 느꼈다. 그러고 보니 앨리스에게 줄 것이 아무것도 없었다. 젠장, 그 스카프를 그냥 가지고 있을걸. 상자 속에는 리처드 브라우티건의《윌러드와 볼링 트로피》가 들어 있었다. 나는 몇 년 동안 그 책의 초판들을 모으고 있었다. 브라우티건의 최고 작품이기 때문이었다. 점점 더 구하기 어려워지자 초판본들이 전부 다 나한테 있는 게 아니냐는 농담까지 할 정도가 되었다. 앨리스는 인터넷을 통해 몇 권을 구해다 주었지만 실제로 발로 뛰어서 찾아온 책에 대해 특별한 자부심을 갖고 있었다. 앨리스는 베이 에어리어 밖을 나갈 때마다 중고 서점에 들러 그 책이 있는지 찾아보곤 했다.

책은 보존 상태가 매우 좋았고 심지어 제목이 적혀 있는 페이지에는 '델릴라'라는 이름의 소녀에게 주는 메시지까지 담겨 있었다. 브라우티건은 히피 소녀들에게 인기가 좋은 작가였다.

"완벽해."

나는 다른 판본들이 꽂혀 있는 책장에 그 판본을 함께 꽂았다. 부엌으로 돌아와 보니 앨리스가 치즈 샌드위치 옆에 라즈베리와 크렘 프레슈 몇 스푼을 떠서 올리고 있었다. 앨리스는 음식 접시를 식탁으로 가져가며 내게도 앉으라고 권했다.

"이게 서른 번째 선물인가?"

"서른한 번째야."

앨리스는 시계를 보더니 말했다.

"7시 29분이야. 서두르면 뭐라도 사 올 수 있을 것 같은데? 파크 라이프에라도 가보는 게 어때?"

"좋은 생각이야."

나는 샌드위치를 몇 입에 먹어치우고 라즈베리는 남겼다. 물론 내가 걱정하는 건 앨리스가 아니라 '협정'이었다. 하지만 앨리스가 아무 말도 하지 않는다면 그들이 어떻게 알까?

파크 라이프에 도착하기까지는 16분이 걸렸고 당연히 그곳에는 주차장이 없었다. 나는 블록을 두 번 돌고 나서 불법 주차 구역에 지프를 세웠다. 차에서 내려 달려가니 가게들은 거의 다 닫은 상태였다. 젠장. 나는 세 블록을 달려서 서점으로 향했다. 앨리스가 이미 내게 책을 선물했기 때문에 창의적인 생각이 아니긴 했지만 어차피 앨리스는 독서를 좋아한다. 그러나 서점도 문을 닫았다. 주위에는 바와 중국 식료품점, 그리고 레스토랑밖에 없었다. 점점 초조해졌다.

집에 돌아온 나는 최선을 다해 사과했다.

"사실 원래 당신 줄 선물을 샀는데 전철에 놓고 내렸어."

앨리스는 나를 물끄러미 바라보았다.

"당신이 전철을 왜 탔어?"

"팰러앨토에서 누굴 좀 만날 일이 있었거든."

"누굴? 왜?"

"일 때문에 그랬어. 굳이 당신한테 말할 필요까지는 없는 일이어서. 아무튼 선물 못 줘서 정말 미안해."

"괜찮아, 별일 아니잖아."

하지만 그녀가 실망했다는 사실을 알 수 있었다. 게다가 내가 전철을 탔다는 이야기가 자꾸 마음에 걸리는 눈치였다.

"누가 집어 가지 않았으면 좋겠네."

"내일 다른 거 사줄게."

다음 날 나는 차를 끌고 파크 라이프로 가서 문을 열자마자 들어갔다. 그리고 앞일을 생각해서 선물을 미리 세 개 사두었다. 캘리포니아주 모양의 금 펜던트가 달린 팔찌, 거리 사진에 관한 가볍게 읽을 수 있는 책, 그리고 '내 심장을 오슬로에 놓고 왔다네'라는 문구가 적혀 있는 티셔츠였다. 나는 그 세 가지를 전부 곱게 포장해달라고 부탁한 뒤, 집에 돌아와 셋 중 두 개는 옷장 속에 숨겼다. 물론 매뉴얼 어딘가에는 선물을 미리 비축해놓지 말라는 규칙도 있을 것이다. 그날 밤 앨리스가 퇴근한 뒤 나는 셋 중에서 가장 비싼 선물인 팔찌를 건넸다.

"너무 좋은데!"

앨리스가 말했다. '협정' 측에서 내가 선물을 늦게 주었다는 사실을 알 길이 없다는 것을 알면서도 자꾸만 걱정이 되었다.

54장

그다음 주말, 우리는 홉랜드에 있는 척과 이브의 휴가용 별장에 놀러 갈 예정이었다. 나는 앨리스에게 핑계를 대고 가지 말자고 졸랐지만 앨리스는 거부했다. 이미 이번 분기에 할당되어 있는 여행을 이 주말여행으로 대신할 예정이었으므로 그럴 수 없다는 거였다.

"내가 갑자기 일이 바빠져서 못 가게 됐다고 하면 안 될까?"

나는 '협정' 사람들과 함께 시간을 보내는 데에서 극도의 스트레스를 느꼈다. 그 사람들과 함께 있다 보면 내가 또 어떤 사고를 칠지 알 수 없었다. 게다가 앨리스가 걱정스러웠다.

"제이크, '협정' 안에서 평화를 찾아야 해."

앨리스가 말했다. 데이브와 비비언에게서 그 말을 들은 이래 우리가 서로에게 계속해서 되풀이한 말이었다. 그것은 우리가 뛰어든 이 토끼 굴이 얼마나 괴상하고 정신 나간 곳인지를 상기시켜 주는 일종의 블랙 유머였으며, 우리 사이의 농담이었다. 하지만 이번만큼은 앨리스도 그것을 온전히 농담으로 말한 건 아닌 듯했다.

"그리고 난 햇볕을 좀 쬐고 싶어. 홉랜드는 지금 27도는 될 거야."

한 시간 후 우리는 차를 타고 골든 게이트 브리지를 향해 달리고 있었다. 밀 밸리에 있는 인앤아웃에서 더블 더블 버거 세트를 먹고 나니 기분이 좀 나아졌다. 산 라파엘을 지나자 땅거미가 지기 시작했고, 나는 앨리스에게 오늘 데이브와의 미팅은 어땠느냐고 물었다. 오늘이 바로 마지막 날이었고, 드디어 앨리스가 풀려난다고 생각하니 안심이 되었다.

"상담자가 있다는 것도 그렇게 나쁜 일만은 아닌 것 같아. 그러면 굳이 내 머리로 열심히 생각하지 않아도 되는 부분도 생기거든. 난 항상 사람들이 왜 그렇게 많은 돈을 내고 당신을 만나러 오는지 궁금했었는데 이제 이해가 됐어."

"무슨 얘길 했는데?"

앨리스는 좌석 등받이를 뒤로 젖히고 맨발을 대시보드 위에 올렸다.

"오늘은 당신에 대해서 많은 이야기를 했어. 데이브가 당신 사무실이 어떻게 돌아가고 있는지, 새 내담자들은 오는지 뭐 그런 걸 궁금해했거든. 그런데 좀 이상한 질문을 하더라고. 혹시 당신이 반도 아래쪽에 새 사무실을 열 생각은 없는지 물어보는 거야. 산 마테오에 당신이 좋아할 만한 슈퍼마켓도 있으니까, 혹시 힐스데일 쇼핑몰 주위 지역을 염두에 두진 않느냐고 하더라고."

"뭐?"

"왠지는 모르겠는데 데이브한테는 굉장히 중요한 문제 같았어."

물론 이유를 알고 있다. 하지만 지금 앨리스에게 '협정'이 힐스데일 몰에서 나를 미행했다는 이야기를 하면 왜 거기에 갔는지에 대해서도 말해야 하는 상황이다. 이런 제기랄.

주말은 생각보다 훨씬 즐겁게 지나갔지만 안타깝게도 힐스데일에 대한 데이브의 언급 때문에 나는 온전히 편하게 시간을 보낼 수가 없었다. 그곳에 가면 사람들이 하나같이 판매원들처럼 열렬한 태도로 '협정'에 대한 이야기만 할 거라 생각했지만 그런 일은 전혀 없었다. 별장에는 우리가 모르는 세 번째 커플이 와 있었다. 노스캐롤라이나에서 온 우리 또래의 믹과 새라 커플이었다. 척은 그들을 소개하면서 농담조로 남부에 사는 제이크와 앨리스의 도플갱어라고 했다. 두 사람은 유머 감각이 있었고 우리와 같은 텔레비전 프로그램을 즐겨 봤으며 믹은 나와 마찬가지로 올리브와 피망을 싫어했다. 새라는 앨리스와 마찬가지로 신발을 네 켤레나 가지고 왔다. 솔직히 말하면 아주 순수하게 미학적인 관점에서 봤을 때, 그 집 남편은 나보다 아주 약간 잘생겼고, 아내는 앨리스보다 아주 약간 못생겼다고 생각했다. 새라는 태양열 관련 회사에서 영업 일을 하는 사람이고 믹은 누구나가 한두 번쯤 이름을 들어 봤을 법한 밴드에 소속된 키보드 연주자였다. 나는 그 말을 듣고 문득 앨리스를 바라보며 생각했다. 혹시 믹 같은 남자와 결혼했다면 앨리스는 더 행복했을까?

어쨌든 날씨는 완벽했고 앨리스는 몹시 편안해 보였으며, 척과 이브는 너그럽고 매력적인 집주인이었다. 둘째 날 아침에도 '협정' 이야기는 화제에 오르지 않았다. 척은 조깅을 하러 나가고 믹과 새라는 와이너리를 방문했으며 앨리스는 방에 노트북을 펼쳐 놓고 간단한 일을 하고 있었다. 나는 이브와 단둘이 테라스에 앉아 있었다. 나는 최대한 무심한 표정을 지으려 애쓰며 물었다.

"그런데 혹시 '협정' 회원 중에서 엘리라는 남자를 기억해요?"

"모르겠네요."

이브는 날카롭게 대꾸하더니 집 안으로 들어가버렸다. 나는 혼자 테라스에 앉아서, 가뭄에 시들어버린 근처 언덕의 포도 덩굴을 바라보며 대학 시절에 읽었던 소련의 어느 이야기를 떠올렸다. 어느 복층 아파트의 한쪽에는 한 웨이터가 살고 있었고, 다른 한쪽에는 심술궂은 노인이 살았다. 이야기가 진행됨에 따라 경찰이 웨이터의 집에 자꾸만 나타나서 혹시 이웃 사람을 염탐하고 있는지 묻는다. 웨이터는 아니라고 말하지만 다음 날이 되자 또 똑같은 일이 반복된다. 몇 주 동안 같은 일이 이어지고 경찰은 웨이터가 이웃 사람을 염탐하고 있다면서 꾸준히 괴롭힌다. 우스운 부분은 경찰이 나타나기 전까지 이 웨이터는 이웃 사람에 대해 한 번도 생각해본 적이 없다는 일이다.

열 번에서 열다섯 번 정도 그런 일을 겪고 난 웨이터는 이렇게 생각한다. 도대체 저 노인이 무슨 짓을 저질렀기에 경찰이 저토록 강박적으로 구는 걸까? 대체 뭘 숨기고 있지? 궁금해진 웨이터는 다락방으로 올라가 옆집을 내려다본다. 하지만 지붕이 무너지고 경찰이 나타나면서 상황은 악화일로를 걷는다.

55장

홉랜드에서 돌아오고 이틀이 지난 후, 나는 이혼 가정의 십 대 아이들 그룹 상담을 맡았다. 콘래드와 이소벨은 몇 분 일찍 도착했고, 다른 아이들은 모두 몇 분 늦었다. 상담이 시작되기를 기다리는 사이 나는 접이식 테이블 위에 쿠키, 치즈, 탄산음료를 준비해두었다. 학비가 비싼, 같은 사립학교에 다니는 콘래드와 이소벨은 접이식 의자에 앉아 3학년 논문에 대해 이야기를 나누고 있었다. 새로 뽑은 랜드로버를 끌고 다니며 퍼시픽 하이츠에 사는 콘래드는 미국의 사회주의를 주제로 논문을 쓰고 있었으며 비꼬려는 기색은 전혀 없었다. 이소벨의 주제는 사이비 종교였다.

"뭐가 사이비고 뭐가 아닌지 어떻게 구분할 수 있어?"

콘래드가 물었다. 이소벨은 커다란 오렌지색 서류철을 팔락팔락 넘기다가 자잘한 손 글씨가 빼곡하게 들어차 있는 페이지를 찾아냈다.

"좋은 질문이야. 나도 여전히 그 부분을 고민하고 있는데, 내 생각에 사이비는 다음과 같은 요소들을 갖추고 있어."

이소벨은 목록을 읽어 내려갔다.

"첫째, 집단 내의 비밀을 외부에게 결코 말해서는 안 된다는 금기가 있음. 둘째, 집단을 떠날 때 임의의 처벌이 내려짐. 셋째, 사회적 주류와는 다른 목적과 신앙을 갖고 있음. 넷째, 카리스마 있는 단 한 명의 리더가 존재함. 다섯째, 아무런 보상 없이 집단에 노동, 개인 자산, 돈을 증여하도록 강요함. 나는 2번이랑 4번이 제일 흥미로운 것 같아."

"그럼 가톨릭교회도 사이비 종교로 들어가는 걸까? 카리스마 있는 리더는 교황이라고 생각할 수 있고, 규칙을 어겼을 경우 파문을 당하기도 하잖아."

내가 묻자 이소벨은 얼굴을 찌푸리며 생각에 잠겼다.

"그건 아닌 것 같아요. 가까운 주위에 아주 오랫동안 존재하거나 어마어마하게 대중적일 경우에는 사이비로 분류하기 힘들다고 생각해요. 그리고 사이비는 사람들을 한곳에 모으려 애쓰지만 가톨릭교회는 공공연하게 자기들의 교리를 어기는 사람일 경우에는 그냥 놔버리는 게 낫다고 여기잖아요? 게다가 가톨릭에서 중요하게 여기는 건 보통 자비와 선행 등 숭고한 가치이기 때문에 사회적 주류에서 어긋나진 않죠."

콘래드가 일어나서 간식 테이블로 향했다.

"모르몬교는 어때?"

"그것도 괜찮다고 생각해요. 이상한 의식을 거행하긴 하지만 세계적인 거대 종교들도 그런 관점에서는 대부분 비슷하니까요."

콘래드는 종이 접시를 가지고 원형으로 놓인 의자 쪽으로 돌아와, 이소벨에게 아까보다 한 칸 가까운 자리에 앉았다.

"괜찮은지 안 괜찮은지는 상대적인 기준 아니야?"

콘래드는 음료 캔 하나를 이소벨에게 건네며 말했다. 이소벨은 몸을 기울여 콘래드의 접시에서 과자 하나를 집었다. 콘래드는 그 사실이 기뻐 보였다. 이소벨이 얼마든지 콘래드를 무시할 수도 있었으니 말이다. 비록 부유한 아이들 특유의 무기력증에 가볍게 빠져 있을지언정 콘래드는 착한 아이였다.

"'인민 사원'이 일어났던 시기에 샌프란시스코에서 어린 시절을 보냈다면 어떤 사람이 되었을까요?"

콘래드가 내게 물었다. 이소벨에게 좋은 인상을 주고 싶어서 안간힘을 쓰고 있는 모양이었다.

"네가 보기에 내가 몇 살이나 될 것 같니?"

나는 재미있어하며 물었다. 콘래드는 어깨를 으쓱했다.

"쉰?"

나는 미소를 지으며 말했다.

"정확하게 맞히진 못했다. 난 짐 존스가 추종자들을 가이아나로 끌고 갔을 때 아직 갓난아기였지. 하지만 자라면서 부모님이 지인 중에 존스타운에서 죽은 가족이 있다는 이야기를 가끔 듣곤 했어."

나는 그 대학살이 일어나기 몇 달 전에 찍힌 사진을 본 적이 있었다. 사진 속에서는 정글이 캠프장 전체를 뒤덮고 있어, 존스와 그의 추종자들이 거기에 있다는 어떤 흔적도 보이지 않았다.

"좋은 소식은 사이비 종교가 요즘에는 옛날만큼 인기가 없다는 거예요. 제 가설은 인터넷 덕분에 사람들의 공공 지식이 증가

해서 사이비 종교의 매력이 급감했다는 의견이죠. 현재 존재하는 사이비 종교들도 추종자들을 정보에서 완전히 배제시키기는 힘들어졌어요."

그때 에밀리, 마커스, 맨디, 시오 등 다른 아이들도 들어오는 바람에 나는 대화를 거기서 끊었다. 이소벨의 정의에 의하면 '협정'은 사이비 종교의 요건을 충족시키지 못한다는 말이 된다. 올라는 강력한 지도자이지만, '협정'의 목적은 결코 사회적 주류에서 벗어나지 않는다. 아니, '협정'의 목적 자체가 사회적 주류의 사고방식을 정확히 따라가고 있다. 또한 '협정'은 내가 아는 한 회원들을 경제적으로 착취하지도 않는다. 오히려 그 반대다. 멋진 파티를 주최하고, 개인 트레이너도 붙여주고, 주말의 휴가지도 제공해주니까. 물론 그것을 누리기 위해서는 몇 가지 항목에 동의해야만 한다. '협정'에 대해서 결코 외부인과 이야기를 나눠서는 안 된다는 점, 그리고 일단 가입하면 그리 쉽게 나갈 수 없다는 점.

사실 핵심으로 다가가면 '협정'의 사명과 나의 근본적인 삶의 목표는 거의 일치한다. 사랑하는 여자와 결혼해서 행복한 결혼생활을 성공적으로 누리는 일. 마음속에서 나는 '협정'이 너무나도 훌륭한 집단이고, 그것의 목적이 내가 세상에서 가장 원하는 것을 제공해주는 데 있다는 사실을 부정할 수가 없었다. 콘래드가 가방에서 책 한 권을 꺼내 내게 표지를 보여주었다.

"보수파인 문학 선생님이 저희한테 《파운틴 헤드》를 읽으라고 해요. 별로 당기지는 않는데."

"한번 시도라도 해봐."

내가 제안했다. 이소벨은 역겹다는 듯 책을 노려보았다.
“도대체 왜 저 무시무시한 파시스트의 프로파간다를 읽어야 해요?”
“무시무시한 건 사실이지만 그건 너희가 생각하는 그런 이유가 아니야. 진짜 무서운 건 너희가 그 책의 내용에 일부라도 동의하게 되었을 때지.”
“뭐 그렇게까지 말씀하신다면 한번 읽어볼게요.”
콘래드가 말했다. 하지만 눈알을 데굴데굴 굴리며 이소벨 쪽을 쳐다보는 걸 보니 콘래드 역시 같은 의견인 모양이었다. 도대체 내가 언제부터 이렇게 권위주의의 현신 같은 면모를 갖게 된 거지?

56장

길 아래에서 자전거 소리가 들릴 때마다 긴장하면서 내가 뭘 잘못했는지 생각한다. 보통은 숨을 죽이고 있으면 바퀴와 체인, 기어 소리가 집을 지나쳐서 카브릴로 쪽으로 가버리곤 했다. 그러나 오늘, 자전거는 우리 집 앞에서 멈췄다. 심장이 내려앉는 듯한 철컥 소리와 함께 운동화가 우리 집 앞 계단을 올라오는 탁탁 소리가 들렸다. 지난번에 왔던 그 심부름꾼이었다.
“안녕하세요. 덕분에 제가 항상 건강한 다리를 유지할 수 있네요.”
“미안. 뭐 좀 마실래?”

"네."

그는 금세 집 안으로 들어왔다. 봉투의 앞면을 밑으로 하고 출구 옆 테이블에 내려놓는 바람에 누구에게 온 물건인지 바로 알 수 없었다.

나는 부엌에서 초콜릿 우유를 한 잔 따라주었다. 그리고 쿠키 한 봉지를 꺼내는 사이 청년은 식탁에 앉았다. 나도 예의를 차리기 위해 식탁 맞은편에 앉긴 했지만 모든 신경은 봉투에 내 이름이 쓰여 있는지 아닌지에 쏠려 있었다.

청년은 자기 여자 친구가 바로 얼마 전에 네바다에서 이사 와 함께 살기 시작했다는 긴 이야기를 늘어놓았다. 나는 굳이 그에게 딱히 좋은 징조는 아니라는 말은 하지 않았다. 이야기 속에는 다양한 비언어적 의사표시들이 들어 있었고, 나는 청년의 이야기를 들으며 무의식적으로 여러 가지 사항들을 체크하고 있었다. 여자 친구는 어마어마한 집세 때문에 청년과 동거하게 되었다. 청년도 진도가 너무 빠르다고는 생각했고 아직 마음의 준비가 되지 않았지만 여자 친구가 최후통첩을 날렸다고 했다. 자기가 샌프란시스코로 이사 와서 동거하는 걸 받아들이지 않는다면 이 교제는 끝장이라고 말이다. 청년은 동거를 강요받았다는 기분을 맛보게 되었고, 여자 친구는 최후통첩을 쉽게 날리는 사람이라는 점을 생각하면 너무 일찍 시작한 이 동거가 좋게 끝나지 않으리라는 사실은 금세 알 수 있었다.

청년이 문밖으로 나가자마자 봉투를 집어 들었다. 봉투를 뒤집어 본 나는 간담이 서늘해졌다. 표면에는 내 이름이 적혀 있었고 문득 부끄러워졌다. 그것이 내 앞으로 왔다는 사실에 기뻐해야 하는데. 조앤이 한 말이 떠올랐다. 비난의 대상을 우리 둘로 넓혀서 앨리스 한 사람에게만 집중되지 않게 해야 한다. 지금 알 수 있는 유일한 사실은 내가 앨리스의 존재를 잊어버렸다는 사실을 그들이 알고 있다는 점이었다. 물론 더 나쁜 상황일 수도 있다고, 나는 몸서리를 치며 생각했다. 힐스데일 몰에 다녀온 일과 상관이 있을지도 모른다.

나는 앨리스에게 전화를 걸었다. 신호가 두 번 가자마자 앨리스가 전화를 받는 것을 보고 놀랐지만, '배우자에게 전화가 오면 항상 받을 것'이라는 매뉴얼의 규칙이 금세 떠올랐다. 오늘 앨리스의 로펌은 작년에 인턴 한 명을 폭행한 악명 높은 기술 중역을 퇴직시키는 절차를 밟고 있을 터였다. 당시 많은 사람들이 있던 방 안에서 그 중역은 인턴이 파워포인트 넘기는 속도가 너무 늦다며 고함을 질러댔다. 그리고 인턴을 밀치는 바람에 그 불쌍한 여성은 넘어져서 테이블에 머리를 부딪쳤고, 온 사방에 피가 튀는 불운을 겪었다.

"지금 완전히 난장판인데 5분 휴식을 얻었어. 빨리 말해."

앨리스가 말했다. 전화기 너머로 시끄러운 소리가 들렸다.

"심부름꾼이 자전거 타고 왔다 갔어."

긴 침묵이 흘렀다.

"젠장, 난 수요일이 너무 싫어."

"나한테 온 거야."

"이상하네."

앨리스의 목소리가 생각보다 놀라지 않은 듯 들린 건 기분 탓일까?

"나도 아직 안 읽었어. 당신한테도 읽어줘야 할 것 같아서."

나는 봉투를 뜯었다. 안에서는 종이 한 장이 나왔다. 전화 너머로 앨리스의 부하 직원이 무어라 말하는 소리가 들렸다.

"빨리 읽어줘."

앨리스가 조급하게 말했다. 나는 큰 소리로 읽었다.

"제이크에게. 친구들은 모두 정기적으로 넓은 의미에서, 또한 좁은 의미에서 질의응답 조사를 받게 됩니다. 이 조사는 위원회로 하여금 조직 내에서 한 명 또는 그 이상의 회원에 관련된 타당성의 문제에 관한 정보를 얻고 평가할 수 있게끔 해주는 자리입니다. 이것은 초대일 뿐 지시가 아니기 때문에 참석 여부는 선택이 가능하지만, 가능한 한 참석하여 문제를 해결할 수 있도록 재교육 위원회를 도와주었으면 합니다. '협정' 내 각 개인의 문제는 모든 회원의 문제입니다."

"소환장이네."

앨리스가 굳은 목소리로 말했다. 나는 페이지 맨 아래쪽에 있는 작은 글씨 부분을 읽었다.

"나보고 오늘 밤 아홉 시에 하프문베이로 오래."

"가려고?"

"선택지가 없잖아."

뒤에서 소란스러운 소리가 들렸다. 나는 앨리스가 가지 말라고 말해주기를 기다렸다.

"없지, 없고말고."

나는 편지를 테이블 위에 집어던지고 걸어서 사무실로 돌아갔다. 그러면서 집으로 점심 먹으러 오지 말 걸 그랬다고 후회했다.

오후에는 사춘기 직전의 아동들을 대상으로 하는, 문제에서 시선을 돌릴 수 있도록 유도하는 상담이 예정되어 있었다. 이 스케줄 덕분에 잠시 동안 내 문제를 잊을 수 있었다. 사춘기 직전의 아이들은 가장 다루기 어려운 대상이기 때문에 아이들이 내뱉는 말 한 마디 한 마디와 모든 비언어적 신호에 조심스럽게 주의를 기울여야 했다. 이 집단에 비하면 어른들의 심리는 비교적 알아차리기 쉽다. 그러나 아이들은 자신들에 대해 의식적으로 잘 모르기 때문에 행동의 동기를 찾아내기도 대단히 어렵다.

아무튼 일을 끝내고 잔뜩 지친 나는 잠시 근처에 산책을 나가기로 했다. 슈퍼마켓에 들러 남아 있던 마지막 레몬 초콜릿 칩 스콘을 샀다. 사무실로 돌아올 무렵, 슬슬 오늘 밤 공항에 가야 한다는 사실을 인식하기 시작했다. '협정'을 다루는 가장 좋은 방법은 최대한 그들에게서 관심을 끌지 않도록 하는 일이다. 내가 앨리스를 사랑한다는 데에는 의문의 여지가 없지만 만일 '협정'이 내가 남편으로서 한 행동, 혹은 하지 않은 행동에 대해 샅샅이 조사한다면 그들은 얼마든지 나를 범죄를 저지른 단독범으로 몰아붙일 수 있다. 내일 출근하지 못한다고 전하자 이블린은 얼굴을 찌푸렸다. 나는 또다시 환자의 예약을 취소해야 한다는 사실을 끔찍하게 느꼈으나 뭘 어떻게 할 수 있단 말인가?

집에 도착한 나는 하룻밤을 날 용도로 세면도구와 갈아입을 옷을 가방에 챙겼다. 옷은 깔끔하지만 너무 격식을 차리는 복장은 아닌 것으로 골랐다. 7시 3분에 앨리스가 퇴근했을 때 나는 짐을 싼 가방을 발밑에 내려놓고 파란 의자에 앉아 있었다.

"정말 가려고?"

앨리스가 물었다.
"내 머릿속의 모든 논리 세포 하나하나가 절대 그들의 부름에 응하지 말라고 외치고 있어. 하지만 그렇다고 가지 않았을 때 맞게 될 결과를 생각하지 않을 수도 없는 노릇이야."
앨리스는 손톱을 물어뜯으며 내 앞에 서 있었다. 나는 이제부터 내가 치르게 될 희생에 대해 앨리스가 그것을 자랑스러워하거나 최소한 고마워해주길 바랐지만 오히려 앨리스는 짜증이 난 눈치였다. '협정'이 아니라 내게 말이다.
"당신, 무슨 짓을 저질렀구나."
"선물을 늦게 줬잖아."
나는 무심코 이 상황에 커다란 폭탄을 떨어뜨렸다.
"그런데 그 사람들이 어떻게 알았을까?"
"맙소사, 제이크. 설마 내가 당신을 고자질했다고 생각하는 거야? 뭔가 다른 이유가 있는 게 분명해."
앨리스는 힐난하는 눈빛으로 나를 쏘아보았다. 마치 무슨 중대한 범죄에 대해 자백하기를 기다리는 듯했다. 하지만 나는 그냥 웃으면서 말했다.
"난 결백해."
앨리스는 코트와 신발도 벗지 않았다. 나를 포옹해주지도, 키스해주지도 않았다.
"태워다 줄게."
"옷부터 먼저 갈아입는 게 좋지 않겠어?"
"아냐."
앨리스는 시계를 내려다보더니 말했다.

"이제 가야겠다."

왠지 앨리스가 나를 빨리 보내고 싶어 하는 느낌이 들었다. 뭔가 이상했다.

고속도로의 교통 상황이 원활했기 때문에 우리는 잠시 부리토를 먹고 갈 시간이 있었다. 나는 테이블에 과카몰리와 맥주 두 잔을 내려놓으며 말했다.

"당신, 오늘 하루 일하느라 굉장히 힘들었던 거지? 그렇지 않고서야 나한테 이렇게 차갑게 대할 리 없어."

앨리스는 나초 칩으로 과카몰리를 푹 떠서 입에 집어넣고 천천히 씹은 뒤 대답했다.

"그 인간 끌어내리는 게 진짜 너무 힘들었어. 글쎄 나보고 심술궂은 마귀할멈이라잖아. 그 자식이 너무 싫어. 편지 좀 보여줘."

나는 가방에서 편지를 꺼내서 건네주었다. 앨리스가 그것을 읽는 사이 나는 카운터로 가서 우리가 시킨 부리토를 받아 왔다. 자리로 돌아오자 앨리스는 마지막 남은 나초 칩으로 마지막 남은 과카몰리를 싹싹 긁어 먹고 있었다. 사소한 행동이지만 앨리스답지 않은 일이었다. 앨리스는 내가 과카몰리를 얼마나 좋아하는지 알기 때문이다.

"뭐, 별로 큰 문제는 아닐 것 같네. 최소한 SUV를 탄 덩치 큰 남자를 보내서 수색을 시키고 사막으로 끌고 가진 않았잖아."

앨리스는 편지를 세 번 접어 테이블 너머 내 쪽으로 던졌다.

"잠깐, 앨리스. 왜 그렇게 실망스러워하는 눈치야?"

"당신 말마따나 당신은 아무 짓도 안 했다면서?"

"응."

"당신이 무슨 짓을 저질렀다면 내가 다 알고 있어야 해."

앨리스는 맥주를 길게 들이켠 뒤 나를 똑바로 쳐다보고는, 미소를 짓고 나서 우리가 매뉴얼의 문장을 인용할 때면 늘 흉내 내곤 하는 우스꽝스러운 영화배우 목소리로 다음 문장을 읊었다.

"'협정'의 규칙은 다음과 같은 단 하나의 필수 규칙으로 요약할 수 있다. 절대 비밀을 만들지 말고, 배우자에게 모든 것을 다 털어놓아야 한다."

그러고 나서 앨리스는 물었다.

"당신, 정말 나한테 모든 걸 다 털어놓은 것 맞지?"

"당연하다니까."

"그럼 당신은 괜찮을 거야, 제이크. 여기서 그만 나가자."

하프문베이 공항에 도착하자 모든 불빛들이 다 꺼져 있었다. 앨리스와 나는 어둠 속에서 차에 앉아 이야기를 나누며 기다렸다. 앨리스의 말투에서 느껴지던 비난의 가시는 사라지고 없었다. 평소의 앨리스로 돌아온 것 같아 고마웠다. 혹시 지난 몇 시간 동안 내가 쭉 앨리스를 오해했던 게 아닌가 하는 생각이 들었다. 8시 56분이 되자 빌딩 쪽에서 불이 들어오고 착륙용 활주로가 번쩍였으며 밤하늘이 갑자기 환하게 빛났다. 창문을 살짝 내리자 비행기가 물 위에서 방향을 선회하여 활주로 쪽으로 비스듬히 내려오는 소리가 들렸다. 빛이 비쳐들자 주차장에 세워져 있던 차 한 대가 안쪽까지 들여다보였다. 마즈다 해치백 차량이었다.

"척이랑 이브네 차 아냐?"

앨리스가 말했다.

"세상에, 둘 중 누가 문제를 일으킨 거지?"

"당연히 척이겠지."

비행기는 착륙한 뒤 활주로를 달려 정문 바로 코앞에 멈춰 섰다. 척과 이브가 차에서 내리는 모습이 보였다. 두 사람은 멈춰 서서 어색한 포옹을 나누었고 이브는 자동차 운전석으로 돌아갔다. 우리도 차에서 내렸다. 나는 앨리스에게 키스했고, 앨리스는 족히 1분은 나를 껴안은 뒤에야 놓아주었다.

척과 나는 거의 동시에 정문에 도착했다. 나는 가방을 들고 있었고 척의 손에는 아무것도 없었다.

"친구!"

척이 문 너머로 내게 손짓을 했다.

"친구."

나도 대답했다. 그 단어는 목에 걸려 통 쉽게 나오질 않았다. 우리가 다가가자 비행기에서 계단이 내려왔다.

"어서들 와요."

파일럿은 호주 억양으로 말했다. 나는 계단을 올라가 조종석 바로 뒤에 있는 맨 앞줄에 앉았다. 척은 내 뒷줄 자리를 차지했다. 비행기는 아주 멋졌다. 양옆으로 가죽 좌석이 한 줄씩 있었고 맨 뒤에는 음료 바도 있었으며 좌석 등받이 주머니에는 잡지와 신문도 구비되어 있었다.

"좀 흔들릴 겁니다."

파일럿이 계단을 끌어올리고 비행기 문을 닫은 뒤 경고했다.

"콜라 마실래요? 아니면 물?"

우리는 둘 다 사양했다. 척은 소리 없이 손만 내저었다. 척이 〈뉴욕 타임스〉를 꺼내서 읽기 시작했으므로 나는 그것을 눈을 감고 졸아도 된다는 신호로 받아들였다. 맥주를 마시고 오길 잘 했다는 생각이 들었다. 그렇지 않았다면 쉽게 잠들지 못했을 것이다. 한 시간 반 후 착륙장치의 웅웅거리는 소리에 잠에서 깼다. 비행기가 덜컹거리며 활주로에 내려앉았다.

"잘 잤어요?"

척이 물었다. 기분이 좀 나아진 듯 보였다.

"내가 생각하는 그곳에 도착한 게 맞습니까?"

"당연히 편리 한 군데밖에 없죠. 잘 자서 다행입니다. 이제부터는 체력이 필요할 거예요."

제기랄.

57장

비행기는 활주로를 잠시 달리다가 전기 철조망 옆에 멈췄다. 그리고 몇 분 후 비행기 문이 열리고 계단이 쭉 내려갔다.

"이제 시작이군요."

척이 말했다. 아스팔트 도로 위에는 남색 셔츠와 남색 바지를 입은 한 쌍의 남녀가 우리를 맞이했다. 남자는 척에게 자기 옆으로 오라고 손짓하더니 척을 노란 선 위에 세우고 두 손을 들게 했다. 남자는 금속 탐지기를 척의 몸 위로 들이대고는 놀랄 만큼 꼼꼼하게 조사하기 시작했다. 척은 무표정한 얼굴로 가만히 서 있었다. 아마 편리에 처음 오는 게 아닌 모양이었다. 조사가 끝나자 남자는 척의 허리를 넓은 벨트로 한 바퀴 빙 두른 뒤 수갑과 족쇄를 채우고 벨트에 부착했다. 나도 같은 일을 당하게 될 거라는 생각에 미리 마음의 준비를 했지만 그런 일은 벌어지지 않았다.

"준비됐습니다!"

남자가 소리를 지르자 시끄럽게 웅웅거리는 소리와 함께 정문이 양옆으로 열렸다. 척은 마치 순서를 다 알고 있는 사람처럼 안으로 걸어 들어갔다. 남자는 척의 여섯 걸음 뒤에서 따라 걸어갔다. 여자와 나는 제자리에 우두커니 서서 그 모습을 지켜보고 있을 뿐이었다. 무슨 절차가 있는 것 같긴 했지만 도무지 뭐가 뭔지 알 수가 없었다.

척은 활주로의 착륙 지점에서부터 거대한 콘크리트 빌딩까지 뻗어 있는 기나긴 노란 선을 따라 걸어갔다. 감시탑, 철조망 울타리, 커다란 조명등을 보니 그곳이 감옥이라는 사실은 충분히 알 수 있었다. 소름이 오소소 끼쳤다. 다시 한번 버저가 울리고 척은 경호원 남자와 함께 건물 안으로 들어갔다. 두 사람의 등 뒤로 문이 쿵 소리를 내며 닫혔다. 여자가 나를 돌아보고는 생긋 웃었다.

"편리에 오신 것을 환영합니다."

친근한 목소리였지만 그렇다고 마음이 편해지지는 않았다. 여자는 우리가 서 있는 왼쪽을 가리켰다. 그곳에는 골프 카트 한 대가 기다리고 있었다. 나는 카트 뒷좌석에 가방을 던져 넣었다. 카트를 타고 활주로를 내려가는 내내 여자는 아무 말도 하지 않았다. 카트는 거대한 감옥 건물 옆을 돌고 포장된 긴 길을 따라 계속 달려갔다. 앨리스도 감옥이 크다는 말은 했지만 나는 그 건물의 사이즈를 보고 정말로 깜짝 놀라 얼어붙고 말았다. 카트는 감옥이라기보다는 거대한 저택처럼 생긴 화려한 건물 앞에 멈춰 섰다. 감옥 건물이 있는 쪽은 전기 철조망과 콘크리트로 된 마당으로 이루어져 있었다. 그러나 이쪽을 돌아보면 한 줄로 심어놓은 녹색 나무와 눈부신 잔디밭, 테니스 코트, 수영장이 보였다. 여자는 골프 카트에서 뛰어내려 내 가방을 들었다.

저택 안은 그야말로 리조트 호텔 같았다. 깔끔하게 면도한 젊은 남자가 반짝반짝 빛나는 마호가니 데스크 안쪽에 서 있었다. 세로로 두 줄 단추가 달린 남색 정장에 희한한 모양의 견장이 달린 제복 차림이었다.

"제이크?"

"네, 제가 바로 그 범인입니다."

나는 순간적으로 말을 뱉고 바로 후회했다.

"안내해드리겠습니다."

남자는 안내문이 인쇄되어 있는 종이 한 장을 데스크 너머로 내게 건넸다.

"이건 내일 스케줄이고요, 이 주변과 편의시설이 실려 있는 지도도 함께 있습니다. 모바일 서비스는 최대한 제한되기 때문에 전화 걸 일이 있다면 저한테 알려주시면 됩니다. 그럼 회의실에 있는 전화를 쓰실 수 있도록 도와드리겠습니다."

남자는 종이 한 장에 약도를 그리고 내 방의 위치를 표시해주었다.

"여기 프런트에는 24시간 사람이 있으니 뭔가 필요한 게 있으면 바로 내려와서 말씀해주시면 됩니다."

"열쇠는요?"

내가 물었다.

"열쇠는 필요 없습니다. 럭셔리 룸에는 잠금장치가 없거든요."

도대체 내가 뭘 잘했기에 럭셔리 룸으로 안내받는 건지 묻고 싶어 죽을 지경이었지만 지금은 그럴 때가 아니란 사실이 느껴졌기에 꾹 참았다. 이 모든 경험은 단순히 끔찍한 수준을 넘어섰다. 차라리 나를 척처럼 수갑을 채워서 끌고 갔다면 지금보다 덜 무섭지 않았을까.

엘리베이터 안에는 샹들리에가 있었다. 나는 고개를 들고 카메라를 찾았다. 카메라는 천장 한구석에 숨어 있었다. 배정받은 317호는 붉은 카펫이 깔려 있는 긴 복도 너머 한참 끝에 위치했다. 넓은 방 안에 킹사이즈 침대, 평면 TV, 테니스 코트와 수영장이 내다보이는 창문이 있었다. 대기가 오염되지 않은 지역이었기에 나는 그 창을 통해 쏟아질 듯 반짝이는 수많은 별들을 볼 수 있었다. 앨리스가 겪었다던 경험과는 180도 다르다는 사실을 직감하며 죄책감을 느꼈다.

나는 침대에 누워 텔레비전을 켰다. 채널을 몇 번 돌리니 건물 전체가 유럽 위성방송에 연결되어 있다는 사실을 알 수 있었다. 유로 스포츠, BBC 1에서 4까지, 감자 기근에 관한 다큐멘터리, 발트 해안에 관한 스페셜 방송, 몬티 파이튼 재방송, 그리고 스웨덴에서 벌어진 슬라롬 경기 중계가 이루어지고 있었다.

스케줄을 확인해보니 내일 아침 10시에 아래층 라운지로 내려가야 했다. 그 후에는 10시부터 12시까지 '미팅'이 있었고, 점심을 먹은 뒤 '미팅'이 두 시간 더 있었다. 그 밑에 '오후 3시 귀가편 탑승'이라는 한 줄이 더 붙어 있었으면 얼마나 좋았을까.

나는 재미없는 유럽축구연맹의 축구 경기를 두 시간 정도 보다가 잠이 들었다. 그리고 지각할 것이 두려웠기 때문에 6시에 눈을 떴다. 샤워를 마치고 나온 5분 후 문에서 노크 소리가 들렸다. 문을 여니 프렌치토스트와 휘핑크림을 듬뿍 올린 핫 초콜릿 한 잔, 〈뉴욕 타임스〉 국제판이 담긴 쟁반이 놓여 있었다.

나가서 운동장과 건물 전체를 둘러보고 싶었지만 너무 불안했던 탓에 방에 가만히 앉아 있기로 했다. 앨리스가 지금 뭘 하고 있을지 궁금했다. 나를 그리워하고 있다면 얼마나 좋을까.

나는 9시 44분에 점잖은 바지와 정장 셔츠를 챙겨 입고 엘리베이터를 타고 로비로 내려갔다. 데스크 직원이 내게 핫 초콜릿을 한 잔 더 건네주고 자리에 앉으라고 했다. 나는 푹신한 가죽 의자에 깊이 파묻혀 앉아서 기다렸다. 정확히 열 시가 되자 남자 한 명이 로비로 걸어 들어왔다.

"고든입니다."

남자는 내게 손을 내밀며 말했다. 고든은 중간쯤 되는 체격에, 머리카락은 검고 관자놀이 부근에 새치가 섞여 있었으며 아주 좋은 정장을 입었다. 나는 일어서서 그에게 마주 인사를 했다.

"드디어 만났군요. 반갑습니다. 당신에 대한 자료를 굉장히 많이 읽었거든요."

"좋은 내용이었으면 좋겠는데요."

나는 억지로 웃었다.

"모든 사람에게는 좋은 점과 나쁜 점이 있죠. 바깥에 나가서 운동장을 둘러보셨나요?"

"아뇨."

나는 방 안에만 가만히 있었던 일을 후회하며 말했다.

"안타깝군요. 정말 멋진 곳인데요."

고든은 나이도 성격도 가늠하기 힘든 사람이었다. 얼핏 보기에는 건강한 쉰다섯쯤 된 것 같기도 했지만, 어쩌면 그보다 더 젊을 수도 있었다. 말씨는 아일랜드 억양이었지만 그을린 피부를 보니 꽤 오랫동안 아일랜드를 방문하지 않은 모양이었다.

우리는 미로 같은 복도를 걷고 네 개의 계단을 올랐다. 마지막 계단 위에는 양옆에 창이 있는 통로가 있었다. 약 90미터쯤 이어지는 그 통로는 두 개의 세계 사이에서 다리 역할을 했다. 한쪽은 숲, 잔디밭, 수영장, 골프 연습장, 그리고 스파 비슷한 것으로 이루어져 있는 리조트 구역이었다. 리조트 구역은 삼면이 목가적인 해변, 바다, 하늘 등을 세밀하게 그려놓은 커다란 벽으로 칸막이가 쳐져 있었다. 벽은 아주 높아서 내가 있는 위치에서는 리조트 너머의 풍경이 보이지 않았다. 반면 반대쪽은 완벽하게 대조적인 모습을 취하고 있었다. 무질서하게 뻗어 있는 감옥 건물, 전기 철조망 울타리, 감시탑, 콘크리트 마당, 회색 점프 슈트를 입고 흙길을 터벅터벅 걷는 사람들. 그 너머에는 광대한 사막이 몇 킬로미터씩 펼쳐져 있었다. 감옥은 끔찍하고 두려웠지만 그 너머의 사막은 더 무섭고 더 으스스했다. 이런 감옥이라면 교도관과 벽이 없다 해도 도저히 도망칠 수가 없을 터였다.

고든이 키패드에 긴 비밀번호를 입력하자 문이 열렸다. 바닥에 깔린 푹신한 카펫과 밖으로 내다보이는 멋진 풍경 때문에 콘크리트 벽에도 푸르스름한 빛이 비쳐 들었다. 고든은 다른 키패드에 다시 비밀번호를 입력하고는 나에게 안으로 들어오라고 손짓했다. 갑자기 회색 제복을 입은 젊은 남자 하나가 어딘가에서 불쑥 튀어나왔다. 목에 그의 숨결이 닿는 바람에 나는 부르르 떨었다. 우리는 콘크리트 빌딩 안으로 더욱 깊숙이 들어갔다. 나는 고든의 뒤에서 몇 걸음 떨어진 채 걸었고, 젊은 남자는 내 뒤에서 몇 걸음 떨어진 채 걸었다. 약 30미터 간격으로 새로운 문이 등장했고 고든은 매번 비밀번호를 입력해서 문을 열었다. 문이 닫힐 때마다 뒤에서 시끄럽게 땡 하는 전자음이 울렸다. 마치 차가운 건물의 심장 속 깊은 곳으로 여행을 떠나는 기분이었다. 매번 문이 닫히는 소리를 들을 때마다 나는 마음속에서 커져가는 절망과 싸워야 했다.

이윽고 우리는 경사가 가파른 계단을 내려갔다. 세어보니 계단은 서른세 개였다. 계단을 다 내려오자 길은 오른쪽으로 꺾였다가 왼쪽으로 꺾였다가 다시 오른쪽으로 돌아갔다. 나는 왔던 길을 머릿속으로 기억하려 했지만 새로운 문과 새로운 복도는 끊임없이 나왔다. 고든은 모든 문에 같은 비밀번호를 입력하는 걸까, 아니면 수십 개는 되어 보이는 그 번호들을 다 기억하고 있는 걸까? 만약 비밀번호를 알고 있다고 해도 건물에서 나가는 길을 찾지 못해서 결국 탈출하지 못하게 될 것이었다. 완전히 덫에 걸렸다.

내가 여기서 죽어도 아무도 모를 것 같다는 생각이 들었다. '협정'이 나를 죽일 생각이었다면 비행기에서 내리자마자 머리에 총알을 박았을 거라는 생각으로 계속 스스로를 달랬다. 물론 고든이 단순히 게임을 즐기고 있을 가능성도 있었다. 미궁 안 깊숙한 곳으로 계속해서 나를 끌고 다니면서 공포와 탈진으로 죽을 때까지 기다리고 있는 건 아닐까.

문득 앞에서 무슨 소리가 들렸다. 나는 오른쪽으로 펼쳐진 다른 통로를 보면서 여기서 갑자기 뛰어 도망치면 어떨까 하는 생각을 했다. 어딘가에는 반드시 출구가 있을 테니 말이다. 내 생각을 알아차렸는지 고든이 물었다.

"편의시설에서 잠깐 쉴래요?"

"아주 좋죠."

그것은 아주 올바른 대답이었던 듯했다.

"좋습니다. 나가는 길에 몇 가지 질문을 한 다음 바로 그리로 가겠습니다."

무슨 질문? 내가 맞힐 수 있는 질문이긴 할까? 내 대답 여하에 따라 풀려날 수도 있고, 또는 정장 입은 깡패들이 나타나 더 어둡고 깊은 통로로 나를 끌고 갈 수도 있는 질문일까?

마지막 문 하나가 나타났다. 고든은 마지막 비밀번호를 입력했다. 그리고 고든과 나, 제복 입은 남자는 가로세로 약 3미터쯤 되는 작은 방 안으로 들어갔다. 그 방은 눈부실 정도로 새하얗고 한가운데에는 테이블과 의자 두 개가 있었다. 테이블 위에는 금속 고리들이 몇 개 놓여 있었다. 그리고 밋밋한 마닐라지 봉투도 테이블에 자리를 차지하고 있었다. 의자 하나는 바닥에 고정되어 있었고, 한쪽 벽에는 커다란 검은색 판유리 거울이 있었다. 혹시 이쪽은 거울이고 반대쪽은 창인 구조일까?

"앉아요."

고든이 고정된 의자 쪽을 가리키며 내게 말했다. 왜 처음에 도착했을 때는 럭셔리 룸과 5성급 호텔 서비스를 제공해서 나를 안심시켰던 걸까?

고든은 내 맞은편에 앉았고 다른 남자는 닫힌 문 옆에 섰다.

"제이크, 질의응답을 위해 시간을 내줘서 정말 고마워요."

나는 이름을 불러서 깜짝 놀랐다. 보통 회원들은 서로를 '친구'라고 부르던데 왜 고든은 안 그러는 거지?

"내가 왜 여기 오게 된 거죠?"

나는 최대한 목소리를 떨지 않으려 애쓰며 물었다. 고든은 테이블 위에 팔꿈치를 올려놓고 관자놀이를 손끝으로 짚었다. 자신이 지적으로 우월하다는 사실을 과시하고, 상대방을 업신여기는 전형적인 자세였다.

"질의응답은 우리가 관심을 갖게 된 어떤 이슈를 더욱 가까이서 들여다보기 위해 꼭 필요한 절차입니다. 이슈는 다양한 분야에서 발생할 수 있고, 우리는 합리적이고 명확한 결론이 날 때까지 반드시 조사를 해야 하죠."

어쩌고저쩌고 긴 이야기가 이어졌다. 내가 '협정'에 대해 알게 된 사실 하나를 말하자면 그들은 결코 명료하고 간단한 언어를 사용하지 않는다는 점이었다. 모든 진실은 지리멸렬한 서론, 지루한 배경 설명, 그리고 무책임한 조항들 속에 파묻혀 있다. 나는 올라와 그 친구들이 만든 과장된 말들로 빽빽하게 들어차 있는 지루한 사전을 다 외우도록 강요당하는 기분이었다. 역사를 통틀어서 파시스트들과 사이비 종교자들은 항상 독특한 말을 사용해 왔다. 그것은 본디 진실을 감추기 위해 애매하게 얼버무린 말이지만, 소속된 회원들 입장에서는 자신들을 보통 사람들과 차별화시켜준다고 느끼게 하는 말들이었다.

고든은 앞에 놓여 있던 폴더를 열고 속에 끼워져 있던 종이들을 마구 뒤졌다.

“조앤 찰스에 대해서 몇 분 정도 이야기를 나눌 수 있으면 좋겠군요.”

심장이 철렁 내려앉았다.

“조앤 찰스요? 난 그 사람 잘 모르는데요.”

나는 최대한 무관심한 말투로 대답했다.

“그럼 당신이 뭘 알고 있는지에 대해서부터 시작하죠. 조앤 찰스와 어떻게 알게 된 사이입니까?”

“조앤 웹, 아니 조앤 찰스와 나는 대학 때 같이 일했던 사이입니다.”

고든이 가볍게 고개를 끄덕였다.

“계속하세요.”

“우리는 둘 다 2학년 때 기숙사 상담을 했죠. 그래서 상담자 모임이나 교육 때문에 일주일에 두세 번 정도 만났습니다. 그래서 친구가 되었죠. 가끔 만나서 일의 고충에 대해 토로하고, 필기한 것을 서로 보여주고, 그냥 잡담을 하기도 했습니다.”

고든은 다시 고개를 끄덕였다. 침묵만이 흘렀다. 더 많은 것을 이야기하라는 암묵적 요구였다. 나는 이 전략을 잘 알았다. 약자의 위치에 놓인 사람은 불편한 침묵을 피하기 위해 최대한 계속해서 말을 늘어놓게 된다. 하지만 나는 그러지 않았고 고든이 채근했다.

“나는 오늘 하루 종일 시간이 있습니다. 아니, 몇 시간이고 며칠이고 상관없어요. 얼마든지 필요한 만큼 이야기를 들을 수 있어요.”

"당신이 대체 내게서 뭘 궁금해하는지 모르겠군요. 아까도 말했지만 조앤과 나는 서로에 대해서 그렇게 잘 아는 사이는 아닙니다."

고든이 미소를 지었다. 문 옆에 서 있던 남자가 몸을 움직이자 제복이 바스락거리는 소리가 들렸다.

"두 사람이 함께 일했던 시기에 대해서 더 듣고 싶군요. 그 이야기를 한다고 당신이 큰 피해를 입지는 않을 테니 말이죠."

나는 생각에 잠겼다. 내가 계속 입을 다물고 있으면 이들은 어떻게 할까? 고든이 나를 이 방에 무기한으로 잡아놓을 거라는 사실에 대해서는 의심의 여지가 없었다.

"3학년 때 넷밖에 없는 기숙사 내 상담자들 중 우리 둘이 있었습니다. 그래서 서로 알고 지내게 될 수밖에 없었죠. 식사 시간이나 가끔은 교내 행사가 있을 때 마주치곤 했죠."

"같이 식사를 한 적도 있었고요?"

"가끔씩요."

"두 사람이 친구가 되었다고 하지 않았나요?"

"그랬죠. 하지만 저와 조앤의 관계는 거의 직장 동료에 가까웠습니다. 물론 가까운 구역에 살다 보니 아무래도 그것보다는 친했겠지만요."

"조앤 찰스의 가족을 만난 적이 있나요?"

나는 잠시 생각했다.

"네, 그랬던 것 같습니다. 하지만 꽤 오래전인데요."

문간에 서 있던 남자가 초조한 표정을 지었다. 그것을 보자 불안한 기분이 들었다.

"당신이 혹시 조앤의 가족을 만난 게……."

고든은 엄지를 파일 사이에 끼운 채 잠시 말을 멈추었다가 다시 입을 열었다.

"그녀의 가족과 함께 추수감사절 저녁 식사를 했던 때가 아닌가요?"

도대체 그걸 이 사람들이 어떻게 알았지?

"네, 그랬던 것 같네요."

"그 후로 또 방문한 적 있습니까?"

"아마도요. 아까도 말했지만 워낙 오래전 일이라 기억이 잘 안 납니다."

"다섯 번 정도 방문한 것 같은데 어떤가요?"

"일기를 안 써서 잘 모르겠네요."

고든은 내 말투에 섞여 있는 짜증을 무시했다.

"조앤과 특별한 관계를 맺은 적이 있습니까?"

나는 바닥에 단단히 고정되어 있는 철제 테이블을 내려다보았다. 왜 이들은 내게 족쇄를 채우지 않는 걸까? 그걸 협박으로 이용하고 있는 건가? 저기 서 있는 제복 차림의 남자가 내게 다가와 강제로 수갑을 채우게 하려면 어떤 대답을 해야 좋을까?

"혹시 로맨틱한 관계는 아니었나요?"

고든이 구체적으로 물었다. 나는 고개를 가로저으며 힘주어 대답했다.

"아닙니다."

"하지만 당신은 조앤을 잘 알고 있었죠?"

"네, 그랬죠. 예전에는."

"방금 전에는 조앤을 잘 모른다고 했는데요."

나는 거울 쪽을 바라보았다. 거울 반대편에는 누가 있을까? 이 사람들은 나와 조앤의 과거를 왜 이렇게까지 알고 싶어 하지?

"20년이 지나면 사람은 많이 변하죠. 그러니 내가 조앤을 잘 모른다는 말은 사실입니다. 졸업한 후 각자 다른 주에 있는 대학원에 진학했으니까요."

"그리고 빌라 카리나에서 마주칠 때까지 한 번도 만난 적이 없다는 겁니까?"

"그렇죠."

"중간에 이메일이나 편지를 주고받지는 않았나요?"

"대학에서 알던 사람들과 이메일을 주고받긴 했죠. 하지만 꾸준하진 않았습니다."

"빌라 카리나에서 만났을 때 조앤을 바로 알아보았나요?"

"물론이죠."

"만나서 반갑던가요?"

"당연하죠. 반갑지 않을 턱이 있습니까? 조앤은 아주 대단한 사람인…… 대단한 사람이었는데요. 신기하고 낯선 상황에서 옛 친구를 만났는데 왜 안 반갑겠어요?"

"그 후에 다시 만난 건 언제죠?"

나는 망설이지 않았다. 마음속으로 유리 너머에서 내 일거수일투족을 아주 꼼꼼하게 지켜보는 누군가가 자꾸 떠올랐다. 어쩌면 그들은 내 비언어적 표현을 놓치지 않기 위해 심장박동과 체온까지 재는 전자기기를 어딘가에 숨겨놓았을지도 모른다.

"우드사이드의 분기 파티에서였죠."

"조앤은 그때 어땠던가요?"

나는 차분하게 대답했다.

"남편인 닐과 함께 있더군요. 아주 행복한 부부 같았습니다."

"그때 조앤이 어떤 옷을 입고 있었는지 기억납니까?"

"파란 드레스를 입었죠."

나는 대답했다가 바로 후회했다. 그들이 무슨 생각을 할지 바로 알 수 있었다. 왜 그런 걸 기억하는지 의심하고 있으리라.

"그다음에는요?"

"조앤을 본 건 그게 마지막이었습니다."

나는 내가 낼 수 있는 최대한 명확한 말투를 쥐어짜내어 대답했다. 의도가 옳든 그르든 아무래도 이 거짓말 때문에 기소되어서 끌려온 것 같으니, 지금 내가 취할 수 있는 선택지는 그것을 끝까지 관찰시키는 방법뿐이다. 고든은 미소를 지으며 종이들을 뒤적거리더니 고개를 들고 제복 입은 남자를 올려다보았다.

"그게 마지막이란 말이죠."

고든이 킬킬 웃으며 말했다.

"예."

우리는 둘 다 입을 다문 채 가만히 앉아 있었다. 둘 사이에서 내 거짓말이 덜렁덜렁 흔들리고 있었다.

"조앤이 여기 있습니까?"

내게 불리한 질문이긴 하지만, 일이 더 진행되기 전에 들을 필요가 있었다. 고든이 놀란 표정으로 말했다.

"사실은 와 있지요. 만나고 싶나요?"

젠장. 내가 말을 꺼내놓고서 만나기 싫다고 하면 더 의심을 받겠지?

"이 안에 있는 사람들 중에 아는 사람이 하나도 없어서 불안했는데 잘됐네요. 만나봤으면 좋겠습니다."

고든이 말했다.

"그럼 나가서 한 바퀴 돌아봅시다. 그리고 이른 편으로 당신을 하프문베이에 데려다드리겠습니다."

"듣던 중 반가운 말이군요."

나는 너무 반가운 티를 내지 않으려 애쓰며 말했다. 그렇다면 시험을 통과했다는 뜻인가? 스케줄에 나와 있던 대로 점심 식사 후에 준비된 두 시간짜리 미팅을 전전긍긍 기다리지 않아도 된다는 말일까?

제복 차림의 남자가 검은 유리 거울 쪽으로 고개를 끄덕이자 문이 열렸다. 이번에는 젊은 남자가 앞장을 서고, 내가 중간에서 걷고, 고든이 맨 마지막으로 따라왔다. 여러 개의 통로를 지나 문밖으로 나오자 사방이 감옥 벽으로 둘러싸인 운동장이 등장했다. 나는 그 건조하고 미지근한 바람을 깊이 들이마시며 갑작스럽게 내리쬐는 햇볕에 눈을 깜박였다. 눈앞에는 농구 코트와 비포장길 말고는 아무것도 없었다. 시뻘건 점프 슈트를 입은 나이 든 금발 남자 하나가 운동장 끄트머리의 벤치에 앉아 있었다. 노인은 우리를 보더니 자리에서 일어섰다. 제복 젊은이는 그쪽을 향해 걸어갔다. 고든이 운동장을 따라 걸으며 감옥의 역사에 대해 간략하게 설명해주었다.

"이 복합건물은 네바다주에서 1983년에 교도소용으로 지었습니다. 중급 및 상급 수준 경비를 통해 평균 980명가량의 범죄자들을 13년 동안 수용했죠. 하지만 2000년대 초반에 네바다주는 수용되어 있던 죄수들을 상당 부분 내보내기로 결정했고, 펀리는 점점 내리막길을 걷게 되었죠. 위치가 불편하고 유지비도 너무 많이 들었던 데다, 재소자들 중 탈출을 시도했다가 결국 살아남지 못한 경우도 있었거든요."

우리는 반대 건물의 입구에 도착했다. 나는 문득 제복을 입은 남자가 아직 점프 슈트 차림의 남자 옆에 서 있는 모습을 돌아보았다. 정확히 말하면 옆이 아니라 뒤였다. 그는 점프 슈트 남자에게 수갑을 채우고 있었다.

우리는 다른 문을 통과했다. 그 안에는 판유리 창문 너머로 한 여성이 데스크에 앉아 있었다. 벽에는 수십 개의 CCTV 모니터가 가득했다. 여성은 모니터에서 시선을 떼고 고든을 보더니 고개를 끄덕이고는 창문 아래쪽에 작게 뚫린 구멍을 통해 가느다란 끈에 꿴 밝은 오렌지색 배지를 건네주었다. 고든은 배지를 집어 들고 여성에게 감사 인사를 했다.

"이걸 차야 합니다."

고든은 끈을 내 목에 걸어주며 말했다. 여성이 스위치를 누르자 철문이 열렸다. 그곳은 그야말로 감옥의 심장부라 할 수 있는 장소였다. 오른쪽과 왼쪽, 그리고 정면에 긴 통로가 뻗어 있었다. 각각의 통로는 3층까지 이어져 있었고 각 층마다 감방이 스무 개씩 있었다. 아주 조용하긴 했지만 띄엄띄엄 들려오는 소리 덕분에 모든 칸이 비어 있지는 않다는 사실을 알 수 있었다.

"감방에 한번 들어가볼래요?"

통로를 따라 걸으며 고든이 물었다.

"재밌네요."

"농담이 아닙니다."

어느 감방 안에서는 한 남자가 작은 침대에 앉아 매뉴얼을 읽고 있었다. 나는 그 모습을 보고 정신이 번쩍 들었다. 스파르타식 감방과 시뻘건 점프 슈트, 그리고 남자의 깔끔한 머리 모양과 관리가 잘 된 손은 정말이지 안 어울렸다.

우리는 식당에 도착했다. 테이블에는 아무도 없었지만 어딘가에서 냄비와 프라이팬 두드리는 소리가 들려왔다. 긴 금속 테이블과 의자는 전부 바닥에 고정되어 있어서 예전 감옥 시절부터 있었던 물건이라는 사실을 알 수 있었다. 분위기와 영 어울리지 않는 냄새가 풍겼다. 신선한 채소, 향신료, 구운 닭고기 냄새였다.

"식사가 아주 잘 나오죠."

고든이 마치 내 마음을 읽은 듯 입을 열었다.

"전부 재소자들이 직접 요리하거든요. 이번 주에는 정말 운 좋게도 몬트리올에 미슐랭 스타 레스토랑을 소유하고 있는 한 신사가 들어왔답니다. 어제는 초콜릿 무스를 만들어주었는데 정말 맛이 기가 막히더군요. 여기에만 가만히 있어도 절대 후회하지 않을 거예요."

그가 나를 비웃고 있다는 아주 확실한 느낌을 받았다. 여기에만 가만히 있어도? 내게 그것 말고 다른 선택지가 있나?

갑자기 부엌에서 나던 소리가 조용해졌다. 번쩍번쩍 광이 나는 콘크리트 바닥을 밟는 우리의 발소리 말고는 아무 소리도 나지 않았다.

"정말 조앤이 여기 있습니까?"

나는 초조해진 기분으로 물었다.

"네, 조금만 참아요."

고든이 대꾸했다. 우리는 다른 문을 통과해서 팔각형의 방으로 들어갔다. 중앙의 공간을 둘러싸고 주위로 여덟 개의 문이 나 있었고, 각각의 문에는 한가운데에 길고 가느다란 구멍이 뚫려 있었다. 끔찍하지만 우리가 도착한 곳은 독방 전용 공간인 모양이었다. 나는 감방 안에서 생명의 기척을 느꼈다. 기침 소리가 한 번 나더니 다시 조용해졌다.

내 안의 상담사는 겁을 먹었을 뿐만 아니라 분노하고 있었다. 도대체 어떻게 저런 좁은 독방에 사람을 가둘 수 있단 말인가?

"안에 누구 있어요?"

나는 조앤의 겁먹은 목소리가 들려오기를 반쯤 기대하며 물었다. 고든이 내 팔을 움켜잡았다.

"좀 진정해요."

하지만 그에게 팔을 세게 잡혀 있으니 진정할 수가 없었다.

"누가 당신에게 여기 오라고 강요했나요?"

"아뇨."

"마찬가지입니다. 이 안에 있는 모든 재소자들은 당신과 똑같아요. 당신의 사랑스러운 아내 앨리스도 그렇고."

앨리스의 이름이 고든의 입에서 튀어나오자 나는 몸서리를 쳤다.

"아무도 자기 의사와 상관없이 여기 온 사람은 없어요, 제이크. 모든 재소자들은 다 자신의 죄를 이해하고 있고, 전폭적인 지원을 받으면서 잘못을 수정할 기회를 얻을 수 있다는 사실에 감사하고 있죠."

고든은 어느 감방 앞으로 다가가 몸을 기울이고 구멍을 통해 말을 걸었다.

"당신은 스스로의 서약에 의해 이곳에 와 있죠?"

잠시 아무 말이 없다가 문득 남자 목소리가 들렸다.

"네."

"당신은 자신의 의지와 상관없이 이곳에 있습니까?"

"아뇨."

남자의 목소리는 가늘고 지쳐 있었다.

"당신이 여기 있는 이유는 뭐죠?"

이번에는 망설임 없이 바로 대답이 들려왔다.

"배우자에게 감정적으로 충실하지 못했던 잘못을 뉘우치기 위함입니다."

나는 그가 어느 나라 억양을 갖고 있는지 파악할 수가 없었다. 어쩌면 일본인지도 모른다.

"지금 진행 상황은 어떻죠?"

"꾸준히 진보를 이루고 있습니다. 나는 결혼과 '협정'의 규칙이 주는 테두리 안에서 내 행동을 고칠 기회를 얻을 수 있어서 대단히 감사하게 생각합니다."

고든이 감방 안을 향해 물었다.

"아주 좋아요. 뭐 필요한 것 없습니까?"

"내가 필요한 모든 것은 이미 다 갖고 있습니다."

젠장, 이게 정말 현실이란 말인가? 고든이 나를 돌아보았다.

"당신이 무슨 생각을 하는지 압니다, 제이크. 얼굴에 다 쓰여 있어요. 이곳은 원래 독방으로 만들어졌지만 우리는 그것을 수도승의 수행용 방처럼 만들어서 너무 지나친 행동을 저지른 회원이 스스로에게 맞는 속도를 유지하면서 서약을 기준 삼아 자신의 과오를 돌아볼 수 있는 기회를 주고자 했죠."

"저 사람은 안에 들어간 지 얼마나 됐죠?"

고든이 미소를 지었다.

"수도승에게 수행용 독방에 들어가 있은 지 얼마나 되었느냐고 묻는 사람이 있나요? 수녀에게 신께 헌신한 지 얼마나 되었느냐고 묻는 것과 똑같은 말 아닐까요?"

고든은 다시 내 팔을 잡았다. 이번에는 부드러운 손길이었다.

"갑시다, 이제 거의 다 왔어요."

우리는 또 다른 문을 통과했고, 고든은 대기실로 보이는 공간을 가리켰다.

"이곳은 공판 대기실입니다. 당신 아내도 저기서 한동안 시간을 보냈죠. 그녀는 아주 협조적이었습니다. 저희 시설 입장에서는 가장 이상적인 방문자라고 할 수 있을 겁니다. 법정, 공판 회의실, 변호사 대기실도 다 저쪽에 있죠. 하지만 우리가 오늘 갈 곳은 아닙니다."

고든은 왼쪽으로 꺾어 어느 이중문 쪽으로 향했다. 지금까지 본 모든 문에는 키패드가 붙어 있었지만 이 문만은 사슬과 맹꽁이자물쇠로 잠겨 있었다.

"이것은 장기 공판용 특별실입니다. 당신 친구 조앤은 여기 있어요. 사실 조앤 문제는 굉장히 흥미롭고, 뜻밖의 면도 많이 보이고 있습니다. 대부분의 방문자들은 정직하게 행동하면 일이 더 빨리 해결된다는 사실을 금방 깨닫게 되는데 말이죠. 모든 사람을 위해서 그게 현명한 길일 텐데 말이에요."

고든은 맹꽁이자물쇠의 다이얼을 돌려 비밀번호를 풀었다. 자물쇠가 열리자 이번에는 요란한 소리를 내며 사슬을 풀었다. 안으로 들어가자 문은 묵직한 쿵 소리를 내며 우리 뒤에서 닫혔다. 모션 센서가 깜박이고 스포트라이트가 들어와 방 한가운데를 비추자, 바닥에 네모난 단이 보였다. 그 단으로 올라가려면 콘크리트 계단 두 개를 밟아야 했고, 주위에는 두꺼운 유리 벽이 쳐져 있었다. 벽 한 면에는 잠금장치와 손잡이가 달려 있었다. 고든이 계단으로 올라가 재빨리 잠금장치를 풀고 유리문을 열어주었다.

"안으로 들어가도 좋습니다, 제이크."

한구석에서 누군가가 유리에 짓눌린 채 무시무시한 빛을 받으며 태아처럼 웅크리고 있었다. 나는 안으로 들어갈 수가 없었다. 할 수만 있다면 몸을 돌려 고든을 때려눕히고 이 끔찍한 건물에서 뛰쳐나가고 싶었다. 하지만 문은 우리 뒤에서 잠겨버렸고, 문 닫히는 소리가 아직도 콘크리트 벽에 울려서 반향되고 있었다.

나는 계단으로 올라가 유리 벽으로 가로막힌 공간 안으로 들어갔다. 등 뒤에서 문 닫히는 소리가 들리자 배 속 깊은 곳이 꾸르륵거렸다. 유리 상자 안에는 의자도, 침대도 없고 오로지 담요 하나와 구석에 금속 변기가 전부였다. 바닥은 온통 차갑고 딱딱했다. 유리 벽 너머의 공간은 칠흑처럼 캄캄했다. 고든이 유리 바깥에 있다는 사실을 알고 있었지만 그의 모습은 보이지 않았다.

"조앤."

조앤은 웅크렸던 몸을 펴고 나를 올려다보았다. 그리고 눈을 깜박이더니 갑자기 눈을 가리고 비명을 질렀다. 아마 그 어둠 속에서 하루 이틀 꼬박, 아니면 그보다 더 오래 있었을지도 모른다. 조앤은 완전히 벌거벗고 있었고 어깨 위로 오랫동안 감지 못한 갈색 머리카락이 뒤엉켜 있었다. 조앤은 천천히 손을 움직이면서 마치 푹 자고 있던 것을 깨우기라도 한 듯 흐릿한 눈으로 나를 쳐다보았다.

"제이크?"

"응, 나야."

조앤은 벽에 등을 기대고 똑바로 앉았다. 그리고 알몸을 감추려는 듯 무릎을 가슴에 끌어안았다.

"콘택트렌즈를 뺏겨서 제대로 안 보여."

나는 이 유리방 안에 마이크가 있는지 둘러보았다. 눈에 보이는 곳에는 없었지만 그게 무슨 소용이란 말인가? 유리 상자 바로 밖에 고든이 있다는 사실은 충분히 느껴졌다. 안을 들여다보고, 소리를 듣고 있는 존재가 있다.

나는 조앤에게서 거리를 두고 앉아서 유리에 등을 기대며, 고든이 안을 훔쳐보고 있다는 사실을 조앤이 눈치채기를 바라며 말했다.

"저 사람들이 너에 대해 물었어."

조앤이 무슨 말을 꺼내서 괜히 더 불상사를 일으키기 전에 내 이야기를 먼저 해두고 싶었다. 물론 조앤이 고든 같은 사람들에게 힐스데일에서의 만남을 다 털어놓았을 가능성도 있다. 그들이 이미 모든 것을 다 알고 있을 가능성에 전율했다. 나는 크고 뚜렷한 목소리로 말했다.

"난 진실만을 말했어. 우드사이드에서 열렸던 진의 파티에서 널 본 후 다시 만난 적이 한 번도 없다고 말이야."

조앤이 너무 기진맥진해 있어서 내 말을 제대로 이해하고 있을지도 의심스러웠다.

"그리고 너와 닐이 함께 있는 모습이 굉장히 행복해 보인다고 했어."

조앤은 눈을 깜박였다. 혹시 마약 주사라도 맞은 걸까?

"너무 당황스럽네. 20년 만에 또 이렇게 알몸을 보여주게 될 줄이야."

문득 조앤의 기숙사 방에서 보냈던 달콤하면서도 서툴렀던 그날 밤의 기억이 되살아났다. 조앤이 얼마나 부끄러워했는지도.

나는 움찔했다. 왜 그런 말을 하는 거지? 내가 했던 모든 말들을 정면으로 반박하는 말이 아닌가.

"아마 다른 사람하고 착각한 모양이네."

고든이 내 모든 말을 분석하고, 모든 움직임을 유심히 지켜보고 있다는 사실을 느낄 수 있었다. 문득 나는 몸서리를 치며 명확히 깨달았다. 눈을 현혹시켰던 럭셔리 룸, 눈이 빙빙 돌 정도로 나를 끌고 다녔던 감옥 미로, 질의응답, 감금용 독방을 보여준 일. 그 모든 것들이 지금 정확히 이 순간을 위해 존재했다는 사실을 말이다. 조앤은 마치 내 말이 안 들린다는 듯 말을 이었다.

"사실 벗고 있는 모습을 보여준다고 당황하면 안 되거든. 그게 그들이 원하는 거야. 나도 이유는 모르겠지만."

조앤은 팔을 내리고 다리를 쭉 뻗었다. 두 발이 정확히 나를 가리키고 있었다. 가슴은 작고, 전신이 창백했다. 갑자기 조앤이 두 다리를 살짝 벌렸다. 불가항력적으로 내 눈은 그쪽으로 향했다. 나는 얼굴이 붉어졌고, 재빨리 시선을 조앤의 얼굴 쪽으로 돌렸다. 조앤은 아주 잠깐 내게 미소를 보냈다. 수상한 미소였다.

그때 우르릉거리는 소리가 들리며 내가 기대고 있던 벽이 움직이기 시작했다. 순간적으로 착각인 줄 알았지만 조앤 뒤의 벽 또한 움직이고 있었다. 나는 재빨리 몸을 앞으로 당겼고 조앤도 마찬가지였다.

"이 방은 한 시간에 2.5센티미터씩 작아져."

"뭐라고?"

"공간이 줄어든다고. 나를 괴롭히는 방식이야. 아마 사실을 다 털어놓기 전에 이 속에서 납작한 알몸 팬케이크가 되어버릴 거야."

조앤의 말에서 느껴지는 싸늘한 기색에 오싹함을 느꼈다. 어떻게 저렇게 차분할 수 있을까? '협정'이 정말로 그렇게 끔찍한 짓을 할까? 그럴 리가 없다. 나는 대학 시절에 읽었던 어느 심리 실험을 떠올렸다. 조앤과 내가 늦은 밤의 스터디 모임에서 화제로 삼았던 실험이었다. 너무나 잔인한 나머지 실험 대상자들은 성격이 이상해지고, 몇 년이 지난 후에도 악몽을 꿀 정도였다. 하지만 교수들 중 하나가 우리를 데리고 그것과 똑같은 가상 실험을 했을 때는 그냥 추상적으로 느껴지기만 했었다.

"조앤, 도대체 네가 무슨 거짓말을 했다는 거야?"

"저들은 내가 너와 바람을 피웠다고 생각해. 너뿐만이 아니라 다른 사람들과도. 닐이 내 휴대전화에서 어떤 스케줄을 발견했는데 그걸 오해했어. 내가 힐스데일 몰에서 누군가와 밀회했다고 생각하는 거야."

"말도 안 돼!"

나는 소리를 질렀다. 순간적으로 목소리가 너무 컸나 싶었다. 조앤이 동의했다.

"그렇지? 완전히 망상이잖아. 힐스데일 몰이라니. 아이러니한 건 말이야, 닐이 내가 너와 부적절한 관계를 맺었다고 생각하면서도 내게 준 벌이라는 게 나를 여기로 보내서 너와 함께 한 상자 속에 넣었다는 거야. 강박증만 있는 게 아니라 멍청하기까지 한 사람이야."

내가 대답하기 전에 문이 열렸다. 고든이 화난 얼굴로 유리 상자 바깥의 계단 맨 위 칸에 서 있었다.

"괜찮은 거야?"

어리석은 질문이었다. 당연히 괜찮을 리가 없다. 조앤은 다시 무릎을 끌어안고 가슴을 가리며 건조한 말투로 대답했다.

"내 걱정은 하지 마. 얘기 못 들었어? 이곳에 오는 모든 사람들은 자기 자신의 자유의지로 오는 거야. 우린 모두 재교육을 받고 싶어서 환장한 사람들이야. 난 여기 올 수 있어서 얼마나 고마운지 몰라."

조앤은 반항적인 눈빛으로 고든을 올려다보았다.

"시간 됐습니다."

고든이 말했다. 나는 상자 밖으로 나와 계단을 내려와서 고든을 따라 문밖으로 나갔다. 뒤를 돌아보니 조앤은 여전히 나를 바라보고 서 있었다. 유리 벽에 눌린 손바닥이 보였다. 나는 고든의 팔을 잡았다.

"조앤을 여기 두고 그냥 갈 수는 없어요."

하지만 무어라 말을 더 잇기 전에 무언가가 내 뒷무릎을 내리쳤다. 다리가 풀려서 고꾸라지듯 넘어진 나는 콘크리트 바닥에 머리를 세게 부딪쳤고, 눈앞이 새까맣게 어두워졌다.

58장

정신을 차리니 나는 마구 뒤흔들리는 세스나기를 타고 비행하는 중이었다. 머리는 지끈지끈 아팠고 셔츠에는 피가 묻어 있는 상태였다. 시간이 얼마나 흘렀는지도 알 수가 없었다. 혹시 묶여 있나 싶어 양손을 내려다보았지만 아무 장치도 없었다. 허리에 평범한 안전벨트가 둘러져 있을 뿐이었다. 누가 벨트를 채워준 걸까? 도대체 내가 어떻게 비행기에 탔는지도 기억이 나지 않았다.

열려 있는 조종석 문을 통해 파일럿의 뒤통수가 보였다. 비행기 안에는 우리 둘뿐이었다. 산에는 눈이 쌓여 있었고 바람이 불어 비행기가 마구 흔들렸다. 파일럿은 오로지 조종에만 집중하고 있는 듯, 어깨에 힘이 잔뜩 들어가 있었다.

나는 기지개를 켠 뒤 머리를 만져보았다. 끈끈하게 말라붙은 핏덩이가 만져졌다. 배 속에서 꾸르륵거리는 소리가 났다. 마지막으로 먹은 음식은 프렌치토스트였다. 그 뒤로 도대체 시간이 얼마나 지났을까? 옆자리에는 물과 기름종이로 싼 샌드위치가 놓여 있었다. 나는 병을 따고 물을 마셨다.

샌드위치의 포장을 뜯고 한입을 베어 물었다. 햄과 스위스 치즈가 끼워져 있는 샌드위치였다. 제길, 턱이 너무 아파서 씹을 수가 없다. 내가 바닥에 뻗은 뒤 누군가가 얼굴을 한 방 갈긴 모양이었다.

"지금 집에 가는 건가요?"

나는 파일럿에게 물었다.

"당신이 어디를 집이라고 생각하느냐에 따라 다르죠. 하프문베이를 향해 가는 중입니다."

"나에 대해 뭐 들은 것 없어요?"

"이름, 목적지. 그게 전부입니다. 난 그냥 택시 운전수예요, 제이크."

"하지만 당신도 회원이잖아요?"

"그렇죠."

파일럿의 목소리에서는 감정을 읽을 수가 없었다.

"배우자에게 충실하라, '협정'에 충성하라. 죽음이 우리를 갈라놓을 때까지."

파일럿은 더 이상 아무런 질문도 하지 말라고 경고라도 하는 듯 나를 한동안 물끄러미 쳐다보고는 다시 몸을 돌렸다.

비행기가 에어포켓에 부딪히는 바람에 먹던 샌드위치가 날아가고 말았다. 긴급사태가 일어난 모양이었다. 파일럿이 욕설을 내뱉으며 미친 듯 버튼을 눌러댔다. 그리고 관제탑을 향해 무어라 고함을 질렀다. 비행기가 빠른 속도로 하강하고 있었고 나는 의자 팔걸이를 꼭 붙잡은 채 앨리스를 생각했다. 우리의 마지막 대화 속에서 내가 최대한 많은 말을 했기를 빌면서.

그리고 갑자기 비행기가 수평으로 돌아와 다시 고도를 높이자 상황이 정상으로 바뀌었다. 나는 바닥에 흩어진 샌드위치 파편들을 긁어모아 기름종이 상자 속에 집어넣고 옆자리에 올려놓았다.

"난기류에 휘말렸습니다. 죄송합니다."

"당신 잘못이 아니잖아요. 아무튼 살았네요."

햇볕이 환하게 내리쬐는 새크라멘토를 지나면서 파일럿은 겨우 평정심을 되찾았고, 우리는 이번 시즌에 골든 스테이트 워리어스가 펼치고 있는 맹활약에 대한 이야기를 나누었다.

"오늘이 무슨 요일이죠?"

내가 물었다.

"화요일입니다."

창 너머로 익숙한 해안가가 보이자 마음이 놓였다. 자그마한 하프문베이 공항의 모습이 고맙게 느껴질 정도였다. 착륙은 매끄러웠다. 비행기가 완전히 멈추자 파일럿이 뒤를 돌아보며 말했다.

"또 그러면 안 됩니다. 알겠죠?"

"절대 안 그럴 겁니다."

나는 가방을 움켜쥐고 밖으로 나갔다. 엔진을 끄지 않았던 파일럿은 내가 나가자마자 문을 닫고 비행기를 돌려 다시 날아가버렸다.

공항 카페로 들어가 핫 초콜릿을 주문하고는 앨리스에게 문자 메시지를 보냈다. 평일 낮 2시였으므로 앨리스는 지금쯤 수천 개의 미팅에 휘말려 정신이 없을 터였다. 방해하고 싶진 않았지만, 그래도 나는 정말로 앨리스가 보고 싶었다.

답장이 왔다.

'지금 어디야?'

'하프문베이로 돌아왔어.'

'5분 후에 출발할게.'

하프문베이에서 앨리스의 직장까지는 30킬로미터 이상 떨어져 있다. 앨리스에게서 교통 체증에 갇혀 있다는 메시지를 받은 나는 음식을 주문하기로 하고, 메뉴판 왼쪽 페이지에 있는 음식을 거의 다 시켰다. 카페는 비어 있었다. 완벽하게 몸에 딱 맞는 유니폼을 입은 활기찬 웨이트리스가 내 주위를 서성거렸다. 내가 음식값을 치르자 웨이트리스가 말했다.

"좋은 하루 보내요, 친구."

나는 밖으로 나가 벤치에 앉아 기다렸다. 추웠고 파도 쪽에서 안개가 몰려왔다. 앨리스의 낡은 재규어가 도착했을 무렵 나는 거의 꽁꽁 얼어붙어 있었다. 자리에서 일어난 나는 몸이 멀쩡하다는 사실을 확인했다. 앨리스가 벤치 쪽으로 걸어왔다. 앨리스는 말끔한 정장 차림이었지만 운전을 하기 위해 힐을 벗고 스니커즈를 신고 있었다. 검은 머리카락이 안개 때문에 촉촉하게 젖어 있었다. 입술은 어두운 붉은색이었는데 혹시 나를 위해서 그 색을 고른 게 아닐까 싶었다. 그랬으면 좋겠다고 생각했다.

앨리스는 까치발을 들고 내게 키스했다. 그제야 비로소 내가 얼마나 죽을 만큼 앨리스를 그리워했는지 깨달았다. 앨리스는 뒤로 물러나 나를 올려다보았다.

"최소한 사지는 멀쩡하네."

앨리스는 팔을 뻗어 내 턱을 조심스럽게 어루만졌다.

"무슨 일이 있었어?"

"나도 잘 모르겠어."

나는 팔을 벌려 앨리스를 끌어안았다.

"도대체 왜 소환을 당한 거야?"

하고 싶은 말은 많았지만 무서워서 말할 수가 없었다. 많이 알면 알수록 앨리스는 더욱 위험해질 터였다. 진실을 마주하게 되면 앨리스도 기가 막힐 것이다.

내 이야기는 처음으로 돌아간다. 결혼식 전, 피니건을 만나기 전, '협정'이 우리의 삶을 완전히 뒤흔들어놓기 전으로.

"당신, 시간 있어?"

"당연하지. 운전할 수 있겠어? 안개가 너무 짙어서 난 못하겠어."

앨리스가 내게 차 키를 건넸다. 나는 트렁크에 더플백을 던져 넣고 운전석에 앉은 뒤 몸을 기울여서 조수석 쪽 문을 열어주었다. 그리고 고속도로를 달리던 중 바다 쪽으로 길을 꺾어, 레스토랑 '바버라스 피시트랩' 맞은편에 차를 세웠다. 혹시 미행을 당하고 있는지 확인하기 좋은 위치였다.

"당신, 괜찮아?"

앨리스가 물었다.

"썩 좋진 않아."

레스토랑은 거의 텅텅 비어 있었기에 우리는 안개 낀 바다가 바라다 보이는 창가 자리 한구석에 앉았다. 앨리스는 피시앤칩스와 다이어트 콜라를 주문했다. 나는 BLT 샌드위치와 맥주를 시켰다. 음료가 도착하자 단숨에 잔의 절반을 비웠다.

“정확히 무슨 일이 일어났는지 얘기해줘. 하나도 빠뜨리지 말고.”

하지만 문제는 바로 그거였다. 나는 단 하나도 말할 수가 없다. 앨리스에게 뭘 어떻게 말해야 좋을지 정리가 되지 않아, 마음속으로 계속 이야기를 수정하고 되짚었다. 이야기의 핵심을 도대체 어떻게 말해야 할까? 차라리 처음부터 끝까지 다 털어놓을 수 있으면 좋겠다고 생각했다. 물론 다른 주변 사항들과 별개로 보면 내 모든 사소한 결정들은 내릴 당시에는 완벽하게 앞뒤가 맞는 행동으로 보였지만, 나중에 생각해보니 전체적으로는 하나도 말이 되지 않았다.

나는 척과 편리에 도착하자마자 어떻게 헤어지게 되었는지에 대해 말했다.

“그 사람들이 척에게 수갑을 채워서 다른 건물로 끌고 갔어.”

“그럼 지금은 어디 있는데?”

“나도 몰라.”

그리고 럭셔리한 숙박 시설 이야기도 했다.

“그러니까 당신은 가서 그렇게 큰일을 겪진 않았단 말이야?”

앨리스는 놀란 눈치였다. 웨이트리스가 우리가 시킨 음식을 날라다 주자 앨리스는 피시앤칩스를 열심히 먹었다. 나는 배가 고팠음에도 불구하고 음식을 깨작거리기만 했다.

“얘기가 복잡해.”

“큰일을 겪었다는 거야, 안 겪었다는 거야?”

“그들이 나한테 조앤에 대해 물어봤어.”

앨리스의 얼굴에 편안해 보이던 분위기가 순식간에 날아갔다.

나는 불안이 사람을 어떻게 잠식하는지를 볼 수 있었다. 앨리스의 눈빛이 바뀌고, 걱정을 상징하는 미간 주름이 순식간에 깊어졌다. 내가 말했다시피 앨리스의 문제는 대부분 불안, 질투, 의심이 서로 뒤엉켜서 생겨난 어둡고 복잡한 곳에서 생겨난다. 우리가 처음 만났을 때, 나는 그 악성 혼합물을 금세 알아차리고 허를 찔린 기분이 들었다. 내가 화를 내거나 방어적인 태도를 취하면 그것은 앨리스의 의심을 더욱 자극하곤 했다. 그것이 한때 우리가 겪었고, 앨리스가 자신을 사랑하는 내 마음과 내 약속에 확신을 가짐으로써 극복한 적이 있는 문제라고 스스로를 타일렀다. 실제로 약혼, 정확히 말하면 결혼 이후 앨리스가 질투하는 일은 상당히 줄었다. 그리고 다시 그런 일이 발생할 것 같으면 나는 더욱 직감적으로 움직였다. 앨리스가 얼핏 질투심을 내보일 경우 최대한 적은 피해가 발생하는 방향을 찾아내곤 했다. 하지만 지금은 방향을 잃은 기분이었다.

"같은 기숙사 살던 조앤?"

앨리스는 접시 옆에 포크를 내려놓으며 말했다.

"맞아."

"아……."

앨리스의 머릿속에서는 지금 수백만 가지 계산이 벌어지고 있을 터였다. 질투심 많은 앨리스는 평범하면서도 엉뚱하고 독립적인 앨리스와 완전히 반대 위치에 있는 존재였다. 나는 앨리스의 그 두 가지 면을 다 알고 있었지만 두 면이 서로 왔다 갔다 할 때마다 아직도 적응이 되질 않았다.

"드래거스 마켓에서 만났던 그 갈색 머리?"

나는 고개를 끄덕였다.

"왜 당신한테 그 여자에 대해서 물어?"

앨리스는 황당한 표정이었다. 전에도 말했지만 조앤은 외모로 볼 때 그렇게 눈에 띄는 타입이 아니었다. 아내가 자기 남편을 빼앗길까 경계하거나 염려할 만한 대상도 아니라는 말이다.

"두 번째 파티에서 조앤하고 잠깐 얘기를 했어. 뭐 때문인지는 모르겠지만 굉장히 스트레스를 많이 받고 있더라고. 그리고 닐이나 다른 누군가가 우리가 얘기하는 모습을 볼지도 모른다고 너무 걱정하기에 그럼 다른 곳으로 자리를 옮겨서 얘기를 나눌 수 없겠느냐고 물어봤어. '협정'에서 우리가 벗어날 방법을 찾고 싶었으니까. 그래서 조앤도 동의하고 힐스데일 몰에서 만나기로 했어."

"왜 나한테 얘기 안 했어?"

"조앤이 강박증에 빠져 있었기 때문이야. 당신을 데리고 오지 말라고 했거든. 만약 우리가 '협정'에 대해 이야기했다는 사실을 닐에게 들키면 아주 큰 곤경에 처할 거라고 했어. 조앤은 이미 펀리에 다녀온 경험이 있었고, 두 번 다시 그곳으로 돌아가고 싶지 않다고 했어. 그리고 파티 때 조앤의 다리에 난 멍을 봤고…… 조앤은 정신적으로 불안한 상태였고 굉장히 겁을 많이 먹었어. 내가 왜 당신을 그런 데로 끌고 가겠어?"

앨리스는 테이블을 밀어내고 팔짱을 꼈다.

"처음에 그 여자를 나한테 소개해줬을 때 당신은 그 여자와 잔 적이 없다고 했지. 그건 정말 사실이야?"

이 질문에는 미처 답을 준비하지 못했다. 하지만 내가 앨리스에게 뭔가를 숨기고 있다는 인상을 주는 건 어차피 피할 수 없었다.

"잠깐 사귄 건 사실이야. 대학 시절에. 하지만 잘되지 않아서 몇 달 후에는 다시 친구로 돌아갔어."

"몇 달? 그럼 당신은 나한테 거짓말을 한 거네. 고의적으로."

"첫 번째 파티에서 조앤을 마주치고 나도 얼마나 놀랐는지 몰라. 전혀 생각지도 못했던……."

"전혀 생각지도 못하게 섹스하는 일은 없지."

앨리스는 이제 화를 내고 있었다. 앨리스의 눈에서 눈물이 흘러내리는 것을 보자 나도 화가 났다.

"벌써 17년 전 일이야, 앨리스! 지금하고는 아무 상관도 없잖아!"

고개를 들었다가 가게 점원들이 우리를 쳐다보고 있다는 사실을 깨달았다. 여기서 싸워서는 안 된다. 공공장소에서 어떤 말도 해서는 안 된다. 나는 목소리를 낮췄다.

"당신은 17년 전에 뭘 했는데? 누구랑 잤어?"

나는 그 말을 꺼내자마자 후회했다.

"당신은 내가 어디에서 뭘 하는 사람인지 이미 처음부터 다 알고 있었잖아. 내가 말했으니까. 내가 17년 전에 일어난 일 때문에 이러는 것 같아? 그건 손톱만큼도 상관없어. 내가 화를 내는 건 지난 몇 주 동안 일어난 일 때문이야. 지금 현재 당신이 나한테 하고 있는 거짓말 때문이라고."

앨리스는 갑자기 조용해졌다. 불현듯 무언가가 생각난 눈치였다.

"그래서 데이브가 자꾸 당신이랑 힐스데일 몰을 연관 지어서 말했던 거구나."

앨리스가 고개를 마구 흔들었다.

"내가 당신한테 그 얘기를 꺼냈을 때 당신은 아무 말도 하지 않았어. 의도적으로 나한테 아무것도 알리지 않았던 거야."

앨리스의 두 눈동자 속에 전에 한 번도 본 적 없는 감정이 스쳤다. 실망이었다.

"앨리스, 내 말 좀 들어봐. 정말 미안해. 하지만 난 진심으로 탈출할 방법을 찾고 싶어서 거의 궁지에 몰려 있는 심정이었어. 당신한테 말했으면 같이 가고 싶어 했을 테고, 그럼 더 위험해졌을 거야. 또 편리로 끌려갔을지도 모른단 말이야. 난 당신을 지키고 싶었다고."

나는 내 목소리를 들으며 그 말이 마치 종잇장처럼 얄팍하다고 느꼈다.

"내 판단에 맡겨야 한다는 생각은 안 했어? 모든 문제를 함께 극복하기로 한 거 아니었어?"

"제발, 앨리스. 쇼핑몰에서 조앤을 만났을 때 들은 얘기 때문에 여러모로 정말 무서웠어. 우리가 '협정'에 가입하기 전에 엘리와 엘레인이라는 부부가 있었대. 그런데 우리가 가입하기 몇 주 전에 흔적도 없이 사라졌다는 거야. 텅 빈 차만 스틴슨 해변에 남아 있고 부부는 온데간데없었대. 조앤은 그 둘이 살해당했다고 생각하고 있어. '협정'의 손으로."

앨리스의 얼굴에 의심이 스쳐 지나갔다.

"'협정'이 다소 극단적인 수단을 사용한다는 건 나도 인정하지만 살인은 너무 지나치지 않아? 아무리 그래도 그렇지."

"내 말 좀 들어봐. 조앤이 그러는데 '협정' 내의 결혼이 배우자의 이른 죽음 때문에 끝맺을 확률이 높다는 이야기를 아무도 하지 않는대."

앨리스가 고개를 가로저었다. 나는 말을 이었다.

"데이브는 어때? 데이브와 케리는 원래 '협정'에 가입할 때 각각 다른 사람과 결혼한 상태였다잖아."

"우연이야. 하나의 우연을 가지고 커다란 음모론을 구축할 수는 없어."

"중요한 부분은 이거야. 조앤은 우리가 '협정'의 레이더망을 벗어날 방법을 찾아야 한다고 했어. 당신이 지금 위험에 빠진 것 같대. '협정'은 당신을 좋아하지만 동시에 당신을 울타리에 가두고 자기들 뜻대로 제어하려 한다고 했어. 그래서 내게 무슨 짓을 저지를지 모른다고."

"그 후로 그 여자를 또 만났어?"

앨리스는 팔짱을 꼈던 팔을 풀고 나를 똑바로 바라보았다. 보통 까다로운 증언을 받아낼 때 취하는 태도가 아닐까 하는 생각이 들었다. 슬슬 불편해지기 시작했다.

"3주 후에 같은 곳에서 만나자고 약속했지만 나타나지 않았어. 나는 그 자리를 벗어나다가 미행당한다는 사실을 알게 됐고."

"그 뒤로는 안 만났어?"

앨리스가 물었다.

"응. 아니, 봤어. 편리에 있었어. 하지만 나나 당신 같은 상황은 아니었어. 조앤은 새장 속에 갇혀 있었어, 앨리스. 유리 새장에 갇혀 있는 모습을 보는데 정말 말 그대로 소름이 오싹 끼쳤어."

앨리스의 표정이 바뀌었다. 그러고는 금세 웃음을 터뜨렸다.

"당신, 지금 장난하는 거지!"

앨리스는 그런 면에서도 독특했다. 질투와 분노에 휩싸인 모습에서 순간적으로 아주 완벽하게 평범한 대화로 바뀔 수 있기 때문에, 앨리스의 웃음에서는 감정을 읽어내기가 어려웠다.

"농담이 아니야, 앨리스. 조앤은 지금 곤경에 처해 있어."

나는 한없이 이어지는 통로와 잠긴 문에 대해서도 이야기했다. 그리고 고든과 했던 질의응답 이야기도 털어놓았다.

"고든이 내게 끊임없이 퍼부었던 그 모든 질문들은 다 조앤과 관련 있는 문제였어."

"왜 자꾸 당신한테 그 여자에 대해 묻는 거야, 제이크? 제발. 당신이 그 여자랑 또다시 잤다면 우린 끝장이야. 당신이든 '협정'이든 나를 붙잡을 수는……."

"안 잤어!"

하지만 앨리스의 눈을 보고 알 수 있었다. 앨리스는 내 말을 전혀 믿지 않았다. 나는 우리 옆 테이블 쪽을 건너다보았다. 우리 또래로 보이는 커플 하나가 테이블에 새우튀김 한 바구니를 올려놓고 앉아 있었다. 그들은 음식을 먹으며 우리 이야기를 듣고 있는 눈치였다. 앨리스도 그들을 보더니 의자를 테이블 쪽으로 바짝 끌어당겼다.

나는 앨리스에게 독방마다 한 사람씩 감금되어 있다는 이야기를 했다. 그리고 오랫동안 감지 못한 조앤의 머리와 실오라기 하나 걸치지 못한 알몸, 그리고 명백한 공포에 대해서도 말했다. 정말 단 한 마디도 남기지 않고 모두 털어놓았다. 물론 조앤이 내 앞에서 다리를 살짝 벌렸다는 말은 하지 않았지만 그것 빼고는 다 이야기했다. 앨리스의 표정이 혼란에서 공포로 바뀌었다. 나는 우리가 질투의 단계를 넘어 겨우 다시 하나가 되었다는 사실을 알 수 있었다. 커다란 무언가가 앨리스와 나를 위협하고 있었다.

앨리스가 충격으로 아무 말 없이 앉아 있는데 갑자기 휴대전화가 울렸다. 테이블 위에서 진동하는 휴대전화를 보고 우리는 둘 다 숨을 들이켰다. '협정'에서 온 전화일까 두려웠다. 데이브나, 아니면 비비언이나.

"사무실이야."

앨리스는 전화를 받더니 1, 2분 정도 말없이 이야기만 듣다가 말했다.

"알았어."

그리고 전화를 끊었다.

"바로 가봐야겠어."

"지금?"

"지금."

그 외에 다른 말은 없었다. 예전 같았으면 내게 이유를 말해주었을 것이다. 앨리스는 항상 사건에 대해서 전부 다 이야기했고 사내 정치와 권력관계에 대해서도 늘 불평했다. 하지만 지금은 아무 말도 하지 않는다. 아마 지금 이 순간 앨리스는 나를 평소만큼 사랑하지 않는 모양이었다.

차로 돌아가자 앨리스는 내게 열쇠를 달라고 했다. 그리고 엄청나게 빠른 속도로 달리다 갑자기 세우고, 거칠게 커브를 꺾었다.

집으로 오는 길, 터널을 통과하고 패시피카와 데일리 시티를 지나치는 내내 앨리스는 내가 한 말을 머릿속으로 소화시키는 모양이었다. 앨리스는 나를 집 앞에 내다 버리고, 내가 들어갈 수 있도록 차고 문을 열어준 다음 차를 돌려 직장으로 돌아갔다.

나는 샤워를 하고 옷을 갈아입었다. 가져갔던 가방을 풀자 옷에서 펀리 냄새가 풍겼다. 사막의 공기, 액체 세제, 5성급 호텔 음식이 뒤섞인 냄새였다. TV를 켰지만 신경이 바짝 곤두서고, 앨리스와의 언쟁에서 받은 스트레스가 커서 아무 프로그램도 볼 마음이 들지 않았다. 지금의 우리는 예전과 너무나도 달랐다. 물론 살다 보면 이런저런 일이 생기는 법이지만, 이런 걸 원한 것은 아니었다.

나는 코트를 대충 걸치고 사무실로 향했다. 황은 나를 보더니 얼굴을 찌푸리며 말했다.

"나쁜 소식이에요, 제이크. 오늘 부부 둘이 안 왔어요. 스탠튼 부부랑 윌링스 부부가 예약을 취소하고 싶대요."

"이번 주 예약만요?"

"아뇨, 전체 다요. 두 쌍 다 이혼하기로 했대요."

윌링스 부부는 별로 놀랍지 않았으나, 스탠튼 부부에게 상당한 희망을 걸고 있었다. 짐과 엘리자베스는 결혼한 지 14년 되었고 둘 다 아주 좋은 사람들이었으며 서로 잘 어울렸기 때문이었다. 나는 복도에 선 채 실패의 무게에 짓눌리며 우울한 기분을 맛보았다. 내 결혼 생활도 제대로 책임지지 못하면서 어떻게 남의 결혼 생활을 좌지우지할 수 있단 말인가?

59장

나를 가장 매혹시킨 연구는 결혼 상담의 효과에 관한 문제였다. 과연 상담을 받는 일이 이혼 가능성을 높이고 낮추는 것과 상관관계가 있을까? 상담소에서는 다양한 결과들이 나타나긴 했지만, 최소한 8주에서 10주 정도 상담을 꾸준히 받은 부부들은 결과적으로 상담을 받으러 온 첫날보다 훨씬 강한 유대감을 갖게 된다.

몇 년 전에 한 가지 흥미로운 연구가 있었다. 결혼 생활에서 심각한 스트레스에 시달리던 134쌍의 부부 중 3분의 2는 1년간의 상담을 받고 나서 관계가 눈에 띄게 호전되었다. 5년 후 4분의 1은 이혼했지만 3분의 1은 행복하게 잘 살고 있었다. 나머지는 별로 행복하진 않았지만 어쨌든 함께 살고는 있었다. 이혼하지 않은 결정적인 요소는 배우자 양쪽 모두 결혼 생활을 더 낫게 만들고 싶다는 바람이었다.

60장

그날 저녁 앨리스에게 저녁을 함께 먹자는 메시지를 보냈다. 아까 레스토랑에서 제대로 먹지 못했기 때문에 배가 고파 죽을 지경이었다. 그러나 20분 후 앨리스에게서 온 메시지는 '먼저 먹어. 나 늦을 거야'였다.

보통 이 말은 자정이 다 되어서야 돌아올 예정이라는 뜻이기 때문에 나는 사무실에 웅크리고 앉아 서류 작업에 골몰했다. 이언이 8시에 마지막 상담을 끝내고 나서 퇴근했으므로 조용한 사무실에 혼자 남았다.

11시가 좀 넘어 집으로 돌아갔다. 집은 컴컴하고 썰렁했다. 난방기를 켜고 낡은 파이프 속으로 바람이 통하는 소리가 나기를 기다렸지만 아무 일도 벌어지지 않았다. 아마 난방 연료가 다 떨어졌거나 오븐 속에서 무언가가 데워지고 있는 모양이었다. 앨리스 문제는 마음속을 먹구름처럼 뒤덮고 있었고, 스탠튼 부부의 이혼도 나를 우울하게 했다. 이제 '협정'에 대해 생각하기조차 싫었다. 물론 앞으로 문제는 산적해 있었다. 하지만 이 순간 계획을 짜거나 다음 단계에 대해 생각할 기력조차 없었다.

나는 완전히 기진맥진한 채 소파에 벌렁 드러누웠다. 뒤쪽 침실에서 땡 소리가 세 번 울렸다. 앨리스의 아이패드에 이메일이 온 듯했다. 하지만 그 소리를 듣고도 베이스 연주자 에릭에 대해 전혀 걱정이 되지 않았다. 도대체 왜 예전 이메일을 본 걸까? 그 모든 행동이 너무나 어리석고 자신감 없는 짓으로 느껴졌다.

짜증이야 났다. 앨리스는 내가 옛 여자 친구와 만났다고 그렇게 쌀쌀맞게 굴었는데, 정작 본인의 아이패드는 옛 남자 친구에게서 온 이메일 때문에 땡땡 울리고 난리가 나지 않았나. 물론 질투에 눈이 멀면 자기가 지금 하는 행동이 타인의 행동과 똑같다는 사실을 알아차리지 못하겠지만.

나는 스탠튼 부부와 아홉 번 만났던 일에 대해 생각했다. 심리상담은 인간들 사이의 다른 상호작용과 다르고, 계산법도 완전히 다르다. 심각하고 직설적이며 확고한 대화를 아홉 시간 동안 나누다 보면 싫어도 상대에 대해 아주 깊이 알게 되는 법이다. 나는 상담을 할 때 항상 단순한 관찰자로만 머무르지 않고 환자들의 입장이 되려고 노력했다. 그리고 정말로 희망이 보이는 사람들에게는 많은 시간을 투자하여 어떻게 하면 그들이 정말로 원하는 방향으로 상황을 이끌 수 있을지 생각하곤 했다.

나는 상담 내용을 되짚어보았다. 내가 뭐라고 말했더라? 그리고 다르게 말하려면 어떻게 할 수 있었을까? 불행하게도 전부 다 기억하고 있었기 때문에 내 한 마디 한 마디를 평가하고, 수정하고, 재구성해볼 수 있었다. 스탠튼 부부에게는 너무 늦었지만 뭐라고 말했어야 좋을지, 그리고 어떤 질문을 던져야 할지 이제 알 것 같았다.

상담에 처음 발을 들였을 때 내가 어떤 일을 하게 될지 잘 몰랐다. 그냥 사람들을 돕고 싶었다. 이 일의 긍정적인 면밖에 보지 않은 셈이었다. 내가 할 일은 사람들의 문제점을 발견하고, 그들이 차츰 더 행복한 방향으로 나아갈 수 있도록 도와주는 게 전부라고 생각했다. 그렇게 생각하면 간단해 보였다. 하지만 상담의 효과가 아주 천천히 일어난다는 사실을 몰랐다. 성공하기 위해서는 몇 달, 심지어 연 단위까지도 생각해야 하는 아주 오랜 시간을 견뎌야 하고, 효과의 형태라는 게 아주 다양한 모양을 띠고 있기 때문에 알아보기도 힘들었다. 반면 실패는 느닷없이 닥치고, 결코 착각할 리가 없는 뚜렷한 모양을 띠고 있으며 경고 따위는 주지 않고 날아들었다.

나는 월링스 부부의 이혼이 실패라고는 생각하지 않았다. 그들은 나와 처음 만났을 때부터 이미 이혼할 마음을 굳히고 있었고,

단순히 당사자들이 그 사실을 몰랐을 뿐이었다. 게다가 더 중요한 건 그 두 사람에게는 이혼이 가장 나은 선택이라는 점이었다. '협정'은 동의하지 않겠지만 나는 한 가지만큼은 확실하게 알고 있다. 세상에는 결혼해서는 안 되는 사람도 있다. 반면 스탠튼 부부의 경우에는 확고한 실패였다.

나는 꾸벅꾸벅 졸다가 차고가 열리는 소리에 잠에서 깼다. 휴대전화를 보니 12시 47분이었다. 나는 일어나서 앨리스를 키스로 맞아주기 위해 양치질을 했다. 물론 앨리스에게도 그럴 마음이 있다면 말이다. 하지만 앨리스는 쿵쿵거리는 시끄러운 베이스 비트의 음악을 들으며 한동안 차에서 나오지 않았다. 음악 소리가 바닥을 통해 울리는 것을 느낄 수 있었다. 앨리스는 계단을 통해 조용히 올라와 부엌으로 들어왔다. 아직도 화가 난 건지, 아니면 단순히 피곤할 뿐인지 알 수 없었다. 앨리스는 나를 흘끔 쳐다보았지만 나를 똑바로 봐준 건 아니었다.

"좀 자야겠어."

앨리스는 그렇게 말하고 나서 바로 침실로 향했다. 그게 전부였다. 나는 식기세척기를 끄고 문단속을 확인한 뒤 불을 껐다.

방으로 들어가니 앨리스는 이미 푹 잠이 들어 있었다. 앨리스의 옆으로 기어 들어가 침대에 누웠다. 앨리스는 내게서 등을 돌리고 창문 쪽을 바라본 자세로 자고 있었다. 앨리스를 껴안고 싶었지만 차마 손을 내밀 수가 없었다. 하지만 앨리스의 몸이 내뿜는 열기를 느꼈고, 그것은 내 안을 갈망으로 가득 채웠다. 펀리에서의 일을 겪고 나니 나는 우리 집, 내 침대, 내 아내가 너무도 그리웠다. 하지만 우리 사이에 일어난 일 때문에 모든 것이 바뀌어버렸다. 아니, 솔직히 말하면 편리에서 있었던 일 때문이 아니라 나를 편리로 가게 만든 모든 일 때문이다.

앨리스가 눈을 뜨기를 바라며 그녀의 등을 응시했지만 앨리스는 깨지 않았다.

그래, 그냥 털어놓아야겠다. 나는 좌절감을 느꼈다. 모든 게 다 엉망진창이 된 기분이었다. 이렇게 산더미 같은 문제를 앞에 두고 처음부터 손도 쓰지 못하는 상황은 정말 아주 오랜만이었다. 온갖 곤경을 겪으면서 나는 스스로가 너무나 무력하다는 사실에 뒤통수를 맞은 느낌이었다. 나이를 먹다 보면 어느 정도 미래를 예견할 수 있는 능력을 얻게 된다. 한 살 한 살 나이가 들고 축적된 경험이 늘어날수록 다양한 상황 앞에서도 어떤 미래가 기다리고 있을지 쉽고 빠르게 알 수 있다. 십 대 시절 내 눈앞의 모든 것은 새롭고 생기가 넘치고 수수께끼로 가득했으며, 나는 끊임없이 놀라고 또 놀랐다. 그리고 이젠 세상에 딱히 놀라울 것이 없는 나이가 되었고 앞에 무슨 일이 일어날지 알아버리고 나면 인생이 별로 재미없을지는 모르지만, 나는 내 나름대로 그 방식의 삶을 즐기고 있었다.

하지만 지금의 나는 아무것도 확신할 수가 없다.

61장

오늘은 수요일이었기에 나는 집에 점심을 먹으러 돌아가지 않았다. 우울증에 걸린 고등학교 1학년생 딜런과의 일대일 상담을 준비하느라 너무 바쁜 척했다. 물론 진실은 언제 자전거 탄 심부름꾼이 나타날까 두려운 마음에 가기 싫은 것뿐이었다. 그 끔찍한 우편물에 시선이 고정된 채로 어색한 대화를 나누는 게 너무나도 괴로웠다. 우편물 수령증에 사인을 하기도 싫었고, 앞으로 나아가기로 결정하는 일의 책임을 지고 싶지도 않았다. 아무튼 나는 눈앞의 문제들을 직면하기 싫었다. 미성숙한 생각이라는 사실은 알고 있지만 오늘만큼은 어쩔 수가 없었다.

딜런과의 대면 상담이 형편없었기에 걱정이 되었다. 정말로 딜런을 위한 확고한 정답이 존재하지 않는 걸까, 아니면 내가 그걸 못 찾는 걸까? 마치 저주에 걸린 듯한 기분으로 나는 정시에 퇴근하여 집에 오면서 신선한 채소와 닭고기를 조금 샀다. 상담사들 중에는 1970년대에 유행했던 '긍정적인 사고방식의 힘' 운동을 비웃는 사람도 있지만 나는 아직 그 효과를 떨쳐버리지 못했다. 낙천적인 사람은 비관적이거나 냉소적인 사람보다 행복하다. 단순한 소리지만 그것은 진실이고, 최소한 억지로 낙천적인 척하는 것이 아예 안 하는 것보다는 낫다.

집에 돌아온 나는 아무런 우편물도 배달되지 않은 것을 보고 안심했다. 덕분에 마음을 푹 놓고 저녁 식사 준비라는 일과에 몰입할 수 있었다. 나는 이제나저제나 앨리스의 자동차가 들어오는 소리가 들릴까 기다리면서 휴대전화에서도 시선을 떼지 않았다. 침실 쪽에서 아이패드에 이메일이 도착하는 소리가 났다. 7시 35분, 닭고기를 오븐에서 막 꺼내고 빵을 썰어서 식탁에 올려놓고 와인병을 땄을 무렵 앨리스에게서 메시지가 왔다.

'오늘 늦을 거야. 저녁 먼저 먹어.'

한참을 기다렸지만 앨리스는 돌아오지 않았다. 새벽 1시가 되자 결국 침대에 누웠다. 앨리스가 소리 없이 내 옆으로 들어와 누운 것은 2시가 넘어서였다. 얇은 티셔츠와 속옷만 입은 앨리스의 몸은 따뜻했다. 내가 한쪽 팔을 앨리스 몸 위에 걸치자 앨리스는 굳어버렸다. 다음 날 6시에 눈을 떴을 때 앨리스는 이미 나가고 없었다.

솔직히 말해야겠다. 나는 아내를 잃을지도 모른다는 사실이 지독히 두려웠다.

사무실에서 아주 긴 하루를 견디며 마음의 준비를 했다. 오전 중에는 부부 세 쌍이 있었고, 오후에는 목요일마다 오는 십 대 그룹을 맞았다. 아이들은 아주 호전적인 태도였다. 마치 사바나의 야생동물들처럼 그들은 누군가의 약점을 금세 냄새 맡고 아무런 거리낌도 없이 재빠른 공격을 퍼부었다.

9시에 있었던 리즈 부부, 유진과 주디와의 상담은 놀라우리만치 쉽게 잘 풀렸다. 11시에는 피오리나 부부가 도착했다. 브라이언과 노라는 각각 31세와 29세로 내 성인 내담자들 중에서 가장 젊었다. 보통 결혼 상담을 받자는 제안은 아내가 먼저 하기 마련이지만 이 부부는 달랐다. 그들은 결혼한 지 고작 19개월밖에 되지 않았고 둘 사이의 균열은 이제 갓 생기기 시작한 참이었다. 브라이언은 예전에 함께 테니스를 치던 클라이언트에게서 내 전화번호를 얻었다고 했다. 노라는 처음에는 회의적인 태도였으나 어쨌든 남편의 체면을 살려주기 위해 상담에 동의했다. 첫 상담에서 부부는 자신들의 이야기를 털어놓았다. 두 사람은 인터넷으로 만났고 결혼은 빨랐다. 노라는 싱가포르에서 왔으며 이민에 문제가 있었기 때문에 브라이언과 결혼하지 않았더라면 아마 고향으로 돌아갔을 것이라고 했다. 두 사람 다 기술직에 종사하고 있었고 상담을 받는 동안에도 계속 H-1B 비자 기간이 끝나기 전에 새 일자리를 찾아야 한다며 구인 광고만 들여다보고 있었다. 구직이 뜻대로 잘 풀리지 않자 노라는 자신감에 큰 상처를 받았고, 자신감을 상실하니 남편과의 관계도 삐걱거리기 시작했다.

이날 오전 노라는 잔뜩 흥분한 상태였다. 나는 두 사람이 사무실 밖에서 차를 세워놓고, 또는 사무실로 오는 동안 차 안에서 싸웠다는 사실을 금세 알 수 있었다. 브라이언은 지칠 대로 지친 모습이었다.

"우리가 왜 이런 걸 하고 있는지 모르겠네요."

노라가 커다란 일인용 의자에 털썩 주저앉으며 말했다. 브라이언은 팔짱을 끼고 소파 한구석에 몸을 기대고 앉았다. 그 말에 과감히 무어라 대꾸할 마음은 없어 보였다. 노라는 등을 펴고 꼿꼿하게 앉아 있었고 머리카락은 지나칠 정도로 꽉 묶여 있었다.

"왜 여기에 와 계신 거죠?"

내가 차분하게 물었다. 노라는 짜증이 난 표정이었다.

"달력에 스케줄이 표시되어 있었으니까요."

"그게 전부인가요?"

"그게 전부예요."

브라이언이 눈동자를 데굴데굴 굴렸다. 1분 정도 침묵이 흘렀다. 1분은 굉장히 긴 시간처럼 느껴지지만 상담을 할 때는 가끔 그런 침묵이 필요한 경우도 있다. 해변에서 조깅을 할 때처럼 상담 시간 동안에도 1분 정도의 침묵은 숨을 돌리도록 밸브를 열어주는 역할을 한다. 긴장감이 천천히 빠져나가고 불안이 차올랐다가 증발하는 시간.

"결혼에 가치가 있다고 생각하나요? 계속 결혼 생활을 유지하길 원해요?"

내가 묻자 노라는 남편을 쳐다보았다. 브라이언은 몸을 꿈지럭거렸다. 그 표현을 보아하니 브라이언이 내 질문에 놀랐고, 또 썩 달갑지 않게 느낀다는 사실을 알 수 있었다. 노라는 차분히 말을 고르며 나를 똑바로 쳐다보고 말했다.

"내 생각에는 그냥 혼자 있는 게 훨씬 편할 것 같아요. 책임질 것도 없고, 내가 하고 싶은 것을 하면서 살아도 되고, 먹고 싶은 걸 먹고, 가고 싶은 델 가고, 질문을 할 필요도 없고, 대답할 필요도 없죠. 훨씬 간단하잖아요."

"그래요, 훨씬 간단하겠죠."

나는 동의한 뒤 잠시 더 침묵했다가 입을 열었다.

"하지만 간단한 게 항상 최선일 수는 없잖아요?"

"당연하죠."

별생각 없이 말했던 노라가 갑자기 나를 쳐다보았다. 마치 체커게임을 하던 중 갑자기 내 말이 자기 진영에 들어와 킹이 되어버렸다는 사실을 뒤늦게 안 듯한 표정이었다.

"내가 좋아하는 노래 중에 마리아치 엘 브롱크스의 노래가 있어요. 나는 오늘 아침에도 그 노래를 들었습니다. 후렴구의 가사는 이런 내용이에요. 모든 사람들은 자기가 혼자라는 사실을 깨달을 때까지 계속 혼자가 되고 싶어 한다."

나는 아이팟을 꺼내 재빨리 그 노래를 틀었다. 부드러운 멜로디가 방 안의 분위기를 바꿔놓았다. 노라는 노래 가사를 듣고 생각에 잠긴 표정이었다.

"간단한 건 쉽고 편하죠. 그건 인정해요. 문제도 안 생기고 복잡한 일도 없죠. 하지만 그거 알아요? 인간은 원래 복잡한 동물이에요. 세상에 단순한 삶, 복잡한 관계가 없는 삶을 싫어하는 사람은 없죠. 나도 마찬가지고요. 나도 가끔은 혼자 우리 집 소파에 앉아서 시리얼이나 먹으면서 텔레비전을 보고 싶을 때가 있어요."

브라이언은 이제 몸을 앞으로 기울인 상태였다. 우리는 5주 동안 만났지만 아마 지난 모든 상담 시간 내내 한 말을 다 합쳐도 오늘 말한 양보다는 적을 터였다.

"하지만 그거 알아요? 가끔은 나도 복잡한 삶, 복잡성을 필요로 하게 돼요. 재미있거든요. 내 한계를 시험할 수도 있고요. 간단한 삶에서는 위대한 성취를 이룰 수 없어요. 사람은 살다 보면 위대한 성취를 이루고 싶어지는 법이잖아요?"

이제 노라는 많이 누그러진 표정이었다. 어깨에 힘이 풀려 있었다. 노라의 얼굴은 분노에서 무표정으로 바뀌었다.

"브라이언을 좋아해요?"

내가 물었다.

"네."

"브라이언이 잘해주나요?"

"물론이죠."

"브라이언에게 매력을 느끼나요?"

노라는 처음으로 미소를 지었다.

"네."
"나한테 사랑스럽지 않은 구석이 어디 있겠어?"
브라이언이 불룩 튀어나온 아랫배를 쓰다듬으며 물었고, 두 사람은 나란히 웃음을 터뜨렸다.
그제야 나는 이 부부가 괜찮을 거라는 사실을 확신할 수 있었다.

62장

앨리스에게서 전화도, 이메일도, 문자 메시지도 오지 않는 하루가 또 흘러갔다. 우리는 보통 결혼하고 나서 시간이 한참이나 흘러야 도달하게 되는 끔찍한 단계에 와 있었다. 앨리스와 나는 서로 사랑하는 사이가 아니라 룸메이트처럼 지내고 있었다. 한 침대를 공유하고는 있지만 우리는 결코 동시에 잠에서 깨어나지 않았다.
어느덧 해가 저문 것을 보고 나는 휴대전화를 집어 들어 메시지를 보냈다.
'저녁 먹을래?'
'오늘 늦어.'
'당신은 뭘 좀 먹어야 해.'
'나 비스킷 있어.'
'뭐 사다 줄까?'
긴 침묵이 흘렀다. 답장은 없었다.

'내가 9시에 정문 앞으로 갈게.'

또다시 긴 침묵이 흘렀다.

'알았어.'

나는 샌드위치와 스낵, 음료, 브라우니를 가방에 담았다. 일찍 도착하는 바람에 시간이 남아, 차를 앨리스의 사무실 건물 옆에 있는 화물 구역에 대놓고 어둠 속에 앉아 가만히 라디오만 들었다. 이런저런 음반들을 소개하고 있었고 오늘 밤의 음반은 〈트랙 위의 핏자국〉이었다. 물론 그것은 세대를 아우르는 위대한 음반이었지만 오늘만큼은 다른 음반을 골라주길 바랐다. 더 행복한 노래를. 결혼은 참 어렵다는 것을 밥 딜런은 잘 알고 있었다.

라디오에서 '단순한 운명의 장난' 첫마디가 흘러나올 무렵 앨리스가 조수석 문을 열고 들어와 앉았다.

"〈트랙 위의 핏자국〉? 아주 적절해."

앨리스는 웃음을 터뜨렸다. 나는 앨리스에게 샌드위치와 과자 봉지를 건넸다. 그리고 페로니 맥주와 다이어트 콜라 중 하나를 선택하라고 내밀자 앨리스는 콜라를 받아들었다. 앨리스는 마치 작은 야생동물처럼 정신없이 음식을 먹어치웠다. 우리는 아무 말 없이 음악만 들으며 식사를 했다.

"난 〈플래닛 웨이브〉가 더 좋아."

내가 말했다.

"당신은 그렇겠지."

앨리스는 '웨딩 송'의 몇 소절을 흥얼거렸다. 내게 화가 난 상태임에도 불구하고 앨리스의 목소리는 순수한 기쁨에 차 있었다. 하지만 앨리스는 금세 명랑하고 행복한 '웨딩 송'을 멈추고 '이디

엇 윈드'를 부르는 밥 딜런의 목소리를 따라 불렀다.

앨리스는 나를 빤히 쳐다보았다. 많은 의미가 담긴 눈빛이었다. 샌드위치를 다 먹은 앨리스는 포장 종이를 둥글게 뭉쳐서 가방 속에 던져 넣었다.

"바딤은 지난 사흘 동안 나를 위해서 쉬지 않고 계속 일했어."

"별로 놀랍진 않네. 바딤은 당신한테 반했으니까."

"나도 알아. 내 말 좀 들어봐. 바딤이 날 위해 일한 건 개인적인 조사 일을 도와주기 위해서였어."

"잠깐, 앨리스. 당신 설마 바딤한테 '협정'에 대해서 말한 건 아니겠지?"

나는 혈압이 갑자기 솟구치는 것을 느끼는 기분이었다. 밥 딜런은 우리를 끌어내리는 중력에 대한 노래를 하고 있었다.

"당연하지. 난 그냥 엘리와 엘레인에 대해서 물어봤을 뿐이야. 있잖아, 제이크. 바딤은 온갖 데이터베이스, 공공 기록, 렉시스넥시스, 페이서, 구글, 뉴스 등등 모든 것들을 다 조사했어. 친구 중에 실력 좋은 해커가 있어서 그 사람한테 부탁도 했어. 그랬더니 알아낸 게 뭔 줄 알아? 아무것도 없어. 엘리와 엘레인이라는 이름을 가진 행방불명 부부는 없단 말이야. 지난 5년 동안 그 이름으로 결혼을 올린 사람이 없어. 샌프란시스코에도 없고, 캘리포니아 전역을 봐도 없어. 그 시기에 베이 에어리어에 그 이름으로 살던 부부는 존재하지 않아. 스틴슨 해변에서의 행방불명 사건도 없어. 엘리와 엘레인은 없는 사람들이야."

"그건 말이 안 되는데."

나는 앨리스의 이야기를 이해하려 애쓰며 대꾸했다. 그럼 조앤은 왜 그런 이야기를 지어낸 걸까?

"게다가 데이브의 첫 번째 부인은 스탠포드 병원에서 암 투병으로 한참 고생하다 죽었대. 데이브는 줄곧 부인 곁을 지켰고. 슬프지만 수수께끼 어린 이야기는 아니잖아? 당신은 데이브의 지금 부인인 케리도 수수께끼 같은 상황에서 과부가 되었다고 했지만 케리의 첫 번째 남편인 알렉스는 간 질환으로 죽었대. 마찬가지로 슬프지만 이해 안 되는 이야기는 아니야. 당신의 그 정신 나간 전 여자 친구는 입에서 뱉는 말마다 다 거짓말이었던 거지."

나는 앨리스의 이야기에 대해 곰곰이 생각했다. 밥 딜런은 여전히 노래를 부르고 있었고, 잘못된 사랑에 대한 노랫말이 차 안을 가득 채웠지만 아무런 도움이 되지 않았다.

"젠장, 도대체 왜 나한테 거짓말을 한 거지?"

"내 생각엔 당신한테 접근하려고 그랬던 것 같아. 빌어먹을 테스트였을 수도 있고. 어쩌면 그 여자가 '협정'에서 일하는 사람인지도 모르지. 아니면…… 이런 생각 안 해봤어? 그 여자는 그냥 머리가 돌아버렸을 수도 있어."

나는 조앤과의 만남을 머릿속으로 되짚어보며 조앤이 내게 거짓말을 했다는 징조와 증거를 찾아내려 애썼다.

"어쩌면 닐이 배후에 있었을지도 몰라. 닐의 거짓말에 조앤이 동조했을 수도 있어."

나는 그렇게 추론했다. 앨리스는 차 문에 몸을 기댔다. 마치 내게서 최대한 거리를 두고 싶어 하는 듯한 몸짓이었다.

"그냥 내 말을 고분고분 받아들일 생각은 없지, 제이크? 당신은 조앤을 당신의 도움이 필요한 불쌍한 희생자라고 확신하고 있는 거야."

"바딤이 실수했을 수도 있잖아."

"바딤은 자기가 뭘 했는지 아주 잘 알고 있어. 사흘을 꼬박 바쳐서 찾아봤으니까. 바딤 입으로 엘리와 엘레인이 존재하지 않는다고 말한다면 정말로 없는 거야."

갑자기 끔찍한 생각이 떠올랐다.

"혹시 바딤도 '협정' 사람인 것 아니야?"

"진심이야?"

"아냐, 그냥 해본 소리야. 젠장, 도저히 납득할 수가 없어서."

"'협정'은 살인을 저지르지 않을 거야. 그리고 아마 당신이 그렇게 겁낼 만큼 무서운 존재도 아닐 거야."

"도대체 그게 무슨 소리야?"

"그냥 문자 그대로야, 제이크."

앨리스의 말 속에서 쩍쩍 긴장감이 갈라지는 소리가 났다. 앨리스는 아직도 화가 많이 난 상태였다.

"당신, 혹시 나랑 결혼한 것에 대해서 겁내고 있는 것 아니야?"

"앨리스, 결혼하자고 말한 건 나였어."

"그랬나?"

나는 잠깐 움찔했다. 순간적으로 앨리스 입장에서 우리의 결혼에 대해 말한다면 어떤 이야기가 될까 하는 생각이 들었다.

"당신은 의문을 제기했을 뿐이지만 나는 계속 무거운 짐을 짊어지고 다녀야 했어. 당신이 '협정'과 싸울 때마다 내 눈에는 마치 당신이 우리의 결혼 생활에서 벗어나고 싶어 하는 듯 보였어. 당신이 한 모든 행동, 조앤과 함께했던 모든 비밀스러운 대화. 그 전부가 마치 예전의 삶을 되찾고 자유로워지고 싶어 하는 것 같았어. 그때 당신은 조앤이 벌거벗고 끔찍한 새장에 갇혀 있다는 미친 이야기를 꺼냈지."

"아직도 내가 그 이야기를 지어냈다고 생각해?"

"아니, 정신 나간 이야기인 것 같긴 하지만 유리 새장 속에 들어 있는 조앤을 봤다는 이야기는 믿어. '협정'은 온갖 말도 안 되는 끔찍한 짓거리를 다 저지를 수 있으니까. 하지만 당사자가 원치 않는데 거기에 가뒀다고 생각하진 않아. 기억 안 나? 나도 펀리에 갔었어. 끔찍한 경험이었지. 그건 인정해. 정말 무서웠어. 하지만 난 더 나은 아내가 되고 싶었기 때문에 모든 것을 받아들일 수 있었고, 지금도 거기에 '협정'이 큰 도움이 됐다고 순수하게 믿어."

나는 고함을 질렀다.

"당신 경력을 쥐고 협박했잖아! 나한테도 그랬고!"

"그 협박은 진짜일 수도 있고, 아닐 수도 있어. 어쨌든 그렇다고 해변에서 사람들을 죽이진 않았을 거야. 지역 위원회 사람의 부인을 유리 벽 사이에 끼우고 짓누르지도 않을 테고. 당신이 지금 범하고 있는 건 '이해의 범죄'야."

"빌어먹을, 그건 또 무슨 소리야?"

갑자기 발밑이 무너져 내리는 느낌이 들었다. 내 아내인데도 전혀 모르는 사람 같았다. 방금 전에 앨리스가 사용한 그 말, 그 단어—이해의 범죄—는 매뉴얼에 그대로 나와 있는 말이 아닌가?

"당신은 심리상담사잖아. 만약 누가 당신한테 그 이야기를 들려준다면 어떻게 생각할 것 같아? 당신은 그 상황이 아주 끔찍하다고 했지만, 당신과 조앤이 한 새장 안에 같이 갇혀 있는 모습을 상상했을 때 나는 당신이 그걸 기쁘게 받아들였을 거라는 생각이 들었어. 흥분했을 것 같았고."

"아니야."

나는 항변했지만 내 말에는 전혀 설득력이 없었다.

"그게 바로 그 여자가 원하던 게 아닐까? 역겹고 멍청한 어떤 게임의 일환으로 당신을 그곳으로 유혹했고, 당신은 정확히 걸려든 거야."

나는 구역질을 하고 싶은 기분이었다.

"앨리스, 조앤은 정말로 고통스러워하고 있었어. 게임 같은 게 아니었단 말이야."

"그 여잔 당신을 조종하고 있어. 당신은 그걸 몰라. 아니면 그냥 인정하기 싫은 것일 수도 있고."

"자꾸 이러지 마, 앨리스. 도대체 뭐가 문제야?"

길 아래에 있는 소방서에서 비상벨 소리가 울려 퍼졌다. 너무 시끄러워서 우리는 둘 다 귀를 막아야 했다. 몇 초 후 소방차 엔진과 사이렌 소리가 요란하게 울리며 우리 옆을 지나쳐 갔다. 너무나 가까이 스쳐 지나간 나머지 소방차가 일으킨 바람 때문에 우리 차가 다 흔들릴 정도였다. 엔진 소리는 금세 멀어지다 사라졌다.

"나한테 결혼하자고 했을 때 당신은 뭘 기대했어? 항상 꽃과 무지개로 가득한 행복한 나날들만이 기다릴 거라고 생각했어? 〈트랙 위의 핏자국〉이 아니라 〈플래닛 웨이브〉 같은 삶만이 기다리고 있을 거라고 생각했어? 그게 당신 생각이었어?"

앨리스는 서늘할 정도로 차분했다.

"당연히 아니지."

"나는 편리에 갔고, 그 빌어먹을 초커를 찼어. 판사 앞에 서서 설교를 듣고, 선고를 받아들였지. 그 이유가 뭔지 알아?"

앨리스의 목소리에 깃든 분노와 슬픔, 둘 중 무엇을 더 불길하게 느껴야 할지 알 수 없었다.

"이유를 아냐고, 제이크! 내가 왜 오후 내내 데이브와 함께 앉아 있었는지 알아? 내가 왜 그 빌어먹을 팔찌를 차고 다녔는지 알아? 그 사람들이 나를 사막으로 질질 끌고 갔을 때 내가 무슨 생각을 했는지 알아? 발목에 사슬을 채우고, 이가 들끓는 욕조에 나를 처넣고, 그 빌어먹을 여자 경호원이 내 옷을 다 벗기고 몸수색을 해야 한다고 했을 때 내가 무슨 생각을 했는지 당신이 알아?"

"몸수색? 당신, 그런 얘기는 전혀……."

〈트랙 위의 핏자국〉 LP의 앞면이 점점 끝을 향해 달려가고 있었다. 보이지도 들리지도 않았지만 앨리스가 울고 있다는 사실을 알 수 있었다. 이윽고 앨리스가 말했다.

"다 당신을 위해 했던 일이야, 제이크. 난 이 결혼을 성공으로 이끌고 싶었어. 나는 헌신하는 게 전혀 두렵지 않아. 우리를 단단하게 묶어줄 수 있는 일이라면 그 어떤 일이라도 다 했을 거야. 우리 둘을 위해서."

DJ의 목소리가 들렸다. 그는 음반과 밥 딜런과 그 아내의 불같은 사랑에 대해 이야기했다. '로랜드의 슬픈 눈을 가진 숙녀'가 만들어진 마법 같은 시작. 행복했던 시절, 불행했던 시절, 열정적이었던 시절, 그리고 마지막으로 소문만 무성한 결말에 대해 이야기했다. 새벽 3시의 일이었다. 밥 딜런은 밴드 멤버들과 함께 스튜디오에 있었고 며칠 동안 집에도 돌아가지 않았다. 갑자기 아내가 어디에선가 나타나 어두운 부스 안으로 슬그머니 들어가 뒤쪽에 섰고 심지어 프로듀서마저 아내의 존재를 알아차리지 못했다. 이윽고 딜런은 아내를 발견하고는 기타를 치며 자신이 초창기에 아내를 위해 썼던 노래를 부르기 시작했다. 그러는 내내 딜런의 눈은 방 건너편에 있는 아내의 눈동자를 똑바로 바라보고 있었다. 열렬한 헌신, 지독한 원한, 둘 사이에 있었던 모든 일들이 그 노랫말 속에 뒤섞여 아름답게 녹아들었다. 노래가 끝나자 아내는 옆문으로 나가버렸고 그게 끝이었다. 아내는 자취를 감추었다.

"내가 뭘 어떻게 했으면 좋겠어?"

나는 앨리스에게 물었다. 앨리스는 눈물을 닦았다. 앨리스가 우는 모습을 보니 이상한 기분이 들었다. 아마 눈물이 흐르는 바람에 자기 스스로도 당황한 모양이었다.

"그냥 당신이 하고 싶은 걸 해."

"그래, 알았어. 하지만 당신을 행복하게 만들려면 어떻게 해야 좋을지 모르겠어."

"당신이 우리의 결혼 생활에 최선을 다해줬으면 좋겠어, 제이크. 오로지 날 위해서만. '협정' 안에서 평화를 찾으라는 게 바로 그 말이라면 그렇게 해줬으면 좋겠어. 당신이 나와 우리의 결혼 생활에 대해 진지하게 생각하고 있다면 힘들어도 계속 함께 나아가주고, 좋은 일이든 나쁜 일이든 전부 받아들여주길 바라. 당신이 날 사랑한다는 사실을 내가 알게 해줘. 당신이 항상 내 곁에 있다고 느끼고 싶어. 그 어떤 일에도 당신이 준비되어 있다는 확신을 갖게 해줘."

밥 딜런의 기타 연주 소리 빼고는 그저 침묵만이 흘렀다. 앨리스가 내 허벅지를 손으로 짚었다.

"내가 너무 많은 걸 바라는 거야? 난 정말 심각해. 당신, 내 말을 받아들일 준비가 되어 있어?"

앨리스는 슬픈 미소를 지었다. 나는 앨리스의 손을 잡았다. 평소에는 온기 넘치던 그 손이 지금만큼은 너무나 차가웠고, 나는 문득 앨리스가 나이를 먹으면 이 손이 어떻게 될지 궁금해졌다. 그때도 앨리스와 함께 있고 싶었다. 앨리스가 여든이 되면 어떤 목소리를 갖게 될지 알고 싶었다. 앨리스의 보조개가 주름으로 바뀌었을 때 어떤 얼굴이 될지, 늙고 병들면 어떤 냄새가 날지, 잘 알던 사람의 이름조차도 잊어버렸을 때 어떤 눈빛을 띨지 궁금했다. 그 전부를 다 갖고 싶었다. 앨리스를 소유하고 싶다는 게 아니라, 앨리스를 사랑하기 때문이었다. 너무도 깊이 사랑하기 때문에.

나는 휴대전화의 전원을 켜고 비비언의 번호를 검색했다. 비비언은 첫 신호가 가자마자 전화를 받았다.

"안녕하세요, 친구."

"안녕하세요, 친구. 이렇게 늦은 시간에 전화해서 미안해요."

"미안해하지 않아도 돼요. 난 항상 당신과 앨리스를 위해 여기 있으니까요."

"고백할 게 있어요."

"알아요. 전화해줘서 고마워요."

나는 순간적으로 비비언이 뭐라고 하는지 제대로 이해하지 못했다.

"사실은 하나가 아니라 여러 개예요."

"알아요."

비비언은 안다는 말만 반복했다.

"하루 줄게요. 짐 챙기도록 해요. 그리고 아내와 시간을 좀 보내요. 토요일 아침에 집에 있을 거죠?"

"집에요?"

나는 앨리스를 쳐다보았다. 앨리스가 기쁜 얼굴로 나를 바라보며 고개를 끄덕였다.

"하프문베이 공항으로 나가야 하는 게 아니고요?"

"그럴 필요 없어요. 집에서 만나게 될 거예요. 잘 자요, 친구."

왠지 누군가가 나를 보고 있는 것 같은 기분이 들었다. 정말 그랬던 걸까, 아니면 내 상상일까? 어쨌든 나는 고개를 들어 건물 위, 아직도 환하게 불이 켜져 있는 앨리스의 사무실을 올려다보았다. 누군가가 창가에 서서 주머니에 손을 꽂은 채 우리를 내려다보고 있었다. 바딤이었다.

63장

나는 앨리스 쪽으로 손을 뻗었다. 물론 앨리스는 이미 나가고 없었다. 부엌에는 평상시와 다름없이 커피 잔과 빈 요구르트 용기로 난장판이었다. 하지만 오늘은 유난히 묘한 느낌이 들었다. 이상할 정도로 조용했다. 어젯밤 우리는 사랑을 나누었다. 나는 아직도 내 피부에서 앨리스의 향기를 맡을 수 있었다.

샤워를 하고 옷을 갈아입은 뒤 8시 예약에 맞춰 출근하면서 나는 조앤에 대해 생각했다. 어젯밤 앨리스의 말을 다 듣고 나니 조앤에 대해 생각하기만 하는 것조차도 배신으로 느껴졌다. 하지만 그렇다고 생각을 안 할 수는 없었다. 나는 조앤과 나눈 모든 대화를 머릿속으로 되짚어보았다. 조앤의 공포는 너무나 뚜렷했다. 조앤에게서 거짓된 기색을 조금도 떠올릴 수 없었다. 다시 생각해보면 조앤은 예전에 이미 비언어적 표현으로 내게 몇 가지 사인을 보냈던 것 같다. 우드사이드 저택의 파티가 있던 밤, 조앤은 내게서 일부러 거리를 두었다. 혹시 질문하지 못하도록 일부러 그랬던 걸까? 아니면 나를 닐과 '협정'에게서 지켜주려 했던 걸까?

또는 내게서 자기 자신을 지키려 했던 걸까?

나는 유리 새장 속에 들어 있던 조앤을 떠올렸다. 감지 못해 엉킨 머리카락. 벌린 맨다리. 앨리스는 거기서 성적 흥분을 느끼지 않았느냐면서 나를 비난했다. 사실 죄책감을 느끼면 느낄수록 더욱 성적 흥분이 솟구쳤다. 어젯밤 앨리스와 사랑을 나누면서 나는 온통 앨리스 생각밖에 하지 않았다. 아니, 그 시간의 대부분을 앨리스 생각으로 보냈지만 그러는 가운데에서도 문득 순간순간 다른 이미지가 떠올랐다. 벌거벗은 채 스포트라이트를 받으며 새장 안에 갇혀 있던 조앤의 연약한 모습. 유리에 낀 맨살. 작은 가슴을 가리려 애쓰다 결국 양옆으로 축 처져버린 두 팔. 마치 나를 올려다보는 것조차 두렵다는 듯한 표정. 어젯밤 눈을 뜨고 앨리스의 얼굴을 바라보면서 조앤의 모습을 머릿속에서 떨쳐 버리려 무진 애를 썼다. 심지어 아내의 양팔에 안겨 있던 그 순간에조차.

"난 당신을 알아."

앨리스는 결혼식 이후 한 번도 낸 적 없었던 퉁명스럽고 쉰 목소리로 말했다. 결혼 생활 내내 그런 목소리는 한 번도 들어본 적이 없었다. 앨리스를 알기 전 밴드 생활을 할 때, 무시무시하고 냉혹한 노래를 부를 때 내던 목소리 같았다. 시커먼 아이라인을 그리고 찢어진 그물 스타킹을 신고 다니며 분노와 욕망이 반반씩 섞인 노래를 부르던 목소리.

"당신은 그 여자랑 섹스하고 싶은 거야."

앨리스는 그렇게 말하면서 절정을 맞았다.

그랬다, 바로 그거였다. 나의 복잡하고도 사랑스러운 앨리스.

64장

금요일 밤 퇴근해서 집에 돌아오자 난로에는 불길이 타오르고 앨리스는 아주 손이 많이 가는 저녁 식사를 준비해놓았다.

"당신의 마지막 저녁 식사니까 뭔가 특별한 걸 준비해야 할 것 같았어."

앨리스가 웃으면서 말했다. 순수하고 달콤한, 진심에서 우러난 웃음소리였다. 최근 몇 달 동안 앨리스가 그렇게 기분이 좋은 적이 없었다. 앨리스는 베일리스 온더록 칵테일을 내게 건넸다.

"당신이 제일 좋아하는 음식들만 만들었어. 어서 앉아."

예전의 앨리스가 돌아왔다. 어젯밤 일, 그리고 우리가 사랑을 나눌 때 했던 그 끔찍한 말에 대해서는 단 한 마디도 언급이 없었다. 나는 혹시 내가 꿈을 꾼 게 아닌가 생각했다. 그렇다면 내 무의식은 지독하리만치 잔인하고 기이한 방식으로 내게 엿을 먹인 셈이다.

그러나 거창한 저녁 식사와 앨리스의 특별한 배려는 나를 긴장하게 하고, 내일 아침에 일어날 일에 대해 걱정할 수밖에 없게 했다. 앨리스는 나를 안심시키려 했다.

"괜찮을 거야. 당신은 초범이잖아. 괜찮아."

그러면서도 결국은 인정했다.

"아마 무조건 다 괜찮지만은 않을 거야. 사실 죄목이 상당히 많거든. 파트너에게 사실을 숨긴 죄, '협정' 조직에 거짓 증언을 한 죄, 배우자가 아닌 '협정' 회원과 승인되지 않은 만남을 가진 죄."

"이해의 범죄도 빠뜨리면 안 되지."

우리가 '협정'에 대해 나눈 대화는 그게 전부였다. 저녁을 먹은 뒤 우리는 뒤쪽 발코니로 나가서 바다에서 불어오는 산들바람을 만끽하다가 이윽고 편안한 침대로 가서 누웠다. 섹스는 길고, 만족스러웠고, 어딘가 모르게 좀 다르게 느껴졌다. 더 사랑스러웠다. 결혼한 뒤로 시간이 많이 지났고 침실에서의 즐거움은 이미 실컷 맛보았지만 이때만은 뭔가 특별하고, 굉장히 중대한 일처럼 느껴졌다.

어떻게 깨달았는지 정확히 묘사할 수 없지만 나는 알 수 있었다. 앨리스가 자기 나름대로의 방식으로, 전혀 이중적인 의미 없이 드디어 결혼 생활의 첫날밤을 맞이했다는 사실을.

65장

토요일 아침, 나는 길모퉁이에 있는 슈퍼마켓에 가서 스콘을 샀다. 내가 먹을 레몬 초콜릿 칩 스콘과 앨리스가 먹을 오렌지 생강 스콘, 그리고 방문자에게 대접할 스콘 아무거나 두 개. 간식을 대접해서 나쁠 건 없을 테니 말이다. 핫 초콜릿 큰 사이즈 하나와 신문 한 부도 집었다. 앨리스는 내가 집을 나올 때 여전히 잠들어 있었기 때문에 일단 가게에 앉아서 마음을 가라앉히려 애썼다. 신문을 펼치고 읽기 시작했더니 1분이 10분이 되고, 15분이 되고, 금세 20분이 지났다. 집에 돌아가서 닥칠 일을 마주하기가 너무나 두려웠다. 내가 신문을 접고 핫 초콜릿을 가지고 가게 문을 나서서 동쪽으로 걷는다면, 우리 집의 반대 방향으로 걸어서 '협정'과 그것이 가져다줄 미래에서 도망친다면 어떻게 될까?

하지만 결국 집으로 돌아갔다. 모퉁이를 돌면서 검은 렉서스 SUV가 길에 서 있을 거라고 생각했지만 그런 차량은 없었다. 집 안으로 들어간 나는 앨리스 줄 커피를 끓였다. 커피 냄새를 맡고도 앨리스는 일어나지 않았기에, 옷을 벗고 도로 침대로 들어가 앨리스 옆에 누웠다. 아무 말 없이 앨리스가 천천히 내 몸을 끌어안고 뒷목에 입을 맞추었다. 따스한 숨결이 피부에 닿는 느낌이 무척이나 좋았다. 내가 올바른 선택을 했다고 판단하고 앨리스의 품에 안겨 잠이 들었다.

잠시 후 집 안이 베이컨 냄새로 가득 찼다. 나는 사각팬티 한 장만 입은 채 앨리스를 찾으러 부엌으로 갔다. 앨리스는 속옷과 낡은 섹스 피스톨즈 티셔츠만 입은 채 할머니의 무쇠 프라이팬에 구운 베이컨을 종이 타월을 깐 접시 위로 옮기고 있었다.

"단백질을 좀 섭취해둬. 필요할 거야."

앨리스의 목소리 깊은 곳에서 기묘한 현기증을 느꼈다. 아마 앨리스는 부정하겠지만, 어딘가 모르게 내가 궁지에 몰렸다는 사실을 기뻐하는 것 같았다.

"당신 주려고 스콘 사 왔는데."

앨리스는 빵 부스러기로 가득한 접시를 가리켰다.

"벌써 먹었어. 하지만 아직 배고파."

우리는 정신없이 베이컨을 먹어치웠다. 테이블 밑에서 앨리스가 자기 발로 내 발을 건드렸다.

"우리 둘 다 바지를 입고 양치질을 해야 할 것 같아."

앨리스가 말했다. 하지만 옷장에서 옷을 꺼내고 있는데 앨리스가 나를 침대로 끌고 들어갔다. 도대체 무슨 바람이 불어서 이러는지 알 수가 없었다. 내가 알 수 있었던 건, '협정'이 내릴 시련을 내가 고분고분 받아들이는 모습을 보이자 갑자기 앨리스가 흥분했다는 사실이었다. 아무튼 우리는 샤워를 하고 옷을 갈아입고 부엌 청소를 하고 짐을 챙긴 뒤 소파에 털썩 앉았다. 앨리스는 기타를 안고 한쪽 끝에 앉았고 나는 불안한 기분으로 반대편 끝에 앉았다.

기타 줄을 만지작거리던 앨리스는 조니 캐시의 '폴섬 교도소 블루스'를 연주하기 시작했다. 나는 눈을 감고 머리를 등받이에 기댔다. 앨리스의 아이패드에 이메일이 도착했다는 알림음이 어딘가에서 들렸다.

몇 초 후 커피 테이블에 두었던 앨리스의 휴대전화가 울렸다. 앨리스는 그것을 무시했다. 앨리스가 부르는 노래가 너무나 격렬했던 탓에 나는 불안해졌다. 앨리스의 휴대전화가 다시 울렸다.

"전화 안 받아?"

"괜찮아."

앨리스는 예전에 좋아하던 멘도사 라인의 노래를 부르기 시작했다. 앨리스는 노래를 부르며 비아냥거리는 듯한 웃음을 띠고 있었다.

"난 당신의 심장과 영혼에 전혀 관심이 없어요. 그저 당신을 만나고 싶고, 석방된 후 사랑을 나누고 싶을 뿐이죠."

또다시 휴대전화가 울렸다.

"사무실 아냐?"

내가 물었다. 앨리스는 고개를 가로저었다. 앨리스는 몇 분 정도 계속 훌륭한 연주를 이어갔고, 휴대전화가 한 번 더 울렸다. 앨리스는 끙 앓더니 결국 기타를 내려놓았다.

"여보세요?"

전화 너머 사람이 크고 빠른 목소리로 말을 쏟아냈다.

"정말? 나한테 보내줄래? 나 아직 오늘 이메일 하나도 안 봤어. 지금 자기 책상에 있어? 내가 다시 전화할게."

앨리스는 전화를 끊었다. 그리고 아무 말 없이 벌떡 일어나 서둘러 침실로 돌아갔다가 노트북을 들고 나왔다.

"왜, 급한 불이라도 꺼야 하는 상황이야?"

앨리스는 대답 없이 화면만 쳐다보며 키보드를 마구 두들겨댔다.

"젠장."

앨리스가 중얼거렸다.

"이런 망할, 개 같은."

앨리스가 내게 노트북을 돌려서 보여주는데 밖에서 차가 멈추는 소리가 들렸다. 그리고 차고 문이 덜컹덜컹 열렸다. 리모컨도 없이 어떻게 차고 문을 열었지? 나는 창밖을 흘끔 내다보았다. 검고 큰 SUV가 시끄럽게 차고로 들어오고 있었다. 앨리스의 차가 앞을 가로막고 있었기에 SUV는 절반 정도밖에 들어오지 못했다.

"빨리 읽어."

앨리스가 다급한 목소리로 내게 귓속말했다. 차 문 닫히는 소리가 들렸다. 나는 노트북을 내 쪽으로 돌렸다. 포틀랜드의 어느 대안신문에 난 기사였다.

"북부 캘리포니아 부부 여전히 실종 상태, 남쪽 해안에서 자원봉사자 107명이 수색."

정문 계단으로 올라오는 발소리가 나고 누군가가 문을 두드렸다. 나는 기사를 재빨리 읽었다.

엘리엇과 에일린 리바인 부부의 차량이 스탠튼 해변 근처에서 100일 전에 발견되었다. 부부의 지인들은 이 부부가 서로를 몹시 아끼는 행복한 한 쌍이었으며 하이킹과 자전거 타기를 적극적으로 즐겼고 바다를 사랑했다고 증언했다.

문을 두드리는 소리에서 점점 더 짜증이 묻어났다. 쾅쾅쾅.
"잠시만요!"
앨리스는 소리를 질렀지만 움직이지 않았다. 앨리스는 공포로 가득한 눈동자로 나를 바라보았다.

이 부부가 카약을 타고 바다로 나가서 오랫동안 돌아오지 않는 일은 그리 드물지 않았기에 그들은 지인과 친지들에게 집을 떠나 오리건 해변에 도착하는 여행에 대해 말하지 않았다.

쾅쾅쾅. 현관 쪽에서 목소리가 들렸다.
"제이크, 문 열어요."
"금방 갈게요!"
앨리스가 소리를 질렀다.

신용카드 기록에 따르면 이 부부는 캘리포니아의 홉랜드에 있는 호텔에서 전날 밤을 보냈으며, 카약 여행을 다녀온 후 멕시코로 여행을 떠나기 위해 항공기 티켓을 구매했다고 한다.

나는 노트북을 덮고 전원 버튼을 눌렀다. 조앤은 세부 사항을 틀렸을 뿐이었다. 엘리와 엘레인이 아니라 엘리엇과 에일린이었다. 그리고 스틴슨이 아니라 스탠튼 해변이었다. 그래서 바딤이 빨리 찾아내지 못했던 것이다.
"젠장, 이제 어떡하지?"
문손잡이가 덜컹거리는 소리가 들렸다. 앨리스가 다가와 내 목에 팔을 감았다.

"어떡하지, 제이크? 나 너무 무서워. 당신 말이 맞았어. 왜 그렇게 순진했을까?"

옆 계단으로 올라오는 발소리가 들렸다.

"지금 급하게 좀 할 일이 있어서요!"

앨리스는 고함을 지르며 내 손을 잡고 소파로 끌어당겼다. 덜컹거리는 소리가 계속 들렸다. 하지만 어차피 앞문이 벌컥 열려버렸기 때문에 의미 없는 일이었다. 앨리스는 내 귀에 귓속말을 했다.

"아무렇지 않은 척해."

나는 앨리스의 손을 한 번 꽉 잡았다 놓았다. 나타난 사람들은 앨리스를 편리로 데려갔던 2인조였다. 데클런은 앞문으로 들어왔고 다이앤은 부엌 쪽 문으로 들어왔다.

"이 집에 또 오게 될 줄은 몰랐는데요."

데클런이 말했다. 앨리스와 나는 손을 꼭 잡고 서 있었다.

"꼭 그렇게 잠긴 문을 따고 들어올 필요까지 있었나요?"

내가 최대한 침착하게 말했다.

"잠긴 문을 딴 게 아니고 그냥 몇 번 흔들었는데 열렸을 뿐입니다. 새 손잡이에 돈을 좀 투자해야겠어요."

다이앤은 우리 앞에 와서 서고, 데클런은 집 전체를 둘러보며 나와 앨리스뿐이라는 사실을 확인했다. 우리가 있는 곳으로 돌아왔을 때 데클런의 손에는 침실에서 가지고 나온 내 휴대전화가 들려 있었다. 앨리스가 커피 테이블 위에 놓여 있던 자기 휴대전화 쪽으로 손을 뻗었으나 데클런이 한발 빨랐다. 그는 휴대전화

두 대를 우리 손이 닿지 않는 벽난로 위에 올려놓았다.
"뭐 하는 겁니까?"
내가 데클런 쪽으로 다가가려 하자 앨리스의 몸이 경직되었다.
"걱정 마세요. 금방 돌려드릴 테니까."
앨리스가 내 손을 놓았다.
"커피 가져다드릴게요."
앨리스는 놀라우리만치 침착한 목소리로 말했다.
"됐습니다. 그나저나 좀 앉았으면 좋겠는데요."
데클런이 말했다. 앨리스와 나는 소파에 나란히 앉았고 데클런은 의자에 앉았다. 다이앤은 앞문 앞에 가서 서 있었다. 앨리스가 내 손 쪽으로 손을 뻗었다.
"그러니까 그……."
나는 입을 열었으나 금세 할 말이 바닥나고 말았다. 이때가 되어서야 내게 쓸 만한 카드가 하나도 없다는 사실이 실감나는 바람에 현기증을 느꼈다.
데클런은 자세를 고쳐 앉고, 재킷을 벗어서 옆에 걸쳐두었다. 그제야 나는 데클런의 재킷 밑에 권총이 한 자루 꽂혀 있다는 사실을 알아차렸다. 갑자기 속이 울렁거렸다.
앨리스는 아플 정도로 내 손을 꽉 쥐었다. 앨리스가 내게 뭔가 비밀스러운 메시지를 전하려 한다는 것을 느꼈지만 그게 무엇인지는 알 수 없었다.
"준비 다 됐습니다."
내가 말했다. 이때의 내게 목표는 하나밖에 없었다. 데클런과 다이앤을 우리 집에서 데리고 나가, 최대한 앨리스에게서 멀리 떨어뜨리는 일. 그들이 시키는 일이라면 뭐든 다 할 생각이었다.

"어떻게 하는지 알죠?"

데클런이 물었다.

"물론이죠."

나는 무서웠지만 최대한 침착하고 천연덕스러운 척하며 대답했다.

"벽에 손 짚고, 발은 뒤로 빼고, 다리 벌려요."

앨리스는 내 손을 놓아주지 않았다. 나는 고개를 돌려 아내를 바라보았다.

"여보, 괜찮아."

나는 앨리스의 손을 떼어 내고서 그녀의 뺨을 손가락으로 살짝 어루만졌다.

"아무 일 없을 거야."

그러고 나서 데클런이 시키는 대로 했다. 벽에 손을 짚고 서자 데클런이 갑자기 조금 떨어진 곳에서 내 다리를 걷어찼다. 나는 편리에서 누군가가 내 다리를 차서 쓰러뜨렸던 때를 떠올리고, 소름 끼치는 기분으로 데클런의 짓이었다는 사실을 확신했다. 내가 휘청거리자 데클런은 나를 붙잡고 벽으로 밀쳤다.

"왜 이래요!"

앨리스가 비명을 질렀다.

"반항하면 더 크게 다칠 거예요."

다이앤이 말했다. 데클런의 손은 내 몸을 위아래로 거칠게 뒤졌다. 내 모든 본능이 맞서 싸워야 한다고 외치고 있었으나 데클런에게는 총이 있었다. 다이앤 역시 의심의 여지 없이 총을 가지고 있을 터였다. 나는 앨리스의 안전을 도모하기 위해 이 둘을 집 밖으로 데리고 나가야 했다.

"왜 지시를 내리지 않은 거예요? 그랬으면 내 남편도 고분고분 공항으로 갔을 텐데! 이렇게 강압적으로 행동할 필요는 없잖아요. 뭐든 다 따랐을 거예요."

데클런의 손은 여전히 내 몸을 훑고 있었고, 나는 그가 이 상황을 지나치게 즐기고 있다는 인상을 받았다. 그에게는 주도권이 있고 나는 아무런 힘이 없다.

"좋은 질문이군요. 사실 나도 똑같은 의문을 품고 있었습니다. 제이크, 당신 도대체 누구 비위를 거스른 거예요?"

데클런은 뒤로 물러났고 나는 그를 돌아보았다.

"모르겠는데요."

"누군가가 당신 때문에 아주 심기가 불편해요. 우리가 받은 이번 명령에는 다르게 해석할 여지조차 없었습니다."

데클런은 다이앤 쪽을 향해 고개를 끄덕였다.

"손 들어요."

다이앤이 명령했다.

"제발……."

"앨리스, 괜찮다니까."

나는 날카롭게 말했다. 물론 괜찮지 않았다. 괜찮은 건 아무것도 없었다.

앨리스는 소리 없이 울면서 가만히 서 있었다. 다이앤이 검은 캔버스 가방에서 구속복을 꺼내 앞으로 뻗은 내 두 팔에 그것을 끼우자 나는 완전히 절망해버렸다. 다이앤은 버클을 채우고 온갖 잠금장치를 끼웠다. 그녀의 입김에서는 썩은 커피 냄새가 났고, 나는 우리가 복도 거울에 비치는 듯한 기분을 느꼈다. 그 순간 나는 스스로가 싫어졌다. 내 무력함이, 내 망설임이. 내가 저지른 모든 짓들 때문에 지금 이 상황이 벌어진 게 아닌가. 나는 충분히 다른 선택을 할 수도 있었고, 다른 길을 갈 수도 있었다. 피니건에게서 상자를 받았을 때 거부할 수 있었다. 그때는 선택지가 있었다. 그냥 선물을 되돌려 보내면 되는 일이었다. 아니면 비비언이 우리 집에 와서 계약서를 늘어놓았을 때 서명을 거부할 수도 있었다. 조앤과 몰래 만나서도 안 됐다. 그렇게 많은 질문도 퍼붓지 말았어야 했다.

수많은 치명적 분기점에서 내가 한 번이라도 다른 선택을 했더라면 앨리스가 여기 이렇게 서서 겁먹은 채 울지 않았을 텐데.

다이앤은 내 다리에 마지막 끈을 묶고 등 뒤 중간쯤 오는 버클에 채웠다. 그 둘은 내 뒤에 서 있었다. 나는 두 사람을 볼 수 없었지만 사슬이 철걱거리는 소리는 들렸고, 그래서 다이앤이 등 뒤에서 내 허리에 사슬을 감은 뒤 허리를 숙여서 발목을 묶은 족쇄에 그 사슬을 연결하고 있다는 걸 알 수 있었다.

나는 팔을 움직일 수 없었고 다리도 거의 꼼짝할 수가 없었다. 앨리스가 흐느껴 울었다.

"아주 협조적으로 행동해줘서 정말 고마워요. 이런 임무를 맡게 되다니 다이앤과 나는 아주 행복한 사람들이로군요."

데클런이 말했다. 그 말을 들은 나는 어쩌면 데클런이 '협정' 사람이 아닐 수도 있겠다는 생각이 들었다. 어쩌면 단순히 그의 직업인 게 아닐까?

"가기 전에 서로 할 말 있어요?"
데클런이 물었다. 앨리스는 망설이지 않고 내게 달려와 길고 부드러운 입맞춤을 남겼다. 키스를 받으면서 앨리스의 짭짤한 눈물 맛을 느낄 수 있었다.
"사랑해, 여보. 몸조심해."
앨리스가 속삭였다.
"나도 당신을 사랑해."
말 속에 내가 느끼는 모든 감정이 다 담겨 있기를 바랐다. 정말로 앨리스를 품에 안고 그 존재를 느끼고 싶었다. 우리 둘밖에 없고, 앨리스가 노래를 부르던 15분 전으로 돌아갈 수만 있다면 얼마나 좋을까. 알림음이 울렸을 때 우리가 이메일을 확인하기만 했다면, 처음 전화벨이 울렸을 때 앨리스가 그 전화를 받기만 했다면 우리는 탈출할 수 있었을지도 모른다. 어쩌면 지금쯤 이곳을 벗어나 280번 도로에서 남쪽을 향해 맹렬히 달리고 있을지도 모른다.
정말이지 용서할 수 없을 정도로 어리석었다. 너무나 순진하고 멍청했다.
앨리스의 눈동자 속에서 공포를 본 나는 문득 이 이상의 무언가가 더 있고, 썩 좋지 않은 일이라는 사실을 알아차렸다.
"이럴 필요는 없잖아요."
앨리스가 항의했다. 목소리가 떨리고 있었다. 나는 공포에 질린 앨리스의 목소리를 듣는 것이 더 무서웠다.
"안타깝지만 필요한 일입니다. 미안해요."
데클런이 대꾸했지만 전혀 미안해하지 않는 톤이었다.

"지시에 적혀 있습니다. 이유는 모르지만 그렇게 쓰여 있으니 이행해야 합니다. 입을 크게 벌리세요."

"안 돼."

앨리스가 중얼거렸다. 그러나 데클런이 총을 갖고 있다는 사실을 알고 있었기에 시키는 대로 했다.

"더 크게."

데클런의 손이 내 머리 위로 무언가를 뒤집어씌웠다. 입에는 동그란 재갈이 쑤셔 박혀졌고, 양옆으로 달린 끈이 내 머리에 단단히 고정되었다. 그것을 깨물자 입안에서는 금속과 마른 고무 맛이 났다.

앨리스는 텅 빈 눈동자로 나를 지켜보고 있었다. 데클런이 끈을 묶고 버클을 채웠다. 그리고 무언가가 내 눈 위로 덮였다. 그것은 경주마가 오로지 트랙만 볼 수 있도록 말의 시야를 가리는 눈가리개였다. 바로 정면만 볼 수 있었고 양옆의 시야는 완전히 가려졌다. 나는 앨리스에게만 시선을 온전히 집중했다. 그리고 눈빛으로 내 뜻을 전달하려 했다. 그러나 금세 머리 위로 또다시 무언가가 씌워졌다. 검은 천이었다. 이제는 아무것도 보이지 않았다.

한 단계 한 단계 나아갈 때마다 절차의 광기는 점점 더 극명해졌고, 새삼 내가 무엇을 잃어가고 있는지 뼈저리게 느낄 수 있었다. 바로 며칠 전까지만 해도 나는 우리가 행복하게 지냈던 예전으로 돌아가고 싶었다. 5분 전에는 앨리스를 안아주고 싶었다. 60초 전에는 앨리스에게 무어라 말을 하고 싶었다. 그리고 지금은 앨리스를 다시 한 번만 보고 싶어 죽을 지경이었다. 구속복의 두꺼운 캔버스 천 너머로 앨리스의 손이 내 가슴을 꾹 누르는 것이 느껴졌지만 그게 전부였다. 나는 어둠 속에 갇히고 말았다. 앨리스의 숨소리, 울음소리, 다급히 외치는 "당신을 정말 사랑해!"라는 목소리마저도 한순간에 전부 사그라졌다. 나는 앨리스의 목소리에 집중하면서 마음속에 깊이 새겨두려 애썼다. 그들이 내게 남은 마지막 감각, 나를 앨리스에게 연결해주는 유일한 끈인 청각마저 빼앗아 갈까 봐 너무나 두려웠다.

마침내 위로하듯이 내 가슴팍을 누르던 앨리스의 손길이 사라지고 나는 부엌으로 끌려갔다. 베이컨 냄새가 나고 바닥이 딱딱한 나무에서 타일로 바뀐 것을 보니 아마 그런 모양이었다. 우리는 계단을 내려가고 있었다.

"제이크!"

앨리스가 애원조로 나를 불렀다.

"여기 있어요, 앨리스. 이건 제이크가 받을 벌이지 당신의 벌이 아니에요."

다이앤이 멈춰 서서 앨리스에게 대꾸했다.

"제이크는 언제쯤 돌아올 수 있나요?"

앨리스가 울부짖었다. 앨리스의 목소리에는 이제 자제심도, 차분함도 없고 오로지 절망만이 가득했다.

"앨리스, 당신이 할 일은 마치 아무 일 없었다는 것처럼 일하러 가는 거예요. 출근해요. 그리고 남편을 다시 만나고 싶다면 이 이야기를 절대 아무에게도 해서는 안 돼요."

"제발……."

앨리스가 애원했다. 나는 앨리스에게 아주 많은 이야기를 하고 싶었다. 하지만 혀를 움직일 수 없었고, 잇새에는 금속과 고무가 끼여 있다. 입이 바짝 마르고 눈이 따끔따끔 아팠다. 내가 어떻게 해볼 수 있는 건 목구멍에 낀 불순물뿐이었다. 입 밖으로 나오지 못하고 있는 여섯 글자. 사랑해, 앨리스. 나는 그저 그 말이 하고 싶었다.

데클런이 나를 거칠게 밀어 SUV에 태웠다. 이제 모든 희망이 사라져버렸다.

출발하는 차에 탄 채 나는 앨리스를 볼 수는 없었지만 느낄 수 있었다. 앨리스는 아직도 그 자리에 서서 내가 돌아오기만을 바라며 울고 있을 터였다.

도대체 우리가 무슨 짓을 저지른 걸까? 나는 내 아내를 다시 만날 수 있을까?

66장

자동차가 발보아 쪽으로 우회전하는 게 느껴졌다. 주위에서 자동차 공회전하는 소리가 나는 걸 보니 다음 모퉁이에 신호가 있는 듯했고, 그렇다면 그곳은 '아르게요' 레스토랑이었다. 나는 이것이 그냥 악몽일 뿐이라고 믿고 싶었지만 발목을 파고드는 사슬과 입안에서 나는 끔찍한 고무 맛 때문에 구역질이 났다. 어떻게든 지금 가는 길을 잘 확인하고 기억해둬야 했다.

그 뒤로 잠시 달리다가 멈춰 서자 주위에서 나는 소음을 통해 현재 베이브리지의 교통 체증에 걸려 있다는 사실을 알 수 있었다. 바퀴를 통해 다리를 건너고 있다는 것이 느껴졌다. 그때 얼굴

앞에서 갑자기 빛이 바뀌고, 아무런 예고도 없이 얼굴에 덮어씌워져 있던 검은 천이 벗겨졌다. 운전석에 앉아 있는 데클런의 뒤통수와 다이앤의 옆얼굴이 보였다. 앞좌석과 뒷좌석 사이에는 칸막이가 쳐져 있었다. 차 안이 온통 어두운 걸 보니 창문도 전부 검게 칠한 모양이었다.

자동차는 더 빨리 달려 나갔다. 우르릉거리는 소리를 들으니 터널로 진입한 모양이었다. 마음속에서 조용한 움직임이 일어났다. 나는 머리를 굴려보려 애썼다. 문득 어둠 속에서 몸집 작은 여성이 옆에 앉아 있는 것을 본 나는 움찔 놀랐다. 여성은 50대 정도 되어 보였고, 나처럼 구속복을 입고 그 위에 안전벨트를 두르고 있었지만 머리에 별다른 구속구는 채워져 있지 않았다. 얼마나 오랫동안 나를 쳐다보고 있었을까? 여성은 동정 어린 눈빛으로 나를 바라보고 있었다. 눈빛에 떠오른 대부분의 감정은 동정이었지만 그 속에는 뻣뻣한 미소도 섞여 있었다. 마치 내가 지금 어떤 기분인지 자기가 잘 안다는 사실을 전달하고 싶은 듯한 눈치였다. 나는 마주 웃어주고 싶었으나 입술을 도저히 움직일 수 없었다. 입이 바싹 마르고 아팠다. 예의를 지키려면 시선을 돌리는 게 맞겠지만 그러지 않았다. 보톡스 시술을 받은 듯한 얼굴과 다이아몬드 귀걸이를 보니 대단히 부유해 보였지만 윤기 있는 머리카락은 드문드문 헝클어져 있어 아마도 몸싸움이 있었음을 직감케 했다.

나는 구속복 때문에 부자연스러운 자세를 유지한 채 어색하게 머리를 뒤로 기대고 앨리스에 대해 생각했다.

그러다 문득 아이들 생각이 났다. 나를 갑자기 사로잡은 그 생각은 십 대 내담자들이 나 없이 살 수 없을 거라는 걱정은 아니었다. 하지만 아이들이 아무리 회복력이 빠르다 해도 청소년이란 결국 연약할 수밖에 없다. 만약 상담사가 갑자기 사라져버린다면 그 애들은 어떤 기분이 들까? 십 대와 부부 내담자들의 가장 결정적인 차이점은 바로 이것이다. 어른들은 보통 내가 무슨 말을 하더라도 어차피 아무것도 바뀌지 않을 거라는 사실을 확신하고 상담소에 오지만, 십 대 아이들은 내가 한순간에 자신들의 안개를 거둬버릴 수 있는 마법 같은 한마디를 제시해줄 거라는 기대감을 품고 온다.

화요일 그룹에 있는 마커스의 예를 들어보자. 마그넷 스쿨 2학년인 마커스는 기질적으로 선동가이고 호전적이며 항상 매사를 정해진 레일에서 끌어내리려 한다. 마지막으로 만났을 때 마커스는 내게 물었다.

"인생의 목적이 뭐예요? 의미 말고 목적 말이에요."

나로서는 상당히 골치 아픈 관문이었다. 마커스가 도전하면 나는 항상 받아줄 필요가 있었다. 내 답변이 빗나가게 되면 나는 스스로가 사기꾼이라는 사실을 증명하는 셈이고, 답변을 회피하면 단순히 그 그룹에 별 쓸모도 없으면서 잘난 척하는 인간이 될 뿐이다.

"어려운 질문이네. 내가 그 질문에 대답하면 너도 인생의 목적이 무엇인지 우리에게 말해주겠니?"

마커스는 오른쪽 다리를 덜덜 떨었다. 아마 이런 반응은 예상치 못했으리라.

"네."

마커스는 떨떠름하게 대꾸했다. 경험, 시간, 교육은 내게 인간과 상황을 읽는 방법을 가르쳐주었다. 그것들을 통해 사람들이 무슨 말을 할지, 어떻게 반응할지, 심지어 왜 그런 짓을 하는지, 어떤 상황이 어떤 결과를 야기하는지에 대해 대체로 파악할 줄 아는 적절한 감을 지닐 수 있었다. 하지만 내 안에서 구멍을 발견했다. 내가 모르는 것, 정확히 말하면 생각도 해보지 못했던 것은 바로 이 의문이었다. 그 모든 것들을 다 합친 결과는 도대체 무엇을 뜻할까? 나는 둥글게 모여 앉은 십 대들을 향해 최선을 다해 말했다.

"매사에 최선을 다하되 항상 최고의 결과를 낼 수 없다는 사실을 아는 것. 하루하루를 즐겁게 보내려 노력하되 그러지 못할 거라는 사실을 아는 것. 나쁜 일은 잊어버리고 좋은 일만 기억하는 것. 과자를 먹되 너무 많이 먹지는 말 것. 더 많은 일에 도전하고, 더 많은 것을 보려 노력할 것. 계획을 짜고, 계획대로 잘 되었을 경우에는 자축하고 그러지 못했을 경우에도 인내심을 갖고 계속 수행할 것. 좋은 일이 있을 때는 웃고, 나쁜 일이 있을 때도 웃을 것. 자유롭게 사랑할 것, 이타적으로 사랑할 것. 인생은 단순하고, 인생은 복잡하고, 인생은 짧지. 너희가 갖고 있는 유일한 진짜 화폐는 시간밖에 없어. 폭넓게 사용해야 해."

내가 말을 마치자 마커스와 다른 아이들 모두가 어안이 벙벙한 표정으로 나를 쳐다보았다. 아무도 입을 열지 않았다. 대답하는 사람도 없었다. 내 말이 맞았다는 뜻일까, 틀렸다는 뜻일까? 아마 양쪽 모두이리라.

어두운 차 안에 낯선 사람과 함께 앉아 있으면서 아이들에게 했던 말들을 머릿속으로 다시 생각해보았다. 지금 나는 한치 앞도 예측할 수 없는 상황에 처해 있다. 나는 마음껏 자유롭게 사랑했다. 하지만 정말로 이타적으로 사랑했던가? 내게 남겨진 이 소중한 화폐, 즉 시간은 얼마나 될까? 난 정말 시간을 폭넓게 사용했던가?

67장

시간이 흐르는 동안 최대한 깨어 있으려 애썼다. 아마 사막 어딘가인 모양이었다. 입안에서 모래 맛이 났다. 재갈 밑에 깔려 있는 혀는 퉁퉁 부었고 입술은 갈라져서 너무나 아팠으며 목구멍은 바싹 말랐다. 숨을 쉬기조차 힘들었다. 침을 삼키고 싶었지만 목구멍의 근육을 마음대로 움직일 수가 없었다.

차가 크게 덜컹거리는 걸 보니 고속도로를 벗어난 모양이었다. 입안에 침이 고여 구속복 위로 흘러내리고 심지어 다리로까지 떨어졌다. 나는 당황해서 고개를 최대한 오른쪽으로 돌리려 발버둥쳤다. 옆자리의 여성은 자고 있었다. 그녀의 뺨은 멍이 들고 찢어진 상태였다. 나를 싫어한다는 그 누군가는 이 여성이라고 딱히 좋아하지도 않는 모양이었다.

갑자기 앞좌석과 뒷좌석을 구분하던 칸막이가 쑥 내려갔다. 자동차 앞유리를 통해 햇빛이 훅 밀려들자 눈이 너무 부셔서 얼굴을 찌푸렸다. 옆자리의 여성도 몸을 뒤척거렸다. 나는 고개를 돌려 그녀 쪽을 쳐다보았다. 눈으로 어떻게든 의사소통을 하고 약간이나마 연결 고리를 가져보려 했지만 여성은 똑바로 앞만 바라보고 있었다.

어느덧 작열하는 사막 속에서 편리가 보이기 시작했다. 웅장한 철문에 도착하자 자동차는 제복을 입은 수위가 서류를 체크하는 동안 멈춰 서서 기다렸다. 수위실 안의 전화기로 전화를 걸어 우리의 도착을 알리는 목소리가 여기까지 들려왔다. 문이 열리고 차는 다시 출발했다. 차 뒤로 문이 닫히는 소리를 들으며 내가 저 문을 기어 올라갈 수 있을지 가늠해보았다. 할 수 있다면 시간이 얼마나 걸릴까? 내가 그런 짓을 시도하면 저들은 어떻게 반응할까?

문득 편리에 처음 왔을 때 걸었던 한없이 긴 유리 통로가 떠올랐다. 통로 한쪽에는 리조트가 있고, 반대편에는 광대한 사막이 펼쳐져 있었다. 이곳을 탈출한다는 건 헤엄을 쳐서 알카트라즈에서 도망 나온다는 소리나 마찬가지였다. 도망치는 건 좋은데 그 후로 어떻게 살아남는단 말인가? 사막은 너무 넓고 비정하다. 물이 없으면 아마 한 시간 안에 죽고 말 것이다. 나를 잡아 가둔 자들에게 자비를 구걸하며 감옥 안에서 죽는 게 나을까, 아니면 사막에서 외롭게 죽는 게 나을까?

자동차는 두 번째 문 앞에 도착했다. 지난번에 비행기에서 내렸던 바로 그 장소였다. 하지만 이번에 지치고 불안한 표정으로 노란 선에 선 사람은 나였다. 여성은 내 옆에 서 있었다.

버저가 울리고 문 하나가 열렸다. 검은 제복을 입은 키 작은 남자 한 명이 나와서 소리를 질렀다.

"빨리들 움직여요. 줄을 따라 걸으란 말입니다!"

우리는 둘 다 어쩔 줄 몰라 하며 울타리가 쳐진 좁은 통로로 노란 선을 따라 걸었다. 발목에 묶여 있는 사슬이 자꾸만 피부로 파고들어 보폭을 좁게 유지해야만 했다. 여성은 족쇄를 차고 있지 않았기에 빨리 걸었고, 나는 그 속도를 따라가느라 애를 먹었다.

노란 선 끝에는 건물 입구가 있었다. 문이 활짝 열리자 우리는 안으로 들어갔다. 제복 차림의 여자 두 명이 나와서 나와 함께 온 여성을 왼쪽으로 데리고 갔다. 그리고 남자 두 명이 나를 양옆에서 붙잡고 반대 방향으로 끌고 갔다. 어느 빈방에 도착하자 그들은 내 허리와 발목의 사슬을 풀어주었다. 금세 몸이 가벼워졌다. 구속복을 벗겨주니 팔에 아무런 감각도 느껴지지 않았다. 재갈은 다음에 풀어줄 모양이었다. 정말로 그랬으면 좋겠다고 생각했다. 혀로 입술을 핥고 물 한 모금을 마시고 싶어서 미칠 지경이었다.

"옷 벗어요."

둘 중 한 명이 말했다. 금세 머리에 쓰고 있는 장치를 제외하고는 실오라기 하나 걸치지 않은 알몸으로 제자리에 서게 되었다. 입술에도 감각이 없었고 턱을 따라 침이 흘러내리는 게 느껴졌다.

두 남자는 재미있다는 듯 나를 가만히 지켜보았다. 입이 너무 아파서 굴욕조차도 느낄 수가 없었다. 빨리 이 빌어먹을 것을 벗어버리고 싶었다. 나는 입을 가리키며 손으로 애원하는 동작을 취했다. 그리고 물을 마시고 싶다고 손짓 발짓으로 애걸했다.

드디어 둘 중 키가 더 작은 남자가 허리띠에서 열쇠 몇 개를 꺼내 뒤통수에 달려 있던 자물쇠를 풀어주었다. 겨우 재갈이 풀리자 나는 숨을 헉헉 몰아쉬었다. 안도의 눈물이 흘러내려 뺨이 따끔따끔했다. 나는 입을 다물려 애썼지만 생각처럼 잘 되지 않았다. 키가 큰 남자가 손가락으로 한 방향을 가리켰다.

"샤워실은 저쪽입니다. 천천히 씻고 나와요. 다 씻으면 이 빨간색 점프 슈트를 입고 뒤에 있는 출구로 나오면 됩니다."

문 안으로 들어가니 왼쪽에 세면대 다섯 개, 오른쪽에 샤워기 다섯 개가 있었다. 가운데에는 긴 의자가 하나 있었고 칸막이나 커튼은 없었다. 나는 한가운데 샤워기를 선택했다, 마음속 한구석에서는 어쩌면 물이 나오지 않게 해놓은, 악질적인 심리 장난일 수도 있다는 생각이 있었다.

수도꼭지를 틀자 마치 기적처럼 물이 콸콸 솟구쳤다. 얼음장처럼 차가운 물이 피부에 닿는 바람에 나는 몸을 부르르 떨었다. 고개를 들고 물을 정신없이 벌컥벌컥 들이켜고 있는데 갑자기 찬물에서 뜨거운 물로 바뀌었다. 나는 재빨리 얼굴을 피했다. 그리고 배수구에 대고 소변을 본 뒤 탁한 노란색 액체가 뜨거운 물과 섞여 소용돌이치며 사라져가는 모습을 바라보았다.

비누통의 꼭지를 꾹 누르자 진주처럼 빛나는 핑크색 액체가 손바닥 위로 흘러내렸다. 나는 차를 타고 오면서 온몸에 쌓인 때를 깨끗이 씻어냈다. 물은 미지근한 온도로 바뀌었다. 세수를 하고 머리를 감고 온몸을 씻었다. 그리고 샤워기 밑에 서서 눈을 감았다. 누워서 그냥 영원히 잠들고 싶었다. 샤워기 밖으로 나가기도 싫고 점프 슈트도 입기 싫었다. 이 지옥에서 탈출할 수 있는 탈출구가 아니라면 그 어떤 문도 나가고 싶지 않았다.

결국 나는 물을 잠그고 샤워실 밖으로 나왔다. 점프 슈트와 하얀 속옷이 벽에 걸려 있었다. 옷 아래에는 슬리퍼가 한 켤레 놓여 있었다. 나는 속옷과 점프 슈트를 입었다. 앨리스가 말했던 대로 옷의 천은 기이할 정도로 촉감이 좋았다. 점프 슈트는 내게 꼭 맞는 사이즈였다. 슬리퍼는 너무 작았지만 대충 발에 꿰어 신고 문 밖으로 나왔다.

나오니 또 좁은 방이었다. 나와 함께 차를 타고 온 여성이 내가 입은 것과 똑같은 시뻘건 점프 슈트를 입고 의자 옆에 서 있었다. 점프 슈트 앞쪽에는 굵은 글씨로 '재소자'라고 쓰여 있었다. 의자 옆에는 높은 테이블이 있었는데 너무 우아한 대리석 테이블이라 이곳과 어울리지 않는 분위기였다. 테이블 한가운데에는 나무 상자가 있었다. 나는 그 속에 든 것을 생각하고 몸을 부르르 떨었다.

여성이 다가와 일부러 그러는 양 자신의 머리카락을 쓸어내렸다. 피부는 아직 물기로 촉촉했지만 머리는 다 마른 듯했다.

"나갈 방법이 없어요."

여성이 말했다. 그 말이 옳았다. 다른 출구는 없었다. 방금 전에 내가 들어온 문 쪽을 돌아보았지만 이미 닫혀 있었다. 조앤이 그 끔찍한 상자 속에 갇혀서 혼란에 빠지던 모습이 떠올랐다. 문손잡이를 돌려보았지만 문은 열리지 않았다. 우리는 덫에 걸렸다.

나는 느린 동작으로 방을 한 바퀴 돌며 조사해보았다.

"제발 좀 앉아요."

여성이 망설이다가 말했다. 내가 움직이지 않자 그녀는 말을 반복했다.

"제발."

눈이 붉은 걸 보니 운 모양이었다. 나는 의자 쪽으로 다가가 앉았다.

“미안해요.”

여성이 말했다.

“왜요?”

여성은 잠시 말이 없더니 갑자기 흐느껴 울기 시작했다.

“괜찮아요?”

어처구니없는 질문이라는 사실은 알고 있었지만 나도 당신 마음을 이해한다는 사실을 여성에게 알려주고 싶었다.

“네.”

여성은 평정심과 존엄성을 되찾으려 안간힘을 쓰고 있었다. 그녀는 상자를 열고 그 속을 마구 뒤적거리기 시작했다. 금속끼리 부딪히는 소리가 들리는 바람에 나는 초조해졌다.

“거기 뭐가 들었어요?”

나는 대답 내용을 미리 두려워하며 물었다.

“우리한테는 선택지가 있어요. 우리 둘 중 하나는 이 방을 나갈 때 머리카락을 싹 밀고 나가야 해요. 나보고 결정하래요. 머리카락 한 올이라도 남아 있으면 우리 둘의 머리를 다 밀어버리고 거기다가 더 나쁜 일도 일어날 거래요.”

“그래서 결정했나요?”

“네, 미안해요.”

박박 민 머리라. 나는 그 상태로도 문제없이 살아갈 수 있다. 하지만 신경 쓰이는 점은 도대체 왜 그런 선택을 시키느냐이다. 지금 이 여성에게 한 가지 선택지를 주었다면 내게도 틀림없이 선택지가 올 것이다. 나는 어떤 선택을 하게 될까?

68장

두피 위로 전기 이발기가 윙윙거리며 지나다니는 가운데 나는 엘리엇과 에일린에 대해 생각했다. 조앤은 그 두 사람을 엘리와 엘레인이라고 불렀다. 포틀랜드 신문에 이름이 잘못 난 것일 수도 있고, 조앤이 이름을 착각했을 수도 있다. 아니면 둘 다 틀렸을지도 모른다. 어쩌면 내가 잘못 들었을 수도 있다. 인간의 귀는 보통 실제로 들린 말이 아니라 자기가 예상한 말을 듣는 경우가 많다.

문득 바다에서 카약을 타다가 실종된 커플이 또 있다는 사실이 떠올랐다. 몇 년 전 말리부 북쪽에서 일어난 일이었다. 두 사람이 사라진 몇 주 후, 어느 날 선체에 너덜너덜하게 물어뜯긴 흔적이 남아 있는 2인용 카약이 발견되었다. 카약에는 아직도 상어 이빨 몇 개가 박혀 있었다.

혹시 '협정'의 누군가가 이 이야기를 읽고 엘리엇과 에일린 부부에게도 비슷하게 적용시킬 수 있을 것 같다고 생각한 게 아닐까? 데이브의 아내가 암에 걸렸다는 이야기도 마찬가지로 그럴듯한 시나리오일 수 있다.

나는 엘리엇과 에일린이 실종된 후 오리건주의 해안에서 107명의 인원이 수색 작업에 나섰다는 이야기를 떠올렸다. 신문에 적혀 있던 숫자는 정확히 107이었다. 내 머릿속에는 그들이 일렬종대로 서서 고개를 숙이고 모래 속에 묻혀 있을지 모르는 단서를 찾으며 걷는 모습이 상상되었다. 만약 내가 사라지면 과연 107명이나 되는 사람들이 나를 찾겠다고 나설까? 그렇게 생각하고 싶었지만 아마 아닐 터였다.

신문 기사는 3개월 전 날짜였다. 그 이후 상황이 알고 싶었다. 친구들은 포기했을까? 아니면 아직도 찾고 있을까? 내가 사라지면 사람들은 얼마 동안이나 나를 찾을까?

69장

머리카락이 깨끗이 밀린 후에도 여자는 내 두피를 샅샅이 어루만지며 빠뜨린 부분이 없는지 살펴보았다. 그리고 가끔 멈추고는 이발기를 집어 들고 로션을 바른 뒤 거의 보이지도 않는 모공까지 지울 기세로 문질러댔다. 여자의 머리카락은 그 나이대의 부유한 여성에게 아주 잘 어울리는 방식으로 아름답게 손질되어 있었다. 낙낙한 길이의 단발에 너무 환하지 않은 금발이었고 매력적인 광대뼈를 잘 돋보이게 할 수 있을 정도로 포인트도 들어가 있는 머릿결이었다. 아마 아침마다 머리 손질에 시간을 많이 들일 것 같았다. 나는 그녀가 왜 이런 선택을 했는지 충분히 이해했다. 하지만 머리카락을 깎는 손길이 너무 철저한 나머지 무섭게 느껴질 정도였다.

"완벽하네요."

사람들은 마치 자신이 호의를 베풀었다는 식으로 말함으로써 죄책감을 정당화하곤 한다. 천장에 붙어 있는 스피커를 통해 여자 목소리가 들렸다.

"아주 잘했어요. 제이크, 이번에는 당신이 선택할 차례예요."

예상하고 있었지만 내 몸은 굳어졌다.

"두 가지 유치장이 있어요. 하나는 깜깜하고 아주 춥고, 나머지 하나는 환하고 더워요. 어느 쪽으로 가고 싶나요?"

나는 여성을 돌아보았다. 아마 그녀의 남편은 항상 아내에게 선택지를 주었을 것이다. 초콜릿인지 바닐라인지, 창가 자리인지 통로 자리인지, 닭고기인지 생선인지. 다행히 나는 그녀의 남편이 아니었다. 그녀가 입을 열고 자신이 원하는 바를 말하려 했을 때 나는 한발 앞질러 말했다.

"환하고 더운 방이요."

"좋은 선택이에요, 제이크."

문이 활짝 열리고 우리 앞에 불이 켜진 통로가 나타났다. 그 너머에는 여덟 개의 감방으로 이어지는 넓은 공간이 있었다. 스피커에서 다시 목소리가 들렸다.

"제이크, 36번 방으로 들어가세요. 바버라, 35번 방으로 들어가세요."

여성의 이름은 바버라인 모양이었다. 바버라와 나는 서로를 쳐다보았지만 우리 둘 다 움직이지 않았다.

"빨리 가세요."

목소리가 다시 말했다. 바버라는 자기 독방 쪽으로 가다가 문 바로 앞에서 멈춰 섰다. 그 안은 깜깜했다. 바버라는 마치 구해달라는 듯 양손을 뻗어 내 손을 덥석 잡았다.

"어서 들어가세요."

목소리가 또다시 들렸다. 바버라는 우물쭈물하면서 내 손을 놓고 안으로 살짝 들어갔다. 문이 쾅 소리를 내며 닫히자 비명 소리가 들려왔다. 나도 어쩔 수 없이 다른 방으로 들어갔다. 그래도 생각했던 것보다는 용감하게 들어갈 수 있었다. 형광등 조명은 눈이 시릴 정도로 밝았고 온도가 섭씨 38도는 될 것 같았다. 등 뒤로 문이 쾅 닫혔다.

좁은 금속 침대 하나가 벽에 붙어 있었다. 이불이 한 장 있었고 베개는 없었다. 변기도 벽에 고정되어 있었다. 낡아빠진 매뉴얼 한 권이 하나밖에 없는 선반 위에 덜렁 놓여 있었다. 나는 그 책을 무시하고 침대에 누웠다. 빛이 너무 밝은 탓에 엎드려서 이불에 얼굴을 묻어야 했다.

시간이 흘러갔다. 나는 땀을 뻘뻘 흘리며 몸을 꿈지럭거렸다. 잠이 오질 않았다. 옆방에서 바버라가 두 번 비명을 지르는 소리가 들렸지만 그 후로는 조용했다. 나는 감방 안을 다시 둘러보았다. 이 미칠 듯한 빛을 가릴 만한 무언가를 찾고 싶었다. 목도 무척 말랐지만 아무도 물을 주지 않았다. 나는 스스로에게 여차하면 그냥 변기의 물을 마시면 된다고 타일렀다. 어쩌면 대엿새 정도는 갇혀 있게 될지도 모른다. 하지만 그 후로는? 나는 굳이 앞일을 생각하지 않으려 애썼다.

70장

확신할 수는 없지만 하루쯤 지났을 무렵 문이 열렸다. 방에 꽉 차 있던 뜨거운 공기가 밖으로 폭발하듯 흘러나가는 것이 느껴졌다. 입고 있는 점프 슈트는 땀으로 흥건하게 젖어 있었다. 나는 침대에서 내려와 밖으로 나갔다. 차가운 공기에 머리가 어질어질할 지경이었다.

다른 감방 문도 열려 있었다. 바버라가 양손으로 빛을 가리며 밖으로 나왔다. 어두운 방을 바버라에게 준 데 대해 죄책감을 느꼈다. 내가 어깨에 손을 짚자 바버라는 훌쩍훌쩍 울었다. 둘 다 아무런 지시를 받지 못했으나 앞에 출구 표시가 보였기에, 바버라를 재촉하여 통로를 내려가 출구를 빠져나왔다. 마치 친숙한 미로 속에서 주어진 길만을 따라 나아가는 생쥐가 된 기분이었다. 이 순간 자유의지란 손톱만큼도 없었다.

바버라는 눈을 뜨고 있었으나 그것 자체가 너무나 고통스러워 보였다. 바버라는 뒤에 숨다시피 하며 내 손을 꼭 잡고 걸었다.

"어딜 가는 거죠?"

바버라가 물었다.

"여긴 처음 왔나요?"

"네."

"모든 문이 다른 문으로 연결되어 있어요. 아마 앞으로 계속 나아가야 할 거예요. 멈춰야 할 때가 되면 저절로 알게 될 테고요. 도움이 될 만한 게 있으면 바로 의지해야 해요. 그런 상태로 쭉 가다 보면 얼마나 더 가야 할지 알 수 있겠죠."

"1미시시피, 2미시시피, 3미시시피……."

바버라가 시간을 세기 위해 중얼거렸다. 나는 신중하게 천천히 걸었다. 내가 생각한 대로 통로 끝에 도달할 때마다 새로운 문이 열리고 우리 뒤에서 닫혔다. 전부 센서로 제어되고 있는 걸까? 아니면 누군가가 카메라로 지켜보고 있다가 정확한 타이밍에 열어주는 걸까?

바바라가 1,014미시시피까지 세었을 즈음 눈앞에 유리문 두 개가 나타났다. 두 문 위에는 모두 플라스틱 표지판에 '국선변호인'이라고 쓰여 있었다. 머리 위에서 목소리가 들렸다.

"바바라, 당신이 선택할 차례예요. 변호사로 데이비드 렌튼과 엘리자베스 왓슨 중 누구를 선택하겠어요?"

나는 내 동료 재소자에 대해 잘 몰랐지만 누굴 고를지는 대충 예상이 갔다.

"데이비드 렌튼이요."

바바라는 망설이지 않고 대답했다. 두 문이 모두 열리고 데스크 옆에 누군가가 서 있는 모습이 나타났다. 바바라는 왼쪽의 남자에게로 갔고, 나는 오른쪽에 있는 여자에게로 갔다.

키가 크고 비쩍 말랐으며 안색이 창백한 엘리자베스 왓슨은 마치 남색 정장을 입은 마네킹 같았다. 움직이지 않는 모습을 보고 그녀가 나를 평가하고 있다는 사실을 알 수 있었다. 나는 옷과 슬리퍼가 몽땅 땀으로 흠뻑 젖어 있었고, 별로 매력적인 첫인상을 주긴 힘들어 보였다. 방 전체에 에어컨 바람이 가득했기에 나는 젖은 옷을 입은 채 몸을 떨었다. 변호사가 데스크 반대편에 있는 의자 쪽으로 나를 손짓해 불렀다. 그녀는 뜨거운 사막 바람이 안으로 들어올 수 있도록 소탈한 동작으로 창을 연 뒤 자리에 앉았다.

"안이 참 춥죠? 난 플로리다에서 자랐어요. 우리 엄마는 항상 집안을 18도로 유지하곤 했죠. 난 에어컨 바람이 너무 싫어요."

나는 변호사의 허심탄회한 말투에 깜짝 놀랐다. 편리에서 만난 사람들 중 이렇게 자기 자신에 대해 털어놓은 사람은 처음이었다.

변호사는 의자를 빙 돌린 뒤 커다란 가죽 가방을 열었다.

이곳이 그녀의 원래 사무실이 아니라는 사실을 알 수 있었다. 사진도 없었고, 개인적인 소지품도 전혀 없었다. 가까이 다가가니 옷은 슈트케이스 때문인지 오른쪽이 한 줄로 쭉 구김이 가 있었고 왼쪽 소매에는 얼룩이 나 있었다. 가방은 내용물로 꽉 차 있었다. 아마 예상치 못한 상황에서 소환당하는 바람에 갑자기 이곳으로 오게 된 모양이었다.

변호사는 데스크 위에 음료 세 가지를 올려놓았다. 다이어트 콜라, 라즈베리 즙이 들어간 아이슬란드 물, 아이스티였다.

"하나 선택하세요."

변호사는 이해심 있는 미소를 지으며 말했다. 나는 그녀가 화려한 사무실에서 급히 나오며 이 병들을 구입해 오는 모습을 상상했다. 데클런이나 다이앤과 다르게 엘리자베스 왓슨은 '협정'의 회원이 맞는 듯했다. 어쩌면 본인도 예전에 한두 번 잘못을 저지른 적이 있었고, 이번에는 '친구들'을 대변해주러 오게 된 상황일 수도 있었다. 나는 물 쪽으로 손을 뻗었고 변호사는 아이스티를 집어 들었다.

"그래서 이번이 첫 번째 맞죠?"

변호사는 몸을 의자에 기대며 물었다.

"네."

"원래 첫 번째가 제일 힘들어요."

변호사는 책상 위의 파일을 펼쳤다. 내가 벌컥벌컥 물을 마시고 있는데 엘리자베스가 서류를 읽기 시작했다.

“아직 형이 선고되지 않았어요. 흔한 일은 아니에요. 당신과 대화를 먼저 나누고 싶어 해요.”

“제게 선택권이 있나요?”

엘리자베스는 창문 너머로 아지랑이가 피어오르는 사막을 흘끔 쳐다보더니 말했다.

“아뇨, 없어요. 하지만 아직 시간이 좀 있어요. 배고파요?”

“굶어죽을 것 같아요.”

변호사는 다시 가방을 뒤져 파란 기름종이에 싼 샌드위치 반쪽을 꺼내 테이블 너머로 내밀었다.

“미안해요, 이게 전부네요. 하지만 맛은 괜찮아요. 칠면조랑 브리 치즈가 들었어요.”

“고맙습니다.”

나는 샌드위치를 네 입 만에 먹어치웠다.

“부인한테 전화할래요?”

“그래도 됩니까?”

갑작스러운 행운을 믿을 수가 없었다.

“네, 제 전화기를 쓰세요.”

변호사는 자기 휴대전화를 내게로 건네주며 차분하게 말했다.

“펀리에 올 때는 항상 각자 자기 휴대전화를 등록한답니다.”

그녀는 ‘등록’이라는 말을 액면가 그대로 믿지 말라는 양 일부러 강조하며, 이 통화가 결코 비밀 보장을 받을 수 없다는 경고를 암암리에 해주었다. 그것만 봐서는 마치 이 변호사가 내 편인 것 같았다. 하지만 이것은 어쩌면 또 다른 역겨운 게임이나 시험일 수도 있었다. 이 사람은 지금 좋은 형사 쪽을 연기하고 있을 수도 있다.

"고맙습니다."

나는 애매하게 대답하고 휴대전화를 집어 들었다. 앨리스와 이야기를 나누고 싶어 미칠 지경이었지만 도대체 무슨 말을 해야 좋을까?

신호가 한 번 가자 앨리스가 바로 전화를 받았다. 잔뜩 겁먹은 목소리에는 숨소리가 섞여 들렸다.

"여보세요."

"나야, 여보."

"세상에, 제이크! 당신 괜찮아?"

"머리를 깎았어. 하지만 그것 말고는 별일 없어."

"머리를 깎았다고? 그게 무슨 말이야? 집에 언제 올 수 있을 것 같아?"

"대머리가 됐어. 그리고 안타깝게도 집에 언제 갈 수 있을지는 모르겠어."

대머리가 되었다는 이야기는 해도 상관없을 것 같았다.

"어디야?"

"변호사랑 같이 있어. 아직 선고가 안 내려왔대. 먼저 나를 신문하고 싶은가 봐."

엘리자베스를 흘끔 쳐다보니 내 파일을 뒤적거리고 있었다.

"바딤은 어때?"

나는 조용히 물었다.

"열심히 일하고 있어. 서류 업무가 더 늘어났거든."

엘리자베스가 나를 올려다보더니 손목시계를 톡톡 두드렸다.
"그만 끊어야겠다."
내가 말했다.
"아직 안 돼."
앨리스는 울면서 말했다.
"어디서 뭘 하든 절대로 당신 스스로에게 혐의를 씌울 말을 하면 안 돼."
"안 할게. 앨리스, 사랑해."
사무실 문손잡이를 돌리는 소리가 나자 재빨리 전화를 끊고 휴대전화를 데스크 너머의 엘리자베스에게로 넘겼다. 문이 열리자 처음 편리에 왔을 때 내게 질문을 했던 고든이 검은 정장을 입고 서류 가방을 든 채 서 있었다. 그 옆에는 다른 남자가 있었다. 지난번 파트너보다 더 덩치가 크고 거칠어 보이는 남자였고 굵은 목을 감싸는 모양으로 뱀 문신이 새겨져 있었다.
"이제 갈 시간입니다."
고든이 말했다. 엘리자베스가 일어나 데스크를 돌아 나와서 나와 고든 사이에 섰다. 그녀에게 벌써부터 호감이 갔다.
"질의응답 시간이 얼마나 걸리죠?"
변호사가 물었다.
"상황에 따라 다릅니다."
고든이 말했다.
"저도 동석하고 싶은데요."
"그건 어렵겠네요."
"이봐요, 난 이 사람 변호사예요. 왜 심문을 받는데 옆에 변호사도 둘 수 없다는 거죠?"

고든은 짜증을 내며 말했다.

"제발 내가 내 일을 좀 하게 내버려둬요. 끝나면 바로 데려다 줄게요. 알았어요?"

"한 시간쯤 걸리나요? 아니면 두 시간?"

"그건 여기 있는 우리 친구 하기에 달렸죠."

고든은 내 팔꿈치를 잡고 문 쪽으로 끌고 갔다. 엘리자베스가 따라오려 했으나 고든이 뒤를 돌아보며 손가락을 딱 올리고 "모리, 처리해" 하고 말하자 뱀 문신 남자는 문간 앞에 버티고 서서 엘리자베스의 길을 막았다.

우리는 또다시 긴 통로들을 걸어갔다. 이윽고 고든이 키패드에 비밀번호를 입력하자 창문도 없고 테이블과 의자 세 개만 있는 방이 눈앞에 나타났다. 바로 뒤에서 모리의 숨결이 느껴졌다.

"앉아요."

고든이 말하자 나는 고분고분 앉았다. 고든은 내 맞은편에 앉아, 테이블 위에 서류 가방을 올려놓았다. 테이블 위에는 고정된 금속 고리가 있었다.

"손."

모리가 말했다. 나는 손을 테이블 위에 올려놓았다. 모리는 수갑을 고리에 걸고 내 두 손목에 그 수갑을 단단히 채웠다. 고든은 서류 가방에서 빨간색 파일을 꺼내 펼쳤다. 그 속에는 종이가 가득 끼워져 있었다. 저게 전부 나에 대한 데이터란 말인가?

"시작하기 전에 할 말 없어요?"

고든이 물었다. 앨리스가 내게 신문 기사를 보여주기 전에는 나도 모든 것을 다 활짝 열고 100퍼센트 진심을 말한 뒤 그들이 내리는 모든 처분을 달게 받을 생각이었다. 그러나 지금은 절대 아니었다. 나는 다음 질문을 해서는 안 된다는 사실을 알면서도 했다. 그래야만 했기 때문에.

"조앤은 좀 괜찮습니까?"

고든이 얼굴을 찌푸렸다.

"설마 그런 질문을 할 줄은 몰랐군요. 왜 그렇게 조앤에게 연연합니까? 아무런 교훈도 못 받았나 보죠?"

그러고는 모리 쪽을 쳐다보며 말했다.

"이 사람, 아무리 봐도 뭐 하나 깨달은 게 없어."

모리가 히죽 웃었다.

"당신들이 조앤을 벌거벗긴 채 끔찍한 방에 가둬놓았기 때문에 묻는 겁니다."

"네, 물론 그랬죠."

고든은 부드럽게 말했다. 파일을 훑어보던 고든이 갑자기 몸을 앞으로 기울이고는 내 얼굴 가까이 자기 얼굴을 들이댔다.

"아무튼 난 당신이 고백할 게 있다고 알고 있는데요."

나는 대답하지 않았다.

"이걸 보면 기억이 좀 자극될지도 모르겠군요."

고든은 테이블 위로 사진 한 장을 보여주었다. 모리는 지루한 표정으로 문에 기대어 서 있었다. 사진은 흑백이고 화질도 나빴지만 거기 찍혀 있는 사실을 부정할 수는 없었다.

"다시 한번 묻겠습니다. 지난번에 만났을 때 물었던 바로 그 질문입니다. 힐스데일 몰의 푸드코트에서 조앤을 만났던 일을 기억

합니까?"

그것은 CCTV 카메라에 찍힌 사진이었다. 나는 고개를 끄덕였다.

"좋아요. 이제 좀 얘기가 되겠군요. 조앤과 어떤 관계인지 설명해줄 수 있겠습니까?"

"조앤과는 대학교 때 처음 만났고 같이 일한 동료였습니다. 아주 짧은 기간 동안 연인 관계였지만 졸업한 후에는 힐스보로에서 있었던 '협정'의 분기 저녁 파티에서 마주치기 전까지 한 번도 만나지 못했고요."

"그러고요?"

"그다음으로는 캘리포니아의 우드사이드에서 열렸던 '협정' 파티에 두 번째로 참석했을 때 마주쳤습니다. 그리고 그 일주일 후 내 요청으로 산 마테오의 힐스데일 몰 푸드코트에서 만나 점심을 먹었죠. 메뉴는 핫도그와 레모네이드였고, 대화도 나눴습니다."

"어떤 대화를 나눴죠?"

"'협정'에 대한 대화였습니다."

"조앤이 '협정'에 대해 뭐라고 하던가요?"

"나는 '협정'이 과연 우리 부부에게 잘 맞을지에 대한 의문이 있었습니다. 조앤은 내게 그것을 확신하게 해줬죠. 자기 부부의 결혼 생활에 '협정'이 큰 도움이 되었다고 말하더군요."

머릿속으로 이 말을 수백 번이나 연습했지만 막상 입 밖으로 뱉고 보니 마치 누군가에게 강요당해 하는 말처럼 들렸다.

"그 외에는요?"

"한 번 더 만나기로 했는데 조앤이 나오지 않았습니다."

"그 후에는?"
"그 후에는 뭐, 아시다시피 여기서 만났죠."
나는 말투 속의 짜증을 억누르며 말했다. 지금 이 방 안의 모든 권력이 고든에게 있다는 사실을 억지로 상기시켜야 했다.
"아내에게 그 만남에 대해 말했습니까?"
"아뇨."
"왜 말하지 않았죠?"
"모르겠습니다."
"조앤과 부적절한 관계를 맺고 싶어서 그랬던 게 아닌가요?"
"아닙니다."
나는 힘주어 말했다.
"두 사람이 만나서 정말 예전 이야기만 했습니까? 핫도그 맛보려고 만난 거예요? 설마하니 힐스데일 몰 푸드코트의 멋진 분위기를 즐기려고? 조앤을 유혹하지는 않았어요?"
"아닙니다!"
고든이 의자를 뒤로 밀어내고 일어서서 테이블에 손을 짚었다. 모리는 아까보다 조금 더 대화에 흥미를 느낀 표정을 지었다.
"두 사람의 관계를 다시 예전으로 되돌릴 목적으로 만난 것 아닙니까?"
"절대 아닙니다."
"하얏트 호텔에서 만나자고 제안하진 않았어요?"
"그게 무슨 개소립니까? 아닙니다!"
고든은 내 옆으로 다가와 친한 척 내 어깨에 손을 짚었다.
"당신과 이야기를 나눌 때 가장 힘든 부분이 바로 여깁니다. 당신은 사실 털어놓아야 할 이야기가 있어요. 하지만 그 말을 하지 않기로 결심했죠. 이해합니다. 인간에게는 누구나 자기 보호 본능이 있죠. 하지만 정보에 의하면 당신은 3월 1일 캘리포니아의 벌링게임에 있는 하얏트 호텔에서 조앤 찰스와 섹스했다는 사실이 확인되었습니다."

"무슨 정보요? 미쳤어요?"

고든이 한숨을 내쉬었다.

"우리 잘하고 있었잖아요, 제이크. 난 아주 기대가 컸는데. 그래도 점심시간까지는 여기서 나갈 수 있을 줄 알았거든요."

고든은 다시 자리에 털썩 주저앉았다.

"난 조앤 찰스와 자지 않았습니다."

그 말을 내뱉은 순간 나는 틀렸다는 사실을 직감했다.

"하지만 잤잖아요. 이미 고백했잖아요!"

"17년 전에 잤다고요! 최근엔 그런 적 없습니다. 그럴 생각은 애당초 손톱만큼도 없다고요."

물론 그 말은 사실이 아니었다. 그런 생각을 해본 적이 없진 않았다. 제길. 실오라기 하나 걸치지 않은 알몸으로 내 앞에서 다리를 벌리고, 기이하리만치 도발적인 미소를 입가에 띠고 있던 조앤. 내가 어떻게 섹스 생각을 안 할 수 있단 말인가? 하지만 그게 정말 범죄인가? 실제로 행동에 옮기지도 않았는데. 절대로.

"남의 생각을 어떻게 읽겠어요?"

고든이 물었다. 불쾌한 타이밍이었다. 하지만 이것이 전략이라는 사실을 잘 알고 있었다. '협정'은 나로 하여금 자기들이 내 머릿속을 다 읽고 있다고 생각하게 만들려 했다. 하지만 결코 그럴 수는 없다. 그건 불가능하다.
"제이크."
고든이 마치 노래하듯 내 이름을 불렀다.
"아주 중요한 질문을 하나 하죠. 이 점에 대해 꼭 생각해보길 바랍니다. 지금 당장 대답할 필요는 없어요. 이 모든 일들을 다 깔끔하게 정리할 수 있도록, 조앤이 재판을 받을 때 증언하는 데 동의하겠습니까?"
나는 이미 그 질문의 답을 알고 있었으나 제안을 듣고 고민하는 척 잠시 시간을 끌었다. 이윽고 짧게 대꾸했다.
"아뇨."
고든은 마치 내게 뺨이라도 얻어맞은 듯 눈을 깜박였다.
"좋아요, 제이크. 난 도저히 이해가 안 되는군요. 정보의 출처까지 다 말해줬는데 말이죠. 하지만 당신의 결정은 존중합니다. 혹시 나중에 마음이 바뀌면 나하고 얘기하고 싶다고 말해요."
도대체 그게 무슨 소리지? 정보의 출처를 말해줘? 그렇다면 고든은 하얏트에서 섹스했다는 이야기를 털어놓은 게 바로 조앤이라고 지금 암암리에 말하고 있는 건가? 조앤이 도대체 왜 그런 이야기를 꾸며냈다는 거지? 어쩌면 끔찍한 협박에 굴복해서 말했을 수도 있다. 머릿속에 그 무시무시한 새장이 떠올랐다. 고문은 자백을 이끌어낼 수 있지만 그 자백이 진실인 경우는 거의 없다.
"난 마음을 바꾸지 않을 겁니다. 조앤 찰스를 만난 건 힐스데일 몰 푸드코트에서 딱 한 번뿐이에요. 그 외에 당신이 하는 다른 말들은 전부 거짓말입니다."

고든은 실망스럽다는 표정으로 나를 쳐다보고 나서, 자리에서 일어나 방을 나갔다. 모리도 그 뒤를 따랐다.

나는 손목이 테이블에 묶여 있었기에 가만히 앉아 있었다. 머리 위의 환기구로 공기가 빠져나가는 소리가 들렸다. 방은 점점 더 싸늘해졌다. 너무 피곤하고 배가 고프고 추워서 아무 생각도 할 수가 없었다. 그냥 앨리스와 이야기를 하고 싶었다. 고개를 숙이고 테이블에 엎드리니 바로 불이 꺼졌다. 고개를 들자 다시 불이 켜졌다. 나는 고개를 몇 번 들었다 숙였다 해보았다. 매번 같은 일이 반복되었다. 혹시 어딘가에 센서가 있는 걸까, 아니면 누가 날 괴롭히는 걸까? 결국 나는 고개를 숙이고 잠이 들었다.

얼마 후 칠흑 같은 어둠 속에서 잠을 깼다. 시간이 얼마나 흘렀을까? 한 시간? 다섯 시간? 고개를 들자 다시 불이 켜졌다. 방은 추웠다. 손목의 수갑이 살 속으로 파고들고 있었다. 금속 테이블 위에 말라붙은 핏자국 몇 개가 보였다. 입안에서 이끼 같은 맛이 났다. 상당히 오랜 시간 동안 잠들어 있었던 모양이었다. 혹시 마약이라도 맞은 건가?

시간은 계속 흘렀다. 지루함 또한 고문의 일종이다. 나는 샌프란시스코에 있을 앨리스를 생각했다. 지금 뭘 하고 있을까? 일하러 갔을까? 아니면 집일까? 혼자일까?

그때 문이 활짝 열렸다.

"안녕하세요, 모리."

인사를 건넸지만 상대는 대답하지 않았다. 모리가 수갑을 풀자 테이블에서 두 손을 들어보았다. 너무 무겁고 마치 내 팔이 아닌 것 같았다. 나는 손가락을 꿈틀거리고, 손을 문지르고, 탈탈 털었다. 모리는 내 양팔을 강제로 등 뒤로 끌어당겨서는 다시 수갑을 채웠다. 모리는 나를 끌고 통로로 나가서 엘리베이터에 태웠다.

"나를 어디로 데려가는 겁니까?"

대답이 없었다. 모리는 갑자기 굉장히 불안해 보였다. 심지어 나보다도 더. 문득 뒤셀도르프의 어느 연구가 떠올랐다. 겁을 먹거나 혼란에 빠지면 사람은 땀을 통해 두뇌에서 뿜어내는 일종의 화학물질을 분비한다고 한다. 나는 모리의 피부에서 그의 불안을 맡을 수 있었다.

엘리베이터 문이 닫혔다.

"부인 있어요, 모리? 아이는요?"

모리가 어쩔 수 없다는 표정으로 내 눈을 쳐다보았다. 그리고 가볍게 고개를 가로저었다.

"부인 없어요? 아이도 없고?"

내가 다시 물었다. 모리는 다시 희미하게 고개를 가로저었다. 나는 그게 내 질문에 대한 대답이 아니라 경고라는 사실을 알아차렸다.

엘리베이터는 다섯 층을 내려갔다. 땡, 땡, 땡, 땡, 땡, 소리가 다섯 번 울렸다. 배가 너무 고팠고, 결심도 약해졌다. 나는 지금 사막 표면에서 12미터 지하 깊이에 있고, 그 어느 곳에서건 몇백 킬로미터는 떨어져 있다. 지진이라도 일어나 이곳이 무너지면 나는 파묻혀서 영원히 잊히게 될 것이다.

우리는 엘리베이터에서 나왔다. 내 팔을 굳이 잡지 않는 걸 보니 모리도 어딘가 모르게 결심이 약해진 눈치였다. 모리는 앞서 걸었고 나는 그 뒤를 따랐다. 모리가 키패드에 비밀번호를 입력하자 다른 경호원이 서 있는 방이 나타났다. 45세 정도 되어 보이는, 예전 스타일의 물 빠진 금발 머리 여성이었다. 아무리 봐도 '협정'에 소속된 사람 같지는 않았다. 사막에서 일할 사람을 고용하기는 쉽지 않았을 것이다. 어쩌면 옛날에 있었던 원래 감옥이 문을 닫기 전에 일하던 사람인지도 모른다.

문은 우리 등 뒤에서 쾅 닫혔다. 모리는 수갑을 풀어주었고, 우리 셋은 그냥 제자리에 가만히 서 있었다. 모리가 여성을 쳐다보았다.

"시작해요."

"아뇨, 당신이 해요."

뭘 하려는지는 몰라도 아마 두 사람 역시 이 일이 처음이고, 서로 책임지기 싫은 모양이었다. 이윽고 여자가 내게 말했다.

"옷을 전부 벗어주세요."

"또요?"

"네."

"전부 다?"

여자는 고개를 끄덕였다. 나는 신중하게 생각하면서 우선 슬리퍼를 벗었다. 모리가 엘리베이터에서 그랬던 것처럼 경고의 의미를 담아 나를 보며 고개를 끄덕였다. 하지만 불친절한 동작은 아니었고, 어딘가 모르게 공범자 같은 느낌이 들었다. 두 사람 다 왠지 불안하고 초조해 보였다. 혹시 지금 이렇게 셋만 있는 이 시간이 바로 나를 내보내달라고 부탁할 기회가 아닐까? 고든은 지금 없다. 이들은 봉급으로 얼마를 받고 있을까? 내가 매수할 수 있지 않을까?

"네바다에서 왔어요?"

시간을 벌기 위해 점프 슈트의 첫 단추를 푸는 데 애를 먹는 척하며 물었다. 여자가 모리 쪽을 쳐다보더니 말했다.

"아뇨, 난 유타 출신이에요."

모리는 힐난하는 눈빛으로 여자를 쳐다보았다.

"빨리 해요."

모리가 나를 채근했다. 옷을 벗어서 바닥에 떨어뜨리자 여자는 시선을 피했다.

"당신은 어디서 왔죠?"

여자는 내가 옷을 벗고 있는 상황을 노골적으로 불편해하며 물었다.

"캘리포니아요."

나는 점프 슈트와 함께 받은 사각팬티 한 장만 입고 있었다.

"날 좀 도와주면 안 될까요?"

내가 귓속말로 물었다.

"그만해요."

모리가 화난 목소리로 나직하게 말했다. 내가 선을 넘었다는 사실은 알고 있었다. 모리는 언제라도 분노를 내뿜을 준비가 되어 있는 듯했다. 하지만 내게는 선택의 여지가 없었다.

"나는 돈이 아주 많아요."

반대편에 있는 문 쪽에서 키패드에 숫자 입력하는 소리가 들렸다. 금발 여자 하나가 들어와 모리를 흘끔 쳐다보았다. 제길, 이 여자 역시 모리와 마찬가지로 상당히 불안한 눈치였다. 문이 활짝 열리고 이번에는 키가 크고 덩치가 좋은 여자가 들어왔다. 그녀는 농담이 아니라 진짜로 예전 감옥의 교도소장 같아 보였다. 마치 내 두개골을 주먹으로 호쾌하게 쪼갤 것 같은 분위기가 풍겼다.

"여러분."

여자가 생각지도 못하게 부드러운 목소리로 입을 열며 들고 있던 서류철을 훑어보았다.

"이제 그만 나가야 해요."

그러고는 나를 쳐다보며 말했다.

"전부 다 벗어요. 어서."

나는 속옷까지 벗은 뒤 사타구니를 손으로 가렸다. 모두가 옷을 입고 있는 가운데 혼자만 알몸이 된다는 건 정말이지 괴상한 기분이었다.

교도소장 같은 여자는 서류철에서 고개를 들었다. 내가 홀딱 벗고 있다는 사실은 딱히 놀랍지도 않고 별 관심도 없는 눈치였다.

"서둘러서 2200호로 데려가도록 해요. 빨리, '기구'로 데려가야 해요. 다들 기다리고 있어요."

젠장, 예감이 좋지 않다.

금발 여자는 교도소장에게 때문에 겁을 집어먹은 기색이 역력한 채 나를 앞으로 밀었다. 우리는 모두 함께 통로를 내려가 다른 방으로 들어갔다. 방 한가운데에는 전체가 아크릴 판으로 되어 있는 테이블 하나가 있었고 그 테이블 옆에는 아름다운 여자가 한 명 서 있었다. 그녀 역시 서류철을 하나 들고 있었다. 여자는 빳빳한 흰 셔츠와 하얀 리넨 바지, 그리고 멋진 가죽 샌들 차림이었다. 다른 사람들과 달리 제복을 입고 있지 않았다. 그녀의 머리는 불그스름한 금빛을 띤 단발이었다. 아무래도 좀 특별해 보이는 느낌이었다. 어쩌면 '친구'들 중 하나일지도 모른다. 여자가 내 몸을 훑어보더니 말했다.

"테이블 위에 누워요."

"지금 농담합니까?"

여자는 차가운 눈빛으로 대꾸했다.

"아뇨. 뭐, 모리가 대안을 제시해줄 수는 있겠지만 내 생각에 그건 분명 더 안 좋은 방법일걸요."

나는 어깨 너머로 모리를 돌아보았다. 맙소사, 모리마저 겁을 집어먹은 눈치였다.

"이봐요, 도대체 이게 다 무슨 중세식……."

여자의 손이 너무나 빠르게 날아드는 바람에 나는 피할 시간조차 없었다. 여자는 들고 있던 서류철로 내 얼굴을 후려갈겼고 순간 시야가 흐릿해졌다. 여자가 차분하게 말했다.

"빨리 테이블에 누워요. 우리는 여럿이고 당신은 혼자라는 사실을 알아야 해요. 당신은 물론 요구에 순순히 따를 수도 있고 저항할 수도 있지만 어차피 일어날 일은 똑같을 거예요. 저항한 만큼 그와 같은 정도의 고통이 따르게 될 테지요. 하지만 지시를 잘 따르면 같은 만큼의 보상을 받을 거예요. 아주 간단한 등식이에요. 저항은 고통과 같다."

나는 몸을 부르르 떨고 간신히 일어나 테이블에 누웠다. 지독하게 무력한 존재가 된 기분이었다. 테이블 한쪽 끝에는 스펀지로 된 목 지지대가 있었고, 그 옆에는 가죽끈이 하나 있었다. 그 외에도 가죽끈 몇 개가 더 있었고 바닥에는 나무로 된 블록들이 있었다. 금발 여자가 천장을 올려다보았다. 모리는 하얀 옷을 입은 여자를 바라보며 명령을 기다리고 있었다.

아크릴 판 테이블은 맨살에 너무 차갑게 느껴졌다. 머리가 아팠고 얼굴에 피가 흐르는 게 느껴졌다. 어제 구속복을 입었을 때는 그토록 자유로워지길 갈망했는데, 이제는 수치스러운 알몸을 가릴 만한 무언가를 죽도록 원하고 있었다.

금발 여자가 내 머리를 스펀지 위에 잘 놓은 다음 목에 가죽끈을 묶고 나서 시야에서 사라졌다. 그리고 누군가가 내 팔을 묶었다. 세게 쥔 걸 보니 모리인 듯했지만, 그의 행동은 놀라우리만치 부드러웠다. 발목에도 끈을 묶는 게 느껴졌다. 아마 금발 여자인 모양이었다. 그녀는 다 묶고 난 뒤 내 발을 주물렀다. 마치 어머니처럼 다정한 동작이었다. 나는 눈물이 나려는 것을 꾹 참았다. 이 둘은 왜 나에게 이렇게 잘해주는 걸까? 도대체 뭘 알고 있기에? 잔혹 행위가 이어질 것을 대비하여 미리 친절하게 대해주는 걸까?

나는 꼼짝도 하지 못하고 공포로 얼어붙은 채 천장만 올려다보았다. 보이는 거라고는 투박한 형광등뿐이었다. 방 안에서 바람 소리가 들렸다. 마치 고등학교 생물 시간에 해부되기를 기다리며 묶여 있는 개구리가 된 기분이었다.

발소리가 들렸다. 꽤 여러 명의 사람이 방 안에 들어온 듯했다. 하얀 옷을 입은 여자가 나를 내려다보았다.

"가까이 내려요."

여자가 말하자 커다란 아크릴 판이 내 위로 다가왔다. 심장이 너무나 쿵쿵 뛴 나머지 모두에게 들릴 정도였다. 차라리 들렸으면 좋겠다고 생각했다. 움직이고 저항하려 했지만 소용이 없었다. 아크릴 판은 엄청나게 무거워 보였다.

"안 돼!"

패닉에 빠진 내가 부르짖었다.

"침착해요. 그렇게 아프진 않을 거예요. 등식을 잘 기억해요."

하얀 옷을 입은 여자가 말했다. 나는 눈을 감고 잔뜩 긴장한 채 아크릴 판이 짓누를 것에 대비했다. 결국 모든 것이 다 이렇게 끝나고 말리라. 끔찍한 개죽음이 아닐 수 없었다. 도대체 이게 뭐지? 지금 사형을 당하는 건가? 나를 질식사시킬 생각일까, 아니면 그보다 더 심한 짓을 저지르려는 걸까? 혹은 이게 무슨 공포 전략이나 정신적 학대, 또는 공갈 협박은 아닐까?

아크릴 판은 내게서 15센티미터 정도 떨어진 곳에 멈춰 섰다.

"제발……."

나는 애원했다. 무기력한 스스로의 목소리에 역겨움이 느껴졌다.

이 일이 뉴스에 어떻게 보도될까? '카약을 타다 실종된 남자'로 나올까? 아니면 아예 아무런 뉴스도 나오지 않을지도 모른다. 흔한 병사가 될 수도 있다. '간 질환과 동맥류로 사망한 남자'일지도 모른다. 이들이 저지를 수 있는 짓에는 한계가 없고, 아무도 그 이야기에 이의를 제기하지 않는다. 앨리스를 제외하면. 세상에, 앨리스. 제발 앨리스만은 가만히 내버려둬야 할 텐데.

하지만 '협정'은 앨리스를 가만히 내버려두지 않을 것이다. 분명 다른 남자와 바로 결혼을 시키겠지. 앨리스와 누굴 짝지어줄까? 비슷한 운명으로 배우자를 잃은 누군가?

닐이 떠올랐다. 만일 이 모든 것이 조앤에게서 벗어나 앨리스와 결혼하고자 하는 닐의 정교한 계책이라면? 목구멍으로 씁쓸한 액체가 솟구쳤다. 이윽고 아크릴 판이 다시 내려왔다.

71장

아크릴 판이 나를 찍어 누르기를 기다렸지만 그런 일은 벌어지지 않았다. 대신 드릴 소리가 들렸고, 금세 내 바로 위에서 그들이 아크릴 판의 사방 네 모퉁이를 고정시키고 있다는 사실을 알 수 있었다. 헉헉 몰아쉬는 숨 때문에 온 사방이 뿌옇게 흐려져 아무것도 볼 수가 없었다.

드릴 소리가 멈추자 조용해졌다. 여자들 중 하나가 말했다.

"하나, 둘, 셋, 넷."

내 몸이 위로 들어 올려졌다. 그리고 나는 아크릴 판 사이에 갇힌 채 똑바로 세워졌다. 내 팔은 양옆으로 축 처지고 다리는 살짝 벌렸으며 발은 나무 블록 위에 올라갔다. 머리는 정면을 바라보고 있었고 코앞에는 아무것도 없는 하얀 벽만 보였다. 다른 사람들은 전부 내 뒤에 있는 듯했으나 나는 그들을 볼 수 없었다. 얇은 슬라이드 사이에 끼여서 누군가의 현미경 밑에 놓인 조직이 된 기분이었다.

발밑의 바닥이 우르릉거리는 걸 보니 이 아크릴 판이 바퀴 위에 올라가 있는 듯했다. 눈을 꼭 감고 숨을 쉬려 애썼다. 눈을 뜨자 나는 좁은 통로 위에서 바퀴에 탄 채 굴러가고 있었다. 사람들이 우리 옆을 지나가다가 벌거벗은 내 몸을 흘끔흘끔 쳐다보았다. 누군가는 내 앞을, 또 누군가는 내 뒤를 지나갔다. 나는 화물 엘리베이터까지 떠밀려 갔고, 무거운 문이 닫히자 엘리베이터는 위로 올라갔다. 하얀 옷을 입은 여자와 금발 여자가 아직 같이 있는지는 알 수 없었다. 나를 밀고 온 사람은 쭉 내 뒤에 서 있었다.

"모리, 우리 지금 어딜 가는 거죠? 무슨 일이 일어나려는 건가요?"

"모리는 여기 없습니다."

웬 목소리가 대답했다. 남자 목소리였다. 데클런과 다이앤이 내게 눈가리개를 채우기 전 마지막으로 봤던 앨리스의 얼굴이 떠올랐다. 내가 구속복을 입고 있을 때 내 가슴을 누르던 그 손의 촉감, 그리고 촉감이 사라졌을 때 느낀 충격과 슬픔. 지난 몇 시간 동안 내 삶은 계속해서 끝을 향해 달려가고 있었다. 나는 조금씩 조금씩 모든 것을 빼앗겼다.

울고 싶었지만 눈물도 나오지 않았다. 소리를 지르고 싶었으나 그래 봤자 아무것도 바뀌지 않으리라는 사실을 너무나 잘 알았다.

나는 눈앞의 아크릴 판이 뿌예지지 않도록 최대한 숨을 참았다. 엘리베이터 문이 열리자 썰렁한 공간이 나타났다. 펀리에 처음 왔을 때 이곳에 온 적이 있었다. 카페테리아였다.

발소리가 점점 멀어지고 나는 흐려진 아크릴판 사이에 낀 채 앞만 똑바로 바라보며 홀로 남았다.

가만히 귀를 기울여 보았으나 아무 소리도 들리지 않았다. 움직이려고 했지만 꼼짝도 할 수 없었다. 몇 분 후에는 다리의 감각이 사라지고, 그다음에는 팔의 감각이 사라지고, 결국 나는 눈을 감았다. 내게 남은 건 오로지 생각뿐이었다. 나는 싸울 의지마저 잃어버렸다.

마침내 이것이 바로 그들의 계획일 거라는 사실을 깨달았다. 내게서 모든 허세를 벗기고, 모든 희망을 다 벗겨내는 일.

시간이 흘러갔다. 얼마나 지났을까? 내 생각은 앨리스에게로 흘러갔다가 오션 비치를 거쳐 우리의 결혼식에 도달했다. 그리고 차고에서 에릭과 함께 노래를 부르던 앨리스의 모습이 떠올랐다.

그 생각을 떨쳐버리려 애썼으나 그럴 수가 없었다. 이럴 때까지 질투를 하다니 나는 정말이지 어리석은 인간인 모양이었다. 하지만 현실적으로 내가 죽어도, 만약 내가 죽는다 해도 앨리스는 에릭과 결혼할 수 없다. 앨리스는 '협정'의 무작위적 결정에 끌려갈 수밖에 없는 입장이었다. 아마도 앞으로 남은 평생 내내.

나는 누군가의 목소리를 듣고 싶었다. 최소한 아무 소리라도 들렸으면 했다. 스쳐 지나가는 음악 한 소절이라도. 고든이라도 지금 당장 나타나주길 바랐다. 데클런이라도, 하다못해 비비언이라도. 아무튼 그 누구라도. 아무라도. 이게 바로 외로움의 정의일까? 그럴 것 같았다.

어느 순간 엘리베이터 열리는 소리가 들리자 마음속에 안도감이 홍수처럼 밀려왔다. 두세 명 정도 되는 사람들의 목소리가 들리고 바닥이 진동하기 시작했다. 묵직한 무언가가 나를 향해 굴러오고 있었다. 나는 그것이 시야에 들어오기를 기다렸지만 영 나타나질 않았다. 이윽고 목소리들이 통로 쪽으로 사라졌다. 엘리베이터 도착하는 소리가 또다시 울리고 무언가가 다시 통로를 향해 굴러갔다.

내가 끼어 있는 것과 똑같이 사람을 세워놓는 아크릴 판 장치였다.

그 안에는 여자가 하나 있었다. 몸집은 보통 정도에 머리카락은 흑갈색이었고, 나처럼 알몸이었다. 입김 때문에 아크릴이 뿌옇게 흐려져 있어서 얼굴은 잘 보이지 않았다. 몇몇 사람들이 그 아크릴 판을 밀고 내 앞을 대각선으로 스쳐 지나갔다. 발걸음 소리와 사람 목소리가 점점 멀어져 갔다. 그리고 엘리베이터 쪽에서 또 다른 목소리가 들리고 또 다른 아크릴 판이 등장했다. 보이진 않았지만 소리는 들렸다.

이제 우리는 셋이 되었다. 셋만 남고 나머지가 다 가버렸다는 사실을 알아차린 나는 용기를 끌어모아 입을 열었다.

"둘 다 괜찮아요?"

여자가 흐느끼는 소리가 들렸다. 그리고 내 오른쪽에서 남자 목소리가 났다.

"이제 우린 어떻게 될까요?"

여자가 소리를 질렀다.

"당신 때문이잖아! 분명 잡힐 거라고 그랬는데!"

"쉿."

남자가 경고했다. 나는 여자가 남자에게 말한 거라는 사실을 뒤늦게 깨달았다. 이 둘은 서로 아는 사이였다.

"당신은 무슨 잘못을 한 거죠?"

내가 속삭이듯 물었다. 그러자 스피커에서 목소리가 들려왔다.

"재소자들은 자신이 저지른 범죄에 대해 이야기하는 일을 삼가 주시기 바랍니다."

하얀 요리사 복장을 한 어느 나이든 남자가 우리 사이를 스쳐 지나갔다.

"저런, 당신들 세 사람은 지금 피클로 절여지고 있는 중인가 보군요."

노인은 나를 똑바로 바라보며 말한 뒤 사라졌다. 1분 후 다시 엘리베이터 도착하는 소리가 들리고 또 다른 아크릴 판 새장이 내 옆을 스쳐 지나갔다. 벌거벗은 여성의 뒷모습이 보였다. 산발한 머리카락은 온통 떡이 진 상태였다. 결코 다른 사람일 리가 없었다. 경호원은 아크릴판을 빙 돌렸고 순간적으로 그녀는 나와 약 2미터 정도 떨어진 위치에서 얼굴을 마주했다. 여성은 창백하고 비쩍 마른 상태였다. 몇 주 동안 해를 제대로 못 본 듯했다. 눈 주위에 입김이 서려서 잘 보이지 않았으나 뿌연 김이 사라진 후 그녀도 나를 볼 수 있었다. 아니었다. 조앤이 아니었다. 도대체 저들은 조앤에게 무슨 짓을 한 걸까?

쿵쿵거리며 들어오는 발소리가 들렸다. 금세 붉은 점프 슈트를 입은 재소자들과 회색 제복을 입은 직원들이 카페테리아로 우르르 몰려와 줄을 섰다. 그리고 드디어 이 모든 끔찍한 일들이 무엇을 위해 이루어졌는지 깨달았다. 우리는 식사하기 위해 줄을 선 사람들이 반드시 통과하도록 배치되어 있었다. 나는 건너편 여성과 눈을 마주치려 애썼으나 여성은 눈을 꽉 감고 있었다. 뺨으로 눈물이 흘러내렸다.

줄이 멈췄다. 쟁반과 식기 부딪히는 소리, 직원들이 지시를 내리는 소리가 들렸다. 서 있는 줄 뒤로 죄수들이 계속해서 쏟아져 들어오고 있었다. 도대체 몇 명이나 있는 거지? 얼마나 많은 '친구'들이 '협정'의 눈 밖에 난 걸까?

금세 줄은 우리 코앞에 머물러 섰다. 대부분의 사람들이 고개를 숙이거나 시선을 피했지만 다른 사람들은—처음 왔을까?—우리에게서 눈을 못 떼거나 겁을 먹은 표정이었다. 스무 살쯤 되어 보이는 검은 머리에 건치를 지닌 남자 하나는 심지어 웃기까지 했다. 우리의 모습이 아주 재미있는 모양이었다. 다른 사람들은 그냥 지루한 표정으로 시간을 때우거나 편리의 다른 곳에서 가져온 점심을 먹고 있었다. 마치 예전에도 본 적 있다는 듯한 얼굴이었다.

처음에는 사람들의 시선을 피했다. 부끄럽고 수치스러웠다. 하지만 금세 이런 생각이 들었다. 만약 이것이 나의 마지막이라면 모든 사람들에게 억지로라도 보여줘야 하지 않을까? 나를 보라고, 어쩌면 내일 이것이 자신들의 모습이 될 수도 있다고. 내가 여기서 인생을 마감한다면 저기 있는 '친구'들도 충분히 그럴 수 있지 않겠는가?

사람들은 대충 반은 남자고 반은 여자였다. 빨간 점프 슈트는 대부분이 평소에 옷을 잘 입고 다니는 부유층이라는 사실을 숨기지 못했다. 보통 감옥에 갇히는 사람들과는 다른 느낌이었다. 나는 도대체 그들이 어떤 죄를 저질러 이곳으로 끌려오게 되었는지 궁금해졌다. 인원이 늘어나자 줄은 두 겹 세 겹으로 꺾였다. 너무 붐비는 바람에 개중 누군가가 내가 끼어 있는 아크릴 판을 치고 지나가, 한쪽 판이 내 알몸에서 떨어져 나갈 뻔했다. 소음이 점점 더 커지자 나는 분노와 실망으로 휩싸였다. 나는 그들이 무언가 행동을 일으키길 바랐다. 그 어떤 행동이든, '협정'에 반기를 들었으면 했다.

우리가 이런 짓을 당하고 있는데 왜 아무도 신경을 쓰지 않는 걸까?

적갈색 머리카락의 관자놀이 부근이 우아하게 세어가고 있는 한 여성이 내게 미소를 지었다. 여성은 주위를 둘러보고 아무도 이쪽을 보지 않는다는 사실을 확인한 뒤 내 입가 부근의 아크릴판에 잽싸게 키스를 했다. 그리고 뭐라고 말했지만 주위가 너무 시끄러워 제대로 들리지 않았다.

'뭐라고요?'

내가 입 모양으로 물었다. 여성은 마찬가지로 내게 천천히 입 모양만으로 말했다.

'굴복하지 말아요.'

어쩌면 그녀가 그렇게 말한 건 내 착각인지도 모른다.

굴복하지 말아요.

72장

나는 독방으로 돌아와 빨간 점프 슈트로 갈아입고 얄팍한 매트리스 위에 누웠다. 잠들고 싶었지만 너무 환하고 더워서 그럴 수도 없었다. 여기서 할 일이라고는 매뉴얼을 읽는 일뿐이었지만 그것을 건드리기도 싫었다.

이런저런 생각이 들었다. 문득 내 내담자들 중 하나인 마커스가 내게 인생의 목적이 무엇이냐고 물었던 일이 떠올랐다. 마커스는 남극대륙 끄트머리에 있는, 로드아일랜드 정도 크기의 빙붕인 라르센 빙붕에 대한 리포트를 쓰고 있었다. 1만 2천 년 전부터 존재하던 라르센 빙붕은 2004년경 금이 가고 쪼개져서 바다로 쓸려 나갔다. 1만 2천 년이나 버텼는데 산산조각 나는 데에는 겨우 3주밖에 걸리지 않았다. 과학자들도 여러 가지 이유가 복합적으로 작용했을 거라고 추정했다. 해류의 흐름 변화, 예전보다 뜨거워진 태양의 온도, 오존층 감소, 그리고 여름이 되면 24시간 내내 꾸준히 내리쬐는 햇빛. 그 모든 것들이 전부 라르센 빙붕을 계속해서 공격했다는 이야기다. 미지근한 해류가 빙붕에 작은 금을 냈고, 뜨거운 태양이 얇은 맨 위층을 녹였다. 녹은 얼음 조각들이 떨어져 내려오면서 천천히 빙붕의 균열을 키워, 결국 빙붕의 전체 구조가 약해지고 말았다. 그리하여 1만 2천 년 동안 상상도 못했던 재앙이 느닷없이 코앞으로 다가오게 된 것이다.

로센딘 부부에 대한 생각도 떠올랐다. 달린과 리치는 23년 전에 결혼하여 행복하게 살았다. 멋진 집, 괜찮은 직장, 두 아이. 그리고 두 사람 다 대학 졸업장이 있었다. 바로 6개월 전까지만 해도 모든 것이 완벽했으나 어느 날 갑자기 달린이 어리석은 짓을 저지르고 말았다. 인생의 거대한 규모 속에서 달린의 실수는 그리 대단한 것이 아니었지만 그 이후 몇 주 동안 도미노 효과가 발생하여 분노와 불신이 점점 커지고, 결국 결혼 생활 전체에 위기가 오고 말았다. 솔직히 말해 이것을 보고 나는 결혼이라는 것 자체에 굉장히 염세적인 생각을 품게 되었다. 매일 매시 매초를 막론하고 아무리 노력해도 딱 한 번, 고작 한 순간에 집중력을 잃어버리면 결국 실타래가 풀리고 모든 것이 걷잡을 수 없게 되어버린다.

73장

"이야기할 준비 됐나요?"

나는 뻣뻣한 몸으로 일어나 고든과 모리를 따라 독방을 나와 통로를 걸어 질의응답용 방으로 들어갔다. 이번에는 그들도 나를 테이블에 묶지 않았다. 자기들이 보기에도 내가 반항하기에 너무 지치고 피로해 보였던 모양이었다.

고든은 테이블 맞은편에 앉아 나를 똑바로 바라보았다. 모리는 문 앞자리를 차지하고 서 있었고, 나와 눈을 마주치지 않으려 했다. 고든이 입을 열었다.

"이제는 우리가 어느 정도 의견의 일치를 볼 수 있겠죠? 생각할 시간을 많이 드렸는데요."

나는 대답하지 않았다. 할 말도 딱히 없었다. 아크릴 판에 끼워진 채 카페테리아로 들어갔을 때 마치 지옥으로 향하는 토끼 굴의 문을 연 기분이었다. 조앤과 나, 그리고 앨리스를 위해 모든 것을 바로잡고 싶었다. 그리고 지나가던 낯선 사람이 건넨 한마디는 내게 굳건히 버틸 힘을 주었다. 굴복하지 말아요.

"사실 이건 당신 문제가 아닙니다. 조앤은 아주 골치가 아파요. 어쩌면 당신도 조앤이 '불성실 범죄'를 처음 저지른 게 아니라는 사실을 알면 흥미를 느낄지도 모르겠군요. 닐은 내게 제발 진상을 규명해달라고 부탁했습니다."

권력을 지닌 누군가가 편리에서 이름으로 불리는 것을 처음 들었다. 별로 좋은 징조가 아니었다. 혹시 목격자를 없애버리겠다는 뜻인 걸까?

"내 말을 들어봐요, 제이크. 나도 당신이 여기서 아주 큰 곤경에 처해 있다는 사실을 알아요. 하지만 당신이 생각하기에도 자기 자신에게 죄를 뒤집어씌우지 않으면 이 문제를 해결할 수 없겠다는 느낌이 들지 않아요?"

고든은 일어서서 구석에 있는 소형 냉장고로 다가갔다.

"마실래요?"

"네, 주세요."

고든은 내게 물이 든 페트병을 내밀었다. 블루베리와 민트 향이 첨가된 아이슬란드 물이었다.

"아주 굳은 결심을 한 것 같군요, 제이크. 자, 나도 생각이 있어요. 우리에게는 두 가지 선택지가 있습니다. 하나는 내가 당신의 결심을 깨부수는 일이에요. 이러면 나도 할 일이 굉장히 많아지고, 당신도 썩 유쾌하지는 않을 겁니다. 다른 하나는 당신이 날 도와줌으로써 해결 방법을 찾는 길입니다. 최대한 당신이 비교적 덜 다치고 이곳을 걸어 나갈 수 있는 방식으로 해볼게요."

"그런 꼬락서니를 겪고 나니 당신이 말하는 '덜 다친다'는 말의 정의를 믿을 수가 없는데요."

"날 믿어요. 그건 아무것도 아니에요."

"그게 평범한 일이라고요?"

"뭐가 평범한 일이라는 겁니까?"

"난 '협정'이 성공적이고 건강하며 오랫동안 지속되는 결혼 생활을 돕기 위해 만들어진 조직이라고 알고 있었어요. 그런데 심문과 협박을 통해 과연 건강한 결혼 생활을 이룰 수 있을까요?"

고든이 한숨을 내쉬었다.

"바로 그게 문젭니다. 그래서 내가 자꾸 조앤 문제를 해결하는데 당신의 도움을 청한 거예요. 보통 대부분의 경우 우선 내가 불륜을 저지른 사람들을 대면하고, 본인이 유죄를 인정하고, 판사가 재판을 하고, 처벌이 내려지죠. 그러면 부부는 다음 단계로 넘어갈 수 있어요. 간단하죠. 결혼이란 대단히 회복력이 빠른 관계거든요. 아주 끔찍하고 무시무시한 충격을 받아도 결국 부부는 극복하고 원래 상태로 돌아올 수 있어요. 가끔 기괴하다는 생각마저 듭니다. 대부분의 부부는 시련을 이겨내고 나면 더욱 굳건한 관계를 맺게 됩니다. 왜인지 알아요?"

나는 대답하지 않았다.

"먼저 문제를 일으킨 배우자가 자기 잘못에 대한 죗값을 치르고 나면 그것은 곧 관계의 균형으로 직결되거든요. 안정감을 되찾을 수 있죠. 소음을 제거하고, 문제를 해결하고 나면 다시 관계를 새롭게 시작할 수 있게 돼요. 관계의 열쇠는 균형에 있어요. 균형은 성공적인 결혼 생활을 이끌어 갈 수 있게 해주는 연료인 셈이죠."

고든의 말은 여러 번 연습한 연설 같았지만 말속에는 진실성이 있었다. 나도 상담실에서 상당히 비슷한 말을 했었다.

"하지만 대부분의 부부는 자기들 스스로의 힘으로 관계의 균형을 되찾지 못해요. 그게 내가 여기 있는 이유죠."

내가 물었다.

"그래서 당신이 원하는 게 정확히 뭡니까?"

"조앤이 자백하기를 거부하고 있어요. 내가 개입했는데도 이런 일이 생기는 경우는 아주 드뭅니다."

"단순히 자백할 게 아무것도 없어서 말을 안 할 가능성에 대해서는 생각해봤습니까?"

고든이 다시 한숨을 내쉬었다.

"내 팀이 조앤을 감시하기 시작한 첫날, 조앤은 닐에게 거짓말을 했습니다. 혼자 슬그머니 집을 빠져나가 당신을 만나러 푸드코트로 갔죠. 나는 몇 년 동안 정보국에서 일한 사람입니다. 내 감시 대상들은 하나같이 전문적이었고, 자기 흔적을 지우는 데 능했죠. 그때는 일이 어려웠지만 지금은 전혀 그렇지 않아요."

"조앤이 닐을 속이는 게 아닐 가능성은요? 그냥 나를 친구로서 만나러 나올 뿐이었다면?"

"이런 상황에서 의심이 가는 배우자들은 항상 속임수를 씁니다. 그것은 여기서 충분히 증거로 쓰일 수 있어요. 확고한 물증이 있느냐 없느냐의 차이일 뿐이죠."

"내가 도와줄 수 있는 일은 하나도 없군요. 그런 일은 일어나지 않았습니다."

빅데이터와 정보의 홍수 시대를 살고 있는 탓에 모든 관점의 근거가 되는 증거를 찾는 것 자체는 항상 가능하다. 그것이 틀렸든 맞았든. 이라크 전쟁이 일어나기까지의 그 모든 일들, 아프리카의 우라늄 자원, 쿠르디스탄의 잔혹 행위. 거대한 파도 같은 정보 속에서 옳고 그름은 뭉그러지지만 국가들은 결국 전쟁으로 향하는 결정을 내리는 데 의존한다. 고든은 피로한 미소를 지으며 말했다.

"내가 제안 하나 하죠. 법정에 나가서 조앤이 당신과의 성적 관계를 원한다는 뜻을 암시하는 말이나 행동을 명백하게 했다고 증언하는 건 어때요? 그 이상은 아무 말 안 해도 됩니다. 당신이 스스로 죄인을 자처할 필요도 없어요. 그 정도까지만 해두면 됩니다. 당신은 크게 상관도 없는 작은 죄를 선고받게 되고, 그러면 판결을 받아들인 뒤 다시 자기 삶으로 돌아갈 수 있습니다. 아주 간단하죠. 최소한 앨리스를 위해 그 정도는 해줄 수 있지 않겠어요?"

내가 대답하지 않자 고든은 나를 노려보았다.

"이봐요, 제이크. 난 당신을 돕기 위해 할 수 있는 모든 일을 다 하고 있어요. 지금 여기서 내 입장까지 불리해진 상황인데 전혀 고마워하지도 않네요. '협정'의 성취 요구 항목에 대해 적혀 있는 보조 책자가 있다는 사실을 모르는 모양인데, 뭐 회원들을 위한 게 아니라 나 같은 인적자원 담당자를 위해 있는 거니까 어쩔 수 없겠네요. 거기에는 내가 어디까지 책임져야 할지에 대해 잘 나와 있죠. 하지만 집행자의 아내가 엮인 문제라 이건 보통 상황이 아닙니다. 닐은 '협정'을 위해 다양한 방면으로 확장된 기술을 제공해줬어요. 새로운 기술을 도입할 때마다 항상 판사의 지시가 필요합니다. 나는 이미 그 권한을 획득했습니다. 어떤 기술이 인가되었는지에 대해 구체적으로 말해줄 수는 없지만 그게 뭔지 알면 딱히 경험하고 싶지는 않을 겁니다."

고든의 얼굴이 벌겋게 달아올랐다.

"만일 당신이 잘못된 이타심을 발휘하느라 이러는 거라면 결국 조앤은 원치 않는 경험을 할 수밖에 없게 될 겁니다."

"그러니까 당신 말은 나 자신과 조앤을 구하기 위해서는 거짓말을 할 수밖에 없다는 얘기죠? 하지만 만일 당신이 시키는 대로 거짓말을 했는데 조앤이 받을 처벌이 더 심각해지게 되면 어떻게 합니까?"

"그냥 나를 믿어주는 수밖에 없어요."

혹시 무슨 도움이라도 될까 싶어 모리 쪽을 쳐다보았지만 모리는 바닥만 뚫어져라 쳐다보는 중이었다.

"제이크, 엄밀한 규칙에 따르면 기소를 받지 않고 이곳에 머무를 수 있는 기간은 최장 엿새입니다. 하지만 일단 기소를 받으면 선고를 준비하기 위해 일주일을 추가할 수 있죠. 당신은 시간을 더 달라고 요구할 수 있지만 나는 그럴 수 없어요. 내가 무슨 말을 하는지 이해가 됩니까?"

"아뇨."

"앞으로 사나흘 안에 우리가 반드시 합의점을 도출해내야 한다는 얘깁니다. 일을 빨리 진행해야 하지만 나도 그러고 싶지 않고 당신도 그러지 않을 거라는 사실을 잘 알아요. 지금까지 일할 때는 내 시간을 들여서 상대를 몇 주 동안 계속 붙잡아놓곤 했죠. 그러면 상대를 더욱 잘 알게 되고, 처벌에 대해서도 천천히 정할 수 있게 되고, 아주 굳건하고 신뢰에 넘치는 이해에 도달할 수 있게 됩니다."

"제발 내 말 좀 들어요. 나는 오랜 세월 동안 조앤 찰스와 아무런 상관도 없었던 사람이라고요. 당신이 그 질문을 나한테 몇 번

해도 사실은 변하지 않아요. 나는 불륜을 저지르지 않았습니다."

우리는 서로를 노려보았다. 교착상태에 빠진 게 분명했다. 도저히 탈출구를 찾을 수가 없었다.

"아내한테 전화해도 됩니까?"

"그래요, 어쩌면 아주 좋은 생각일 수도 있겠군요."

고든은 뒷주머니에서 휴대전화를 꺼냈다. 내가 앨리스의 전화번호를 불러주자 고든이 대신 입력했다. 그리고 스피커폰을 켠 뒤 내게 내밀었다.

지금 앨리스는 어디 있을까. 오늘이 며칠이고 지금이 몇 시인지도 정확히 몰랐다.

"여보세요?"

앨리스의 목소리가 들렸다. 지난 몇 시간 동안의 일을 겪고 나니 그 목소리는 생각보다 훨씬 더 나를 울컥하게 했다.

"제이크? 당신이야?"

"앨리스."

목소리 뒤로 사무실 소리가 들리고, 이어서 문 닫는 소리가 나더니 조용해졌다.

"제이크, 당신 어디 아파? 어디야? 내가 데리러 가도 돼?"

"아직 펀리에 있어. 지금은 변호사가 옆에 없지만 혼자 있는 건 아냐. 심문을 받는 중이야."

앨리스가 공포로 숨을 헉 하고 들이켜는 소리가 났다.

"판사가 뭐래?"

"아직 판사는 보지도 못했어. 여기 사람들이 나한테 계속 질문만 해. 내 입으로 꼭 말해야 하는 말이 있나 봐. 하지만 그건 진실이 아니야."

긴 침묵이 흘렀다. 문이 몇 개 더 닫히는 소리, 엘리베이터 소리, 그리고 길가의 소음이 들렸다. 이윽고 앨리스가 말했다.

"그냥 그 사람들이 원하는 대로 해줘."

"하지만 이 사람들이 원하는 말은 거짓말이야, 앨리스."

"제이크, 제발. 나를 위해서, 우리 결혼 생활을 위해서 그 사람들이 원하는 말을 해."

거기까지 들은 고든이 스피커폰을 끊어버렸다. 모리가 방을 나가고 문을 쾅 닫았다.

"이제 대화를 할 준비가 됐겠죠?"

"생각할 시간이 좀 필요합니다."

"그건 틀린 답이에요."

고든이 벌떡 일어나는 바람에 의자가 뒤로 자빠졌다.

"시간이 다 됐습니다."

고든이 나가자 불이 꺼졌다. 나는 어쩔 줄 모르고 혼란에 빠진 채 어둠 속에 남겨졌다. 아직도 앨리스의 목소리가 벽에 부딪혀 메아리치는 듯했다.

몇 분이 지나자 불이 다시 켜졌다. 검은 제복을 입은 콧수염 난 남자가 들어왔다. 마치 배관공과 회계사의 중간쯤에 있는 듯한 생김새였다.

"당신이 우리의 첫 번째 기니피그인가 보군요."

남자는 검은 캔버스 가방을 들고 있었다.

"미리 사과하겠습니다. 아프면 말하라고 해야겠지만, 사실 아플 건 확실하거든요."

배관공은 금속 팔찌 두 개를 내 손목에 채웠다. 그리고 몸을 숙여 바지를 걷어올리고 발목에도 발찌 두 개를 채웠다. 그것을 끝내고 나가려는 것을 보고 안심했지만 배관공은 아직 내 뒤에 서 있었다. 그는 고무공을 내 입에 물리고 끈으로 묶었다.

"만나서 반가웠습니다, 제이크."

배관공은 그렇게 말하고 방을 나갔다. 고든이 노트북을 들고 돌아왔을 때쯤 입이 바싹 마르고 턱이 아프기 시작했다.

"강도 조절에는 네 단계가 있어요. 이럴 수밖에 없어서 참 안타깝군요."

고든은 그렇게 알려주고 나서 노트북의 키보드를 몇 번 두드린 뒤 나를 올려다보았다.

"당신의 손목과 발목에 채워진 것들은 아마 예상했겠지만 전기 자극입니다."

예상치 못한 방향으로 일이 흘러가고 있다.

"한 시간짜리 프로그램을 세팅해놓았어요. 4분에 한 번씩 쇼크가 올 겁니다. 무작위로 발생하기 때문에 매번 어디에 충격이 올지는 예측할 수 없어요. 이해했습니까?"

아니, 난 이해하지 못했다. 고무공 주위로 침이 흥건히 고이고 턱을 따라 뚝뚝 떨어졌다.

"머리에 씌운 것에 대해서는 미안합니다. 치아와 잇몸을 보호하기 위한 수단이에요. 아무튼 지금부터 4분에 한 번씩 충격이 시작될 겁니다. 당신이 아무리 대화를 요청해도 이젠 나도 멈출 수가 없어요."

나는 고개를 저으며 입에 물고 있는 것 사이로 말을 하려 했지만 혀는 아무짝에도 쓸모가 없었다.

"그럼 한 시간 후에 봅시다. 아마 레벨 5가 되기 전에는 얘기할 기회가 있을 겁니다."

나는 살려달라고 말하려 했지만 입안에서만 짓뭉개져 맴돌 뿐 제대로 흘러나오지 못했다.

불이 꺼졌다. 몇 분이 지나도 아무 일도 일어나지 않았다. 어쩌면 그냥 실체 없는 협박이었을지도 모른다. 고든이 그 빌어먹을 프로그램을 어떻게 작동시키는지 모를 수도 있다. 그때 갑자기 어딘가에서 느닷없이 전기 충격이 흘러 오른쪽 발목을 강타했다. 고통이 다리를 타고 쭉 올라와 온몸으로 퍼졌다. 체모가 타는 독한 냄새가 났다. 너무나 아픈 나머지 비명을 지르려 했지만 그러지도 못했다. 침이 줄줄 흘러 온 얼굴을 적셨다. 고무 맛이 났다. 숨 쉬기조차 힘들었다. 머리가 띵한 이유가 지금의 충격 때문인지, 아니면 다음에 올 충격이 미리 겁나서 그런 건지 알 수 없었다.

두 번째 충격은 왼쪽 발목으로 왔고, 땀이 폭포수처럼 흘렀다. 체모가 타는 냄새가 더욱 짙어지고 나는 미친 듯 비명을 질렀다. 태어나서 이렇게 고통스럽긴 처음이었다. 이렇게나 지독한 통증이 존재하리라고는 상상도 하지 못했다. 점프 슈트가 땀과 오줌으로 범벅이 되었고 나는 입안에 들어 있던 고무를 마구 씹어댔다. 앞으로 열세 번 남았다.

여섯 번째 충격이 지나가고 나서 나는 기절했다. 다음 충격이 내 몸을 통과할 거라는 상상만 해도 끔찍하고 두려워 죽을 것 같았다. 방 안은 살이 타는 냄새와 똥오줌 냄새로 가득했다. 나는 테이블에 엎드린 상태였고 머릿속에는 살을 지지는 공포 말고는 아무 생각도 없었다.

이윽고 고든이 돌아왔을 때 나는 그가 반갑게 느껴졌다는 사실이 부끄러웠다.

모리도 고든의 뒤를 따라 방으로 들어왔다. 이번에는 모리가 나와 눈을 마주쳤다. 그 안에서 느껴지는 감정은 뭘까? 공포나 연민? 아니면 혐오?

고든이 소탈한 태도로 의자를 끌어당겨 앉더니 방 안의 냄새를 킁킁 맡고는 얼굴을 찌푸렸다.

"육체에 대한 통제를 잃었다고 너무 당황하지 말아요, 제이크. 이건 그냥 자연스러운 현상일 뿐이니까요. 자, 그럼 다음 레벨로 넘어갈까요?"

고든은 예전에도 이 일을 해본 적이 있는 모양이었다. 그리고 언제나 같은 결과로 끝났을 거라는 생각이 들었다.

나는 최대한 강하게 고개를 가로저으려 했지만 꿈쩍이나 했을지 의문이었다.

"으으응……."

나는 침과 고무가 섞인 역겨운 혼합물을 토해내며 중얼거렸다.

"뭐라고요?"

"안 돼!"

고든은 순수하게 기쁜 미소를 지었다.

"알겠습니다. 좋은 선택이에요."

모리가 문을 살짝 열고 내게는 안 보이는, 밖에 있는 누군가에게 무어라 중얼중얼 말을 걸었다. 몇 초 후 배관공이 돌아와 내 머리에 씌운 것을 벗겨주었다. 손목도 풀어주려 했지만 고든이 제지했다.

"일단은 풀지 말고 있어요."

배관공은 딱히 별 대답을 하지 않고 요란하게 짐을 챙겨서 나가 버렸다.

고든은 아이폰을 꺼내 부드러운 동작으로 우리 사이 테이블 위에 올려놓았다. 그리고 하얀 수건으로 내 얼굴의 땀을 닦아주었다.

"좀 낫죠?"

나는 입술을 핥았다. 금속과 고무, 피 맛이 났다.

"이제 가서 씻고 싶을 거예요."

나는 고개도 제대로 끄덕이지 못했다. 아직도 몸이 덜덜 떨리고 있었다. 방광은 텅 비었다. 나는 비참하고 굴욕적인 기분으로 내 똥오줌을 깔고 앉아 있었다.

"금방 씻게 해주죠. 약속할게요."

고든이 상냥하게 말했다. 이 모든 것이 역겨운 계략이라는 사실을 알고 있음에도 불구하고 그의 다정한 목소리에 나는 대답하지 않을 수 없었다. 나는 죽도록 그 말이 진실이라고 믿고 싶었다. 고든이 아이폰 옆에 리갈패드를 꺼냈다.

"이제 예, 아니요로만 대답하면 됩니다."

그리고 휴대전화의 녹음 버튼을 누른 뒤 노트에 적혀 있는 말을 읽었다.

"조앤 찰스와 예전에 성관계를 가진 적이 있습니까?"

"예."

“약 2개월 전 ‘협정’ 파티에서 조앤을 만난 적이 있습니까?”
“예.”
“일주일 전에도 조앤을 만났습니까?”
“예.”
“힐스데일 몰에서 조앤을 비밀스럽게 만날 계획을 짰습니까?”
“예.”
“조앤을 힐스데일 몰에서 만났습니까?”
“예.”
“당신이 조앤에게 점심을 사주었습니까?”
“예.”
나는 웅얼거렸다.
“뭐라고요?”
“예.”
나는 조금 더 또렷하게 말했다.
“조앤과 섹스를 했습니까?”
“최근에요?”
“질문에만 대답해요.”
“예, 나는 조앤 찰스와 섹스를 한 적이 있습니다.”
“그 말 다시 한번 반복하세요.”
고든이 내게 휴대전화를 바짝 들이댔다.
“예, 나는 조앤 찰스와 섹스를 한 적이 있습니다.”
“당신은 3월 17일 캘리포니아 벌링게임의 하얏트 호텔에서 조앤 찰스와 섹스를 했습니까?”
나는 고든의 눈을 똑바로 바라보며 그가 원하는 말을 해주려 애썼다. 레벨 5. 그게 무슨 뜻일까? 가슴속이 울렁거렸다. 또 다른 속임수일까? 만일 내가 여기서 자백하면 이 자백을 근거로 엘리엇과 에일린을 보내버린 곳에 나까지 보낼 생각일까? 아니면 이 자백으로 앨리스까지도 농락할까? 내 소중한 아내로 하여금 나를 미워하게 만들까? 어느 쪽이 더 위험하지? 거짓 고백일까, 진실일까?

내가 아는 사실은 단 한 가지밖에 없었다. 결코 앨리스를 잃을 수는 없다는 것.

"아뇨."

고든의 눈동자 속에 분노의 불꽃이 튀었다. 그는 노트북 쪽으로 몸을 돌리고 재빠르게 키보드를 몇 번 두드렸다. 그리고 내 얼굴을 닦았던 수건을 건넸다.

"이걸 깨물고 있는 게 좋을 겁니다."

"제발, 안 돼요."

나는 애원했다. 그는 나를 쳐다보고 씩 웃었다.

"30초입니다. 당신은 벌링게임의 하얏트 호텔에서 조앤 찰스와 잤습니까?"

나는 땀을 뻘뻘 흘렸다. 머릿속이 새하얗게 변했다. 대답하기 전부터 이미 몸에 전기가 흐르는 것이 느껴졌다. 나는 의자에서 벌떡 일어나 신음하면서 바닥을 뒹굴었다. 수갑이 손목 살로 파고들었다.

"30초 남았습니다."

고든이 말했다. 이제 내가 살아 있는지도 확신할 수 없었다.

"15초."

머릿속이 폭발하는 것 같았다.

"10초."

나는 바닥에 있는 무언가를 응시했다. 신발, 고든의 신발이었다.

왼쪽 다리를 흐르던 전류가 가슴까지 솟구치자 나는 온 바닥 위를 굴러다녔다. 피부가 타는 게 느껴졌다. 모리를 올려다보며 눈으로 무어라 호소하려 하였으나 한 마디도 전할 수 없었다. 모리는 움찔하더니 시선을 피했다.

나는 테이블 밑에서 몸부림쳤다. 손목에 난 상처에서 흐른 피 때문에 팔 전체가 피범벅이 되어 있었다. 그때 처음으로 내 뒤에 있던 벽이 거울이라는 사실을 알아차렸다. 누가 보고 있을까?

전류가 멈췄다. 누군가가 내게서 수갑을 풀었다. 나는 체액 위에 드러누운 채 온몸이 마비되어 꼼짝도 못했다. 죽고 싶다. 갑자기 그 생각이 드는 바람에 깜짝 놀랐다. 그랬다, 그 고통을 또 겪느니 차라리 죽는 게 나았다.

"살려줘……."

나는 중얼거렸다.

74장

얼마나 오래 여기에 드러누워 있었을까? 한 시간? 하루? 갑자기 문이 열렸다.

"됐습니다."

닐이 말했다.

"아직 아닌데요. 거의 다 왔어요."

고든이 대꾸했다.

"이쪽으로 오세요."

닐이 말했다. 아마 내게 하는 말 같았다. 나는 움직이려 했으나 꼼짝도 할 수가 없었다. 하지만 이미 고든이 닐을 따라 밖으로 나가고 있었다.

"살려줘……."

내가 다시 한번 중얼거렸다.

"자기 스스로의 힘으로 살아나야 합니다."

모리는 한마디만 남기고 문을 조심스럽게 닫았다. 그가 내게 아무것도 해주지 않으리라는 사실을 깨닫고 발밑이 꺼지는 기분을 맛보았다. 이곳에서는 아무도 내게 도움을 주지 않을 것이다. 그냥 가만히 서 있다가 내려오는 명령에만 따를 뿐.

지금까지 겪은 것 중에서 가장 오랜 시간 동안 나는 아무 소리도 듣지 못했다.

문이 다시 열렸다. 엘리자베스 왓슨이 어쩔 줄 모르는 표정으로 나타나서는 바닥에 누워 있던 나를 보고 비명을 질렀다.

"세상에, 도대체 무슨 짓을 당한 거예요?"

변호사는 얼굴을 찌푸리며 나를 일으켜주었다. 방 안의 악취와 내 옷에 잔뜩 묻은 오물 때문에 당황스러웠다. 그녀는 가방 속으로 손을 뻗어 내게 물 한 병을 건네주었다. 나는 미칠 듯 목이 말랐지만 손을 들어 병을 집을 수조차 없었다. 내가 병뚜껑을 못 따서 애를 먹자 엘리자베스가 부드러운 동작으로 대신 가져가서 뚜껑을 열고 병을 입가에 대주었다. 물 한 병을 다 마시고 턱으로 물방울이 흘러내리는 가운데 그녀는 내게 점프 슈트 한 벌과 깔끔하게 접힌 하얀 속옷을 건네주었다.

"정말 미안해요, 제이크. 어서 가서 씻어야겠어요. 따라와요."

나는 비틀비틀 휘청거리며 통로를 걸어갔다. 내 뒤에는 아마 오물로 길이 한 줄 나 있을 터였다. 엘리자베스는 '샤워실'이라는 팻말이 붙은 문 앞에 멈춰 섰고 나는 안으로 들어가서 뜨거운 물이 나오는 꼭지 밑에 자리를 잡았다. 한참이나 뜨거운 물을 맞다 보니 물이 차갑게 변했다. 나는 깨끗한 옷으로 갈아입었다.

샤워실 밖으로 나오자 엘리자베스가 기다리고 있다가 가방에서 M&M 피넛버터 초콜릿 한 봉지를 꺼내 내 손바닥에 몇 알 쏟아주었다. 너무나 배가 고팠지만 초콜릿을 한입 깨물었더니 온 얼굴이 다 아팠다. 엘리자베스는 사무실로 돌아가 문을 닫을 때까지 한 마디도 하지 않았다.

"편히 쉬어요."

그녀는 의자를 가리키며 말했다. 나는 의자 위에 무너져 내리듯 앉아 눈을 감았다. 엘리자베스가 블라인드를 내리고, 문을 잠그고, 음악을 틀었다. 티어스 포 피어스가 '모든 사람이 세상을 지배하길 원하네'를 부르고 있었다. 앞으로 살면서 이 노래를 이런 식으로 듣게 될 일은 두 번 다시 없겠지.

변호사는 음량을 올린 뒤 의자를 끌어당겨 내게 바짝 다가와 앉았다. 아마 마이크에 자신의 목소리가 잡히지 않도록 일부러 노래를 크게 튼 모양이었다. 엘리자베스가 나직하게 속삭였다.

"당신을 찾기 너무 힘들었어요. 아무도 내게 당신을 어디로 끌고 갔는지 말해주지 않더라고요. 그래서 여기저기 전화를 걸면서 혼자 둘러보고 찾아다녔죠. 그러다 판사의 명령을 요구하는 서류를 하나 찾아냈어요. 이렇게 일부러 내게 사실을 속이고 시간을 끈 걸 보니 뭔지는 몰라도 당신이 아주 끔찍한 일을 당했을 거라는 생각이 들었죠."

나는 '당신은 아무것도 몰라요'라는 표정으로 변호사를 쳐다보았다.

"판사는 그들이 낸 강화 기술 사용을 허가했어요. 그리고 도대체 무엇에 허락을 받았는지 그걸 읽고 나도 알았어요."

변호사는 내 손을 꼭 쥐었다.

"정말 미안해요, 정말."

"이제 집에 가도 됩니까?"

낯선 목소리라 내가 아닌 것 같았다.

"미안하지만 아직은 안 돼요. 저들이 당신을 아주 부정적으로 바라보고 있어요. 하지만 그들의 요구에 변칙과 부정행위로 여겨질 수 있는 부분이 있으니까 그 점을 노리면 승산이 있어요."

나는 엘리자베스 왓슨의 말을 이해하려 애썼다. 그녀는 볼품없이 비쩍 마른 사람이었지만, 그 몸에서 내뿜는 자신감을 보니 오랫동안 진짜 변호사 생활을 한 모양이었다.

"당신은 여기서 일하는 분인가요?"

턱이 아팠다. 온몸이 다 아팠다. 변호사가 의아한 표정으로 나를 쳐다보았다.

"아뇨."

"'협정' 회원인 건 맞죠?"

"네, 8년 됐어요. 우리 부부는 샌디에이고에 살아요."

엘리자베스는 내게 가까이 다가와, 귀에서 고작 몇 센티미터 떨어진 곳에 입을 대고 속삭였다.

"이런 얘길 하면 안 돼요. 난 '신뢰 위반' 혐의로 이곳에 잡혀 왔거든요. 내가 배우자를 적절한 수준까지 신뢰하지 못했대요."

"이게 바로 당신이 받은 처벌인가요? 이 캥거루 법정에서 나를 변호해주는 일이?"

"그래요. 초범이기 때문에 정상참작을 받고 12일간 일하는 걸로 끝났어요. 평소에는 공판 때 피고를 전문으로 변호하는 로펌에서 일하고 있죠. 당신 아주 운이 좋은 거예요. 난 굉장히 비싸거든요."

그녀는 미소를 지었다.

"하지만 당신을 위해서는 공짜로 일하게 됐네요."

엘리자베스 왓슨에게서 헤이즐넛 샴푸 향기가 났다. 편안한 향기였다. 나는 진심으로 그녀의 무릎을 베고 잠들고 싶었다.

"내 아내도 변호사예요."

나는 플란넬 잠옷을 입고 집 안에 앉아 있는 앨리스의 모습을 떠올리며 말했다. 앨리스는 커피를 마시고 책을 읽으며 테이블에 앉아 있다. 눈은 계속 문만 주시한 채 나를 기다리는 중이다. 나는 앨리스와 결혼한 것을 후회하지 않는다. 지금도, 오늘도, 심지어 온몸에 전류가 흐르고 두뇌까지 잠식하던 그 순간까지도. 힘들 때나 기쁠 때나. 물론 힘든 쪽이 더 크지만 나는 후회하지 않는다.

나는 눈을 감았다. 앨리스. 앨리스의 꿈을 꾸었다.

신혼여행의 꿈을 꾸었다. 결혼식의 꿈을 꾸었다. 앨리스 아버지의 집을 팔러 가던 날 주머니에 반지를 넣어 갔던 꿈. 처음 받았을 때 그것은 금속으로 된 띠에 살짝 가공한 돌을 끼운 물건으로밖에 보이지 않았다. 예쁘긴 했지만 말도 안 되게 바가지를 쓴 것 같았다. 하지만 돌아오는 비행기 안에서, 그리고 그 후 시간이 흐르며 그 반지는 일종의 마법을 부리기 시작했다. 나는 반지가 갖고 있는 힘, 그리고 앨리스의 손가락에 반지를 끼워주며 내가 걸었던 마법에 대해 생각했다.

그 반지는 앨리스를 내 것으로 만들어준 부적이었다. 아주 간단한 일이었다. 이제야 나는 내가 무엇을 계획했는지 깨달았다. 순진하지만 기만적인 계획이었다.

눈을 뜨자 엘리자베스는 책상에 앉아 노란 노트에 무언가를 열심히 적고 있었다. 그리고 내가 자신을 쳐다보고 있다는 것을 알고는 미소 지었다.

"나는 12일 동안 별일 없이 편하게 있다 갈 거라고 생각했어요. 지난 10일 동안은 실제로 그랬죠. 모든 사람들이 선고를 받고, 별문제 없이 일이 진행됐어요. 나는 최선을 다해 그 사람들을 변호했고 대부분의 경우는 내게 무척이나 감사해했고요."

변호사는 펜으로 노트를 톡톡 두드렸다.

"그런데 지금은 이런 상황이네요."

"미안한데 아내한테 전화할 수 있을까요?"

변호사는 리갈패드에 무어라 휘갈겨 적은 뒤 내게 보여주었다.

'그건 좋은 생각이 아닌데요!'

그러고는 그 종이를 구긴 뒤 자신의 귀를 건드렸다. 누군가가 듣고 있다는 이야기였다.

아직도 음악이 흐르고 있었다. 이번에는 스팬다우 발레의 노래였다.

변호사는 다시 내 옆으로 다가와 앉아서 몸을 기울이고 아주 조용하게 말했다.

"여기 판사는 아주 멍청한 인간이에요. 순회재판에서 판사 노릇을 하는 사람인데 여기 와서 얼마나 많은 일들을 망쳐놨을지 상상도 안 가요. 어떤 판결을 내릴지 대충 예상할 수 있어요. 보통 타협시키기를 좋아하고, 웬만하면 좋게 넘어가도록 만들려고 하는 타입이거든요. 뭔가 변론거리가 필요해요."

"여기서 날 빼내줄 수만 있다면 뭐든 다 말하겠습니다."

"제이크, 결혼 생활을 하면서 당신은 무슨 잘못을 했죠?"

나는 잠시 생각했다.

"어디서부터 시작하면 좋을까요?"

75장

앨리스를 만나기 바로 전주에 나는 샌프란시스코에서 북쪽으로 세 시간 정도 가면 나오는 해안가의 미국 원주민 거주지인 시랜치에 집을 하나 빌렸다. 지긋지긋한 클리닉에서 한 해 동안 버티고 드디어 마지막 인턴십을 끝낸 나 스스로에 대한 보상이었다. 나는 인터넷을 통해 언덕 위에 있는 작은 집을 골랐다. 침실은 없고 작은 부엌과 다락방만 딸린 매물이었다.

시 랜치로 운전해서 가던 도중 페탈루나의 어느 서점과 세바스토폴의 파이 가게에 들렀고 게르네빌에서 식료품을 구입했다. 그리고 구불구불한 해안 고속도로를 따라 운전하면서 원래 태평양을 끼고 높이 솟아 있는 절벽 위 도로에서 달릴 수 있는 제한속도보다 더 빠르게 달렸다. 나는 어느 바이커 바 옆 부동산 임대 가게에 가서 집 열쇠를 받고 임대 서류에 사인할 예정이었다. 하지만 사무실에 도착하니 아무도 없었다. 나는 자리에 앉아서 부동산 잡지를 읽었다. 이윽고 창백하고 비쩍 마른 어느 젊은 여자가 나타났다. 그날은 겨울의 어느 화요일이었고 아마 몇 달 동안 아무도 집을 빌리겠다고 찾아온 사람이 없는 모양이었다.

여자는 내 열쇠를 찾기 시작했다. 20분의 시간이 흐르고 계속 사과를 하던 여성은 결국 예약에 혼선이 빚어졌다는 사실을 고백했다. 내가 예약한 그 집은 어제 소독 작업이 이루어졌다는 말이었다. 여성은 내게 투 록이라는 곳의 열쇠를 주고 가는 길을 알려준 다음 나를 내보냈다. 사무실 문 쪽으로 걸어가는 나를 향해 그녀는 말했다.

"손님은 왠지 거길 좋아하실 것 같아요."

고속도로에서 나와 8킬로미터 정도를 달려가는 동안 불빛이라고는 보름달과 총총히 돋은 희미한 별빛뿐이었다. 나는 어두운 길로 접어들었고 유칼립투스 그림자가 머리 위로 드리워졌다. 도로는 금세 작은 진입로로 바뀌고, 진입로는 비포장도로로 바뀌었다. 바다 오른쪽에 있던 웅장한 저택 양쪽으로 손님 숙박용 작은 집들이 죽 늘어서 있었다. 문 안으로 들어가니 보체 코트가 있었고 양옆으로는 화려한 야외용 온수 욕조와 삼나무 향이 나는 사우나 하우스가 있었다.

혼자서 약 2백 평짜리 공간을 차지하는 일은 최근 거둔 성공에 대한 자축의 의미로 꽤 훌륭했다. 그러나 그곳은 썰렁하고 텅 비어 있었으며 처음으로 내가 온전히 혼자라는 느낌을 맛보게 해주었다.

거실 벽은 거대한 유리창으로 되어 있어 바다를 바라볼 수 있었다. 한가운데에는 망원경이 있었고 책장에는 고래의 이동 경로에 대한 책들이 가득 꽂혀 있었다. 다음 날 오전 내내 망원경에 매달려, 고래가 해안을 천천히 헤엄치며 물구멍으로 물을 뿜어내는 모습이 나타나기를 기다렸지만 결국 보지 못했다.

앨리스와의 첫 만남을 생각하는 내내 내 머릿속에서는 임대주택 안의 적막한 고요, 텅 빈 복도에서 텔레비전 소리가 메아리치는 소리, 파도는 끊임없이 바위에 부딪쳐 사그라지는 소리가 울려 퍼지고 있었다. 시 랜치의 빈집에서 보냈던 추억을 생각하니 앨리스가 더욱 그리워졌다. 퇴근하고 집에 가면 앨리스가 있기를, 주말에 휴식할 때 앨리스가 내 곁에 있기를, 침대에 항상 앨리스가 누워 있기를. 나는 지금까지 그 누구를 갈망했던 것보다도 훨씬 더 앨리스를 원했다.

76장

엘리자베스가 내 어깨를 흔들었다.

"5시 58분이에요, 제이크."

"아침이요, 저녁이요?"

"저녁이에요. 내일 아침 9시에 재판이 잡혔어요."

엘리자베스가 내게 말해주었다. 그녀 뒤에 있는 책상 위로는 서류들이 어지럽게 널려 있었다.

"그래서 지금 당신을 감방에 도로 데려다 놔야 한대요. 법정에 가기 두 시간 전에 데리러 갈 거예요."

문에서 노크 소리가 들렸다. 회색 제복을 입은 남자 둘이 들어와 벨트 고리에 사슬을 걸고 그것을 수갑과 족쇄에 연결하는 동안 엘리자베스는 그 모습을 줄곧 지켜보고 있었다. 엘리자베스는 내가 당황했다는 사실을 알아채고 말했다.

"너무 걱정하지 마요, 제이크. 우리도 모두 거기 갈 거예요."

원래 있던 감방으로 돌아오니 빛은 더 환해져 있었고, 안의 열기도 더욱 뜨거워진 상태였다. 안에는 여전히 얄팍한 이불과 낡아빠진 매뉴얼 한 권만이 놓여 있을 뿐이었다. 열기는 거의 사우나 수준이었다. 새로 받은 점프 슈트는 한 시간도 안 되어 흠뻑 젖었다. 이윽고 문에 난 구멍을 통해 쟁반 하나가 들어왔다. 치즈 마카로니 한 사발과 아이슬란드 물 두 병이었다. 심지어 송로버섯 오일을 넣어 만든 마카로니였다. 턱은 여전히 아팠지만 음식을 한두 입 먹었는데도 금세 이것을 조리한 요리사가 유명한 레스토랑에서 일하는 사람이라는 사실을 알 수 있었다. 맛이 아주 좋았다.

다음 날 아침 몇 시간 동안이나 기다린 후에야 겨우 문이 열리고, 경호원이 나타나 나를 데리고 엘리자베스의 사무실로 향했다. 엘리자베스는 깨끗한 새 점프 슈트와 물 한 병을 가지고 나를 기다리고 있었는데 이번 옷은 노란색이었다. 내가 구석에 서서 옷을 갈아입는 동안 엘리자베스는 컴퓨터 화면을 계속 노려보며 키보드를 두들겨댔다.

나는 의자에 앉아 기다렸다. 잠시 후 변호사가 고개를 들었다.

"어쩌면 거래를 하게 될지도 모르겠네요, 제이크. 지금 배고파요?"

"굶어죽을 것 같아요."

엘리자베스가 어딘가로 전화를 하자 몇 분 후 제복 차림의 여성이 토스트, 주스, 요구르트, 베이컨, 그리고 스크램블드에그가 담긴 쟁반을 들고 나타났다. 어젯밤 요리를 해준 요리사의 음식이 아니라는 건 확실했다. 나는 음식의 맛을 음미하며 식사를 천천히 즐겼다.

아래층의 법정은 정말로 진짜 같았다. 판사석, 속기사 자리, 한쪽에 서 있는 검사, 반대편에 서 있는 나와 엘리자베스, 그리고 뒤쪽 좌석에 앉아서 잡담을 나누는 방청객들까지. 우리가 자리에 앉자 잡담 소리가 그치고 여성 집행원이 입을 열었다.

"개정합니다. 모두 일어나주세요."

판사가 한쪽 문을 통해 모습을 드러냈다. 은발과 두꺼운 안경, 게다가 전통적인 검은 가운까지 걸치고 있었다. 마치 판사 역할을 연기하는 배우 같았다. 판사는 아무 말 없이 법정의 자기 자리로 가서 섰다. 법정 직원이 파일 하나를 건넸다.

판사가 서류를 읽는 동안 우리는 모두 가만히 앉아 있었다. 나는 노란 점프 슈트의 목깃을 끌어당겼다. 모양은 빨간색과 똑같이 생겼지만 재질이 달랐다. 더 까칠까칠했다. 혹시 피고가 법정에 있을 때 불편하라고 일부러 특수하게 만든 게 아닌가 하는 생각이 들었다. 기다리는 동안 비즈니스 정장을 입은 남자 검사는 계속 휴대전화만 들여다보고 있었다.

이윽고 판사가 고개를 들어 나를 쳐다보았다. 그러고는 나를 평가하듯 잠시 쳐다보더니 말했다.

"안녕하세요, 친구."

나는 대답 대신 고개를 꾸벅했다.

"좋은 아침입니다, 여러분. 이제부터 우리는 두 가지 죄목에 대해 하나의 처분을 내리게 됩니다."

"네, 재판장님."

검사가 대답했다. 판사는 파일을 집어 들더니 다시 과장된 동작으로 그것을 책상 위에 도로 내려놓았다.

"서류가 아주 깜짝 놀랄 만큼 두껍군요."

나에 관한 서류였다. 도대체 그 속에 뭐가 들어 있을까? 앨리스와 내가 결혼한 지는 고작 6개월밖에 되지 않았다. 그 6개월 동안 내가 그렇게나 끔찍한 남편이었단 말인가? 내가 저지른 범죄의 목록이 저만큼이나 된다고?

"예, 재판장님. 해결해야 할 몇 가지 문제가 있지요."

검사가 동의하며 말했다.

"그런데 이 서류의 두께를 보아하니 두 가지 죄목뿐이라는 건 좀 의아한 일로 보이는데요."

"그게……."

검사가 당혹스러워했다.

"몇 가지는 더 추가되어야 할 것 같은데요. 피고 측 변호사가 너무 유능한 겁니까? 솔직히 매우 놀랍군요."

나는 엘리자베스 쪽을 흘끔 쳐다보았다. 하지만 그녀의 표정은 읽기 힘들었다. 검사가 말했다.

"재판장님, 이번 같은 아주 특수한 사건에서는 이 판결이 최선이라고 봅니다."

판사는 대답하지 않고 다시 파일을 넘겼다. 종이 넘기는 소리를 제외하면 법정 안은 조용했다. 모든 사람들이 판사를 두려워하고 있다는 인상을 받았다. 판사는 전형적인 법복을 입고 있고, 법정 집행원을 비롯하여 여타 다양한 법정 시스템이 이 안에 구축되어 있음에도 불구하고 이곳은 평범한 법정과 상당히 동떨어져 있었다. 심지어 변호사들마저도 겁을 먹은 상태였다. 언제 어느 때고 그들 역시 지금 내가 앉아 있는 이 자리에 앉게 될지 모르는 일이다. 잘못된 혐의를 뒤집어쓴 채 자기가 지었거나, 혹은 짓지도 않은 범죄에 대해 대답하면서 말이다.

이윽고 판사는 서류를 다시 서류철에 끼웠다. 그리고 안경을 벗은 뒤 나를 내려다보았다.

"제이크, 당신은 운이 좋았네요."

내가 운이 좋다니 그게 무슨 개 같은 소리지?

"지난주에 있었던 피고 측 변호사는 구급차 꽁무니나 쫓아다니는 악덕 변호사였어요. 만약 그 사람이 지금 여기 있었다면 절대 왓슨 변호사처럼 이렇게 꼼꼼히 정리된 결과물을 내놓진 못했을 겁니다."

판사는 약간 불만스러운 표정이었지만 그래도 단호한 태도였다.

"기립하세요."

내가 일어서자 엘리자베스도 나란히 나와 함께 일어섰다.

"제이크, 당신이 기소된 죄목은 우선 9장, 4절, 문단 1부터 문단 6까지에 나와 있는 소유욕에 관한 중범죄가 있어요. 그리고 다른 하나는 9장, 7절, 문단 2에 나와 있는 반협정 프로파간다 추구에 관한 경범죄입니다. 당신은 스스로 생각하고 이 문제에 대해 판단할 권리가 있습니다. 어떻게 답변하겠습니까?"

나는 엘리자베스를 쳐다보았다. 엘리자베스가 귓속말로 알려주었다.

"두 죄목 모두 유죄입니다, 재판장님."

내가 대답했다.

"이 답변 이후에는 생각이 바뀌더라도 내려진 처분에 대해 항소할 기회가 없습니다. 알고 있습니까?"

"네, 알고 있습니다."

"소유욕에 대한 매뉴얼의 가르침에 대해 이해하고 있습니까?"

"네."

"피고는 소유욕의 정의를 무엇이라고 생각합니까?"

"자신의 배우자를 통제하고자 하는 욕망의 발현입니다."

"그것이 당신의 행동을 정확히 묘사했다는 말에 동의합니까?"

"네, 재판장님. 본래 제가 결혼을 제안했을 때 갖고 있던 의도 중 하나가 이 욕망에 뿌리를 두고 있다고 생각합니다."

"누군가를 비방하기 위해 인터넷에서 정보를 찾거나 '협정'에 관한 정보를 퍼뜨리는 일은 '협정'의 안녕과 자신의 결혼 생활을 저해하는, 결코 용서받을 수 없는 범죄라는 사실을 알고 있습니까?”

“알고 있습니다, 재판장님.”

“좋아요, 제이크. 당신의 답변을 받아들이겠습니다. 당신은 9, 4, 1-6에 의거하여 소유욕 범죄를 저질렀습니다. 알다시피 이것은 3급 중범죄에 해당합니다. 또한 당신은 9, 7, 2에 의거하여 반협정 프로파간다 추구 항목에서도 역시 유죄입니다. 4급 경범죄지요. 양쪽 모두 아주 중대한 죄목입니다. 하지만 이것이 당신의 첫 번째 규율 위반이라는 사실은 정상참작의 여지가 됩니다. 또한 당신은 자신의 죄목에 대해 잘 알고 있고, 자진해서 유죄를 선언했습니다. 따라서 당신의 처벌은 다음과 같습니다. 당신의 지역 위원회에서 선발한, 공인된 ‘협정’의 멘토에게서 6개월 동안 매주 상담을 받을 것. 원거리 상담 프로그램에 1년 동안 참석할 것. 1백 달러의 벌금. 이메일 이용을 제외한 3개월간의 인터넷 사용 제한. 편리에서 4일 동안 복역할 것.”

복역. 그것은 내가 나갈 수 있다는 사실을 의미했다. 마음이 놓인 나머지 무릎이 덜덜 떨렸다. 하지만 판사는 계속해서 말을 이었다.

“하지만 당신에 대한 서류가 이렇게나 많고 그 안에 담겨 있는 기소 내용을 생각해보면 영 석연치가 않아요. 그리고 왠지 모르게 당신이 상습범이 될 것 같다는 예감이 듭니다. 따라서 다음 내용을 집행유예로 선고하겠습니다. 1년간의 가정 모니터링, 1년간의 레벨 1 근신, 30일 연속 편리 복역. 이 선고는 어디까지나 집행유예이긴 하지만 하루하루 올바른 길을 선택하는 동기로 삼길 바랍니다. 당신이 ‘협정’에 대해 또 의문을 제기한다는 사실이 내 귀에 들려올 경우, 또한 당신이 과거나 현재 '협정'의 반대 세력과 지나치게 깊은 대화를 원하거나 지금과 유사하게 부적절한 조사를 할 경우 또다시 이곳으로 돌아오게 될 겁니다. 그리고 아마 지금 받은 처벌은 어린애 장난 수준으로 느껴질 거예요, 제이크."

나는 공포를 내색하지 않으려 애쓰며 앞을 똑바로 바라보았다. 하지만 내 심장은 한없이 가라앉고 있었다. 과연 내가 여기서 자유로워질 수 있을까? 판사는 말을 이었다.

"제이크, 난 당신의 서류 속에서 제기된 죄목이 어디까지 진실인지 모르고 굳이 묻지도 않을 거예요. 솔직히 말하면 당신 태도는 아주 거슬려요. '협정'과 당신의 결혼 생활은 하나이며 동일합니다. 존중과 복종 없이는 성공을 거둘 수 없죠. 당신은 아직 회원이 된 지 얼마 되지 않았기 때문에 관대하게 봐주고 있는 겁니다. 하지만 알다시피 관대한 데에도 한계가 있어요. '협정'은 우리 위에 늘 존재하고 그보다 더 높이 올라갈 수 있는 사람은 없습니다. '협정' 안에서 평화를 찾도록 해요. 5년 후도 아니고, 10년 후도 아니고, 지금 당장. 당신 자신을 위한 일입니다. 우리는 어디에도 가지 않고 늘 당신을 지켜보고 있습니다. 이 조직의 벽은 아주 튼튼하고, 회원들의 영향력은 매우 강력합니다. '협정'은 당신 생각보다 훨씬 넓은 그림자를 드리우고 있어요. 무엇보다 우리는 우리의 사명이 옳다는 데 완전하고 흔들림 없는 믿음을 갖고 있습니다. 제이크, '협정' 내에서 자신의 위치를 찾고 결혼 생활 안에서 당신의 역할을 다하도록 해요. 그러면 하루하루 그에 상응하는 보상을 받게 될 겁니다."

"알겠습니다, 재판장님."

판사는 법봉을 땅땅 내리치고는 일어서서 나갔다.

엘리자베스와 나는 짐을 정리하며 법정이 정리되기를 기다렸다. 이윽고 속기사가 타자기를 챙겨서 나가자 나는 엘리자베스를 돌아보고 물었다.

"'레벨 1 근신'이 뭐죠?"

엘리자베스는 심각하고 걱정스러운 표정으로 대답했다.

"나도 이제부터 알아봐야죠. 당신이 무슨 짓을 저질러서 누구를 골치 아프게 만들었는지는 모르지만 아무튼 앞으로 똑바로 행동해요. 만약 여기 다시 돌아오게 되면 아무도 당신을 도와주지 않을 거예요."

나는 법정 앞 복도에 엘리자베스와 나란히 서 있었다. 한쪽 벽면은 온통 올라의 흑백사진으로 가득했다. 올라는 바위가 가득한 해안에 있는, 안개에 가려 흐릿하게 보이는 작은 집 앞에 포즈를 취하고 있었다. 반대편 벽은 결혼식 날 찍은 커플들의 흑백사진이 가득 걸려 있었다. 유명한 사람들이었다. 아마 이들 중 누구도 자신들의 사진이 언제 찍혔고 자기들이 발을 들인 곳이 대체 어떤 곳인지 모를 것이다.

엘리자베스의 휴대전화가 진동했다. 문자 메시지를 본 그녀가 말했다.

"당신이 타고 갈 항공편이 준비됐대요."

엘리자베스는 다른 문 쪽으로 나를 이끌었다. 바깥쪽 방으로 나오자 눈이 부신 나머지 한동안 앞이 보이지 않았다. 그러다 문득 내가 이 악몽으로 처음 들어왔던 바로 그곳에 서 있다는 사실을 깨달았다. 편리는 내게 어린 시절 축제날 카니발이 벌어지면 타곤 했던 놀이기구를 떠올리게 했다. 사랑의 터널도 있었고 유령의 집도 있었지만 대부분은 무서웠던 그 카니발. 경호원 하나가 내 얼마 안 되는 소지품이 든 지퍼백을 건네주었다.

"여기서 헤어져야겠네요."

엘리자베스가 말했다. 그녀는 나를 포옹하고 싶은 듯했지만 대신 한 걸음 물러서기만 했다.

"조심해서 돌아가도록 해요, 친구."

나는 화장실로 들어가 재빨리 점프 슈트를 벗고 평상복으로 갈아입었다. 나오는 길에 스친 거울에는 끔찍한 몰골이 비쳤다. 내 뒤에 낯선 대머리 남자가 있는 줄 알았는데 알고 보니 그 낯선 사람은 바로 나였다.

화장실에서 걸어 나왔지만 아직 그들이 나를 풀어준 거라고 완전히 확신하지는 못했다. 그러나 이중 정문은 활짝 열려 있었다. 나는 활주로를 따라 긴 통로를 걸어갔다. 뛰어가고 싶었으나 그들에게 실수로 풀어줬다는 인상을 남기고 싶진 않았다. 마지막 문에 도착한 나는 그야말로 희망이나 다름없는 세스나기를 보고 거의 주저앉을 뻔했다.

문손잡이를 움켜쥐었으나 문은 잠겨 있었다. 보안 카메라 쪽을 쳐다봐도 아무 일도 일어나지 않았다. 시간만 흘러갔다. 잠긴 문 안에 갇힌 나는 엄청나게 불안한 기분이 들었다.

더 큰 비행기가 활주로에 내려앉아 세스나기 쪽으로 달려와서 멈춰 섰다. 비행기 엔진 소리가 사라지자 문이 천천히 열렸다. 그리고 밴 한 대가 모퉁이를 돌아 나타나서 그 옆에 섰다. 밴의 문이 열리고 남색 옷을 입은 젊은 여성 두 명이 차에서 내렸다. 아니, 여성이라고 할 수도 없었다. 그 둘은 채 17살도 채 안 되어 보였다. 둘의 제복은 다른 사람들보다 더 짧고 몸에 딱 달라붙었다. 나는 이 둘이 특별한 환영 파티를 위해 나왔다는 사실을 알아차렸다.

지평선에서 골프 카트 한 대가 나타나 이쪽으로 다가왔다. 운전수는 여성이었고 뒤에 탄 승객은 정장 차림의 남성이었다. 밴 안에서 감옥용 슬리퍼를 신은 발 하나가 나타났다. 빨간 점프 슈트의 바짓단이 문에 걸려 올라가는 바람에 발목이 드러났다. 확신할 수는 없었지만 그 사람은 조앤인 듯했다.

손목에 수갑을 찬 가느다란 팔 두 개가 나타났다. 그리고 검은 후드를 뒤집어쓴 머리도 보였다. 젊은 두 여성은 그녀의 팔을 부축하여 더 큰 비행기 쪽으로 안내했다. 검은 후드가 비틀거리며 포장도로 위를 걸어가는 동안 문득 내 쪽을 돌아보았다. 조앤이 나를 보았나? 나는 겁에 질리고 넋에 나간 기분으로 휘청휘청 대기하는 비행기 쪽으로 걸어가는 조앤의 모습을 지켜보았다. 이게 바로 내가 조앤에게 한 짓이란 말인가?

조앤은 간신히 계단을 올라가 비행기 안으로 모습을 감추었다.

골프 카트가 문 바로 너머에서 멈췄다. 타고 있던 남자가 내려서 등을 돌리고, 내게서 고작 30센티미터 떨어진 곳에 섰다. 비싼 맞춤 정장과 이탈리아제 구두. 잠시 동안 아무도 움직이지 않았다.

이윽고 정장을 입은 남자가 나를 돌아보았다. 닐이었다.

"안녕하세요, 제이크. 이곳에서의 체류는 즐거웠나요?"

닐은 주머니에서 열쇠고리를 꺼내며 물었다. 열쇠고리에는 열쇠가 달랑 하나 달려 있었다.

"썩 그렇지만도 않았습니다."

"제이크, 다음에는 이렇게 환대받지 못할 겁니다."

열쇠가 햇빛을 받아 빛나며 닐의 정장 옷깃을 비췄다. 그 천은 불쾌할 정도로 반짝거리는 광택이 있었다. 닐의 이마에는 여러 차례 보톡스를 맞은 흔적이 보였다. 나는 조앤이 도대체 닐의 어디를 좋아하는지 궁금했다. 닐은 내 눈을 똑바로 들여다보며 말했다.

"규칙을 어기면 그 대가를 반드시 치러야 합니다. 결혼과 마찬가지로 '협정' 역시 균형을 되찾고 전과 같은 상태가 돌아와야만 앞으로 나아갈 수가 있죠."

닐은 열쇠를 구멍에 꽂았지만 돌리진 않았다.

"당신 덕분에 모든 것들이 완전히 무너지고 말았습니다. 당신과 앨리스가 균형을 잃고, 조앤과 내가 균형을 잃고, 무엇보다 가장 중요한 건 '협정'이 균형을 잃었다는 사실입니다."

닐이 열쇠를 돌리자 문이 옆으로 열렸다.

"난 균형을 되찾을 때까지 절대 멈추지 않을 겁니다. 내 말이 무슨 뜻인지 알겠어요?"

나는 대답하지 않았다. 닐의 목소리에서는 묘하게 낯익은 무언가가 느껴졌다.

"비행기는 완벽하게 준비되어 있습니다."

그리고 내 뒤에서 닐의 목소리가 들렸다.

"닥터 페퍼 마실래요, 제이크?"

나는 마음속으로 그 대화를 완성했다. 평소 내뱉는 말투 그대로.

'그거 괜찮겠네.'

문득 나는 왜 우드사이드 파티에서 닐이 그토록 낯익어 보였는지 깨달았다. 대학 때는 그의 이름을 몰랐다. 그저 '옥상에서 뛰어내리려던 사람'으로 기억할 뿐이었다. 조앤은 그때 지붕에서 대화를 나누던 남학생과 결혼한 것이다. 자신이 구해낸 소년과의 결혼. 프로이트가 뭐라고 했더라?

그런데, 그렇다면 조앤은 왜 닐을 교통사고 이후에 만났다고 한 걸까? 왜 내게 거짓말을 했지?

나는 조앤이 탄 비행기가 활주로를 돌다가 공중으로 이륙하는 모습을 지켜보면서 세스나기를 향해 천천히 걸어갔다. 비행기는 사막의 열기 속에서 희미하게 빛나다가 이윽고 자취를 감추었다.

77장

세스나기의 바퀴가 하프문베이 공항의 활주로 위에서 부르릉거리다 멈추었다. 나는 지퍼백을 들고 파일럿에게 감사 인사를 한 다음 비틀거리며 계단을 내려왔다.

아직도 잔뜩 기진맥진하고 엄청나게 배가 고픈 상태로 카페에 들어가 구석 자리에 앉았다. 고풍스러운 유니폼을 입은 웨이트리스가 내 앞에 메뉴판을 내밀었다.

"늘 먹던 걸로?"

"부탁해요."

나는 어느덧 '늘 먹던 것'이 생길 만큼 이곳에 자주 왔다는 사실에 놀라며 대답했다. 웨이트리스는 프렌치토스트와 베이컨 한 조각을 가져다주었다.

음식을 다 먹은 뒤 휴대전화를 켰다. 전원이 들어오기까지는 시간이 좀 걸렸다. 나는 켜진 화면에서 처음 보는 아이콘을 발견했다. 작은 파란색 P 모양의 아이콘이었다. 지워보려고 했으나 지워지지도 않았고 잠깐 사라졌다가 다시 생겨났다. 그 안에는 안내문 몇 줄과 음성 메일 여러 개가 들어 있었다. 나는 그것을 하나도 열어보지 않고 앨리스에게 전화를 걸었다.

"돌아왔어."

나는 앨리스가 '여보세요'라고 말하기도 전에 먼저 말했다.

"당신, 괜찮아?"

뒤에서 들리는 소리로 미루어보아 앨리스는 직장에 있는 모양이었다.

"아마 그런 것 같아."

"30분 안에 갈게."

나는 바깥의 벤치에 자리를 잡았다. 비행기들이 머리 위에서 맴돌았다. 검은 쉐보레 서버밴 한 대가 주차장 구석에 서 있었다.

고속도로 쪽에서 앨리스의 낡은 재규어가 그 특유의 소음을 내며 달려오는 것이 들렸다. 앨리스는 내 옆에 차를 세우고 몸을 기울여 조수석 문을 열어주었다. 나는 지퍼백을 움켜쥐고 앨리스 옆으로 올라탔다. 앨리스는 내 민머리를 어루만지며 안타깝다는 표정을 짓더니 금세 차를 주차장에서 빼서 고속도로로 나갔다.

쉐보레가 주차장에서 나와 우리를 따라 고속도로를 달려왔다.

앨리스는 본인이 제일 좋아하는 랩드레스를 입고 있었다. 가느다란 허리와 아름다운 엉덩이, 그리고 약간의 가슴골이 드러나는 차림새였다. 터널로 들어가 패시피카를 향해 달려가는 동안 나는 원피스 치맛단 속에 손을 집어넣어 앨리스의 허벅지를 계속 짚고 있었다. 앨리스는 너무나 따스했다. 나는 내가 지금 위치까지 어떻게 왔는지를 생각했다. 행복한 결혼, 끔찍한 악몽. 그 모든 것이 이 체온 하나로 시작되었다. 놀라우리만치 따스하고 부드러운 앨리스의 살결이 느껴졌다.

사이드미러로 SUV가 보였다. 머릿속에 닐의 목소리가 계속 들렸다. '난 균형을 되찾을 때까지 절대 멈추지 않을 겁니다.'

앨리스의 아이폰이 우리 사이에 놓여 있었다. 위쪽 한구석에 있는 작고 파란 P 아이콘이 깜박거렸다.

78장

집으로 돌아오는 동안 앨리스는 아무것도 묻지 않았고 나도 이야기를 꺼내지 않았다. 나는 아직 겪은 일을 이야기할 준비가 되지 않았고, 아마 앨리스도 이야기를 들을 마음의 준비가 안 된 듯했다. 앨리스가 차를 세우고 내 쪽으로 몸을 기울여 뺨에 키스를 한 후에도 함께 집으로 들어갈 기색을 보이지 않았기에 나는 상처를 받았다. 그토록 앨리스와 함께 있기를 갈망했는데.

"미안, 내일 큰 공판이 있어. 오늘 늦게 퇴근할 거야."

한동안 떨어져 있은 후에는 관계를 회복하기 위해 시간이 좀 걸린다. 나는 내담자들에게 이 이야기를 자주 했다. 사람들은 영화나 소설 속에서 자주 등장하듯이 자신만을 위해 준비된 운명의 상대가 있다는 생각에 자주 매료되곤 하지만 실상은 전혀 그렇지 않다. 누군가에게는 운명의 상대가 여럿 있고, 또 누군가에게는 하나도 없을 수도 있다. 원자가 서로 결합하듯이, 한 커플이 탄생하는 데에는 마법보다 타이밍이라는 요소가 더욱 크게 작용한다.

물론 마법도 존재한다. 원자가 서로 결합하듯이 커플이 이루어지기 위해서는 서로 이끌리는 마음과 일종이 논리적 연결 고리, 그리고 반응을 이끌어내는 화학적 성질이 필요하다. 하지만 아주 강력했던 유대감이 불가피하게 소멸되어 두 사람이 서로 갈라졌을 경우에는 그 연결 고리를 되찾고 유대감을 복원시키는 과정이 있어야 한다.

몇 년 전 나는 재향군인 관리국에서 인턴으로 일했다. 그때 케빈 월시를 만났다. 그는 대학 등록금 대신 군에 지원했지만 생각지도 않게 중동에 배치되었다. 한 번을 가니 두 번을 가게 되고, 두 번은 세 번으로 늘었다. 이윽고 샌프란시스코에 있는 아내와 두 아이에게 돌아왔을 때 케빈은 자신이 마치 타인의 인생 속으로 짓밟고 들어온 기분이었다고 말했다. 아이들은 품행이 바르고 유쾌했으며 아내는 상냥하고 매력적이었지만 그는 이 인생이 자신의 것이 아니고 다른 누군가가 선택한 인생이며, 자신은 그럴듯해 보이려 애쓰는 사기꾼 같다고 털어놓았다.

나는 우리의 집, 우리의 삶에 다시 적응하려 애쓰며 집 주변을 뱅뱅 돌았다. 집 안은 엉망진창이었다. 앨리스는 내가 오늘 돌아올 거라고 전혀 생각하지 않은 모양이었다. 차고로 가니 스튜디오는 새롭게 정리되어 있었다. 의자 두 개, 앰프 두 개, 기타 두 개가 서로를 바라보는 자세로 세워져 있었다. 테이블 위에는 낡은 악보 한 장이 놓여 있었다. 나는 그것을 집어 들고 마치 악보의 오선과 음표가 앨리스에게 보내는 암호라도 되는 양 멍하니 훑어보았다. 하지만 그것은 끔찍하고 불가해한 언어였다.

나는 나 자신보다 앨리스가 더 걱정되었다.

위층으로 올라가 새로운 눈길로 집 안을 둘러보았다. 싱크대에는 접시 두 개와 포크 두 개가 들어 있었고 소파 옆 바닥에는 빈 와인 잔 두 개가 굴러다녔다. 나는 속이 울렁거렸다. 창가 쪽으로 가서 길가에 검은 SUV가 있는지 살펴봤지만 차량은 보이지 않았다. 나는 가로등 쪽을 유심히 쳐다보았다. 그것은 항상 그 자리에 있었기 때문에 오히려 존재감이 없었다. 하지만 문득 가로등 위에 상자 세 개가 놓여 있다는 사실을 알아차렸다. 전에도 저게 있었던가?

내가 집에 없는 사이에 대체 무슨 일이 일어났지? 혹시 '협정'이 우리 집을 관찰하고 있었던 건가? 당연히 그랬으리라. 앨리스는 왜 그렇게 부주의하게 굴었던 걸까? '협정'이 와서 또다시 앨리스를 데려간다면 그녀는 완전히 바뀌어버릴 것이다. 어쩌면 더 성실하고 순종적인 성격으로 바뀔 수도 있겠지만 그건 내가 원하는 바가 아니었다. 나는 그냥 앨리스를 원했다. 좋은 모습도 나쁜 모습도 다 가지고 있는, 있는 그대로의 앨리스를 원했다. 드디어. 이게 바로 사랑인가?

나는 사무실에 전화해서 내가 돌아왔음을 알렸다. 황은 깜짝 놀랐다.

“제이크, 지금까지 대체 어디 있었어요?”

“여기저기 돌아다녔어요. 머리도 좀 자르고.”

소파 위에 공책이 펼쳐져 있었다. 기타와 스피커 들이 집 안에 어지럽게 널려 있었다. 구식 스테레오테이프가 테이블 위에 설치되어 있었고 그 옆에는 노래 제목을 휘갈겨 적은 또 다른 공책이 놓여 있었다. 나는 침대 위에서 내 이름이 적혀 있는, 포장된 선물 하나를 발견했다. CD였다.

나는 CD를 침대 옆 테이블에 있는 플레이어에 넣고 전원을 켠 뒤 헤드폰을 썼다. 그리고 침대에 앉아 재생 버튼을 눌렀다. 노래하는 사람은 앨리스였고 기타와 키보드, 드럼, 그리고 일부는 어린이 타악기 놀이 세트까지 동원된 반주가 따랐다. 코러스도 여럿 들렸지만 전부 앨리스의 목소리였다. 노래는 아름답고 쓸쓸했다.

5번 트랙은 듀엣이었다. 앨리스의 목소리와 남자 목소리가 들렸다. 관계에 대한 노래였는데 가사를 가만히 듣다 보니 어딘가 모르게 굉장히 낯익은 관계를 노래하고 있었다. 바로 나와 앨리스의 관계였는데 또 어떻게 생각하면 낯설게 들리기도 했다. 그것은 앨리스의 눈으로 본 우리의 관계였다. 남자 목소리는 내 입장에 대해 노래하고 있었는데 나보다 노래 실력이 훨씬 좋았다. 두 목소리가 너무 잘 어우러졌던 탓에 노래는 대단히 불길하게 느껴졌다. 보통 마지막으로 노래를 다듬을 때 지워지곤 하는, 가사 사이사이로 숨을 들이마시는 소리까지 다 남아 있어서 마치 이들이 노래를 하는 공간에 함께 있는 듯한 기분이 들었다. 나는 거리를 두고 마치 그것이 집 밖 파티에서 들리는 노래인 양, 내가 앨리스를 사랑하지 않는 누군가가 된 양 들으려 했지만 불가능했다.

계단 위에 서서 차고를 내려다보던 그날을 생각했다. 에릭은 내가 그곳에 있다는 사실을 알았지만 앨리스는 몰랐다. 에릭이 나를 바라보던 시선이 떠올랐다. 그의 눈빛 속에는 도발적인 분위기가 있었지만, 어쩌면 내가 잘못 본 것인지도 모른다. 그것은 나에 대한 동정이나 연민이었을 수도 있다. 만일 그가 내가 모르는 무언가를 알고 있었다면 말이다.

나는 CD를 끝까지 다 들은 뒤 다시 처음으로 돌아갔다. 차고를 엿보던 그날처럼 마치 내가 상상은 했어도 실제로 본 적은 없는 앨리스의 일부를 엿보는 기분이었다.

음악 속에서 앨리스가 그리는 내 초상화는 때로 너그러웠고, 잔혹하리만치 솔직한 뉘앙스를 풍겼다.

나는 오랫동안 앨리스에게 전적으로 의존하고 있었고 그녀를 항상 내 시야 안에 두려 하면서 오로지 보고 싶은 일부분만 보고 있었다. 내가 좋아하는 면만이 부각되도록 부추겼고 그런 면이 더 잘 드러나게끔 유도했다. 그리고 무의식적으로 내가 무시하는 다른 면은 약해지고 사라지기를 바랐다. 물론 내가 없을 때 그런 면들은 폭발적으로 흘러나왔다. 그랬다, 앨리스는 다시 앨리스로 돌아가 자기 자신의 완전하고 복합적인 모습을 미칠 듯한 기세로 되찾았다. 나는 눈을 감고 앨리스의 목소리에 귀를 기울였다.

갑자기 부엌에서 인기척이 들렸다. 나는 헤드폰을 벗었다. 앨리스가 귀가한 모양이었다. 복도로 내려가니 앨리스가 대충 걷어차

듯 벗어던진 하이힐이 거실 바닥에 널려 있었다. 나는 닭고기와 마늘, 그리고 약간의 초콜릿 향을 맡았다. 그것은 내가 완벽하게 환영받는다는 느낌을 주었고 순간적으로 무척 반가움을 느꼈지만 금세 희미한 두려움이 마음속에 밀려들었다. 나는 창밖을 내다보고 바깥에 수상한 차가 주차되어 있지 않은지 확인했다.

앨리스는 가스레인지 앞에 잠옷 바지와 티셔츠 차림으로 서서 한 손에 나무 숟가락을 들고 버섯을 볶고 있었다. 다른 한 손에는 맥주가 들려 있었다. 프라이팬에서는 지글지글 익는 소리가 났고 공기 중에 흐릿한 연기가 가득 차올랐다. 나는 앨리스의 허리를 끌어안았다.

"와, 완전 무덤에서 살아 돌아온 사람 같네."

나는 동요하지 않고 앨리스의 귀에 속삭였다.

"당신 노래, 정말 좋아."

앨리스가 나를 돌아보았고, 나는 그녀의 손에 들려 있던 유리잔과 스푼을 건네받아 조리대 위에 올려놓았다. 나는 앨리스를 가스레인지 앞에서 데리고 나와 부엌 한가운데로 향했다. 그리고 그곳에 선 채로 함께 느린 춤을 추기 시작했다. 처음에는 앨리스의 동작이 뻣뻣했다. 내 어깨에 손을 얹고 등은 살짝 구부정한 자세였다. 마치 지금 이 순간 나에게 굴복하기 싫다는 듯한 자세였다. 그러나 금세 긴장이 풀렸다. 앨리스는 내 어깨에 머리를 얹고 손을 둘러 나를 바짝 끌어안았다. 셔츠 너머로 앨리스의 숨결이 느껴졌다.

"가사 중에 어떤 부분은 좀 미안해."

나는 앨리스가 그 외에도 할 말이 더 있다는 사실을 알아차렸다. 그래서 그냥 앨리스를 안고 기다렸다.

"그리고 나머지…… 나머지 부분도 미안해."

앨리스는 한숨을 쉬며 말했다. 마치 고백처럼 느껴지는 그 말에 나는 순간적으로 놀랐다가 안도했다. 만일 내담자들에게 이런 일이 일어났다면 나는 돌파구를 찾았다면서 축하해주었으리라. 그리고 솔직한 행동은 아주 바람직하고, 솔직하게 행동하게 되었다면 첫 번째 단계에 돌입한 것이라고 말했을 것이다. 물론 진실이 드디어 밝혀지고 나면 상황이 좋아지기 전에 더 나빠질 수도 있다는 사실을 먼저 경고하겠지만.

"그게 당신이지."

나는 그렇게 말하며, 그것이 바로 내 진심이라고 생각했다.

앨리스는 펄쩍 뛰어올라 다리를 내 허리에 감았고 나는 앨리스의 몸을 번쩍 들어 꽉 끌어안았다. 우리는 오랫동안 서로 이런 포옹을 하지 않았고, 나는 내 온몸을 감싼 앨리스의 몸이 얼마나 가벼운지 한참이나 잊고 있었다.

79장

앨리스와 내가 일상으로 너무 빨리 돌아온 바람에 오히려 깜짝 놀랐다. 나는 직장에 복귀했고 앨리스는 새로운 사건으로 돌아갔다. 하지만 앨리스는 매일같이 조금 늦게 출근하여 조금 일찍 돌아왔다. 그리고 나는 앨리스가 집에 있을 때 서류 가방을 열고 법적 문제를 훑어보거나 조사를 하는 모습을 거의 보지 못했다. 대신 밤에 둘이서 소파에 나란히 앉아 〈슬로건 만들기〉의 새로운 에피소드를 보기 전, 앨리스는 한 시간 정도 노트북의 믹싱 프로그램을 켜고 헤드폰을 쓰고서 새 앨범에 들어갈 노래들을 믹싱하고 수정하고 검토하곤 했다.

우리는 아직 내가 없었을 때의 일에 대해서 이야기하지 않았다. 내가 편리에서 무슨 일을 겪었는지, 그리고 그동안 집에 무슨 일이 일어났는지에 대해서도. 마치 우리 사이에 무슨 암묵적 동의라도 이루어진 것 같은 느낌이었다. 판사는 내게 근신 처분을 내렸지만 거기에 대한 추가적 설명은 없었다. 나는 팔찌를 기다렸으나 딱히 그런 것도 주어지지 않았다. 아마 그들이 예전보다 나를 더욱 가까이서 지켜보고 있는 모양이라고 추측하는 수밖에 없었다. 어쩌면 집 안에 도청 장치가 설치되었을지도 모르고, 차 안에 무슨 기계를 숨겼을지도 모른다. 또는 모든 것이 잔혹한 시험일 수도 있다. 내가 감옥 안에 있다는 사실을 나만 모르는 상황 같은 것 말이다.

머리카락이 천천히 자라기 시작했다. 머리가 길면 길수록 편리에서의 일이 점점 더 머나먼 악몽처럼 느껴졌다.

직장으로 돌아간 나는 평소와 다름없이 십 대 청소년들과 부부 상담을 계속했다. 그리고 슬슬 마음의 준비가 된 사람들과는 상담을 끝내기 시작했다. 상담 역시 다른 긴 대화와 마찬가지로 시작과 중간, 그리고 끝이 있는 법이다.

집에 오면 우리가 지난 몇 주 동안 찾아 헤맸던 행복을 누렸다. 안정, 안전, 온기. 그 모든 것들이 앨리스의 눈 속에 있었다. 앨리스는 전보다 행복해 보였다. 아마 앨리스가 자기 성격 속의 다양한 면들을 합칠 수 있는 숨겨진 길을 찾아내고서 깜짝 놀란 게 아닌가 싶었다. 우리는 천천히 관계를 복구하면서 다른 사람들과는 다른 특별한 방법으로, '협정'에서 추구하는 이상적인 결혼 생활을 쌓아나가는 것만 같았다.

하지만 내 마음은 원주율 3.14 이하의 소수점을 영원히 계산하는 컴퓨터처럼 여전히 '협정'에서 탈출할 방법을 계속해서 찾고 있었다. 앨리스도 그런 듯했다.

어젯밤에는 길모퉁이에서 검은 SUV 한 대를 보았다. 그 전날 앨리스는 길 건너편에서 벤틀리를 봤다고 했다. 우리는 둘 다 변화가 다가오고 있다는 사실을 알고 있었고 무슨 조치를 취해야 한다고 생각했지만 아무도 그것에 대해 언급하지 않았다.

80장

화요일에 앨리스는 옛 밴드 래더의 키보드 연주자였던 멤버가 오토바이 사고로 죽었다는 소식을 들었다. 그는 40대 초반이었고 유치원에 다니는 쌍둥이 딸이 있었다. 앨리스는 한때 그와 한 밴에 타고 2년 동안 로드 투어를 다닌 적이 있었기 때문에 그 소식에 큰 충격을 받았다.

토요일 밤 즉흥연주 자선 행사가 열릴 예정이었다. 나는 앨리스가 혼자 가야 한다고 생각했지만 앨리스는 나도 같이 가야 한다고 우겼다. 토요일에 밀린 잡일을 하고 나서 집에 돌아오니 앨리스가 침실 거울 앞에 서 있었는데, 순간적으로 내 아내인 줄 알아보지 못했다. 산발한 머리에 짙은 메이크업, 검은색 미니 원피스, 망사 스타킹, 닥터 마틴 신발. 앨리스가 오랫동안 하지 않은 차림새였다. 정말 멋졌지만 신속하게 예전 모습으로 변신한 앨리스를 보니 불안한 기분이 들었다.

나는 옷차림 때문에 한참이나 고민한 끝에 결국 청바지와 낡은 하얀색 버튼다운셔츠를 입기로 결정했다. 우리는 마치 우리를 잘 모르는 친구들이 어설프게 잡아준 기묘한 첫 데이트를 나가는 커플 같았다. 앨리스는 지각할까 봐 걱정을 많이 했다. 우리는 한참이나 뱅뱅 돈 끝에 결국 여섯 블록 떨어진 곳에 주차를 한 뒤 클럽까지 거의 뛰다시피 걸어가야 했다. 안에 들어가자 앨리스는 금세 옛 친구와 지인, 팬들에게 둘러싸였다. 나는 약간 떨어진 곳에 서서 그 모습을 지켜보았다.

음악이 시작되었다. 약간 흘러간 취향을 지닌 사람들이 좋아하는 뮤지션들을 뒤죽박죽 섞어놓은 괴상한 음악이었다. 그린 데이, 바바리 코스터스 출신의 키보드 연주자, 척 프로핏, 케니 데일 존슨, 그리고 내가 잘 모르는 음악도 있었다. 청중들은 하나같이 음악을 즐기고 있었다. 슬픔과 기쁨, 친구의 생존을 축하하는 사람들, 친구의 죽음에 아직도 충격을 받고 있는 사람들 등 모든 것이 다 뒤섞여 있었다. 음악은 훌륭했고 뮤지션들은 모두 온 영혼을 담아 연주하고 있었다. 하지만 이런 클럽에 온 것도 상당히 오랜만이었기 때문에 나는 금세 귀가 멍멍해졌다. 사람들 사이를 둘러보았으나 앨리스는 보이지 않았다.

나는 바로 가서 캘리스토가 와인을 한 병 집어 들고 어둠 속으로 녹아들어 뒤쪽 벽 앞에 자리를 잡았다. 눈이 어둠에 익자 뒷벽에 나 말고 세 명의 남자가 더 서 있었으며 그중 둘은 캘리스토가를 마시고 있었고, 셋 다 하얀 버튼다운셔츠와 청바지를 입고 있다는 사실을 알 수 있었다. 셋 다 내 또래였다. 아마 음반 제작사 사람일 터였다.

내가 언제 이렇게 나이를 먹었지?

그것은 천천히 일어나지만 결코 착각할 수 없는 일이다. 이제 식당에 가면 종업원은 계산서를 당신 옆에 놓는다. 일하러 가면 미팅에서 중요한 결정을 내려야 할 경우 사람들이 제일 먼저 당신을 쳐다본다. 관자놀이가 어느덧 희끗희끗해지고, 가장 확고한 표시는 역시 꾸준히 갚아야 할 집값과 자동차 할부가 있다는 것, 그리고 여자 친구가 아닌 아내가 곁에 있다는 일이다.

아내. 나는 겨우 앨리스를 찾아냈다. 앨리스는 내가 모르는 사람들과 이야기를 나누고 있었고 우리 사이에는 수많은 사람들이 우글거렸다. 다양한 문제가 겹겹이 발생하는 건 사실이었지만 그래도 나는 앨리스와 결혼하겠다는 결정을 내려서 다행이라고 생각했고, 앨리스도 자신의 결정에 만족하기를 바란다.

클럽 안이 너무 시끄러워지는 바람에 나는 손등에 도장을 찍고 밖으로 나왔다. 안개가 얼굴에 닿아 시원했다. 나는 17번 스트리트에서 자동차들이 쌩쌩 지나다니는 모습을 지켜보았다.

"당신은 심리상담사라고 들었는데요."

몸을 돌리니 에릭 윌슨이 내 옆으로 와서 서 있었다. 그날 우리 집 차고에서 미처 보지 못했던 게 무엇인지 이제야 알 수 있었다. 아마 앨리스에게만 너무 집중했던 모양이었다. 그는 더 이상 사진 속의 젊고 잘생긴 베이스 연주자가 아니었다. 머리카락에는 기름기가 껴 있었고 충치도 심했다.

"맞습니다. 그리고 당신은 밴드의 베이스 연주자죠."

내가 의도했던 것보다 더 조롱하는 말투 같았지만 뭐, 아닐 수도 있었다. 세간의 다른 베이스 연주자들과 딱히 척을 질 이유도 없다. 그냥 이 베이스 연주자가 문제일 뿐이다. 에릭은 담배를 꺼내 불을 붙이며 말했다.

"밤에는 그렇죠. 낮에는 캘리포니아 대학에서 생물학을 가르치는 교수입니다. 앨리스가 그 말은 안 하던가요?"

"아무 말도 안 하던데요."

"전례 없는 일은 아닙니다. 배드 릴리전의 어느 멤버는 UCLA에서 학생들을 가르치기도 하니까요."

"재미있네요."

"사실 난 그 사람과 함께 어센션 섬의 녹색 거북에 대한 논문을 공동으로 쓰기도 했습니다. 푸른바다거북이라고 혹시 들어본 적 있어요?"

"아뇨."

벽을 통해 안에서 울려 퍼지는 음악의 진동이 느껴졌다. 나는 안으로 돌아가고 싶었지만, 사실 그보다 에릭 윌슨의 얼굴을 주먹으로 한 대 후려갈기고 싶은 마음이 더 컸다. 묘하게 신선한 감각이었다. 만일 내가 이성의 제지를 물리치고 딱 한 번만 본능이 이끄는 대로 행동하면 어떤 일이 벌어질까?

에릭은 지금 막 무대에서 내려왔는지 목 주변에 온통 땀을 뻘뻘 흘리고 있었다. 나는 최근 기사 하나를 떠올렸다. 여성들은 남자의 땀 냄새를 맡고 미래의 배우자에게 이끌리기 쉽다는 내용이었다. 여성이 독특한 땀 냄새를 풍기는 남성에게 끌리는 이유는 그 냄새가 다른 남자들과 다를수록 유전자도 다르다는 사실을 의미하고, 면역력이 강한 자식을 낳기가 쉬워 혈통을 보존하기에 더욱 유리하기 때문이다. 땀 냄새에 불멸성의 모든 요소가 담겨 있다니.

"이 거대한 푸른바다거북은 보통 어센션 섬에서 많이 태어납니다. 그리고 각자 흩어져서 먼 바다로 나가 다양한 바다 속에서 살면서 탐험도 하고, 너무 멀리 헤엄쳐 가서 브라질 해안에서 발견되기도 하죠. 혹시 그거 알아요?"

에릭은 내게로 고개를 돌렸다. 너무 가까운 나머지 내 얼굴에 그의 숨결이 닿을 정도였다.

"당신이 무슨 말을 하려는지 알 것 같군요."

"정착해서 가족을 가질 때가 되면 녀석들은 자기가 태어난 곳으로 돌아옵니다. 상상이 됩니까? 진지하게 그럴 때가 되면 녀석들은 자기가 현재 어떤 존재이고 누구인지에 대해서는 전부 제쳐두고 열심히 헤엄을 치고 또 치죠. 정말입니다, 항상 벌어지는 일이에요. 멀리 나간 녀석들은 수천 킬로미터를 헤엄쳐야 할 때도 있고요. 자기가 그때까지 살고 있던 삶을 단 한순간의 망설임도 없이 내버리고 돌아온다는 겁니다. 그래서 어센션 섬의 해변에 도착하면 모든 가식을 벗어던지고 진정한 자기 자신, 원래의 자기 모습으로 돌아오게 되죠."

에릭은 담배 한 대를 다 피우고는 바닥에 집어던진 뒤 부츠 굽으로 눌러 껐다.

"만나서 반가웠어요, 제이크."

나는 에릭이 걸어가는 모습을 지켜보았다. 그의 셔츠에는 땀이 흐른 흔적이 남아 있었다.

그 후 에릭은 밴드와 함께 무대에 올랐다. 나는 그를 제대로 쳐다볼 수가 없었다. 그가 우리 집에 와서 우리 집 식기로 음식을 먹고, 우리가 결혼식용으로 사놓은 잔에 술을 따라 마시는 모습이 자꾸만 상상이 되어 너무나 괴로웠다.

에릭은 앨리스를 무대로 불러 노래를 시켰다. 앨리스가 무대 한 구석에서 나타나자 갑자기 우레 같은 박수가 터지는 바람에 나는 깜짝 놀랐다. 앨리스는 에릭 옆에 놓여 있던 등받이 없는 의자에 걸터앉았다. 두 사람은 예전 밴드에서 불렀던 유명한 노래로 시작하여 앨리스가 내게 주었던 CD 속에 들어 있던 노래로 옮겨갔다.

두 사람이 저토록 가까운 거리에서 무대에 함께 앉아 있는 모습을 보고 있으니 문득 몸이 부르르 떨렸다. 우리가 처음 만났을 때 앨리스는 이미 음악의 길에서 벗어나 다른 방면으로 인생을 살고 있었다. 그 길이 어디를 향하는지는 아직 확실하지 않았지만 최소한 당시 앨리스가 그때까지 살던 삶을 버리고 새로운 모험을 하러 떠나기로 결정했다는 사실만큼은 명백했다. 앨리스가 어느 날 갑자기 이 새로운 모험과 그 일부가 되어 있는 내가 하잘것없는 것들이라는 사실을 깨닫고, 망설임 없이 예전의 삶으로 돌아갈지도 모른다는 걱정이 들었다.

나는 가끔 앨리스가 예전 삶으로 돌아가지 못하도록 훼방을 놓았다. 앨리스가 로펌에서 새 직업을 얻도록 부추기고, 앨리스에게 처음으로 디자이너 브랜드의 정장까지 사다 주었다. 앨리스는 그것을 아직도 가지고 있다. 그것은 어리석은 짓이었고 상대를 내 뜻대로 조종하려 하는 행위였지만 당시 정말로 두려웠다. 앨리스를 내 곁에 붙잡아두고 싶은 마음뿐이었다.

내가 정말로 이해하지 못했던 것은 앨리스가 단순한 존재도 아니고, 불변의 대상도 아니고 늘 똑같은 모습만 보여주는 사람도 아니라는 점이었다. 그랬다. 나는 앨리스가 아주 복잡한 성격이라는 사실을 알고 있었고 그것을 알아차리는 데에는 심리학 학위까지 필요하지도 않았다. 처음 앨리스를 만난 날 나는 월트 휘트먼의 말을 떠올렸다. '내가 모순된 존재라고? 그래, 좋아. 나는 모순된 존재야. 나는 아주 거대하고, 다양한 자아를 내포하고 있어.'

아니, 난 사실 처음부터 앨리스의 복잡성을 알아보았다. 내가 이해하지 못했던 건 앨리스가 성장하고 발전하는 유기체라는 사실이었다. 그리고 나 역시도. 나는 우리가 어센션 섬의 푸른바다거북과 다르게, 자연계의 기본적인 성질을 뛰어넘어 발전할 수 있는 존재라고 믿고 싶었다. 나는 앨리스가 나를 알기 전의 모습으로 돌아가는 일은 없을 거라고 믿고 싶었다. 나는 에릭에게 당신이 내 아내에 대해 한 말은 다 틀렸다고 말해주고 싶었다. 로스쿨을 졸업하고, 직장에서 경력을 쌓고, 결혼이라는 수렁에 발을 들인 그 기나긴 삶은 결코 앨리스가 쉽게 빠져나와 원래 살던 방식으로 돌아갈 수 있을 만큼 짤막한 여행이 아니었다. 비록 에릭 윌슨이 그러기를 바랄지언정 우리의 결혼은 잘못된 모험이 아니었다.

이것이야말로 내가 앨리스를 사랑하는 이유의 정수일 것이다.

앨리스에게는 모순이 있고 다양한 자아가 있다. 앨리스는 인생의 모든 단계를 자기 내면에 포용했고, 그 하나하나에서 많은 것들을 배우고 경험했으며 뒤에는 아무것도 남기지 않았다. 앨리스는 매번 직감적으로 상황에 바로바로 적응하면서 새롭고 더 복잡한 버전의 자기 자신을 매년 계속해서 갱신하는 셈이다.

나는 결혼이라는 것이 우리가 함께 통과해야 할 관문이라고 생각했다. 새집에 들어갈 때도 그렇듯이 결혼에 한 발을 들이면 보통은 그곳에서 변치 않고 평생 살 것이라고 생각하게 된다. 하지만 나는 틀렸다. 결혼은 꾸준히 변하는 생물이며 배우자 둘 역시 각자, 또 함께 변하려고 노력해야 한다. 결혼 생활은 예측 가능한 방향으로 변할 수도 있고, 생각지 못한 방향으로 변할 수도 있다. 우리 집 정면 창밖에 보이는 나무처럼, 또는 우리가 약혼한 그날 밤 앨리스네 아버지 집 뒷마당에 뒤엉켜 있던 칡넝쿨처럼 결혼이란 모순 가득한 생물이며 예상했던 대로, 또는 당황스러운 방향으로—또는 좋은 방향과 나쁜 방향 양쪽으로—하루하루 더욱 복잡해져간다.

앨리스가 마치 에릭에게 직접 노래를 불러주기라도 하듯 고개를 그쪽으로 돌렸다. 공연장 전체가 무대에 오른 두 사람에게 최면이라도 걸린 양 조용해졌다. 두 사람은 서로 얼굴을 맞대고 있었고 무릎이 닿는 거리에 있었다. 앨리스는 눈을 감았다. 내 마음속에서 의심이 스멀스멀 기어 나왔다. 낙천주의와 내 눈을 멀게 한 사랑 때문에 의식의 한구석에만 소리 없이 존재하던 염려가 지금은 머릿속을 시꺼먼 안개로 뒤덮고 있었다.

이게 앨리스가 이곳에 나를 데려온 이유일까? 자신과 에릭 사이에 무슨 일이 일어나고 있는지 보여주기 위해서? 우리의 결혼 생활이 소멸되고 있다는 사실을 보여주는 앨리스만의 방식일까? 나는 그 순간 클럽 밖으로 나가고 싶은 충동을 꾹 억눌러야 했다.

81장

상담을 하면서 부부들에게 묻는 질문 중 이런 것이 있다.

"두 사람은 아직도 서로가 서로에게 놀랄 여지가 있다고 생각하나요?"

대답은 웬만하면 '아니오'다.

나는 결혼 생활에 놀라움을 주입할 쉬운 공식이 있다면 얼마나 좋을까 늘 생각했다. 별것 아닌 변화라도 내가 지금까지 보아온 수많은 부부들에게는 어마어마한 구원이 되곤 했기 때문이다. 만일 그런 게 있다면 나는 '결혼 생활 제세동기'라는 이름을 붙일 것이다. 시스템에 다시 생명을 불어넣는 유용하고 견고한 충격요법이니.

검은 미니 원피스를 입고 닥터 마틴을 신은 앨리스의 모습은 놀라웠다. 하지만 무대에서 일어나고 있는 일은 그렇지 않았다. 에릭과 함께 노래를 부르는 앨리스의 모습에서 나는 우리가 함께 써 내려가던 이야기의 끝을 보았다.

하지만 결과적으로는 내 생각이 틀렸다. 밤이 지나가고 대부분의 사람들이 클럽을 나간 뒤, 지금껏 본 광경 때문에 지치고 불안하고 혼란에 빠진 채 밖에 멍하니 서 있는데 앨리스가 계단을 올라왔다.

앨리스는 얼굴에 마스카라가 다 번져 있었는데 그게 바 안의 열기 때문인지 아니면 울어서인지는 알 수 없었다. 아무튼 앨리스는 내 앞에 존재했고, 나를 꽉 끌어안았다.

"위스키를 너무 많이 마셨어. 당신한테 좀 기댈래."

앨리스는 혀가 꼬인 목소리로 느릿느릿 말했다. 차를 타고 집으로 돌아오는 길에 앨리스는 또다시 나를 놀라게 했다. 앨리스는 조수석 앞의 거울 가리개를 휙 젖히고 거울을 들여다보며 얼굴을 찌푸렸다.

"워터프루프 마스카라를 칠했어야 했어. 하필 제일 마지막에 걔 얘기가 나와서 갑자기 마지막 투어 얘기를 하게 됐잖아. 너무 웃어서 눈물이 다 나더라니까."

풀턴 애비뉴에 접어들어, 해변 쪽으로 기울어진 텅 빈 도로가 길게 뻗어 있는 모습이 눈앞에 펼쳐지자 앨리스는 창문을 내렸다. 가로등 불빛 밑으로 안개가 꾸물꾸물 움직이고 있었다.

"음, 바다 냄새가 난다."

앨리스는 창 밖으로 고개를 내밀고 말했다. 갑자기 우리가 몇 년 전, 정말로 막 연애를 시작했을 때 바로 똑같은 밤을 보냈던 일이 떠올랐다. 아주 생생한 기시감이었다. 그때는 모든 것들이 단순했다. 우리 앞에 펼쳐진 길이 명확해 보이던 시간. 잠시 후 내가 물었다.

"어센션 섬의 녹색 거북에 대해 들어본 적 있어?"

"뜬금없이 무슨 소리야?"

앨리스가 창문을 탁 닫으며 말했다. 앨리스는 내 쪽을 쳐다보지 않았다.

침실에 들어간 것은 새벽 3시가 넘어서였다. 커튼이 걷혀 있었기에 창문 너머 태평양으로 달이 떠 있는 모습이 보였다. 앨리스는 살짝 취한 상태였지만 어쨌든 앨리스도 원했고 나도 원했기에 우리는 섹스를 했다. 나는 내 것, 우리 것을 되찾고 싶었다.

나는 눈을 뜬 채 누워 있었고 앨리스는 내 옆에서 요란한 소리를 내며 곯아떨어졌다. 우리에게는 아직 희망이 있었다. 아니, 있을까? 내 머릿속에는 끝없는 대서양을 헤엄쳐 남쪽으로 향하는 거북이들의 모습이 떠올랐다. 하지만 더 중요한 건 우리가 빠져 있는 이 '협정'이라는 구멍 속에서 탈출할 방법을 찾기 위해 내가 마음속으로 미친 듯이 계속 계산하고 있다는 사실이었다.

아침 9시 12분, 알람이 계속 울리고 있는데도 불구하고 나는 아직 잠에서 제대로 깨어나지 않았다. 크래커의 데이비드 로어리가 부르는 '그날들이 다 어디로 갔을까'의 멜로디 알람이 희미하게 울리고 있었다. 시계는 침대 옆 마룻바닥 위에 나자빠진 상태였다. 앨리스는 내 옆에서 여전히 자고 있었고, 입가에 흐른 침 자국과 산발이 된 머리카락만이 어제의 거친 하룻밤을 증명해주고 있었다.

나는 옆방 문을 쿵쿵 두드리는 소리에 잠에서 깼다는 사실을 알아차렸다. 벽이 흔들리는 듯 보였기에 옆집에서 나는 소리인 줄 알았다. 우리 이웃들은 하나같이 친절하고 연배가 높은 사람들이었고 나는 항상 이웃 사람들을 좋아했다. 하지만 그들은 보통 하루 종일 마작에 빠져 사는 사람들이었다.

정신을 차리고 보니 그 소음은 우리 집 정문에서 나고 있었다.

"앨리스, 앨리스."

앨리스는 대답이 없었다. 나는 앨리스의 어깨를 잡고 흔들었다.

"우리 집 문 앞에 누가 와 있어!"

앨리스는 눈 위로 쏟아진 머리카락을 치우며 몸을 뒤척이다가 환한 빛 때문에 눈을 깜박였다.

"뭐라고?"

"우리 집 앞에 누가 와 있다고."

"무시해."

앨리스가 끙끙 신음했다.

"안 가고 계속 있잖아."

앨리스는 느닷없이 정신이 번쩍 든 듯 벌떡 일어났다.

"이런 젠장."

"어떡하지?"

"미치겠네, 아, 돌아버릴 것 같아."

"빨리 옷 입어. 여기서 나가야 해."

앨리스는 침대에서 뛰쳐나와 어젯밤에 입었던 원피스와 부츠를 그대로 착용하고 트렌치코트를 걸쳤다. 나도 지저분한 청바지와 티셔츠를 입고 스니커즈를 신었다.

"앨리스! 제이크!"

계속 쾅쾅 두들기는 소리가 들렸고 문손잡이가 덜컹거렸다. 나는 그것이 누구 목소리인지 단번에 알아들었다. 데클런이었다.

우리는 뒷문으로 뛰쳐나가 계단을 내려가서 마당으로 향했다. 얼어죽을 정도로 추웠다. 이웃집들은 안개 담요를 덮고 있었고 바닷가 쪽에서 싸늘한 바람이 불었다. 우선 앨리스가 울타리를 넘어 옆집 마당으로 들어갈 수 있도록 도와준 뒤 재빨리 뒤를 따랐다. 우리는 덜컹거리는 나무 울타리들을 넘어 여러 개의 네모난 마당들을 빠른 속도로 지나쳤다. 어느 지점에서는 높은 담장을 넘기 위해 병솔나무를 타고 기어 올라가기도 했다. 카브릴로 스트리트와 39번 스트리트 교차점에서 문 하나를 빠져나와 인도로 내려섰다.

한참이나 먼 곳에서 데클런이 아직도 우리 이름을 부르는 소리가 들려왔다. 다이앤은 아마 지금쯤 SUV를 끌고 곳곳을 돌아다니며 우리를 찾고 있을 것이다.

일단 앨리스를 재활용 캔 더미 뒤에 숨겼다. 주머니를 확인해보니 현금 173달러, 휴대전화, 집 열쇠, 지갑, 신용카드가 있었다. 앨리스는 코트로 온몸을 감싸고 옷깃을 끌어당기며 덜덜 떨었다. 나를 보는 앨리스의 눈동자는 완전히 패닉에 빠진 상태였다. 앨리스의 코트에는 나뭇잎과 끈적끈적한 빨간색 병솔나무 꽃잎이 덕지덕지 묻어 있었다.

"어디로 가야 해?"

앨리스가 겁에 질려 덜덜 떨며 물었다. 나도 도무지 알 수가 없었다.

82장

우리는 최대한 가로수에 가까이 붙은 채로 동쪽으로 걸어가다가 36번 애비뉴에 있는 골든 게이트 공원에 도착했다. 짙은 안개를 헤치고 수풀이 무성한 오솔길 속으로 더욱 깊이 들어갔다. 앞에서 시끌벅적하게 여러 사람 목소리가 들렸다. 그러고 보니 오늘은 베이 투 브레이커스, 즉 샌프란시스코에서 매년 열리는 달리기 대회 날이었다. 엠베카데로에서 해변까지 시내를 가로지르며 달리는 이 경기에는 에티오피아인 포미닛 마일러스(약 1.6킬로미터를 4분 안에 달리는 스포츠 경기 참가자), 가족, 나체주의자, 그리고 꼴찌로 달리고 있는 치어리더 복장의 주정뱅이까지 정말이지 온갖 인간들이 다 뒤섞여 참가했다.

우리가 케네디 드라이브를 건너고 있을 즈음에는 참가자들이 모두 다양한 가장행렬 차림을 하고 있었고, 일부는 걷고 일부는 술을 마시고 있는 걸 보니 경기가 거의 반쯤 진행된 모양이었다. 앨리스는 충격과 안도가 뒤섞인 표정을 지으며 나를 돌아보았다. 자취를 감추기에 베이 투 브레이커스는 그야말로 안성맞춤인 장소였다. 우리는 스쳐 지나가는 참가자들을 바라보았다. 초콜릿 포장지 같은 차림새를 한 사람이 열 명도 넘었고 신부에게 쫓기는 신랑, 샌프란시스코 포티나이너스(샌프란시스코에 거점을 둔 프로 미식축구 팀) 최전방 공격수들의 여자 버전, 천천히 걷는 참가자들의 인파까지 모두가 약 12킬로미터 가량 되는 마라톤 코스의 마지막을 완주하려 최선을 다하고 있었다. 더프맨(애니메이션 〈심슨 가족〉에서 더프 맥주를 광고하는 등장인물) 같은 옷을 입은 남자 하나가 맥주 통으로 꽉 찬 카트를 밀고 다니다가 앨리스와 내게 각각 한 잔씩 가득 따라주었다.

"건배."

그가 말했다. 우리는 잔디밭에 앉아 미지근한 맥주를 마셨다.

둘 다 아무 말 없이 어디로 갈지를 고민하고 있었다. 앨리스는 김정일의 코스튬 플레이를 한 20명 정도의 소년 소녀 들을 가리켰다. 웃음을 지을락 말락 하는 표정이었다.

"언제쯤 집에 갈 수 있을까?"

내가 물었다.

"절대 못 가지."

앨리스가 대꾸했다. 앨리스는 내게 몸을 기댔고 나는 앨리스의 어깨에 팔을 둘렀다.

해가 떠오르자 앨리스는 트렌치코트를 축축한 잔디밭 위에 펼치고 그 위에 누웠다.

"나 이렇게 심한 숙취가 올라오는 건 진짜 몇 년 만에 처음인 것 같아."

앨리스가 끙끙 앓으며 말했다. 그리고 눈을 감고 1, 2분도 되지 않아 잠이 들었다. 나도 그러고 싶었다. 하지만 인파가 점점 줄어들기 시작했기 때문에 우리도 여기에 계속 머무를 수는 없었다.

나는 휴대전화를 꺼내서 어디로 가면 좋을지 검색했다. 파란 P 아이콘이 화면 한구석에서 깜박이고 있었다. 나는 재빨리 렌터카 회사를 검색한 뒤 휴대전화의 전원을 껐다. 그리고 앨리스의 휴대전화를 찾아 코트 주머니를 뒤져보았지만 집에 놓고 온 모양이었다.

"가자. 얼른 움직여야 해."

나는 앨리스를 흔들어 깨웠다.

"어디로?"

"여기서 별로 멀지 않은 곳에 허츠 렌터카가 있어."

우리는 점점 줄어드는 인파와는 반대 방향으로, 하이츠로 향하는 긴 길을 걸어갔다.

"남는 차가 없으면 어떡해?"

"있을 거야."

앨리스의 구겨진 코트와 내 더럽고 낡은 셔츠, 찢어진 청바지 덕분에 우리는 베이 투 브레이커스에 참가한, 이른 아침부터 술에 취한 인간들 사이에서 그리 눈에 띄지 않을 수 있었다. 우리는 공원을 거슬러 터덜터덜 걸어, 이윽고 스태넌과 하이츠 사이 교차점에 도달했다. 중간에 피츠 커피에 들러 핫 초콜릿 한 잔과 아메리카노 라지 사이즈 한 잔을 주문했고, ATM이 보이자 직불 카드를 꺼내 하루에 인출할 수 있는 최대한도의 현금을 몽땅 찾았다. 허츠 렌터카 밖에서 앨리스는 길바닥 모퉁이에 털썩 주저앉아 커피를 마시며 잠을 깨려 애썼다.

이윽고 내가 그 지점에 남아 있던 마지막 한 대의 자동차, 오렌지색 컨버터블 카마로를 끌고 옆에 가서 멈춰 서자 앨리스는 미소를 지었다.

우리는 시내를 출발하여 북쪽으로 달렸다. 그리고 산 라파엘에서 새 유심 카드를 샀다. 차로 돌아온 앨리스는 내 휴대전화에서 원래 끼워져 있던 유심 카드를 빼내서 창문 밖으로 던져버렸다. 소노마에 도달했을 무렵 앨리스는 등받이를 뒤로 젖히고 눈을 감은 채 햇살을 만끽하고 있었다. 나는 우리가 어디로 가는지 캐묻지 않는 앨리스가 정말 고마웠다.

차가 신호에 걸려 멈춰 서 있는 동안 채널을 돌려 자이언츠의 경기 중계를 들었다. 스코어는 4 대 2였고, 산티아고 카시야가 9

회에서 경기를 끝내보려고 애쓰고 있었다. 이윽고 라디오의 수신 상태가 완전히 나빠졌을 무렵 우리는 116번 도로를 타고 러시안 강을 따라 달려 바다를 마주 보았다. 제너에 도착하니 강은 드디어 바다와 만났고 나는 카마로를 주유소에 세웠다.

가게 안으로 들어간 앨리스는 내가 주유소 매점에서 음식을 사는 동안 화장실에 다녀왔다. 그리고 자동차로 돌아와서 비타민워터 한 병을 땄다. 단숨에 벌컥벌컥 들이켠 뒤 이번에는 간식 봉투를 열어보고는 "초코다일!" 하고 외쳤다.

제너를 지나쳐 달리니 높은 절벽 위에 좁고 꼬불꼬불하게 난 길이 나타났다. 무서운 드라이브였지만 멋진 경험이었다. 이런 고속도로를 달린 건 앨리스와 만난 이후로 처음이었다. 그 후로 정말이지 많은 일들이 일어났다. 아름답지만 정신도 없고 샤워도 안 한 채로 조수석에 앉아 초코다일을 우적우적 베어 먹고 있는 여성과 함께 오렌지색 카마로를 타고 인생을 흘려보내고 있는 이 남자는 도대체 누구란 말인가?

구알랄라에 도착자 식료품 가게 주차장에 차를 대고 내려서 우유와 빵, 그리고 저녁거리 몇 가지와 우리 둘이 입을 후드 티 및 반바지를 구입했다. 그리고 1.6킬로미터 정도 내려가서 시 랜치 임대 부동산 앞에 차를 댔다.

"시 랜치! 나 항상 여기서 숙박해보고 싶었어."

앨리스가 말했다. 지난번에 내게 복합저택을 임대해주었던 그 창백하고 비쩍 마른 여자가 여전히 책상에 앉아서 《부지 49의 비명》을 읽고 있었다.

"또 오셨네요."

나는 사실 그녀가 나를 기억할 거라고는 상상도 못 했다.

"새 머리스타일은 별론데요. 예약하셨어요?"

"아뇨."

그녀는 책을 내려놓고 컴퓨터를 향해 몸을 돌렸다.

"얼마나 체류하실 건가요?"

"모르겠는데요. 일주일?"

"지난번에 드렸던 거기가 남아 있어요. 투 록."

여자는 정말로 나를 기억하고 있는 모양이었다.

"전 한 번 본 얼굴은 절대 안 잊어버리거든요."

마치 내 마음을 읽은 듯 여자가 그렇게 말했다. 이상하다는 생각이 들었다. 아니면 설마? 나는 고개를 가로저어 생각을 떨쳐버리려다가 문득 여자의 넷째 손가락을 흘끗 보았다. 그녀는 결혼도 안 한 사람이었다.

"그러기에는 돈이 부족할 것 같은데요."

"가족 재이용 할인으로 해드릴게요. 가족과 같이 오셨나요?"

"아내도 됩니까?"

옆방에서 누군가가 부스럭거리는 소리가 났다.

여자는 연필을 꺼내서 '1박 225달러'라고 적은 뒤 내게 동의해달라는 듯 종이를 넘겼다. 나는 고개를 끄덕이고는 그녀를 향해 엄지를 들었다. 고지되어 있는 제일 낮은 가격보다도 몇백 달러는 저렴했다. 나는 카운터에 신용카드를 내밀었다.

"이걸 갖고 있다가 우리가 체크아웃을 하면 그때 결제해줄 수 있나요?"

내가 나지막한 소리로 물었다.

"사용했다는 흔적 하나 안 남기고 떠나시면 돼요."

그녀가 속삭였다.

"마치 우리가 그곳에 간 적도 없었던 것처럼 말이죠?"

여성은 신용카드를 봉투에 넣고 봉한 뒤 내게 열쇠와 지도가 든 투명 비닐봉지를 내밀었다. 그녀가 정말 고마웠다.

"혹시 누가 물어도 난 여기에 온 적 없는 거예요."

"나도요."

"농담 아니에요."

"나도 그렇다니까요."

83장

시 랜치로 향하는 길에 접어들자 앨리스는 자리에서 몸을 일으켜 반듯하게 앉아 바다를 바라보았다. 나무와 유리로만 지어진 집들은 절벽을 향해 서쪽으로 달려갈수록 점점 더 크고 웅장해졌다. 우리가 빌린 복합저택에 도착하자 앨리스는 내 어깨를 치며 외쳤다.

"세상에, 너무 좋아!"

문을 열자 앨리스는 거실로 뛰어 들어가 바닥에서 천장까지 벽 한 면을 통째로 차지하고 있는 유리창 너머로 바다를 내다보았다. 나는 난방기를 틀었다. 모습도 냄새도 예전 그대로였다. 바닷바람과 유칼립투스, 그리고 사우나에서 느껴지는 약간의 삼나무 향.

"옷 벗어."

내가 말했다. 앨리스는 이유도 묻지 않고 옷을 냉큼 벗어젖혔다.

"속옷도."

앨리스는 속옷까지 벗고 알몸이 된 채 제자리에 섰다. 나는 우리가 이토록 안전하게, 그리고 함께 있다는 사실에 마음이 놓여 앨리스에게 키스를 한 뒤 방금 벗어던진 더러운 옷을 집어 들고 위층으로 가서 대량의 빨래를 하기 시작했다. 내가 아래층으로 돌아오자 앨리스는 담요 한 장만 두르고 망원경 옆에 있는 의자에 앉아 바다를 바라보고 있었다.

"오늘이 바로 그날인가 봐."

앨리스가 꿈꾸는 듯한 표정으로 말했다. 나는 앨리스가 무엇을 기다리는지 알고 있었다. 우리가 해변에 올 때마다 항상 앨리스가 기다리는 그것.

나는 부엌에 들어가서 시내에서 사 온 볼락과 아스파라거스를 요리할 준비를 하다가 갑자기 비명 소리가 들리는 바람에 깜짝 놀랐다. 데클런과 동료들이 왔을지도 모른다는 최악의 사태를 상상하면서 거실로 뛰어갔다. 그러나 거실에 가 보니 앨리스는 망원경을 들여다보며 바다를 손가락질하고 있었다.

"고래야, 제이크! 고래!"

드넓은 회색 바다를 내다보았으나 아무것도 보이지 않았다.

"고래!"

앨리스는 계속 소리를 지르며 내게도 망원경을 들여다보라고 손짓했다. 나는 접안렌즈에 눈을 댔지만 보이는 거라고는 차분하고 푸른 파도, 자갈이 가득한 해변, 멀리 보이는 화물선뿐이었다.

"봤어?"

"아니."

"계속 봐."

앨리스는 의자에서 펄쩍 뛰어 일어나 라이얼 왓슨이 쓴 고래에 대한 책을 다시 읽기 시작했다.

나는 망원경을 좌우로 조절해봤지만 아무것도 없었다. 한 번 더 보았으나 여전히 고래는 보이지 않았다. 그러다 문득 무언가가 보였다. 물줄기 두 개가 해안에서 천천히 위로 솟아오르고 있었다. 그것은 그냥 공중으로 튀어 오르는 물에 불과했지만 소름이 돋았다.

84장

다음 날 이른 아침 나는 페이스트리를 사기 위해 투피시 베이커리 앞에 줄을 서 있었다. 지난번에 왔을 때는 가게 문이 8시에 열렸는데 8시 15분에 이미 모든 빵이 다 동나고 없었다. 일찍 도착한 덕분에 시나몬 롤과 블루베리 스콘, 초콜릿 칩 머핀, 커피, 핫초콜릿을 사서 가게를 나올 수 있었다. 처음 이곳에 혼자 여행 왔을 때 내 마음을 먹구름처럼 뒤덮던 외로움이 떠올랐다. 그 거대하고 텅 빈 집의 황량한 주방에서 혼자 시나몬 롤을 먹던 때의 기분이.

집에 돌아오자 앨리스는 샤워를 하고 머리가 아직 젖은 상태였으며 화장기 없는 얼굴이 사랑스러웠다. 우리는 아무 말 없이 바다를 바라보며 빵을 나눠 먹었다.

우리는 가장 큰 침실에 있는 다양한 분야의 책들이 구비된 서재에서 책을 뽑아 와서 하루 종일 느긋하게 독서를 하며 시간을 보냈다. 오후 3시가 되어서야 앨리스를 노르웨이 미스터리의 세계에서 끌고 나와서 해안으로 산책을 나가기로 했다. 우리는 동네 식료품점에서 대충 산, 잘 맞지 않는 옷을 입고 있는 다른 커플들과 비슷하게 보였다. 앨리스의 후드 티에는 캘리포니아 훔볼트 주립 대학교의 마스코트인 물개 그림과 비공식 로고인 수초 그림이 그려져 있었다. 내 옷에는 '60미터 거리 유지'라고 적혀 있었다.

우리는 8킬로미터 정도 해안을 걷다가 발견한 벤치에 앉아, 새로 산 유심 카드를 끼우고 휴대전화의 전원을 켰다. 깜박이는 P 자가 사라져 있었다. 우리는 나란히 각자의 직장에 메시지를 보내, 한동안 집을 좀 떠나 있어야 한다는 의향과 다급한 사과를 전했다. 나는 예약이 잡혀 있던 부부들과 특히 매주 만나는 십 대 그룹들에게 무척이나 미안했다. 나 때문에 모든 사람들이 다 실망하리라는 사실을 알고는 있지만 어쩔 수 없었다.

"다 망했네."

앨리스가 전화를 끊으며 말했다. 앨리스에게 이것이 무척이나 고통스러운 일일 거라는 사실은 나도 잘 알고 있었다. 만일 우리가 집에 돌아갈 수 있다면 그때는 이언과 이블린, 황이 모두 양팔을 벌리고 나를 환영해줄 것이다. 하지만 거대한 사건을 한창 다루던 도중 법인 로펌에서 갑자기 사라져버린다면 그건 다른 이야기다.

저녁 무렵 나는 남은 요리를 끝냈고 앨리스는 책을 다 읽었다. 식사 후 우리는 집 앞으로 나가서 별을 올려다보았다. 우리 두 사람이 이 새롭고 아름다운 장소에 이토록 빨리 도착하여 편안한 해변의 삶을 누릴 수 있게 되었다는 사실이 놀라울 지경이었다. 어쩌면 이곳에 아예 눌러 살면서 이 리듬에 쉽게 적응할 수 있을지도 모른다는 생각이 들었다.

내 옆에서 야외용 목재 안락의자에 앉아 등받이에 몸을 완전히 기울인 앨리스는 아주 오랜만에 진심으로 편안한 표정을 짓고 있었다.

"시내에 있는 집을 팔고 이 근처에 집을 사는 건 어떨까?"

내가 말했다.

"지루해지지 않겠어?"

"그럴 리가. 당신은?"

앨리스는 놀란 표정으로 나를 쳐다보았다. 아마 자기도 몰랐던 스스로의 감정을 깨닫고 놀란 눈치였다.

"나도 좋을 것 같아."

그날 밤 나는 먼 바다에서 파도가 우르릉거리는 소리를 들으며 푹 잤다. 꿈에서 나와 앨리스는 바다가 보이는 작은 집에 살고 있었다. 내용은 별것 아니었다. 그냥 행복하고 안전한 느낌으로 가득한 꿈이었다. 눈을 뜨고 심호흡을 하자 차가운 바다 공기가 내 폐를 가득 채웠다. 덕분에 나는 우리가 새롭고 지금까지와 완전히 다른 무언가를 스스로 만들어낼 수 있겠다는 강력하고 굳건한 믿음을 가질 수 있었다.

우리가 결혼했을 때 내 유일한 관심사는 오로지 이 멋진 결혼을 어떻게 기존의 삶과 통합시키느냐였다. 침대에 누워 있자니 지금까지의 삶은 전혀 필요가 없는 듯 느껴졌다. 적어도 내게는. 그리고 이 결혼 생활 속에서 뭘 어떻게 만들어나갈 수 있을지는 모르지만 오로지 그것에만 의지하여 살 수 있을 것 같았다. 과거에 일어났던 일은 아무것도 아니라는 느낌이 들었다. 나는 처음으로 앨리스와 내가 함께 성장해나갈 것이며, 우리의 결혼 생활은 내가 이해할 수도, 이해하지 못할 수도 있는 모든 방향으로 발전할 거라는 생각이 들었다. 어쨌든 처음으로 나는 앞으로 모든 일이 다 잘될 것 같다는 예감이 들었다.

나는 침대에 누운 채 앨리스 쪽으로 몸을 돌렸다. 앨리스에게 키스를 하고, 꿈 이야기를 하고, 지금 가슴속에 가득 차오른 어마어마한 낙천적 기분을 이야기하고 싶어서였다. 하지만 옆자리는 텅 비어 있었다.

앨리스는 아마 거실에서 망원경으로 고래 친구들을 보고 있는 모양이었다.

"앨리스?"

아무 대답이 없었다.

침대에서 나와 바닥에 발을 디딘 순간 딱딱하고 차가운 무언가가 발에 닿았다. 바닥에 떨어져 있던 내 휴대전화였다. 순간적으로 공포와 불안을 느꼈으나 금세 유심 카드를 바꿔 끼웠다는 사실을 떠올렸다. 그들이 우리를 추적할 수 있는 단서는 없을 터였다. 나는 휴대전화를 집어 들고 어쩌다 탁자에서 떨어졌는지 확인했다. 아마 계속 진동이 울리다가 혼자 떨어진 모양이었다. 문자 메시지 28개와 음성 메일 9개가 와 있었다. 그리고 오른쪽 위 한구석에서 깜박깜박 빛나는 파란 P를 발견했다.

85장

나는 속옷 바람으로 침대에서 뛰쳐나와 복도를 달려갔다. 수백만 가지 의문이 머릿속을 스쳐 갔다. 도대체 얼마 동안이나 휴대전화가 그러고 있었을까? 그 작은 파란색 아이콘이 계속 깜박이며 우리의 위치를 알려준 지 얼마나 되었을까? 도대체 어떻게 이런 일이 벌어졌을까? 우리는 당장 떠나야 했다. 당장 짐을 싸서 차에 싣고 가능한 한 여기서 멀어져야 했다. 시 랜치에서 나가는 길은 단 하나뿐이었고 그것은 오리건주를 향해 북쪽으로 난 길이었다. 남쪽으로 갔다가는 해안을 따라 우리를 쫓아오는 데클런과 마주칠 수 있기 때문이었다.

그래도 아직까지 내 마음속 어딘가에는 모퉁이를 돌면 앨리스가 담요를 덮고 의자에 앉아 망원경을 보고 있는 모습이 보이리라는 믿음이 남아 있었다. 앨리스는 속옷 한 장만 입고 미친 사람처럼 온 집안을 뛰어다니는 나를 보고는 웃음을 터뜨릴 것이다. 그리고 자기 쪽으로 나를 부르고, 나는 앨리스를 의자에서 일으켜 침대로 데리고 들어가 사랑을 나눌 것이다.

그런 후 우리는 해안을 따라 한참이나 산책을 하고 나서, 와인 한 병을 다 마시고 사우나에 앉아 땀을 뻘뻘 흘리며 모든 공포와 두려움을 땀으로 내보낼 것이다.

하지만 망원경 옆에 앨리스는 없었다. 커다란 창문과 바다로 향해 난 길, 파도, 해안 남쪽을 뒤덮고 있는 시커먼 먹구름만이 존재할 뿐 앨리스는 없었다.

부엌에서 무슨 소리가 났다. 나는 안도의 한숨을 내쉬었다. 아마 앨리스는 이 집에 있는 최신식 커피 메이커를 어떻게 사용해야 하나 고민하면서 커피를 내리고 있는 모양이었다.

하지만 아니었다. 앨리스는 부엌에 없었다. 조리대에 커피가 하나 가득 차올라 아직도 뜨끈뜨끈하게 김을 내뿜고 있는 커피 잔이 있긴 했다. 그리고 그 옆에는 파란 고래에 대한 라이얼 왓슨의 책이 펼쳐져 있었다. 그 페이지는 찢겨 있었다. 오른쪽 위에서부터 아래에 이르기까지 북 찢어낸 모습이 책에서 페이지를 잡아뜯은 듯했다.

물론 그것은 별일 아니다. 이 집에는 많은 손님들이 묵어갔을 테니 아이들이 책을 찢은 것 정도야 그리 대단한 일은 아닐 터였다.

그런데 이 냄새는 뭐지? 나는 오븐이 켜진 것을 보고 열어보았다가 그 안에서 시나몬 롤 한 쟁반이 시꺼멓게 탄 것을 보았다. 심장이 세 배로 빠르게 쿵쿵 뛰고 간담이 서늘해졌다. 나는 수건으로 팬을 받쳐 들고 꺼내서 조리대 위에 밀쳐 놓았다.

내가 들은 소리는 무슨 소리지? 쿵쿵거리는 소리였는데.

나는 수저와 포크가 든 서랍을 열고 나이프를 하나 꺼냈다. 독일제 식칼이었다.

나이프를 들고 거실 안을 돌아다녔으나 앨리스는 어디에도 없었다.

또 다른 소리가 들렸다. 차고에서 들리는 소리인 듯했다. 발을 바닥에 질질 끌며 걷는 소리 같았다. 어쩌면 앨리스가 차에 뭔가를 가지러 갔다가 오븐에 넣어둔 빵을 깜박 잊었을 수도 있다. 스스로를 그렇게 타일렀다.

나는 황량한 집 밖 통로로 나가 차고로 향했다. 다른 소리가 들렸지만 그것은 차고가 아니었다. 손님용 작은 집에서 다소 떨어져 있는 창고 쪽에서 나는 소리였다.

나는 나이프를 세게 움켜쥐며 발소리를 더욱 죽였다. 심장이 망치 두들기듯 쿵쿵 뛰었다. 무언가가 크게 잘못되었다.

"앨리스?"

대답이 없었다.

"앨리스?"

소리는 뚜렷하게 창고에서 나고 있었다. 또다시 질질 끄는 소리가 나더니 무언가를 북 긁는 소리가 나고 잠잠해졌다. 바다에서 파도가 부서지는 소리뿐이었다. 왜 내가 부르는데 대답을 안 하는 거지?

그때 문 여는 소리가 들렸다. 창고에서 저택 밖을 향해 나 있는 옆문인 모양이었다.

이제 어디로 가야 할지 확실히 알 수 있었다. 그 문을 통해 누군가가 나갔다면 그자가 사라지기 전에 어서 가서 붙잡아야 했다. 그것은 아주 잠깐 사이에 내 머리를 스친 어리석은 생각이었다.

창고 모퉁이를 돌았을 때 데클런이 보였다. 그는 내가 생각했던 것보다 훨씬 덩치가 컸다. 데클런 옆의 문간에는 그의 파트너 다이앤이 서 있었다. 다이앤은 혼자가 아니었다. 자기 앞에 있는 누군가를 밀고 있었다. 양손이 등 뒤로 묶이고 머리에는 검은 가방이 씌워져 있었지만 당연히 누군지 알 수 있었다. 앨리스였다. 앨리스는 맨발에 어젯밤 잘 때 입었던 티셔츠 한 장밖에 입고 있지 않았다.

"친구."

나는 나이프를 들고 데클런에게 돌진했다.

"이 사람, 참."

데클런의 거대한 팔뚝이 내 눈앞에 잠깐 스쳤을 뿐인데 갑자기 나이프가 바닥에 떨어지고 내 오른팔은 등 뒤에서 고통스럽게 꼬여 있었다. 데클런이 입은 셔츠에 약간의 찢어진 자국이 생기고 그 속으로 핏방울이 비쳤다. 데클런은 놀란 표정으로 상처를 만졌다.

"별로 좋은 방법이 아니네요, 제이크. 아프진 않지만 이런 식으로 날 화나게 만들면 곤란하죠."

"앨리스!"

나는 몸부림을 치며 고함을 질렀다. 헛간 문이 닫히고, 앨리스를 나에게서 가로막았다.

"이봐요, 제이크. 이러면 안 된다는 거 잘 알지 않습니까? 난 항상 당신들을 존중해줬는데요."

데클런은 주먹으로 내 허리 한가운데 움푹 들어간 부분을 짓누르고 있었다. 나는 팔을 움직이려 했지만 너무 꽉 잡혀 있는 탓에 꼼짝도 할 수가 없었다. 왼팔로 반격하려 하자 데클런은 등을 누르고 있던 주먹으로 내 왼팔 팔꿈치를 휙 잡아당겼다. 나는 너무 아파서 발버둥을 치며 비명을 질러댔다.

"자꾸 이러는 건 정말 바보 같은 짓입니다, 제이크. 이렇게 도망치는 것도 마찬가지죠. 어떻게 '협정'에서 도망칠 수 있다고 생각했어요?"

데클런은 나를 놓아주고서 내 다리를 걷어찼다. 나는 다리 힘이 풀려 쓰러지고 말았다. 아주 잠깐 그에게 내 꿈, 거기서 얻은 희망, 그리고 새롭게 시작할 미래에 대해 설명해주고 싶었다.

"제이크, 난 진심이에요. 자꾸 날 이렇게 괴롭히지 말란 말입니다. 밤새 남들이 싸질러놓은 사고를 해결하고 여기까지 힘들게 운전하느라 지금 그럴 기분이 아니에요."

"대신 나를 데려가요."

데클런이 팔을 풀어주자 나는 일어나려 버둥거렸다. 내 얼굴은 그의 허리 부근까지밖에 오지 않았고, 그의 재킷 자락이 뒤로 젖혀져 있었다. 허리에 찬 총집에 권총이 꽂혀 있는 것이 보였다. 저 총을 손에 넣을 수만 있다면 얼마나 좋을까.

"그럴 수는 없습니다. 그 망할 눈구멍을 똑똑히 뜨고 무슨 일이 일어나는지 지켜보기나 해요."

데클런은 분노했다기보다는 짜증이 난 목소리로 대꾸했다. 그리고 걸어가다 말고 덧붙였다.

"걱정 말아요. 당신 차례도 곧 올 테니까."

밖에서 차 문이 쾅 닫히는 소리가 들렸다.

"도대체 앨리스의 죄목이 뭡니까? 그것만이라도 좀 알려줘요!"

묻고 싶지 않았지만 나도 알아야 했다. 데클런은 문을 열려다 말고 나를 돌아보았다. 내게 그 소식을 전할 수 있어서 즐겁기까지 한 표정이었다.

"1급 간통죄입니다."

데클런이 안개 속으로 걸어 들어가는 가운데 그 말이 내 머릿속을 날카롭게 관통했다.

"당신들이 무슨 법이야! 당신들한테 도대체 무슨 권한이 있어! 빌어먹을 사이비 집단 주제에!"

나는 비틀비틀 데클런의 뒤를 따르며 소리를 질렀다. 그는 내 쪽을 쳐다보지도 않고 검은 SUV 운전석에 올라타서 차 문을 닫았다. 금세 부르릉거리는 엔진 소리가 들렸다. 겨우 후드를 쓴 앨리스가 뒷좌석에 앉아 있는 모습을 볼 수 있었다. 나는 운전석 창을 두들기며 고함쳤다.

"경찰에 신고할 거야!"

데클런이 창을 내리고 순수하게 나를 업신여기는 듯 웃으며 말했다.

"한번 해봐요. 그 부서에 있는 내 친구들한테 안부 좀 전해주고."

"그딴 소리 허세라는 거 다 알아!"

"믿든 말든 당신 자유죠."

데클런은 윙크를 했다.

"엘리엇과 에일린도 아마 같은 생각을 했을 겁니다."

차창이 닫혔다. 나는 모래 위에 털썩 주저앉아 자동차가 도로를 타고 달리다 고속도로로 진입한 뒤 사라져버리는 모습을 지켜보았다.

나는 차가운 바람 속에 속옷만 입은 차림으로 홀로 무릎을 꿇은 채 남겨지고 말았다. 아내를 위해서도, 나 자신을 위해서도 아무 것도 하지 못했다.

앨리스. 아, 앨리스.

데클런을 보기 전까지 나는 정말로 내 아내가 부정을 저질렀다는 사실을 상상조차 하지 못했다. 아니, 신호는 있었다. 그래서 아마 알고는 있었을 것이다. 하지만 나는 의심을 한쪽 구석으로 제쳐놓았다. 소파 옆에 남아 있던 빈 와인 잔 두 개. 싱크대에 담겨 있던 접시 두 개.

어쩌면 그날 아침 뒷마당을 통해 도망쳤을 때 '협정'이 곧 나를 덮치리라는 사실을 알고 있었는지도 모른다.

간통죄. 1급.

갑작스럽게 밀려드는 외로움에 몸부림치던 나를 새로운 기분이 사로잡았다. 새로운 확신. 이 모든 사태에도 불구하고 나는 앨리스를 구하고 싶었다. 어떻게 해야 앨리스를 구할 수 있을지 알고 싶었다. 나는 앨리스의 전부였다. 앨리스가 무슨 짓을 저질렀든 간에 그녀는 여전히 내 아내였다.

86장

온몸이 쓰라리고 멍들긴 했지만 어디 부러진 곳은 없었다. 나는 일반 전화기로 911에 전화를 했다. 하지만 뭔가 이상했다. 녹음된 목소리가 들렸다.

"지금 거신 전화는 재연결됩니다."

잠시 후 남자의 목소리가 들려 왔다.

"비상사태입니까?"

"납치 신고를 하고 싶은데요."

"친구, 제정신이에요?"

나는 전화기를 집어던지듯 내려놓았다. 제기랄.

바로 옷을 주워 입고, 얼마 안 되는 소지품들을 차에 싣고, 다 타버린 시나몬 롤들을 쓰레기봉투에 버린 뒤 부엌 조리대를 잽싸게 닦았다. 약속을 꼭 지켜야 할 것 같은 기분이었다. 우리가 이곳에 왔다는 흔적도 남기지 않았고, 하물며 고작 한 시간 전에 새롭게 인생을 시작했다는 흔적을 지우는 일은 너무나도 간단했다.

사무실에 가서 열쇠를 반납했지만 접수대 여자는 나를 보고도 전혀 놀라지 않았다. 여자는 〈슬로건 만들기〉 티셔츠를 입고 있었고, 뒤에는 TV가 켜져 있었다.

"체크아웃 좀 일찍 하려고 하는데요."

나는 책상 위에 열쇠를 내려놓으며 말했다.

"좋아요."

그녀는 봉투에서 내 신용카드를 꺼내 카드기에 긁은 뒤 돌려주었다.

"다음에 오면 다른 곳을 추천해줄게요. 사실 난 여기에 재능이 있어요. 사람들과 잘 어울리는 장소를 찾아 주는 재능 말이에요. 그 사람을 잘 알면 알수록 더 쉬워지고요. 이번에 드린 곳은 잘 맞을 것 같았는데 사실은 그렇지 않았네요. 다음 기회를 주시면 더 잘해볼게요."

"알았어요."

하지만 내게는 전혀 그럴 기회가 없을 것 같았다.

87장

집에 돌아오니 문간에 우편물들이 잔뜩 쌓여 있었다. 나는 처음으로 집 앞의 깨진 블록 사이에 잡초가 나 있는 모습을 보았다. 언제 이 모양이 되어 있었지? 나는 존스타운의 이전과 나중을 비교한 사진을 떠올렸다. 너무나 빠르고 철저하게 정글에 잡아먹혀 사라지고 거의 잊혀버린 기묘한 유토피아. 짐 존스의 임시 왕좌에는 이렇게 쓰여 있었다. '과거를 기억하지 못하는 자는 결국 잘못을 되풀이하는 저주에 걸린다.'

집 안은 얼어죽을 정도로 추웠다. 이 순간 내 눈에 우리 결혼 생활에서 남은 거라고는 고작 길가에 있는 작은 집 하나밖에 없는 것처럼 보였다. 반드시 원래대로 되돌려야 했다. 사소한 요소들 때문에 무너지게 내버려둘 수는 없었다. 갑자기 행동력이 열병처럼 솟아난 나는 집 안을 청소하고, 정리하고, 우편물을 가져오고, 식기세척기를 돌리고, 다 된 빨래를 갰다. 앨리스와 내가 함께 쌓아온 것들을 정글에 빼앗기고 쓸려가 손쓸 수 없는 상황까지 가버릴까 봐 두려웠다.

집 안의 질서가 잡히자 진짜로 해야 할 일에 착수했다. 앨리스와 내 삶을 원래대로 되돌릴 수 있는 유일한 일.

나는 인터넷으로 검색해서 아일랜드 해안에 있는 작은 섬을 찾아냈다. 래슬린. 나는 앞으로 갈 코스를 짰다. 지나치게 비싼 값을 주고 항공기 티켓들을 구입하고, 금고에서 여권을 찾아온 뒤 짐을 챙기고 택시를 불렀다.

공항으로 가는 길에 휴대전화의 전원을 켰다. P 아이콘이 여전히 제자리에서 깜박이고 있었다. 모르는 번호에서 온 문자 메시지가 하나 있었는데 SF게이트의 URL 링크가 들어 있었다. 홈페이지에 들어가보니 새로운 레스토랑의 개업과 세입자 권리 분규 소식 속에 섞여 있는 '지역 뮤지션 실종'이라는 헤드라인이 보였다. 나는 몸을 부르르 떨면서 그 헤드라인에 엄지를 들이대고 한참 고민했다.

결국 나는 그 기사를 눌렀다.

> 래더의 전직 베이시스트 에릭 윌슨이 월요일 밤 실종되었다. 윌슨의 자동차는 오션 비치에 버려진 채 발견되었다. 윌슨이 마지막으로 목격된 곳은 일요일 이른 아침 바텀 오브 더 힐에서 이루어진 전직 밴드 동료의 추모 공연장이었다. 윌슨이 곧잘 서핑을 하곤 했던 켈리스 코브에서 수색이 이루어졌다.

기사 밑에는 에릭의 밴드와 앨범들이 소개되어 있었다. 그의 앨범들 중 가장 성공적인 음반이었기 때문에 앨리스의 이름도 언급되어 있었다. 에릭이 전직 뮤지션인 줄 몰랐던 생물학 강의 학생의 코멘트와 에릭이 현직 교수였던 줄 몰랐던 전직 밴드 동료의 코멘트도 실려 있었다. 12년 전 래더의 공연 영상도 올라와 있었는데, 영상 속에서 앨리스는 그의 곁에 있었다. 나는 영상을 보지 않았다. 에릭의 부모와 여동생이 보스턴에서 비행기를 타고 와서 수색에 동참했다고 했다. 나는 초조한 기분으로 혹시 더 자세한 사항이 마법처럼 나타나지 않을까 하는 기분에 기사를 두 번 더 읽었다. 하지만 그 이상의 정보는 없었다.

에릭이 실종되었다는 소식에 슬퍼해야 하나? 내가 안도 말고 다른 감정을 꼭 느껴야 하나?

나는 엘리엇과 에일린을 떠올렸다. 조앤이 뭐라고 했더라? '그 사람들은 전부 아무런 흔적도 없이 사라졌어.'

88장

공항에 가니 동부 해안의 날씨 문제 때문에 모든 항공편이 멈춰 있었다. 결국 대륙을 건너서 가는 방법을 이용해야 했다. 샌프란시스코에서 덴버, 오헤어, 뉴어크, 개트윅을 차례차례 거쳐 북아일랜드로 가는 방법이었다. 이윽고 벨파스트에 도착했을 때 잔뜩 지치고 온몸이 뻣뻣해진 나는 오늘이 며칠인지도 알 수가 없었다. 앨리스의 소식을 듣고 싶어 죽을 지경이었다. 어두운 감방에 갇혀 있을까, 환한 감방에 갇혀 있을까? 수갑을 차고 있을까? 심문을 당하고 있을까? 어떤 처벌이 내려질까? 좋은 변호사가 붙었을까?

입국 심사대 앞에 늘어선 줄이 한없이 길게 느껴졌다. 정장 차림의 사업가들이 하나같이 중요한 미팅이 있는지 서두르는 듯했다. 얼굴에 주근깨가 가득한 심사원이 여권을 한참 보다가 돌려주고는 내 얼굴을 쳐다보았다.

"굉장히 힘들게 오셨군요?"

"길었죠."

그녀는 여권을 다시 쳐다보았다.

"멋진 아일랜드식 이름을 갖고 계시네요."

그건 사실이었다. 우리 가족은 원래 아일랜드 출신이었다. 네 세대 전 고조할아버지가 바로 이 도시에서 노면전차 운전사 일을 하다가 술에 취해 한 여자를 죽인 뒤 우리 가문은 샌프란시스코에 정착했다. 고조할아버지는 잡혀가지 않으려고 증기선을 타고 미국으로 도망쳤다. 나는 지금까지 한 번도 이곳에 와본 적이 없었다. 말하자면 나는 지금 범인이 범죄 현장을 확인하기 위해 돌아온 셈이다. 어쩌면 살인을 저지르기 쉬운 유전적 경향성이 내 핏줄 속에 아직 남아 있을 수도 있다.

얼굴에 주근깨가 많은 심사원은 내 여권의 마지막 페이지까지 넘겨, 크고 붉은 입국 도장을 쾅 찍으며 말했다.

"고향에 돌아오신 것을 환영합니다."

나는 현금을 한 뭉치 인출했다. 그리고 밖에 나가 택시를 잡고 기차역으로 향했다. 시계를 꺼내 이곳 시간에 맞춘 뒤 다시 집어넣기 전, 나는 그것을 뒤집어 뒤에 새겨져 있는 짧은 각인을 다시 읽었다.

'제이크에게. 내 모든 사랑을 담아. 앨리스가.'

머릿속은 빙빙 돌았고 몸은 무척이나 피로했다. 출근 시간인지 길이 북적거려 좀처럼 차가 앞으로 나아가질 않았다. 역에 도착하자 목적지까지 가는 길이 생각보다 훨씬 복잡하다는 사실을 알게 되었다. 기차를 타도 길 중간까지밖에 가지 않았고, 애초에 그 기차가 잘 오지도 않았다. 게다가 역 안에는 열 명도 넘는 노동자들이 피켓을 들고 길을 막고 있었다. 공식 분규를 알리는 표시도 있었다.

나는 호텔로 걸어갔다. 리셉션에는 구깃구깃한 정장을 입은 통통한 남자가 서 있었다. 기차 편에 대해 묻자 그는 길고 장황한 설명을 해주었다. 내가 이해한 바에 의하면 나는 지금 북아일랜드에 아주 안 좋은 때에 온 셈이었다. 버스도 파업 중, 기차도 파업 중, 그리고 굵직한 축구 경기가 지금 막 시작한 참이었다.

"축구 좋아하세요?"

남자가 물었다.

"글쎄요……."

"저도 안 좋아하거든요. 이따 정오까지 여기서 기다리시면 제가 최대한 아모이 가까운 데까지 태워다 드릴게요."

남자는 무슨 티켓 같은 게 실려 있는 종이를 내게 한 장 건네주었다.

"원하신다면 영국식 아침 식사도 무료로 드실 수 있습니다."

그리고 내게 마치 폐교한 초등학교 카페테리아처럼 슬플 정도로 텅텅 빈방을 가리켜 보였다. 금세 웨이터 하나가 내게 다가와 괴상한 갈색 차 한 잔을 억지로 따라주었다. 나는 고맙다고 한 뒤 플라스틱 접시를 들고 뷔페로 향했다.

메뉴에는 축축한 계란, 가느다란 소시지, 정체불명의 캐서롤, 얄팍한 흰 빵 토스트가 쌓여 있었다. 나는 알록달록한 시리얼 두 상자를 탈지유에 섞어서 겨우 목구멍에 넘겼다. 관광객, 축구 팬, 영국인 신혼부부—대부분 젊고 행복으로 반짝반짝 빛나고 있었다—들이 카메라를 만지작거리고, 지도를 훑어보고, 우산을 들썩거리는 모습이 보였다. 나는 그들이 부럽고 질투가 났다.

정오가 되자 리셉션 데스크에 있던 남자가 다가와 내 어깨를 두드렸다. 얻어 탄 차는 너무 작아서 그가 기어를 변속할 때마다 계속 팔이 닿곤 했다.

남자는 아모이까지 가는 길 내내 수다를 떨었지만 내 귀에 제대로 들어온 말은 반도 안 됐다. 그는 전부인의 집에 있는 아들을 친구의 생일파티에 데려다주는 길이라고 했다. 아들은 열 살이고 부자는 서로 한 달에 한 번밖에 만나지 못한다는 이야기였다. 전부인이 화를 내고 아들은 속상해할 테니 빨리 서둘러야 한다고 했다.

아모이는 그야말로 길바닥에 신호등밖에 없는 작은 동네였다. 남자의 말에 따르면 발리캐슬까지는 10킬로미터 정도 된다고 했다. 남자는 택시를 잡으라고 했지만 나는 그냥 걷겠다고 말했다. 남자는 웃음을 터뜨렸다.

"여기가 어딘지 알아요? 망할 북아일랜드라고요. 가는 길에 비가 네 번만 쏟아져도 그나마 운 좋은 축일걸요. 아마 바람에 날려서 벨파스트까지 갈 수 있을지도 모르죠."

남자의 전부인 집 앞에서 내린 나는 그와 헤어졌다. 5미터에서 10미터쯤 걷던 나는 문득 뒤를 돌아 울타리 너머에 몸을 숨기고 남자가 집 문으로 다가가는 모습을 지켜보았다. 안에서 대답하는 소리가 들리고 전부인으로 여겨지는 피곤한 표정의 예쁜 여자가 모습을 드러냈다. 삶에 지쳤는지도 모르고, 어쩌면 이 남자 때문에 지쳤는지도 모른다. 나는 멀리서도 앞문에 나타난 여자가 남자에게 보인 슬프고 복잡한 애증의 감정을 충분히 느낄 수 있었다. 키가 크고 야윈 체격에, 어마어마하게 바보 같은 머리 스타일을 한 아이가 안에서 뛰쳐나와 아버지에게 안기는 모습을 보고 나는 몸을 돌렸다.

남자의 예상대로 1, 2킬로미터쯤 걸었을 무렵 비가 내렸고 축축해진 코트 위로 살얼음이 얼어, 나는 가방에서 방수 재킷을 꺼냈다. 그리고 지나가는 대형 화물차들이 일으키는 바람에 저항하며 간신히 앞으로 나아갔다. 얼어죽을 것 같았지만 비가 내린 덕분에 졸지 않고 깨어 있을 수 있었다. 얼굴을 때리는 빗방울이 오히려 고마울 정도였다.

발리캐슬에 도달했을 즈음 내 옷은 흠뻑 젖은 수준에서 그나마 좀 축축한 정도까지 말라 있었으나 비가 또다시 내리려 했다. 래슬린으로 가는 페리가 있기를 빌며 무거운 다리를 끌고 터미널로 걸어갔다. 건물 문은 잠겨 있었고 주차장도 텅텅 빈 상태였다. 부두 끄트머리에서 어부 세 명이 보트의 짐을 내리고 있었다. 셋 다 이 얼음장 같은 비 따위는 신경도 안 쓰는 눈치였다. 나는 래슬린으로 갈 수 있는지에 대해 물었다. 세 사람은 내가 마치 다른 행성에서 지금 막 온 외계인이라도 되는 양 나를 쳐다보았다. 그리고 내가 알아들을 수 없는 언어로 된 대답이 돌아왔다. 내가 당황하는 모습을 보고 셋 중 선장이 다시 끈기 있게 설명해주었다. 래슬린으로 가는 페리 또한 교통수단 파업에 속한다는 이야기였다.

"그쪽 볼일이 별로 급한 일이 아니어야 할 텐데요."

제기랄.

나는 시내 한복판으로 돌아갔다. 끊임없이 비가 내리고 있었음에도 불구하고 알록달록 환한 색으로 칠해진 건물과 바다를 바라보는 푸른 절벽을 보고 있자니 정말이지 예쁜 도시라는 생각을 하지 않을 수가 없었다. 앨리스도 이곳에 왔다면 정말 좋아했을 텐데. 나는 여행사를 찾았으나 닫혀 있었다. 결국 술집을 찾아 들어갔다. 술집 안은 사람으로 가득했다. 문 안으로 한 걸음 들어서자마자 스무 가지 다양한 대화들이 갑자기 뚝 끊기고 모든 머리가 내 쪽을 향했다. 하지만 1초쯤 지나자 마찬가지로 갑자기 다시 소음이 돌아왔다. 몇 년 전 이스라엘의 어느 회의에서 발언을 할 일이 있었다. 일이 끝나고 혼자 시내를 돌아다니던 중, 카페나 레스토랑에 들어갈 때마다 모든 대화가 뚝 그치고 모든 사람들이 나를 쳐다보곤 했다. 그들은 순간적으로 내가 위협적인 존재가 아니라는 계산을 마친 뒤 원래 하던 이야기로 돌아간 모양이었다.

나는 난롯가 근처에 있는 지저분한 구석자리 테이블에 앉았다. 그리고 젖은 코트를 벗어서 의자 등받이에 걸친 뒤 잠시 어둠 속에 눈이 익기를 기다렸다가 바로 향했다. 너무 피곤해서 다이어트 콜라 생각이 간절했지만 여기 있는 거라고는 어마어마한 양의 맥주뿐이었다.

“이 동네에서 나갈 수 있는 방법은 없나요?”

나는 바텐더에게 물었다.

“파업이 끝나야죠.”

“수상 택시를 개인적으로 부를 순 없을까요?”

바텐더는 내가 너무 무식해서 놀랐다는 표정으로 고개를 가로저었다.

나는 하프 맥주를 주문하고 자리로 돌아와 이제 어떻게 할지 고민에 빠졌다. 문득 휴대전화를 켰다가 이런 시골에서 전화가 터진다는 사실을 깨닫고 움찔 놀랐다. 나는 샌프란시스코 공항에서 새 휴대전화를 샀다. 싸구려지만 2년치 요금을 미리 치르려니 엄청난 금액이 들었다. 하지만 깜박이는 파란 아이콘이 없는 휴대전화를 얻을 수 있다면 그것은 아주 싼값이었다. 나는 혹시나 앨리스가 전화를 걸지도 모른다는 생각에 예전 번호로 오는 연락을 전부 받을 수 있도록 돌려놓았다.

전화는 없었다. 나는 일어서서 가게 안을 바라보며 큰 소리로 말했다.

"나는 지금 당장 래슬린에 가야 합니다. 긴급한 일이에요."

침묵이 한참 이어지다가 근육질의 몸집 작은 남자 하나가 의자를 뒤로 밀며 일어서서 내게 다가왔다.

"보트는 없어. 파업은 파업이야."

"사람이 죽고 사는 일이 달렸다고요."

나는 애원했지만 나를 쳐다보는 눈에는 오로지 무표정하고 화난 눈빛만이 담겨 있을 뿐이었다.

밖에서 내리던 비는 이미 그쳐 있었다. 나는 썰렁한 부둣가로 돌아가 바람에 흔들리는 보트 열몇 개가 있는 곳을 살펴보았다. 어부 하나가 보트에 앉아서 엉킨 줄을 풀고 있었다.

"래슬린까지 태워다 주시면 5백 파운드 드리겠습니다."

나는 지갑에서 빳빳한 새 지폐를 꺼내며 말했다. 어부는 나를 잠시 훑어보더니 말했다.

"천 파운드면 가죠."

나는 보트에 올라타면서 5백 파운드를 더 꺼내서 어부의 손바닥에 얹었다. 그는 내 시계를 흘끔 쳐다보았다.

"그 시계도."

"아내가 준 겁니다."

"당신 태워다 준다고 내가 이 근방에서 유명 인사가 되는 것도 아닌데 뭘."

남자는 엉킨 낚싯줄 쪽으로 시선을 돌렸다. 나는 할 수 없이 시계를 풀었다. 그리고 뒷판에 새겨져 있는 각인 글씨를 마지막으로 바라보았다. 남자는 시계를 자기 손목에 찬 다음 잠시 그것을 감상한 뒤, 다 부서져 가는 의자를 가리키며 말했다.

"구명조끼 입어요, '친구'. 가는 길이 쉽진 않을 테니까."

89장

발리캐슬이 작은 동네라면 래슬린은 손바닥만 했다. 있는 거라고는 여관, 술집, 카페, 우체국도 겸하고 있는 선물 가게, 그리고 1, 2킬로미터 정도 되는 썰렁한 해안이 전부였다. 나는 여관으로 걸어갔다.

"방 있습니까?"

나는 데스크 너머에 있는 십 대 소년에게 물었다.

"아무도 없어요."

나는 9파운드를 추가로 지불하고 바다가 보이는 창문이 달린 방을 얻었다. 화장실은 공용이었지만 어차피 나 하나밖에 없으니 상관없었다.

"혹시 어디 가는 길 좀 물어볼 수……."

"올라는 당신이 온다는 사실을 알고 있어요. 준비가 되면 부를 거예요."

소년이 말했다. 그리고 내가 대답하기도 전에 몸을 돌려 다시 축구 중계로 돌아가버렸다. 나는 위층으로 올라가 작은 방 안에서 서성거리며 바다를 내다보았다. 휴대전화는 터지지 않았다.

나는 불안한 기분에 산책을 나섰다. 해변에는 정말로 아무도 없었다. 이곳에서 보는 바다는 앨리스와 내가 매주 산책을 나가서 보던 바다와 놀라우리만치 비슷했다. 파도는 무시무시했고, 안개를 보니 집이 떠올랐다. 어두워진 후 여관으로 돌아갔지만 내게 온 메시지는 하나도 없었다. 소년은 여전히 축구를 보고 있었다.

다음 날 아침 더욱 초조해진 나는 아예 복도에 자리를 잡았다.

"중요한 일 때문에 올라를 꼭 만나야 합니다."

"이봐요, 손님. 래슬린에서는 샌프란시스코처럼 행동하지 않아도 돼요. 그리고 이 주변에서 어슬렁거릴 필요도 없어요. 제가 찾으러 갈게요."

할 수 없이 나는 섬을 돌아다녔다. 언덕을 오르고, 사구 사이를 서성거리고, 미끄러운 바위 위로 올라가기도 했다. 그러다 이 섬 안에서 유일하게 휴대전화 서비스가 되는 곳을 발견했지만 여전히 앨리스에게서는 아무 연락도 오지 않았다. 지치고 절망한 기분으로 혹시 내 아내를 영영 잃어버린 게 아닐까 걱정하며 바다만 바라보았다.

그날 밤 나는 끔찍한 바다를 헤엄치며 앨리스를 구하려 했지만 앨리스가 계속 내 손을 빠져나가기만 하는 악몽을 꾸다가 기겁해서 벌떡 일어났다.

셋째 날이 되어서야 드디어 소년이 내게 양피지 봉투 하나를 건네주었다. 봉투 앞면에는 내 이름이 아름다운 필기체로 쓰여 있었다.

나는 내 방으로 가서 침대에 앉아 심호흡을 했다. 심장이 쿵쿵 뛰었다. 봉투 안에는 섬 지도가 들어 있었고, 북쪽 끝에 가까운 어느 한 지점에 파란 X가 표시되어 있었다. 지도 뒤에는 '오전 10시. 운동화 지참'이라고 쓰여 있었다.

나는 밤새 한숨도 자지 못했다. 새벽녘이 되자 따뜻하게 옷을 챙겨 입고 영국식 아침 식사를 힘겹게 먹어치운 뒤 섬의 끄트머리까지 열심히 걸어갔다. 지도에 표시된 곳에는 바다가 보이는 벤치가 하나 있었다. 바다는 여전히 납빛이었다. 벤치 너머에는 절벽을 따라 서쪽으로 나 있는 길이 있었다. 나는 한 시간도 넘게 일찍 왔기 때문에 그냥 벤치에 앉았다. 어느 방향에서도 그 누구도, 또 무엇도 나타나지 않았다. 천천히 안개가 밀려와 나를 집어삼켰다. 계속 기다릴 수밖에 없었다.

얼마 후 움직임이 느껴져 고개를 드니 한 여성이 나를 바라보며 서 있었다.

"친구, 같이 산책해요."

90장

올라는 내 생각보다 키가 컸다. 은발은 짧게 깎여 있었고 복장은 간소했다. 나는 올라에 대한 분노 때문에 거의 숨이 막힐 지경이었고 올라 자신과 올라가 만든 것, 우리를 이토록 궁지에 몰아넣은 끔찍한 음모를 혐오할 준비가 되어 있었다. 올라에게 하고 싶은 말이 너무나 많았다. 반대의 말, 비난의 말, 길고 통렬한 혼잣말.

하지만 나는 조심스럽게 나서야 한다는 사실을 알고 있었다. 올라는 다른 내담자들과 마찬가지로 반항적인 접근이 통하지 않을 터였다. 나는 그녀에게 주먹을 휘두르고 고함을 지르고 싶었지만 그래 봤자 아무 소용도 없을 것이다. 괜히 앨리스만 더 곤란하게 만들겠지. 고함을 지른다는 건 상대를 협박한다는 뜻이고, 올라는 협박에 굴복할 만한 사람이 아니었다. 내 목적을 이루기 위해서는 지금의 올라만큼 나도 침착해야 하고, 마음속으로 계속 계산을 해야 한다.

우리는 말없이 걸었다. 처음에는 나도 올라를 계속 쳐다보며 언제 대화가 시작되고, 언제 독한 말이 쏟아질지 기다렸다. 하지만 올라의 침묵은 돌아버릴 정도로 길었다. 나는 먼저 말을 꺼내서 대화의 주도권을 잡고 싶다는 충동을 견디기가 힘들었다. 겨우 올라가 말했다.

"난 산책을 좋아해요. 걷다 보면 머릿속이 명료해지거든요. 당신은 지금 스스로가 명료한 사고를 하고 있다고 생각하나요, 제이크?"

"지난 몇 달 동안의 머릿속보다 지금이 훨씬 더 또렷합니다."

올라는 대답하지 않았다. 이윽고 우리는 언덕의 꼭대기에 올랐다. 발밑으로 펼쳐진 푸른 풀밭 위에 넓은 단칸집 하나가 보였다. 나는 그 집을 한눈에 알아보았다. 재생 목재와 유리 벽으로 이루어진 그 집은 펀리의 법정 밖 통로에 죽 걸려 있던 사진 속에서도 보았다. 앨리스는 지금 법정에 있을까? 내가 보았던 것처럼 그 사진들을 보고, 필사적으로 펀리를 떠나려 발버둥치고 있을까? 안전하긴 할까?

올라는 나를 흘끔 쳐다보았다. 그 표정을 보고 혹시 내가 생각을 큰 소리로 입 밖에 내어 말한 게 아닐까 잠시 당황했다. 올라는 함께 언덕을 내려오며 말했다.

"친구, 우린 이야기할 게 정말로 많네요."

나는 집의 크기와 집안의 간소한 분위기를 보고 놀랐다. 그곳은 반짝반짝 빛나는 콘크리트 바닥과 멋진 전망을 갖고 있는 깔끔한 집이었고, 어딘가 모르게 세련된 느낌도 풍겼다. 얼마 안 되는 가구는 전부 하얀색이었다. 나는 더 요란한 무언가를 상상했었다. 세계적 본부, 사령탑, 비디오 모니터, 전자 칠판, 관리자와 아첨꾼과 시종으로 가득한 건물.

하지만 아무것도 없었다. 내 시야에 들어오는 한 집안에는 우리 둘뿐이었다.

"편하게 앉아요, 친구."

올라는 운동화를 벗고 사라졌다. 나는 올라가 돌아오기를 기다리며 초조한 기분으로 방 안을 서성거렸다. 그러다 책장에 꽂혀 있는 책들을 보고 올라의 성격을 파악하는 데 도움이 될 만한 단서를 찾아볼까 싶었다. 예이츠의 작품이 많이 보였다. 윌리엄 딘 하웰스의 결혼에 관한 걸작 소설《현대적 경우》도 있었고 조앤 디디온, 신시아 오직, 돈 캐롤의 소설도 있었다.《1984》와《캐치-22》의 초판 사인본도 있었다. 책장 맨 위에는 롬니 셸의《디스코장에서》와 미찰 초로만스키의《질투와 약》이 있었다. 나는 찢어진 책등을 얼핏 보고 그냥 넘어갔다가 다시 한번 쳐다보았다. 스탠리 밀그램의《권위에 대한 복종》이었다.

그리고 사진이 있었다. 올라와 남편인 듯한 사람, 그리고 앨리 휴슨과 보노가 함께 찍은 사진이 있었다. 올라와 브루스 스프링스틴, 패티 셜파의 사진도 있었다. 젊은 올라와 토니 블레어, 그의 아내 셰리 블레어의 사진도 있었다. 빌 게이츠와 멜린다 게이츠와 찍은 사진도 있었다. 고 제임스 가드너와 그의 아내와 찍은 흐릿한 흑백사진도 있었고, 클린턴 부부와 찍은 사진도 있었다. 잭슨 폴록과 돌리 파튼이 각자의 배우자와 함께 찍은 사진도 있었다. 책과 사진들 사이에는 약간의 잡동사니도 섞여 있었다. 나는 앞면에 빨간 5자가 붙어 있는 브라이틀링 시계를 집어 들었다. 뒤집어 보니 그 뒤에는 래슬린 사람들은 잘 모를 것 같은 배지가 있었다.

마음속으로 솟아나는 용기에 스스로도 놀라면서도, 나는 올라의 집 안에 혼자 남겨진 이 상황이 묘하게 미리 예정되어 있던 상황이라는 생각이 들었다. 올라가 자신의 소지품을 보여주기 싫었다면 과연 나를 이리로 데리고 왔을까?

나는 부엌에서 모양도 색깔도 제각각인 열 가지 주걱을 발견했다. 보라색 실리콘 주걱을 하나 집어 보고 있는데 올라가 돌아왔다.

"어디서 생산됐는지 좀 보려고요. 안 믿을지 모르겠지만 난 주걱을 수집합니다."

"알아요."

나는 원래 있던 곳에 주걱을 도로 집어넣었다.

"그건 코펜하겐의 어느 디자인 숍에서 샀어요. 리처드랑 같이 한 10년쯤 전에 갔는데 색깔이 시선을 사로잡더군요. 난 아무 말도 안 했는데 아마 리처드가 뭔가 느꼈나 봐요. 몇 달쯤 후에 갑자기 우리 집 부엌에 수수께끼처럼 나타났지 뭐예요."

올라가 조리대 쪽으로 가서 버튼 하나를 누르자 숨겨져 있던 공간에서 터치스크린이 나타났다.

"건축가가 이 집을 다 짓고 열쇠를 주면서 음악을 틀면 집 분위기가 더 좋아질 거라고 하더군요. 그때는 무슨 말인지 몰랐는데 이젠 왜 그런 말을 했는지 이해가 돼요."

알프레드 브렌델이 재해석한 '엘리제를 위하여'가 숨겨져 있는 스피커에서 흘러나와 집 안을 가득 채웠다. 올라는 찬장에서 와인 한 병을 꺼냈다.

"특별한 와인이에요. 회원에게서 받은 선물이거든요. 항상 이걸 따고 싶었는데 지금은 시간이 좀 이르지 않나 싶네요."

"지구 어딘가는 밤이겠죠."

내가 말했다. 올라는 와인을 따서 잔에 따랐다. 침전물도 많고 아주 진한 피노 누아였다.

"자, 앉아요."

올라는 나를 거실로 안내하며 말했다.

"저 하얀 소파에 앉아서 레드 와인을 마셔도 좋을지 모르겠는데요."

"그런 말 말아요."

"난 진지합니다. 재채기 한 번 잘못했다가 앨리스랑 내가 파산이라도 하면 어쩌려고요."

올라는 하마터면 웃을 뻔했다. 나는 계산된 반응 뒤에 숨어 있는 올라의 진짜 모습을 한순간 엿본 기분이 들었다.

"부탁이니 앉아요. 소파 따위는 아무래도 상관없어요."

올라는 와인 잔을 몇 번 돌린 뒤 한 모금을 입에 머금고, 눈을 감고 맛을 음미했다.

나는 잔을 커피 테이블 위에 내려놓고 앉았다. 올라는 내 옆의 가죽 의자에 앉았다. 마치 한참이나 젊은 여성처럼 다리를 꼬고 앉아 잔을 반듯하게 높이 들어 올렸다.

"앨리스에 대해 이야기하려고 왔습니다."

"당연히 그렇겠죠."

올라가 침착하게 말했다.

"일주일 전 아내가 납치됐습니다. 잔뜩 겁을 집어먹은 내 아내는 옷도 제대로 입지 못하고 질질 끌려갔죠."

올라는 나를 똑바로 바라보았다.

"미안해요, 제이크. 지나친 강제력이 동원되었다는 사실에 대해 처음으로 사과해야겠네요."

나는 올라의 반응에 놀랐다. 당연히 올라가 아무것도 인정하지 않고, 사과도 하지 않을 줄 알았다.

"앨리스는 지금 편리에 있습니까?"

"그래요. 하지만 호텔 쪽에 있어요."

나는 그곳의 편안한 침대와 멋진 전망, 룸서비스를 떠올렸다. 그곳에 앨리스가 있다고 상상해보았다. 물론 데클런의 말을 기억하고 있었다. '1급 간통죄'. 앨리스가 아무것도 하지 않고 우리의 결혼에 대해 생각하는 모습을 떠올려보았다. 그리고 죄책감이 느껴지긴 했지만, 앨리스가 그 1인용 독방에 감금되어 있거나 더 심한 처사를 당하는 모습도 상상해보았다.

"당신 말을 어떻게 믿으란 겁니까?"

"당신 아내는 피니건과 아주 강력한 연결 관계를 갖고 있어요. 하지만 그 전에 먼저 내 기분도 좀 맞춰줘요. 난 당신과 대화를 나누기 위해 아주 오랫동안 기다렸어요."

올라는 자신이 준비가 될 때까지 앨리스에 대해 아무 말도 해주지 않을 모양이었다. 앨리스가 머릿속에서 '고분고분하게 행동해'라고 경고하는 목소리가 들리는 것 같았다.

올라는 내 쪽으로 몸을 살짝 기울였다. 아마 나를 훑어보며 가치를 매기는 듯했다.

"질문 하나 할게요. 앞으로 5백 년이 지난 후 지구가 여전히 존재하고 사람들의 생활 방식도 지금과 크게 다르지 않다고 할 때, 그때도 결혼이라는 제도가 있을 것 같나요?"

나는 그게 무슨 헛소리인가 싶어 짜증이 났다.

"글쎄요, 모르겠네요. 당신은 어떻게 생각하는데요?"

"방식이 틀렸어요. 내가 먼저 물었어요."

나는 잠시 생각했다.

"근본적으로 생각해보면 인류의 최종적인 목표는 불멸이죠. 그리고 불멸을 이룰 수 있는 방법은 번식뿐이고요. 남녀 한 쌍이 만나서 결혼이라는 법적인 테두리 안에서 하나가 되면 그들의 자손은 살아남기에 아주 좋은 환경을 갖게 되고, 그러면 그 개인은 불멸성을 획득할 수 있는 기회가 생기죠. 그리고 자식 문제를 제쳐두더라도 대부분의 사람들은 평생 함께할 파트너를 갖고 싶다는 강력한 욕망을 갖고 있다고 생각합니다."

"당신이라면 정확히 그렇게 말할 것 같았어요."

올라는 나를 빤히 쳐다보았다. 도대체 칭찬인지 욕인지 알 수가 없었다.

"얘기 하나 들어줄래요?"

올라가 물었다. 나는 왠지 비비언이 순진한 우리에게 너무나 쉽게 계약서에 서명을 받아냄으로써 우리를 악몽으로 끌어들인 그날, 프로젝터로 보여주었던 그 이야기를 올라가 다른 화자 버전으로 들려줄 것이라는 예감을 느꼈다. 나는 스스로에게 올라가 나를 따스하게 맞이해주고 금세 친밀한 관계를 맺은 것 같지만 사실 이 연약한 은발의 여인은 양의 가죽을 뒤집어쓴 늑대라고 설득했다. 정확히 말하면 질 좋은 리넨 옷을 입은 늑대라고 해야겠다.

"우리 부모님은 가난했어요. 아버지는 탄광에서 일했고 어머니는 침모였죠. 두 분은 열심히 일해서 우리 자매를 편안한 집에서 키워주셨지만 인생의 충고 같은 건 해주지 않았어요. 부모님에게도 의견은 있었지만 그건 강한 신념이나 뚜렷한 생각은 아니었죠. 종교, 정치, 노동 등 굵직한 주제에서 나는 내 의견을 스스로 만들어야 했어요. 딱히 부모님을 비난하려는 건 아니에요. 세계는 아주 빠른 속도로 성장하고 있고, 우리 중 그 누구도 다음 세대에게 남겨줄 만큼 적절한 도구를 갖고 있진 않으니까요. 요즘 세상은 우리 부모님이 자라던 세상과 전혀 달라요. 내가 자라던 세상과도 완전히 다르죠.

나는 현대 세계가 어쩌면 결혼을 도외시하는 방향으로 진화하게 될지도 모른다고 생각했어요. 그건 세계화와 공유 경제에 밀접한 관련이 있어요."

"세계화와 결혼의 소멸이 대체 무슨 상관이죠? 당신이 만든 그 잔인한 시스템으로 대체 뭘 어떻게 하려는 겁니까?"

올라는 내 말 속에 담긴 분노를 느낀 듯 놀란 표정으로 눈썹을 추켜올리며 내 쪽으로 돌아앉더니 외쳤다.

"결혼은 아주 비효율적인 제도예요! 결혼이라는 시스템 전체가 그야말로 자원 낭비의 모델이라고 할 수 있을 정도죠. 아무리 열심히 일하던 사람이라도 아내가 되면 그동안 쌓았던 모든 경력을 다 버리고, 그 후의 경력까지도 단절된 채로 집에 들어앉아서 아이들을 봐야 해요. 재능의 낭비일 뿐만 아니라 물질적인 낭비이기도 하죠. 모든 가정에서는 항상 불필요한 일들이 반복되고 있어요. 세상에 토스터가 몇 대나 있는지 알아요?"

"모르겠는데요."

"대충 짐작만이라도 해봐요."

"몇천만 대?"

나는 짜증스러운 말투로 말했다.

"2억 대도 넘어요! 그리고 평균적인 가정에서 토스터를 얼마나 사용하는지는 알아요?"

올라는 내 대답도 기다리지 않고 바로 대답을 내놓았다.

"1년에 2.6시간이에요. 2억 대의 토스터가 사용도 되지 않고 그냥 제자리에 가만히 놓여 있는 거예요. 통계학적으로 말하면 기계 수명의 99.97%가 낭비되는 셈이죠."

올라는 와인 잔을 홀짝 비워버리더니 자리에서 벌떡 일어나 주방으로 가서 아예 병을 들고 돌아왔다. 그리고 묻지도 않고 내 잔에 와인을 따른 뒤 자기 잔에도 따랐다.

"전 세계 사람들은 자원을 아껴 써야 해요, 제이크. 사람들이 다들 자기 집에 있는 토스터가 필요 없는 물건이라는 사실을 좀 깨달았으면 좋겠어요. 핵가족도 필요 없고, 이기적이고 독립적인 각자의 집도 사실 다 필요 없죠. 진화는 항상 효율적인 방향으로 이루어져요. 현대적인 결혼과 핵가족은 한 마디로 말해 아주 비효율적이에요."

이 주제에 대한 올라의 열정에서는 약간의 광기마저 느껴졌다. 하기야 그건 당연한 일이다. 광기 없이 어떻게 '협정'이 존재할 수 있단 말인가?

"그럼 사람들이 결혼에서 거리를 둬야 한다는 말인가요?"

나는 놀라서 물었다. 자기 자신의 주장을 이토록 당당하게 부정하는 사람을 도대체 어떻게 판단해야 할까?

"전혀 그렇지 않아요! 난 경제학자가 아니에요, 제이크. 아니라서 정말 다행이지 뭐예요! 나는 효율성이 항상 좋은 것만은 아니라고 생각해요. 그런 면에서는 쉽고 좋아 보이는 것도 항상 좋지만은 않을 거예요. 왜 내가 결혼을 이렇게 신봉하는데요?"

올라는 내 앞에 떡 버티고 섰다.

"결혼 생활은 결코 쉽지 않기 때문이에요. 항상 우리를 시련에 빠뜨리죠. 나는 결혼 때문에 삶의 방식도 바꿨고, 다른 관점에서 생각할 수 있게 되었고, 자신의 이기적인 욕망도 초월할 수 있게 됐어요."

"한 가지는 확실하게 하고 가죠. 결혼 생활이 어렵기 때문에 신봉한다는 말입니까?"

"어려운 건 사실이지만 그건 핵심이 아니에요. 중요한 건 결혼이 서로를 이해할 수 있도록 하는 발판을 제공해준다는 사실이죠. 결혼은 파트너에 대해 더욱 깊게 생각하고 필요를 느낄 수 있게 해주고, 타인의 본질에 대해 진정으로 분석할 수 있게 해줘요."

올라는 이제 방 안을 이리저리 돌아다니고 있었다.

"여기서 말하는 이해는 더욱 창조적인 삶을 살게 해주는 원동력이자, 자기 자신에게밖에 관심이 없는 미혼일 때는 전혀 생각하지 못했던 생각을 할 수 있게 해주는 힘이에요. 인간은 보통 안전하고 쉬워 보이는 길 쪽으로 계속해서 나아가고자 하죠. 결혼은 그 타성을 깨뜨릴 수 있게 해줘요. 당신도 알다시피 '협정'은 내 첫 번째 결혼의 실패에서 태어났어요. 나는 결혼 생활을 통해 어떤 성취를 이룰 수 있는지 잘 알고 있지만, 나와 같은 결혼을 한 사람들에게는 대부분 그런 성취를 할 힘이 없어요. 그래서 엄격한 규칙을 통해 사람들에게서 이기심을 제거하고자 했던 거예요."

"이론적으로만 들으면 아주 고결한 뜻인 것 같군요. 하지만 올라, 내가 목격한 광경은 전혀 고결하지 않았는데요."

올라는 내게서 이름을 불리자 동요한 모양이었다. 올라는 나를 돌아보았다.

"내게 '협정'을 나갈 수 있게 해달라고 부탁하러 온 거죠? 내 말이 맞죠?"

"네."

올라는 아무 말 없이 나를 가만히 응시했다.

"내가 하고 싶은 말은 그냥 이 모든 게 다 부조리하다는 겁니다."

나도 자리에서 일어나 올라를 마주 보며 말했다. 마치 귓속말이라도 하는 양 목소리를 잔뜩 낮춰서 내 말을 들으려면 가까이 다가올 수밖에 없었다.

"당신은 자기 사명이 고결하고 '협정'은 순수한 조직이라고 생각하겠죠. 하지만 당신은 그 조직을 끔찍한 사이비 종교처럼 운영하고 있어요."

올라는 헉, 하고 숨을 들이켰다.

"친구, 결혼 생활을 성공적으로 이끌고 싶지 않아요? 앨리스와 함께하는 삶을 바라지 않아요? 자기 스스로의 한계에 도전해보고 싶지 않아요?"

"당연히 그 모든 것을 다 바라죠! 도대체 내가 왜 여기까지 왔다고 생각합니까? 난 앨리스를 되찾고 싶어요! 공포에 떨면서 살기 이전의 모습으로 돌아가고 싶다고요! 우리의 삶을 되찾고 싶습니다. 당신이 갑자기 나타나서 우리의 삶을 엉망진창으로 만들기 전까지 우린 아주 행복했어요."

"그랬나요?"

올라가 미소를 지었다. 마치 이 상황이 대단히 즐거운 모양이었다. 나는 이 여자의 목을 움켜쥐고 비틀어버리고 싶었다.

"그래요, 올라. 우린 행복했어요. 난 앨리스를 사랑해요. 앨리스를 위해서라면 뭐든지 다 할 겁니다. 뭐든지."

그러고 보니 아직 누구에게도 이런 말을 한 적이 없었다. 그리고 내 입으로 크게 외친 바로 이 순간, 말은 진실이 되었다. 그랬다. 나는 나 스스로를 위해 앨리스를 원했지만, 사실 앨리스를 충분히 사랑해주지 못했다.

"그럼 왜 포기하려는 거죠?"

"나는 내 결혼 생활을 절대 포기하지 않았어요! '협정'을 포기하려는 겁니다. 당신이 아주 머리가 좋고 지적인 여자라는 건 잘 알아요. 그러니 그 차이를 이해 못 하는 척하지 말았으면 좋겠군요. 감시, 위협, 심문을 가지고는 절대 당신이 원하는 그 위대한 목표를 이룰 수 없어요. 당신은 변호사처럼 말하고 있지만 사실은 폭군처럼 지배하고 있다고요!"

집 안 어딘가에서 전화가 울렸다. 올라는 시계를 흘끔 쳐다보았다.

"미안해요. 불을 켜놔야 해서요."

올라는 집 뒤쪽으로 사라졌다. 나는 10분에서 15분 정도 제자리를 서성거리며 올라가 돌아오기를 기다렸으나 올라는 나타나지 않았다.

도대체 내가 뭘 어떻게 해야 할까? 나는 올라가 아주 카리스마 있고 결코 그 무엇 앞에서도 굴복하지 않는, 짐 존스나 데이비드 코레시 같은 지도자일 거라고만 생각했었다. 하지만 올라는 전혀 그런 타입이 아니었다. 올라는 사려 깊고 아주 점잖은 성격이었다. 또한 새로운 정보에 열려 있으며 새로운 생각을 받아들일 줄 알고 자신의 말에 반대되는 의견을 적극적으로 찾아나서는 사람이었다. 만약 이런 성품을 병에 담을 수 있다면 나는 병마다 담아 가서 내담자들에게 하나씩 나눠줄 것이다. 아니, 우선 나부터 한 병 얻어 가야겠다.

물론 이것이 단순히 연기일 가능성도 크다. 내가 '협정'의 무자비한 전략에 대해 지적한 바로 그 순간 전화가 울린 건 정말로 우연이었을까?

나는 벽난로 위에 걸려 있는 사진을 바라보았다. 올라와 올라의 남편이 다른 두 부부 사이에 서 있는 사진이었다. 메릴 스트립과 피어스 브로스넌이 각자의 오랜 배우자와 함께 있었다. 이 유명한 사람들이 전부 올라를 친구라고 생각하고 있을까? 아니면 모두가 빠져나올 수 없는 거미줄 같은 덫에 걸린 걸까? 얼마나 많은 심문이 녹음되었을까? 도대체 이들이 무슨 비밀을 갖고 있기에 그것이 폭로될까 두려워 차마 도망 나오지 못하는 걸까?

키 큰 남자 하나가 방으로 들어왔다. 발밑에는 스코티시테리어 한 마리가 있었다. 남자는 지친 얼굴에 소매를 걷어 올리고, 부츠에는 온통 긁힌 상처가 가득했다. 지금까지 올라와 나밖에 없는 줄 알았는데 이 남자는 갑자기 어디서 나타난 거지? 남자가 내게 손을 내밀며 말했다.

"안녕하세요, 제이크. 난 리처드입니다. 이 녀석은 쇼키라고 하고요."

리처드는 올라보다 열 살에서 열다섯 살은 많아 보였다. 얼굴에 수염이 덥수룩하고, 지방 유지 같은 분위기를 풍기면서도 부스스한 느낌이 들어 호감이 갔다. 개는 리처드 옆에서 계속 경계심을 드러내며 나를 쳐다보고 있었다.

"올라는 당신과 대화를 계속 나누고 싶다고 하지만, 좀 기다리셔야 될 것 같군요."

"이봐요, 난 충분히 차고 넘칠 정도로 기다렸어요. 난 그냥 내 아내를 되찾……."

리처드가 내 말을 가로막았다.

"안타깝지만 당신이 우리의 용감한 지도자와 하고 싶은 이야기가 뭔지는 나도 잘 압니다."

그는 마치 이것이 우리가 함께 처리해야 할 문제라는 듯 윙크했다.

"내가 장담하건대 금방 다시 아내를 만날 수 있을 겁니다. 우리 집 부지 남쪽 끝에 앨트셔라는 손님용 저택이 하나 있어요. 아주 편안한 곳이죠. 길을 따라 남쪽으로 6백 미터 정도 걸어가서, 외롭게 혼자 서 있는 나무 한 그루를 오른쪽으로 돌아서 조금 더 가면 나올 겁니다."

"잠깐만요, 당신들이 도대체 여기서 무슨 게임을 하고 있는지 난 모르지만……."

스코티시테리어가 으르렁거렸다. 리처드는 뒤로 가까이 다가와 내 어깨를 짚고 문의 빗장을 푼 뒤 등을 떠밀었다.

"많이 아파요."

내 아내부터 떠올린 나는 당황했다.

"앨리스가요?"

리처드는 한 걸음 물러섰다.

"아뇨, 앨리스 말고 올라가요."

나는 마음이 놓여서 눈앞이 어질어질할 지경이었다.

"모…… 몰랐습니다."

나는 더듬더듬 대꾸했다. 리처드는 슬픈 눈빛으로 나를 슥 쳐다보더니 밖으로 나가라는 듯 계속 등을 밀었다.

"만나서 반가웠어요, 제이크. 올라는 항상 당신과 앨리스에 대해 깊은 존중을 담아 이야기하곤 했죠."

문이 등 뒤에서 닫히고 차가운 바닷바람이 불어 코트를 날렸다. 따뜻한 집 안에서 쇼키가 짖어대는 소리가 들렸다.

공기는 축축했고 안개는 짙었다. 이 거리에서는 손님용 집이고 뭐고 보이지 않았다. 혹시 이것도 또 다른 함정인가? 어쩌면 문제를 간단하게 해결하는 '협정'의 다른 방식인가?

"요즘 제리가 안 보이던데."

한 회원이 이렇게 말하면 다른 회원이 대답한다.

"앨트셔로 보냈대."

그러면 둘 다 제리가 래슬린의 절벽 위에서 밀쳐 떨어져, 바위에 온몸이 산산조각으로 부서지고 바다에 빠져 북쪽으로 흘러가 아무도 모르는 사이 페로 제도까지 떠내려갔으리라는 사실을 알게 되는 것이다.

91장

풀이 무성한 언덕 옆에 지어져 있는, 안개 속에 파묻힌 앨트셔는 올라의 집을 작게 축소한 모형 같았다. 나는 문을 열기 위해 온 팔의 힘을 동원해 끝까지 잡아당겨야 했다. 내부는 간소했다. 침실 하나, 욕실 하나, 거실 하나, 작은 부엌. 얼어죽을 정도로 추웠고 약간 퀴퀴한 냄새도 났다. 수도꼭지를 틀자 갈색 흙탕물이 쏟아졌다. 찬장에는 음식도 없었고 냉장고 속에 물 한 병이 들어 있을 뿐이었다. 나는 창문을 열고 침대 시트를 탈탈 털었다.

밖에는 금속판으로 지은 창고가 있었다. 나무 반 단과 도끼를 찾아낸 나는 우선 나무를 마당으로 간신히 질질 끌고 나와 있는 힘껏 도끼로 쪼갰다. 팔에 불이 나고 등이 아플 정도였다. 눈앞이 어질어질하고 기진맥진해진 상태로 쪼개서 쌓아놓은 장작단을 멍하니 쳐다보았다. 그리고 안으로 들어가 창가 쪽으로 다가갔다가 장작 난로 안에 불이 타오르고 있는 것을 발견했다. 왜 이제 와서?

올라는 나를 얼마 동안 여기에 잡아둘 셈일까? 이건 환대일까, 아니면 또 다른 형태의 감금일까? 엘리엇과 에일린도 자취를 감추기 전에 앨트셔에 머물렀을까?

올라가 문간으로 다가오는 소리가 나기를 기다렸지만 아무도 오지 않았다. 결국 한참을 걸어 여관으로 돌아가 내 물건들을 챙겨 오기로 했다. 그리고 식료품점으로 가서 꼭 필요한 것 몇 가지를 사고 배낭 속에 마구 쑤셔 넣은 뒤 서둘러 앨트셔로 가는 길을 따라 돌아갔다. 해가 지고 있었기 때문에 어두워지고 나면 이 싸늘한 안개 속에서 길을 잃을까 두려웠다. 그리고 작동하기를 바라며 계속 휴대전화를 쳐다보았다.

앨트셔로 돌아와 불을 켜고 샌드위치를 만들었지만 식욕이 없었다. 올라는 올 기미를 보이지 않았다.

한밤중이 되자 벽장을 뒤져 담요를 꺼내고, 다시 밖으로 나가서 도끼를 가지고 들어와 침대 밑에 숨겨놓았다. 딱딱한 매트리스 위에 가만히 누운 채 천장에 난 창문을 바라보던 나는 미국으로 밀항하기 전에 벨파스트에서 한 여자를 죽였다던 고조할아버지를 생각했다. 사람은 보통 자기가 생각하는 자신의 모습에 익숙한 채로 살아간다. 그리고 마음속에 자신이 어떻게 살 것이며 또 어떻게 살아서는 안 되는지에 대한 도덕적 경계선에 대해 소극적인 확신을 갖고, 스스로의 모습을 거기에 비추어 보곤 한다.

92장

아침 햇살에 비친 집 안의 모습은 어젯밤과 다르게 보였다. 안개가 걷히니 창밖을 통해 바다가 내다보였다. 침대에서 일어나 난로에 불을 붙이니 집안에 금세 온기가 가득 차올랐다. 나는 작은 샤워실 안에서 미지근한 물로 샤워를 했다.

소파에 방명록이 놓여 있었다. 첫 장부터 펼쳐 보았다. 2001년 11월 22일, 에린과 벌이 이 오두막에서 결혼 10주년을 기념했다. 페이지를 넘기니 2008년 4월 2일 제이와 줄리아가 책 사인회 때문에 시내에 들렀다는 이야기가 남아 있었다. 그들은 여우 세 마리를 보았고, 일주일 내내 비가 그치지 않았다고 했다.

연도 없음, 10월 4일. '나는 아내가 지금까지 중에서 가장 오랫동안, 가장 손이 많이 가는 저녁 준비를 하는 동안 노래 세 곡을 녹음했다. 다시 한번 전체적으로 들어보니 새 음반을 만들 준비가 된 것 같다. 드디어 저작권 문제를 해결해준 젊은 변호사를 만났다. 올라와 다시 얘기했다. 우리는 모두 그 여자 변호사가 완벽하다는 사실에 동의했다. 피니건.'

완벽하다니 뭐가? 나는 오싹 소름이 끼쳤다. 여기 적혀 있는 모든 말들이 나를 혼란스럽게 했다. 앨리스가 피니건과 만나지만 않았더라면……. 메모를 다시 읽어본 나는 마치 시간 여행을 하고 있는 기분이었다. 갑자기 이 페이지를 찢어서 난롯불 속에 던져버리면 지난 몇 달 간의 고생과 피해를 없앨 수 있을지도 모른다는 마법 같은 생각이 아주 잠깐 머릿속을 스쳐 지나갔다. '협정' 없는 결혼 생활은 어땠을까? 하지만 내 머릿속에는 아무것도 떠오르지 않았다. 앨리스와 내가 결혼에 대해 아는 것이라고는 오로지 '협정'이 준 지식에 국한되어 있었다. 격렬한 사랑, 팔찌와 초커를 차고 보냈던 열정적인 밤, 아내를 지켜야 한다는 나의 분노. 그 모든 것들이 '협정' 안에 존재했다.

결혼 초반, 나는 앨리스가 결혼에 아무런 흥미도 느끼지 못할 것 같다고 걱정한 적이 있었다. '협정' 덕분에 우리가 다양한 시련을 겪었다는 사실만큼은 부정할 수 없었다. 나도 인정한다. '협정'은 우리에게 불확실성과 자극을 선사해주었다. 공동의 적과 싸우면서 앨리스와 나는 훨씬 더 가까워졌다. 하지만 그 때문에 우리 사이는 더 멀어질 수도 있었다.

침실에는 작은 텔레비전과 깔끔하게 정리된 DVD장이 있었다. 나는 〈범죄와 비행〉을 선택했다. 두 시간 후 초조한 기분이 들고 마음속이 온통 부정적인 에너지로 가득 차올랐지만 올라가 다시는 돌아오지 않을 거라는 두려움 때문에 이 손님용 집에서 나가지는 않았다. 나는 부엌 싱크대에 비누 거품과 따뜻한 물을 가득 채우고, 지금 입고 있지 않은 옷들을 전부 깨끗이 빤 뒤 장작 난로 주위에 널어서 말렸다. 그리고 하루 종일 집 안을 서성거리며 기다렸다.

나는 방명록을 뒤에서부터 거꾸로 읽어보았다. 피니건이 쓴 메모가 몇 개 더 있었고, 올라의 장식장에 자리하고 있는 사진 속 유명 인사 커플들이 남긴 수수께끼 같은 감사 인사도 적혀 있었다.

오후가 되었을 무렵 문에서 노크 소리가 들렸다. 올라가 우비와 테니스화 차림으로 서 있었다. 들어오라고 말했지만 올라는 한 걸음 뒤로 물러섰다. 왠지 나를 재평가하는 눈치였다. 올라가 말했다.

"산책할래요?"

바람막이 재킷을 들고 나오자 올라는 벌써 백 미터쯤 앞서 가고 있었다. 전혀 아픈 사람 같지 않았다. 겨우 따라잡았지만 올라는 아무 말도 하지 않았다, 우리는 아무 말 없이 한참을 걸었다. 빗방울이 바람에 날려 사선으로 떨어지기 시작하자 우리는 그녀의 집 쪽으로 방향을 틀었다.

집 안에 들어오자 올라는 내게 머리를 말릴 수건을 건네주고 방을 나갔다. 이윽고 새 옷으로 갈아입은 올라가 자신이 마실 와인

한 잔과 내게 줄 핫 초콜릿을 가지고 돌아왔다.

"그 속에 뭐가 들었는지 물어봐야 할 것 같은데요."

나는 손을 내저어 올라가 내미는 음료를 거부하며 말했다. 올라는 내 비아냥을 무시했다.

"앉아요."

올라는 가죽 의자에 앉았다. 지난번에 이야기를 나눈 이후로 시간이 상당히 흘렀다는 사실에 대한 언급은 없었다. 올라의 세계 안에서 시간은 기이할 정도로 유연하게 흐르는 모양이었다. 어쩌면 그녀의 삶 속에는 뭔가 다른 게 존재할지도 모른다. 혹시 리처드가 말했던 병 때문일까? 하지만 다시 입을 열었을 때 올라는 아주 또렷한 정신을 갖고 있었다.

"친구, 난 당신이 정말 좋아요."

"지금 그런 말을 듣고 당신을 신뢰하라는 겁니까?"

올라는 그런 건 사소한 문제라는 듯 허공에 한 손을 내저었다.

"아직은 아니에요. 하지만 곧 날 믿게 될 거예요. 생각할 시간은 넉넉히 있었죠?"

"네."

나는 여관에서의 긴 기다림과 앨트셔에서 혼자 지냈던 시간을 이제야 이해했다. 우연히 일어나는 일은 하나도 없다.

"그리고 아직도 '협정'이 당신과 앨리스의 결혼 생활을 성공으로 이끌어줄 올바른 길이라는 생각이 안 든다는 거죠?"

올라는 직설적이지만 비난조는 아닌 말투로 물었다.

"당신도 자기 얘길 했으니 나도 얘기해도 되겠죠?"

올라는 고개를 끄덕였다.

"난 어린 시절에 결혼에 대해 어렴풋한 이상을 품고 있었어요. 그건 부모님의 결혼 생활에서 본 것, 책에서 읽은 것, TV나 영화에서 본 것이 바보 같이 마구 뒤섞여 있는 생각이었죠. 현실적인 생각도 아니었고 뭐 그게 현실적인 생각이라고는 해도 실제 결혼 생활은 그렇게 똑같이 가진 않는 법이죠. 나이를 먹으면서 이 비현실적인 생각이 가로막는 바람에 나는 제대로 된 관계를 쌓지 못했어요. 나는 그 어떤 여성도 이 이상적인 결혼이라는 맥락에 잘 들어맞을 거라는 생각을 도저히 할 수가 없었습니다."

"계속해요."

올라는 내 말에 귀를 기울여 들으며 말했다.

"하지만 앨리스를 처음 만났을 때 마음속에서 무언가가 눌리는 기분이 들었어요. 그 순간 이상적인 결혼이라는 그 개념 자체가 완전히 날아가버리고, 모든 것을 그 이상적인 결혼에 맞춰야 한다는 부담감까지도 사라졌죠. 앨리스를 곁에 잡아놓고 싶다면 기존에 가지고 있던 이상적인 결혼에 대한 생각을 몽땅 버리고 그냥 자연스럽게 일이 흘러가도록 내버려둬야 한다는 사실도 깨달았고요. 앨리스와 나는 그저 눈을 감고 느낌만으로 우리의 앞날을 개척해 나가는 데 암묵적으로 동의하고, 우리 스스로를 위해 뭘 어떻게 해야 좋을지를 함께 찾아 나가기로 했어요. 그리고 '협정'이 나타났을 때, 나는 '협정'이 우리 부부에게 어느 정도 방향을 가르쳐줄 거라는 생각에 안도했죠. 어쩌면 그 점은 우리가 게을렀던 건지도 모릅니다. 우리가 아주 광대한 전인미답의 영역에서 길을 잃을 때마다 매번 당신들이 깔끔한 지침을 제시해줄 거라고만 생각했거든요."

올라는 아무 말도 하지 않았다.

"'협정'은 다양한 좋은 방법을 가르쳐주었죠. 당신들 덕분에 앨리스와 나는 앞으로도 계속 서로 선물을 주고받을 것이고, 함께 여행을 떠날 테니까요. 결혼에 대해서 아주 열정적인 생각을 가진 누군가를 주변에 두는 것도 좋은 생각이죠. 그리고 이 점에 대해서도 고맙게 생각합니다. 처음으로 편리에 다녀온 뒤 앨리스는 일찍 퇴근하고 가정에 더 많은 관심을 쏟았어요. 이렇게 얘기하면 당신이 놀랄지 모르지만, 앨리스와 내가 겼었던 그 수많은 지옥 같은 일에도 불구하고 나는 당신이 원래 '협정'을 선의에서 우러난 마음으로 고안했다는 사실을 알아차릴 수 있었어요. 그리고 '협정' 이념의 기초가 되는 그 생각을 받아들이기로 했죠."

"그게 어떤 생각인데요?"

올라는 내 대답에 매혹된 듯했다.

"균형을 잡는 일 말입니다. '협정'은 결혼한 부부에게 균형과 공평함을 선사하죠. 솔직히 까놓고 말해서 결혼 생활을 하다 보면 다양한 면에서 한쪽 배우자가 다른 쪽 배우자를 더욱 필요로 하는 일이 자주 벌어집니다. 대부분의 경우 한쪽 배우자가 자기가 받는 것보다 더 많은 것을 주는 경우가 많죠. 더 큰 사랑, 더 큰 자원, 더 많은 시간. 역할은 바뀔 수 있지만 불균형은 여전히 남아 있습니다. 나는 '협정'이 부부의 관계 사이에서 아주 정밀한 위치의 무게중심을 잡아주기 위해 다대한 노력을 기울인다는 점은 마음에 들어요. 결혼 상담을 하다 보니 대부분의 결혼이 실패하는 원인은 결국 그 균형이 원래 있어야 할 자리에서 크게 벗어났기 때문이라는 사실을 알게 되더군요."

집 안 다른 곳에서 사람들의 목소리가 들렸다. 올라는 얼굴을 찌푸렸다.

"저 사람들은 신경 쓰지 말아요. 집안일을 봐주러 온 사람들이에요."

나는 말을 조심스럽게 고르며 계속 이야기했다.

"'협정'에 대해 내가 문제를 제기하고 싶은 부분은 그것을 운용하는 방식에 있습니다. 당신은 목표를 이루기 위해 부드러운 손으로 사람들을 잡고 이끌어줘야지, 쇠주먹을 휘두르면 안 돼요. 당신이 저지른 짓을 정당화할 방법은 없어요. 폭력은 너무 야만적인 방식이잖아요. 도대체 왜 그런 짓을 하도록 허락했는지 이유를 모르겠습니다."

"'협정'은 아주 우아한 구상에 따라 사람들을 이끌어주고 있어요. 쇠주먹은 아주 작은 일부에 불과해요."

나는 화난 목소리로 말했다.

"하지만 그 두 가지를 분리할 순 없죠. 협박은 공포와 똑같아요. 회원들에게 한 번 공포를 심어놓으면, 당신은 정말로 그 결혼 생활이 성공적으로 진행되고 있는 건지 아니면 사람들이 가혹한 처벌을 두려워해서 얌전히 규칙을 따르고 있는 건지 구분할 수 없게 됩니다."

올라는 일어나서 창가 쪽으로 걸어갔다.

"제이크, 매일같이 거의 모든 '협정' 회원들이 생산적이고 창조적인 삶을 살아가면서 서로의 결혼 생활과 같은 생각을 가진 동지들의 공동체를 지지해주고 있어요. 우리 회원들 중 90퍼센트 이상의 사람들은 편리나 케트넘, 플로브디브 같은 곳을 본 적이

한 번도 없죠."

케트넘? 플로브디브?

"그 사람들은 충만한 삶을 즐기고, 완벽한 균형의 아주 이상적인 지점까지 와 있어요."

"다른 사람들은요?"

"솔직히 말해요? 일부의 작은 불편이나 고작 몇 명의 얼마 안 되는 사례로 큰 대가를 얻을 수 있다면 충분히 정당화될 수 있어요. 그런 효율적인 예를 회원들에게 보여줌으로써 회원들이 더 나은 결혼 생활을 해나갈 수 있게끔 경종을 울려주는 거잖아요."

올라는 내게 등을 돌리고 있었다. 창문 밖에서 안개 덩어리가 바다 위를 빠르게 건너가고 있었다.

"당신이 어떤 근거로 그런 생각을 하는지 알아요. 당신이 쓴 논문도 읽었죠. 논문에서 당신은 우리의 전략을 아주 열정적으로 변호했어요. 그걸 부정할 수 있겠어요?"

나는 움찔했다. 대학원을 다니는 동안, 그리고 그 후 몇 년 동안 나는 스탠퍼드 감옥 실험과 밀그램 실험, 그리고 조금 덜 유명하긴 하지만 오스트리아와 소련에서 이루어진 실험 등 아주 끔찍하고 잔인한 연구에 심취되어 있었다. 인류애와 개인적 선택에 의해 심리 상담의 길을 걷기로 결정하긴 했지만 내 논문의 무자비한 결론에 대해 잘 알고 있었다. 때로 대의를 위해서는 개인의 복종이 요구될 때가 있으며, 공포는 복종을 이끌어내는 가장 효율적인 전략이라는 결론이었다.

"나에 대해서는 뭐라고 어떻게 말하든 상관없어요. 하지만 통계는 일반적인 사람들보다 훨씬 성공적으로 결혼 생활을 이끌어가고 있는 '협정' 회원들 사이에서도 우리의 교정 시설에서 시간을 보낸 사람이 그렇지 않은 사람보다 훨씬 더 부부간에 깊은 친밀감을 갖게 되고, 더욱 행복하고, 더 오랫동안 함께 시간을 보내게 된다는 사실을 시사해주죠."

"지금 자기가 무슨 말을 하는지 알긴 해요? 그건 교과서에 나오는 프로파간다라고요!"

올라는 다시 방을 가로질러 돌아와 자리에 앉았다. 하지만 앉은 곳은 아까의 의자가 아니라 소파의 내 옆자리였고, 허벅지와 팔이 서로 닿을 정도로 가까운 위치였다. 뒤에서 웅얼웅얼 들리던 사람 소리는 이미 작아지고 들리지 않았다.

"당신의 행보를 아주 가까이서 쭉 지켜봤어요, 제이크. 당신이 편리에서 무슨 일을 겪었는지도 알아요. 내려진 처벌에 대해서는 사과하지 않을 생각이지만, 당신의 경우 너무 엄격한 처벌을 받았다는 사실은 인정해요. 너무 지나치게 엄격했어요."

"내가 한 시간 동안 전기 충격을 받았다는 사실을 알긴 합니까? 그 사람들이 그냥 제자리에 앉아서 내가 고통에 발버둥 치며 바닥을 뒹구는 모습을 지켜보기만 했다는 걸? 난 편리에서 죽는 줄 알았어요."

올라가 움찔 놀랐다.

"그 점에 대해서는 정말로 미안해요. 내가 당신에게 얼마나 미안하게 생각하는지 모를 거예요. 지난 몇 달 동안 나는 강력한 힘을 가진 소수의 사람들에게 통제권을 너무 지나치게 많이 맡겼어요. 내가 모르는 사이 많은 일들이 벌어졌더군요."

"그건 변명이 안 됩니다."

올라는 눈을 감고 부드럽게 숨을 들이마셨다. 지금 이 순간 올라가 신체적 고통을 견디고 있다는 사실을 알 수 있었다. 다시 눈을 뜬 올라는 망설임 없이 나를 똑바로 바라보았다.

내가 너무 멍청이 같았다. 짧게 깎은 머리, 푹 꺼진 뺨. 핏줄을 따라 난 멍. 이 여자는 죽어가고 있었다. 미리 알아차리지 못했다는 사실이 너무 부끄러웠다.

"위원회가 비난받을 만한 짓을 했다는 건 분명해요, 제이크. 그래서 우리는 불공정한 지시가 내려왔을 때 처벌 집행자들이 처벌을 거부할 수 있는 새 규정을 도입했어요. 지도자들에게도 변화가 있을……."

내가 가로막았다.

"그 사람들, 지금은 어디 있죠? 닐, 고든, 다른 위원회 사람들 전부 다. 내게 잔혹한 심문 기술을 적용할 것을 허가한 판사는요? 앨리스의 납치를 승인한 사람은요?"

"모두 재교육을 받고 있어요. 그러고 나면 우리는 '협정' 내에서 그들이 할 다른 역할을 결정할 거예요. 우리에게는 할 일이 너무나 많아요, 제이크. 난 '협정'을 자랑스럽게 생각하고 있어요. 그리고 최근 들어 이런 식의 불쾌한 사건들이 벌어지긴 했지만, '협정'의 효과를 확신케 해주는 새로운 증거를 매일같이 받고 있어요. '협정'은 단순히 결혼 생활에만 국한된 것이 아니라 다루는 범위가 훨씬 넓어요. 전 세계에 1만 2천 명에 가까운 친구들이 있죠. 최고 중의 최고, 가장 재능 있는 사람들이에요. 모두 하나같이 엄정한 심사를 거쳐 선발되었어요. 하지만 그게 전부가 아니에요. 나도 '협정'이 앞으로 어디로 향하게 될지 또렷한 미래상을 갖고 있진 않지만, 성장하고 번영하기를 바라요. 어쩌면 결혼 제도는 영원히 지속되지 않을 수도 있어요. 하지만 가능한 한 오래 가게 만들기 위해 계속 싸울 거예요. 당신이 지적한 대로 결혼 생활은 진화할 필요가 있어요. '협정' 역시 마찬가지예요."

올라는 부엌 조리대로 다가가 무언가를 조작했다. 음악이 온 집안을 가득 채웠다.

"'협정'이 실수를 저질렀다고요? 내가 실수를 저질렀다고요? 그래요, 천 번은 저질렀어요! 하지만 난 아직도 새로운 시도를 계속하고 있다는 자부심이 있어요. 친구, 어쩌면 우리는 서로 반대되는 입장일지도 모르지만 반드시 중간에서는 만날 거예요. 우린 같은 것을 원하니까요. 지금은 할 수 있는 최선의 일을 다해야 해요. 성공할지 실패할지는 나중 일이죠. 어떤 결과가 나오더라도 겁낼 필요 없어요. 제이크, 내가 제일 두려워하는 건 아무것도 안 하는 일이에요."

나는 걸어서 다가가 올라의 앞에 똑바로 서서, 연약한 그 두 어깨에 손을 짚었다. 얄팍한 스웨터 천 너머로 올라의 뼈가 느껴졌다. 나는 올라의 얼굴 코앞까지 내 얼굴을 들이댔다.

"당신 이론, 그리고 지금까지 들은 당신 이야기는 내게 아무런 의미도 주지 못해요. 그냥 눈이 먼 겁니까, 아니면 보질 못하는 겁니까? 앨리스와 나는 '협정'에서 나가고 싶다고요."

올라는 고통스러운 듯 몸을 꿈틀거렸다. 내가 어깨를 너무 세게 쥐고 있었던 모양이었다. 내가 손을 놓자 올라는 뒤로 물러섰다. 놀라긴 했지만 굴복할 생각은 없는 눈치였다.

회색 리넨 옷을 입은 젊은 여성 하나가 나타나 올라의 귀에 귓속말을 하고는 녹색 파일 폴더 하나를 쥐여 준 뒤 사라졌다. 그때 집 뒤쪽에서 남자들의 목소리가 얼핏 들렸다. 최소한 세 명은 되는 듯했다. 도대체 내게 무슨 짓을 하려는 거지?

"당신과 앨리스가 시험을 당했다는 사실은 알고 있어요. 그건 꼭 필요한 일이었어요."

나는 침착하려 애썼지만 마음속에는 폭풍이 몰아치고 있었다. 올라는 차분하게 나를 바라보며 말했다.

"아마 그 누군가는 당신과 앨리스가 피니건이나 나와 비슷하다는 사실을 알아차리지 못했나 봐요. 두 사람의 잠재력을 이해하지 못한 거죠."

"무슨 잠재력 말입니까?"

나는 혼란에 빠져 물었다. 도대체 올라가 지금 무슨 게임을 하고 있는 걸까?

"나는 평생에 걸쳐 많은 질문을 했어요, 제이크. 표면적으로 보이는 가치 그대로 받아들인 적은 별로 없었죠. 내가 인정하는 당신의 자질 또한 그래요. 의심은 아주 유용한 도구이고, 맹목적인 믿음보다 훨씬 바람직하죠. 맞아요, 당신의 의심은 '협정'과 함께 하는 여행의 난이도를 한껏 높였어요. 하지만 그래서 나는 당신을 더욱 존중할 수 있어요. 당신에게는 적이 있지만 난 아니에요. 이 말은 믿어줘요."

"무슨 적 말입니까?"

나는 12월에 힐스보로에서 벌어졌던 첫 번째 파티를 떠올렸다. 모두가 아주 친근하게 우리를 환영해 주었는데.

올라는 가만히 나를 바라보며 제자리에 서 있었다. 올라의 뒤로는 파도치는 광대한 바다가 보였다. 마치 내가 머릿속으로 자신이 오랫동안 궁금해했던 복잡한 수학 문제를 풀어서 답을 보여주기를 기다리고 있는 듯했다.

"서류를 읽어보는 게 좋겠어요."

올라는 내게 녹색 파일 폴더를 건네주었다. 묵직한 파일이었다. 파일은 마치 퀴퀴한 창고 안에 오래 파묻혀 있었던 듯 희미하게 썩은 냄새가 났다. 파일을 내려다보다가 한구석에 적혀 있는 이름을 발견했다.

조앤 웹 찰스.

올라는 나를 남겨 두고 방을 나갔다. 나는 파일을 든 채 달랑 남겨졌고 한참 동안이나 그것을 펼치지 못했다.

93장

첫 번째 페이지에는 오래전에 찍힌 사진 한 장이 붙어 있었다. 내가 대학에서 알고 지내던 편안하고 행복한, 그을린 피부의 조앤이었다.

두 번째 페이지에는 조앤의 이력서였다. 직업적 이력과 개인적 이력이 모두 담겨 있었다. 중간에 그만둔 학위도 없었고, MBA 학위도 없었고, 슈와브에서 일한 경력도 없었다. 그날 푸드코트에서 내게 해준 이야기와 들어맞는 부분은 하나도 없었다. 대신 적혀 있는 것은 우등으로 졸업한 인지심리학 박사 학위, 그리고 이어서 스웨덴 일류 대학에서 박사 후 과정을 밟다가 갑자기 널과 결혼하는 바람에 그만두었다는 이야기뿐이었다.

결혼식 날 눈부신 사막을 배경으로 서로 손을 잡고 있는 닐과 조앤의 사진도 있었다. 그다음 페이지에는 닐과 다른 여자의 사진이 있었다. 사진 밑에는 이런 글씨가 타이핑되어 있었다. '닐 찰스. 아내를 잃음. 첫 번째 아내 그레이스와 찍은 사진. 사인: 사고.'

도대체 이게 다 무슨 소리지? 나는 믿고 싶지 않은 기분에 세 번은 되풀이해서 읽었다.

다음 페이지에는 스웨덴 신문 기사 한 꼭지와 그 영어 번역이 실려 있었다. 기사에는 조앤 웹스와 스웨덴 대학이 백만 달러 단위의 배상금을 물어내라며 고소를 당했다고 적혀 있었다. 원고는 아주 끔찍한 심리학 실험을 당했던 실험자들이었다. 잔혹하지만 내게는 이미 친숙한 세부 사항을 꼼꼼히 읽으니 배 속 깊은 곳이 울렁거렸다.

다음 페이지에는 조앤이 공저자로 올라가 있는 어느 발행되지 않은 논문의 초안이 실려 있었다. 공포와 행동 변화 사이의 상관관계에 의한 논문이었다. 어떤 주석에 형광펜으로 색칠이 되어 있었다. '자기 자신의 안전이 위협당해도 공포를 보이지 않거나 약한 공포를 느낀 대상자들은 친구나 가족이 폭력의 위험에 노출되어 있을 경우 내면에서 자신의 도덕성과 갈등을 벌이게 된다.'

나는 몸을 덜덜 떨며 파일을 쭉 읽었다. 마지막에는 붉은 표지 위쪽에 '4879-4880 대상자 보고서'라는 제목이 적혀 있는 종이 한 뭉치가 스테이플러로 박혀 있었다.

그 종이에는 컴퓨터로 타이핑한 글씨가 아니라 내 눈에 친숙한 조앤의 육필로 글씨가 적혀 있었다. '4879를 힐스데일 몰에서 만남. 녹취 파일 첨부. 내 질문에 대한 대답과 본인의 말 속에서 '협정'에 관한 불성실이 엿보임.'

나는 오싹한 기분을 느끼며 페이지를 넘겼다. 조앤의 글씨로 '유리 새장 실험'이라고 맨 위에 적혀 있었다. '4879는 끊임없이 '협정'에 대한 불성실을 유지하며 기묘하게 거리를 두는 경향을 보인다. 내가 궁지에 몰려 있는 모습을 보고 겁을 먹은 동시에 확실히 일종의 기쁨을 느끼기도 했다.'

구토가 치솟았다. 유리 새장 실험의 피험자는 조앤이 아니라 나였다.

나는 페이지를 넘겼다. '불륜 보고서: 대상자 4880.' 손에 땀이 배어났다.

페이지에는 기타를 들고 우리 집 계단을 올라오는 한 남자의 흐릿한 사진이 붙어 있었다. 카메라는 그의 뒷모습밖에 찍지 않았지만 그게 누구인지 확실히 알 수 있었다.

'에릭 윌슨(첨부 2a 참조)으로 판명된 협정 비회원이 4879가 편리에 있는 사이 4879와 4880의 집을 방문. 토요일 밤 10시 47분에 도착하여 일요일 새벽 4시 13분에 떠남. 하룻밤 내내 음악 소리가 들림.'

하룻밤 내내 음악 소리가 들리는 것은 당연한 일이었다. 앨리스는 진지하게 리허설을 할 때 보통 대여섯 시간은 들이곤 했다. 그보다 짧은 시간 동안에는 음악에 깊이 몰입할 수 없고, 그보다 더 길어지면 생산성이 떨어진다고 앨리스는 말했다.

고개를 들자 소리 없이 올라가 돌아와 있었다. 올라는 내 맞은

편 의자에 앉아 와인을 마시며 나를 가만히 바라보았다. 내가 물었다.

"뭐 하나 묻겠습니다. 앨리스에게 내려진 1급 간통죄는 설마 오로지 이 보고서에만 의존해서 선고된 겁니까?"

올라는 고개를 끄덕였다. 나는 이 진실에 충격을 받았다. 앨리스는 에릭과 자지 않았다. 물론 에릭이 우리 집에 들어온 건 사실이다. 물론 이 때문에 앨리스가 부정을 저지른 듯 보일 수도 있다. 하지만 맥락에서 이끌어낸 간단한 추측이 반드시 진실을 꿰뚫고 있는 건 아니다. 에릭은 내 아내를 범하지 않았다. 그저 밴드 연주 리허설을 했을 뿐이다. 어리석은 건 나였다. 내 아내를 의심하다니 제정신이 아니었다. 혼란스러운 기분에 나는 고개를 마구 흔들었다.

"조앤은 왜 이런 짓을 하고 있는 거죠?"

"'협정'은 예상치도 못했을 만큼 부유해지고, 말도 안 되게 강력해졌어요. 그중에서는 지도자가 되고 싶어 안달을 내는 사람이 있죠. 닐과 조앤은 내가 병이 있다는 사실을 알고 기회를 노리기 시작했어요. 자기들이 '협정'의 정점에 서겠다는 꿈을 가진 거죠. 하지만 안달복달하면서 지도자가 되고 싶어 하는 사람들은 결코 좋은 지도자가 되지 못해요."

올라는 잠시 망설이다 말했다.

"이제 그들에게 어떤 처벌을 내릴지 생각 중인데……."

그 얼굴에 교활한 미소가 스쳤다.

"당신은 어떻게 하면 좋을 것 같아요?"

내가 전에 말했던 대로 사람은 누구나 자기가 되고 싶은 모습과 실제 모습 사이에서 갈팡질팡하기 마련이다. 그리고 마음속에 가지고 있는 도덕적 경계선에 소극적인 확신을 갖고, 스스로의 모습을 거기에 비추곤 한다. 나는 아무것도 안 하는 사람보다는 이상주의적일지언정 그래도 뭔가 좋은 일을 하는 사람이 되고 싶었다. 하지만 선과 악은 대단히 복잡한 문제다. 그리고 무언가를 하는 것은 아무것도 하지 않는 것보다 훨씬 어렵다.

나는 망설임 없이 아주 확고하게 대답했다. 내 말이 끝나자 올라는 와인을 한 모금 마시고는 고개를 끄덕였다.

94장

벨파스트 공항에 도착한 나는 휴대전화 충전기를 꽂고 기다렸다. 그리고 축축하게 젖은 활주로를 바라보며 다음에 할 일에 대해 생각했다. 휴대전화가 삑 소리를 내며 켜지고 전원이 들어오자 화면 한구석에는 깜박이는 파란 P 아이콘이 있었다.

이메일과 문자 메시지들이 와르르 쏟아졌다. 고작 일주일 동안 나가 있었을 뿐이었는데 예전의 삶이 너무나 멀리 있는 기분이었다. 혹시 앨리스에게서 연락이 왔을까 싶어 스크롤을 내리며 이메일과 문자 메시지들을 재빨리 훑어보았다. 예전 삶이 그대로 존재하며 나를 기다리고 있다는 사실이 놀라웠다. 황, 이언, 이블린에게서 온 문자 메시지도 많았다. 딜런은 새로운 연극을 시작했다고 했다. 〈피터 팬〉에서 후크 선장 역을 맡았는데 연극이 시작하는 첫날 내가 와줬으면 좋겠다는 이야기였다. 이소벨은 이렇게 썼다. '콘래드가 이번에 새로 열린 불교식 빵집에 데려가줬는데 거긴 정말 세상 최고의 빵을 만드는 곳이에요. 우린 함께 프렌치토스트를 만들었어요. 덕분에 인생의 비밀을 찾았어요. 그건 전부 빵 속에 있어요.'

이윽고 스크롤을 한참이나 내린 끝에 수많은 다른 사람들의 메시지 속에서 앨리스의 이름을 찾아냈다. 마치 가슴을 꽉 묶고 있던 끈이 처음으로 느슨해져서 겨우 숨쉴 수 있게 된 것처럼, 안도의 느낌이 물리적으로 찾아왔다. 나는 뭔가 진전이 있다는 소식을 기대하며 메시지를 눌렀다. 내가 아직 앨트셔에 있던 이틀 전에 온 메시지였다.

'당신 언제 집에 와?'

그게 전부였다. 마치 귓가에 앨리스의 목소리가 들리는 것 같았다. 나는 메시지를 보냈다.

'지금 가는 길이야. 당신 괜찮아?'

답장은 없었다. 전화를 걸었지만 신호만 계속 허무하게 울렸다.

벨파스트에서 더블린으로 향하는 비행기는 무척이나 덜컹거렸다. 더블린에서 런던으로 가는 비행기는 사람으로 북적거렸고, 개트윅 공항에서 보낸 밤은 춥고 불편했다. 이윽고 비행기는 나를 샌프란시스코 공항에 내려주었다. 깨끗하고 반짝이는 터미널 안을 걸어가며 나는 완전히 지쳐서 너덜너덜해져 있었다. 바지가 허리에서 남아 돌아다녔다. 지난번에 이곳을 떠난 후로 5킬로그램은 빠진 듯했다. 나는 아는 사람과 우연히 마주치지 않기만을 바라며 공항 안을 단호한 발걸음으로 걸어갔다. 에스컬레이터에 올라탄 나는 후드를 머리끝까지 푹 눌러 쓰고 수많은 사람들 속을 헤치며 걸어갔다.

어디서 내 이름을 부르는 소리가 나는 것 같았지만 돌아보니 아는 사람은 보이지 않았다. 나는 계속 걸어갔다. 밖에 나가 택시 승차장 쪽으로 가고 있는데 또다시 내 이름이 들렸다.

"친구."

아주 친근한 목소리였다. 나는 깜짝 놀라서 뒤를 돌아보았다.

"여기서 뭐 해요?"

"차는 이쪽에 있어요."

비비언이 부드럽게 내 팔을 잡았다.

"난 택시 타고 갈 건데요."

내가 저항했다.

"올라가 나한테 전화했어요. 당신이 끝까지 편안하게 갈 수 있도록 도와주라고 말이에요."

비비언이 웃으면서 말했다. 비비언은 나를 데리고 모퉁이에 세워져 있는 금색 테슬라 차량 쪽으로 걸어갔다. 한 번도 본 적 없는 모델이었다. 아마 상품화 전의 시제품인 모양이었다. 운전사가 차에서 나와서 내 짐을 트렁크에 실어주었다. 깔끔한 맞춤 정장을 입었지만 그 속의 거대한 근육질 덩치가 가려지지는 않았다. 그는 뒷좌석의 문을 열어주었다. 나는 애타는 눈길로 노란 택시를 타기 위해 끝없는 줄에 서 있는 수많은 사람들을 바라보았다. 비비언은 나를 보며 차를 가리켰다.

"편하게 가요. 긴 여행을 하느라 고생이 많았잖아요."

비비언과 내가 앉은 옆자리에는 병에 든 물과 달콤한 빵으로 가득한 바구니가 놓여 있었다. 비비언은 앞쪽으로 몸을 기울이고 말했다.

“준비 다 됐어요.”

비비언은 콘솔 박스로 팔을 뻗어 거기서 핫 초콜릿 한 잔을 꺼내 건네주고는 다시 제자리에 앉았다. 차가 교통 체증에 걸리자 나는 음료를 한 모금 마셨다. 진한 초콜릿 맛과 민트 맛이 났다. 한 모금을 더 마시던 나는 비비언이 내 쪽으로 몸을 기울여 팔을 뻗고 이미 내게서 컵을 받아들 준비를 하고 있는 모습을 보았다.

갑자기 묵직한 졸음이 몰려왔다. 비행이 너무 길기도 했고, 여행 자체와 지난 몇 달 동안의 경험 때문에 엄청난 피로가 쌓여 있었다. 나는 눈을 뜨고 있으려 노력했다. 지금 이 차가 어디로 가고 있는 걸까? 집으로 가고 있는 게 맞는지 의심스러웠다.

“한숨 자요.”

비비언이 나를 달래듯 말했다.

“지금 나를 앨리스한테 데려다주는 것 맞죠?”

나는 비비언에게 물었으나 비비언은 휴대전화만 만지작거리고 있을 뿐이었다. 비비언의 얼굴이 흐릿하게 보였다.

운전수는 101번 도로를 북쪽으로 달려갔다. 입안에서 쇠 맛이 나고 눈앞이 어지러웠다. 나는 80번 도로로 갈라지는 곳까지는 간신히 깨어 있었다. 한쪽은 해변을 따라 우리 집으로 가는 길이고, 다른 한쪽은 다리를 건너 동쪽으로 산을 향해 가는 길이었다. 하지만 규칙적으로 덜컹거리는 자동차의 움직임 때문에 졸음이 쏟아졌다.

95장

꿈속에서 나는 집 앞 계단을 올라가 가방에서 열쇠를 뒤적거려 꺼낸 뒤 문을 열고 안으로 들어갔다.

"앨리스?"

내가 불렀지만 안에는 아무런 대답도 없었다. 부엌 테이블 위에 메모가 한 장 놓여 있었다. 눈이 시릴 정도로 파란색 크레파스로 글씨가 쓰여 있었고, 글 아래에는 그림이 그려져 있었다. 하늘에 환한 오렌지색 태양이 빛나는 가운데 우리 둘이 집 앞에 서 있는 그림이었다. 나는 앨리스의 낙천주의를 사랑했다. 우리 동네를 뒤덮은 이 짙은 안개를 뚫고 빛나는 태양을 마지막으로 본 게 언제였는지 기억도 제대로 나지 않았다. 메모 아래쪽에는 티켓 한 장이 클립으로 꽂혀 있었다.

그다음 나는 집이 아닌 다른 곳에 있었다. 클럽 문 앞에 나 있는 줄 속에 끼어 서 있었다. 문 안으로 들어갔을 때 쇼는 이미 시작된 후였다. 앨리스는 한가운데 제일 앞에 서서 새로운 노래를 연주하는 자신의 밴드를 이끌고 있었다. 실내조명은 침침했다. 웨이트리스 하나가 내 옆으로 슥 다가와 캘리스토가 와인을 건넸다. 웨이트리스는 옆구리에 쟁반을 끼고 벽에 기대 서 있었다. 그녀의 한쪽 가슴이 내 어깨에 닿았고, 이어서 반대편 가슴도 닿았다. 그런데 균형이 맞지 않았다. 나는 웨이트리스를 돌아보았지만 내 눈에 보인 건 테슬라 차량의 선팅된 차창뿐이었다. 머리가 무겁고 정신은 완전히 지쳐 있었다. 나는 계속 꿈을 꾸고 싶었다. 아직 다음 페이지로 넘어갈 준비가 되지 않았다.

계속 꿈나라 속의 클럽 안에 있고 싶었다. 앨리스가 스테이지에서 있는 그곳으로 돌아가고 싶었다.

"보컬이 정말 멋지네요. 그렇죠?"

웨이트리스는 앨리스를 바라보며 그렇게 말하더니 가버렸다. 무언가가 다시 어깨에 닿고, 차창을 통해 빛이 쏘아져 들어왔다. 앨리스의 목소리가 희미해지더니 완전히 사라져버렸다. 여기가 어디지? 나는 어쩔 수 없이 눈을 아주 살짝 떴다. 왜 아직도 집에 도착하지 않은 거지?

다시 진동이 느껴졌다. 자동차가 앞뒤로 흔들리고 있었다. 자동차는 비포장도로를 달리고 있었고, 눈앞에는 먼지가 휘날렸으며 밖을 내다보니 도무지 어딘지 알 수가 없었다. 태양은 눈이 멀 정도로 환하게 빛났다. 어두운 차창을 뚫고 들어오는 것이 당연할 정도였다.

태양? 나는 순간 이 차가 오션 비치 근처를 달리는 게 아니라는 사실을 깨달았다. 이곳은 샌프란시스코의 그 어디도 아니었다. 우리 집 근처에서 태양은 앞으로 최소한 3개월 동안은 이렇게 활활 타오르지 않을 예정이었다.

차 주위로 모래가 피어오르고 짙은 먼지구름이 차를 감쌌다. 열기, 뜨거운 햇볕, 아무것도 없는 주변, 아무 색깔도 없는 풍경. 마치 화성의 거대한 계곡 속을 달리고 있는 것 같았다. 내가 아직 잠이 덜 깼나?

뭔가 잘못되었다. 크게 잘못되었다. 나는 몸을 뒤척여 비비언이 있을 오른쪽을 바라보았다. 대답을 요구할 생각이었고, 도대체 우리가 어디 있는지, 또 어디로 가고 있는지를 물어보려 했다. 하지만 나는 차 뒷자리에 홀로 남겨져 있었다. 앞좌석과 뒷좌석 사이는 유리 벽으로 가로막혀 있었다. 나는 쨍쨍 내리쬐는 햇볕 때문에 눈을 가렸다. 유리 벽을 통해 나는 앞좌석에 앉아 있는 머리 두 개를 겨우 볼 수 있었다.

나는 패닉에 빠졌다. 내가 어리석었다. 또 속다니. 이렇게 순진하다니. 올라를 믿다니. 올라의 친절과 이성을 믿다니. 어떻게 내가 올라에게 홀랑 속아 그 말을 믿어버린 거지?

나는 비비언에게 내가 잠에서 깼다는 사실을 들키고 싶지 않았다. 그래서 조심스럽게 뒷좌석을 살폈다. 쓸 만한 건 하나도 없었다. 스콘이 든 봉투와 누군가가 내 몸에 덮어주었을 회색 모직 담요뿐이었다. 담요는 내 다리에 뒤엉켜 있었다. 나는 유리창 내리는 버튼을 찾아보았다. 문에는 붙어 있지 않았지만 콘솔 박스 한쪽에 붙어 있는 중앙 패널에 그것이 보였다. 나는 천천히 몸을 아주 조금씩 움직여 그 버튼 쪽으로 손을 뻗었다. 아무 계획도 없었다. 그냥 나가고 싶을 뿐이었다. 나는 탈출하고 싶었다.

간신히 뻗은 손가락이 뒷자리 왼쪽 창문 버튼에 닿았다. 그것을 누르려다가 순간적으로 내가 눌러야 할 것은 뒷자리 오른쪽 창문 버튼이라는 사실을 깨달았다. 비록 창밖으로 기어나가 저 먼지투성이의 황량한 벌판을 뛰어나가기 이전에, 뒷좌석에서 이동을 한다는 것 자체가 더 어려워 보였지만 그래도 내게는 그것이 최고의 선택인 듯 보였다. 만일 내가 이쪽 창문으로 뛰쳐나간다면 운전수는 채 몇 걸음도 걷지 않아 나를 잡을 수 있을 것이다. 그리고 내가 반대 방향으로 뛰쳐나가면 비비언은 7센티미터 힐 때문에 나를 잡을 기회를 놓칠 수도 있다. 비비언을 따돌릴 수 있을 거라고 확신했다.

나는 몸의 위치를 바꿔 뒷좌석에서 슬그머니 옆으로 미끄러지듯 이동하여 다리에 걸쳐 있는 담요를 밀어내면서 유리창 버튼 쪽으로 손가락을 들이댔다. 나는 1, 2초 정도 생각에 잠겼다. 극도로 한정적인 내 선택지를 돌이켜보니 이 비현실적인 탈출만이 내가 취할 수 있는 유일하게 현실적인 선택이라는 생각이 들었다. 나 스스로를 구하기 위해, 그리고 앨리스를 구하기 위해. 앨리스가 아직 살아 있긴 할까?

나는 버튼을 누르고 유리창 쪽으로 몸을 굴리는 일을 딱 한 번의 동작으로 끝냈다. 머리부터 먼저 뛰어내리는 게 좋을 것이다. 좀 아프긴 하겠지만 데굴데굴 구른 다음 벌떡 일어나서 뛰어가면 된다.

하지만 아무 일도 일어나지 않았다. 유리창은 잠겨 있었다. 절망한 나는 문손잡이를 당기며 바닥에 떨어져 구를 준비를 했지만 여전히 아무 일도 일어나지 않았다. 패널의 버튼들은 단 하나도 소용이 없었다. 나는 함정에 빠졌다.

96장

테슬라 차량이 멈춰 섰다. 창밖의 먼지구름은 한참이나 지나도 통 가라앉을 기색을 보이지 않았다. 아무것도 보이지 않았다. 운전석 쪽 창문이 부웅 내려가는 소리와 웅얼거리는 목소리만이 들렸을 뿐이었다.

그리고 무슨 문 같은 것이 열리는 소리가 나고, 타이어가 콘크리트 바닥 위를 달리는 느낌이 들었다. 심장이 철렁 가라앉았다. 이젠 내가 도대체 어디 있는지 더 고민할 필요도 없었다. 이곳은 펀리였다.

앨리스는 도대체 무슨 짓을 당했을까?

차량이 안으로 진입하자 회색 제복을 입은 경호원이 차 안에 타고 있는 나를 흘끔 쳐다보았다. 나는 두 번째 문이 열리는 소리를 듣고 몸을 부르르 떨었다. 차는 안으로 들어갔고 문은 뒤에서 닫혔다. 구내로 진입한 자동차는 활주로를 따라 빙 돌아 한참을 달렸다. 그리고 세스나기가 착륙하기 위해 낮게 나는 소리가 들렸다. 비행기가 바로 머리 위에 있었다.

테슬라 차량은 비행기 바로 뒤에 멈춰 서서 기다렸다. 남자 하나가 세스나기에서 내렸다. 서 있는 자세와 어색해하는 태도를 보니 아마 펀리에 처음 온 사람인 모양이었다. 경호원 두 명이 그를 데리고 활주로에서 내려와, 울타리가 쳐진 야외 통로를 통해 거대한 건물로 향했다.

감옥을 바라보며 그 안의 공포를 떠올리고 있는데 차 문이 열렸다. 나는 고개를 들고 운전수를 쳐다보았다. 무거운 기분을 안고 차에서 내린 나는 손차양으로 햇볕을 가렸다. 운전수는 나보고 앉으라는 듯 골프 카트 앞자리를 가리켰다. 운전수가 주머니로 손을 넣는 모습을 보고 반사적으로 흠칫 놀랐지만 그는 그냥 선글라스 하나를 꺼내서 내게 건네주었을 뿐이었다. 선글라스는 내게 꼭 맞았다.

빨간 머리에 키가 큰 제복 차림의 남자가 운전석에 앉아 있었다. 사막의 태양 때문에 그 창백한 얼굴이 시뻘겋게 익어 있었다. 운전수는 초조한 표정으로 나를 흘끗 돌아보더니 다시 고개를 앞으로 돌렸다. 비비언이 뒷자리에 쓱 들어와 앉았다. 나는 몸을 돌려 비비언을 돌아보았으나 그녀는 그냥 차분하게 웃기만 할 뿐이었다. 저 미소는 매사를 악화시키곤 했다.

"앨리스는 어디 있죠?"

운전수도 비비언도 한 마디도 하지 않았다. 마치 편리에서는 교회나 교장실, 또는 그보다 더 엄숙한 곳처럼 이런 행동을 해서는 안 되는 모양이었다.

골프 카트는 속력을 내어 건물 옆을 빙 돌아, 건물 아래쪽으로 이어지는 좁은 통로를 달려갔다. 터널은 습하고 추웠다. 카트가 너무 빨리 달리는 바람에 나는 몸을 내밀고 앞에 있는 안전바를 잡아야만 했다. 여기서 뛰어내릴까 싶기도 했지만 그래 봤자 갈 데도 없었다. 잠시 후 우리는 무슨 하역장 같은 데서 멈춰 섰다. 옷을 잘 차려입은 은발의 남자가 우리를 기다리고 있었다.

"반가워요, 친구."

남자는 손을 내밀어 내게 악수를 청했다. 나는 그와 눈을 마주쳤지만 한 마디도 하지 않고 그냥 차렷 자세로 서 있기만 했다. 이 지긋지긋한 게임이 싫었다. 점잖게 악수를 나누고 화기애애하게 환대해주지만 사실 그 모든 문명화된 과정 밑에는 암묵적인 공포가 자리 잡고 있지 않은가.

우리 둘은 하역장에서 걸어 나와 어느 잠긴 문을 통과했다. 비비언은 사라졌지만 키 큰 남자는 어딘가에서 우리 주위를 맴돌고 있는 듯했다.

복도를 걸어가다 보니 계단이 나왔다. 계단을 올라가니 또 다른 복도가 나왔다. 그 너머에는 온 사방이 짙은 수증기로 가득한 세탁장이 있었다. 우리가 나타나자 일꾼들은 하던 일을 멈추고 우리를 빤히 쳐다보았다. 몇 개의 계단을 더 올라가고, 내려가서 몇 개의 복도를 지나고, 키패드에 복잡한 비밀번호를 입력하면서 잠겨 있던 문 몇 개를 더 통과해야 했다. 모든 문은 우리 뒤에서 요란한 소리를 내며 닫혔다.

문 닫히는 소리와 우리의 걸음 소리를 빼고는 조용하고 휑했다. 남자는 내게 아무 말도 하지 않았다. 혹시 내가 악수를 거부하는 바람에 분위기가 더 서먹서먹해진 게 아닌가 싶었다.

하지만 그보다 먼저, 나를 친구라고 불렀을 때 내가 대답하지 않자 그는 이미 당황한 기색이었다. 규칙이 매번 바뀌는 게임을 어떻게 익힐 수 있을까?

우리는 계단으로 이루어진 미궁을 지나 건물의 불룩 튀어나온 부분으로 향했다. 어떤 곳에서는 시끄러운 보일러실을 지나기도 했고, 또 어떤 곳에서는 창고들을 한참이나 지나 계단을 네 번 올라가기도 했다. 땀이 흘러 눈으로 들어와 시야가 흐릿해졌다. 터무니없을 정도로 너무 오래 걷고 있었다. 공기가 희박해져, 나는 숨을 제대로 쉬기도 힘들었다. 첫날 이곳에 와서 고든을 따라가던 때의 일이 생각났다. 그가 나를 어디로 데려가는지 몰랐을 때에도 이미 탈출이 불가능하다는 사실을 알고 있었다. 이번 가이드는 처음부터 끝까지 아무 말도 하지 않았다.

이윽고 여러 개의 잠긴 문, 함정, 금속 탐지기를 지나고 나니 내가 지금까지 본 것 중에서 가장 긴 통로가 나왔다. 콘크리트 바닥에는 두꺼운 카펫이 깔려 있었고, 수많은 창을 통해 어지러울 정도의 빛이 쏟아져 들어왔다. 나는 빛을 가리기 위해 이마에 손을 댔다. 우리 뒤에서 여전히 키 큰 남자가 신은 사이즈 15짜리 신발의 조용한 발소리가 들려왔다. 한참 걷다 보니 드디어 열린 문 너머로 방이 보였다.

복도가 너무 길고 높은 창을 통해 들어오는 햇빛 때문에 너무 눈이 부셔, 처음에 열린 문 너머에 서 있는 무언가가 붉게 활활 타오르고 있는 줄 알았다. 그곳에 한 여자가 있었다. 우리는 그 여자 쪽을 향해 걸어갔다. 심장이 쿵쿵 뛰었다. 마치 춥다는 듯 자신의 팔꿈치를 잡는 그녀의 동작을 보고 나는 순간적으로 얼어붙었다. 너무나도 익숙한 동작이었다. 아마 내 눈이 나를 속이고 있는 모양이었다.

하지만 거리가 좁혀질수록 그것이 누구인지 점점 알아볼 수밖에 없었다.

97장

나는 열린 문을 통해 들어갔다. 그녀는 방 안에 꼼짝도 하지 않고, 창백한 어깨가 잘 드러나는 점잖은 붉은 드레스를 입은 채 가만히 서 있었다. 머리카락은 정성스럽게 말아 올려 한쪽으로 꽉 묶여 있었다. 그녀는 너무나 아름답게 단장한 상태였고, 화장은 내가 알던 것보다 한층 더 짙었다. 손톱에는 검붉은 매니큐어를 칠했고 반짝반짝 빛나는 진주가 한 줄로 달린 귀걸이는 흠잡을 데 없었다. 내가 가까이 다가갔지만 그녀는 한 마디도 하지 않았다.

"한동안 단둘이 있을 시간이 필요할 것 같군요."

나를 이리로 데려온 사람이 말했다. 그는 방을 나가 문을 닫기 전 불안한 표정으로 나와 잠깐 눈을 맞추었다. 이곳은 아마 호텔 쪽 건물인 듯했다. 방에는 킹사이즈 침대와 우아한 책상, 사막 풍경이 내다보이는 창문이 있었다.

나는 무어라 말하기 위해 입을 열었지만 아무 말도 나오지 않았다. 내 앞에 선 아름다운 앨리스를 바라보니, 행복과 안도로 가슴이 벅차 말을 할 수가 없었다.

앨리스는 도대체 얼마 동안 이 방에서 나를 기다렸을까?

나는 완전히 넋이 나간 채 손을 뻗어 앨리스를 끌어안았다. 앨리스는 내 허리에 팔을 감고 폭 안겼다. 깊이 한숨을 내쉬는 걸 보니 그녀 역시 겨우 마음을 놓은 모양이었다. 나는 앨리스를 꼭 끌어안고 몸의 온기를 느꼈다. 앨리스는 머리를 내 어깨에 기대고 있었다. 하지만 만나서 반가운 건 좋았으나 문제가 있었다. 이 여성이 통 내가 알던 앨리스답지가 않다는 점이었다. 머리 스타일 때문일까? 화장 때문일까? 아니면 입은 드레스 때문일까? 정확히 알 수가 없었다. 나는 잠시 한 걸음 뒤로 물러섰다. 앨리스는 대단히 아름다웠지만 어딘가 모르게 달라 보였다. 당연히 내 아내 앨리스가 맞긴 하지만 마치 한 번도 본 적 없는 연극 속의 주인공 역할을 하기 위해 분장을 한 사람 같았다.

"아일랜드에 다녀왔어. 올라를 만나러."

"그리고 이렇게 돌아왔네."

앨리스의 목소리를 들으니 이것은 처벌이 아니라는 사실을 알 수 있었다. 나는 불행한 운명을 맞기 위해 끌려온 게 아니었고, 올라는 지극히 진실만을 말했다는 사실이 느껴졌다.

"여기서 도망쳐야 해."

내가 말했다. 앨리스는 슬픈 미소를 지었다.

"이 신발로?"

앨리스는 내게 오랫동안 부드러운 키스를 했다. 한순간 난 우리가 어디 있는지조차 잊어버렸다.

누군가의 목소리가 들리는 바람에 나는 앨리스에게서 몸을 떼었다. 그리고 강박적으로 천장 구석을 노려보며 감시 카메라를 찾았다. 어딘가에서 기계가 웅웅 돌아가는 소리가 들렸다. 나는 문 아래에 있는 한 줄의 조명을 찾아내고 움직임이 보이기를 기다렸다. 창가로 다가가 담쟁이덩굴로 뒤덮인 울타리 너머로 펼쳐진 광대한 사막을 둘러보기도 했다. 그러나 몇 킬로미터는 이어질 그 벌판은 온통 모래와 잡목뿐이었다. 모든 것이 너무도 비현실적으로 느껴졌다. 한순간 나는 사막을 내리쬐는 오렌지색 태양의 최면에 걸릴 뻔했다.

몸을 돌려 방 안을 돌아보니 앨리스는 내 앞에 알몸으로 서 있었다. 붉은 드레스는 앨리스의 발치에 떨어져 있었다. 창을 통해 햇빛이 무자비하게 쏟아졌고 나는 아내를 경이로운 기분으로 바라보았다. 앨리스의 몸은 너무나 창백하고 야윈 상태였다. 갈비뼈 부근에 난 점이 오래된 멍인지, 아니면 그림자를 잘못 본 건지 제대로 판단도 되지 않았다.

나는 앨리스에게로 다가갔다. 앨리스는 손을 뻗어 내 셔츠 단추와 벨트 버클을 풀고 손톱으로 가슴 위를 쓸었다. 나는 앨리스의 얼굴과 가슴을 어루만졌다. 손바닥으로 느껴지는 앨리스의 피부는 너무나 따스했다. 나는 앨리스가 정말 그리웠다.

아내가 나를 끌어안았을 때 이 아름다운 순간이 혹시 꿈은 아닌가 하는 생각이 들었다. 아니면 단순히 연기일까?

아주 짧은 순간 나는 비디오 모니터로 가득한 작은 방 안에서 칙칙한 회색 제복을 입은 누군가가 우리의 모습을 관찰하고 도청하는 모습을 떠올렸다. 앨리스는 내게서 떨어져 몇 걸음을 걸어갔다. 나는 앨리스가 침대로 가는 모습을 지켜보았다. 앨리스는 하얀 시트 위에 누워 팔을 벌렸다.

"이리 와."

앨리스가 말했다. 하지만 그 얼굴에 떠오른 표정을 읽기는 통 힘들었다.

98장

몸을 뒤척여 아내를 찾다가 침대 옆자리가 비어 있다는 사실을 깨닫고 소스라치게 놀라 벌떡 일어났다. 하지만 앨리스는 눈앞에 있었다. 침대 끝에 있는 의자에 앉아 나를 지켜보고 있었다. 앨리스는 붉은 드레스를 다시 입었지만 얼굴의 화장은 전부 지우고 꼼꼼하게 손질되어 있던 머리 모양도 전부 풀어헤친 상태였다. 이제야 겨우 앨리스다워 보였다. 나는 쭉 피하던 질문을 던졌다.

"혹시 그놈들이 당신을 괴롭히진 않았어?

앨리스는 고개를 가로저으며 내 옆으로 와 앉았다.

"그 사람들은 나를 혼자 이틀 정도 가둬놓았어. 어쩌면 더 긴 시간 동안이었을지도 몰라. 그러고 나서는 아무 설명도 없이 이 방으로 옮겼어. 내가 원하기만 하면 앞마당에 나가 돌아다닐 수도 있었어."

앨리스는 창을 가리키며 말했다.

"하지만 도대체 내가 어딜 갈 수 있었겠어?"

내가 침대에서 일어나 바닥에 흩어져 있던 옷 쪽으로 손을 뻗자 앨리스가 말했다.

"옷장을 봐."

나는 옷장의 미닫이문을 열었다. 옷걸이에 멋진 정장과 빳빳한 리넨 셔츠, 테드 베이커 넥타이가 걸려 있었다. 바닥에는 이탈리아 가죽 구두가 들어 있는 신발 상자도 있었다.

"오늘 아침에 샤워하고 나왔더니 내 옷이 전부 사라져 있었어. 그리고 이 드레스만 옷장 안에 걸려 있었지. 어떤 여자가 와서 내 머리를 만져주고 메이크업을 해주고 네일 아트도 해줬어. 도대체 이게 다 무슨 일이냐고 물었더니 자기는 아무 말도 할 수가 없대. 굉장히 불안해 보이는 표정이었어."

나는 하얀 셔츠와 바지, 재킷을 입었다. 하나같이 전부 내 몸에 완벽하게 맞았다. 신발 또한 마치 나를 위해 일부러 제작을 맡긴 수제화 같았다.

앨리스는 책상 속에서 작은 벨벳 상자 하나를 꺼내 속에 들어 있는 금으로 된 커프스단추 두 개를 꺼냈다. 둘 다 P 모양을 하고 있었다. 내가 손목을 내밀자 앨리스는 그것을 소매 안에 달아주었다.

"이젠 어떻게 하지?"

내가 물었다.

"모르겠어, 제이크. 나 너무 무서워."

나는 잠겨 있을 거라 반쯤 확신하며 밖으로 나가는 문을 열었다. 하지만 문손잡이는 돌아갔고 문이 열렸다. 순간적으로 떠오른 생각에 커다란 물병 하나와 별로 쓸모없어 보이는 무기 하나를 집었다. 이윽고 우리는 함께 텅 빈 통로로 나갔다.

99장

이런 곳에 둘이 함께 있다니 정말 이상한 기분이었다. 아내와 함께 서 있으니 마치 여기에 우리 둘밖에 없는 것 같았다. 우리 주위를 콘크리트 담장과 가시철사, 끝없는 사막이 둘러싸고 있다는 것도 믿을 수가 없었다.

우리는 함께 엘리베이터를 향해 걸어갔다. 어디서 목소리가 들리긴 했는데 정확히 어디서 나는 소리인지는 알 수 없었다. 계속 걷고 있는데 문 하나가 열리고 한 남자가 나왔다. 키가 크고 검은 정장을 입었으며 붉은 넥타이를 한 사람이었다. 나는 그의 얼굴을 본 순간 깜짝 놀라면서도 어떤 의미에서는 대단히 납득했다.

"안녕하세요, 친구들."

나는 고개를 끄덕했다.

"피니건."

피니건은 앨리스를 먼저 본 뒤 나를 보았다. 눈빛이 강렬했지만 그에게서 시선을 돌릴 수가 없었다.

"올라가 당신 두 사람에게 보여주고 싶은 게 있다고 하네요."

그 말을 남기고 피니건은 문을 활짝 열었다. 안에는 창문도 없는 좁은 방이 있었다. 앨리스가 나를 끌고 앞서 들어갔다. 피니건의 손이 내 등을 미는 것이 느껴졌다. 한쪽 벽에는 검은 커튼이 쳐져 있었다. 피니건은 커튼을 걷고 기나긴 창을 보여주었다. 그 안에는 거대한 샹들리에로 불이 밝혀져 있는 일종의 예배당 같은 곳이 보였다.

그 안은 사람으로 북적거렸다. 웅성거리는 소리와 기대로 찬 열광하는 분위기가 방 안을 가득 메우고 있었다. 사람들은 하나같이 찰랑찰랑 샴페인으로 가득한 긴 잔을 들고 있었으나 아직 아무도 마시는 사람은 없었다. 마치 무언가를 기다리는 듯한 눈치였다. 이상한 것은 커튼이 열렸는데도 아무도 우리 쪽을 돌아보지 않았다는 사실이었다.

"저쪽에선 우리가 안 보이나 봐."

앨리스가 말했다. 내가 알아볼 수 있는 사람도 있었지만 그렇지 않은 사람이 더 많았다. 나는 별생각 없이 닐, 조앤, 고든, 그리고 대리석 법정의 벽에 쭉 걸려 있던 흑백사진 속의 사람들을 찾아보았으나 보이지 않았다. 판사가 내게 선고를 내려주기를 기다리며 그 사진들을 가만히 바라봤던 일을 떠올렸다. 아주 잠깐 그들이 어디 있는지 궁금해하다가, 금세 납득했다.

우리가 인파를 바라보는 가운데 피니건은 옆에 가만히 서 있었다. 잠시 후 피니건이 또다시 버튼 하나를 누르자 다른 문이 열렸다. 그 안에는 온통 어둠뿐이었다. 앨리스는 떨리는 듯 심호흡을 한 뒤 나를 그 미지의 곳으로 데리고 걸어갔다. 앨리스와 나는 서로 손깍지를 끼고 있었다.

어깨에 누군가의 손이 닿아서 돌아보니 피니건의 아내 피오나가 서 있었다. 피오나는 우리 결혼식 때 입고 왔었던 녹색 드레스 차림이었다. 피오나와 피니건은 조용히 우리 뒤로 물러났다.

좁은 통로를 따라 초가 쭉 꽂힌 채 어둠 속을 힘겹게 밝히고 있었다. 우리 뒤로는 바닥에 울리는 발소리밖에 들리지 않았다. 그때 통로 저편에서 누군가의 신음 소리가 들렸다. 이 안에는 우리만 있는 게 아니었다. 나는 심장이 쿵쿵 뛰고 팔과 등에 땀이 흐르는 것을 느꼈다. 하지만 내 옆에 있는 앨리스는 평화로워 보였다. 아니, 심지어 무언가를 열망하는 듯한 눈치였다.

앞으로 나아갈수록 소리는 점점 더 격렬하게 들렸다. 사슬이 덜거덕거리는 소리, 밀폐된 공간에서 무언가가 발버둥치는 소리. 숨소리가 더 커지고 더 많은 사슬 소리가 났다. 질질 끌거나 무언가에 걸린 듯한 소리였다. 센서가 껌벅이며 우리 앞의 길을 희미하게 비춰주었다. 무언가가 바로 코앞에 있다는 것을 느낀 순간 나는 얼어붙었다. 그리고 시야 안에 누군가의 모습이 들어왔다. 쭉 뻗은 팔다리에 족쇄를 찬 채 아크릴 판에 끼여 있는 남자였다. 남자의 목에는 집중 초커가 채워져 있어 그는 정면밖에 바라볼 수 없었다. 더 빨리 걸어가자 다른 센서가 반응하며 1, 2초 정도 그 모습을 환하게 비췄다. 아크릴 판에 낀 하얀 입김 너머로도 나는 그 얼굴을 또렷하게 볼 수 있었다. 아주 잠깐 내 심문을 승인했던 바로 그 판사와 정확히 눈을 마주쳤다. 판사의 눈에는 아무런 감정도 없었다. 이윽고 그는 다시 어둠 속으로 사라졌다.

앨리스를 돌아보니 앨리스는 반대편을 보고 있었다. 반대편에는 또 다른 아크릴 판이 설치되어 있었다. 이쪽은 여자였다. 나는 그녀를 파티에서 만났던 일, 그리고 편리의 복도에서도 얼핏 보았던 일을 떠올렸다. 어느 존경받는 위원회의 구성원이었던 것 같다. 머리카락은 감지 못해 기름으로 뭉쳐 있었고 얼굴은 땀으로 번들번들했다.

앨리스는 홀린 듯 그 앞에 멈춰 섰다.

우리는 그 살아 있는 설치물들을 하나하나 스쳐 지나갔다. 센서가 하나하나에 전부 반응하여 켜지고 재소자의 얼굴을 순간적으로 보여주었다. 그들의 표정은 통 읽기 어려웠다. 공포? 수치? 아니면 다른 무언가…… 납득? 판사는 이미 이 경지에 도달한 듯했다. 그렇다면 아무도 '협정'의 법 위에 군림할 수는 없단 말인가? '협정'의 사명은 확고하게 지켜지는 듯했다. 항상 균형이 맞춰져야 하고, 그 누구도 거기서 피해갈 수는 없다.

피니건과 피오나는 우리 뒤에서 몇 걸음 떨어진 채 따라왔다. 두 사람 역시 매번 멈췄다가 다시 움직였기 때문에 통로는 온통 번쩍거리는 빛으로 가득했다. 족쇄를 찬 채 아크릴 판 안에 갇혀 있는 위원회 사람들은 서로의 존엄성이 바닥으로 떨어지는 모습을 목격하고 있었다. 한때 내가 그랬듯 모두 연구용 샘플, 현미경 밑의 대상물이 된 셈이었다. 그들의 눈동자 속에는 오로지 공포뿐이었고 재소자 하나가 튼튼한 구속에 저항하여 발버둥치며 끊임없이 무어라 중얼거리는 소리만이 우리로 하여금 저것이 예술품이 아니라 살아 있는 사람이라는 사실을 상기시켜주었다.

권력을 남용하고 사리사욕을 위해 '협정'의 목표를 전복시키려 한 자들에게 어떤 처벌이 주어져야 할지 올라가 물었던 그 순간을 떠올렸다. 나는 내 대답을 후회하지 않았다.

선과 악은 아주 복잡하게 뒤엉켜 있다. 진정한 나 자신과, 스스로가 생각하는 나 자신은 결코 하나가 아니고 똑같지도 않다.

아마 올라와 나, 그리고 '협정'과 나는 한때 내가 생각했던 것만큼은 다르지 않을 것이다.

계속 앞으로 나아가니 마지막으로 두 개의 아크릴 판이 보였다. 그 두 개는 다른 사람들과 뚝 떨어진 곳에 있었고 초로 둘러싸여 있었다. 우리가 그 사이를 지나갈 때 나는 시선을 앞에만 고정했다. 옆을 볼 필요도 없었다. 거기에 누가 있는지 잘 알고 있었다. 왼쪽에서 앨리스가 조앤과 자신을 가로막고 있는 그 얄팍한 아크릴 판 쪽으로 손을 뻗는 게 느껴졌다. 센서가 작동하여 불빛이 켜진 순간 나는 앨리스의 손가락이 아크릴 판 위를 스치는 소리를 들었다.

100장

복도 끝에 도달하니 길은 오른쪽으로 한 번 급격하게 꺾어졌고, 거기서 오른쪽으로 한 번 더 꺾였다. 어둠 속에서 나는 방향을 잡으려 애썼다. 우리가 원래 있었던 곳으로 돌아가는 느낌이 들었고, 한 걸음 한 걸음 걸을 때마다 더욱 감옥 깊은 곳으로 들어가는 기분이었다. 이윽고 깜박이는 불이 켜지더니 올라가 나타났다. 올라는 하얀 옷을 입은 채 커다란 나뭇가지 모양 촛대 옆에 앉아 우리를 바라보고 있었다. 쭉 기다린 듯했다.

내가 멈춰 서자 앨리스가 앞으로 나를 조심스럽게 잡아끌었다. 망설이지 않고 움직이는 그녀의 손은 몹시 따스하고 옳은 느낌이 들었다. 하지만 우리를 앞으로 나아가게 하는 관성과 가속도, 그 모든 것이 이 자리에는 통 어울리지 않았다.

우리는 올라 앞에 멈춰 섰다. 촛불이 올라의 창백한 얼굴에 그림자를 드리웠다. 올라의 왼쪽에는 금색 페인트칠이 된 닫힌 문이 있었다. 그리고 오른쪽에는 하얀 페인트칠이 된 닫힌 문이 있었다.

"안녕하세요, 친구들."

올라는 몸을 기울여 앨리스의 뺨에 키스를 한 뒤 내게도 마찬가지 동작을 했다. 바로 며칠 전 만났을 때보다 더 쇠약해진 듯했다. 목소리는 작고 피부는 누렇게 뜬 상태였다.

"이젠 내가 당신의 신뢰를 좀 얻었겠지요?"

나는 고개를 끄덕였다.

"그리고 당신은 내 신뢰를 얻었어요."

올라는 왼쪽에 있는 금색 문을 가리켰다.

"가까이 다가가서 들어봐요."

나는 문에 귀를 댔다. 앨리스도 마찬가지였다. 문 너머에서 목소리가 들렸다. 여남은 명은 되는 사람들이 한꺼번에 이야기를 나누고 있었다. 유리잔 부딪히는 소리, 희미한 음악 소리. 파티 소리였다. 아마 우리가 있는 곳은 아까 그 예배당 같은 공간의 뒤편인 모양이었다.

앨리스는 자신이 입은 옷의 목적을 이제야 알았다는 듯 붉은 드레스를 내려다보았다.

"이 문 반대편에는 '협정' 안에서 가장 존경받고 신뢰받는 40명의 회원들이 있어요. 그 사람들은 자기들이 왜 불려 왔는지 전혀 모르죠."

올라가 말하자 나는 앨리스 쪽을 쳐다보았다. 앨리스는 두려워하기는커녕 오히려 엄청난 흥미가 느껴진다는 표정을 짓고 있었다. 올라가 말을 이었다.

"나는 내 힘닿는 데까지 최선을 다해 '협정'을 이끌고 왔어요. 하지만 이젠 내가 그만 놓아줄 시간이 된 것 같아요. 하지만 '협정'이 앞으로도 쭉 보살핌을 받고, 진화하고 성장해나갈 거라는 확신이 없는 채로 세상을 떠날 순 없어요."

앨리스는 내 옆에 꼼짝도 하지 않고 서 있었다. 올라는 가만히 앨리스를 바라보았다. 나는 문득 이 모든 일들이 어떤 결말을 맺을지 올라가 처음부터 다 알고 있었다는 생각이 들었다.

"지도자는 온정과 엄격한 규칙을 겸비하고 있어야 해요. 나는 두 사람이 이 균형을 잘 잡을 수 있을 거라고 생각해요."

올라가 우리에게 가까이 다가왔다.

"제이크, 앨리스. 나는 진심으로 두 사람이 '협정'의 새로운 장을 열 지도자가 될 수 있다고 믿어요. 하지만 위대한 지도자가 되기 위해서는 본인이 그것을 원해야만 해요. 망설임과 후회 없이 책임을 받아들여야만 하죠."

올라는 한 손을 내 어깨에, 그리고 다른 한 손을 앨리스의 어깨에 얹었다.

“그래서 난 두 사람에게 선택지를 주려고 해요. 금색 문을 열고 들어가면 ‘협정’의 모든 자산은 두 사람의 것이 될 거예요. 원하는 대로 ‘협정’을 만들어나갈 수 있죠. 이쪽을 선택한다면 나도 함께 안에 들어가서 친구들을 만나, 두 사람이 우리의 새로운 지도자라고 선포할 거예요.”

“그럼 하얀 문은요?”

앨리스가 물었다. 올라는 내 팔을 꽉 잡고 내 쪽으로 몸을 기울이며 어마어마한 기침을 했다. 올라를 부축해주던 나는 정장 재킷 소매 너머로 뜻밖의 억센 손힘을 느꼈다. 몇 초 후 진정을 되찾은 올라는 전보다 키가 더 커 보였다. 마치 남아 있는 모든 힘을 다 끌어모으기라도 한 듯했다.

“친애하는 제이크, 친애하는 앨리스. 두 사람도 알다시피 ‘협정’의 역사상 탈퇴한 사람은 한 명도 없어요. 단 한 명도. 하지만 내가 두 사람에게 부탁하는 일이 얼마나 중대한 일인지 잘 알기 때문에 선택지를 주는 게 공평하다고 생각해요. 하얀 문은 출구예요. 저 밖으로 나가면 두 사람에게서 ‘협정’의 의무는 즉시 사라져요. 하지만 이거 하나는 꼭 알아둬요. 문밖을 나가면 아무도 구하러 오지 않을 거예요. 오로지 두 사람의 힘만으로 살아남아야 해요. 죽거나 살거나 둘 중 하나예요. 단둘이서.”

나는 붉은 드레스를 입고 엄숙하게 서 있는 앨리스를 바라보았다. 앨리스의 눈은 환하게 빛나고 있었고, 얼굴은 기대감으로 가득했다. 나는 앨리스가 무슨 생각을 하고 있는지 가늠해보았다. 언제나 단호하게 승리를 거두는 내 아내. 다양한 면을 한 몸에 가진 내 아내.

나는 금빛 문 쪽으로 걸어들어가는 모습을 상상했다. 우리 둘이 군중들 사이로 들어가면 사람들의 손이 우리의 팔과 어깨를 두드릴 것이다. '협정'에 충성을 다하는, 잘 차려입은 사람들이 우리를 한없이 포옹해줄 것이다. 나와 앨리스가 안으로 걸어 들어가 각자의 잔을 높이 들고 힘찬 단 한 마디, "친구들" 하고 말하기만 하면 그 안이 금세 조용해질 것이다.

앨리스가 내 손을 잡자마자 나는 바로 알 수 있었다. 기쁠 때나 슬플 때나 앨리스는 항상 내 곁에 있다. 앨리스는 나를 자기 쪽으로 바짝 끌어당겼다. 앨리스가 내 귓가에 귓속말을 하자 나는 목에 닿는 그녀의 숨결을 느낄 수 있었다. 격려의 말, 그리고 그것과는 다른 한 마디의 말. 오로지 나만을 위한 말.

나는 문손잡이를 잡고 돌렸다.

101장

우리는 한밤중의 사막으로 걸어 나왔다. 하늘에는 지금껏 내가 살면서 한 번도 본 적 없는 수천만 개의 별들이 떠 있었다. 발밑에 깔린 잔디밭은 스프링클러가 뿌린 물 때문에 아직도 축축했다. 마당을 백 미터쯤 걸어가니 담쟁이덩굴로 뒤덮인 2.5미터 높이의 가시철사 울타리가 나왔다. 앨리스는 높은 구두를 벗어서 잔디밭으로 집어던졌다.

"자, 가자."

앨리스가 속삭였다. 우리는 울타리를 향해 달려갔다. 사이렌도

울리지 않았고 어떤 불빛도 없었다. 그저 잔디를 밟는 우리의 부드러운 발소리뿐이었다.

우리는 발 디딜 곳을 찾기 위해 담쟁이덩굴 한 뭉치를 뜯어냈다. 그리고 나란히 담을 기어올랐다. 편리에서 보낸 날들 때문에 많이 지쳤을 텐데도 앨리스는 오션 비치에서 새벽까지 연주하던 날보다 더 생기가 넘쳐 보였다. 반대편으로 뛰어내리자 차가운 사막의 모래가 밟혔다. 우리는 서로의 팔을 잡고 앞으로 고꾸라지며, 깔깔 웃으면서 다시 찾은 자유를 만끽했다.

가쁜 숨이 가라앉기까지는 몇 초가 더 걸렸다. 그들은 우리를 놓아주었다.

우리는 동시에 웃음을 멈췄다. 앨리스의 눈을 들여다보니 그녀가 무슨 생각을 하는지 알 수 있었다. 이제 정말 마음대로 행동해도 되는 걸까?

한참 걷다 보면 고속도로가 나올 줄 알았다. 달빛 밑으로 시커멓게 떠오른 도로에 노란 선이 쭉 뻗어 우리 집으로 가는 길을 알려줄 줄 알았다. 하지만 고속도로는 나오지 않았다. 광대한 사막 풍경 속에 거대한 선인장만이 점점이 서 있을 뿐이었다. 사막은 끝도 없이 펼쳐져 있었다. 먼 도시의 불빛도 보이지 않았고, 문명의 소리라고는 하나도 들리지 않았다.

우리에게 있는 거라고는 방에서 나올 때 가져온 물 한 병뿐이었다. 해가 떠올라 사막이 열기로 끓어오르기 전에 최대한 빨리 이동해야 했다. 우리는 어딘가에 있을 고속도로를 찾아내기 위해 편리에서 멀어져 열심히 달렸다. 하지만 모래가 너무 부드럽고 깊어 제대로 뛰기가 힘들었다. 결국 달리기는 경보가 되고 경보는 다리를 질질 끄는 걸음이 되었다. 앨리스의 드레스 자락도 모래 속에서 자꾸 거치적거렸다.

이윽고 우리는 흙이 단단하게 굳은 길을 발견하고 그 편편한 표면을 따라 걷기 시작했다. 가끔 뾰족한 조약돌들이 발에 채였다. 나는 앨리스에게 신발을 내주고 양말 바람으로 걸었다. 하늘에 빛의 아치가 생겨났고 그것은 두 개에서 세 개로 늘어났다.

"유성우야. 아름답다."

앨리스가 말했다. 우리는 한 방울도 흘리지 않으려 조심하면서 물을 한 모금씩 나눠 마셨다.

우리는 한참이나 걸었다. 다리가 아프고 발바닥에 감각이 사라져갔다. 앨리스도 걸음이 느려지고 숨을 헐떡거렸다. 도대체 얼마나 걸어왔는지 알 수가 없었다. 도대체 고속도로는 언제 나오는 걸까? 별이 사라지고 달도 희미해졌다. 밤이 새벽에게 자리를 내주려는 모양이었다. 나는 물병 뚜껑을 따고 앨리스에게 마시라고 내밀었다.

앨리스는 조심스럽게 한 모금 마신 뒤 내게 병을 돌려주고 나서 자갈길에 털썩 주저앉았다.

"잠깐만 쉬자."

앨리스가 말했다. 나도 물을 한 모금 마시고 조심스레 뚜껑을 닫은 뒤 앨리스 옆에 앉았다.

"어딘가에 길이 있을 거야. 주유소도 나올 테고."

"응. 어딘가에 있겠지."

앨리스는 내 목을 끌어안았다. 나는 앨리스의 입술이 다 갈라지고 까칠까칠해졌다는 사실에 불안감을 느끼며 앨리스와 오랫동안 부드러운 키스를 나누었다. 갑자기 끔찍한 생각이 머릿속을 스쳤다. 우리가 잘못된 선택을 한 건 아닐까? 하지만 내가 마지못해 몸을 떼어놓았을 때 앨리스는 미소를 짓고 있었다.

이 여성이야말로 세상에서 가장 멋지고도 복잡한 나의 아내였다. 아드리아해로 신혼여행을 갔을 때 해변에서 내 옆에 누워 있던 여자. 호텔 복도에 서 있다가 내 주위로 천천히 춤을 추며 온 목소리를 다해 앨 그린의 '결혼합시다'를 처음부터 끝까지 다 부른 여자. 앨라배마의 따스한 밤 수영장에서 내가 내민 반지를 받아들고는 그저 "좋아"라고 말했던 여자.

나는 앨리스의 눈동자 속에서 결코 물러서지 않고 앞으로 나아가겠다는 단호한 결심, 그리고 이 기묘한 여행과 결혼 생활과 그 안에 포함되어 있는 모든 놀라운 일들을 전부 받아들이겠다는 결의를 보았다. 그것은 기쁠 때나 슬플 때나 상관없이 끝까지 의지를 관철시키겠다는 투지이기도 했다.

사막에 이르러서야 나는 오래전에 이미 깨달았어야 할 무언가를 겨우 깨달을 수 있었다. 우리의 사랑은 강하고, 우리의 약속은 굳으며, 나는 아내를 내 옆에 붙잡아두기 위해 '협정'을 이용할 필요도 없다. 그렇다, 결혼은 광대한 전인미답의 영역이고 그 무엇도 확실한 것은 없다. 하지만 그렇기 때문에 우리 스스로 길을 찾아 나갈 수 있다.

갑자기 하늘이 눈부신 빛으로 차오르고 거대한 태양이 지평선에서 떠올랐다. 계곡 아래쪽을 스치며 부는 바람 소리가 들렸다. 지면에서 열기의 파도가 솟아오르기 시작했다. 시간이 흘러도 우리는 움직이지 않고 제자리에 못 박힌 듯 가만히 앉아 있었다. 우리는 너무 피곤했고 갈 길은 한참이나 멀었다. 내 마음속에는 아무런 생각도 없었다. 이 기이한 사막의 찌는 듯한 태양과 건조한 공기가 마치 지금까지 살아온 삶을 깨끗이 지워버린 듯한 기분이었다.

이제 곧 이 사막은 견디기 힘든 열기로 가득할 테고 모래가 우리 발밑을 흐를 것이다.

"친구."

앨리스가 나를 부르며 자리에서 일어섰다. 그리고 내 손을 잡고, 놀랄 만큼 강한 힘으로 나를 일으켰다. 우리는 다시 걷기 시작했다.

옮긴이 **김예진**

한국외국어대학교 영어학부 영어통번역학 전공. 옮긴 책으로《스페인 곶 미스터리》,《노파가 있었다》,《올 더 머니》가 있다.

거의 완벽에 가까운 결혼

2018년 6월 8일 초판 1쇄 인쇄
2018년 6월 18일 초판 1쇄 발행

지은이 | 미셸 리치먼드
옮긴이 | 김예진
발행인 | 이원주
책임편집 | 조예원
책임마케팅 | 조아라

발행처 | (주)시공사
출판등록 | 1989년 5월 10일(제3-248호)

주소 | 서울특별시 서초구 사임당로 82(우편번호 06641)
전화 | 편집 (02)2046-2869 · 마케팅 (02)2046-2800
팩스 | 편집 · 마케팅 (02)585-1755
홈페이지 | www.sigongsa.com

ISBN 978-89-527-9076-7(03840)

이 도서의 국립중앙도서관 출판예정도서목록(CIP)은 서지정보유통지원시스템 홈페이지(http://seoji.nl.go.kr)와 국가자료공동목록시스템(http://www.nl.go.kr/kolisnet)에서 이용하실 수 있습니다.(CIP제어번호: CIP2018013333)